reverie

Für meine Familie.
Für die Bücher, die Reisen, die Welten.

MERIT NIEMEITZ

IM SCHATTEN DER WAHRHEIT

reverie

Das Zitat auf Seite 315 stammt aus:
Emily Brontë. Wuthering Heights, 1847.

1. Auflage 2023
Originalausgabe
© 2023 by reverie in der
Verlagsgruppe HarperCollins Deutschland GmbH, Hamburg
Gesetzt aus der Stempel Garamond
von GGP Media GmbH, Pößneck
Druck und Bindung von CPI books GmbH, Leck
Printed in Germany
ISBN 978-3-7457-0408-2
www.reverie-verlag.de

Liebe Leser*innen,

dieses Buch enthält potenziell triggernde Inhalte. Deshalb findet ihr auf der nächsten Seite eine Themenübersicht, die Spoiler enthalten kann.

Wir wünschen euch das bestmögliche Leseerlebnis.

Eure Merit und euer Team von reverie

Content Note

Dieses Buch enthält potenziell triggernde Inhalte.

Diese sind:
explizite Darstellung oder Erwähnung körperlicher, seelischer oder sexualisierter Gewalt

Tod/Verlust

Unfall

Mord

Suizid

Depression

Vergewaltigung

PROLOG

Damals

Es gab viele Mythen, die über Cambridge erzählt wurden. Geschichten, die aus Gerüchten und verdrehten Wahrheiten gewoben waren und deren dünner Stoff lediglich im Halbschatten von Hand zu Hand weitergereicht wurde. Studierende flüsterten sie sich in den Warteschlangen der thronsaalartigen Cafeterias zu, Dozierende trugen sie als ausgeschmückte Anekdoten vor, wann immer ein neuer Jahrgang mit ehrfurchtsvollen, leicht ängstlichen Blicken vor ihnen saß.

Das meiste von diesem Erzählten glitt höchstens haarscharf an der Oberfläche der Wahrheit entlang. Der eigentliche Geheimnisträger war Cambridge selbst. Nicht nur die Stadt mit ihren verwinkelten Gassen, vor allem ihre Universität. Die goldleuchtenden Gebäude, die Grasbetten, die das steinerne Collegegeflecht zersetzten, die still fließende Cam.

Das leblose Herz der Stadt war das lebendigste an ihr, weil sie seit Jahrhunderten Generationen von Studierenden überdauerte. Sie sah unendlich viele unterschiedliche und doch ähnliche Gesichter an sich vorbeiziehen, während sich ihr eigenes nur sanft veränderte. Keine Falten, nur ein müdes Zwinkern, je mehr Jahre verstrichen und dabei dünne Schichten ihrer Fassade abrieben.

Die Universität bewahrte die echten, ungefilterten Geheimnisse dieses Ortes. Nur Auserwählte konnten verstehen, was sie darüber erzählte. So wie wir. Wir verstanden sie, weil wir ein Teil davon waren. Denn wir, wir waren das größte Geheimnis, das Cambridge hütete.

»Versteckst du dich vor uns?«

Fast hätte ich geseufzt. Es war nur eine Frage der Zeit gewesen, bis mich einer von ihnen hier fand. Wir kannten einander einfach zu gut: Unsere Seelen waren Landkarten, die wir im Laufe der Jahre eingehend studiert hatten. Heute brauchte keiner von uns noch Schilder oder Wegweiser, um zu wissen, was der andere dachte oder fühlte – oder wo er war.

Ich wandte mich um, sah der jungen Frau entgegen, die mit zielstrebigen Schritten den Kirchengang entlang und auf mich zulief. »Als ob ich das überhaupt könnte. Manchmal halte ich einfach ganz gern inne, stell dir vor.«

Sie blieb vor mir stehen und grinste breit. Das Licht des Mosaikfensters warf blaue Schatten auf ihr symmetrisches Gesicht, die Zahnlücke war ein dunkler Fleck in einer Reihe aus strahlendem Weiß. »Das kannst du, wenn du tot bist.«

Ich verdrehte die Augen. »Bei dem, was ihr schon wieder geplant habt, ist das gar nicht mal so abwegig, hm?«

»Jetzt werde nicht beleidigend.« Sie sah mich spöttisch an, während sie mit den Fingern an der dünnen Kette um ihren Hals spielte. Der schlichte Ring, der daran hing, glänzte immer wieder auf, wenn das bunte Mondlicht auf das Gold traf. Diese Geste verriet, dass sie an den Menschen dachte, der das Duplikat dieses Schmuckstücks trug. »Und verdirb uns nicht die Laune, okay? Nicht heute.«

»Was ist besonders an heute?« Unsere Tage waren Perlen an einer nie endenden Kette. Sie waren alle schön, kostbar und eigen, gleichzeitig waren sie sich in dieser Besonderheit auch irgendwie … ähnlich. Manchmal fragte ich mich insgeheim, ob man sich an Schönheit sattsehen konnte. Oder an Glück sattfühlen. Es war nichts, was ich aktiv spürte, eher etwas, vor dem ich mich im Stillen fürchtete. Eine leise Angst vor der Zukunft, die ich jedes Mal schnellstmöglich mit ganz viel Jetzt zuschüttete.

»Nichts. Ich will nur … ich brauch das. Euch alle.« Sie trat auf mich zu und fasste an den Kragen meines Hemdes, glättete den Stoff. Ein ungewohnt zartes Lächeln umspielte ihren Mund. »Meine besten Freunde«, flüsterte sie und strich mit den Fingerkuppen über die Narbe an meiner Schläfe, »die vierköpfige Liebe meines Lebens.«

Ich griff nach ihrer auffallend warmen Hand und drückte sie sanft. »Dein Leben ist noch nicht vorbei. Vielleicht findest du noch etwas Besseres als uns.«

»Nein, niemals.« Ihr Lächeln wurde breiter, und doch tauchte etwas Trübes in ihren Augen auf. Wäre sie mir nicht so vertraut gewesen, hätte ich es für Traurigkeit gehalten.

Ich runzelte die Stirn. »Alles in Ordnung mit dir?«

Sie schwieg einen Moment, dann löste sie sich von mir und trat einen Schritt zurück. Rotes Licht statt blauem, ein betont fröhliches Grinsen statt aufrichtiger Freude. »Klar. Ist es doch immer. Ich will einfach einen erinnerungswürdigen Abend für uns schaffen – lässt du mich?«

Kurz war ich versucht nachzufragen, aber ich kannte sie genauso gut wie sie mich. »Natürlich«, sagte ich deswegen nur und warf einen Blick auf meine Armbanduhr. »Lass uns …« Ich hielt inne, als ich bemerkte, dass die Zeiger sich nicht bewegten. Mehrmals tippte ich auf das goldene Zifferblatt, nichts geschah. »Meine Uhr ist stehen geblieben.«

Sie holte tief Luft. »Sag bloß.«

Warnend blinzelte ich zu ihr hoch. »Spar dir das.«

»Ich kann nicht, das ist eindeutig ein Zeichen.« Sie klopfte mit der Fingerspitze auf das Glas und legte sich gleichzeitig theatralisch eine Hand an die Brust. »*Ex hoc momento pendet aeternitas.*«

Meine Mundwinkel zuckten, weil sich die Bedeutung dieser Phrase immer auf dieselbe, angenehm warme Weise um meine Lippen schmiegte. Es war nur eine lateinische, altertümliche Floskel – aber für uns war es gleichzeitig ein Versprechen.

An diesem Augenblick hängt die Ewigkeit.

Niemand liebte und lebte diese Worte so wie die Frau vor mir. Sie sagte sie oft, meistens dann, wenn es ganz und gar nicht stimmte. An Abenden wie diesem, an dem wir vorhatten, gegen etliche Hausordnungen zu verstoßen, indem wir auf das Dach des höchsten Gebäudes der Universität kletterten, um den besten Ausblick auf einen Meteorschauer zu haben. Wenn es eigentlich heißen müsste: *An diesem Augenblick hängt unser Leben.* Dennoch widersprach ich ihr nie, das tat keiner von uns. Denn manchmal, in den allerbesten Momenten, kam es einem tatsächlich wie dasselbe vor.

Also schüttelte ich auch diesmal nur den Kopf und verließ neben ihr die Kirche. Draußen roch es nach Rhododendren, dem Wasser der Cam und den Düften, die aus den offenen Wohnheimfenstern drangen: Räucherstäbchen, Papier und Tinte, Waschmittel und Parfums. Bruchteile von unsagbar vielen Leben, die stets betonten, wie außergewöhnlich unseres war.

Ich neigte das Gesicht nach hinten, bis es in das unverfärbte Mondlicht eintauchte. Und ich lächelte und atmete und *lebte* und erkannte wieder einmal: An diesem Augenblick hing vielleicht nicht die Ewigkeit, aber alles, was wir waren.

Erst einige Zeit später würde ich mir wünschen, ich hätte etwas anderes begriffen: Wenn alles daran hing, dann konnte auch alles fallen.

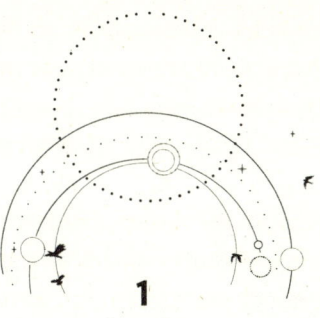

1

MABEL

»Jetzt warte!«

Ich wickelte meinen Mantel enger um mich und versuchte, mit Zoe Schritt zu halten. Ihr blondes Haar wehte hinter ihr her, im gleichen Schwung, den ihr silbrig glänzendes Tüllkleid vorgab. Die eisige Abendluft prickelte auf meiner Nasenspitze, als ich meine beste Freundin eingeholt hatte und mich ihrem Tempo anschloss. »Das ist eine verdammt schlechte Idee.«

Zoe seufzte und hakte sich bei mir unter. Ihr Mantel war hochwertig, der Stoff samten und um einiges wärmer als meiner. Das löchrige, schwarze Ding war im Frühling und Herbst meine Übergangsjacke, im Winter in Kombination mit dicken Wollpullovern mein einziger Schutz gegen die Kälte. Jetzt hatten wir zwar Oktober, aber schon die herbstliche Frische reichte aus, um geschickt unter den Stoff zu kriechen und mir eine Gänsehaut zu bescheren.

»Die besten Geschichten fangen mit schlechten Ideen an.«

Mit einem breiten Grinsen reichte Zoe mir die halb geleerte Weinflasche. Zögerlich griff ich danach. Ich hatte nach der Bibliothek keine Zeit mehr gehabt zu kochen, ehe Zoe in die Küche gestürmt kam. Sie hatte mich daran erinnert, dass ich ihr in einem schwachen Moment versprechen musste, sie heute zu begleiten. Mehr als eine halbe Tafel Schokolade hatte ich seit dem Frühstück nicht gegessen, der Wein würde mir also direkt in den Kopf steigen. Andererseits würde ich diesen Abend niemals nüchtern überstehen.

Entschieden nahm ich einen tiefen Schluck. »Nenn mir eine«, brachte ich mit unterdrücktem Husten hervor.

Zoe zog ihre volle Unterlippe zwischen die Zähne und mich um eine Ecke. »Als ich fünfzehn war, hatte ich die Idee, im Haus meiner Nachbarn eine Party zu schmeißen, während sie im Urlaub waren. In dieser Nacht hat mich der heißeste Kerl der gesamten Schule das erste Mal geküsst.«

»Hat das Ganze nicht damit geendet, dass du von der Veranda gefallen bist, dir ein Bein gebrochen und drei Monate Hausarrest bekommen hast?«

Schwach lächelnd betrachtete ich unsere Schatten, die neben uns über die Gebäude huschten. Wir befanden uns mittlerweile auf dem Campus des Trinity Colleges, der großen kleinen Schwester von Trinity Hall, wo Zoe und ich studierten und lebten. Ich fühlte mich dort um einiges wohler: Die Häuser waren gedrungener, die Innenhöfe umschlungen von hellem Stein und im Sommer durchzogen von wild wuchernden Rosenbüschen. Dicht an unserem Wohnhaus entlang floss die Cam, in der man abends die Sonne versinken sah. Ich liebte das Gemütliche, das sich auf Anhieb nach einem Zuhause angefühlt hatte. Trinity College, das nur wenige Gehminuten entfernt lag, war größer, beeindruckender, reicher. *Unsympathischer*, hatte ich während meines ersten Besuchs an der University of Cambridge gedacht. Allerdings hatte es die bessere Bibliothek.

Die Wren Library machte gerade zu. Ein paar Gestalten verließen das Gebäude und eilten den säulenbesetzten Durchgang entlang. Im Laternenschein wirkten sie wie Ameisen, als sie sich über den Campus verteilten, um zurück zu ihren Wohnhäusern zu gehen. An den meisten Tagen war ich eine von ihnen. Eine der Studierenden, die erst durch den tiefen Gong aufschreckte und hastig zusammenpackte. Die sich die buchbepackte Ledertasche umhängte, sodass sich die Schultern beugten und man das Gefühl hatte, jederzeit auf dem Asphalt zusammenzubrechen. Die sich das Haar unter den Mantelkragen stopfte, weil sie in der Morgensonne vergessen hatte, dass sie einen Schal benötigen würde, sobald sie die Bibliothek verließ. In diesem Moment wäre ich lieber wieder eine von ihnen gewesen, als neben Zoe herzulaufen.

»Damals war ich noch ein Kind, jetzt sind wir erwachsen.« Fordernd klackerte sie mit den Fingernägeln gegen die Flasche.

Widerwillig gehorchte ich und nahm noch einen Schluck. Der Wein war zu süß, aber so trank Zoe ihn am liebsten. *Lieblich*. Ein Wort, das auch zu ihr passte. Mit den großen, kornblumenblauen Augen, den Spinnenbeinwimpern und dem hellblonden Haar war sie der Inbegriff von Feminität. All ihre Konturen waren weichgezeichnet, als hätte man einen Filter über sie gelegt. Ihre Bewegungen waren ein wenig tänzelnd, ihr Lachen nie zu laut, ihre Kleidung gut sitzend und fließend. Irgendetwas an ihr glitzerte immer. Heute waren es die überdimensionalen Creolen, an denen sie beim Anziehen ihres Kleides mehrmals hängen geblieben war.

»Wir sind zwanzig, Zoe. Und letzte Woche hab ich gesehen, wie du versucht hast, Butter mitsamt der Plastikverpackung in der Mikrowelle zu erhitzen«, erinnerte ich sie, während ich ihr die Flasche zurückgab.

Sie verdrehte die Augen. »Und ist etwas passiert?«

Ich schnaubte. »Nein, weil *ich* rechtzeitig den Stecker gezogen habe.«

»Siehst du.« Sie zwinkerte mir zu. »Und genau deswegen hab ich dich gebeten, heute Abend mitzukommen. Damit du den Stecker ziehen kannst, wenn es nötig wird. Aber erst dann, und nicht, bevor auch nur irgendetwas passiert ist.«

Vielsagend blinzelte sie zu mir hoch. Ihr goldener Lidschatten schimmerte, als wir unter einer der rostbesetzten Laternen hindurchliefen. Ihr Angebot, mir ebenfalls etwas davon aufzutragen, hatte ich abgelehnt. Die einzige Schminke, die ich besaß und benutzte, war eine Sammlung von Lippenstiften. Wenn ich mich selbst belohnen wollte, ging ich ins Kaufhaus in der Innenstadt und gönnte mir eines der überteuerten Produkte. Ich wusste, dass es unklug war, so viel Geld für etwas auszugeben, das ich auch günstiger haben könnte und noch dazu im Alltag kaum nutzte. Aber ich liebte alles daran: die verschiedenen Nuancen, die verspielten Farbbezeichnungen, die aufwendig designten Hüllen und vor allem das Gefühl, das es mir gab, mit der geliehenen Röte auf den Lippen herumzulaufen. Ich fühlte mich schön. Schön, sinnlich und stark. Lippenstifte waren der einzige Luxus, den ich mir zugestand. Heute trug ich *Mona Lisas Lächeln*. Ein mattes, dunkles Rot, das mich an die backsteinernen Häuser meiner Heimatstadt erinnerte. Eine Farbe für Museumsbesuche, Herbsttage im Wald oder gemütliche Filmabende. Nicht unbedingt passend für eine gleichermaßen elitäre und illegale Party in einem Universitätsgebäude.

Ich war mir sicher, dass die Leitung nichts davon wusste. Die Hausordnung der University of Cambridge ließ wenig Interpretationsspielraum, wenn es darum ging, was in den Häusern und generell auf dem Gelände der Colleges vor sich gehen durfte – und was nicht. Im Gegensatz zu Zoe hatte ich jede einzelne Klausel gelesen und versucht, sie darauf hinzuweisen, dass das, was wir vorhatten, gegen ein Dutzend Regeln verstieß. Natürlich vergebens.

Es war keine Woche her, dass Zoe in mein Zimmer reingeplatzt war, als ich mich gerade bettfertig gemacht hatte. Ihr Haar war zerzaust gewesen, ihre Augen glasig von Alkohol und Vorfreude. »*Alles total geheim und exklusiv*«, hatte sie gesagt. Ihre Stimme war vor Nervosität höher gewesen als ohnehin schon, was aber eher weniger an der Feier als vielmehr an demjenigen gelegen hatte, von dem die Einladung gekommen war.

Ich räusperte mich. »Wo hast du diesen Kerl noch mal kennengelernt?« In dem klitzekleinen Wort *Kerl* schwang all das mit, was ich vor Zoe eigentlich verbergen wollte.

Sie hörte es natürlich trotzdem. Ihr Tonfall klang schlagartig gereizt. »Auf der Party, zu der du mich letztes Mal nicht begleiten wolltest. Und zum hundertsten Mal: Ashton ist kein gemeingefährlicher Psychopath!«

Ich griff nach der Flasche und nahm einen großen Schluck, um die Buchstabenketten fortzuspülen, die ich lieber nicht aussprechen sollte. Zoe war nicht die angenehmste Streitpartnerin. Auch ohne Argumente schaffte sie es immer, das letzte Wort zu haben. Und meistens war das eines, das mir noch tagelang zusetzte. »Habe ich doch gar nicht gesagt.«

»Aber gedacht.«

Ich verdrehte die Augen, schwieg jedoch. Die Typen, die man auf unseren Studierendenpartys kennenlernen konnte, hatten meines Kenntnisstands nach allesamt das Potenzial, Psychopathen zu sein. Oder zumindest arrogante, selbstverliebte Mistkerle.

Unsere Silhouetten wurden verwaschen in den bodentiefen Fenstern reflektiert, als wir die Bibliothek hinter uns ließen und in Richtung des Großen Hofs abbogen. Den Rest des Weges schwiegen wir. Wenn Zoe aufgebracht war, ließ man sie am besten in Ruhe. Sie war kein nachtragender Mensch, und ihre Vorfreude auf den Abend war mit Sicherheit zu groß, um sich lang darüber zu ärgern, dass ich sie nicht teilte. Wir waren erst seit einem Jahr befreundet, aber da wir sowohl Flurnachbarinnen waren als auch gemeinsam Englisch studierten, kannten wir einander ziemlich gut.

Das Haus, auf das wir nach wenigen Minuten zuliefen, war mir fremd. Im Grunde sahen die meisten Universitätsgebäude gleich aus: gotische Bauten, die wie Schlösser in den Himmel ragten. Lange Steinkorridore, auf denen Schritte ewig nachhallten. Wendeltreppen, die sich emporstreckten, und verwinkelte Flure, die einem das Gefühl gaben, jederzeit auf etwas Verborgenes stoßen zu können.

Die efeuumrankte Fassade, auf die wir zusteuerten, sah aus wie all die anderen in Cambridge. Mit Ausnahme davon, dass einige Fenster erleuchtet waren, obwohl das College längst schlief. Bevor wir die Holztür erreichten, drehte Zoe sich zu mir um. Mit strengem Blick musterte sie mich, zupfte an meinem dunklen Haar herum und pflückte ein paar Fussel von meinem Mantel. Ich wusste, dass es Zoe immer in den Fingern juckte, mich in ihre Kleider zu stecken, wenn wir ausgingen. Nicht, weil sie sich für mich schämte, sondern weil sie vermutete, ich würde es tun. Dabei tat ich das nicht. Ich machte kein Geheimnis daraus, dass ich wenig Geld hatte. Zoes Eltern waren reich, meine tot. So war es eben.

»Gib dir ein bisschen Mühe, okay?«, bat sie mich jetzt, während sie die leere Flasche hinter eine der Säulen stellte. »Sei einfach offen und verurteile sie nicht sofort. Das sind nette Leute. Echt.«

Ich traute meiner Stimme nicht, deswegen nickte ich nur brav. Zoe kannte diesen Kerl erst seit ein paar Wochen, und um ehrlich zu sein, fand sie ständig Leute nett, um die ich am liebsten einen weiten Bogen geschlagen hätte. Zoe ging an alle vorurteilsfrei und offen heran und entdeckte innerhalb von Minuten in jedem etwas Gutes. Ich hingegen war begabt darin, in jedem auf Anhieb etwas Schlechtes zu finden. Keine Eigenschaft, auf die ich sonderlich stolz war. Ich wäre gern mehr wie meine beste Freundin, gleichzeitig wünschte ich mir manchmal, sie wäre mehr wie ich. Dann hätten wir nicht ständig derart starke Diskrepanzen, was die Gestaltung unserer Freitagabende anging.

Zoe schüttelte ihr Haar aus und öffnete den obersten Knopf ihres Mantels, ehe sie mit gestrafften Schultern auf die Tür zuging und klopfte. Es dauerte nur wenige Sekunden, bis diese halb geöffnet wurde. Dumpfe Musik schlüpfte durch den Spalt zu uns hinaus, während sich ein breitschultriger Typ mit Kapuze in den Rahmen stützte. Sein Blick wanderte an uns hinab. Als er die Laufmasche meiner Strumpfhose entdeckte, runzelte er die Stirn. »Codewort?«

Ich biss mir auf die Unterlippe, um nicht zu prusten.

Zoe stieß mich warnend in die Seite und lächelte ihm zu. »Sturnus vulgaris«, sagte sie mit gesenkter Stimme.

Er nickte langsam und öffnete die Tür weiter. »Kommt rein. Flur runter, rechts abbiegen, immer der Musik nach.«

Ehe ich mich versah, wurde ich von Zoe am Arm gepackt und hineingeschleift. »Stu… was?«, fragte ich halblaut.

»Sturnus vulgaris.« Ungeduldig zog sie mich den hohen Korridor entlang. Der Boden war mit einem Schachmuster ausgelegt, an den Wänden hingen Ölporträts in Goldrahmen. Was auch immer für ein Gebäude das hier war, es spiegelte den konservativen Charakter, den man Trinity College nachsagte, in jedem Fall wider. »Das ist der biologische Name des Stars. Du weißt schon, der Vogel.«

Diesmal gab ich dem Prusten nach. »Echt jetzt?«

Zoe bedachte mich mit einem wütenden Blick. »Mabel, du hast es versprochen!«

»Schon gut.« Ich öffnete meinen Mantel, während wir nach rechts abbogen. »Immerhin mussten wir keine Brotkrumen ausstreuen, um Einlass zu erhalten.«

»Stare sind deutlich eindrucksvoller, als du denkst«, sagte eine tiefe Stimme vor uns.

Zoe und ich blieben gleichzeitig stehen und starrten den jungen Mann an, der ein paar Meter entfernt an einer Säule lehnte. Sein Kopf befand sich auf einer Höhe mit dem einer Skulptur, die darauf stand. Beide hatten leichte Locken, beide ein winziges Lächeln im symmetrischen Gesicht. Er ließ seinen Blick über meine Freundin streifen, ehe er sich auf mich fokussierte. Während Zoe ein strahlendes Lächeln aufsetzte, breitete sich auf meinen Armen eine Gänsehaut aus. Das musste dann wohl Ashton sein.

»Inwiefern das?«, fragte ich.

Mit langsamen Bewegungen stieß er sich von der Säule ab und kam auf uns zu. »Sie sind sehr klug und aufmerksam. Außerdem haben sie die am besten ausgebildete Syrinx aller Singvögel und können deswegen so gut wie alles imitieren.«

»Sie treten ziemlich oft in Schwärmen auf, oder?«, kramte ich mühsam das einzige Wissen über die Vogelart heraus, das ich hatte. »Ich hab mal gelesen, dass sie an vielen Orten sogar bekämpft werden, weil sie als Schädlinge gelten.«

»Menschen neigen dazu, Dinge zu bekämpfen, von denen sie sich bedroht fühlen. In diesem Fall ist das aber eher vergebens. Die Stare sind nach wie vor überall.« Er schmunzelte und musterte Zoe erneut. Mit den Fingerspitzen strich er ihr eine flachsblonde Haarsträhne aus dem Gesicht. »Wenn du mich fragst, sind sie die eigentlichen Könige des Himmels.« Sacht küsste er sie auf die Wange. »Hallo, Anima.«

Ich fragte gar nicht erst nach, ob das ein Kosewort war oder er ihren Namen schlichtweg vergessen hatte. Vermutlich war das auch so ein Sturnus-irgendwas-Ding.

Zoe errötete, brachte ein leises »Hi« hervor und lächelte glückselig. Meine Anwesenheit schien sie vergessen zu haben.

Ashton nicht. Interessiert wandte er sich mir zu. »Dann bist du wohl die sagenumwobene Freundin. Zoe hat viel von dir erzählt. Sie sagt, du bist der klügste Mensch, dem sie je begegnet ist.«

Mir war nicht ganz klar, ob eine Spur Spott in seiner Stimme mitschwang. Alles an ihm wirkte auf so unechte Art perfekt und glatt, dass ich das Gefühl hatte, eine Fassade anzustarren. Es war unmöglich zu sagen, was – oder *wer* – sich darunter verbarg. Vorsichtshalber sparte ich mir den Versuch, das Lächeln zu erwidern. »In dem Fall wäre ich nicht hier. Ich bin nicht wild darauf, von der Uni zu fliegen, weil ich auf einer illegalen Party erwischt wurde.«

Zoe sah mich entgeistert an, doch Ashton lachte. Warm und golden floss das Geräusch durch den dunklen Flur. »Keine Sorge. Wir werden nie erwischt.« Er zwinkerte, ehe er sich umdrehte und uns zu verstehen gab, ihm zu folgen.

Wir steuerten auf einen Raum am Ende des Flurs zu. Die Musik drang unter einer schlichten Doppeltür hindurch. Ashton wartete, bis wir hinter ihm zum Stehen kamen, ehe er sie aufstieß.

Hätte Zoe mich nicht über die Schwelle gezogen, hätte ich vermutlich erst einmal dort verharrt, um all die Eindrücke zu verarbeiten. Es war einfach zu … unerwartet. Ich ging zwar nicht oft auf Studierendenpartys, aber ich wusste dennoch, dass sie anders waren als *das hier*.

Ein großer Raum, fast schon ein Saal. Musik, langsam, mit wenig Bass und nur so laut, dass sich die Gesprächsfetzen gerade noch durchsetzen konnten. Dämmriges Licht, hervorgerufen durch Kerzen, die auf mehreren Holztischen standen. Samtsofas und dunkle Teppiche. Ölgemälde an den Wänden, mit Gesichtern, die missbilligend auf uns hinabsahen. Schlichte Farben, sowohl bei den Möbeln als auch bei der Kleidung der Anwesenden. Schwingende Kleider, Blusen mit verzierten Stehkrägen, taillierte Röcke. Schlichte Rollkragenpullover, das eine oder andere Jackett, das über eine Sessellehne geworfen worden war. Gerade geschnittene Hosen, Lederschuhe, Socken mit besticktem Saum.

Innerhalb von Sekunden erkannte ich die Fehler in dieser Szene. Etwa ein Dutzend davon in Form von Menschen, die nicht hineinpassten. Deren Hemden zu viele Falten oder deren Kleider zu farbenfroh waren. Zoe war einer davon, weil ihr Kleid silbrig glänzte. Ich, weil … wegen allem.

Unbehaglich grub ich die Finger in den ausgeleierten Saum meines grauen Wollpullovers. Die Sicherheitsnadel, die meinen Rock oben zusammenhielt, stach unangenehm in meine Taille, als ich Zoe hineinfolgte.

Ich konnte nicht sagen, wie viele Menschen hier waren. Einige saßen auf den Polstermöbeln, andere lehnten an den blassgrau gestrichenen Wänden. An einem der Tische am Ende des Raums spielten zwei junge Männer Schach, auf der anderen Seite küsste sich ein Paar am leicht geöffneten Fenster. In der Mitte des Saals klimperten zwei Frauen auf einem Flügel herum, der gleichermaßen von Gläsern und Kerzen bedeckt war.

Absolut schräg, dachte ich, als Zoe mir mit großen Augen zuraunte: »Ist das nicht absolut cool?«

Ehe ich eine Antwort hervorbringen konnte, hatte ich ihre Aufmerksamkeit auch schon wieder verloren. Ashton hatte nach ihrer Hand gegriffen und zog sie mit sich auf einen alten Servierwagen mit Getränken zu, der sich am Ende des Zimmers befand.

Mit ungutem Gefühl blickte ich ihrem Tüllkleid nach, das sich zwischen den Silhouetten der anderen verlor. Zoe hatte schon einen Haufen komischer Typen kennengelernt, aber dieser hier schien eine Nummer für sich zu sein.

Ein paar Minuten lang stand ich nur da und nestelte am Stoff meines Mantels herum, den ich mir über einen Arm gehängt hatte. Je länger ich mich umsah, desto stärker überkam mich das Gefühl, dass ich mich nicht auf einer Party befand, sondern auf einem Sektentreffen. Am liebsten hätte ich meinen Taschenspiegel rausgeholt und kurz hineingeblickt – das war das Einzige, was immer ein wenig half, wenn ich mich derart einsam und fehl am Platz fühlte.

Ich zuckte zusammen, als sich jemand vor mich schob. Ein Typ mit schulterlangem schwarzem Haar und verschlagen wirkendem Gesicht. Vielleicht lag das aber auch nur an seinem Grinsen, das sich vertiefte, während er mich eingehend musterte. »Hallo, Anna Karenina. Du siehst verloren aus.«

»Ich hab kein Interesse daran, gefunden zu werden.« Ich wich einen halben Meter nach hinten. »Und mit mir gibt es definitiv eher Krieg als Frieden.«

Hinter mir ertönte ein Pfiff, ehe kurz darauf ein zweiter Mann vor mir stand. Das rötliche Haar war kürzer, dafür war das Grinsen ähnlich breit, als er erst mich und dann seinen Freund ansah. »Belesen und bissig. Herausragende Mischung. Dein Mitbringsel, Victor?«

Mitbringsel? Ich war dermaßen perplex, dass ich es nicht schaffte, etwas zu erwidern. Der andere schüttelte bedauernd den Kopf. »Leider nicht. Jack?« Er klopfte dem Typen, der hinter ihm stand, auf die Schulter, sodass dieser sich zu uns umdrehte. »Gehört sie dir?«

Das wurde ja immer besser. Mein Mund öffnete sich, aber erneut war ich zu langsam. Jack trat mit zwei Schritten zu mir heran, sein Blick glitt über mein Gesicht. »Bedaure«, sagte er mit einem Schulterzucken. »Aber wenn niemand Anspruch erhebt, übernehme ich das gern.« Er hob die Hand und ließ eine meiner Haarsträhnen zwischen seinen Fingern entlanggleiten.

Gut. Das reichte. Entschlossen schlug ich seine Hand weg und wich zurück. »Auch wenn es euch schwerfällt, das zu begreifen: Nicht alles auf dieser Welt gehört euch, klar? Demjenigen, der mich noch mal anfasst, ziehe ich liebend gern einen dieser protzigen Kerzenständer über den Kopf.«

Meine Worte beeindruckten sie eher wenig. Stattdessen wurde ihr kollektives Grinsen nur noch herausfordernder. Victor seufzte theatralisch und legte seinen Freunden je eine Hand auf die Schulter. »Gott, wir müssen herausfinden, wem sie gehört. Ich gebe meinen letzten Pokergewinn fürs Teilen.«

Hitze stieg in meine Wangen. Mir blieben nur zwei Möglichkeiten. Entweder ich griff wirklich nach dem nächstbesten Gegenstand, oder ich verschwand von hier. Zumindest vorrübergehend. Mein Blick huschte zu Zoe. Sie stand mit Ashton an eine Wand gelehnt und lachte über etwas, das er sagte. Sie wirkte nicht so, als hätte sie Interesse daran, gerettet zu werden. Und auch nicht so, als wäre sie begeistert, wenn ich nach wenigen Minuten den ersten Streit anzettelte.

Ohne ein weiteres Wort drehte ich mich um und schob mich zwischen den Umstehenden hindurch. Musik und Stimmen wehten mir nach, bis die Tür hinter mir ins Schloss fiel.

Je weiter ich mich von der seltsamen Party entfernte, desto ruhiger wurde mein Puls. Nach ein paar Minuten schaffte ich es, mich auf meine Umgebung zu konzentrieren. Wenn ich ausblendete, wieso ich hier war, konnte ich dem Ganzen vielleicht doch noch etwas abgewinnen. Man bekam immerhin nicht alle Tage die Chance, sich allein in einem dieser Gebäude aufzuhalten. Cambridges Hallen hatten schon bei Tag etwas Erhabenes an sich, in der Nacht wirkten sie umso verwunschener.

Ich stieg eine Wendeltreppe hinauf und schlenderte die Flure entlang, deren dunkle Wände mit kupferfarbenen Lampenfassungen versehen waren. Etliche Türen befanden sich links und rechts, allesamt offen stehend. Ein paar Arbeitszimmer und freie Seminarräume, die nur mit Stühlen bestückt waren. Als ich am Ende eines Flurs ankam, hielt ich inne.

Die letzte Tür war die einzige, die verschlossen war. Vorsichtig drückte ich die Klinke herunter, aber nichts passierte. Ich biss mir auf die Unterlippe und sah über die Schulter nach hinten. Bis auf den entfernten Klang der Musik war alles still und verlassen. Ich hätte zurückgehen und nach Zoe sehen sollen, aber irgendetwas hinderte mich daran. Es lag nicht nur an der Aussicht, ein weiteres, wenig bereicherndes Gespräch führen zu müssen. Ich wollte unbedingt wissen, was sich hinter dieser Tür verbarg. Neugierde war schon immer meine verhängnisvollste Eigenschaft gewesen.

Mit einem unterdrückten Seufzen gab ich ihr nach und zog meine Haarklammer heraus, die meinen herauswachsenden Pony zur Seite hielt. Wenn ich ohnehin etwas Illegales tat, indem ich hier war, spielte das auch keine Rolle mehr. Außerdem musste man manche Fähigkeiten ab und zu auffrischen.

Nachdem meine Mutter gestorben war, war ich zu meiner

Tante und ihrem Sohn gezogen. Sie lebten in einer Kleinstadt in der Nähe von Brighton, in der Jugendlichen schnell langweilig wurde. Vermutlich einer der Gründe, weshalb mein Cousin bereits zu Schulzeiten auf ein beträchtliches Vorstrafenregister zurückblicken konnte. Ich war fünfzehn, als er mir beibrachte, ein Türschloss mit einem Draht zu öffnen. Oder einer Haarklammer.

Ich brauchte dreißig Sekunden, bis das Schloss mit einem Klacken aufsprang. Mit einem triumphierenden Lächeln schob ich mich hinein. Es dauerte einen Moment, bis meine Augen den Raum im dämmrigen Licht aus dem Flur erfassen konnten.

Er war nicht allzu groß. Die einzigen Möbelstücke waren ein mächtiger Schreibtisch aus Eichenholz mit passendem Stuhl mitten im Raum und ein Samtsessel mit Beistelltisch, die vor dem Fenster standen. Die Nacht dahinter war kaum zu erkennen, so viel Efeu wucherte hinter der Scheibe.

Der Rest des Zimmers bestand aus Büchern, in der Luft lag der Duft von altem Papier und Druckerschwärze. Mein Puls verlangsamte und meine Schultern entspannten sich, sobald ich ein paarmal tief eingeatmet hatte. Die Farben der Einbände waren gedeckt, die meisten grau und schwarz. Vereinzelt erkannte ich goldene Ziffern auf den Buchrücken, verschnörkelte Initialen oder lateinische und altgriechische Begriffe. Das hier war anders als die öffentlichen Bibliotheken der Colleges. Die Werke strahlten etwas Erhabenes aus, jedes einzelne wirkte erlesen und wichtig. Selbst diese winzige Bücherei war elitär.

Ich legte meine Klammer auf dem Schreibtisch ab, ehe ich auf die deckenhohen Regale zulief. Behutsam strich ich mit den Fingerspitzen über die Rücken, zögerte lange, bis ich es wagte, ein Buch herauszuziehen. Es kam mir vor, als würde ich einem Körper ein Organ entnehmen. Diese Bände formten ein Kunstwerk, das ich unbedingt verstehen wollte. Vorsichtig streichelte ich über den anthrazitfarbenen Einband. Die goldenen Buchstaben, die dort eingestanzt waren, ergaben Worte auf

Latein, und meine Schulkenntnisse reichten nicht aus, um sie zu verstehen. Tröstend strich ich eine zerknitterte Ecke glatt.

Ehe ich dazu kam, es aufzuschlagen, hörte ich das Räuspern hinter mir. Erschrocken fuhr ich herum und presste das Buch schützend vor meine Brust.

Er stand in der geöffneten Tür, das Gesicht im Schatten verborgen. Hastig scannte ich seine Statur, den großen, schlanken Körper, die verschränkten Arme, das etwas wirre Haar. Als er einen Schritt auf mich zu machte, sah ich sein Gesicht. Ein ausgesprochen attraktives Gesicht mit kantigem Kinn und einem ausdrucksstarken Paar dunkler Augen. Sie verengten sich etwas, während er mich musterte.

Seine Stimme blieb dennoch gelassen. »Der Bereich ist für Gäste eigentlich verboten.« Gemächlich trat er ein, die Tür lehnte sich knarrend hinter ihm an.

»Und du bist keiner?«, erwiderte ich ebenso ruhig, obwohl mein Herz heftig klopfte. Wer auch immer er war, er schien nicht sonderlich versessen darauf, mich unverzüglich hinauszuwerfen. Das konnte gute oder schlechte Gründe haben. Gut, wenn er sich schlichtweg nicht für mich interessierte. Schlecht, wenn er die Sache auf andere Weise klären wollte.

»Nicht so sehr wie du.« Ich spürte seinen Blick auf mir, obwohl seine Gesichtszüge wieder im Dunkeln verschwunden waren. Mittlerweile war er beinahe beim Fenster angelangt und überließ mir so den bestmöglichen Fluchtweg.

Meine Muskeln lockerten sich. »Ich hatte nicht vor, Unheil anzurichten. Ich hab mich nur verlaufen«, meinte ich mit einem hoffentlich verlegenen Lächeln.

»Verlaufen?« Er setzte sich in den Lesesessel. Der grüne Samt passte farblich gut zu dem Olivton seines Pullovers. »Normalerweise ist hier abgeschlossen.«

»Dann wurde das wohl diesmal vergessen.« Langsam strich ich über die zerfledderte Ecke des Buchs, nur, um seinen forschenden Blick nicht erwidern zu müssen.

»Du bist keine sonderlich gute Lügnerin.«

Vielleicht war da ein kleines Lächeln in seiner Stimme. Leider wusste ich, dass er recht hatte. Ich hatte nie ein Problem damit gehabt, die Wahrheit zu sagen. Im Gegenteil: Oftmals wäre es für mein Sozialleben besser, wenn es mir leichter fiele zu lügen. »Ich übe zu selten, nehme ich an.«

Er lehnte sich vor und bettete seine Unterarme auf den Knien. »Eine ehrliche Einbrecherin also. Hast du vor, etwas zu stehlen?«

Ich schüttelte den Kopf. »Ich war nur neugierig.«

Er runzelte die Stirn, sodass sich eine tiefe Falte zwischen seinen Brauen bildete. Sie waren dunkel, ebenso wie sein Haar und die Augen, die in dicht bewimperten Höhlen lagen. Sein Gesicht hatte etwas Stilles, Klassisches an sich. Es erinnerte mich an die Profile, die auf alten Romanen abgebildet waren. »Worauf?«

»Auf das, was jemand, der alles hat, am allermeisten beschützen möchte.« Ich nickte zu den Bücherregalen. Ihre Energie drückte sich gegen meine Wirbelsäule, sodass ich aufrechter stand und meinen Blick mit unangebrachtem Stolz über sie wandern ließ. »Ich bin positiv überrascht. Bücher zu schützen, das ist … sympathisch.«

Er lachte – ein rauer, heiserer Ton. »Ich möchte dich nicht enttäuschen, aber ich glaube, es geht nicht so sehr um den immateriellen Wert. Das sind ausnahmslos Erstausgaben. Allein das Buch, das du da in den Händen hältst, ist mehr wert als jedes Gemälde im Eingangsbereich.«

Ich fuhr zusammen und starrte auf das Exemplar, an dem ich seit fünf Minuten herumspielte Hastig drehte ich mich um und stellte es zurück an seinen Platz, ehe es in meinen Händen zu Staub zerfallen konnte.

»Verdammt.« Ich klopfte mir die Finger am Pullover ab, als könnte ich so den letzten Beweis meiner potenziellen Schuld loswerden. »Davor muss man doch gewarnt werden.«

»Ich denke, das sollte das Schloss an der Tür übernehmen«, erwiderte er spöttisch.

Ich seufzte und zog den Schreibtischstuhl hervor, sodass ich mich setzen konnte. Vermutlich wäre es klüger, zurückzugehen, doch seltsamerweise erschien mir seine Gesellschaft angenehmer als die der anderen.

»Also«, setzte ich an, nachdem ich mich zurückgelehnt hatte, »was treibt dich hierher?«

»Ruhe und Whisky.« Er griff zum Beistelltisch, hob fragend die halb gefüllte Kristallflasche in meine Richtung. Ich schüttelte den Kopf und sah ihm dabei zu, wie er sich zwei Fingerbreit der goldgelben Flüssigkeit in ein bauchiges Glas einschenkte. »Auf welchem College bist du?«, fragte er und ließ sich im Sessel zurücksinken.

»Trinity Hall. Und du?«

Er deutete um sich. »Trinity College. Wir sind also Nachbarn. Trotzdem hab ich dich noch nie gesehen.«

Ich lachte. An dieser Universität gab es fast fünfundzwanzigtausend Studierende. Dadurch, dass ich meine Zeit außerhalb der Seminare meist mit Lernen verbrachte, kannte ich neben den Leuten in meinem Wohnhaus nur diejenigen genauer, die ich regelmäßig in den bücherbesetzten Hallen traf. »Vergiss am besten einfach, dass sich daran etwas geändert hat. Ich bin im Grunde nur ein parasitärer Eindringling auf diesem elitären Event.«

»Ich bin sicher, meine Freunde wären beeindruckt von deinem Wortschatz.«

Meine Mundwinkel sackten hinab. *Freunde.* Natürlich. Keine Ahnung, worauf ich insgeheim gehofft hatte. Dass er der Sohn des Hausmeisters war, der sich heimlich hergeschlichen hatte? Dabei war es offensichtlich: Er war kein Fehler in dieser Szene, er passte perfekt hinein. Dass er hier war, bedeutete, dass er zu ihnen gehörte. Ein weiterer Grund, warum wir einander bisher nie begegnet waren. Selbst wenn ich mich mehr unter Leute gemischt hätte, hätte ich mit Sicherheit nichts mit jemandem wie ihm zu tun gehabt. Es gab Dinge, die passten einfach nicht zusammen.

»Verstehe. Du bist einer von denen.«

Er hob die Augenbrauen und lehnte sich zu mir vor, sodass sein Gesicht in den Lichtstrahl fiel. Da war eine zarte Narbe, die sich über seine rechte Schläfe zog. Ein silbriger Faden auf seiner ansonsten makellosen Haut. »Wenn du das so sagst, klingt das nach einem Verbrechen.«

»Nein.« Ich lächelte halbherzig. »Zumindest keines, für das ich dir die Schuld geben würde. Man sucht sich nicht aus, in welche Welt man hineingeboren wird.«

»Und welche wäre das bei dir?«

»Keine, mit der du in Kontakt geraten willst.« Meine Fingerspitzen tasteten über die Laufmasche, die oberhalb meines Knies in einem Nagellackklecks endete. Als ich seinen fragenden Blick bemerkte, seufzte ich. »Okay. Sieh mich an.« Ich erhob mich und trat am Tisch vorbei, blieb ein paar Schritte vor ihm stehen. »Sieh dir meine Kleider an. Meine abgetretenen Schuhsohlen, der stumpfe Glanz des Lacks. Das Loch in meiner Strumpfhose, die ich trotzdem so lange tragen werde, bis sie auseinanderfällt. Der Rock, der Vintage ist – aber nicht, weil ich in angesagte Secondhand-Stores gehe, sondern weil er von meiner Großmutter stammt.« Ich hob den schwarzen Stoff an, den ich selbst gekürzt hatte. Dann griff ich nach meiner fransigen Ponysträhne. »Sieh dir den ungleichmäßigen Schnitt an, der verdächtig nach Küchenschere aussieht. Die dunklen Ringe unter meinen Augen und die Tintenkleckse an meinen Fingerspitzen.« Auffordernd nickte ich ihm zu. »Was sagt dir das alles?«

Er brauchte keine zwei Sekunden. »Du bist Stipendiatin.«

Lächelnd verbeugte ich mich und lehnte mich an den Tisch in meinem Rücken. »Das reinste Klischee, nicht?«

»Jeder Mensch erfüllt auf die eine oder andere Weise ein Klischee. Wir wiederholen uns in allem, was wir sind. Ganz gleich, wie besonders und einzigartig wir gerne wären. Wir sind immer nur das Abbild eines anderen.« Einen Moment lang wirkte sein Gesichtsausdruck so verloren, dass ich schwer schlucken musste. Ehe ich etwas erwidern konnte, schüttelte er sacht den Kopf. »Aber dieses Klischee ist immerhin eines, auf das du stolz sein kannst.« Und das war alles. Kein Spott, keine Überheblichkeit, keine gespielte Anerkennung. Seine Reaktion überraschte mich. Und sie gefiel mir. Mehr, als ich ihm zugestehen würde.

Ich neigte den Kopf und musterte ihn erneut. Alles an ihm war sauber und ordentlich. Seine Kleidung war schlicht, aber auch ohne erkennbare Markenzeichen war sichtbar, wie teuer sie gewesen war. Seine Haut sah – abgesehen von der feinen Narbe – gesund, nahezu makellos aus. Sein Haar glänzte, und ich war mir sicher, hätte ich mir seine Hände angesehen, wären sie weich und gepflegt gewesen. Dieser junge Mann wirkte in allem, was er war, wie ein Gemälde. Eine perfekte Momentauf- nahme eines Menschen. Dennoch konnte ich nur daran denken, dass gerade vollkommene Bilder meistens Chaos unter ihrer Oberfläche verbargen. Und sicher war dies auch unter seiner der Fall. Ich bemerkte es an dem Ausdruck in seinen Augen, an der unterschwelligen Nachdenklichkeit, die ihn umgab, seit er dieses Zimmer betreten hatte. Alles daran bedrückte und fas- zinierte mich zugleich. Jemanden wie ihn hatte ich noch nie gesehen. Jemanden, der so präsent wirkte, während er offen- sichtlich nicht ganz anwesend war.

»Darf ich dein Klischee erraten?« Ich wusste nicht, warum ich das fragte. Ich wusste nur, dass ich unbedingt herausfinden wollte, ob das, was ich in ihm sah, der Wahrheit entsprach.

Er nippte irritiert an seinem Drink. »Du kannst es gern ver- suchen.«

Ich zwirbelte an einer Haarsträhne, während ich nach den richtigen Worten suchte. »Du bist der Sohn reicher Eltern. Die Art Eltern, die dein Leben geplant haben, bevor du überhaupt geboren wurdest. Während du seit jeher versuchst, ihren Anforderungen gerecht zu werden, hattest du nie die Chance, herauszufinden, was du eigentlich willst. Du weißt nicht, wer du sein willst, und das zerfrisst dich. Du studierst«, ich hielt inne und musterte ihn aufmerksam: das ausdruckslose Gesicht, die leicht verkrampften Schultern, das Glas, das er fest umklammert hielt, diese Melancholie in seinen Zügen, »Philosophie. Du hoffst, dadurch die richtigen Fragen zu finden, aber je mehr du davon entdeckst, desto weniger Antworten gibt es. Du hast Angst davor, dein Leben zu verschwenden, aber das ist immer noch einfacher, als dir einzugestehen, dass du überhaupt nicht weißt, wofür du es nutzen möchtest.« Ich hielt inne und sah ihn fragend an. »Wie nah bin ich dran?«

Er schwieg, doch seine Schultern entkrampften sich, je länger wir einander ansahen. Vielleicht versteckte sich da sogar ein winziges, anerkennendes Lächeln in seinen Mundwinkeln. »Was hat dich dazu bewogen, hierherzukommen, wenn du so wenig von unserer Welt hältst?«, fragte er schließlich, ohne darauf einzugehen. Vielleicht war das auch schon ein Hinweis darauf, wie nah dran ich gewesen war. Nämlich ziemlich.

»Das, was einen immer dazu bringt, die eigenen Bedürfnisse hintenanzustellen.« Ich senkte die Stimme auf dramatische Horrorfilmtonart. »Liebe.«

»Dein Freund?«

»Oh, nein, ich spreche von einer sehr viel tiefer gehenden Verbindung.« Mein Lächeln fühlte sich ehrlicher an, als ich an Zoe dachte. An dieses offenherzige, aufbrausende, impulsive Mädchen, das – obwohl wir uns so oft uneinig waren – die engste Vertraute war, die ich je gehabt hatte. »Meine beste Freundin hat mich gebeten, sie zu begleiten.«

»Verstehe«, erwiderte er leise und fuhr mit dem kleinen Finger über den Rand des Glases. »Und wo ist sie jetzt?«

Gute Frage. Ich blickte auf meine Armbanduhr und stellte fest, dass fast eine Stunde vergangen war, seit ich die Party verlassen hatte.

»Bei dem Grund, wegen dem sie herkommen wollte, nehme ich an.« Ashtons Name lag mir auf der Zunge, doch ich schluckte ihn herunter. Unten waren zwar recht viele Leute, aber ich konnte nicht ausschließen, dass die beiden befreundet waren. »So ein Typ, der aussieht wie eine lebendige Michelangelo-Statue«, führte ich stattdessen vage aus.

Er runzelte die Stirn, als würde ihn etwas daran überraschen. Oder missfallen. »Ihr wurdet also eingeladen.«

»Wie hätten wir sonst an dem Türsteher vorbeikommen sollen? Komplizierte Tierbezeichnungen gehören nicht zu meinem Standardvokabular.«

»Ich dachte, du wärst ganz gut darin, an Orte zu kommen, die dir eigentlich nicht offen stehen, Pica.« Trotz der seichten Unruhe in seinen Augen erkannte ich diesmal eindeutig ein Lächeln auf seinem schön geschwungenen Mund.

»Pica?«, wiederholte ich irritiert.

Er antwortete nicht, nippte lediglich an seinem Whisky und betrachtete mich nachdenklich.

Widerwillig holte ich weiter aus. »Also … richtig. Allerdings wäre das keine Veranstaltung, die ich freiwillig aufsuchen würde. Ich habe es unten keine zwei Minuten ausgehalten.«

Das Lächeln fiel schlagartig von seinen Lippen. »Was ist passiert?«

»Deine *Freunde*.« Ich hob gelassen die Schultern, obwohl die Erinnerung an diese Typen mich sofort wieder wütend machte. »Ist so ein Prinzipiending, weißt du? Ich werde nicht gern als *Mitbringsel* bezeichnet oder mit einem Pokergewinn gleichgesetzt.« Es sollte sarkastisch klingen, aber ich spürte, wie meine Unterlippe bebte.

Wir schwiegen. Meine Wut pulsierte in Wellen zwischen uns, ich konnte sehen, wie sie ihm gegen das Gesicht schwappten. Es verzog sich ein wenig, als würde das Gefühl unter seine Haut kriechen. »Das tut mir sehr leid. Ich würde gern behaupten, dass sie es nicht so gemeint haben, aber …«

»… du bist auch kein guter Lügner?«

»Ich bin ein sehr guter Lügner. Ich tue es nur ungern«, korrigierte er schlicht. Nicht so, als wäre das etwas, auf das er stolz war. Eher als wäre es eine Tatsache, die er schlicht nicht leugnen wollte. Etwas daran brachte mich zum Lächeln.

Erneut blickte ich auf meine Armbanduhr. Es wurde Zeit zu verschwinden. Nicht nur, weil ich Zoe nicht länger allein lassen wollte, auch, weil es mir nicht behagte, wie wohl ich mich hier fühlte. Dieses Gespräch würde eine einmalige Sache bleiben, und je intensiver es wurde, desto länger würde ich brauchen, um es zu verdrängen. Ich hatte keine Zeit dafür, meine Gedanken mit so etwas zu verwirren. Ich brauchte jeden Funken Aufmerksamkeit für mein Studium.

»Ich sollte jetzt gehen.« Entschlossen nahm ich meine Haarklammer vom Tisch und wandte mich zum Ausgang – nur um doch noch einmal innezuhalten und mich zu ihm umzudrehen. »Wie heißt du eigentlich?«

»Cliff.« Kaum war das Wort heraus, kniff er den Mund so fest zusammen, dass sich seine Kiefermuskulatur anspannte. Er wich meinem Blick aus und runzelte die Stirn, als wäre er verärgert.

Ich nickte irritiert und ging weiter auf die Tür zu, obwohl mich alles an – und in – diesem Raum reizte zu bleiben. Es war absurd, aber ihn zu verlassen, in dem Wissen, dass ich ihn nie wiedersehen würde, fühlte sich auf tiefgehende, unangenehm schmerzhafte Weise falsch an. Es war, als hätte ich etwas vergessen. Etwas, an das meine Gedanken sich nicht erinnern konnten, meine Gefühle aber schon. Sie blockierten regelrecht, und ich musste mich dazu zwingen, weiterzugehen. »Dann wünsche ich dir jetzt noch einen schönen Abend, Cliff.«

»Warte«, hielt mich seine Stimme zurück. Als ich mich zu ihm umwandte, stand er neben dem Sessel, die Hände in den Hosentaschen vergraben, der Blick unergründlich auf mich gerichtet. »Du hast mir deinen Namen nicht gesagt.«

Ich klemmte mir die leicht verbogene Klammer wieder ins Haar. »Wozu auch? Du sollst dieses Gespräch doch eh vergessen. Ein Name ohne Gesicht bedeutet nichts, oder?«

Ernst schüttelte er den Kopf und machte einen Schritt auf mich zu. »Das sehe ich nicht im Geringsten so.« Das Flurlicht warf einen dünnen Lichtstrahl auf seine Züge, das dunkle Braun seiner Augen leuchtete auf.

Einen Moment lang betrachtete ich ihn, spürte, wie ich ein Bild davon machte. Von ihm. Eine Momentaufnahme einer Momentaufnahme eines Menschen, an die ich mich mit Sicherheit länger erinnern würde, als mir lieb war. Dann drehte ich mich um und öffnete die Tür ganz. »Vergiss nicht abzuschließen, wenn du gehst. Man kann nie wissen, was für Gesindel sich hier herumtreibt.«

Als ich den Flur schon ein paar Schritte hinabgelaufen war, glaubte ich, ihn leise lachen zu hören.

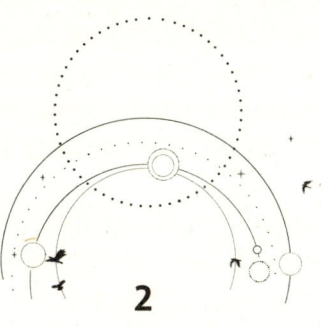

2

MABEL

Wenn es geregnet hatte, versilberte sich der Campus. Die asphaltgeebneten Wege waren verziert von etlichen Pfützen, in denen sich die Mittagssonne spiegelte. Winzige Lichtflecke auf dem dunklen Stein, deren Glitzern in den Augen blendete.

Es hatte das ganze letzte Seminar über geregnet, doch sobald wir das Gebäude verließen, hörte es auf. Ein paar letzte Tropfen nieselten auf unsere Köpfe, als Zoe und ich uns auf den Weg Richtung Trinity College machten. Ich bemühte mich, den Pfützen auszuweichen, während Zoe durch sie hindurchstapfte. Ihre Wildlederstiefel waren bereits durchnässt, doch sie schien es nicht zu bemerken. Die vergangenen Stunden hatte sie kaum ein Wort gesagt, sondern lediglich aus dem Fenster des Seminarraums gestarrt, sodass der Regen in ihren glasigen Augen reflektiert wurde.

Obwohl es mir manchmal schwerfiel, ihrem unaufhörlichen Gerede zuzuhören, vermisste ich es jetzt. Eine schweigsame Zoe war beunruhigend. »Geht's dir gut?«, fragte ich zum wiederholten Male. Das letzte war vor gut zehn Minuten gewesen, als wir in der Schlange des *Nero* gestanden hatten, um für das Mittagessen mit Davie einzukaufen. Schon da hatte ich mehrere Anläufe gebraucht, um eine Antwort zu erhalten. Als sie nicht reagierte, stupste ich sie in die Seite.

Sie zuckte zusammen und sah erschrocken zu mir. »Was?«

Besorgt musterte ich sie. Ihre Augen wirkten glanzloser als sonst, das Blau verwaschen und ausgeblichen. Und selbst der Abdeckstift, den Zoe jeden Morgen auftrug, konnte nicht verbergen, dass sich die Müdigkeit kaffeesatzfarben daruntergelegt hatte. »Geht's dir gut?«, wiederholte ich.

Zoe verdrehte die Augen und konzentrierte sich auf den Weg vor sich – nur um direkt durch die nächste Pfütze zu laufen. Das schmutzige Wasser fraß sich in den Saum ihrer Hose. »Es ginge mir besser, wenn du aufhören würdest, mich das im Minutentakt zu fragen«, erwiderte sie gereizt.

»Du bist im Seminar fast eingeschlafen, Zoe.«

Sie stöhnte und warf die Hände in die Luft. »Ja, stell dir vor, Shakespeares Sonette versetzen mich nicht unbedingt in Ekstase.« Missmutig kickte sie einen Stein über den Weg, sodass er auf die angrenzende Wiese rollte. Im Sommer lagen hier die Studierenden zwischen den Kursen auf ihren Jacken und reckten die bibliotheksbleichen Nasen Richtung Sonne. Jetzt war auch das Gras von silbrigen Wasserpfützen übersät.

»Wieso analysieren wir nicht mal was Zeitgenössisches? Es gibt doch auch heutzutage gute Gedichte. Wir könnten zum Beispiel mal über Rupi Kaur sprechen. Die Frau redet in verständlicher Sprache über Dinge, die mich wirklich bewegen. Ich habe es so satt, mir das immer gleiche Gerede von alten, toten Männern anzuhören.«

»Shakespeare ist einer der bedeutendsten Dramatiker der Weltliteratur.« Ich musterte sie skeptisch. Eigentlich liebte Zoe Shakespeare. Sie hatte mich in dem einen Jahr, das wir einander kannten, zu drei verschiedenen Theateradaptionen von *Romeo und Julia* überredet.

Ihrem Gesichtsausdruck zufolge konnte sie sich gerade jedoch nicht daran erinnern, dass sie jemals irgendetwas für gut befunden hatte. »Und Rupi Kaur ist eine Internet-Ikone der Neuzeit«, setzte sie störrisch nach.

Ich schüttelte den Kopf. »Du hättest nicht Englisch wählen dürfen, wenn du dieses Jahrhundert studieren möchtest. Außerdem sind nicht alle Gedichte Sonette und …«

»Stopp«, unterbrach Zoe mich und nahm mir meinen Becher aus der Hand. »Ich liebe dich, aber ohne Koffein ertrage ich deine nervtötende Klugheit keine Minute länger.«

Stirnrunzelnd sah ich ihr dabei zu, wie sie meinen Kaffee – und damit ihren dritten des Tages – austrank. »Sicher, dass es dir gut geht? Du bist die ganze Woche schon so fertig. Seit Freitagnacht, um genau zu sein.«

Wobei *fertig* eine euphemistische Beschreibung für Zoes Zustand war, in dem sie seit der seltsamen Party verharrte. Nachdem ich das Bücherzimmer verlassen hatte und zurück in den Saal gegangen war, hatte ich sie und Ashton schließlich auf einem Samtsofa in der Ecke entdeckt. Im ersten Moment hatte ich gedacht, sie würden sich küssen, beim zweiten Hinsehen jedoch erkannt, dass Zoe gar nicht mehr richtig anwesend war. Sie hatte an seiner Schulter gelehnt, die Augen geschlossen, das Gesicht friedlich und entspannt. Erst nach ein paar Minuten hatten wir sie dazu bringen können, aufzustehen. Ashtons Angebot, uns nach Hause zu begleiten, hatte ich abgelehnt. Den gesamten Weg über war Zoe so teilnahmslos und abwesend gewesen, dass sich in meinem Kopf bereits die schlimmstmöglichen Optionen eröffnet hatten, was sie genommen haben könnte. Am nächsten Morgen behauptete sie, sie hätte nicht einmal viel getrunken und wüsste selbst nicht, warum sie so fertig gewesen war. Trotzdem litt sie das restliche Wochenende unter Kopfschmerzen und Übelkeit und blieb größtenteils in ihrem Zimmer. Sie schaffte es dennoch, von einem *gelungenen Abend* zu sprechen. Ihr Optimismus war mir unheimlich.

Jetzt hob sie die Schultern und zupfte an der Schlaufe ihres Mantels herum. »Ich war gestern einfach lang wach.« Ihre Stimme wurde weicher, weniger angriffslustig. Ein Anzeichen dafür, dass sie im Grunde darüber sprechen wollte.

»Warst du noch aus?«

»Nein.« Sie hielt inne und biss sich auf die Unterlippe. »Ashton hatte gesagt, dass er vielleicht noch was machen will. Aber er hat sich dann nicht mehr gemeldet.«

Bitterkeit stieg in meinem Mund auf und legte sich pelzig über meine Zunge. »Also bist du die halbe Nacht wach geblieben und hast gewartet, dass er doch noch anruft.«

Ich bemühte mich darum, es nicht wie eine Anklage klingen zu lassen, aber Zoe spannte sich sofort wieder an. »Na und? Ich bin eine zwanzigjährige Studentin, Mabel. Nicht alle von uns wollen ihre Abende einsam mit einem Buch im Bett verbringen, um pünktlich um zehn das Licht auszumachen und von noch mehr Büchern zu träumen.«

Meine Wangen brannten, mein Herz auch. Ich umfasste den Lederriemen meiner Tasche fester und fokussierte mich auf den Weg. Das machte Zoe öfter: Wenn sie stritt, wurde sie unfair. Sie hatte ein gutes Gespür dafür, was ihr Gegenüber verletzte, und wenn sie impulsiv wurde, setzte sie das ein.

Zoe wusste, wie wichtig das Studium für mich war. Ich lernte gern und ich lernte viel, aber ich machte all das nicht nur, weil ich es wollte, sondern auch, weil ich musste. Mein Stipendium hing an den Noten und meine Zukunft wiederum am Stipendium. Ich wusste, wie dankbar ich dafür sein konnte, überhaupt hier studieren zu können, aber der Druck blieb. Schon jedes Mal, wenn ich krank wurde und mich ein paar Tage lang nicht aufs Lernen konzentrieren konnte, bekam ich Panik. Im Grunde hatte sie recht: Ich konnte mir keine schlaflosen Nächte leisten, es sei denn, ich verbrachte sie mit meinen Büchern.

Ein paar Minuten lang schwiegen wir. Die blaubauchigen Wolken zogen sich immer weiter auseinander und gaben den Himmel frei. Die umliegenden Gebäude badeten im Sonnenlicht, ihr Fassadenbraun wurde von Goldfäden durchzogen. Gold und Silber. An Tagen wie diesen konnte ich mir keinen schöneren Ort vorstellen als unsere Universität.

Schließlich stieß Zoe ein tiefes Seufzen aus. »Gott, das war ätzend. Ich benehme mich wie die Diva aus einem dieser amerikanischen Highschool-Filme. Entschuldige bitte.« Sie hakte sich bei mir unter und blinzelte zerknirscht zu mir auf. »Die Müdigkeit hat aus mir gesprochen. Und der Kaffeerausch. Und die seelischen Wunden, die Professor Waltons grausame Langeweile hinterlassen hat. Verzeihst du mir?«

Ich verdrehte die Augen, konnte mir ein winziges Lächeln aber nicht verkneifen. »Schon gut.«

Normalerweise fiel es mir schwerer, Dinge zu entschuldigen. Doch Zoe konnte ich nie lange böse sein. Meine Mutter hatte oft gesagt: *Aufrichtig lieben bedeutet immer auch verzeihen.* Seit ich Zoe kannte, verstand ich das.

Ehe ich noch etwas sagen konnte, ertönte neben uns ein lang gezogener Pfiff. Zoe stieß ein genervtes Schnauben aus und setzte erkennbar zu einer unfreundlichen Ansage an. Doch als sie sich zur Seite wandte, blieb sie stattdessen abrupt stehen.

Irritiert tat ich es ihr gleich und folgte ihrem Blick. Nur zwei Meter von uns entfernt, direkt auf den Stufen des kleinen Pavillons – dem Wahrzeichen von Trinity College –, saß eine Gruppe Menschen. Mein Blick fiel automatisch auf den jungen Mann auf der untersten Stufe. Der Saum seines Mantels hing bis auf den Boden hinab und seine Schuhe waren regenbenetzt, dennoch schaffte er es, etwas Anmutiges auszustrahlen. Seine Locken schimmerten im Licht, ähnlich wie die Gebäudefassaden. Noch mehr Gold.

Ashton lächelte träge zu Zoe auf. Der Ausdruck in seinen Augen wirkte dennoch wachsam. »Anima, wie schön.«

Mehr brauchte es nicht, und Zoes Müdigkeit zog sich aus ihren Zügen zurück. Vorteilhafte Röte legte sich auf ihre Wangen. »Hey«, erwiderte sie versonnen. Dass dieser Typ sie gestern noch versetzt hatte, schien sie vergessen zu haben.

Ich räusperte mich, Zoe zuckte zusammen. Sie ignorierte meinen vielsagenden Gesichtsausdruck und sah mich mit freundlicher Strenge an. »Ist das nicht ein schöner Zufall? Das sind die netten Leute, die du auf der Party hättest kennenlernen können, wenn du nicht stundenlang verschollen gewesen wärst.«

Ich verkniff mir ein Augenrollen und betrachtete stattdessen beiläufig die anderen. Auf der Stufe hinter Ashton saß eine Frau, die mir vage bekannt vorkam. Vielleicht, weil wir uns am Freitag begegnet waren, vielleicht aber auch nur, weil ich sie irgendwann auf dem Campus gesehen hatte. Sie hatte eins dieser Gesichter, die man immer wahrnehmen würde, ganz gleich, wie flüchtig man sie zu sehen bekam. Fein geschnittene Züge, prägnante Wangenknochen, große, blassblaue Augen. Ein Elfengesicht aus Pastelltönen. Lediglich ihr fuchsrotes Haar, das ihr vom Wind zerzaust ins Gesicht hing, war zu farbintensiv für ihre Erscheinung. Der Kontrast ließ sie umso anziehender wirken. Ihre Aufmerksamkeit streifte mich nur kurz, ehe sie sich wieder auf ihr Handy fokussierte.

Mein Blick flackerte zu dem jungen Mann, der neben ihr saß. Noch ehe ich es begriff, begann mein Herz schwer zu pochen. Drei, vier Sekunden lang starrte ich ihn an, bis ich realisierte, was ich sah. *Wen* ich sah. Cliff.

Schwarzer Rollkragenpullover, karierter Mantel, ein zerfleddertes Buch auf dem Schoß und ein angespannter Zug um den Mund. Er sah mich nicht an, aber die Falte zwischen seinen Brauen ließ mich erahnen, dass er mich dennoch bemerkt hatte. Bemerkt und erkannt. Eine Tatsache, die er scheinbar nicht publik machen wollte. Die Art, wie er mich ignorierte, sah jedenfalls nicht nach Wiedersehensfreude aus. Es sollte mir egal sein, trotzdem spürte ich, wie mein Magen sich unangenehm zusammenzog. Hastig sah ich wieder fort.

Ich presste die Lippen zusammen, als ich den Typen bemerkte, der neben Ashton saß. Sein schulterlanges Haar war zwar zu einem Dutt gebunden, aber ich erkannte ihn dennoch sofort.

Er mich auch – und anders als Cliff schien es ihm nicht wichtig, das zu verbergen. Ein verschlagenes Grinsen stahl sich auf seinen Mund, während er mich eingehend musterte. »Anna Karenina, sieh an.«

Mir schossen etwa zehn Erwiderungen durch den Kopf, die Zoe mir allesamt übel genommen hätte. Glücklicherweise kam Ashton mir zuvor. Er schnalzte mit der Zunge und sah mahnend zu seinem Freund. »Sei nicht unhöflich, Vic. Ihr Name ist Mabel.« Mit einem weichen Lächeln wandte er sich in meine Richtung. »Das bedeutet *die Liebenswürdige,* nicht? Hübscher Name.«

»Hab ihn mir nicht ausgesucht«, erwiderte ich sachlich. Zoes Seitenknuff brachte mich dazu, hinterherzuschieben: »Aber herzlichen Dank im Namen meiner Eltern.« Vermutlich konnte ich den Zynismus nicht so gut verbergen wie gedacht. Zoes Finger krallten sich tiefer in meine Seite. Mein Mantel dämpfte den Druck etwas ab, trotzdem biss ich mir auf die Unterlippe, um nicht mehr zu sagen.

Ashton lächelte noch immer. »Also, liebenswürdige Mabel. Für den Fall, dass du sie letzte Woche noch nicht kennengelernt hast: Das sind Victor, Norah und …«, er drehte sich um und nickte zu Cliff, der nach wie vor auf das aufgeschlagene Buch starrte, als würden die Buchstaben ihn vor unserer Anwesenheit bewahren, »… Blake.«

Es dauerte einige zähe Sekunden, ehe ich es realisierte. Wenn man etwas hörte, das so sehr den Erwartungen widersprach, tat das Bewusstsein oft für einen Moment so, als hätte es nichts davon wahrgenommen. Ich merkte erst, dass ich die Luft angehalten hatte, als die fünf falschen Buchstaben auf den Grund meines Gedankenmeers gesunken waren. Etwas zu laut atmete ich aus.

»Blake.« Der Name rutschte haltlos über meine Zunge. Eine halbe, hörbar irritierte Frage, die ich am liebsten sofort zurückgezogen hätte.

Langsam hob er den Kopf und sah mich an. Er erwiderte nichts, doch sein Blick drückte mehr aus, als ich wahrnehmen wollte. In seinen dunklen Augen lag pures Desinteresse, einzig das Hervorstechen seiner Wangenmuskulatur verriet, dass er angespannt war. Es wirkte, als wäre er wütend. Wütend, dass ich ihn dazu zwang, an diesem Gespräch teilzunehmen, wütend, dass ich – wenn auch nur vor ihm – zu erkennen gab, dass wir uns bereits kennengelernt hatten. Vielleicht war er aber auch einfach wütend auf sich selbst, weil er das zugelassen hatte. Vermutlich bereute er es in diesem Moment, dass er mich nicht sofort aus dem Bücherzimmer hinausgeworfen hatte. Gott sei Dank war er nicht so leichtsinnig gewesen, mir seinen richtigen Namen zu verraten. Wo käme die Elite dieser Welt hin, wenn sie Menschen wie mir auch nur einen Funken Interesse oder Anstand entgegenbringen würde? Warum überraschte mich das überhaupt? Er hatte mir doch gesagt, dass er ein guter Lügner war.

Ich spürte Hitze im Nacken, die sich von dort zielstrebig ausbreitete. Mit glühenden Fingerspitzen grub sie sich in meine Wangen, zerrte meine Mundwinkel hinauf und biss in meine Stimmbänder. »Auch ein hübscher Name. Das bedeutet *der Aufrichtige,* nicht?«, fragte ich betont freundlich.

Er hob eine Braue, ansonsten blieb seine Mimik ausdruckslos. »Eigentlich *der Dunkle.*«

Seine Stimme ließ mich leicht zusammenzucken. Sie war tief, ein wenig rau und – was das Schlimmste war – vertraut. Vielleicht hatte ein Teil von mir bis eben noch gehofft, dass er einen unfreundlichen Zwillingsbruder hatte.

»Ah«, machte ich gedehnt. »Mein Fehler.« Das aufgesetzte Lächeln schmerzte zunehmend, ebenso wie der bohrende Blick, mit dem er mich ansah. Ein stummes *Sei still.*

Ich wollte noch mehr sagen, verkniff es mir aber. Es stimmte: Es war mein Fehler gewesen, für den Bruchteil eines Moments zu glauben, dass jemand, den ich in solch einer Umgebung traf, kein verlogener Mistkerl sein könnte.

Ashton hatte unseren Wortwechsel aufmerksam verfolgt, jetzt neigte er den Kopf. »Wollt ihr euch zu uns gesellen?«

Zoes Mund wurde zu einem Sichelmond, der ihr ganzes Gesicht erhellte. Ihr fiel vermutlich nicht auf, dass seine Freunde wenig begeistert wirkten über die Aussicht, ihre Freizeit mit uns zu verbringen.

Ich wünschte, ich hätte noch meinen Kaffee, um ihn in ihre Gesichter kippen und so jede Regung von Missgunst und Genervtheit aus ihren Zügen ätzen zu können. Stattdessen legte ich meine Hand schützend auf Zoes Unterarm. »Wir sind zum Essen verabredet.«

Zoe seufzte. »Du weißt, dass meine Anwesenheit dabei nicht wirklich nötig ist. Davie freut sich sicher, wenn er dich mal dreißig Minuten für sich hat.«

Meine Wangen wurden warm. »Er ist auch dein Freund, Zoe.«

Sie löste sich von mir und sah mich entschieden an. »Dann grüß ihn lieb von mir. Wir sehen uns später, Mabel.«

Noch bevor ich antworten konnte, hatte sie einen Schritt von mir weg auf sie zu gemacht. Ashton wich bereitwillig zur Seite, sodass eine Lücke auf der Stufe entstand. In mir keimte der Drang auf, Zoe davor zu bewahren, sich dorthin zu setzen. Der Hauch einer dunklen Vorahnung, der Zipfel einer unergründlichen Angst, die durch mich hindurchhuschte. Ich tat es nicht. Stattdessen stand ich nur da und umklammerte den Riemen meiner Tasche, bis ich spürte, dass das Leder nachgab.

Als sie sich setzte, wandte ich mich zum Gehen. Für einen Moment verfing sich mein Blick in Cliffs. Nein, *Blakes*. Die Farbe seiner Augen wirkte noch näher am Schwarz als letztes Mal, und das, obwohl es hier so viel heller war als in dem Bücherzimmer.

In diesem Moment überkam mich der Gedanke, dass manche Dinge bei Licht besehen dunkler waren als bei Nacht. Und dass ich noch immer große Lust hatte, Kaffee in ihre Gesichter zu schütten. Vor allem in dieses eine.

Ohne ein Wort wandte ich mich ab und ging. Zoes Lachen hallte in meinen Ohren wider und ließ mich meine Schritte beschleunigen, bis ihre Geräusche mit denen der anderen Studierenden verschwammen. Der Campus fächerte sich vor mir auf, doch je weiter ich lief, desto mehr beschlich mich das unangenehme Gefühl, dass ich sein Zentrum hinter mir ließ.

Das Redaktionsbüro der *Blue News* lag am Rande des Campus vom Trinity College. Vom Eingang aus brauchte man fast zehn Minuten, ehe man die Tür im hinteren Winkel des Gebäudes erreichte. Wenn Davie sich wieder einmal über einen abgelehnten Förderantrag beschwerte, pflegte er zu sagen, die Lage des Büros wäre eine Metapher für die Wertschätzung, die die Universität ihrer Zeitung entgegenbrachte.

Als ich die Tür nach einem Klopfen öffnete, fiel mir dennoch sofort wieder auf, wie sehr ich die Abgeschiedenheit des Raums mochte. Er war nur etwa zwanzig Quadratmeter groß. Die vier Arbeitsplätze standen eingeengt zwischen Aktenschränken, Archivregalen und Rollwagen, in denen sich längst überfällige Bücher aus der Bibliothek stapelten.

Die Fenster waren im Sommer umwuchert von dichten Ranken Blauregen. Jetzt, da er verblüht war, konnte sich das Mittagslicht mühelos in den Raum stehlen. Staubkörner tanzten in seinen schmalen Streifen, die sich überall wiederfanden. Davie stand mitten in einem davon, direkt am geöffneten Fenster. Die Augen geschlossen, der Kopf in den Nacken gelehnt. Auf seinen nackten Armen hatte die Luft eine Gänsehaut hinterlassen. Das alte Radio auf seinem Schreibtisch war an, irgendein Lied von *The Smiths* breitete sich blechern im Raum aus.

»Du weißt, dass du auch zwischendurch lüften kannst, ohne dass du Besuch empfängst, ja?« Mit einem spöttischen Grinsen schloss ich die Tür hinter mir und ging auf ihn zu.

Davie wandte sich mir zu. Die Sonne schimmerte auf seiner braunen Haut und in dem tiefen Ton seiner Augen. »Ich möchte dir aber stets das Gefühl geben, etwas Besonderes zu sein, Mabel.«

»Das kann ich nur zurückgeben. Deswegen habe ich dir auch nur das Köstlichste von *Nero* mitgebracht.«

Ich platzierte die Papiertüten auf Davies Schreibtisch, der direkt vor der undichten Scheibe stand und der Grund für seine quasi dauerhafte Erkältung war. Davie verbrachte von all seinen Redaktionskollegen die meiste Zeit in diesem Raum. Er war der Einzige, der einen Schlüssel für das Gebäude hatte und einen festen Platz besaß. Außerdem war er es, der Stunden damit verbrachte, sich Artikelideen zu überlegen und das Layout der neusten Ausgabe zum zwanzigsten Mal zu überprüfen. Davie behauptete, es gäbe bei *Blue News* keinen Chefredakteur, da sie ein demokratisches und gleichberechtigtes Blatt sein wollten. Seit ich gehört hatte, wie die anderen ihn *Commander* nannten, gab ich darauf nicht mehr allzu viel.

»Meine Heldin.« Davie schloss das Fenster, ehe er auf seinen Stuhl sank.

Ich setzte mich auf einen auf der anderen Seite des Tischs, die er immer bereitstellte, wenn wir uns zum Mittagessen trafen. Was in den vergangenen Monaten zu einer meiner liebsten Routinen geworden war.

Wir hatten uns beim Bootsrennen zwischen den Rudermannschaften aus Cambridge und Oxford kennengelernt. Eins der Highlights, bei denen die alteingesessene Konkurrenz der zwei Eliteuniversitäten bis zur Absurdität zelebriert wurde. Meine Begeisterung, dafür bis nach London zu fahren, war gering gewesen, aber Zoes Meinung nach war man erst richtige Studentin in Cambridge, wenn man daran teilgenommen hatte.

Nach zwei Stunden, die wir zitternd vor Kälte am Ufer der Themse verbracht und auf das Vorbeiziehen der Boote gewartet hatten, wusste ich immer noch nicht, wieso.

»*Macht es einen schlechten Menschen aus mir, wenn ich mir wünsche, dass einer von ihnen ins Wasser fällt?*«, hatte jemand neben mir gefragt, als die langen Ruderboote schließlich in beachtlichem Tempo vorbeigezogen waren und um uns herum Anfeuerungen und Jubelschreie entfacht hatten.

»*Kommt drauf an*«, hatte ich mit Blick auf die Kamera erwidert, die der Typ auf das Wasser gerichtet hatte. »*Ist das ein professioneller Wunsch oder ein privater?*«

Er hatte tief geseufzt. »*Die Antwort wird mich nicht sympathisch machen, fürchte ich.*«

Womit er sich geirrt hatte.

»Wo ist Zoe?«, fragte Davie jetzt, während er sein Avocadosandwich aus dem Brotpapier wickelte.

Sofort sackte mein Lächeln hinab. Mein Blick wanderte zu der Tüte mit Zoes Gemüsewrap, die ich reflexartig an ihren Platz neben mir gelegt hatte. »Sie wurde aufgehalten«, sagte ich bemüht arglos. »Ich soll dich lieb grüßen.«

Bemüht arglos funktionierte bei Davie nie. *Journalistisches Gespür* nannte er das. *Anstrengend gute Menschenkenntnis* nannte ich es. Er hob die Augenbrauen und ließ das Sandwich sinken. »Habt ihr Streit?«

Ich pflückte etwas Kresse aus meinem Brötchen. »Nein. Sie hat nur einen dieser Campus-Schnösel kennengelernt.«

Interessiert stützte Davie sein Kinn mit einer Hand auf. Das Sandwich hatte er längst beiseitegelegt. Das war typisch: Er konnte noch so hungrig sein, wenn er eine spannende Geschichte witterte, war alles andere vergessen. »Und der ist kein guter Typ?«

»Keine Ahnung. Ich habe nicht wirklich mit ihm geredet.« Alles andere wäre gelogen. Ich konnte nicht sagen, was für ein Mensch Ashton war. Vielleicht versteckte sich unter der marmornen Fassade ein herzensguter, tiefgründiger Mann. Ich wollte das gern glauben – Zoe zuliebe. Trotzdem spürte ich, dass etwas mit ihm nicht stimmte. Er behagte mir nicht.

»Warum machst du dir dann Sorgen?«, fragte Davie.

Ich seufzte und legte den Kopf kurz in den Nacken. »Es ist Zoe. Sie ist so lieb und … gut. Und das verträgt sich nicht mit einem heißen, arroganten Kerl, der denkt, dass ihm die ganze Welt zu Füßen liegt.« Ich zögerte und zupfte mehr Kresse heraus, um Davies wachsamen Blick nicht erwidern zu müssen. »Außerdem, kennst du das, wenn man jemanden sieht und einfach weiß, dass er nicht gut ist?«

»Klar.« Davie nickte ernst. »Das nennt man Vorurteile.«

Ich verdrehte ertappt die Augen und warf meine Serviette nach ihm. Davie fing sie ab und steckte sie in seine Hemdtasche, ehe er mir ein aufmunterndes Lächeln schenkte.

»Mach dir mal keine Sorgen um Zoe. Ich habe letztens gesehen, wie sie einem Typen eine Ansage gemacht hat, der sich in der Schlange beim Kaffeewagen vordrängeln wollte. Dieser Kerl wird nie wieder derselbe sein, glaub mir. Die Frau kann auf sich aufpassen.«

»Weiß ich doch.« Zoe war niemand, den man beschützen musste. Wenn sie das Gefühl hatte, ungerecht behandelt zu werden, konnte sie extrem gut für sich selbst einstehen. Hätte jemand anderes sie derart versetzt, wie Ashton es gestern getan hatte, hätte Zoe ihn bereits als Vergangenheitsmaterial verbucht. Etwas an ihm schien sie so zu reizen, dass sie nicht in Betracht zog, sich von ihm fernzuhalten.

Mühsam rang ich mir ein Grinsen ab. »Entschuldige, ich wollte dich nicht damit zutexten.«

Davie winkte ab. »Dafür hat man doch Freunde.« Er langte neben sich in seinen Rucksack und stellte eine kleine Box vor mich. »Und hierfür natürlich.«

Der süßliche Geruch drang verräterisch in meine Nase, noch bevor ich die Pappschachtel geöffnet hatte. Schokoladenkuchen von *Bridget's Bakery*, der sündhaft teuren Bäckerei am St. John's College. Der Kuchen, für den ich freiwillig zwei Tage lang fasten würde und den ich mir eigentlich nicht leisten konnte. Eins dieser winzigen Stücke kostete so viel wie meine Wochenration Kaffee in der Mensa.

»Gott, du bist wahrhaftig perfekt, Davie Waverly!« Ich griff nach der Gabel, die in der Box lag. Bereits mit dem ersten Bissen löste sich die Schwere meiner Gedanken auf, mein Lächeln wurde echter. Normalerweise mochte ich es nicht, wenn man mir etwas schenkte, das ich mir selbst nie leisten würde, aber hierfür machte ich eine Ausnahme. Dieser Geschmack war es wert, den eigenen Stolz beiseitezuschieben.

Davie beobachtete mich zufrieden dabei, wie ich in andächtiger Stille den Kuchen in winzige Stücke zerlegte und jeden Bissen auf der Zunge zergehen ließ.

»Und jetzt lass uns über Erfreulicheres reden. Was gibt es Neues im Universum von Cambridge?« Ich legte die Gabel beiseite, nachdem ich die Hälfte gegessen hatte.

Davie verschränkte die Arme hinter dem Kopf. »Halt dich fest«, begann er mit bedeutsam tiefer Stimme. »Die Cateringfirma der zentralen Essenshalle soll wechseln.«

Ich fasste mir ans Herz. »Ist nicht wahr.«

»Doch. Angeblich gab es da einen kleinen Salmonellenskandal aufgrund mangelhafter Kühlgeräte.«

»Ein Glück, dass wir uns nicht auf das Mensaniveau hinabbegeben, sondern in diesen ehrwürdigen Hallen dinieren.« Ich machte eine ausladende Geste, die das Blätterchaos auf Davies Schreibtisch umfasste.

Er hob abwehrend die Hände. »Hey: Ein Wort von dir und ich hole die Teelichter aus der Schublade, um dir ein Eins-a-Candle-Light-Dinner zuzubereiten.«

Lachend winkte ich ab. »Danke, ich bin wunschlos glücklich. Außerdem kann ich nicht riskieren, dass dieser Papierberg in Flammen aufgeht.« Interessiert beugte ich mich vor, um das Etikett auf der Akte lesen zu können, die ganz oben lag. Sie war so dick, dass die Klammer aufgesprungen war. »Was ist das eigentlich alles?«

Beiläufig legte Davie einen anderen Ordner darauf, sodass die Beschriftung verdeckt wurde. »Recherchematerial.«

Ich versuchte, seinen Blick einzufangen. Mit einem Mal wirkte sein Gesicht hoch konzentriert. »Ziemlich viel für einen Artikel über die Mensa«, stellte ich fest.

»Ich bin ein gründlicher Journalist.« Davie zielte mit der leeren Brötchentüte auf den Papierkorb neben dem Schreibtisch. Er verfehlte ihn knapp, stand jedoch nicht auf, um sie aufzuheben. Ein Teil von mir war sich sicher, dass er mich nur nicht allein mit seinen Unterlagen lassen wollte.

Was mich nur neugieriger machte. Davie war niemand, der ein Geheimnis aus seinen Artikeln machte. Meistens redete er während der Recherche ausgiebig über die Themen und gab mir mehrere Rohfassungen zum Lesen. Das hier war seltsam. Und ich war absolut anfällig für *seltsam*.

»Und ein schlechter Lügner. Was ist das wirklich?«

Er schwieg. Draußen hatten sich die Wolken wieder zusammengezogen, taubengraues Licht stahl sich durch das Fenster hinein und warf einen weichen Filter zwischen uns. Die Papierberge schimmerten bläulich, etwas in Davies Blick glänzte silbrig. Ich erkannte diesen Ausdruck: eine verhängnisvolle Mischung aus Vorfreude, Nervosität und Anspannung.

»Was heckst du aus, Davie?«

Er seufzte, dann lehnte er sich etwas zu mir vor und senkte die Stimme. »Okay, erwischt. Ich bin da an einer neuen Story dran. Was richtig Großem.«

»Klingt geheimnisvoll.« Mein Herz beschleunigte, und ich rutschte vor an die Kante des Stuhls. Die unterschwellige Aufregung in Davies Stimme war ansteckend.

Er nickte und lehnte sich wieder zurück. »Ist es auch.«

»Jetzt hast du mich wirklich neugierig gemacht.« Erneut versuchte ich, nach der Akte zu greifen, aber Davie war schneller. Bestimmt umfasste er meine Hand mit seiner und drückte sie, während er mich entschuldigend anlächelte. »Vergiss es.

Das ist alles ziemlich vage, und … ich kann noch nicht darüber sprechen.«

»Nicht einmal mit mir?«

Sein Lächeln wurde sanfter, er strich mit dem Daumen über meinen Handrücken. »*Ganz besonders* nicht mit dir.«

Leichte Befangenheit stieg in mir auf, als ich auf unsere Finger hinabsah. Davie und ich waren Freunde und wir berührten einander oft beiläufig, aber in Momenten wie diesem ahnte ich, was Zoe meinte, wenn sie nach einem Treffen mit uns vielsagend die Augenbrauen hob und »Oh, oh« raunte. Ich wusste nicht genau, was das zwischen uns war, aber ich war mir sicher, dass ich es nicht herausfinden wollte. Davie war der beste männliche Freund, den ich je gehabt hatte, und daran sollte sich nichts ändern. Ganz abgesehen davon, dass ich für alles andere sowieso keine Zeit erübrigen konnte.

Mit einem gespielt bedauernden Blick entzog ich ihm meine Hand und griff nach meiner Tasche. »Na gut, wie du willst. Dann werde ich dich jetzt in Ruhe weiterarbeiten lassen.«

»Wenn es druckreif ist, bist du die Erste, die es lesen darf«, versprach er mir mit einem verunsicherten Grinsen.

Ich versuchte, nicht darüber nachzudenken, und setzte zu einer Antwort an, da summte mein Handy auf. Als ich die Nachricht überflog, musste ich stöhnen.

»Was ist?«, fragte Davie besorgt.

»Zoe.« Ich schob das Handy in meine Manteltasche. »Ashton hat sie noch mal eingeladen, etwas mit seinen Freunden zu unternehmen. Sie will, dass ich sie wieder begleite.«

»War es beim letzten Mal so schlimm?«

Ich zögerte. Bis vor einer Stunde hätte ich den Abend zwar als durchwachsen bezeichnet, ihn aber nicht *schlimm* nennen können. Weil es da einen Moment in diesem seltsamen Zimmer mit diesem seltsamen Typen gegeben hatte, der – trotz all der Umstände – irgendwie schön gewesen war. Besonders. Erinnerungswürdig. Doch jetzt, da ich wusste, dass *Cliff* in jeglicher

Hinsicht ein Trugbild gewesen war, wollte ich insbesondere die Begegnung mit ihm vergessen. »Es war einfach schräg. Diese Leute sind ... ich weiß nicht, was das richtige Wort dafür ist. Elitär? Abgehoben? Gruselfilmtauglich?«

»Alles, was ich wieder höre, sind deine Vorurteile«, gab Davie zu bedenken. Und natürlich hatte er irgendwie recht.

Ich streckte ihm trotzdem die Zunge heraus und ging Richtung Tür. »Wärst du dabei gewesen, würdest du verstehen, was ich meine. Es gab ein Codewort, um reingelassen zu werden, Davie. Und das war nicht *Apfelpunsch* oder etwas ähnlich Abgedroschenes, sondern *Sturnus vulgaris.*«

Ich hörte Davie laut ausatmen. Als ich mich zu ihm umdrehte, war er aufgestanden. »Wie ... der Star?«

Beeindruckt zog ich die Augenbrauen hoch. Wenn selbst Davie, der mit Natur- oder Tierbeschreibungen absolut nichts zu tun hatte, dieses Wort kannte, war das wohl eine Bildungslücke. »Studierst du neuerdings Biologie statt Soziologie?«, hakte ich belustigt nach.

Er erwiderte mein Lächeln nicht. »Wie heißt Zoes Freund mit Nachnamen?«

Ich runzelte die Stirn und versuchte, mich zu erinnern. »Ashton Griffin, glaube ich. Aber wieso«, ich brach ab, als mein Handy erneut summte. Diesmal war es mein Wecker, der mich daran erinnerte, dass ich mich beeilen musste, wenn ich es rechtzeitig zum nächsten Seminar schaffen wollte. Hastig schaltete ich ihn aus und lächelte Davie entschuldigend zu. Er sah mich noch immer ausdruckslos an. »Ich muss los. Danke für den Kuchen und die Gesellschaft. Wir schreiben später, ja?«

Erst als ich das Gebäude verlassen hatte, realisierte ich, dass ich die Kuchenschachtel vergessen hatte. Und dass Davie nichts auf meine Verabschiedung erwidert hatte.

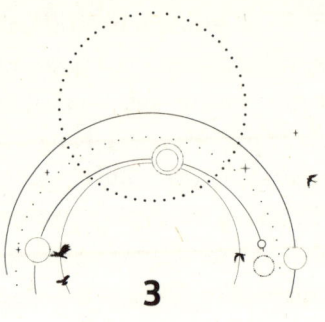

3

MABEL

Zoe saß auf einem der Küchenstühle und hatte sich weit über den Tisch gelehnt. Den Kopf in die Hände gestützt, sah sie mit großen Augen zu mir auf. Selbst mit den Überresten ihrer Müdigkeit und im neonartigen Licht der Deckenlampen wirkte ihr Blick intensiv und bohrend.

Ich hielt es nie lang aus, wenn sie mich so fixierte. Auch jetzt wandte ich mich zügig ab und rührte mit einer Gabel in dem Topf mit den Spaghetti.

Wir hatten uns vor einer halben Stunde in der Gemeinschaftsküche unseres Wohnhauses getroffen. Es war nach neun, und um diese Uhrzeit gehörte der Raum oft nur uns. An den Freitagen zog es viele in Cambridges Zentrum, um einen der zahlreichen Pubs zu besuchen. Meistens gehörte Zoe zu ihnen, doch heute hatte sie etwas anderes im Sinn. Seit knapp zwanzig Minuten ging es wieder um das – wie sie es ausdrückte – *Event*, zu dem Ashton sie vorhin eingeladen hatte. Beziehungsweise uns, wenn ich ihr glauben sollte.

»Zoe, ehrlich«, setzte ich an, als ich ihren Blick in meinem Nacken nicht mehr ignorieren konnte, »meinst du nicht, dass du ohne mich mehr Spaß hast?«

Sie schnaubte. »Ohne meine beste Freundin? Nein, ich denke nicht.«

Am liebsten hätte ich zu bedenken gegeben, dass wir beim letzten Mal ganze fünf Minuten zusammen gewesen waren, ehe ich gegangen war und sie mit Ashton was auch immer getan hatte. Allerdings war ich nicht versessen darauf, ihr zu erzählen, wo ich in der Zwischenzeit gewesen war. Und mit wem.

Bisher hatte ich ihr nur ausweichend erklärt, dass ich mich im Gebäude umgesehen hatte, aber ich befürchtete, dass das Aufeinandertreffen mit Nicht-Cliff mich dazu bringen könnte, diesmal mehr preiszugeben.

Zoe würde vermutlich sagen, dass der arme Junge irgendein Selbstbewusstseinsproblem und mir deswegen einen falschen Namen genannt hatte. Sie würde mir raten, ihm die Chance zu geben, sich zu erklären. Dabei brauchte ich keine Erklärung von ihm. Die Art, wie er vorhin auf mich reagiert hatte, sagte alles. Mir war längst bewusst, dass er schlichtweg ein Lügner war, der sich für etwas Besseres hielt. Und über so jemanden wollte ich weder sprechen noch nachdenken. Geschweige denn meinen Abend mit ihm verbringen.

Ich stellte das Sieb in die Spüle. »Und was genau ist das für ein Event?«

»Jetzt sag das nicht so«, erwiderte Zoe unzufrieden.

»Wie denn?«

»Na so«, sie hob die Finger zu Gänsefüßchen, »*Event*.«

Ich biss mir auf die Unterlippe und wich ihrem Blick aus. Schnell goss ich die Nudeln ab und war dankbar über den aufsteigenden Qualm, der vermutlich meinen Gesichtsausdruck verschleierte. Wie konnte man dieses Wort sagen, ohne in Gänsefüßchen zu denken? Und wie kam man überhaupt auf die Idee, eine Freitagabendverabredung mit Freunden als *Event* zu bezeichnen?

»Also, was passiert bei diesem … Treffen?« Zugegeben, die Umschreibung klang immer noch verdächtig nach Gänsefüßchen.

»Keine Ahnung«, gab Zoe schulterzuckend zu. »Irgendwas Wundervolles, das wir nicht verpassen dürfen?«

»Er hat dir nicht gesagt, was sie vorhaben?« Beunruhigt musterte ich ihren kindlich-euphorischen Gesichtsausdruck. Ich kannte niemanden, der über so wenig angeborenes Misstrauen verfügte wie Zoe.

»Ich habe nicht nachgefragt.« Sie schüttelte den Kopf. »Wieso musst du immer alles so genau wissen? Lass es doch einfach mal auf dich zukommen.«

Na sicher. Weil ich damit beim letzten Mal so wunderbare Erfahrungen gemacht hatte. Schweigend füllte ich die Nudeln in zwei Schüsseln und gab je einen Esslöffel Walnuss-Pesto hinzu. Zoe lächelte dankbar, als ich mich zu ihr setzte und ihr eine Portion reichte.

»Wieso willst du da überhaupt hingehen? Er hat dich gestern erst versetzt«, sagte ich vorsichtig, nachdem sie den ersten Bissen genommen hatte.

»Ash hat nichts falsch gemacht, wenn man es ganz genau nimmt. Er hat ja nicht gesagt, dass er auf jeden Fall anruft. Ein Vielleicht ist keine Verpflichtung.«

Es kostete mich Mühe, nicht zu widersprechen. Ich wusste, dass sie daran glauben musste, wenn sie Ashton mögen wollte, aber ich fand trotzdem, dass sie sich irrte. Ein Vielleicht konnte vieles sein. Allen voran war es das Geben einer falschen Hoffnung, wenn man insgeheim längst ein Niemals daraus gemacht hatte. Es war rücksichtslos und egoistisch. Und absolut nichts, das ich meiner besten Freundin wünschte.

Zoe seufzte. »Jetzt sieh mich nicht an, als wäre ich eine bemitleidenswerte Frau, die sich von irgendeinem Kerl ausnutzen lässt. Ashton ist kein schlechter Mensch, Mabel. Und er verhält sich doch eigentlich total korrekt. Ich meine, wir haben noch nicht mal miteinander geschlafen. Er hat gar nichts in die Richtung versucht. Ich glaube, es geht ihm wirklich um mich, weißt du?«

»Und wieso trefft ihr euch dann nicht allein? Findest du es nicht seltsam, dass er dich immer mit zu seinen Freunden nimmt, als wärst du ein hübsches *Mitbringsel*?«

Die Worte waren raus, ehe ich sie überdenken konnte. Am liebsten hätte ich mir die Zunge abgebissen. Zoe war nach der Party so fertig gewesen, dass ich ihr nie erzählt hatte, was für ein nettes Gespräch ich mit Ashtons Freunden geführt hatte. Noch bevor ich es erklären oder zurückrudern konnte, hob sie eine Hand und blinzelte grimmig zu mir rüber.

»Okay. Weißt du was? Ich gehe heute Abend aus und tue das, worauf ich Lust habe. Und ich würde mich wahnsinnig freuen, wenn du mitkommst. Weil ich dich lieb habe und weil ich denke, dass es dir auch guttun würde, einfach mal abzuschalten. Aber wenn du nicht willst, bitte schön.« Sie stand so schwungvoll auf, dass der Holzstuhl unangenehm über das Linoleum kratzte. »Aber hör auf, mir ein schlechtes Gewissen zu machen. Für etwas, das sich gut anfühlt, muss ich mich nicht rechtfertigen, Mabel. Nicht einmal vor dir.«

Ich öffnete den Mund, doch da war sie schon aufgestanden und verließ die Küche. Resigniert sackte ich gegen die Lehne und starrte auf ihren leeren Platz. Mein Gewissen pochte dumpf hinter meinen Rippenbogen und vermischte sich mit der diffusen Sorge, die ich nicht verscheuchen konnte.

Missmutig stocherte ich in den lauwarmen Nudeln herum. Als es plötzlich hinter mir klopfte, zuckte ich erschrocken zusammen.

Das Schönste an unserer Gemeinschaftsküche war der Zugang zur Terrasse. Im Sommer saßen wir oft draußen und aßen auf den Bierbänken, direkt in den Schatten der rosa blühenden Magnolienbäume. Im Herbst und Winter blieb die bodentiefe Schiebetür jedoch die meiste Zeit über zu. Zwar führte sie zum Campus, aber das tat der Haupteingang ebenso.

Umso verwirrter war ich, als ich einen Schemen hinter der Scheibe ausmachte. Unsicher stand ich auf und ging darauf zu. Es hatte vor ein paar Stunden erneut angefangen zu regnen, sodass die Nacht hinter dem Glas zu einem Schleier aus Blau- und Grautönen verschwamm, durch den man kaum hindurchsehen konnte. Ich brauchte daher mehrere Sekunden, ehe ich erkannte, wer hinter der Scheibe stand.

Hastig schob ich die Verandatür zur Seite. Kühle Abendluft schlug mir entgegen, und ich beeilte mich, meine Wolljacke enger vor meine Brust zu ziehen. »Davie, was machst du hier?« Kopfschüttelnd musterte ich seinen regendurchweichten Körper. »Du bist ja völlig durchnässt. Komm rein.«

Davie schüttelte den Kopf. Das grünstichige Küchenlicht warf dunkle Schatten auf seine Züge, sodass ich den Ausdruck darin nicht deuten konnte. »Ich muss nur … okay, hör zu.« Seine Stimme klang rau und etwas abgehackt. Seltsam fremd. Er lehnte sich zu mir vor und sah mich eindringlich an. Jetzt erkannte ich den Ausdruck in seinem Gesicht: Konzentration und eine tiefe Spur Beunruhigung. »Ich wollte dir nur kurz was sagen.« Er holte hörbar Luft. »Ich glaube, du hattest recht. Ashton ist kein guter Typ. Und die Leute, mit denen er rumhängt, sind es ebenso wenig. Diese … Gruppe ist übel, Mabel. Richtig übel. Die Sorte Mensch, der man am besten kilometerweit aus dem Weg geht.«

Perplex starrte ich ihn an, versuchte, die Worte zu entwirren und in einen Zusammenhang zu bringen. »Was soll das bedeuten?« Ich machte einen Schritt auf ihn zu. Meine Socken sogen sich in einer Regenpfütze voll, aber ich nahm es kaum wahr. Mir war schlagartig kalt geworden. Nicht nur äußerlich: Mein Inneres bebte stärker als mein Körper.

Davie fuhr sich über das schwarze, kurz rasierte Haar. »Mehr kann ich dir im Moment nicht sagen. Vertrau mir einfach, okay? Halt dich von denen fern. Und geh unter keinen Umständen zu diesen Treffen.«

Ich konnte mich nicht ganz entscheiden, ob ich Belustigung oder Unruhe empfinden sollte. Das Ergebnis war ein reichlich schiefes Grinsen. »Du sagst mir also, dass der Typ, mit dem Zoe ausgeht – ja, was? Eine Bedrohung ist? Und dann erwartest du von mir, dass ich sie da allein hingehen lasse?«

Er schüttelte vehement den Kopf. »Sag Zoe, dass sie auch nicht hingehen soll.«

Mein Puls begann zu vibrieren, obwohl ich noch immer nicht verstand, wovon Davie sprach. Ein Teil von mir zweifelte nichts davon an, weil das genau dem Gefühl entsprach, das ich seit einer Woche in mir umhertrug. Dem Gefühl, das ich Zoe nie begreiflich machen könnte, weil ich es selbst nicht verstand. »Es ist *Zoe*. Du kennst sie, Davie. In welchem Paralleluniversum würde sie auf mich hören? Vor allem, wenn ich ihr nicht einmal eine Begründung liefere?«

Ich atmete tief durch. Das war doch absurd. Auch wenn Ashton womöglich nicht der anständige, herzensgute Mensch war, den unsere Freundin in ihm sehen wollte, bedeutete das nicht, dass er *gefährlich* war. Wir redeten hier von einer Collegeclique verwöhnter Kinder, keinem Mafiaclan. Außerdem wusste ich, wie Davie sein konnte. Wenn er sich in eine Story hineinsteigerte, vergaß er manchmal jedes bisschen Rationalität. Was auch immer er glaubte, über Ashton zu wissen – womöglich war gar nichts an der Geschichte dran.

Ich rang mir ein sanftes Lächeln ab, vermutlich, um mich ebenso zu beruhigen wie ihn. »Komm schon, Davie. Was ist eigentlich los?«

Seine Stirn lag in tiefen Falten, seine Wangenmuskulatur war angespannt. Beinahe konnte ich hören, wie es in ihm arbeitete. Dann schüttelte er erneut ruckartig den Kopf und fokussierte mich. »Ich erkläre dir alles, aber gib mir ein bisschen Zeit, okay? Ich will mir wirklich sicher sein.«

»Gott, du klingst, als wären wir die Hauptdarsteller in irgendeinem billigen Horrorfilm. Du weißt schon, die Art mit ›wenig Budget, viel Blut‹.«

Ich verschränkte die Arme, um mein Zittern abzuschwächen. Mir war nicht klar, ob es an der Regenkühle lag, die über meine Haut strich, oder an seiner Warnung. Selbst wenn ich sie rational betrachtet abschwächen konnte, beunruhigte mich sein angespannter Ausdruck. Ich fühlte mich, als würde ich von etwas bedroht werden, das ich nicht sehen konnte. Als könnte mich jederzeit etwas angreifen, und es war weder abzusehen, was das war, noch aus welcher Richtung es kam.

Davie lachte heiser auf. »Verdammt. Du hast ja keine Ahnung, Mabel.«

Verständnislos runzelte ich die Stirn, aber da wich er bereits zurück. Das Grau des Regens ließ seine Silhouette verschwimmen, sodass ich nur vage seinen eindringlichen Blick zu fassen bekam. »Haltet euch von diesen Leuten fern. Bitte. Versprich es mir.«

Auf meiner Zunge lagen etliche Widerworte und Nachfragen, aber etwas an ihm brachte mich dazu, sie hinunterzuschlucken. Selbst im dämmrigen Nachtblau konnte ich sehen, dass die Sorge seine Iriden verdunkelt hatte. Also lächelte ich ihm stattdessen schwach zu. »Okay. Schon gut.«

Er nickte erleichtert und wandte sich ab. »Ich melde mich morgen. Pass auf dich auf.«

»Du auch«, erwiderte ich, aber da war er schon durch den weidenumflochtenen Torbogen der Terrasse gelaufen und von der Nacht verschluckt worden.

Gerade als ich die Tür mit schwer pochendem Herzen schloss, kam Zoe in die Küche. Ohne mich eines Blickes zu würdigen, stellte sie ihre Schüssel in die Spüle und öffnete den Kühlschrank, um eine Flasche Wein herauszunehmen.

Ich gab mir einen Ruck. »Zoe.«

Sie drehte sich zu mir um. Ihr Lidschatten schimmerte ebenso wie ihr Blick vor Gereiztheit. »Zum hundertsten Mal: Ich werde hingehen, Mabel. Ich respektiere, dass du nicht mitkommen willst, aber dann respektiere du auch, dass ich nicht hierbleibe, klar? Du kannst nicht …«

»Schon gut«, unterbrach ich sie resigniert. Ich musste es nicht versuchen: Es war unmöglich, Zoe dazu zu bewegen, nicht zu gehen. Wie sollte ich ihr etwas erklären, was ich selbst nicht begriff?

Hör mal, Davie war gerade hier und meinte, dein neuer Freund wäre potenziell ein ganz übler Kerl. Er wollte mir nicht sagen, wieso oder weshalb, aber wäre es okay für dich, wenn du jeglichen Kontakt zu ihm abbrichst?

Nicht einmal ich würde mir das abkaufen. Ich würde sie nicht aufhalten können. Genauso wenig konnte ich sie nach dem, was ich gerade gehört hatte, allein lassen.

Entschuldige, Davie, dachte ich, dann räusperte ich mich und bemühte mich um ein versöhnliches Lächeln. »Eigentlich wollte ich nur fragen, ob ich doch mitkommen kann.«

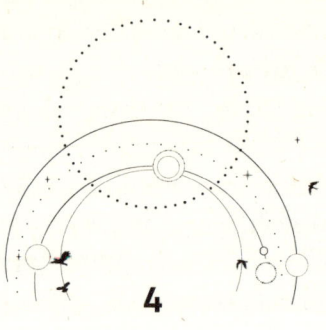

4

CLIFF

Der weiße Mond stand direkt hinter dem großen Ostfenster. Sein Licht brach durch das bunte Glas und warf ein Mosaik auf den Boden der Kapelle. Ich betrachtete die Finger in den geliehenen Farben, die die Blässe überschwemmt hatten. Blau und Rot und Gelb und Grün. Seltsam, wie bunt man aussehen konnte, während sich das Innere derart grau anfühlte.

Die Kapelle des King's College war für mich der schönste Ort der Universität. Man sah dem Gebäude die Mühe an, die in den hundert Jahren des Baus hineingeflossen war. In unserer allerersten Woche in Cambridge hatte ich viel Zeit hier verbracht. Nachts, wenn die Touristen ebenso verschwanden wie die Gläubigen, war ich allein zurückgeblieben und hatte stundenlang alle Teile der gotischen Kapelle studiert. Das Fächergewölbe, das Altargemälde, die Fenster, die Orgel – jedes Detail erzählte eine eigene Geschichte.

An jedem Ort, an dem ich ankam, suchte ich zuerst eine Kirche auf. Ich mochte diese Gebäude schon immer. Nicht weil ich mich hier irgendeiner höheren Macht näher fühlte, sondern weil ich mich *mir selbst* näher fühlte. In den hoch gebauten Hallen, umgeben von all den Säulen, den kühlen Steinen und dem bunten Glas, reduzierte sich die Welt auf ein Minimum. Es gab keine Ablenkung, kein Meer aus Gerüchen, Geräuschen oder anderen Eindrücken. Die Welt war laut, aber Kirchen waren Orte der Stille. Es kam mir vor, als würde das Universum auf Pause drücken, sobald ich durch die weit schwingenden Eingangstore trat.

Kirchen beruhigten mich zwar, doch ich war nie dahintergekommen, was sie in Menschen auslösen mussten, die aufgrund ihres Glaubens herkamen. Manchmal wünschte ich mir, ich könnte es spüren. Das Gefühl, nicht allein zu sein. Dass die Dinge aus einem bestimmten Grund passierten. Dass jeder Fehler vergeben werden konnte. Doch da war nichts. Ich glaubte nicht an Gott. Eigentlich glaubte ich an nichts mehr.

Als die Schritte und das gut gelaunte Pfeifen hinter mir erklangen, schloss ich die Augen. Ich musste mich nicht umdrehen, um zu wissen, wer das war. Mir war nur ein Mensch bekannt, der so unbedacht und rücksichtslos durch eine Kapelle gehen würde. Es gab nichts, was Ashton heilig war. Nun, fast nichts.

»Wieso finde ich dich eigentlich immer an den deprimierendsten Orten?« Er blieb neben mir stehen und warf einen flüchtigen Blick auf das Fenster, ehe er sich so vor mich stellte, dass ich ihn beachten musste. Seine Züge waren selbst in den Nachtfarben um uns herum gut zu erkennen. Da war dieses unterschwellige Leuchten in seinen Augen, das verriet, was er gerade getan hatte. »Wir können anfangen, die Sache ist erledigt. Der Wachmann macht ein wohlverdientes Nickerchen.« Sein Atem tanzte in blassen Wölkchen zwischen uns, viel sichtbarer als meiner.

»Musste das sein?« Ich wich einen Schritt zurück, bis ich die Lehne der Sitzbank im Rücken spürte. Ashton war oft anstrengend, aber direkt danach ertrug ich seine Nähe kaum. Mein Inneres zog sich zusammen, mein Zentrum unterhalb des Herzens begann unangenehm zu pulsieren. Beiläufig presste ich eine Hand darauf, um das Gefühl einzudämmen.

»Nein«, erwiderte Ashton spöttisch. »Ich hätte ihm auch anbieten können, unserer kleinen Feier beizuwohnen. Allerdings habe ich lieber andere Gäste um mich.«

»Wen hast du diesmal eingeladen?« Im Grunde wollte ich es nicht wissen. Es spielte auch keine Rolle. All die Namen und Gesichter verschwammen in meinen Gedanken zu einem Fluss aus nichtssagenden Details. Sie kamen und gingen. Wir blieben.

»Zoe.« Das Lächeln, das ihr Name in seine Mundwinkel grub, wirkte beinahe aufrichtig. Er war gut darin, etwas vorzugeben. Ganz gleich, ob es darum ging, was er fühlte, oder darum, was ihn ausmachte. Früher hatte ich ihn oft darum beneidet. Jetzt spürte ich, wie ein Teil von mir ihn dafür verachtete.

»Schon wieder? Reicht das mit ihr nicht langsam?« Ich versuchte, mich daran zu erinnern, wie oft er bereits von ihr gesprochen hatte. Soweit ich wusste, traf er sie seit ein paar Wochen – was weit länger war als üblich und zudem ziemlich nah an *problematisch* heranreichte.

»Wieso? Sie ist süß. Und irgendwie ungewöhnlich exquisit. Ich kann nicht genug von ihr bekommen.« Vielsagend zwinkerte er mir zu.

»Ash, bitte.« Genervt wandte ich den Blick ab und rieb mit dem Handballen über die Stirn. Zwar hatte das Pochen in meinem Inneren nachgelassen, dafür verstärkte sich aber das hinter den Schläfen. Das wechselhafte Wetter machte dem Kopf zu schaffen. Migräneanfälligkeit – eine der anstrengendsten körperlichen Angewohnheiten.

»Was denn? Du hast gefragt.« Ashton grinste und stieß mich in die Seite. »Wenn du magst, kannst du es auch mal probieren. Mit dir bin ich sogar bereit zu teilen.«

»Ashton.« Das Wort war kaum mehr als ein atemloses Knurren. In diesem Augenblick hätte ich einen Migräneanfall hingenommen, um von ihm fortzukommen.

»Schon gut, beruhige dich. Wir müssen ja nicht.« Er machte eine bedeutungsschwere Pause und neigte den Kopf zur Seite. »Sie bringt ihre Freundin mit.«

Das Herz setzte zwei Schläge aus. Als es weitermachte, war das Pochen stärker. Schmerzhaft. Ich zögerte. Drei, vier

Sekunden nur, aber noch während sie vergingen, wusste ich, dass sie verhängnisvoll waren. Ashton würde jedes noch so winzige Hadern registrieren. Er kannte mich zu gut.

»Wen?«, fragte ich dennoch bemüht desinteressiert.

Ein wissendes Lächeln zeichnete sich auf Ashtons Mund. Mit verschränkten Armen lehnte er sich gegen die Holzbank neben sich. »Lassen wir das. Du weißt, *wen*. Ich habe gesehen, wie sie dich angestarrt hat. Du kennst sie.«

Reflexartig ballte ich die Hände zu Fäusten, entspannte sie jedoch sofort wieder, sobald ich bemerkte, wie sein Blick dorthin wanderte. »Ich bin nicht dafür verantwortlich, wer mich anstarrt. Schließlich habe ich mir mein Gesicht nicht ausgesucht«, brachte ich barsch hervor.

Ich hatte bereits befürchtet, dass er den angespannten Moment zwischen Mabel und mir am Pavillon wahrgenommen haben könnte. Dabei hatte ich mir die größte Mühe gegeben, sie nicht anzusehen. Obwohl ich es gewollt hatte.

Ich hatte prüfen wollen, ob ihr dunkles Haar erneut leicht zerzaust war, ob ihre Wangen von diesem zarten rötlichen Schleier belegt waren, ob ihre ungeschminkten Wimpern noch immer so dicht und wirr waren. Ich hatte sehen wollen, ob ich mir den Leberfleckenpfad auf ihrer linken Schläfe nur eingebildet hatte, ebenso wie die Handvoll Sommersprossen, die über ihren schmalen Nasenrücken gestreut waren und so gar nicht zu ihrem Februargesicht passen wollten. Ich hatte wissen wollen, ob da im Tageslicht auch diese Tiefe in ihrem Blick war, diese seltene Neugierde in der Art, wie sie andere Menschen ansah. Wie sie *mich* ansah.

Das, was sie in dieser Nacht in mir gesehen und über mich gesagt hatte, war gefährlich nah an der Wahrheit entlanggeschrammt. Gefährlich, aber auch wohltuend. Es war lang her, dass ich das Gefühl gehabt hatte, mich nicht verstellen zu müssen. Die Art, wie sie mich vorhin angestarrt hatte, war anders gewesen. Erschrocken, verwirrt, wütend, herausfordernd. Und letztlich enttäuscht. Ich konnte es ihr nicht verübeln und es sollte mir gleichgültig sein, aber der Gedanke daran war trotzdem schwer erträglich.

Ashton beobachtete mich wachsam, ehe er schließlich nickte. »Wie du meinst. Ich dachte, ich mache dir eine Freude damit. Es ist eine Weile her, dass du jemandem *näher gekommen* bist.« Er schnalzte vielsagend mit der Zunge. Das Geräusch hallte in der Kapelle wider, die Armhärchen unter meinem Pullover stellten sich auf.

»Das ist nicht dein Problem.«

»Nun, irgendwie schon.« Ashton lächelte grimmig. »Immerhin muss ich meine Freizeit mit dir kleinem Sonnenschein verbringen.«

»Niemand zwingt dich dazu«, sagte ich tonlos, obwohl das nicht stimmte. Ich hätte alles gegeben, um allein zu sein. Fern von Ashton, fern von alledem. Aber das würden sie nicht zulassen, und das wussten wir beide. Es gab Dinge, denen konnte man nicht entkommen. Dazu zählte das eigene Ich.

Ashton stöhnte laut auf. In einer fließenden Bewegung stieß er sich von der Bank ab, packte mich an den Schultern und sah mir eindringlich ins Gesicht. Die Farben benetzten unsere Köpfe: Ashtons Wangen schimmerten rötlich, sein Haar bläulich, sein Blick war dunkel und suchend.

Ein paar Sekunden lang fokussierten wir einander, ehe er mich sacht schüttelte. »Du bist mein bester Freund«, sagte er ungewöhnlich ernst. »Wir sind deine Familie. Ich will nur das Beste für dich, okay?« Er wartete, bis ich schwach genickt hatte, dann grinste er. »Gut. Könntest du also für einen Abend vergessen, dass du dieser unglaubliche Langweiler geworden bist, und einfach Spaß haben?«

Ohne eine Antwort abzuwarten, wandte er sich von mir ab und lief zwischen den Sitzbänken hindurch Richtung Ausgang. Er musste nicht sichergehen, dass ich ihm nachkam. Wir wussten beide, dass ich es früher oder später tun würde.

»Wenn du Mabel nicht willst, kann ich sie dann doch noch Victor anbieten?«, rief er, als er schon so weit entfernt war, dass seine Stimme vom Hall der Kapelle zersetzt wurde. Seine Worte trafen mich dennoch, die Schläfen pochten stärker. Das Herz seltsamerweise auch. »Er scheint Gefallen an ihr gefunden zu haben. Wie hat er es so poetisch ausgedrückt? Anziehende Biestigkeit.«

»Ashton«, wiederholte ich schlicht, obwohl sich etwas in mir zusammenzog. Mir war nicht entgangen, wie Victor vorhin auf Mabel reagiert hatte. Und ich konnte mir erschließen, dass er einer derjenigen gewesen sein musste, von denen sie in der kleinen Bibliothek gesprochen hatte.

Ich werde nicht gern als Mitbringsel *bezeichnet oder mit einem Pokergewinn gleichgesetzt«*, hatte sie gesagt. Ich konnte den Ausdruck in ihrem Gesicht noch vor mir sehen. Der stille Trotz und die eiserne Selbstsicherheit, die deutlich machten, wie wenig sie bereit war, sich von anderen definieren zu lassen. Etwas daran hatte mich auf Anhieb beeindruckt. Vielleicht war das der Grund dafür gewesen, dass ich für einen winzigen Moment vergessen hatte, wer ich war. Wer ich sein musste.

Ashton lachte. Der Ton vermengte sich mit dem Hall seiner Schritte und rieselte hohlklingend auf mich hinab. »Seit wann ist dieser Name eigentlich zu einem Schimpfwort für dich geworden?«

Seit du dich so benimmst, dachte ich, schwieg jedoch. Ich wusste, dass es nicht stimmte. Er hatte sich nicht verändert, nicht gravierend zumindest. Das Problem lag nicht in dem, was er tat, sondern darin, was ich *nicht* tat.

Ich hatte verlernt hineinzupassen. In meine Familie, in meine Welt, in mein … Leben. Und dafür konnte ich niemandem die Schuld geben außer mir. Mir war ein Teil meines Selbst entglitten. Der Splitter, der mich auf entscheidende Art mit Ashton und den anderen verbunden hatte.

Ich wusste, dass er es auch spürte. Das war der Grund dafür, dass er momentan noch mehr darauf bestand, dass wir zusammenblieben, und einen Abend nach dem anderen plante. »*Gib dir Zeit*«, hatte er letztens gesagt und mir dabei aufmunternd auf die Schulter geklopft, »*Tempus curat omnia.*« Als ich mich zum Gehen wandte, hatte ich seine Worte wieder im Kopf. Tempus curat omnia. *Die Zeit heilt alles.*

Wo auch immer dieser verloren gegangene Teil von mir war, hier und jetzt würde ich ihn nicht finden. Und obwohl ich vor Ashton nicht wagte, es auszusprechen, bezweifelte ich, dass die Zeit etwas daran ändern würde.

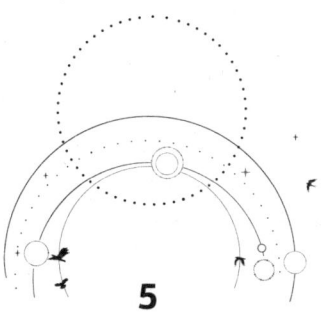

5

MABEL

Die Cam wurde von etlichen Brücken überspannt, unter denen im Sommer regelmäßig Kähne hindurchfuhren. Zoe hatte mich in unserer Einführungswoche dazu überredet, eine Tour mit ihr zu machen, obwohl ich Wasser gegenüber skeptisch eingestellt war. Schließlich hatte ich aber zugeben müssen, dass es durchaus lohnenswert gewesen war: An den außen liegenden Häuserfassaden der Colleges vorbeizufahren, all die Studierenden am Ufer sitzen zu sehen und die Fingerspitzen abwechselnd durch das graublaue Wasser und über die tief hängenden Bäuche der Brücken streifen zu lassen, hatte der Universität noch etwas Magischeres verliehen.

In der Nacht hingegen fiel es mir schwer, im schwarzen Fluss mehr als eine abschreckende Warnung zu erkennen. Womöglich waren der Grund dafür aber auch die Menschen, die ich bereits aus der Ferne erkannte. Es lag nicht nur daran, dass sie sich überhaupt an diesem Ort aufhielten. Im Sommer waren die Wiesen rund um die Cam bis in die Abendstunden hinein gut besucht, doch im Herbst verzog man sich lieber in die Pubs der Innenstadt. Es lag auch daran, *wie* sie hier waren. Es war ein ungeschriebenes Gesetz, dass Cambridge die Brücken der Cam zu seinem Campus zählte und man darauf achtete, dass sich abends niemand hier herumtrieb. Ruhestörungen wurden durch die Sicherheitsangestellten sofort unterbrochen.

Wie schon vergangene Woche schien das diese Leute jedoch auch jetzt nicht zu kümmern. Es waren weniger anwesend als letztes Mal, etwa fünfzehn, doch sie gaben sich auch heute keine Mühe, leise zu sein. Oder unauffällig. Irgendwo spielte eine Musikbox und schwemmte Édith Piafs Stimme über das Wasser.

Während Zoe und ich die Clare Bridge betraten, wanderte mein Blick über das unten liegende Ufer. Eine Gruppe saß dort im sicher noch regenfeuchten Gras. Vier von ihnen waren viel zu dünn angezogen. Während es mich in meinen Schichten aus Shirt, Pulloverkleid und Mantel fröstelte, trugen sie nicht mal Jacken. Nur zwei von ihnen zogen sich die Ärmel ihrer Mäntel über die Hände, während sie fast andächtig zwischen ihren Gastgebern hin- und hersahen.

Ich verzog den Mund, weil ich diesen Blick so gut kannte. Es war genau der, den Zoe auflegte, sobald wir Ashton in der Mitte der Brücke stehen sahen. Wir waren spät dran, weil Zoe sich mehrmals umgezogen hatte. Ich hatte nur noch einmal Lippenstift aufgetragen: schimmerndes, tiefes Rot namens *Deep Wish* – ironisch, weil ich mir lediglich wünschte, dass wir diesen Abend heil überstanden. Davies Worte krochen aus meinen Gedanken über all meine Sinne und überlagerten die Szene mit einem düsteren Grauton. Ich hatte keine Ahnung, was er damit gemeint haben könnte, dass diese Leute *übel* waren, aber mir war schon übel, ehe wir sie erreicht hatten.

»Na du.« Ashton zog Zoe lächelnd in eine halbe Umarmung, um sie auf die Wange zu küssen.

Selbst in der Dunkelheit konnte ich sehen, dass sie rot wurde. Ich hörte nur mit halbem Ohr zu, während sie ihm unsere Verspätung erklärte. Stattdessen betrachtete ich die Leute, die sich mit uns auf der Brücke befanden. Ein paar von ihnen glaubte ich flüchtig wiederzuerkennen, aber es war kein Gesicht dabei, dem ich einen Namen zuordnen konnte. Oder direkt zwei.

Da war ein winziger Stich von Enttäuschung in mir, und ich verachtete mich dafür. Ich verschränkte die Arme und trat näher an die Brüstung. Unten am Ufer ließen einige von ihnen ihre Füße ins Wasser baumeln – allein beim Zusehen fühlte ich meine Zehen abfrieren.

Die junge Frau, die neben Ashton stand, schenkte sich gerade Wein in ein Glas ein. »Jedes Mal, wenn ich hier bin, rechne ich damit, dass das Ding unter uns zusammenbricht. Ich meine, wann wurde die gebaut? 1800?«

»1638«, korrigierte ich automatisch. »Die Clare Bridge ist die älteste bestehende Brücke in Cambridge.«

Zoe lächelte mich auf eine Weise an, die mich verlegen werden ließ. »Ich hab ja gesagt, sie ist klug.«

Die Frau zupfte an den schwarzen Locken ihres Bobs und murmelte etwas, das stark nach »neunmalklug« klang, doch ich registrierte es kaum. Ich war in meinem Leben schon einiges genannt worden, *neunmalklug* oder *besserwisserisch* waren da noch einige der netteren Vokabeln.

Zoe kniff die Augen zusammen, aber ich kam ihr zuvor, ehe sie etwas sagen konnte. »Also … euer *Event*«, ich räusperte die Gänsefüßchen weg, »findet auf einer Brücke statt?«

Die Frau betrachtete die Laufmasche in meiner Strumpfhose, dann den fadentragenden Saum meines Mantels. »Hättest du dich *unter* der Brücke wohler gefühlt?«

Ich hätte fast gestöhnt. Nicht, weil mich ihre Worte trafen, *arm* war ebenfalls eins der netteren Adjektive, die mir in meinem Leben zugeschrieben worden waren. Allerdings wusste ich, dass nicht alle Anwesenden das so entspannt sahen. Wie aufs Stichwort ging ein Ruck durch Zoes Körper, und sie machte einen Schritt nach vorn. »Wie bitte?«

Beschwichtigend griff ich nach ihrer Hand. »Komm, lass gut sein.«

»Nein.« Energisch riss sie sich los und ging weiter auf die Frau zu. Ich kannte niemanden sonst, bei dem Loyalität so eng mit Impulsivität verknüpft war. »Wenn sie ein Problem mit dir hat, hat sie eins mit mir.«

»Entspann dich. Ich hab kein Problem mit deiner Freundin.« Der Blick, mit dem die Frau mich dabei ansah, fügte hinzu: *Die Mühe ist sie mir nicht wert.*

Zoe stemmte eine Hand in ihre Hüfte. »Ach, nein? Ich hätte schwören können, die Anwesenheit eines Menschen, der dreimal so intelligent ist wie du, löst in dir ein Gefühl der Bedrohung aus.«

Die andere machte eine Bewegung auf Zoe zu. »Willst du damit sagen, ich bin dumm? Kühne Worte aus deinem naiven Mund, *Motte.*«

Zarte Fältchen gruben sich in Zoes Stirn. »Was soll das bedeuten?«

»Es reicht, Clementine«, Ashton sah sie warnend an, »benimm dich.«

»Du vergisst, dass du nicht allen etwas befehlen kannst«, erwiderte sie trocken. Ihr Blick wechselte zwischen Zoes und meinem Gesicht, bevor sie sich abwandte und von uns entfernte.

Ashton ließ eine Hand über Zoes angespannte Schulter wandern, ehe er sie in ihrem Nacken liegen ließ. Ich dachte an Raubtiere, die ihre Beute im Genick packten, und mir wurde wieder flau. »Entschuldigt«, sagte er, nachdem Clementine außer Hörweite war. »Meine Freunde können eigen sein, wenn sie auf neue Leute treffen. Sie meinen es nicht böse.«

Am liebsten hätte ich geantwortet, dass fehlendes Kalkül oder Absicht Gemeinheit nicht abschwächte, nur sinnloser machte. »Nicht schlimm«, sagte ich stattdessen. Nicht, um Ashton zufriedenzustellen, nur, damit Zoe sich entspannte.

Ihrem Blick nach spielte sie immer noch mit dem Gedanken, Clementine hinterherzugehen. Zoe würde einer Konfrontation zur Verteidigung ihrer Werte und Ansichten nie ihrer eigenen Sicherheit zuliebe aus dem Weg gehen. Ich liebte diesen Charakterzug an ihr, doch er besorgte mich auch oft.

Ashton schien es auch zu bemerken. Er ließ seine Hand an ihren Hals wandern, streichelte mit dem Daumen über ihre Haut. Innerhalb von Sekunden wurde Zoes Blick weicher, und der Ton, den sie von sich gab, klang verdächtig nach einem Seufzen. Er quittierte es mit einem zufriedenen Lächeln. »Wie sieht es aus, Anima – gehst du mit mir schwimmen?«

Ich wollte schon lachen, aber Zoes pfeilschnelles »Klar« hielt mich zurück. Fassungslos starrte ich von ihr zu Ashton, der bereits sein Hemd aufknöpfte. »In der Cam? Wir haben Ende Oktober, das Wasser ist viel zu kalt dafür.«

Er grinste, öffnete den letzten Knopf, und mein Blick wanderte automatisch zu seinem Schlüsselbein. Der Leberfleck direkt darunter ließ mich stutzen. Er war seltsam kantig und viel dunkler als die, die ein Stück weiter rechts lagen. Es wirkte beinahe wie ein … winziges Puzzlestück.

»Ich passe auf, dass ihr nicht kalt wird, versprochen«, meinte er in diesem Moment. Zoes Gesicht färbte sich wieder rot, ich hingegen spürte, wie ich blasser wurde. »Du kannst gern mitkommen«, fügte er hinzu. »Ein paar meiner Freunde da unten fänden es sehr schön, dich wiederzusehen.« Etwas an der Art, wie er das sagte, sorgte dafür, dass ich unwillkürlich den Mantel vor meiner Brust enger zusammenzog.

»Mabel hat Angst vor Wasser, besonders im Dunkeln«, kam Zoe mir zuvor. »Sie ist als Kind in einem Ruderboot vom Ufer abgetrieben und wurde erst mitten in der Nacht gefunden.«

Ich warf ihr einen warnenden Blick zu, der ihr entging, weil sie damit beschäftigt war, auf Ashtons Hand in ihrer zu blicken. So andächtig, als würde sie nicht einmal bemerken, dass sie gerade bereitwillig meine Geheimnisse ausplauderte.

Ashton musterte mich interessiert. »Klingt nach einer aufregenden Geschichte.«

»Eher ein unspektakuläres Kindheitstrauma«, erwiderte ich trocken, auch wenn allein die Erinnerung an diesen Tag mir kaltfeucht unter die Haut kroch. »Aber nein, ich passe.«

Ashton hob die Schultern. »Deine Entscheidung.«

Als er Zoe mit sich ziehen wollte, löste sie sich von ihm und blieb vor mir stehen. »Kommst du allein klar?«

Die Tatsache, dass sie es noch hinbekam, das zu fragen, ließ den letzten Ärger über gerade eben verpuffen. Zurück blieb die Sorge. Ich sah zu Ashton, der ein paar Meter weiter wartete. Noch immer lächelnd, aber mit einer seltsamen Ungeduld im Blick, die mir nicht behagte. »Zoe«, setzte ich zweifelnd an, ohne zu wissen, wie ich sie davon abhalten sollte. Ich konnte in ihrem Blick erkennen, dass sie Ashton uneingeschränkt vertraute, dass er auf sie aufpassen würde.

»Du hast auch meine Erlaubnis, dieser Apfelsine in den Hintern zu treten, wenn sie noch mal fies wird.« Sie knuffte mir in die Seite und lächelte mir zu. So strahlend, dass ich ebenfalls einen Mundwinkel hob.

»Pass auf dich auf, okay?«

»Mach ich immer. Und du hab Spaß, ja? Ich bin bald zurück.« Sie drückte mich an sich, ehe sie Ashton folgte.

Ich blieb an der Balustrade stehen und sah ihnen nach. Ashtons Hemd verschwamm noch auf der Brücke mit der Nacht, nur Zoes beiger Rock blieb als Leuchten sichtbar, bis sie ihn am Ufer auszog. Unruhig sah ich dabei zu, wie Ashton ins Wasser sprang und die Arme ausbreitete, um Zoe aufzufangen. Kaum dass die beiden im Fluss waren, begannen auch andere, sich bis auf die Unterwäsche auszuziehen. Anscheinend war das hier das kollektive Anstreben einer Verkühlung.

Mein Blick wanderte zu Clementine am anderen Ende der Brücke. Im Schein einer Laterne stand sie neben einer anderen jungen Frau, die sichtlich nervös wirkte. Ashtons Freundin legte ihre Hand an den Hals ihrer Gesprächspartnerin, streichelte darüber. Je länger die Berührung anhielt, desto stärker verblasste der unruhige Ausdruck in den Augen der anderen. Generell verblasste alles ein bisschen: die Farbe in ihren Wangen, das Lächeln in ihren Mundwinkeln, die Anspannung ihrer Körperhaltung.

Ich runzelte die Stirn und machte einen Schritt auf die beiden zu. »So wachsam?«, raunte jemand da an meinem Ohr.

Ich fuhr herum, nur um prompt gegen eine Brust zu stoßen. Eine breite und nackte Brust, weil die Person lediglich Boxershorts trug. Mein Blick schoss hinauf in das Gesicht, das sich dicht vor meinem befand. Victor stützte die Hände links und rechts neben mir an der Balustrade ab und lächelte mir zu. Es kostete mich alles an Willenskraft, ihm nicht direkt das Knie zwischen die Beine zu rammen.

»Irgendetwas sagt mir, dass es euch egal ist, ob euren Gästen etwas passiert.«

Er lachte, sein Atem schlug mir warm ins Gesicht. Obwohl er nach Pfefferminzzahnpasta roch, überkam mich dennoch das Gefühl, dass er betrunken war. »Da irrst du dich. Wir sind sehr sorgsam, wenn es um unsere *Gäste* geht.«

Ich zögerte. Victor wirkte halb berauscht, angetrunken oder high. Vielleicht so sehr, dass er mir unbeabsichtigt etwas verraten würde. »Und wer seid *ihr alle*? Offenbar keine gewöhnliche Freundesgruppe.«

Victor blinzelte, doch seine Miene verriet keine Emotion. Wenn überhaupt war es Neugierde, die in seinem Blick aufflackerte. »Wie kommst du darauf?«

»Nun, da wäre die Tatsache, dass ihr euch auf dem Campus bewegen könnt, als gehörte er euch. Wo sind die Wachleute, wenn ihr diese Events veranstaltet?« Victor neigte den Kopf, schwieg jedoch. Also holte ich weiter aus. »Soweit ich weiß, studiert ihr an unterschiedlichen Colleges, trotzdem verhaltet ihr euch so, als wärt ihr seit Jahren unzertrennlich. Und dann wäre da noch die Sache mit den Tattoos.«

»Tattoos?« Mir entging nicht, dass sich Aufmerksamkeit in seine Augen stahl. Seine Pupillen schienen sich zu verkleinern, als würde sein Zustand aufklaren.

Der Gedanke war mir spontan gekommen, jetzt verfestigte er sich zu einer Überzeugung. Ich deutete auf den Klecks unterhalb seines Schlüsselbeins. »Ashton hat auch so eins. Und irgendwie habe ich so eine Ahnung, dass ihr alle eins habt. Sie sehen aus, als gehörten sie zusammen.«

Victor grinste breit. Nur mit dem Mund, nicht mit den Augen. »Du bist sehr aufmerksam, Anna Karenina.«

Genervt sah ich ihn an. »Hör auf mit diesem Namen.«

»Wäre es dir lieber, wenn ich deinen benutze? Mabel Emilee Golding?« Er nahm jede Silbe einzeln in den Mund, während er sich zu mir vorbeugte. Reflexartig wich ich zurück, doch das Geländer drückte erbarmungslos in meinen Rücken. »Tochter von Rowan Golding und Simon Lore, beide verstorben. Geboren in Bath, ab dem fünfzehnten Lebensjahr wohnhaft in Hamsey bei ihrem neuen Vormund Clara Golding. Seit letztem Herbst Stipendiatin in Trinity Hall für Englisch, untergekommen im Wohnheim im Westflügel, Zimmernummer 23.«

Mein Herz schlug mit einem Mal heftiger gegen meine Brust. Mehrmals, einmal mit jedem Fakt, von dem er gar nichts wissen konnte. Wissen *durfte*. Mein Mund wurde trocken, ich schluckte. »Woher …«

»Wie gesagt«, fiel er mir spöttisch ins Wort, »wir sind sorgsam, wenn es um unsere Gäste geht. Insbesondere, wenn wir Gefallen an ihrer Gesellschaft gefunden haben.«

»Ich habe dir keinen Anlass dazu gegeben, hoffe ich.«

»Eben. Du bist so herrlich verschlossen. Das hat seinen Reiz.« Er hob eine Hand und griff nach einer meiner Haarsträhnen. Sein Nagellack schimmerte bläulich, in mir breitete sich ein Gefühl aus, das sich rot anfühlte. Heiße Panik. Über meiner Halsschlagader senkte er den Daumen. Er berührte mich nicht, seine Nähe war dennoch extrem spürbar. Trotz der Kälte des Abends ging eine ungewöhnliche Hitze von seiner Haut aus. Fast so, als hätte er Fieber. Victor schnalzte mit der Zunge. »Leider wurde mir verboten, mich dir zu widmen. Ein Jammer.« Er sah zur Seite und wich prompt zurück. Mit einer ausufernden Geste tippte er sich an die Schläfe, als wollte er salutieren.

Verwirrt folgte ich seinem Blick und entdeckte die Person, die am Brückenende Richtung College stand. Hände in den Manteltaschen, das Gesicht eine Maske aus nächtlichem Grau und flackerndem Laternenlicht.

Blake sah so spürbar zu uns hinüber, dass ich verkrampfte. Bevor ich mich entscheiden konnte, ob ich provozierend winken sollte, wandte er sich bereits ab.

»Schon gut. Mein Junimädchen wartet sowieso noch auf mich«, murmelte Victor neben mir, und im nächsten Moment spürte ich einen Windzug. Als ich aufsah, bekam ich gerade noch mit, wie er auf das Brückengeländer kletterte. »Bist du völlig betrunken?«, rutschte es mir heraus. »Das Wasser ist nicht so tief, mit ein bisschen Pech brichst du …«

»Menschen wie wir haben kein Pech«, unterbrach er mich grinsend.

Panik kroch in meine Muskeln, und ich streckte reflexartig eine Hand nach ihm aus, doch da breitete er bereits die Arme aus, stieß einen Schrei aus und … sprang. Ich keuchte und umfasste die Brüstung, lehnte mich nach vorn. Noch während mein Blick die Wasseroberfläche erfasste, teilte sie sich bereits wieder. Inmitten eines Wirbels aus Wellen und Schwärze tauchte Victors Kopf auf.

Jemand am Ufer rief ihm etwas zu, andere lachten, während er in die Mitte des Flusses schwamm. Hin zu einer der Frauen, die vorhin als eine der wenigen dick eingemummelt am Ufer gesessen hatten. Jetzt bewegte sie sich in leuchtend weißer Unterwäsche durchs Wasser und lachte auf, als Victor sie näher zu sich heranzog. Sie verschränkte die Arme um seinen Hals, während er sein Gesicht an ihrem vergrub. Meine Schlagader wummerte, als erinnerte sie sich an die Fast-Berührung seines Daumens vor wenigen Minuten.

Ich blickte zum Ufer, wo Zoe mittlerweile in eine Decke gewickelt an Ashtons Brust dasaß. Er hatte sein Hemd noch nicht wieder zugeknöpft, streichelte jedoch über ihre Schultern, als wollte er sie warm halten. *Das ist nett*, versuchte ich zu denken, aber ich fühlte: *Das ist gefährlich*.

Wahrscheinlich stimmten Victors Worte. Menschen wie sie hatten kein Pech. Aber in diesem Augenblick ahnte ich, was Davie vorhin gemeint hatte: Menschen wie sie *brachten* Pech.

Wenn ich Zoe das klarmachen wollte, musste ich es zunächst besser verstehen. Immerhin verbrachte ich mein Leben seit Jahren damit, zu lernen. Wenn jemand es also schaffte, etwas über diese Freundesgruppe herauszufinden, dann ich. Es ging immer nur um die richtige Auswahl der Quellen. Wie von selbst wanderte mein Blick zum Ende der Brücke. Einen Versuch war es wert.

Ich wusste, wo ich ihn finden würde, noch bevor ich das Gelände des Campus betreten hatte. Cambridge bei Nacht war in der Regel ein dichtes Gewebe aus Dunkelheit, durchsetzt mit Tupfern in Form von Laternen und beleuchteten Fenstern. Ab und zu hörte man Stimmen von heimkommenden Studierenden oder Lachen, das aus den Wohnheimen hinauskroch, ansonsten waren die Colleges nachts vor allem eines: still. Man hörte dort keine Musik. Vor allem keine *Orgelmusik*.

Ich war erst sicher, mich nicht zu irren, als ich direkt vor der King's College Chapel stand. Die tiefen Töne, die durch das imposante Gemäuer hindurchdrangen, waren hier nicht nur hör-, sondern auch spürbar. Der Boden unter meinen Füßen bebte, während ich auf die Eingangstür zuging. Mir war bewusst, dass es klüger wäre, mich von der Kapelle fernzuhalten. Es war nur eine Frage der Zeit, bis jemand die Polizei verständigte, und ich wollte nicht mit Ruhestörung, Hausfriedensbruch und Blasphemie in Verbindung geraten. Trotzdem zögerte ich nicht, die Klinke hinunterzudrücken. Wie gesagt: Neugierde war eine meiner hilfreichsten und gleichzeitig problematischsten Eigenschaften.

Ich war erst ein paarmal in der Kapelle gewesen, meistens, wenn der Chor auftrat. Es hatte etwas Magisches, wenn das

Fächergewölbe von den Stimmen erfüllt wurde, während die Sonne mithilfe der Fenster einen bunten Lichtteppich auf die Böden warf, oder das Innere von etlichen Kerzen erhellt wurde. Dieses Mal wurde ich von Dunkelheit erwartet. Zu Beginn meines Studiums hatte ich Führungen durch jedes College mitgemacht, auch eine im King's College, in der wir uns unter anderem die Orgel angesehen hatten. Es dauerte deswegen nicht lang, bis ich den Aufgang am Ende der Halle wiederfand und die Stufen hinaufsteigen konnte.

Je weiter ich kam, desto lauter wurde die Musik, bis ich schließlich das Gefühl hatte, im Mund der Orgel zu stehen. Ich erkannte ihn sofort. Die dunklen Haare, die sich im Nacken kringelten, die Körperhaltung, die anmutig und verkrampft zugleich wirkte. Blake und ich waren uns erst zwei Mal begegnet, aber ich hatte dennoch das Gefühl, ich könnte ihn überall wiedererkennen.

Es war faszinierend, ihn zu beobachten. Seine Finger, die mit beachtlicher Leichtigkeit über die Tasten schwebten, seine Schultern, die sich bewegten, als würde er in den Klängen schwimmen, seine Füße, die die Pedale so routiniert betätigten, dass ich mich fragte, wie häufig er das machte. Ich hatte auf Anhieb geahnt, dass etwas an diesem jungen Mann seltsam war. Aber ich wäre nicht darauf gekommen, dass er in seiner Freizeit in das bekannteste Wahrzeichen von Cambridge einbrach, um Orgel zu spielen.

Als ich einen Schritt nach vorn machte, stoppte er abrupt. Der letzte Ton vibrierte intensiv zwischen uns, dennoch hörte ich, wie laut ich schluckte.

Blake hielt fünf Sekunden lang still, dann holte er tief Luft. »Du hast offensichtlich wirklich eine Neigung dazu, dort aufzutauchen, wo du unerwünscht bist.«

Damit war auch geklärt, an welchem unserer Aufeinandertreffen wir anknüpfen wollten. Nur mit Mühe schaffte ich es, ihn nicht ebenso freundlich zu begrüßen. Wenn ich etwas aus ihm herausbekommen wollte, musste ich noch eine Weile die Füße stillhalten. Ich ging auf ihn zu. »Hast du keine Angst, erwischt zu werden?«

Er warf mir nicht mal einen kurzen Seitenblick zu, sondern sah stur geradeaus. »Wir werden nie erwischt.«

Ich blieb neben ihm stehen und verschränkte die Arme. »Und wie kommt das? Bestecht ihr den Wachdienst? Oder zahlt ihr der Uni so viele Spendengelder, dass sie euch tun lassen, was ihr wollt?« Ich machte eine Pause, doch Blake reagierte nicht. »Woher kennst du die anderen? Ihr studiert nicht zusammen, oder?« Soweit ich wusste, studierte Ashton Wirtschaftswesen. Nicht unbedingt ein Fach, in dem man sich viele Kurse mit einem Philosophie-Studenten teilte. Obwohl, ich konnte nicht wissen, ob *Blake* wirklich einer war.

»Du stellst viele Fragen.« Auch wenn er mich nicht ansah, glaubte ich, eine Regung in seinem Mundwinkel zu erahnen.

»Und ich hab noch mehr.« Ich betrachtete ihn eingehend. Seine Wangen wirkten im schalen Licht blass, fast bläulich, die Narbe auf der Schläfe schimmerte silbrig. Der Pullover, den er trug, war dunkel und verbarg sein Schlüsselbein. Am liebsten hätte ich ihn heruntergezogen. »Zum Beispiel … Hast du auch eins?«

»Ein was?«

»Ein Tattoo.«

Er schloss die Augen und atmete hörbar tief aus, offensichtlich nicht bereit, darauf zu antworten. Also holte ich weiter aus. »Wozu dienen diese Abende? Wieso könnt ihr euch nicht wie normale Studierende im Pub betrinken?«

Mein letztes Wort ging in einem tiefen Basston unter, als Blake eine Taste drückte. Ich zuckte zusammen und setzte erneut an, doch er spielte einfach weiter. Ziemlich genau an der Stelle, wo er sich vorhin unterbrochen hatte.

Ich verdrehte die Augen, obwohl ich nicht verhindern konnte, dass sich ein Ehrfurchtsgefühl in mir breitmachte.

Nicht nur wegen der Akustik in der Kapelle, vor allem wegen seines Gesichts. In seinen Zügen spiegelte sich ein Ausdruck völliger Hingabe. Es war ... schön. *Er* war schön. Allein dieser Gedanke brachte mich dazu, wegrennen zu wollen. Stattdessen rang ich mir eine gleichgültige Miene ab und wartete, bis er die Hände von den Tasten nahm. »Das ist nicht halb so beeindruckend, wie du denkst.«

Diesmal war das Schmunzeln eindeutig. »Nicht?«

»Nein.« Ich zögerte, dann setzte ich mich auf die Kante der Bank und drehte mich, um ihn direkt ansehen zu können. Mir fiel auf, dass er sich verspannte, aber ich dachte nicht daran, mich zurückzuziehen. Eine negative Reaktion auf mich war immerhin überhaupt eine. »Eine Orgel ist letztlich irgendwie auch nur ein großes Klavier. Auch wenn sie das größte Tonspektrum aller Instrumente hat.«

Er rutschte zur Seite, bis er am anderen Ende des Hockers ankam. »Eine Orgelkennerin bist du also auch?«

»Ich hab dir gesagt, dass ich viel Zeit mit Lesen verbringe. Und vergiss nicht, im Gegensatz zu dir bin ich keine gute Lügnerin, *Blake*.« Sein Name kam so bissig aus meinem Mund, dass mich sein Stirnrunzeln nicht wirklich überraschte. Trotzdem wandte er sich immer noch ab, sodass sein Gesicht in den glänzenden Orgelpfeifen reflektiert wurde: helle Haut, dunkle Augen, dunklerer Blick. Ohne dass ich es verhindern konnte, sprach ich weiter. »Beantwortest du mir wenigstens eine Frage? Wieso hast du mir nicht einfach deinen echten Namen gesagt?« Meine Stimme klang nicht mehr so angriffslustig, wie es passend gewesen wäre. Selbst ich musste erkennen, welches Gefühl darunter mitschwang. Eines, von dem ich mich weigerte einzugestehen, dass es da war, seit ich Blake und seine Freunde heute Mittag gesehen hatte: Kränkung.

Er bewegte den Kiefer, dann zuckte er mit den Schultern. »Wenn ich mich recht erinnere, hast du mir *gar keinen* genannt. Du hast also keinen Grund, wütend zu sein. Oder dich herausgefordert zu fühlen. Egal, was das werden soll: Ich werde dich nach diesem Abend ebenso schnell wieder vergessen wie nach dem letzten. Weder dein Name noch dein Gesicht bedeuten etwas – das hast du selbst gesagt, nicht?«

»Ich … fühle mich nicht herausgefordert«, stieß ich fassungslos hervor, während mein Gesicht – mein *unbedeutendes* Gesicht – zu glühen begann.

»Nein? Wieso läufst du mir dann nach?«

»Ich bin dir nicht …« Aufgebracht ballte ich die Hände zu Fäusten. »Das denkst du also? Dass ich mich wegen eines zehnminütigen Gesprächs und einem Moment der extremen Unhöflichkeit nach deiner Gesellschaft verzehre?«

»Keine Ahnung, wonach du dich *verzehrst*. Ich kann dir nur sagen, dass du es bei mir nicht finden wirst. Ich hab kein Interesse.« Er machte eine Pause und drehte sich zu mir um. Mein Herz machte einen Hüpfer, als sich sein Blick mit meinem verhakte. Sein Mund öffnete sich, doch als ich der Bewegung folgte, hielt er inne. Zwei, drei Sekunden lang starrte ich auf seine Lippen, die ganz leicht bebten. Dann räusperte er sich. »In jeglicher Hinsicht«, fügte er heiser hinzu.

Seine Worte passten nicht zu der Art, wie er mich ansah. Zu aufmerksam, zu intensiv, zu … *interessiert*. Ganz egal, was Blake behauptet hatte, in dieser Sekunde glaubte ich, dass er doch nicht ein ganz so guter Lügner war, wie er dachte. »Spar dir das.«

Er blinzelte mehrmals. »Was?«

»Du musst nicht versuchen, mich loszuwerden. Ich bin nur hier, weil Zoe es ist. Und weil ich sie nicht allein mit …«, *einem Haufen potenziell gemeingefährlicher Typen*, »… euch lasse. Wenn du also willst, dass ich gehe, sorg dafür, dass sie keinen Grund hat, hierzubleiben.«

Blake sah wieder nach vorn. »Das wird sich bald von allein erübrigen. Ashton verliert sehr schnell das Interesse an seinen *Freundinnen*.«

»Hoffen wir es«, murmelte ich und rieb mir über die Arme, um ein Frösteln abzuschwächen. »Was ist mit dir? Das ist der zweite Abend, den ich mit deinen Freunden verbringe, und schon wieder kapselst du dich von ihnen ab.«

»Dasselbe gilt für dich, nicht? Wenn du hier bist, um auf deine Freundin aufzupassen, warum bist du dann nicht bei ihr, sondern bei mir?«

Punkt für ihn. Mein Gesicht wurde wieder wärmer, ich hasste mich dafür. *Weil ich Antworten will*, dachte ein Teil von mir. *Du stellst gar keine Fragen mehr*, schoss ein anderer spöttisch zurück. »Ich bevorzuge einen nächtlichen Kirchgang vor einer Schwimmstunde mit Erkältungsgarantie«, erwiderte ich zögerlich und schob die Finger unter meine Oberschenkel. Meine Hand streifte dabei seine, ein Kribbeln kroch meinen Arm hinauf, und ich sah genau, dass sich auch auf seiner Haut eine Gänsehaut ausbreitete.

Sofort zog er sich zurück und stand auf. »Eine Erkältung ist noch das geringste Übel, das euch hier erwarten könnte.«

»Was soll …?«, setzte ich an, doch da war er schon verschwunden. Ohne zu überlegen stand ich auf und folgte ihm.

Ich holte ihn ein, als er die Mitte der Halle erreichte, zwischen den Stuhlreihen im gebrochenen Mondlicht der Fenster. »Du kannst so was nicht andeuten und dann abhauen!«

Er seufzte, hielt aber nicht inne. »Ich hatte die Hoffnung, es bringt *dich* dazu abzuhauen.«

Mit zwei Schritten war ich neben ihm und funkelte ihn an. »Ich hab keine Angst vor dir.« Es war seltsam, wie wahr das war, vor allem angesichts der Tatsache, dass Davies Worte noch in meinem Hinterkopf hallten. In Ashtons Nähe überkam mich ein schlechtes Gefühl, aber bei Blake verspürte ich höchstens so etwas wie Unruhe. Und zwar eine, deren Kern nicht aus Angst bestand. Sondern aus … Neugierde. Vielleicht hatte er also doch recht: Ich fühlte mich tatsächlich *herausgefordert*. Sein ganzes Verhalten war so schräg, dass ich unbedingt herausfinden wollte, was sich dahinter verbarg. Woher das Widersprüchliche in seinem Handeln, das Grüblerische in seinem Blick, das Melancholische in seinen Zügen, das fast Traurige in seinem ganzen Sein rührte.

Blake verzog den Mund. »Du bist anstrengend, weißt du das?«

»Wenn ich dich so nerve, wieso gehst du dann nicht?«

»Das hab ich gerade versucht.«

Ich stellte mich vor ihn. »Hast du nicht. Du hättest die Kirche verlassen können. Und du hättest nicht dermaßen auf dich aufmerksam machen müssen, wenn du unentdeckt bleiben wolltest.«

Sichtlich widerwillig sah er mich an. Seine Wimpern warfen Schatten auf seine Haut, seine Augen wirkten im blauen Licht des Fensters heller als sonst, die Narbe auf seiner Schläfe dunkler. »Was willst du damit andeuten?«

»Victor hat behauptet, ihm wurde untersagt, mit mir zu sprechen. Wer hat ihm das verboten?«

Mein Herz pochte so heftig, dass ich fürchtete, er könnte es hören. Sekundenlang standen wir nur da und starrten einander fest in die Augen – ehe Blake den Blick tiefer wandern ließ. Ich spürte ihn auf meinen Sommersprossen, obwohl diese in der Dunkelheit sicher noch weniger auszumachen waren als sonst. »Nicht ich.«

Seine Worte lösten einen dumpfen Stich der Enttäuschung in meiner Brust aus. »Nein?«

»Nein.« Er zögerte und trat einen halben Schritt auf mich zu, senkte die Stimme. Sie wurde weicher, gleichzeitig kraftloser. Als würde er aufgeben und die Maske ein Stück sinken lassen, die er die letzten Minuten so krampfhaft aufrechterhalten hatte. »Das bedeutet nicht, dass ich dir nicht empfehlen würde, dich von ihm fernzuhalten.«

»Warum?«

Blakes Körper strahlte spürbare Wärme aus, ich fröstelte dennoch, als er noch näher kam. »Wir sind keine guten Menschen, Mabel. Ich dachte, das wäre dir klar. Oder hast du vergessen, wie sie dich auf der Party behandelt haben?«

Ich registrierte seine letzten Worte kaum, weil ich an einem anderen hängen blieb. Einem, das mir – zum ersten Mal an diesem Abend – ein echtes Lächeln entlockte. »Sag bloß, du hast dir meinen *unbedeutenden Namen* gemerkt.«

Mein Spott war sanft, aber er schaffte es, Blakes Maske noch tiefer zu ziehen. Gerade so, dass ein schwaches, aber sehr ehrliches Grinsen darunter zum Vorschein kam. »Hm. Dabei war ich zufrieden damit, dich *Pica* zu nennen.«

Er neigte den Kopf, als erwartete er, dass ich nachhaken würde. Was ich nicht vorhatte: Ich mochte Rätsel, und vor allem mochte ich es, sie ohne Hilfe zu lösen.

Also biss ich mir auf die Unterlippe und ging an ihm vorbei. »Du passt hierher. Aus der Ferne wirkt die Kapelle nahezu perfekt. Aber wenn man genau hinsieht, findet man winzige Makel. Unsaubere Verarbeitungen, Gravuren oder fehlende Teile im Fundament.«

»Vielleicht erinnert dich das daran, dass du aufgrund eines ersten Eindrucks nie jemanden beurteilen solltest.«

»Was meinst du damit?« Ich drehte mich zu ihm um.

Die Arme hinterm Rücken verschränkt, kam er langsam auf mich zu. Seine Körperhaltung wirkte nach wie vor angespannt, aber nicht mehr so abweisend wie in der Orgelkammer. »Du dachtest, du hast mich in dieser Bibliothek gesehen, oder? Richtig gesehen. Aber das ist nicht möglich. Wir sehen immer nur das, was man uns zeigen möchte. Das ist das Ding, verstehst du? Wir können entscheiden, wie andere uns sehen. Es geht nur darum, welche Geschichte wir erzählen. Das, was wir anderen von uns zeigen, ist letztlich dasselbe wie mit diesen Fenstern.« Er deutete auf die bunten Glasscherben über uns. »Jeder Satz, jeder Blick, den wir jemandem schenken, ist wie ein kleines Fenster zu unserem Inneren. Es ist deine Entscheidung, welchen Vorhang du in der Nähe zu anderen aufziehst. Ob du einen aufziehst.«

Dass er Philosophie studierte, war offensichtlich doch keine Lüge gewesen. Ich runzelte die Stirn, während ich versuchte, ihm zu folgen. »Sind denn alle Fenstergeschichten wahr? Oder sind manche davon auch Täuschungen?«

Er fuhr sich mit den Fingerspitzen über die Narbe an seiner Schläfe. »Die meisten von ihnen sind Täuschungen. Wer zeigt schon gern sein wahres Ich, wenn es so viele Möglichkeiten gibt, jemand Besseres zu sein?«

»Also machst du absichtlich Menschen etwas vor?«

»Wir machen *alle* etwas vor. Anderen und uns selbst. Wenn es anders wäre, wärst du nicht hier. Du würdest nicht versuchen, etwas in mir zu sehen, das ich nicht bin.«

Wahrscheinlich stimmte ein Teil von dem, was er sagte. Vielleicht war ich ihm nicht nur gefolgt, um Antworten über seine Freunde zu erhalten, sondern auch, um ein paar Fragen in mir zu ordnen, die mich beschäftigten, seit ich Blake in jener Nacht begegnet war.

Ich hatte nach etwas gesucht, das ich geglaubt hatte, in ihm zu erkennen. Was er mir jetzt zu zeigen versuchte, war ein klares *Du hast dich geirrt.* Und trotzdem war da der Rest eines Zweifels in mir, ein Hauch von *Vielleicht nicht ganz, vielleicht nicht in allem.*

»Ich glaube, du vergisst dabei etwas Relevantes«, sagte ich und schlenderte in Richtung Fensterfront.

Kurz war es still, dann hörte ich, wie er mir folgte. »Und zwar?«

Ich musste lächeln und blieb am Ende der Sitzreihe stehen, hob den Kopf, sodass das Mondlicht gebrochene Farbschatten auf meine Züge werfen konnte. »Es offenbart auch etwas von dem, was wir sind, wenn wir zeigen, was wir sein wollen. Und wenn es nur für einen Moment ist. Für den Bruchteil eines Abends.« Ich blinzelte durch warmes, goldgelbes Licht zu ihm rüber. »Umgeben von alten Büchern und einem fremden Menschen, den man glaubt, nie wieder zu sehen.«

Wieder ein paar Sekunden Blickkontakt, der sich selbst im Halbdunkel ein bisschen zu intensiv anfühlte. Wieder war es Blake, der ihn abbrach. Diesmal, um nach oben zu sehen.

»Welches ist dein Lieblingsbild?«, fragte ich und folgte seinem Beispiel.

»Das Jüngste Gericht.«

»Glaubst du daran? Dass wir uns am Ende des Lebens für all unsere Taten verantworten müssen?«

»Nein.« Mit einem Schlag wirkte alles an ihm nur noch erschöpft. »Auch wenn die Vorstellung tröstlich wäre.«

Ungläubig fixierte ich sein Profil. »Du fändest es tröstlich, wenn über dein Dasein gerichtet werden würde? Dann bist du echt überzeugt davon, ein guter Mensch zu sein, was?«

»Du musst lernen, auch das zu hören, was du nicht hören willst. Ich habe dir längst gesagt, dass ich keiner bin.«

Bevor ich darauf antworten konnte, polterte es hinter uns. Ich zuckte zusammen, noch ehe ich die Stimme hörte. So hell und kräftig, dass sie sogar die dazugehörigen Schritte übertönte. »Es ist bezeichnend, weißt du?« Noch bevor ich mich umwandte, schoss das Gesicht einer rothaarigen Elfe in meinen Kopf. »Ashton würde ich immer in einer Bar suchen und dich in einer verlassenen Kirche.«

Blake spannte sich an und wich ein Stück von mir weg. »Norah«, setzte er an, doch sie fiel ihm ins Wort.

»Du musst mir helfen, Victor übertreibt es wieder. Wenn wir ihn nicht zurückhalten, haben wir ein …« Sie brach ab, sobald ihr Blick mich erfasste. »Oh.« Ihre feinen Züge veränderten sich innerhalb von Sekunden. Kühles Desinteresse, milde Herablassung. Irritiert zog sie die Augenbrauen zusammen und sah zu Blake. »Ich wusste nicht, dass du wieder …«

»Nein«, unterbrach er sie hart und machte eine Bewegung auf sie zu, zwischen uns. »Sie ist niemand.«

Er hatte recht: Ich musste wirklich lernen, besser hinzuhören. Gut, dass er es mir hiermit so leicht machte. Es gab vermutlich keine effektivere Möglichkeit, deutlicher zu machen, wie er mich sah. So, wie mich all diese Menschen sahen: als etwas, das unter ihrer Würde war.

Mit dem Rest von dem, was von meiner noch übrig blieb, hob ich den Kopf und ging an Blake und seiner Freundin vorbei. »Niemand geht dann mal. Schönen Abend noch.«

Erst als mich draußen die kühle Oktoberluft umhüllte, klärten sich meine Gedanken wieder. Mit einem Schlag wusste ich selbst nicht mehr, warum ich mich dazu hatte hinreißen lassen, meine Zeit mit Blake zu vergeuden. Er war offensichtlich nicht daran interessiert, mir relevante Informationen über seine Freunde zu geben. Dabei war das alles, was ich von ihm wollte. Wollen sollte. Wollen *durfte*. Wenn ich das wegnahm, dann stimmte es, was er eben gesagt hatte: Ich war niemand für ihn und er niemand für mich.

Es wurde Zeit, dass ich mich aufs Wesentliche konzentrierte. Erstens: auf Zoe aufpassen. Zweitens: herausfinden, was Davie wusste. Drittens: jeden Gedankenzweifel eliminieren, der in diesem schrägen Typen etwas anderes sehen wollte als das, was er eben war – ein arroganter Mistkerl.

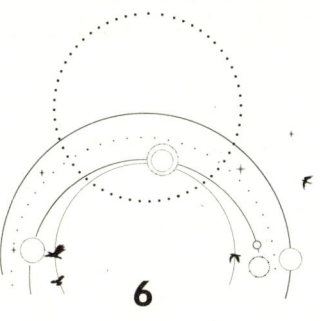

6

MABEL

Cambridge kam mir oft vor wie ein Geheimfach mit doppeltem Boden. Es gab die Orte, die dermaßen überfüllt waren, dass man kaum einen Fuß vor den anderen setzen konnte. Und es gab die, die so verborgen lagen, dass nur wenige sie jemals zu Gesicht bekamen. Die Plätze, die man zufällig entdeckte und sich davor hütete, sie mit anderen zu teilen, wissend, dass sich der Zauber, der an ihnen haftete, mit jedem neugierigen Blick abtragen würde. Manchmal stellte ich mir vor, die Stadt ebenso wie die Universität hätten sich diese abgelegenen Winkel selbst erschaffen: winzige Festungen, in denen Stille und Abgeschiedenheit den letzten Rest ihrer geschichtsträchtigen Atmosphäre davor bewahrten, vom Blitzlicht der Touristen-Kameras und Instagram-Profilen der Studierenden abgenutzt zu werden.

Mein liebster dieser geheimen Orte verbarg sich in der Wren Library. Am Ende eines Flurs zwischen zwei Bücherregalen befand sich eine unauffällige Holztür mit einem »*Kein Zugang*«-Schild. Normalerweise war sie abgeschlossen, aber als ich an diesem Vormittag die Klinke runterdrückte, gab sie widerstandslos nach. Und damit war ich sicher, dass ich auch dieses Mal wusste, wohin Davie abgetaucht war. An denselben Platz wie immer, wenn er seine Ruhe brauchte. Entweder, weil er sich in eine Recherche vertiefen wollte, ohne von seinen Kollegen gestört zu werden, oder aber, weil ihm danach war, sich zu verstecken. Neuerdings offenbar sogar vor mir.

Vorsichtig öffnete ich die Tür einen Spalt, bis der innen vorgelegte Haken blockierte. Ich holte einen Kugelschreiber aus meiner Tasche, schob ihn durch und hob den kleinen Metallstift an, bis er aus der Klammer sprang. Mit einem letzten Blick über die Schulter schob ich die Tür weiter auf und mich hinein.

Hinter mir legte ich den Riegel wieder vor und stieg eine Treppe hinauf. Je höher ich kam, desto mehr legte sich der unverkennbare Duft von Davies Parfum und der seiner liebsten Eukalyptusbonbons über den des alten Papiers. Oben angelangt, blickte ich in das schmale Erkerzimmer, dessen Wände mit Vitrinen voller Bücher bestückt waren. Die Bibliotheksleitung hatte sie aufgrund ihres hohen Alters hier oben vor häufigen Berührungen versteckt. Um sie sich ansehen zu dürfen, musste man einen Antrag ausfüllen, was so selten vorkam, dass im Grunde nie jemand hier war.

Niemand bis auf Davie, der während der Recherche zu einem Artikel auf die Bücher und damit diesen Raum gestoßen war. Unmittelbar darauf hatte er seinen Charme bei der Bibliotheksleiterin spielen lassen und so den Schlüssel erhalten. Es war unser zweites Treffen gewesen, als er mir hiervon erzählt und das Versprechen abgenommen hatte, diesen Ort mit Verschwiegenheit zu schützen. Nach meinem ersten Besuch hatte ich verstanden, wieso. Die laute Welt des Campus schien hier so weit weg, obwohl man sich nur aus dem Fenster hätte lehnen müssen, um daran erinnert zu werden, dass man sich mitten in Trinity College befand.

Das Licht, das durch das Flügelfenster hereinbrach, fiel direkt auf den Holztisch, der mitten im Raum stand. Davie saß auf einem der zwei Stühle davor und blätterte in einem Stapel Zettel.

Mit einem Räuspern machte ich einen Schritt über die Schwelle. »Davie Waverly, du versteckst dich vor mir.«

Erschrocken zuckte er zusammen und sah zu mir auf. Kurz huschte Überraschung über sein Gesicht, die schnell von Resignation mit einem Hauch Schuld abgelöst wurde. »Das ist nicht wahr.«

Ich lief auf ihn zu und stellte meine Tasche neben dem Tisch ab. »Du hast meine Anrufe ignoriert. Und du warst heute Morgen schon um sieben nicht mehr in deinem Zimmer, obwohl ich genau weiß, dass du am Wochenende eigentlich nicht vor acht aufstehst.«

Er hob die Schultern, aber mir entging nicht, wie sein Blick zu den Papieren flackerte. »Ich hab zu tun.«

Ich setzte mich auf den Stuhl ihm gegenüber. »Stimmt. Und zwar mit mir. Du hast versprochen, dass du mir erklärst, was dein Auftritt gestern zu bedeuten hatte.«

Davie fuhr sich mit dem Handrücken über das Gesicht. Die Schatten unter seinen Augen wirkten heute besonders tief, gleichzeitig kam mir der Ausdruck in seinen Iriden seltsam getrieben vor. Mich beschlich der Verdacht, dass er seit seinem kurzen Besuch gestern nicht geschlafen hatte. »Ich dachte, du gibst mir noch ein bisschen Zeit.«

»Falsch gedacht.« Ich öffnete meine Tasche, um mein Notizbuch rauszuholen. »Aber ich komme nicht mit leeren Händen. Ich biete dir Informationen gegen Informationen.«

Sofort wirkte er um einiges wacher. »Hast du mit Zoe gesprochen?« Er versuchte, nach meinem Buch zu greifen, aber ich presste beide Hände darauf.

»Nicht ganz. Aber ich hab ein paar neue Eindrücke aus nächster Nähe.« Ich rang mir ein unschuldiges Lächeln ab. Wissend, dass ihn die nächsten Worte nicht begeistern würden – immerhin begeisterte mich die Erinnerung daran ebenso wenig. »Ich war gestern Nacht bei einem Treffen von Ashton und seinen Freunden.«

Auf einen Schlag war auch noch das letzte bisschen Müdigkeit aus seinen Zügen verschwunden. »Was? Du hast mir versprochen, dass ihr euch von diesen Leuten fernhaltet! Wie lang hat das angehalten? Fünf Minuten?«

»Es tut mir leid, okay? Aber mir blieb keine Wahl. Zoe hätte sich nicht davon abhalten lassen. Was hast du erwartet, dass ich dabei zusehe, wie sie allein hingeht? Außerdem ist ja nichts passiert. Abgesehen von einer Blasenentzündung vielleicht.«

»Noch nicht.«

»Was soll das heißen? Erklär mir endlich, warum du dir solche Sorgen machst.«

Wir starrten einander fest in die Augen. Das hineinscheinende Tageslicht war wintersilbrig und spitz und ließ die Kanten in Davies Gesicht schärfer wirken. Er kniff die Lippen zusammen und umfasste den Stapel Blätter vor sich, worunter die Ecke einer Mappe aufblitzte. Zwei, drei Sekunden, dann erkannte ich sie: Das war die Akte, die gestern in seinem Büro gelegen hatte.

Erst in diesem Moment setzte ich die Puzzleteile zusammen. Davie, der an einer neuen Story dran war – *was richtig Großem*. Davie, der mich erschrocken anstarrte, als ich Ashtons Namen nannte. Davie, der mir das Versprechen abnahm, mich von diesen Leuten fernzuhalten – weil sie *wirklich übel* wären. Ich hatte gedacht, das wären zwei Sachen, die ihn gerade beschäftigten. Jetzt begriff ich: Es war ein und dieselbe.

»Deine Recherche«, brachte ich hervor und deutete auf die Akte, »es geht dabei um Ashton und seine Freunde, oder?«

Davie zögerte, widersprach jedoch nicht. Stattdessen sah er mich unschlüssig, fast unglücklich an. »Wenn ich mit dir darüber rede«, begann er schließlich gedämpft, »dann muss das unter uns bleiben. Kannst du mir das versprechen?«

»Falls es dir nicht aufgefallen ist: Meine sozialen Kontakte sind begrenzt. Wem sollte ich davon erzählen?«

»Zoe«, erwiderte Davie nüchtern. »Du wirst es Zoe erzählen wollen.«

»Wenn es um die Typen geht, mit denen sie neuerdings ihre Freizeit verbringt, dann sollte sie Bescheid wissen, oder nicht?«

»Sollte sie, kann sie aber nicht.« Er lehnte sich zu mir vor und griff nach meiner Hand, die sich automatisch in Richtung seiner Unterlagen geschoben hatte. Die Berührung war fester als gestern, doch diesmal fühlte sie sich nicht im Geringsten mehrschichtig an. »Du weißt, ich hab Zoe furchtbar gern, aber … sie ist impulsiv und offenherzig. Wenn sie diesen Kerl wirklich mag, würde sie ihm bestimmt etwas davon sagen.«

»Wovon, Davie?«, wiederholte ich angestrengt. Ich konnte ihm nicht versprechen, etwas für mich zu behalten, das ich nicht begriff.

Er zögerte noch kurz, dann löste er sich von mir und schob den obersten Stapel Blätter beiseite, bis die Akte darunter zum Vorschein kam. »Vor ein paar Wochen habe ich einen Artikel von Cassidy übernommen«, setzte er an und schlug den blassblauen, zerfledderten Umschlag auf. »Sie hatte zu viel mit ihrer Abschlussarbeit zu tun und wollte sich aus der Redaktion zurückziehen. Ich habe angeboten, ihren Artikel zu redigieren und auszubessern.«

»Was bei dir so viel bedeutet wie: Du hast ihn neu geschrieben?«

Er grinste schief. »Kann man so sagen. Es ging um die Tradition der Studierendenverbindungen in Cambridge. Cass hatte interessante Ansätze, aber ihre Recherche war oberflächlich und, ohne gemein sein zu wollen, schlampig. Ich werde nie verstehen, wieso manche denken, ein Google-Browser prädestiniert dich dafür, dich Journalist zu …«

»Davie«, unterbrach ich ihn entschieden.

Er seufzte. »Richtig. Jedenfalls bin ich noch mal neu in die Recherche eingestiegen. Ich hab mich im Hinblick auf die großen, betont geheimen Verbindungen umgehört, du weißt schon: Apostels, Ferrets, Pitt Club und so weiter. Hab in alten Bestandsbüchern gelesen, Artikel durchforstet und in den Universitäts-Annalen nach Aufzeichnungen gesucht. Vieles davon war Altbekanntes. Verbindungen neigen ja dazu, ein wenig über die

Strenge zu schlagen und ihre Neulinge mit peinlichen Ritualen zu knechten und so was. Aber … ich bin auf ein paar Sachen gestoßen, die mich stutzig gemacht haben. Und wie du weißt, neige ich dazu, mich in etwas hineinzusteigern, wenn es mich interessiert.«

»Was du nicht sagst.« Ich musste mir ein Grinsen verkneifen. Und das, obwohl ich mich unter seinen Worten mehr und mehr vor Neugierde anspannte.

»Also habe ich weiter recherchiert. Ich bin ins Nationalarchiv in London gefahren und hab mich durch die richtig alten Akten gewühlt.« Er befeuchtete seine Unterlippe mit der Zungenspitze, ehe er sich über den Tisch lehnte und seine Stimme senkte. »Es gibt seit geraumer Zeit immer wieder Gerüchte über eine Gruppierung, die seit Jahrhunderten mit Cambridge verbunden zu sein scheint.«

Ich runzelte verständnislos die Stirn. »Du hast es doch selbst gerade gesagt: Es gibt zahlreiche Studierendenverbindungen in Cambridge.« Nicht, dass ich mit einer von ihnen wirklich je in Kontakt getreten wäre, aber jeder wusste von ihrer Existenz. Für manche schien es ein Lebenstraum zu sein, einer dieser elitären Vereinigungen beizutreten. Eine Mitgliedschaft in ihren Kreisen versprach – so sagte man es sich – ein breites Netz an Alumni, auf das die Mitglieder nach ihrem Abschluss zurückgreifen konnten. Für mich war von Anfang an klar gewesen, dass ich mich von solchen Organisationen fernhalten würde. Diese Gruppen, die sich durch Geld und Macht definierten, waren womöglich kleine Scheinwerfer, doch jeder wusste, dass Licht stets auch Schatten mit sich zog. Es kam immer darauf an, an welcher Stelle man platziert wurde, und mir war eines mehr als bewusst: Menschen wie ich würden nie im Licht einer solchen Verbindung stehen. Alles, was für mich in ihrer Nähe bliebe, wäre Dunkelheit.

Davie nickte. »Ja, aber diese … ist nicht an die Uni gebunden. Es scheint, als würde sie in Zyklen an verschiedenen Universitäten des Landes aufleben. Es fing vor über einem Jahrhundert an, dass beispielsweise dieselben Inschriften an Denkmälern auftauchten, dasselbe Motiv auf den Kleidern von Studierenden verschiedener Unis gesehen wurde, derselbe Name in unterschiedlichen Kreisen von Absolventen auftauchte. Sie nennen sich *der Bund der Stare*.« Er hob die Augenbrauen, sichtlich darauf wartend, dass ich begriff.

Was ich tat. Sehr langsam und nur widerwillig, weil das alles so absurd war. »Stare wie ... *Sturnus vulgaris*?«

Davie lehnte sich nickend zurück, verschränkte die Arme.

Ich konnte ihm ansehen, wie ernst es ihm war, doch es fiel mir schwer, das nachzuempfinden. Allein beim Gedanken an das Codewort auf der Party musste ich mir ein Lachen verkneifen. »Ist das nicht ein bisschen albern?«, fragte ich gedehnt. »Wenn du eine mächtige Verbindung aufbauen willst, nimmst du dann nicht ein Tier, das etwas eindrucksvoller ist? *Der Bund der Löwen* oder so?«

Davies Mundwinkel zuckten nicht mal. »Das ist kein Witz, Mabel. Es ist völlig egal, wie sie sich nennen. Es geht darum, was sie tun.«

»Und das wäre?«, fragte ich skeptisch. Es fiel mir einfach schwer, Respekt vor Menschen zu haben, die sich mit harmlosen Vögeln gleichsetzten.

»Die Gerüchteliste ist lang. Diebstähle, Vandalismus und andere Straftaten, die offiziell nie aufgeklärt wurden, obwohl es eindeutige Beweise gegeben haben soll. Es ist, als könnten sie tun, was sie wollen, einfach, weil sie zu den oberen zwei Prozent des Wohlstands gehören.«

»Okay ... und was hat das alles mit uns zu tun?«

Ein Windhauch zog durch das schlecht verdichtete Fenster und über meine Haut. »Ich glaube, sie sind wieder hier«, meinte Davie im selben Moment, mit so rauer Stimme, dass ich nicht sagen konnte, was genau mich frösteln ließ.

Ich stemmte mich entschieden gegen dieses Gefühl, weigerte mich, Angst vor so einer Schauergeschichte zu empfinden. In meinem Leben waren reale, finstere, tragische, traurige Dinge passiert. Ich würde mich nicht von einer albernen Uni-Legende einschüchtern lassen.

»Die Stare sind eingeflogen, meinst du?«, fragte ich deshalb todernst.

Davies Blick verfinsterte sich. »Mabel.«

Ich rang mir ein Grinsen ab. »Schon gut. Wie kommst du darauf?«

»Ich war letztens im Pub. Ehrlich gesagt hab ich es übertrieben, ich war irgendwann ziemlich drüber. Ich bin raus in den Hinterhof, weil ich dachte, ich müsste mich vielleicht … na du weißt schon.« Er machte eine vielsagende Geste. »Jedenfalls waren da zwei Männer, die sich unterhalten haben. Einer davon, ein Typ mit blonden Locken, hat dabei etwas an die Außenfassade gesprüht.« Davie blätterte in der Akte und schob mir kurz darauf ein Foto zu. Das Laternenlicht hatte die Backsteinwand gelbstichig werden lassen, die dunklen Umrisse hoben sich stark davon ab. Ich war immer noch keine Biologin, aber selbst ich erkannte, was sie zeigen sollten: einen Vogel mit einem Blätterzweig im Schnabel.

»Okay, und … du denkst, das ist ein Indiz dafür, dass diese beiden Typen einer uralten Verbindung angehören? Und das nur, weil sie in Erinnerung an ihren Kunst-Leistungskurs ein Tier an die Hauswand sprühen?«

Davie griff abermals in die Akte und zog ein Blatt heraus, auf dem etliche Fotos abgedruckt waren. Manche in schlechter Auflösung, andere klar umrissen, alle jedoch deutlich erkennbar: Sie zeigten immer dasselbe Motiv. Denselben Vogel in derselben Pose mit demselben Zweig im Schnabel. Mein Grinsen grub sich zentnerschwer in meine Mundwinkel und zerrte sie hinab.

»Das Motiv taucht immer wieder auf, wenn man den Spuren dieser Verbindung folgt.« Davie tippte auf ein Bild, das die Vogelzeichnung auf einer Tür dokumentierte – wenn mich nicht alles täuschte, war es die einer Kirche.

Unweigerlich schob sich ein Gesicht in meine Gedanken, ich drängte es entschieden beiseite. Ich wollte das nicht denken. Ich wollte es nicht begreifen. Nichts davon. »Wieso denkst du, dass Ashton einer von ihnen ist?«

Davie lächelte grimmig. »Weil meine Recherchen ordentlich sind. Ich bin ihnen gefolgt, sobald sie wieder in den Pub gegangen sind. Hab nachgeguckt, wo ihre Jacken hängen, und einen Ausweis in einer davon gefunden. Ashton Griffin. So heißt doch Zoes Freund, oder? Außerdem hast du selbst gesagt, dass dir diese Gruppe seltsam verschworen und elitär vorkam. Findest du nicht, dass das alles zusammenpasst?«

Ich wollte verneinen, doch alles, was ich zustande brachte, war ein schwaches Nicken. Mein Kopf rauschte, meine Gedanken kamen dem, was mir gerade offenbart wurde, nicht hinterher. *Lächerlich*, dachte eine Stimme in mir. Doch ich schaffte es nicht einmal, innerlich zu lachen, weil sich alles in mir klamm anfühlte.

Davie holte tief Luft. Er wirkte, als hätte es ein Gewicht von seiner Brust genommen, all das auszusprechen. »Okay, dann jetzt du. Was denkst du über sie? Davon abgesehen, dass du sie für arrogante, gruselfilmtaugliche Leute hältst.«

Ich zögerte und zog am Bändchen meines Notizbuchs. Es war schwer, meine Gedanken gegenüber Ashton und seinen Freunden in Worte zu fassen. Vor allem, weil ich eben nicht zuerst an Ashton dachte. Sondern an Blake. Und weil mich meine widersprüchlichen Gefühle, wenn es um ihn ging, selbst mehr verwirrten, als ich wahrhaben wollte. Davies Theorie klang absurd und gleichzeitig beinahe unangenehm logisch. Ich hatte von der ersten Sekunde an gespürt, dass diese Freundesgruppe irgendwie eigenartig war. War es da so abwegig, dass sie einer Verbindung angehörten? Und wenn ich den Gedanken zuließ, was bedeutete das dann? »*Wir sind keine netten Menschen*«, hatte Blake gestern gesagt. War das ein Code für: *Wir sind eine elitäre Society, die sich für etwas Besseres hält und deswegen gegen gesellschaftliche Regeln verstößt, ganz gleich, wie viel Chaos und Schaden wir damit anrichten?*

»Es ist kompliziert zu erklären«, begann ich langsam. »Sie sind seltsam, ohne dass sie etwas tun. Als würden sie in einer Art Geheimsprache miteinander kommunizieren, einfach indem sie existieren. Ich fühl mich verhöhnt von ihnen, ohne dass sie mich ansehen.«

»Aber sie sind dir nicht … zu nahegekommen?«

Ich musste grinsen. »Ich kann genauso gut auf mich aufpassen wie Zoe. Davon abgesehen bin ich sicher nicht deren Typ. Mittellosigkeit ist nichts, was die anziehend finden.«

»Ich hab kein Interesse.« Da war sie wieder, die leise Stimme in meinem Kopf, die dort nichts verloren hatte. Ich kniff die Augen zusammen, bis sie zerbröselte, und schlug mein Notizbuch auf. Die Ecken des Zettels waren zerknickt und an einigen Stellen von Feuchtigkeit gewellt. Das lag daran, dass ich einen Großteil meiner Gedanken gestern Nacht draufgeschmiert hatte, während ich am Ufer der Cam gesessen und Zoe im Auge behalten hatte. Nach meiner frustrierenden Unterhaltung mit Blake war ich zurück zur Brücke gelaufen und hatte die nächste Stunde damit verbracht, möglichst unauffällig bei den Gesprächen der anderen mitzuhören. So lange, bis Zoe mit flussnassen Haarspitzen und schmalen Augen zu mir gekommen und fast im Stehen eingeschlafen war. Ashton hatte uns erneut angeboten, uns heimzubringen, ich hatte erneut abgelehnt und mich den ganzen Heimweg über gefragt, was an seiner Gesellschaft Zoe jedes Mal dermaßen müde und diffus werden ließ. Diesmal war ich selbst dabei gewesen und wusste, dass Zoe bis auf ein paar Gläser Wein nichts getrunken hatte. Es musste an seiner Nähe liegen, dass sie davon unverhältnismäßig stark zur Ruhe kam. Vielleicht war es sogar schön, dass er einen dermaßen entspannenden Einfluss auf sie hatte – ich fand es dennoch seltsam. Ich fand alles daran seltsam, ich hatte *so* viele Fragen. Aber Davies Ansatz, so abwegig er auf den

ersten Blick auch erschien, könnte vielleicht tatsächlich Antworten bieten.

»Angenommen, dass es stimmt und Ashton tatsächlich Mitglied einer Verbindung ist. Was ist dein Plan? Hast du vor, weiter zu recherchieren?«

Er stieß erneut ein kurzes Lachen aus – weicher diesmal. »Wir reden hier von einer Studierendenverbindung, die seit über einem Jahrhundert ein Mysterium darstellt. Es gibt keine offiziellen Aufzeichnungen, keine Mitgliederlisten, keine verifizierten Fotos oder andere Beweise ihrer Existenz, die über Hörensagen und Gerüchte hinausgehen. Bis heute weiß man nicht, nach welchem Muster der *Bund der Stare* die Universitäten wechselt, wie er seine Mitglieder aussucht, sich finanziert oder welche Traditionen er pflegt. Diese Gruppierung ist ein einziges Phantom, Mabel. Ein Phantom, das seit einer kleinen Ewigkeit durch England schleicht und das noch niemand zu fassen bekommen hat. Wenn ich recht habe und sie jetzt gerade hier in Cambridge sind, was denkst du: Werde ich weiter recherchieren?« Seine Stimme wurde mit jedem Wort rauer, seine Fingerspitzen trommelten unruhig auf der Tischkante herum. Mir war klar, was das bedeutete: Sosehr Davie sich auch wegen dieser Leute sorgte, so sehr reizte es ihn offenbar, ihr näher zu kommen. Und auch wenn es ein bisschen unpassend war, verstand ich ihn.

»Gut, dann hab ich hier etwas für dich«, meinte ich und faltete das Papier auseinander. »Eine Liste mit Namen, die ich bisher aufgeschnappt habe. Meistens fehlen die Nachnamen, aber vielleicht lässt sich das rausfinden. Ich hab alles notiert, was mir aufgefallen ist. Studienfächer, Colleges, Aussehen …« Als Davie danach greifen wollte, zog ich die Hand zurück. »Moment. Vorher musst du mir etwas versprechen. Ich will, dass wir diesen Fall zusammen bearbeiten.«

»Diesen Fall?« Er lachte. »Mabel, ich bin ein studentischer Zeitungsredakteur, kein CIA-Agent.«

Unbeeindruckt lehnte ich mich mitsamt Zettel zurück. »Ein Grund mehr, warum dir Unterstützung guttun würde.«

Wir starrten einander an. *Verschiedene Brauntöne, dieselbe Sturheit*, sagte Zoe oft, wenn sie Davie und mir beim Diskutieren zusah. Schließlich fuhr Davie sich mit dem Handrücken über die Stirn. Da waren ein paar Kleckse Tinte, die leicht verwischten. »Ich kann das nicht zulassen. Wenn ich recht behalte und die irgendwie gefährlich sind, kann ich dich unmöglich mit hineinziehen.«

»Ich bin doch schon mittendrin, Davie.« Nach gestern Nacht war ich mir dessen bewusster als je zuvor. »Zoe ist meine beste Freundin. Solang sie sich in der Nähe dieser … Leute aufhält, werde ich das auch tun. Und ich kenne Zoe gut genug, um zu wissen, dass sie das alles«, ich tippte auf seine Mappe, »nicht davon abhalten würde, also besorge ich mir eindeutigere Beweise. Mit deiner Hilfe oder ohne sie.«

Er betrachtete mich unzufrieden, ich reckte das Kinn. Ich würde nicht klein beigeben. Zum einen, weil es stimmte, und ich wusste, dass Zoe sich von ein paar Gerüchten nicht davon abhalten lassen würde, Ashton zu treffen. Zum anderen, weil ich nicht leugnen konnte, dass meine Neugierde geweckt worden war. Wenn Davie recht hatte, dann musste ich mehr herausfinden. Ich *wollte* mehr herausfinden.

Nach einer Weile stieß Davie einen frustrierten Seufzer aus. »Du bist verdammt stur, Golding.«

Ich genehmigte mir ein winziges, triumphierendes Grinsen. »Dann spar uns beiden die Kraft und gib einfach nach, Waverly. Du weißt, dass ich dir nur von Vorteil sein kann. Jeder kann in Erfahrung bringen, dass du zur Redaktion gehörst. Wenn du versuchst, dich einer Studierendenverbindung zu nähern, die es seit Urzeiten darauf anlegt, geheim zu bleiben, werden die dich nicht mit offenen Armen begrüßen. Du brauchst jemanden, der unbemerkt bleibt. Und zufällig sitzt genau so jemand vor dir. Lass mich deine Informantin sein.«

Er knirschte mit den Zähnen, doch ich konnte ihm ansehen, dass er den Gedanken längst selbst gehabt hatte. Ich zweifelte nicht daran, dass Davie mich aus Problemen heraushalten wollte, aber wir wussten beide, dass sein journalistischer Trieb immer stärker als sein Sicherheitsdenken sein würde.

»Okay«, erwiderte er daher schließlich. »Ich lasse dich dabei helfen, aber nur unter ein paar Bedingungen. Erstens: keine Alleingänge. Du sprichst alles, was du tust, mit mir ab, klar?« Er wartete mein zögerliches Nicken ab, ehe er fortfuhr. »Zweitens: kein Risiko. Das bedeutet, keine offensichtlichen Nachfragen, kein Herumschnüffeln, keine Haarklammerakrobatik.«

Ich verzog belustigt das Gesicht. »Haarklammerakrobatik?«

»Ich war dabei, als du letztens deinen Schlüssel verloren hattest und nicht auf Zoe warten wolltest, weißt du noch?«

Ich biss mir auf die Unterlippe. »Geht klar. Noch was?«

»Wenn es zu brenzlig wird oder wir auf irgendwas stoßen, das richtig übel ist, hörst du auf. Ohne zu zögern und ohne zu diskutieren. Versprichst du mir das?«

»Versprochen.« Das Wort kam zu dünn über meine Lippen. Ich war wirklich keine gute Lügnerin, aber obwohl ich das hier ernst meinen wollte, konnte ich es nicht aufrichtig versprechen. Einem Teil von mir war bewusst, dass ich mich seit meinem ersten Abend bei Ashton und seinen Freunden auf einer Schwelle zu etwas befand. Etwas, das so düster und undurchsichtig war, dass ich unmöglich sagen konnte, wohin mich der nächste Schritt führen würde.

Es war nicht so, dass mir das alles keine Angst machte. Aber das flaue Panikgefühl, das mich durchzog, seit ich Zoe das erste Mal begleitet hatte, war nichts im Vergleich zu dem, was mich bei dem Gedanken überkam, sie mit diesen Typen allein zu lassen. Sie war der hellste Mensch, den ich kannte. Und sie war es mir wert, mich in eine Dunkelheit zu begeben, deren Finsternis ich nicht abschätzen konnte.

Davies Blick machte klar, dass er die halbe Lüge ebenfalls heraushörte. »Halte dieses hier besser als das Versprechen von gestern Abend, okay?«

Ich hoffe, dass ich das kann, dachte ich, und schob ihm schwach lächelnd die Liste zu. »Lass uns anfangen.«

Mit einem Stirnrunzeln hob ich die Hand und klopfte ein drittes Mal gegen Zoes Tür. Nachdem ich gegen neun zu Hause angekommen war, hatte ich ihr geschrieben, weil ich eins meiner Bücher zurückhaben wollte. Es war eigentlich nur ein Vorwand, um kurz nach ihr sehen zu können. Mittlerweile hatte ich mir einen Kaffee gekocht und war in bequemere Kleidung geschlüpft, doch Zoe hatte noch immer nicht geantwortet. Die Wände waren allerdings dünn genug, sodass ich ihre Musik hören konnte. Cigarettes After Sex, Zoes Lieblingsband.

Da sie selbst so gut wie nie anklopfte, hielt sich mein schlechtes Gewissen in Grenzen, als ich kurz entschlossen die Klinke herunterdrückte. Das Deckenlicht war aus, dafür leuchteten die Lichterketten über Zoes Bett und tunkten das Zimmer in warmes Gelb. Regentropfen besprenkelten das halb offene Fenster neben ihrem Schreibtisch, auf dem wie immer Chaos herrschte. Der Herbstwind ließ die Kerzenflammen auf ihrem Nachttisch flackern und mich frösteln. »Kann ich …«, ich stockte, als mein Blick beim Bett angekommen war.

Zoe lag vollständig bekleidet auf ihrer lavendelfarbenen Bettwäsche, die Augen geschlossen und einen Arm um den Oberkörper des Typens neben ihr geschlungen. Sekundenlang starrte ich auf ihre Finger, die sich in den weißen Hemdkragen gekrallt hatten, dann schaffte ich es aufzusehen.

Ashton lächelte mir zu. »Guten Abend, Mabel.«

»Entschuldigt, ich … wollte mir nur ein Buch für mein Shakespeare-Essay holen. Ich wusste nicht …« Erneut sah ich zu Zoe, die sich nach wie vor nicht regte. Ihr Atmen war so laut, dass ich es deutlich hören konnte. »Schläft sie?«

»Hm.« Ashton streichelte mit den Fingerkuppen über ihre Schulter, die unter dem verrutschten Pullover hervorblitzte. Kurz dachte ich, Zoes Musikauswahl wäre ein Hinweis darauf, was sie gerade getan hatten, doch Ashton war ebenfalls vollständig angezogen. »Sie war ziemlich erledigt, ich hab ihr gesagt, sie soll ein bisschen dösen.«

»Sie ist oft müde in deiner Nähe, vielleicht sollte dir das zu denken geben«, stellte ich fest.

Das war so ... seltsam. So aufgekratzt, wie Zoe immer war, wenn das Thema auf Ashton fiel, hätte ich gedacht, sie würde bei ihren gemeinsamen Treffen keine Sekunde verpassen. Davon abgesehen, dass sie so gut wie nie müde war. Zoe war einer dieser Menschen, die schon frühmorgens unerträglich gute Laune hatten und diese bis spätnachts aufrechterhalten konnten. Zumindest war sie so gewesen, bevor sie ihre Nächte mit dieser Clique verbracht hatte.

Er schmunzelte. »Du kannst mich nicht leiden, richtig?«

Eines musste ich ihm lassen: Er war zumindest direkt. »Ich kenn dich nicht gut genug, um das zu beantworten.«

Ashton hob behutsam Zoes Kopf an, sodass er sich ein Stück an der Lehne des Bettes aufrichten konnte. Sein Hemd verrutschte, entblößte mehr Haut. Ebenso wie sein Gesicht sah auch sein Körper gruselig makellos aus. Er wirkte so ... unecht. *Falsch*, korrigierte ich innerlich, *er wirkt falsch.*

»Und dabei warst du jetzt schon zweimal mit uns unterwegs. Hattest du gestern keinen Spaß?«

Am liebsten hätte ich geschnaubt, aber wenn ich mehr über sie alle herausfinden wollte, gab ich ihm vermutlich besser nicht das Gefühl, sie für unzurechnungsfähig zu halten. »Doch«, sagte ich sachlich und machte ein paar Schritte weiter in den Raum hinein. »Klar. Deine Freunde sind ... interessant.«

Sein Lächeln wurde breiter, während er mit den Fingern gemächlich über Zoes Haar streichelte. »Dasselbe sagen manche von ihnen über dich, weißt du?«

99

Da war dieses eine bestimmte Gesicht, das mir durch die Gedanken schoss. Irgendwie hasste ich mich dafür. Nach gestern Abend war klar, dass Blake keinerlei Interesse an mir hatte. *Sie ist niemand.* Der Satz hatte sich eine Kuhle in meine Brust gegraben, und sosehr ich auch versuchte, sie mit Abneigung zu füllen, was blieb, war dumpfe Kränkung, wenn ich gedanklich darübertastete. Nur mit Mühe rang ich mir ein Stirnrunzeln ab.

»Inwiefern?«

»Du hast eine sehr eigene Art an dir. Du wirkst ... älter, als du bist. Als wäre dein Charakter bereits mehr ausgereift als der anderer Menschen in deinem Alter.«

Diesmal konnte ich das Schnauben nicht zurückhalten. »Menschen in meinem Alter? Wenn ich mich recht erinnere, bist du selbst erst dreiundzwanzig.«

»Sie redet über mich?« Ashton sah auf Zoe hinab, die sich in diesem Moment enger an ihn schmiegte. Ein Teil von mir hätte sie gern wach geschüttelt, damit er nicht auf diese selbstgefällige Weise lächeln konnte. Selbst im Schlaf war offensichtlich, wie sehr sie ihn anhimmelte.

»Wir erzählen uns, mit wem wir uns treffen. Wir passen aufeinander auf.«

Er biss sich auf die Unterlippe. »Das ist gut. Aber ich wünschte, du würdest erkennen, dass du bei mir keine Bedenken haben musst. Komm, frag mich was.«

Sofort schossen Hunderte Fragen durch meinen Kopf. Doch wieder musste ich daran denken, was Davie und ich gerade abgemacht hatten. Wenn ich jetzt zu forsch war, riskierte ich, dass meine Anwesenheit bei diesen Treffen noch unerwünschter wurde. Also deutete ich auf Zoe und fragte: »Was ist das zwischen euch?«

»Ich bin gern in ihrer Nähe.«

»Wieso?«

Er hob die Augenbrauen. »Muss ich dir erklären, was an deiner besten Freundin anziehend ist?«

»Nein.« Ich wusste, wie Zoe auf Menschen wirkte. Vor allem auf Männer. Aber die Art, wie Ashton Zoe ansah, war anders. Weniger bewundernd, eher … gierig. Und das ergab keinen Sinn, wenn man bedachte, dass er laut Zoe nie versucht hatte, mit ihr zu schlafen. Sie hatte ein-, zweimal davon gesprochen, dass er sie geküsst hatte, aber auf eine Weise, die so harmlos war, dass ich sie nicht mit seinem Blick übereinbringen konnte. »Aber du musst mir erklären, warum ich dir das nicht abkaufe«, schob ich hinterher.

Ashton lachte leise. »Womöglich, weil du ein sehr misstrauischer Mensch bist.« Er hob Zoes Kopf erneut an, bettete ihn vorsichtig auf ihr Kissen und rutschte ans Ende der Matratze. Ich spannte mich an, als er auf mich zu kam. »Jetzt bin ich dran. Beantworte mir eine Frage, ja?«

Beiläufig wich ich einen Schritt nach hinten und spürte prompt die Kante des Schreibtischs in meine nackten Beine drücken. »Nur zu«, erwiderte ich dennoch möglichst kühl.

Ashton blieb einen halben Meter vor mir stehen, fokussierte meine Augen, drängend, unangenehm intensiv. Als versuchte er, die Antwort darin zu erkennen, bevor ich auch nur die Frage gehört hatte. Und vielleicht konnte er das tatsächlich. Weil ich schlagartig wusste, was er wissen wollte, noch bevor er den Mund öffnete. »Woher kennst du Blake?«

Hitze schoss in meine Wangen, fraß sich durch die Haut direkt auf meine Zunge. Das nächste Wort zitterte. »Wen?«

Ashton schmunzelte erneut. Der Ausdruck schaffte es nicht bis in seine Augen. »Lustig. Er hat genauso reagiert, als ich ihn auf euer Aufeinandertreffen am Pavillon angesprochen habe. Wie auch immer ihr euch kennengelernt habt, es scheint zu faszinierend gewesen zu sein, um normal damit umzugehen.«

Erleichtert atmete ich aus. Er wusste offensichtlich nichts von unserem *anderen Aufeinandertreffen*. Oder all den Fragen, die ich dabei gestellt hatte. »Vielleicht bedeutet das auch einfach, dass wir uns überhaupt nicht kennen.«

»Hm. Leider ist er mein bester Freund. Er kann mich nicht anlügen. Und du«, er beugte sich zu mir vor, »nimm es nicht persönlich, aber ich fürchte, du kannst *gar nicht* lügen.«

Ich reckte das Kinn. »Tja, nimm du es auch nicht persönlich, aber ich will, dass du jetzt gehst. Ich werde dich hier nicht mit Zoe allein lassen, während sie schläft.«

Ashton grinste und neigte sich unvermittelt noch weiter vor, ich zuckte zusammen. Statt mich zu berühren, griff er an mir vorbei auf den Schreibtisch. Shakespeares Gesicht auf dem Buchcover, Ashtons dicht vor meinem, als er es mir hinhielt. *»Hell is empty and all the devils are here.«* Er roch nach Zoes Duftkerzen, Zoes Waschmittel, Zoes Parfum. Gar nicht nach sich. »Das ist mein Lieblingszitat. Kennst du es?«

Ich schluckte und griff nach dem Einband. »Ja.«

Ashton hob einen Mundwinkel und wich zurück. »Gute Nacht, Mabel. Ich bin sicher, wir sehen uns bald wieder.«

Ich schaffte es nicht, etwas zu erwidern, bis er das Zimmer verlassen hatte. Alles, was ich denken konnte, war: *Darauf kannst du dich verlassen.*

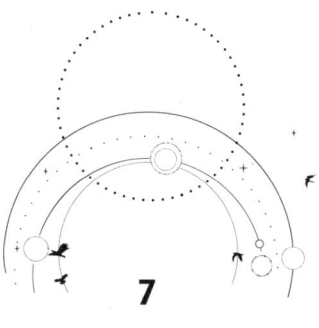

7

CLIFF

Ich betrachtete die Gänsehaut auf dem Stück Haut, das unter meinem Jackenärmel hervorblitzte. Es hatte eine Zeit gegeben, in der ich mich nicht mehr daran erinnern konnte, wie sich Frieren anfühlte. Seit ein paar Monaten hingegen wusste ich nicht mehr, wie es sich anfühlte, es nicht zu tun.

Ich unterdrückte das Zittern, das sich immer stärker in den Muskeln aufbaute. Erneut sah ich auf mein Handy. Es war fast zweiundzwanzig Uhr, und der Campus von Trinity Hall lag verlassen um mich herum. Das backsteinrote Gebäude, das sich direkt vor mir in den nachtblauen Himmel erhob, war mit Weinranken überzogen, deren Blätter sich allmählich bräunlich färbten. Einige Zimmer des Wohnheims waren beleuchtet, andere bereits dunkel. Über der Wiese, auf der ich stand, schwebte feiner Abendnebel.

Meine Aufmerksamkeit wanderte immer wieder zum zweiten Stock, hin zu dem Fenster, das den Blick auf einen zugezogenen Vorhang bot. Das Licht dahinter war trotz des hellgrauen Stoffs eindeutig auszumachen, so wie eine Silhouette, die sich ab und zu durch den Raum schob. Ich hasste mich für jede Sekunde, die ich hinaufstarrte, ich hasste mich für jedes Luftanhalten, sobald ich eine ihrer Bewegungen wahrnahm, ich hasste mich für den beschleunigten Herzschlag, wenn ich mich zwang wegzusehen.

Was tue ich hier? Ich stellte mir diese Frage, seit ich meine Wohnung vor gut einer Stunde verlassen hatte. Im Gegensatz zu Ashton und den meisten von uns hatte ich mich bewusst dagegen entschieden, auf dem Campus zu wohnen. Es war eine Sache, für ein paar Stunden in Seminaren zu sitzen, eine andere, mich bei jedem meiner Schritte beobachtet zu fühlen. Nicht nur von den Studierenden, auch – und seit Neustem vor allem – von Ashton. Soweit ich konnte oder *durfte*, ging ich ihm aus dem Weg. Weshalb es noch weniger Sinn ergab, dass ich ihn heute Abend mehrmals angerufen hatte, nur um jedes Mal bei der Mailbox zu landen. Oder dass ich die Wohnung verlassen hatte, sobald mir klar geworden war, was das vermutlich bedeutete.

Also, warum habe ich das getan?

Erneut blieb mein Blick im zweiten Stock hängen. Sie hatte sich wieder hingesetzt, vermutlich an einen Schreibtisch. Ihre Umrisse zeichneten sich dicht hinter dem Fenster in den Vorhangstoff: vorgebeugter Rücken, eine Hand, die ab und zu nach vorn griff, bläuliches Licht eines Laptops, das sich mit dem Gold der Tischlampe vermengte.

Ich wusste, dass es ihr Zimmer war. Victor hatte mir die Raumnummer genannt, nachdem er gestern Nacht von Norah und mir zu seinem Wohnheim gebracht worden war.

»Warum bist du so streng mit mir?«, hatte er gefragt, als ich ihn grob über die Schwelle seines Zimmers geschoben hatte. Seine Pupillen waren pennygroß gewesen, sein Körper viel zu überhitzt. *»Ich war brav. Sie gehört ganz dir.«*

Ich hatte nichts dazu gesagt. Zum einen, weil Norah hinter mir gestanden hatte, zum anderen, weil Victor sowieso nicht mehr dazu in der Lage gewesen war zuzuhören. Norah hatte recht gehabt: Er hatte es übertrieben. *Schon wieder.*

Allein bei der Erinnerung an das Flimmern, das von ihm ausgegangen war, überkam mich ein unangenehmes Prickeln. Ich drückte eine Hand auf den Brustkorb und fokussierte mich erneut auf das Fenster, hinter dem sie saß. Auch ohne sie richtig sehen zu können, erkannte ich sie. Es war verrückt, aber diesen Gedanken hatte ich gestern schon gehabt, als ihre Schritte in der Kapelle aufgekommen waren. Allein beim Klang ihrer Schritte hatte ich instinktiv gewusst, dass sie es war. Da hatte keine Vorsicht in ihren Bewegungen gelegen, keine Unsicherheit oder Angst. Ebenso wenig wie kurz darauf in ihrer Stimme oder ihrer Mimik. Nur dieser stille Trotz und diese unverwüstlich wirkende Entschlossenheit.

Ich wollte denken, dass mich das nicht beeindruckt hatte. Ich wollte auch denken, dass es hierbei nicht um sie ging. Dass ich nicht *ihretwegen* dreißig Minuten hergelaufen war, ohne zu wissen, wieso. Dass ich nicht *ihretwegen* gestern von der Brücke geflüchtet war. Dass ich nicht *ihretwegen* in die Kapelle gegangen und mich an die Orgel gesetzt hatte – wissend, dass sie mich so finden konnte, wenn sie es versuchte. Dass ich nicht gleichzeitig befürchtet und gehofft hatte, sie würde es tun.

Ein Teil von mir sagte sich, dass das nicht schlimm war. Mir war bewusst gewesen, was geschehen würde, wenn sie bei den anderen blieb, und es hatte mir nicht gefallen. Es war kein Zeichen von Schwäche, Mitgefühl zu empfinden. Ein anderer Teil jedoch ahnte, dass es nicht nur darum gegangen war. Ich hatte nicht nur gewollt, dass sie die anderen verließ. Ich hatte auch gewollt, dass sie woanders ankam: in meiner Nähe.

Ich hasste mich für diesen Gedanken, ich schämte mich, ich widerte mich an. Hastig fokussierte ich mich auf einen, der erträglicher war: Sie zu sehen war keine Option, also musste ich dafür sorgen, dass dies nie wieder vorkam. Und da sie mir gestern erklärt hatte, dass sie da blieb, wo ihre beste Freundin war, musste ich mit Ashton sprechen.

Gerade als ich ihn erneut anrufen wollte, öffnete sich die Tür zum Wohnheim. Ashtons Haar leuchtete im Schein der Wandlaternen, sein Mantel klemmte unter seinem Arm, sein Hemd war zur Hälfte aufgeknöpft. Er machte zwei Schritte auf dem

Kiesweg und blieb stehen, legte den Kopf in den Nacken und atmete aus. So lang und tief, dass eine Wolke Atemluft sein Gesicht umhüllte. Selbst aus dieser Entfernung glaubte ich, die von ihm ausgehende Wärme wahrnehmen zu können.

Auch wenn ich nicht gewusst hätte, wer hier lebte, hätte ich spätestens jetzt geahnt, bei wem er gewesen war. Seine Ausstrahlung war anders als sonst. Leuchtender, intensiver. Ashton hatte recht gehabt: Etwas an Zoe war ungewöhnlich.

Ich presste die Finger noch einmal fest auf den Brustkorb, dann riss ich mich zusammen und ging auf ihn zu.

Ashton war gerade dabei, sich eine Zigarette anzuzünden, als er mich bemerkte. Überrascht hob er die Augenbrauen und ließ das Feuerzeug sinken. »Du hier? Dabei verirrst du dich doch kaum noch vor die Tür, wenn ich dich nicht dazu zwinge.«

»Ich wollte mit dir reden. Und aus irgendeinem Grund hab ich geahnt, wo du bist.« Ich nickte zu dem Gebäude hinter ihm, verbot mir jedoch, zum zweiten Stock zu blicken.

Ashton seufzte und ließ das Feuerzeug klicken. Sobald er einen Zug nahm, glühte die Zigarette auf. Er atmete die Rauchwolke aus und grinste schief. »Erwischt. Und jetzt?«

Ich verschränkte die Arme vor der Brust und versuchte, mein Zittern zu unterdrücken. In Ashtons Nähe wurde mir immer noch deutlicher bewusst, wie unterkühlt ich war. »Das ist zu oft, Ashton. Sie war gestern erst bei uns.«

Er winkte ab und lief los. »Komm mir jetzt nicht mit den Regeln. Die interessieren mich nicht.«

»Aber *sie* interessiert dich?«, hakte ich skeptisch nach. Das, was ich Mabel gestern gesagt hatte, stimmte eigentlich: Ashton wurde seine Mädchen meistens schneller wieder los, als ich mir ihre Namen merken konnte. Nicht, dass ich mich darum bemüht hätte. Sie konnten für uns nichts bedeuten.

»Sag bloß, du hast dir meinen unbedeutenden Namen gemerkt?« Mabels Stimme fraß sich spöttisch durch meine Gedanken. Ich schüttelte den Kopf, um sie loszuwerden.

Ashton warf die Zigarette auf die Wiese, die wir gerade überquerten, und trat sie achtlos aus. Keinen Meter neben uns gab es einen Weg, doch er meinte, was er sagte: Die Regeln interessierten ihn kaum. Ich sagte eigentlich nie etwas dazu, weil ich selbst seit geraumer Zeit davon profitierte. »Sei nicht albern«, meinte er abfällig. »Du weißt, dass es nicht darum geht.«

Natürlich wusste ich das. Es ging nie um sie und immer um uns. »Dann such dir jemand anderen. Du riskierst sonst zu viel.« Ich bemühte mich, meine Stimme desinteressiert klingen zu lassen, obwohl ich spürte, wie das Herz erneut schneller pochte. Glücklicherweise war Ashton noch zu sehr mit sich beschäftigt, um darauf zu achten.

Er zündete sich eine neue Zigarette an und zog daran, so tief, dass er kurz darauf husten musste. »Ich riskiere *gar nichts*«, stieß er kratzig hervor. »Ich bin verdammt gut in dem, was ich tue. Weißt du, woran das liegt? Weil ich viel Übung habe. Weil ich mein Leben lebe. *Unser* Leben. Und nur weil du dich in letzter Zeit tot stellst, werde ich mir sicher nichts von dir sagen lassen.«

Alles an seiner Stimme klang wie eine einzige Warnung, sodass ich den Drang verspürte, klein beizugeben. Ich kannte Ashton eigentlich viel zu gut, als dass ich mir einreden könnte, ihn zu etwas zu bringen, das er selbst nicht wollte. Er liebte mich, ja, aber er liebte sich selbst am allermeisten. Er würde nie für einen anderen Menschen auf etwas verzichten. Der einzige Grund, sich den Anforderungen anderer unterzuordnen, war für ihn der eigene Nutzen. Oder … das Vermeiden von Schwierigkeiten, die ihn persönlich betrafen.

»Würdest du dir von Henry was dazu sagen lassen?«

Noch bevor ich den Satz ausgesprochen hatte, wusste ich, dass er ein Fehler gewesen war. Einige Sekunden lang war alles still, dann machte Ashton einen Satz und zwang mich damit, innezuhalten. Sein Atem war warm und roch nach Rauch, sein Körper nach Duftkerzen, Frauenparfum und etwas blumig Eigenem, das nicht zu ihm gehörte. Ich atmete durch den Mund und versuchte, seinem Blick standzuhalten.

»Ist das dein Ernst?«, knurrte er bedrohlich leise und stieß mir gegen die Brust, sodass ich einen halben Schritt zurückwich. »Du wagst es, mir damit zu drohen? Nach allem, was ich für dich getan habe? Was ich für dich tue, indem ich dir *seit Monaten* den Rücken freihalte? Du wärst nicht mal hier, wenn ich nicht jeden beschissenen Tag für dich lügen würde! Sie hätten dich längst weggesperrt, wenn sie wüssten, dass du abhauen wolltest!«

Selbst im Nachtblau konnte ich erkennen, dass seine Augen vor Zorn funkelten. Und, sosehr ich es auch hasste, das zugeben zu müssen: Er hatte recht. Ich verdankte Ashton jeden Schritt, den ich allein gehen konnte, jeden Atemzug an frischer Luft, jede Entscheidung, die ich treffen konnte und die er zwar oft nicht guthieß, aber doch tolerierte.

»Schon gut, tut mir leid«, gab ich nach und sah auf seine heftig pulsierende Schlagader. »Ich mach mir nur Sorgen.«

Ashton schnaubte, aber seine Haltung wirkte schon weniger angriffslustig. Er aschte auf die Wiese, ehe er weiterlief. »Um wen? Zoe?« Der Spott in seiner Stimme war überdeutlich zu hören. Ashton hatte vor langer Zeit aufgehört, Mitgefühl zu empfinden. An guten Tagen verachtete ich ihn dafür, an schlechten beneidete ich ihn darum.

»Um uns«, erwiderte ich, weil ihn alles andere nicht interessierte. »Wir können uns keinen Skandal leisten.«

»Entspann dich. Ich weiß, was ich tue. Und Zoe ist bemitleidenswert naiv, völlig harmlos. Ich hab das im Griff. Es gibt Dinge, um die ich mir mehr Gedanken mache.«

»Zum Beispiel?« Ich runzelte die Stirn, während wir durch einen Torbogen liefen und damit wieder das Gelände unseres eigenen Colleges betraten.

»Ihre Freundin.« Er warf mir einen amüsierten Seitenblick zu, ich erstarrte innerlich. »Du weißt schon, das Mädchen, das du angeblich nicht kennst. Sie ist unangenehm misstrauisch, und ich fürchte, wir werden sie vorerst nicht los. Könnte anstrengend werden.«

»Ein Grund mehr, warum du Zoe in Ruhe lassen solltest«, riet ich ihm trocken, und das, obwohl meine Gedanken Wellen schlugen. Ich wusste nicht, ob Mabel gestern Nacht noch Zeit mit Ashton und den anderen verbracht hatte. Nach unserem Gespräch in der Kapelle war ich mit Norah zum Clare College gegangen, um Victor davon abzuhalten, sich in Schwierigkeiten zu bringen. Er war gerade im Begriff gewesen, mit auf das Zimmer der Frau zu gehen, die er an diesem Abend eingeladen hatte. Als ich danach bei den anderen vorbeigesehen hatte, waren Mabel und Zoe bereits fort gewesen. Was auch immer zwischen Mabel und ihm vorgefallen war, malte Ashton jetzt Fältchen auf die Stirn. *Nervfältchen* nannte Norah sie. Aus gutem Grund: Das Wort *Sorgenfältchen* passte nicht zu ihm. Ashton machte sich keine Sorgen, weil er wusste, dass es nichts gab, was wir nicht lösen konnten.

»Doch nicht wegen so was«, meinte er auch jetzt gelassen und bog um die Ecke. In der Ferne zeichnete sich das Wohnheim ab, in dem er seit diesem Semester wohnte. Wenn er sich nicht gerade unangekündigt auf meinem Sofa einquartierte. Der Ersatzschlüssel zu meiner Wohnung war seine Bedingung dafür gewesen, mein Alleinleben vor Henry zu decken.

»Wir sind doch gut darin, derartige *Störfaktoren* loszuwerden. Du hast deine Meinung nicht geändert, oder? Dann sage ich Victor, dass er freie Bahn hat.«

Ich blieb stehen und starrte ihn fassungslos an. »Das ist ein Scherz, oder? Er hat es gestern fast schon vermasselt.«

Ashton seufzte und zog sich den Mantel über die Schultern, obwohl von ihm immer noch spürbare Wärme ausging. »Er ist ein bisschen zu gut drauf momentan, schon klar. Aber er hat Interesse an ihr. Und ganz ehrlich? Wenn bei ihr was schiefgeht, wäre das letztlich nur ein Problem weniger. Warum regst du dich so auf, wenn du keine Lust auf sie hast?« Da war ein Funken Misstrauen in seiner Stimme, während er die letzten Worte aussprach.

Ich war nicht sicher, ob Norah ihm von unserem Aufeinandertreffen in der Kapelle erzählt hatte. So oder so schien Ashton nach wie vor davon überzeugt, dass zwischen Mabel und mir etwas vorgefallen war. Er konnte nicht wissen, was, immerhin verstand ich es selbst nicht. Doch die Tatsache, dass er etwas ahnte, reichte aus, um mich wieder unruhig werden zu lassen.

Mein Blick flatterte, das Herz auch. Ich wusste, ich sollte einfach den Kopf schütteln und es gut sein lassen. Ashton bot mir, ohne es zu wissen, eine Lösung für mein Problem an. Wenn Victor sich um Mabel kümmerte, wäre sie schon bald nichts mehr, um das ich mir – in welcher Form auch immer – Gedanken machen musste. Das hier war die beste, die einfachste, die logischste Option. Und dennoch brachte ich es nicht über mich, sie zu ergreifen. Es ging einfach nicht.

Ich wusste nicht, was es war, aber irgendetwas an Mabel weckte ein Gefühl in mir, das ich seit sehr langer Zeit nicht mehr gespürt hatte. Es ging nicht so sehr darum, welches, sondern vor allem darum, dass da überhaupt eines war. Eines, das so stark war, dass ich es unmöglich ignorieren konnte. Seit unserer ersten Begegnung fühlte ich etwas. Und dieses Etwas machte es mir unmöglich, dabei zuzusehen, dass das passierte, was immer passierte.

»Ich mach es.« Erst als ich die Worte hörte, begriff ich, dass ich sie ausgesprochen hatte.

Ashton zog die Augenbrauen zusammen. »Was?«

Ich zwang mich dazu, ihn unbeeindruckt anzusehen, obwohl mir das Herz bis zum Hals schlug. »Ich übernehme sie.«

»Auf einmal? Wieso?«

Ich zuckte mit den Schultern. »Wie gesagt: Wir können uns keinen Skandal leisten. Ich hab genauso wenig Interesse daran, dass Henry hier auftaucht, wie du. Und wie du gestern selbst festgestellt hast, ist es eine Weile her.«

Zögerlich hob ich die Hand und umschloss damit Ashtons Handgelenk. Ich war so kalt, dass er zusammenzuckte. Stirnrunzelnd betrachtete er die Gänsehaut, die immer noch unter dem Mantelärmel hervorblitzte, dann die Schultern, die bebten, sobald ich mir keine Mühe mehr gab, das Zittern zu unterdrücken. »Siehst du?«, fragte ich rau. »Ich … kann nicht leugnen, dass ich das gebrauchen könnte.«

Ashton nickte langsam, während ich die Finger von ihm löste und einen Schritt zurückwich. Da war ein Hauch Besorgnis in seinen Augen, deutlicher jedoch einer von Misstrauen. »Du weißt, dass ich merke, wenn du mich anlügst.«

»Das habe ich nicht vor. Du hattest recht, sie … gefällt mir irgendwie. Wenn sie ein Problem ist und ich selbst eins habe, dann ist das die Lösung für beides, oder?« Ich musste mir nicht mal Mühe geben, damit die Worte aufrichtig klangen. Weil sie, mit Ausnahme vom ersten Satz, unangenehm wahr waren. Es wäre tatsächlich die Lösung für beides. Wäre da nicht die Tatsache, dass sich bei dem Gedanken, sie zu nutzen, alles in mir sperrte.

Ashton betrachtete mich eine Weile, ehe er seufzte. »Von mir aus. Aber mach es richtig. Dieses Biest nervt mich.«

»Mach ich«, erwiderte ich tonlos und sah ihm dabei zu, wie er in seinem Wohnheim verschwand.

Mach es richtig. Der Satz schwirrte mir noch im Kopf herum, als ich den nachtleeren Campus bereits wieder verlassen hatte und mich von Cambridges bronzefarbenem, wochenendlautem Stadtkern verschlucken ließ.

Mach es richtig. Mach es richtig. Mach es richtig.

Als wüsste einer von uns noch, wie das überhaupt ging.

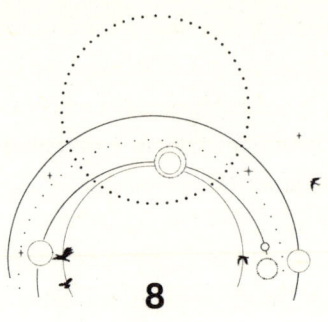

8

MABEL

Das Mittagslicht schien durch das Dreierarkadenfenster und warf weiche Kleckse auf meinen Block. Eine Hälfte des Vogels wurde in Weiß getunkt, die andere schimmerte bleistiftschwarz. Ich hatte mit der Mine so fest aufgedrückt, dass das Papier bereits wellig wurde. Es wunderte mich nicht, dass meine Hand wie von selbst dieses Motiv gemalt hatte. Immerhin hatte ich es in den vergangenen Tagen so oft angestarrt, dass ich das Gefühl hatte, die Umrisse hätten sich in meine Netzhaut gebrannt.

Normalerweise versuchte ich, in den Kursen permanent aufzupassen, aber in diesem Tutorium genehmigte ich mir Sekunden von gezielt eingesetzter Unaufmerksamkeit. Allein schon, weil ich wusste, dass jeder Blick aus dem Fenster und jedes Kritzeln auf Papier meinen Diskussionspartner aus dem Konzept brachte. So wie jetzt auch. Matthew hatte seinen letzten Satz gerade beendet, und ich spürte seinen Fokus auf mir so brennend, dass ich mir ein Lächeln verkneifen musste.

Das Zimmer, in dem unser Tutorium stattfand, bestand aus Wänden mit Bücherregalen, einem Eichenholzschreibtisch und zwei Samtsesseln, die einander vor diesem gegenüberstanden.

Professor Ruiz selbst lehnte an seinem Pult und betrachtete mich über den Rand seiner Brille hinweg. »Miss Golding? Wollen Sie darauf reagieren?«

»Sicher.« Ich konzentrierte mich auf Matthew, der in einem karierten Hemd vor mir saß. Er hatte ein Bein über das andere geschlagen, aber auch diese lässige Geste konnte nicht verbergen, dass er sich für meine Antwort wappnete. Sein Gesichtsausdruck balancierte wie gewohnt zwischen Langeweile, Überheblichkeit und Anspannung.

Wir waren bereits im zweiten Semester gemeinsam in einem der Vertiefungstutorien gelandet, in denen wir in Kleingruppen die Studieninhalte diskutierten. Weder Matthew noch ich waren darüber erfreut gewesen, nachdem es nur eine Sitzung gebraucht hatte, um herauszufinden, dass wir uns nicht im Geringsten sympathisch fanden. Ich ahnte, dass Professor Ruiz uns genau deshalb erneut in ein Zweier-Tutorium gesteckt hatte. Seiner Meinung nach förderte es die Diskussionstiefe, wenn man seinem Partner nichts schenken wollte. Und das wollte ich tatsächlich nicht – spätestens, seit er mich das erste Mal *Aschenputtel* genannt hatte, war jedes bisschen an Höflichkeitsdrang ihm gegenüber verpufft.

Schließlich rang ich mir ein Kopfschütteln ab. »Entschuldige, ich weiß nicht, wo ich anfangen soll. Es fühlt sich an, als würden wir über unterschiedliche Dinge sprechen.«

Matthew zog die hellen Augenbrauen zusammen. »Was soll das heißen?«

»Dass deine Argumentation am Thema vorbeiführt. Du hast ganz offensichtlich den Kern der Theorie nicht verstanden.«

Mit einem Ruck schwang er das Bein herunter und presste beide Hände auf seine Knie. »Ich habe alles verstanden. Vielleicht fehlt dir ja die Auffassungsgabe, um mir zu folgen.«

Lächelnd hob ich die Schultern. »Klar, vielleicht. Am besten, du fasst deine These noch mal in zwei Sätzen zusammen. Langsam und klar, damit auch ich es verstehe.«

Matthew schwieg. Mit jeder verstreichenden Sekunde schoss mehr Röte in sein Gesicht, bis er sich ruckartig vorlehnte und die Finger fester um seine Knie schloss. Etwas in seinem Blick sagte mir, dass er sie lieber um meinen Hals gelegt hätte. »Du bist so eine dumme, arrogante …«

»Mr Bassett«, ging Professor Ruiz scharf dazwischen und schlug auf den Tisch. »Ich muss doch sehr bitten.«

Matthew lehnte sich in seinem Sessel zurück, atmete aus. »Entschuldigung«, stieß er widerwillig hinaus.

»Kein Problem.« Ich lächelte, so gutmütig ich konnte, wissend, dass ihn das nur noch mehr reizte.

»Gut.« Ruiz warf einen Blick auf seine Armbanduhr und erhob sich. »Unsere Zeit ist rum. Mr Bassett, arbeiten Sie bis zum nächsten Mal ein Essay aus, das uns alle davon überzeugt, dass Sie den Punkt eben doch verstanden haben. Gute Arbeit, Miss Golding.«

Matthews Blick spießte mich förmlich auf, während ich meine Sachen in der Tasche verstaute und in meinen Mantel schlüpfte. Vorsichtig holte ich den Kragen der blau geblümten Bluse unter dem ausgeleierten Pullover hervor. Ich hatte sie von Zoe bekommen. So neu, wie sich der Stoff anfühlte, war mir klar, dass sie kaum getragen war. Ich wusste, dass Zoe manchmal Sachen für mich mitkaufte und später so tat, als würde sie sie nicht mehr wollen. Aber seit ich einmal ein Etikett an einem Pullover entdeckt hatte, den sie angeblich seit Jahren nicht mehr trug, gab sie sich zumindest Mühe und zog die Sachen ein paarmal an, ehe sie sie mir anbot. Es war mir unangenehm, doch angesichts der Tatsache, dass einige meiner Sachen mittlerweile mehr Mottenloch als Stoff waren, zwang ich mich, diese Situationen als Stolz-Grauzone anzusehen. Vor allem, weil ich wusste, dass Zoe nie auf die Idee kommen würde, das als Ausdruck von Gönnerhaftigkeit oder Überlegenheit zu betrachten. *»Da ist nichts dabei«*, hatte sie gesagt, als ich ihr letzten Frühling wütend den Pullover aufs Bett gelegt hatte. *»Ich helfe dir mit so was, und du hilfst mir, wenn ich mal wieder in irgendeinem Kurs nicht durchblicke. So macht man das in einer Freundschaft, Mabel. Man unterstützt sich mit dem,* *was man hat oder kann.«* Mein Erfahrungsschatz an Freundschaften war nicht groß genug, um zu wissen, ob sie recht hatte. Ich war mir fast sicher, dass Zoe einfach ein sehr seltenes, kostbares Exemplar einer Freundin war.

Meine Fingerspitzen strichen über die Vogelzeichnung an der Ecke des Blocks, ehe ich ihn tiefer in die Tasche schob und den Raum verließ. Das Büro lag in Trinity College, was bedeutete, dass mir nicht viel Zeit blieb, um für das nächste Seminar in mein eigenes College zurückzukehren.

Ich band mir nachlässig die Haare zu einem Zopf, während ich den dielenbelegten Flur hinunterlief. Als ich gerade den Treppenabsatz erreicht hatte, spürte ich, wie mir jemand von hinten auf die Hacke trat. So ruckartig und fest, dass mein Fuß hängen blieb und ich nach vorn stürzte. Nur mit Glück erwischte ich das Geländer und fing mich ab, bevor ich die Stufen runterfallen konnte. Mit schwer klopfendem Herzen starrte ich in die Tiefe hinter der Absperrung, dann neben mich. Meine Zehen waren aus dem Schuh gerutscht, meine Tasche über die Schulter, sodass sich der halbe Inhalt mit Gepolter über die Treppe ergoss.

Ehe ich realisierte, was passiert war, stand Matthew neben mir und drückte mir meinen Schuh in die Hand. Ich griff reflexartig danach und zuckte zusammen, als er sich zu mir vorbeugte. »Vorsicht, Aschenputtel. Wenn du diesen verlierst, kannst du dir keinen neuen leisten.«

Mein Herz raste so sehr, dass ich keinen klaren Gedanken zusammenbringen konnte – oder eine halbwegs schlagfertige Erwiderung. Im nächsten Moment ging Matthew schon an mir vorbei, nicht ohne einen meiner Ordner beiseitezukicken, sodass er noch tiefer fiel. Ich wartete, bis er außer Sichtweite war, dann schob ich mir den Lackschuh über die Hacke und kniete mich hin, um meine Sachen zusammenzusuchen. Zwei Frauen liefen in ein Gespräch vertieft im weiten Bogen an mir vorbei, ein Typ gab einen genervten Ton von sich, als er über mich hinwegsteigen musste. Ich kniff die Lippen aufeinander, um nichts dazu zu sagen.

Achtlos schob ich ein paar eingepackte Holunderbonbons und mehrere Haarklammern zu einem Haufen zusammen, um sie in meine Tasche zu werfen. Mein Kopf wusste, was für ein Idiot Matthew war, aber mein Körper reagierte trotzdem unangenehm überrascht darauf, dass er das auf so eine Art zeigte. Ich war es gewohnt, dass er mich abschätzig ansah oder auch mal beleidigte, doch das hier war neu.

Meine Finger bebten, einer der Stifte fiel aus meiner Hand und rollte die Treppe herunter. Er kam nur zwei Stufen weit, ehe er von einem Schuh gestoppt wurde. Dunkles Leder, glänzende Schnalle, staubiger Hosensaum.

»Danke«, sagte ich und stockte, als ich aufblickte.

Blake sah kurz auf mich hinab, dann bückte er sich und hob den Kugelschreiber auf. Statt wieder aufzustehen, blieb er mit mir auf Augenhöhe und legte ihn vor mir ab, ehe er nach dem Ordner neben sich griff. »Ich hab gesehen, was passiert ist. Netter Kerl.« Er schob ein paar lose Blätter zurück und hielt ihn mir hin.

Mit einem Schnauben griff ich danach und bereute es, als das Zittern nach wie vor darin mitschwang. Sowohl in meinen Bewegungen als auch in meiner Stimme. »Wenn dir das gefallen hat, solltest du in eine unserer Sitzungen kommen.«

Er runzelte die Stirn. »Ist er immer so zu dir?«

»Mal mehr, mal weniger.« Ich erhob mich, verstaute den Ordner in meiner Tasche und atmete durch. Dann erst realisierte ich, was gerade passierte. Das hier war nicht irgendjemand: Es war Blake. Blake Ames, wenn ich Davies Recherchen vertraute. Der Typ, der mir vor vier Tagen zu verstehen gegeben hatte, dass er nicht daran interessiert war, ein Wort mit mir zu wechseln, geschweige denn, mit mir gesehen zu werden. Und trotzdem war er nicht nur der Einzige, der mir geholfen hatte, er machte auch keine Anstalten, weiterzugehen.

Einem Teil von mir war es unangenehm, dass er das gesehen hatte. Ich hasste es, schwach zu wirken. Vor allem vor jemandem, der mich ohnehin als etwas Bedürftiges, Armseliges ansah. Ein anderer Teil von mir wusste, dass das hier nicht schlecht war. Es schadete nicht, mit Blake zu sprechen, wenn ich mehr über ihn und seine Freunde herausfinden wollte. Und solang er mich bemitleidete, nahm er mich sicher nicht ernst genug, um aufzupassen, was er preisgab.

»Du solltest ihn melden«, sagte er, während wir nebeneinander die Treppe hinuntergingen.

Ich verdrehte die Augen. Wenn ich Zoe davon erzählen würde, hätte sie das Beschwerdeformular ausgedruckt, noch bevor ich die Geschichte beendet hätte. Davie hingegen würde vermutlich sagen, ich sollte mit meinem Professor reden und mich in Matthews Nähe vorerst zurückhalten. Ich hatte nicht vor, das eine oder andere zu tun. Alles, was ich wollte, war, dieses Studium in Ruhe und mit möglichst großem Erfolg zu beenden. Ich hatte weder Zeit- noch Energiereserven, die ich für jemanden wie Matthew opfern wollte. Und ich würde mich ihm gegenüber auch nicht kleiner machen, als ich war, nur damit er sich größer fühlen konnte. »Das bisschen Konkurrenzdrama kümmert die Uni eh nicht. Außerdem ist das nicht wirklich wichtig. Er fühlt sich nur bedroht: Ich lerne mehr, bekomme bessere Noten, schlage ihn in jedem Diskussionsduell. Wenn er sich ab und zu wie ein Neandertaler aufführen muss, um das zu kompensieren, von mir aus.« Ich stieß die Flügeltür auf und drehte mich um, um Blake vorzulassen.

Er verharrte im Durchgang und musterte mich irritiert.

»Was?«, fragte ich.

Er blinzelte, dann ging er an mir vorbei. »Nichts, nur … du stehst wirklich über der Meinung anderer, oder?«

Ich zuckte mit den Schultern. Am liebsten hätte ich darauf mit einem klaren Ja geantwortet, aber ich kannte mich besser. Es war mir nicht egal, was Menschen, die mir etwas bedeuteten, über mich dachten. Vielleicht war das ein Grund dafür, dass ich in meinem Leben für eine gewisse Zeit auf Freundschaften verzichtet hatte. Zu lieben bedeutete immer auch, sich von der Meinung eines anderen Menschen abhängig zu machen. Wenn du niemanden an dich heranlässt, kann dich auch niemand zurückweisen oder dir das Gefühl geben, nicht genug, zu viel oder zu falsch zu sein. Und, nicht zu vergessen: Du gehst auch nicht beinahe daran kaputt, wenn sie sterben.

Ich hätte auch ohne die Therapeutin, zu der mich meine Tante nach Mums Tod geschleift hatte, gewusst, wieso ich mir in meinem neuen Zuhause keine Mühe machte, Anschluss zu finden. Ich war es leid, jemanden zu lieben und zu verlieren. Es musste ja nicht einmal ein Herzinfarkt oder ein Autounfall sein, es gab für Menschen viele Arten, aus deinem Leben zu verschwinden.

Also nein, es war mir nicht gleichgültig, was andere über mich dachten. Ich selektierte lediglich, wessen Meinung ich Beachtung schenkte. Und Matthews gehörte sicher nicht dazu.

Ich blinzelte hoch zu Blake. Die Sonne stand genau hinter seinem Kopf und ließ sein Haar glänzen. Rabenschwarz. Oder eher … Starschwarz. »Meine Mutter hat immer gesagt: *Wenn Leute gemeine Sachen über dich sagen, dann verrät dir das nichts über dich und alles über sie.*«

»Klingt, als sei sie ziemlich klug.«

»War sie«, korrigierte ich automatisch. Blake zog die Augenbrauen zusammen, ich seufzte. »Sie ist tot. Mein Vater auch. Hab ihn aber nie kennengelernt, weil er vor meiner Geburt einen Herzinfarkt hatte. Stipendiatin und Vollwaise. Vervollständigt das Klischee, nicht?«

Ich ging an ihm vorbei, weil ich den Gesichtsausdruck, der diesen Worten immer folgte, nicht sehen wollte. Mitleid, Befangenheit, begleitet von unbeholfenem Beileidsgestammel.

Zu meiner Verwunderung zeigte Blake nichts in die Richtung. »Verstehe«, meinte er nur, während er neben mir herlief.

Die sandigen Wege waren auch heute mit Regenpfützen übersät, ein paar Meter weiter schimmerte der Pavillon in der durch Wolken durchbrechenden Mittagssonne.

»Kein *Tut mir leid*?« Ich musterte sein Gesicht, das weder bemitleidend noch unsicher wirkte. Nur nachdenklich.

Er hatte die Hände in die Manteltaschen gesteckt, sein Pullover entblößte seine Schlüsselbeine. Ich versuchte, einen schwarzen Fleck darunter zu entdecken, doch der Stoff verdeckte sie, als er sich zu mir wandte. »Aus Erfahrung kann ich sagen, dass das nichts besser macht.«

»Tote Eltern?«

»So ähnlich.«

Ich wartete, aber als er keine Anstalten machte, es weiter auszuführen, seufzte ich. »Du gibst dir richtig Mühe mit dieser Serienmörder-Ausstrahlung, oder?«

»Hm.« Seine Mundwinkel zuckten, doch mir fiel auf, dass seine Augen ernst wirkten. Und dass er sich nicht auf mich konzentrierte, sondern auf die Gruppe, die auf den Stufen des Pavillons saß. Ich musste nicht hinsehen, um zu wissen, wer das war. Es hatte etwas Bezeichnendes, dass Menschen, die sich selbst als *Elite der Universität* ansahen, sich ständig an einem ihrer Wahrzeichen trafen.

Genervt blieb ich stehen und wartete, bis Blake sich zu mir umgedreht hatte. »Okay, was soll das? Was willst du?«

Er neigte den Kopf ein wenig. Ich war nicht sicher, ob da ein Hauch Belustigung in seinem Ausdruck lag. »Wer sagt, dass ich was will? Das hier ist öffentliches Unigelände. Und zwar das von meinem College.«

»Falls dir das noch niemand gesagt hat: Es gehört dir nicht. Auch nicht deinen Freunden, die keine fünf Meter entfernt sitzen und uns beobachten.«

Blake spannte sich an, dabei war ich mir sicher, dass er sie ebenfalls gesehen hatte. Dass er vermutlich sogar mit ihnen verabredet war. Die letzten Male hatte er alles dafür getan, um nicht mit mir gesehen zu werden – wieso sollte er es jetzt darauf anlegen, mit mir über den Campus zu laufen?

Es ergab keinen Sinn, dass Blake mit mir reden wollte. Und obwohl es mir recht sein konnte, wenn er seine Mauern abbaute, würde ich mich trotzdem nicht blind über den nächstbesten Vorsprung schwingen. Ich ließ mich nicht zweimal an einem Tag vorführen. »Also: Was willst du von mir?«

Er schloss kurz die Augen, dann machte er einen Schritt auf mich zu – so plötzlich, dass ich zusammenzuckte. Ohne ein Wort zu sagen, hob er eine Hand zu meinem Haar. Seine Fingerkuppen strichen über meinen Hals, ehe er sich zurückzog und ein Blatt zwischen den Fingern drehte.

Ich war zu perplex, um zu reagieren. Perplex und … überfordert. Ich spürte deutlich, dass seine Freunde uns beobachteten, aber vor allem spürte ich seine Berührung an meiner Haut. Ich hatte gedacht, *mir* wäre kalt, aber obwohl sein Mantel um einiges dicker wirkte als meiner, fühlte sich seine Haut beinahe eisig an. Ich versuchte, mir einzureden, dass die Gänsehaut unter meinem Pullover allein daher rührte und nicht von der unpassenden, unerwarteten Wärme, die mit schwimmenden Bewegungen durch meinen Körper zog.

»Es gibt nur eine Sache, die ich von dir will«, meinte er tonlos und betrachtete das rote Blatt in seiner Hand. »Aber ich fürchte, du wirst mir den Gefallen nicht tun.«

»Ich nehme an, er würde einschließen, dass wir uns nie wiedersehen. Das solltest du Ashton sagen, immerhin ist er es, der Zoe einlädt.« Ich trat beiseite, damit eine Gruppe Frauen an uns vorbeilaufen konnte. Eine von ihnen starrte Blake so auffällig interessiert an, dass es mir beinahe unangenehm war. Er hingegen schien es nicht zu bemerken, sondern betrachtete seine Hand, die sich gerade zu einer Faust um das Blatt schloss. Es knirschte. Ich zögerte kurz, dann gab ich mir einen Ruck. »Was will er von ihr? Zoe sagt, sie schlafen nicht miteinander, aber ich verstehe nicht, warum er sie dann ständig in seiner Nähe haben will.«

Blakes Mimik lockerte sich zu einem belustigten Ausdruck. »Dafür fällt dir kein anderer Grund außer Sex ein?«

Ich konnte nicht verhindern, dass sich weitere Wärme in meine Wangen schlich. »Du weißt, wie ich das meine.«

Seine Mundwinkel zuckten. »Tu ich das?«

Drei schlichte Worte und ich hatte das Gefühl, er würde in eine andere Sprache wechseln. Eine, die ich ihm nicht zugetraut hätte und die ich deswegen nicht auf Anhieb verstand. Vielleicht brauchte ich aber auch so lange, weil ich dieses Vokabular seit langer Zeit nicht mehr ausprobiert hatte. »Flirtest du etwa mit mir, Blake Ames?«

Meine Stimme bebte, mein Herz seltsamerweise auch. Und sein Blick ... der wanderte. Von meinen Augen zu der einen Haarsträhne, die mir ins Gesicht hing, hin zu meinem Mund. *Secret Whisper*, braunstichiges, mattes Rot. Der Name der Farbe dehnte sich immer weiter in meinem Kopf aus, je länger Blake mich ansah. Denn das Wispern, das mir dabei durchs Bewusstsein schlich, war dermaßen *geheimnisvoll*, dass ich es selbst nicht richtig verstehen konnte. Ich wusste nur eins: Der Gedanke dahinter war neu und intensiv und ... gefährlich. Und anziehend. Ein bisschen viel zu sehr anziehend.

Ehe ich mich ihm stellen konnte, schüttelte Blake den Kopf. »Nein. Tu ich nicht.«

Gut, dachte ich, aber in meiner Brust zog sich alles zusammen. Ich verschränkte die Arme davor und wartete, bis das Gefühl verblasst war. Dann holte ich tief Luft. Was auch immer das gerade gewesen war: Es gab Wichtigeres. »Also ... was wäre nötig, um Ashton ... das Interesse an Zoe verlieren zu lassen?«

»Das wünschst du dir für sie? Sie mag ihn doch, oder?«

»Lieber ein gebrochenes Herz als eine gebrochene Wirbelsäule«, erwiderte ich mit einem Kloß im Hals. »Du gibst es doch selbst zu. Sie ist nicht sicher bei euch. Und ich werde sie nicht verlieren. Nicht auch noch Zoe.« Der letzte Satz war heraus, ehe ich es verhindern konnte.

Blakes Blick kratzte an meiner Stirn, ich wagte es nicht, ihn zu erwidern. Die Aussage war der Lack auf einer tief liegenden Wahrheit, die ich seit Jahren zu verbergen versuchte – auch vor mir selbst. Ich war nicht bereit, sie und damit mich noch weiter zu entblößen.

»Warte einfach ab«, sagte Blake dann. »Gefühle sind vergänglich und Ashtons noch wankelmütiger als die von anderen. In ein paar Wochen wird er ihren Namen vergessen haben.«

Ich wischte die Beklemmung beiseite und rang mir ein Grinsen ab. »Mit den Namen hast du es irgendwie, was?«

»Sie sind einfach wichtiger als alles andere.«

Mit einem Mal musste ich daran denken, worüber wir in jener Nacht in der kleinen Bibliothek geredet hatten.

Ein Name ohne Gesicht bedeutet nichts, oder?

Das sehe ich nicht im Geringsten so.

»Wieso denkst du das?«

»Ich meine … Menschen forschen, um zu begreifen, wie Körper funktionieren. Wie Blut, Hormone und Zelltypen miteinander agieren, welche Muskeln wo sitzen, welche Organe sich wie entwickeln. Aber es gibt etwas, das du nicht in Modellen einschließen kannst: Die Psyche eines Menschen, seine … Seele. Die wirst du nie ganz begreifen können, weil jede sich aus anderen Dingen zusammensetzt. Angeborene Eigenschaften, persönliche Erfahrungen, gesellschaftlich oder persönlich geprägte Hoffnungen, Ängste und Träume. Forschende haben schon immer unterschätzt, wie mächtig die Seele eines Menschen ist. Sie ist das Zentrum von allem, was uns ausmacht, von allem, was wir … sind.« Seine Stimme verlor sich, sein Blick auch. Für wenige Sekunden war da wieder diese Traurigkeit in seinen Augen, viel tiefer, als ich sie jemals bei jemandem in meinem Alter entdeckt hatte.

Ich bekam das Gefühl, dass diese Worte den Kern seiner Melancholie beschrieben, auch wenn ich sie nach wie vor nicht begriff. Selbst in seinen scheinbar ehrlichen Momenten verwirrte

Blake mich. Und das war anstrengend und frustrierend und leider faszinierend.

»Dann sind Namen für dich so was wie Seelen-Etiketten?«

Er blinzelte. »Vielleicht. Klingt wahrscheinlich albern.«

»Nein, klingt eigentlich erstaunlich klug.«

Blake lachte. Ein kurzes, warmes, sehr ehrliches Lachen, das mir etwas zu sehr gefiel. »Du hast eine bemerkenswerte Art, beleidigende Komplimente zu machen.«

Ich musste grinsen. »Ich gebe zu, ich bin nicht gut in so was. Sei froh, dass du nicht versuchst, mit mir zu flirten.«

Er lachte erneut, heiser und ein bisschen … verzweifelt, irgendwie. »Sei du lieber froh.«

»Du hast eine bemerkenswerte Art, neugierig machende Gruseldinge zu sagen«, stellte ich fest. Ich fragte mich, was mit mir nicht stimmte, weil mich das nicht ab-, sondern stattdessen ein paar andere Worte auf meine Zunge stieß. Worte, die sich nicht so provozierend anhörten, wie ich sie fühlen wollte – eher unsicher. »Also … würde es dich stören, wenn wir uns bald wiedersehen?«

Das Lächeln auf seinem Mund verblasste schlagartig. Langsam öffnete er die Hand und ließ die tiefroten Blattbrösel zwischen uns fallen. *Blutregen*, dachte ich und schauderte. »Würde es dich davon abhalten, wenn ich Ja sage?«

Da war der Hauch eines Stichs, der bei seinen Worten in meiner Brust brannte. Und ich verachtete mich dafür. Wie gesagt: Mir war die Meinung anderer nicht wichtig, solang sie mir nichts bedeuteten. Genau deswegen konnte es mir egal sein, dass dieser Typ mich nicht in seiner Nähe haben wollte. Er konnte mir egal sein, aber dieser Schmerz in meiner Brust zeigte mir etwas, das ich nicht wahrhaben wollte: Es machte mir etwas aus. Das war lächerlich. Ich kannte ihn nicht einmal, ich würde nicht zulassen, dass mir seine Abneigung etwas bedeutete. Und ganz sicher nicht, dass sie mich von dem abhielt, was ich tun musste.

»Nein. Und jetzt muss ich los.« Ich machte einen Satz über die Pfütze neben uns, um an ihm vorbeizukommen. Ein Teil von mir wollte einen Umweg nehmen, um nicht an Blakes Freunden vorbeizumüssen, doch ich verbot es mir. *Kein Kleinmachen, kein Verstecken – vor niemandem.*

Ich schaffte zwei Schritte, da hielt mich Blakes Stimme zurück. »Der Typ aus deinem Tutorium. Wie heißt er?«

Verwirrt drehte ich mich zu ihm um. Er hatte die Hand wieder zur Faust geballt. Die, mit der er das Blatt zerbröselt hatte. Die, mit der er mich berührt hatte. Es war so albern: Eine unbedeutende Zweisekundenerinnerung und mein Herz pochte so heftig, dass ich nicht klar denken konnte. »Matthew Bassett. Wieso?«

Blake hob nur die Schultern, ehe er sich kommentarlos umdrehte und davonlief. Ein dunkler Fleck auf dem herbstbunten Campus, der sich mit langsamen Schritten entfernte. Fort von seinen Freunden. Und von mir.

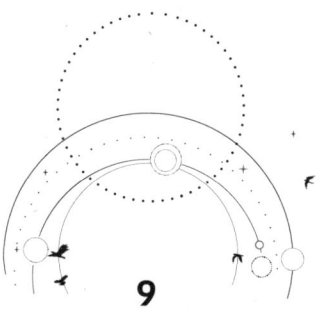

9

MABEL

Der Wind peitschte gegen die undichten Scheiben.

Ich zerrte mir den Kragen meines Wollpullovers übers Kinn und sah nach draußen. Der Campus lag dunkel und ruhig hinter Glas, als wäre sein Abbild in Blei gegossen worden. Die letzten Tropfen des abebbenden Regens benetzten die gewölbten Fenster, und der Novemberatem strich ungehindert durch die Gänge – einer der Gründe, warum diese Bibliothek meist halb leer und ich so gern hier war.

Es war nach acht Uhr abends, und bis auf ein paar müde Gesichter, die gelegentlich auf der Suche nach einem Buch vorbeihuschten, waren die meisten Studierenden bereits heimgegangen. Ich konnte nicht sagen, wie lang ich schon hier saß, aber mein Magen fühlte sich mittlerweile ausgehöhlt an und zwischen meinen Nackenwirbeln pochte feinstechender Schmerz. Ich grub zwei Finger hinein und ließ die Schultern kreisen, ehe ich mich auf das aufgeschlagene Buch konzentrierte.

Eigentlich war ich nach dem letzten Seminar hergekommen, um an einem Essay zu arbeiten. Der Bildschirm meines Laptops war zwar vor einer Weile ausgegangen, doch ab und zu sprang die Lüftung meines alten Geräts an, als würde es mir mit einem entnervten Stöhnen zu verstehen geben wollen, wohin meine Prioritäten gehörten. Leider weigerte sich mein Gehirn, das auch so zu sehen. Wann immer ich versuchte, mich auf die Uni zu konzentrieren, schweiften meine Gedanken ab. Je tiefer ich in Davies Recherche eintauchte, desto mehr konnte ich seine Nervosität nachvollziehen.

Es gab viele Hinweise, die auf eine Studierendenverbindung namens *Der Bund der Stare* hindeuteten, aber keine Beweise. Gerüchte über Partys in Vorlesungssälen und auf Institutsdächern ebenso wie über gestohlene Campus-Statuen, verwüstete Professorenbüros und Sicherheitsangestellte, die morgens ohne Uniform und erinnerungslos aus Abstellkammern befreit wurden. Konjunktiverzählungen, die ich normalerweise als Campus-Legenden abgetan hätte, weil die Fakten fehlten. Aber dann waren da eben immer wieder diese Zeichnungen des Vogels. Fotos des Symbols auf Türen von Wohnheimen und Instituten, auf Toilettenwänden und Denkmälern großer Philosophen. Außerdem kam der Begriff *Der Bund der Stare* in Artikeln mancher Uni-Zeitungen durchaus vor, wenn es um Vereine und Clubs ging, wurde jedoch nie näher erläutert.

Die Unis, an denen Gerüchte über diese Verbindung kursierten, waren in ganz England verstreut: Oxford, Kent, London und Cambridge. Immer wieder Cambridge. Je weiter es auf die Gegenwart zuging, desto spärlicher wurden die Hinweise. Fast so, als hätte sich die Verbindung – wenn sie denn je existiert hatte – aufgelöst. Oder … als wären ihre Mitglieder im Laufe der Zeit vorsichtiger geworden.

Nachdenklich blätterte ich mich durch das Jahrbuch der University of Cambridge von 1982, als mein Handy aufleuchtete.

Davie

Hunger? Hab zufällig noch ein halbes Blech
Pommes übrig und würde ein Stück Apple Pie
drauflegen, damit sich die Anreise über den
Campus lohnt.

Ich lächelte, während ich Davies Worte überflog. Normalerweise schickte er mir solche Nachrichten erst gegen Ende des Monats, wenn er wusste, dass mein Geld knapp wurde.

Mabel
Verlockend, aber ich hab noch zu tun.

Davie
Ich glaube, du verstehst nicht. Es sind Curly Fries.

Ich biss mir auf die Unterlippe, um nicht zu lachen und den Studenten am anderen Tischende zu nerven.

Mabel
Ich kann wirklich nicht, muss ein Essay beenden.

Mein schlechtes Gewissen pochte auf, als ich das Handy umdrehte und mich über das Buch beugte. Zum einen, weil mein Laptop in diesem Moment wieder summte, zum anderen, weil ich Davie nicht zum ersten Mal bewusst anlog.

Er wusste zwar, dass ich ihn bei seinen Recherchen unterstützen wollte, aber ich verschwieg, welches Ausmaß diese Nachforschungen innerhalb weniger Tage angenommen hatten. Entweder versuchte ich etwas über die Menschen, deren Namen ich in Ashtons Umfeld aufgeschnappt hatte, herauszufinden, oder ich recherchierte über diese ominöse Verbindung – in der Hoffnung, dass sich diese beiden Stränge zufällig miteinander verknoten würden.

Bisher gab es dafür kein Anzeichen, außer Davies Erlebnis im Hinterhof eines Pubs. Wir waren vor zwei Tagen gemeinsam dort gewesen, aber der Backstein war längst gereinigt worden. Es könnte alles Zufall sein. Ashton hätte dieses Vogel-Symbol so wie wir irgendwo entdeckt und aus einer Laune heraus an die Wand malen können. Er und seine Freunde könnten ein gewöhnlicher Haufen verzogener, neureicher Schnösel sein, die zufällig den Namen einer Vogelart als Codewort für ihre Partys benutzten. Wir könnten uns irren. Und doch glaubten wir nicht, dass das stimmte.

Die tief hängenden Lampen, die die Arbeitsplätze im hinteren Teil der Bibliothek beleuchteten, flackerten auf und warfen pfirsichfarbene Sprenkel auf das Papier vor mir. Ich hob den Blick zu den altmodischen Fassungen, während ich weiterblätterte. Deshalb hätte ich es auch fast umgeschlagen, ohne es zu bemerken. Im letzten Moment hielt ich inne und ging eine Seite zurück. Das Kapitel handelte von einem Jubiläum des Trinity Colleges und zeigte Fotos der dazugehörigen Feier.

Ich brauchte einen Moment, bis mir bewusst wurde, welches davon sich gerade widerhakenverziert in meine Sicht geworfen hatte. Es befand sich ganz unten, ging über die halbe Seite: fünf Menschen vor einer Backsteinwand, alle direkt in die Kamera blickend. Das Foto war schwarz-weiß, dennoch war ich mir sicher, dass sie allesamt schwarze Kleidung trugen. *Starschwarz*, dachte ich, und im nächsten Atemzug wieder an Blakes Haar. Ich kniff die Augen zusammen und musterte die Personen genauer. Drei Männer, zwei Frauen, allesamt in den frühen Zwanzigern und auf den ersten Blick nicht nur auffallend attraktiv, sondern auch dermaßen selbstbewusst wirkend, dass man ihnen ihr privilegiertes Leben ansehen konnte.

Sie sahen nicht anders aus als die Studierenden, denen ich täglich über den Weg lief, und doch war da ein Detail, das mich stocken ließ. Eine der Frauen trug eine Brosche, die den Ausschnitt ihres Kleides zusammenhielt. Eine Brosche in Form eines Vogels mit einem Zweig im Schnabel.

Hitze stieg mir ins Gesicht und verschleierte meine Sicht, ich blinzelte mehrfach. Hastig neigte ich mich über das Buch, um die Bildunterschrift zu lesen. *Die neue Generation von Cam-*

bridges Elite. Von links nach rechts: Quentin Middleton, Ellen Lucille Meester, Cedric Landon Wells, Arthur O'Brien, Amelia Victoria Wallingford.

Den letzten Namen musste ich mehrmals lesen, bis ich begriff, wieso er mir bekannt vorkam. Sofort griff ich nach dem Stapel Bücher vor mir und suchte das heraus, was ich zuletzt durchgesehen hatte. Es dauerte eine Weile, bis ich die Seite wiederfand. Neben einem Artikel über die landschaftlich schönsten Bereiche von Cambridge waren mehrere Fotos abgebildet. Auf einem davon war eine Bank am Flussufer der Cam zu sehen. Ich war vorhin an diesem Foto hängen geblieben, weil mir das immer bei Bänken passierte – zumindest, wenn sie über ein Widmungsschild verfügten. Meine Mutter war früher an jeder, an der wir vorbeigekommen waren, stehen geblieben, um die Inschrift zu lesen. Manchmal waren da nur Namen, manchmal ein Datum oder ein Zitat. *»Seltsam, nicht? Wenn jemand stirbt, wissen Menschen oft nicht, wohin mit ihrer Liebe«*, hatte sie einmal gesagt.

»Ist das traurig oder schön?«, hatte ich gefragt.

»Das, mein Liebling«, hatte sie erwidert und sich bei mir untergehakt, *»ist die elementarste Frage des Lebens.«*

Keine zwei Monate später war ihr alter Volvo von einem Porsche geschnitten worden. Seitdem wusste auch ich nicht mehr, wohin mit meiner Liebe. Hätte ich Geld gehabt, hätte ich ihr ein Dutzend Bänke errichten lassen, aber so hielt ich einfach an jeder bereits stehenden kurz inne und las in jeder Inschrift Mums Namen.

So, wie ich es vorhin auch bei dieser getan hatte. Der eigentliche Name auf der Plakette war mir trotzdem im Gedächtnis geblieben.

Im Gedenken an Amelia Victoria Heaven Wallingford
ex hoc momento pendet aeternitas

Ich nahm mein Handy und rief einen Übersetzer auf, kopierte die lateinische Phrase rüber.

An diesem Augenblick hängt die Ewigkeit.

Stirnrunzelnd gab ich den Namen der Frau in die Suchmaschine ein. Während das Bibliotheks-WLAN mühsam die Ergebnisse lud, verließ der Student am anderen Ende den Tisch. Ich bemerkte es kaum, weil ich so darauf konzentriert war, die eintrudelnden Überschriften zu überfliegen. Die dritte stach mir ins Auge. Vom Foto unter dem Titel lachte mir das bekannte Gesicht einer hübschen hellhaarigen Frau entgegen. Eine Lücke zwischen den Vorderzähnen, ein Grübchen im rechten Mundwinkel, große und dicht bewimperte Augen. Ein Gesicht, das vor Lebensfreude und Jugend strahlte. Und damit eines, das so gar nicht zu der Artikelüberschrift passte.

Studentin (22) stirbt bei Brand auf Universitätsgelände

Die Tochter des Innenministers Alexander Wallingford, Amelia Victoria Wallingford (* 1960), kam vergangenen Freitag bei einem Brand auf dem Campus des Trinity Colleges der University of Cambridge ums Leben. Die Umstände, die zu dem Unglück führten, sind noch nicht geklärt. Laut Sprecherin der Universitätsleitung wird in Zusammenarbeit mit Polizei und Feuerwehr eine Untersuchung eingeleitet, da Brandstiftung nicht auszuschließen sei. Wallingford studierte im dritten Semester Politikwissenschaft, arbeitete ehrenamtlich ...

Ich brach ab, als es hinter mir polterte.

Hastig fuhr ich herum und starrte in die Gänge, die sich vor mir auftaten. Die Lampen über den Regalen flackerten auch dort, manche von ihnen waren ganz ausgefallen. Das Grau verdichtete sich, je weiter der Gang von den Tischen fortführte, das Labyrinth aus Papierrücken und Holzbrettern verschlang sich farblos ineinander. Niemand war zu sehen.

Ein Blick auf meine Uhr sagte mir, dass die Bibliothek bald schließen würde. Ich konzentrierte mich wieder auf die Suchergebnisse und überflog die ersten drei Seiten. Artikel über

Amelias Schwimmwettkämpfe, öffentliche Auftritte, zu denen sie ihren Vater begleitet hatte, sowie ihr Ehrenamt beim Tierheim reihten sich aneinander. Das Gesicht, das neben den Berichten abgebildet wurde, war stets dasselbe. So wie der Name. Nur dass es nicht der war, der auf der Bank stand. Nicht ganz zumindest. Der dritte Vorname, Heaven, tauchte nirgends auf, nicht einmal in der offiziellen Todesanzeige.

Mein Herz pochte schneller, als würde es spüren, dass dieses winzige Detail etwas bedeuten könnte – auch wenn mein Verstand nicht begriff, was. Ich beugte mich vor, bis meine Nasenspitze beinah das Papier berührte. Die Gesichter sagten mir nichts, dennoch kamen sie mir bekannt vor. Ich war mir nicht sicher, was es war, aber irgendetwas an dieser Gruppe war mir auf unangenehme Weise vertraut. Dieser Stolz in den Augen, das überhebliche Lächeln, die aufrechte Körperhaltung und vor allem die unerklärliche Art, wie sie ein Gesamtbild ergaben, obwohl sie einander nur flüchtig oder gar nicht berührten. Das, was diese fünf Leute ausstrahlten, erinnerte mich durch und durch an Ashton und seine Freunde.

Wieder überflog ich das Foto und blieb an dem Mann in der Mitte hängen. Kurzes Haar, helle Augen, breite Schultern in einem edel wirkenden Jackett. *Cedric Landon Wells.* Etwas an ihm irritierte mich, aber ich kam nicht darauf, was es war. Bevor ich auch seinen Namen in die Suchmaschine eingeben konnte, ließ mich ein erneutes Poltern in meinem Rücken zusammenfahren.

Der Gang lag zwar nach wie vor verlassen da, doch diesmal stand ich kurz entschlossen auf. Ich umfasste mein Handy und blickte mich mehrmals um, bis ich in den Flur bog, aus dem der Krach gekommen war. Aber … da war niemand. Alles lag still und farblos vor mir, bis auf das Ächzen der Regale war nichts auszumachen. Gerade als ich mich abwenden wollte, bemerkte ich es. In einem Regal direkt an der Wand war eine leere Reihe. Beim zweiten Hinsehen bemerkte ich die Bücher, die auf dem

Boden davor lagen, als hätte sie jemand vom Brett gestoßen – was das Geräusch erklären würde, das ich gehört hatte.

Mit langsamen Schritten ging ich darauf zu, bis ich sehen konnte, was mit der Wand dahinter nicht stimmte. Die weiße Farbe war mit schwarzen Buchstaben beschrieben. Buchstaben, die mein Hirn nur widerwillig zu einem Satz zusammenfügte, obwohl jeder einzelne akribisch nachgezogen war.

Memento mori

Ich musste den Satz nicht übersetzen lassen, meine Lateinkenntnisse reichten für diese zwei Worte aus.

Bedenke, dass du sterben wirst.

Mir wurde so schlecht, dass ich beim Schlucken glaubte, Galle zu schmecken. Meine Vernunft raunte mir zu, dass das nur ein schlechter Witz war und nichts mit mir zu tun hatte, aber mein Herz schlug dennoch so heftig, dass es sich wirklich nach Schlägen anfühlte. Meine Gedanken waren blutergussübersät, die Bedeutung jedes einzelnen zerbröselte. Sekundenlang starrte ich auf die Worte, ehe ich über den letzten Buchstaben strich. Noch bevor ich den Finger ansah, wusste ich, dass die Farbe haften blieb. Weil sie frisch war. Weil derjenige, der das geschrieben hatte, noch hier war.

Ruckartig fuhr ich herum, drehte mich im Kreis, starrte über die Kanten der Buchreihen in die Nachbargänge, bückte mich und sah unter den Regalen hindurch. Keine Augen, keine Füße, kein … irgendwas. Ich war allein. Mit einem tiefen Atemzug straffte ich die Schultern und stellte die Bücher zurück ins Regalbrett. Als wäre nichts passiert, *weil ja auch nichts passiert war.*

Als ich zurück zu meinem Platz lief, ertönte der Gong, der die letzten zehn Minuten vor der Schließung ankündigte. Ich schob mein Handy in die Tasche meiner Stoffhose und begann, die Bücher zu stapeln. Als ich an dem Jahrbuch ankam, das ich achtlos zugeklappt hatte, zögerte ich. Prüfend warf ich einen Blick über meine Schulter, doch die Aufsicht war weit und breit nicht zu sehen. Mein schlechtes Gewissen bäumte sich dennoch auf, als ich die Seite mit dem Foto aus dem Buch trennte und in meinen Block schob.

Gerade als ich ihn in meiner Tasche verstauen wollte, bemerkte ich es. Die Schlaufe war zu, obwohl ich das nie machte. Der Verschluss war so alt, dass ich befürchtete, ich könnte ihn abreißen, wenn ich es versuchte.

Meine Finger bebten, als ich ihn behutsam öffnete, den Lederdeckel umklappte und ... in Schwärze starrte.

Ich hielt die Luft an. Meine Tasche war gefüllt mit Federn. Schwarzen, glänzenden Federn, nur vereinzelt von weißen, winzigen Punkten durchzogen. Das Zittern meiner Finger wurde stärker, als ich nach einer davon griff. Sie fühlte sich echt an. Echt und ... warm. Ohne darüber nachzudenken nahm ich eine ganze Hand davon heraus und ließ sie auf den Tisch vor mir rieseln. Das Gefühl blieb. Sie waren warm. Und ... feucht?

Mein Blick wanderte vom Schwarz der Federn zu meiner Hand. Meiner Hand, die mit roten Schlieren überzogen war.

Reflexartig wich ich nach hinten, stolperte beinahe über den Stuhl. Mein Puls raste, meine Füße wollten ihm folgen, aber ich wusste, dass das nichts bringen würde. Denn das Blut, das verdammte *Vogelblut*, das haftete längst an meiner Haut.

Meine Hand pochte, als ich kurz darauf die Bibliothek verließ. Ich presste sie fester um den Riemen meiner Tasche, weil ich es nicht ertrug, hinzusehen. Dabei hatte ich sie im Waschraum so lang geschrubbt, dass das Blut längst verschwunden war. Und dennoch hatte ich das Gefühl, es wäre in mich hineingesickert. So, wie ich das Gefühl hatte, die Federn in meiner Tasche wären Gesteinsbrocken. Ihr Gewicht drückte in meine Schulter und wollte mich bei jedem Mülleimer dazu bringen, innezuhalten und sie loszuwerden. Ich tat es nicht. Ich durfte nicht. Nicht, bevor ich nicht entschieden hatte, was ich damit anfangen sollte.

Mein Atem wirbelte neblig vor meinem Gesicht, während ich über den Campus lief. Meine Nasenspitze schimmerte bläulich in meinem Sichtfeld, meine Finger kribbelten, meine Zehen spürte ich nicht mehr. Irgendwie spürte ich *alles* auf einmal deutlich weniger. Meine Gedanken fühlten sich, ebenso wie mein Körper, an, als seien sie in Watte gepackt worden. Vielleicht, weil sich alles in und an mir nicht diesen scharfkantigen Ereignissen der vergangenen dreißig Minuten stellen wollte.

Unter einer Laterne hielt ich inne. Ich legte den Kopf in den Nacken und atmete tief durch, während sich dieser bestimmte Schriftzug in meinem Bewusstsein ausbreitete. Grell und flackernd, eine Neonreklame in meiner eigenen Dunkelheit. *Memento mori.* Ich wusste, dass der Spruch eigentlich eine Erinnerung daran sein sollte, das Leben zu würdigen. An eine Bibliothekswand geschmiert fühlte er sich vielmehr an wie eine Warnung. Eine Drohung. Vor allem, wenn die Person, von der sie stammten, mir kurz darauf blutige Federn in die Tasche gestopft hatte.

Ich wollte denken, dass es dabei keinen Zusammenhang gab, aber wie hätte ich mir das einreden sollen? Ich *wusste*, dass es dieselbe Person gewesen war. Ich *wusste*, dass das kein Zufall gewesen war, sondern dass diese Person es auf meine Tasche abgesehen hatte. Auf mich. Ebenso wie ich ohne nachzusehen *wusste*, dass diese Federn von einem Star stammten. Einem Star, der jetzt höchstwahrscheinlich tot war.

Memento mori.

Ich presste die Augen zusammen, bis die Buchstaben zerfielen, und konzentrierte mich auf das Wesentliche. Die wichtigsten Fragen lauteten: Wer? Und wieso? Es gab drei Namen, die mir für die Beantwortung der ersten einfielen. Drei Menschen, die wussten, dass ich mich für sie interessierte, und die mir auf verschiedenste Weise deutlich gemacht hatten, dass ich das lassen sollte: Ashton, Victor, Blake. Das Wieso war eindeutig. Sie wollten mir klarmachen, dass sie mich bemerkt hatten. Vermutlich sollte mir das Ganze Angst einjagen, das Problem war nur, dass es mich eher motivierte. Hatte ich zuvor zumindest noch mit einem Hauch Vernunft an der Existenz dieser Verbindung gezweifelt, war jetzt auch der letzte Rest davon verschwunden.

Es war so seltsam: Bei dem Versuch, mich davon abzuhalten, etwas über sie herauszufinden, hatten sie mir den ersten eindeutigen Beweis vor die Nase gehalten. Anders konnte ich mir nicht erklären, warum sie mir ausgerechnet Federn dieses Vogels zuspielten, wenn ich gegenüber keinem von ihnen den *Bund der Stare* erwähnt hatte.

Ich war mir nicht sicher, was mir das über sie verriet. Dass sie mich unterschätzten und nicht dachten, dass ich diesen Zusammenhang herstellen konnte? Oder dass sie sich selbst dermaßen überschätzten, dass es ihnen egal war, wenn ich das tat? Vermutlich konnte es mir ebenfalls egal sein. Selbst wenn sie ahnten, dass ich in ihrer Freundesgruppe mehr sah und mich dafür interessierte – was sollten sie tun? So geheim diese Verbindung auch versuchte zu sein, letztlich waren es nur ein paar wohlhabende Studierende. Wenn das Schlimmste, was sie mir antun würden, blutige Federn in meiner Tasche waren, konnte ich damit umgehen.

Trotzdem hörte mein Herz nicht auf zu rasen, während ich weiterlief. Ich fühlte mich allein und schutzlos, und das gefiel mir nicht. Ich wollte, ich *musste* mit jemandem darüber sprechen. Kurz entschlossen holte ich mein Handy aus der Manteltasche. Davie hatte mir nach unserem Gespräch vorhin noch ein Foto von einem unglücklichen Smiley aus Pommes geschickt – nicht einmal das brachte mich zum Lächeln.

Mabel
Wir müssen reden.

Davie sollte sich keine unnötigen Sorgen machen, aber nach dem, was gerade passiert war, ahnte ein Teil von mir, dass sie vielleicht nicht unberechtigt waren. Das hier fing gerade an, mir über den Kopf zu wachsen. Und auch wenn Rückzug keine Option war, wollte ich die nächsten Schritte doch lieber mit jemandem an meiner Seite machen.

In dem Moment, in dem ich um eine Ecke bog, hielt ich inne. Blaues Licht flutete mein Sichtfeld, ließ mich blinzeln. Verwirrt blickte ich zu dem Polizeiwagen, der mitten auf der kiesigen Einfahrt vor einem der Institute des Clare Colleges stand. Das Licht der Sirenen flackerte über die Fassade des Gebäudes. Eine Handvoll Menschen hielten sich hinter einer Absperrung auf und starrten zu den Polizeibeamten, die vor der Tür standen.

Ich ging auf eine Frau zu, die sich etwas abseits unter einer Buche aufhielt. Sie zitterte trotz ihrer Daunenjacke so heftig, dass ihre Zähne aufeinanderschlugen.

»Was ist passiert?«

Mit glasigen Augen sah sie zu mir und dann wieder zum Institut. Ihr Blick wanderte die Stockwerke hinauf, hin zu dem Flachdach, das sich rund acht Meter über dem Boden erstreckte. »Jemand ist gesprungen«, flüsterte sie, als würde die Bedeutung dahinter erst real werden, wenn sie die Worte zu laut aussprach. »Sie haben sie gerade weggebracht.«

»Was? Wer?« Entsetzt sah ich zurück zum Asphalt, der hinter dem Absperrband lag. In der laternenlichtdurchsetzten Dunkelheit war dort nichts auszumachen. Nur kalter, grauer, unnachgiebiger Stein. Mein Magen zog sich zusammen.

Das Mädchen neben mir schniefte und umarmte sich fester. »Eine Studentin … June Owens. Ich hab ein paar Kurse mit ihr, sie ist immer so lieb und lustig. Ich … ich kann nicht glauben, dass sie das getan hat.«

Bei dem Namen klingelte etwas in mir, aber ich schaffte es nicht, dem Geräusch in die Ecken meiner Erinnerungen zu folgen. Dazu war alles an dieser Situation zu überfordernd. »Weiß man sicher, dass sie gesprungen ist? Vielleicht ist sie gestürzt, und es war ein Unfall.«

Sie schüttelte den Kopf und deutete auf zwei Mädchen, die mit bleichen Gesichtern neben dem Polizeiwagen standen und mit den Beamten sprachen. »Die eine ist meine Zimmernachbarin, sie hat mich angerufen, nachdem es passiert ist. Ihre Freundin und sie haben es mit angesehen. Die beiden haben June dort oben entdeckt und versucht, mit ihr zu reden, aber sie ist einfach …« Sie brach ab und presste sich eine Hand auf den Mund, schluchzte trocken.

»Ist sie …« Meine Stimme brach, ich schaffte es nicht, das Wort zu sagen. Es auch nur zu denken.

»Da war so viel Blut«, wisperte sie. »Und … der Krankenwagen hat sie mitgenommen, aber sie haben das Licht und die Sirene nicht angemacht. Das bedeutet …«

Das bedeutet, dass sie schon tot war.

Wir verharrten schweigend in diesem Moment, der von falschem Licht geflutet und genau deswegen so dunkel war. Mir wurde kälter mit jeder Sekunde, die ich auf den Asphalt starrte. Den Asphalt, der an irgendeiner Stelle nicht steindunkel, sondern blutdunkel war. So wie meine Hand noch vor wenigen Minuten.

Ich presste die Fingernägel in meine Handinnenfläche und versuchte, den Gedanken zu verdrängen. Doch als ich gerade dabei war, ihn in eine Schublade meines Kopfes zu sperren, schlüpfte dafür ein anderer heraus.

Kein Gedanke, sondern eine Erinnerung.

Victor auf der Brücke, als er sagte: »*Schon gut. Mein Junimädchen wartet sowieso noch auf mich.*«

Das ist ein Zufall, ein Zufall, ein Zufall. Meine innere Stimme überschlug sich beinahe, weil ich diese Worte so schnell denken wollte, dass kein Zweifel dazwischenpasste. Trotzdem griff ich wie von selbst zu meinem Handy und gab den Namen June Owens in die Suchmaschine ein.

Gleich der dritte Treffer zeigte einen Artikel über den Chor des Clare College. June stand der Bildunterschrift nach in der ersten Reihe: eine hübsche Frau mit honigblondem Haar und freundlichen Augen. Eine hübsche Frau, die mir bekannt vorkam. Weil ich sie gesehen hatte.

An jenem Abend auf der Clare Bridge, als sie in Unterwäsche in der Cam geschwommen war. Ich erinnerte mich so intensiv daran, als hätte mein Gehirn schon damals bewusst jede Nuance in sich aufgenommen. Es hatte nicht an June gelegen, sondern an dem Menschen, der an ihrer Seite gewesen war. Diesem Menschen, dem man nicht ansehen, aber *anfühlen* konnte, dass er Ärger bedeutete: Victor.

Mein Junimädchen wartet sowieso noch auf mich, das waren seine Worte gewesen. Und jetzt war genau dieses Mädchen vom Dach eines Instituts gesprungen und ... gestorben?

Das ist ein Zufall, ein Zufall, ein ... meine Gedankenstimme drehte sich mit jedem Wort leiser, weil dieses Gefühl in mir einfach so laut war. So unbeschreiblich laut, dass ich mir am liebsten die Ohren zugehalten hätte. Oder mein Herz, das so heftig raste, dass mir schwindelig wurde.

Ich bekam kaum mit, wie sich das Mädchen neben mir vom Baum löste und auf ihre Mitbewohnerin zuging, die jetzt verloren vor der Absperrung stand.

Nur mit Mühe schaffte ich es, mich zusammenzureißen. Bevor ich mich umdrehte, machte ich ein Foto von der Szene – blaues, gleißendes Licht und ein rotes, im Wind flatterndes Absperrband – und schickte es an Davie. Zusammen mit einer weiteren kurzen Nachricht:

Mabel
Wir müssen wirklich reden.

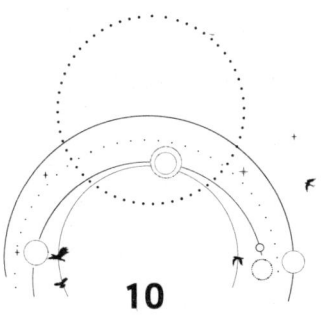

10

CLIFF

Es gab keinen Ort, der die Unterschiede zwischen Ashton und mir so stark betonte wie ein Pub. Jedes Mal, wenn ich von stickiger Luft, gedimmtem Licht und Stimmengewirr umhüllt wurde, wurde ich mir dessen aufs Neue bewusst. Für mich bedeuteten sie eine permanente Reizüberflutung und darauf aufbauend Anspannung. Für Ashton waren sie das Paradies. Menschen, die herkamen, waren meist gut gelaunt und offener als sonst. Der Alkohol tat sein Übriges dazu.

Ich fand Ashton an seinem Lieblingsplatz: direkt am Tresen, sodass ständig Leute an ihm vorbeimussten. Ein Drink stand vor ihm, vermutlich ein *Old Fashioned*, wie üblich. Ashtons Sinn für Humor war mir auch nach all der Zeit manchmal noch ein Rätsel.

»Was machst du denn hier?«, fragte er überrascht, als ich bei ihm ankam. »Wann habe ich dich zuletzt in einem Pub gesehen? Muss in einem anderen Leben gewesen sein.«

Ich ging nicht auf seinen Spott ein und setzte mich neben ihn auf einen der Hocker. »Norah hat mir gesagt, dass du hier bist. Ich wollte mit dir sprechen.« Ich wartete, so lange ein Typ neben uns zwei Bierkrüge vom Barkeeper entgegennahm. »Ich hab es vorhin erst gehört«, fuhr ich dann fort. »Es ist wahr, oder? Dieses Mädchen … June Owens, sie ist tot.«

Ashton seufzte und nippte an seinem Drink. Sofort verzog er leicht den Mund. Eindeutig, *Old Fashioned.* »Ja.«

Das Wort sackte tief in den Magen. Als ich auf dem Campus ein Gespräch über diesen Vorfall gehört hatte, hatte ich mir zunächst nichts dabei gedacht. Bis ihr Name gefallen war. Der Name, den ich zuletzt von Victor gehört hatte, kurz nachdem wir ihn daran hindern konnten, ihr in ihr Wohnheimzimmer zu folgen. Kurze Zeit später sprang sie von einem Dach ihres Colleges. Das war kein tragisches Unglück, wie die meisten es nannten. Das war die Wiederholung einer Geschichte. *Unserer* Geschichte.

»Du weißt, was das bedeutet. Victor ist …« Ich brach ab, als der Barkeeper vor uns innehielt und mich fragend ansah. Widerwillig bestellte ich einen Whisky und wartete, bis er das Glas vor mir abgestellt und sich wieder entfernt hatte.

»Ich hab schon mit ihm gesprochen. Er sagt, er hat nichts damit zu tun«, kam Ashton mir zuvor, ehe ich weiterreden konnte. »Nicht aktiv zumindest. Er hat sich überschätzt – oder, besser gesagt, sie. Es war ein Unfall.«

»Und das glaubst du ihm?«

»Spielt es eine Rolle? Sie ist so oder so tot.«

»Es spielt eine Rolle, weil er nicht aufhören wird. Du kennst ihn. Er hat sich ohnehin nur deshalb an diese Regel gehalten, weil er wusste, was ihm sonst blüht. Wenn er jetzt damit durchkommt … dann geht alles wieder von vorn los.«

Ashton betrachtete eine Frau, die am Tresen stehen blieb. »Und inwiefern wäre das so dramatisch?« Beiläufig schob er seine Hand auf dem Holz nach rechts, sodass er ihren Unterarm streifte. Sie bemerkte es nicht, ich dafür umso mehr.

Automatisch rückte ich ein Stück von Ashton weg, näher zur kühlen Backsteinwand. »Ist das dein Ernst?«

»Ich mein ja nur.« Er löste die Berührung und drehte sich zu mir. »Wir haben nur aufgehört, um ein bisschen Gras über diese Gerüchte wachsen zu lassen. Das ist lang genug her. Wir können es uns erlauben, die Regeln für eine Weile zu beugen. Ein bisschen Spaß haben. Das würde uns guttun.«

»Du weißt am allerbesten, wie übel es ausgehen kann, wenn man die Regeln zu weit beugt. Muss ich ihren Namen sagen?«

Ein harter Zug grub sich um seinen Mund. »Lass es. Wage es nicht … fang nicht damit an.« Mit zwei Schlucken trank er aus und deutete dem Barkeeper, einen weiteren Drink zu bringen.

»Du weißt, dass ich recht habe«, setzte ich nach, obwohl ich wusste, wie dünn das Eis über diesem Gesprächsthema war. Und wenn wir darin einbrachen … das ging nie gut aus. Für keinen von uns. »Wir müssen Victor in die Spur bringen.«

Ashton verdrehte erneut die Augen, widersprach jedoch nicht. Ich kannte ihn gut genug, um zu wissen, dass das bereits ein Sieg war. »Da wir schon beim Thema sind: Wie läuft es mit deinem Schützling?«, fragte er stattdessen, nachdem er ein neues Glas vorgesetzt bekommen hatte.

Diesmal war ich es, der nach dem Drink langte, um ihn nicht ansehen zu müssen. »Gut. Ich hab es im Griff.«

»Und mit *es* meinst du dich oder sie?«

Die Zähne knirschten, so fest spannte ich den Kiefer an. »Beides.«

»Hm.« Ashton stützte den Kopf in einer Hand auf und betrachtete mich nachdenklich. »Wieso hat Victor dann erzählt, dass sie auffallend viele Fragen gestellt hat? Und wieso hat er sie dann letztens dabei beobachtet, wie sie sich in der Bibliothek rumtreibt und in Büchern über Stadt- und Universitätsgeschichte vertieft?«

Ich schloss die Augen. *Verdammt, Mabel.* »Sie ist Stipendiatin«, erwiderte ich nach einer etwas zu langen Pause. »Sie lernt viel. Und sie ist ein … interessierter Mensch.«

Ashton musterte mich. Ich wusste, dass sein Blick jedes Detail meines Zustands wahrnahm: Jede Nuance Blauschatten unter den Augen, jedes Fältchen, das durch die Anspannung der vergangenen Monate hervorgerufen worden war, jede noch so winzige Unreinheit der Haut. Ich umfasste das Glas mit beiden Händen, um ihm die Möglichkeit zu nehmen, sie zu berühren und zu fühlen, wie kühl sie noch immer waren. »Hast du vor ihr irgendwas erwähnt, das ich wissen sollte?«

»Ist das dein Ernst? Für wie naiv hältst du mich?« Bei all den Fehlern, die ich mir in Mabels Nähe geleistet hatte: Diesen würde ich nicht begehen. Das wäre nicht nur mein Untergang, sondern auch ihrer.

»Ich halte dich für aus der Übung. Und wir wissen beide, dass es extrem berauschend sein kann, wenn man nach einer Weile der Abstinenz …«

»Ich habe nichts verraten«, unterbrach ich ihn unwirsch. »Weder vor ihr noch vor sonst wem. Wieso denkst du das?«

Er streckte die Arme aus, seine Hand streifte die Taille eines Typen, der an uns vorbeiging. Ashton schloss die Augen, ich wusste dennoch, dass seine Pupillen sich ausdehnten. »Nur so ein Gefühl«, meinte er danach gelassen und verschränkte die Arme wieder vor der Brust. »Vic hat erzählt, welche Bücher auf ihrem Tisch lagen. Das geht in eine Richtung, die wir im Blick behalten sollten. Vielleicht solltest du ihr ein bisschen mehr Zuwendung schenken.«

»So wie du ihrer Freundin, ja?«

»Meine Motte macht wenigstens genau das, was sie soll.«

Wir schwiegen, während der Barkeeper vor uns ein paar Flaschen aus dem Regal nahm. Im Hintergrund spielte *One Hundred Years* von *The Cure*, ein Lied, das mich an früher erinnerte. An eine Zeit, in der ich ihm ohne zu zögern recht gegeben hätte. Und obwohl ich das mittlerweile nicht mehr hinbekam, schaffte ich es dennoch nicht, zu widersprechen.

»Wieso beobachtet Victor Mabel überhaupt?«

Ashton schmunzelte. »Keine Sorge, er weiß, dass er die Finger von ihr lassen soll. Aber du kennst Vic. Wenn er etwas gewittert hat, ist es unmöglich, ihn davon abzubringen.«

»Und das wäre?« Ich versuchte, meine Stimme genervt klingen zu lassen, die Besorgnis schwang dennoch mit. So stur Mabel auch war, wenn Victor es darauf anlegte, hatte sie keine Chance, sich ihm zu entziehen. Die hatte niemand.

»Dasselbe wie du und ich. Etwas an ihr ist auffällig.« Ashton zuckte mit den Schultern, als wäre es nicht wichtig.

Ich wusste, dass Mabel ihm ein Dorn im Auge war, aber auch, dass er sie nicht sonderlich ernst nahm. Wieso auch? Es waren immer wir, die gewannen. Diese Erkenntnis fühlte sich beim Gedanken an Mabel mehr als sowieso schon wie der größte Verlust an, den ich mir vorstellen konnte.

Ich bemerkte Ashtons Hand erst, als sie auf der lag, die ich auf den Tresen gelegt hatte. Er drehte sie herum und presste zwei Finger auf die Pulsader. Sein Stirnrunzeln sprach den Vorwurf aus, den er dachte. Statt ihn laut zu sagen, ließ er los und meinte: »Sie mag dich.«

Ich lachte. Unecht und kalt, Eissplitter im Mund und der Brust. »Sie kennt mich nicht.«

»Natürlich nicht. Aber das, was sie in dir zu erkennen glaubt, gefällt ihr. Wenn ich das gespürt habe, dann du auch.« Er lächelte wissend, und natürlich hatte er recht. Ich hatte es mehrmals wahrgenommen in Mabels Nähe: Da war ein Flackern gewesen, ein winziger Spalt in der Tür, der etwas preisgab, das unfassbar anziehend war, und von dem ich mich dringend fernhalten musste. »Du hast dich lange genug gequält. Komm nach Hause, ja?«

Ashtons Stimme färbte sich ungewohnt sanft und traf mich deswegen umso härter. Mein Gewissen regte sich, ich schloss die Augen. »Ich war nie weg.«

»Du bist seit langer Zeit weg.« Er würde es nicht aussprechen, doch mir war klar, an welchen Moment er dachte. An den, nach dem wir alle auf verschiedene Weise gegangen waren. Mit einem Zug leerte er sein Glas und stand auf, legte beide Hände auf den Schultern ab, die ich leicht hochgezogen hatte.

»Du weißt das, und ich weiß das. Ebenso wie wir beide wissen, dass wir alle auf dich warten. Solang du eben brauchst. Nur … gib dir ein bisschen Mühe, okay?«

Er wartete mein Nicken ab, ehe er nach seinem Mantel griff und Richtung Ausgang lief, ohne zu zahlen. So war Ashton: Er kam und ging, wie er wollte, aber mit einem hatte er recht. Im Gegensatz zu mir war er trotzdem immer da.

Ich fuhr mit dem Handballen über die Augen, die trocken pochten, dann griff ich nach meinem Handy. Soziale Medien riefen in mir immer ein gewisses Bedauern hervor. Sie waren der Beweis für diesen universellen Drang aller Menschen, den doch niemand zugeben wollte: Sie wollten so sehr gesehen werden. Meistens jedoch nicht für das, was sie waren, sondern mehr für das, was sie sein wollten. Für jemanden wie mich, der sich seit langer Zeit darauf konzentrierte, genau das zu verstecken, hatten diese ganzen Plattformen keine Funktion. Die Profile, die ich hatte, führte ich genau so intensiv weiter, wie es von mir erwartet wurde. Ab und zu ein hochgeladenes Foto von einem hochrangigen Event oder ein geteilter Beitrag über die Stiftung, die der Familie Ames unterstand, mehr nicht. Wenn ich mich überhaupt freiwillig einloggte, dann mit meinem zweiten Account unter ausgedachtem Namen.

Mabels Profil hieß *Mabel's mirror*. Der Name passte so gut zu diesem Account, weil er so anders war als die meisten, die ich von Kommilitonen kannte. Der Feed wirkte wie ein Spiegelbild eines echten Lebens. Filterlos, ungeschönt, roh und … sie. Er bestand aus Fotos von vergilbten Buchseiten auf ihrem Schreibtisch; von Kaffeebechern mit Mundabdrücken; von einer Sammlung dazugehöriger Lippenstifte: *Holy sinner*, *Darkest dream*, *Lullaby heart*; von Vorhangstoff, goldbesprenkelt vom Morgenlicht; von Bibliotheksfenstern, an denen Regentropfen abperlten; von Zoe und Mabel selbst, beim Waffelessen, beim Spazieren über den Campus mit Stiefeln im Herbstlaub, beim Beieinandersitzen in einem der winzigen Wohnheimzimmer, die ich seit Jahren mied. Ab und zu tauchte ein anderes Gesicht auf: ein Mann mit dunklem Haar, der auf eine Weise in die Kamera blickte, die mehr über seine Gefühle zu der Fotografin verriet, als ich wissen wollte.

An dem zuletzt hochgeladenen Bild blieb ich hängen. Mabel unter einem efeuumrankten Torbogen in Trinity Hall. Der zerschlissene Mantel, die ausgebeulte Tasche, die sie nie zumachte, ihr karierter Schal bis zur Nasenspitze hochgezogen. Man sah fast nichts von ihrem Gesicht, aber ihr Blick reichte aus, um es mir unmöglich zu machen, wegzusehen. Also saß ich da, starrte das Foto dieser Frau an und stellte mich einer Wahrheit, die ich in den vergangenen Tagen am liebsten mit roher Gewalt aus meinen Gedanken und – weitaus dringender – aus meinen Empfindungen herausgerissen hätte.

Ich fühlte mich zu ihr hingezogen. Nicht zu den Augen, nicht zum Gesicht an sich oder dem dazugehörigen Körper. Ich fühlte mich hingezogen zu dem Ausdruck in ihren kupferbraunen Iriden. Zu dem Stirnrunzeln, das sich zeigte, wenn sie sich unbeobachtet fühlte, zu der Art, wie sie das Kinn reckte, selbst wenn ich spüren konnte, dass ihr Herz vor Anspannung raste, zu dem klugen Ton ihrer Fragen und der aufmerksamen Hingabe, mit der sie die Antworten annahm. Ich wusste so wenig über sie, aber fühlte sie *so sehr*. Und das war falsch, so furchtbar falsch, dass ich es nicht ertrug, sie anzusehen. Nicht einmal in einer fotografierten Version.

Ich drehte den Bildschirm um und exte meinen Whisky, sodass die Speiseröhre brannte und die Gedanken weicher wurden. Es half nicht. Ich fühlte mich elend und schäbig. Als hätte ich heimlich durch ein Fenster in ein Leben geblickt, das für mich unerreichbar war. Denn das war es, das war *sie*. Aus sehr vielen Gründen. Vielleicht wurde es Zeit, mich an einen davon stärker zu erinnern.

Kurz entschlossen griff ich erneut nach dem Handy und gab einen anderen Namen ein. Hätte Piper gewusst, wer sich hinter dem Benutzernamen verbarg, hätte sie mich sofort blockiert. So konnte ich mir von Zeit zu Zeit ihren Feed ansehen, der vorrangig aus ihren Zügen bestand. Schwarzes Haar, farngrüne Augen, zu einem Lachen verzogene Lippen und ein widersprüchlicher Funken Traurigkeit in ihrem Ausdruck, der in jedem Bild durchschimmerte.

Mein Blick verlor an Schärfe, fokussierte sich auf die Spiegelung des Gesichts im Display. Das Gesicht, das für Pipers Schmerzkern verantwortlich war. *Denk es*, befahl ich mir, holte tief Luft. *Mein Gesicht.*

Das war es, was ich war. Wer ich war. Ein Mensch, der das Wort nicht verdiente, weil er es nicht wert war. Weil er ein Monster war. Was ich zu Ashton gesagt hatte, stimmte: Mabel kannte mich nicht. Sie wusste nichts über Blake Ames, wusste nichts über mich. Wenn sie es getan hätte, hätte sie alles dafür gegeben, um es wieder zu vergessen. So wie Piper, wie Selma, wie Rose. Wie all die Frauen, deren Namen ich nicht erinnern konnte und die trotzdem jede Nacht das Erste waren, was ich sah, sobald ich die Augen schloss.

Erschöpft sperrte ich das Display und griff nach meinem Portemonnaie. Nachdem ich bezahlt hatte, verließ ich den Pub. Es war später Abend, nach elf, Dunst hing über dem Asphalt und unter den schweren Köpfen der Laternen. Ihr Licht tanzte diesig mit dem feinen Sprühregen darunter.

Ich war noch nicht weit gekommen, als mein Handy summte. Sofort öffnete ich die Nachricht. Jedes Mal, wenn Aspen mir schrieb, fürchtete ich, etwas könnte passiert sein.

Aspen
Sag mir, dass du zu dieser Gala nach Hause kommst!

Ich brauchte kurz, um mich zu erinnern, wovon sie sprach. Die Einladung zu dem Familien-Event war bereits vor Wochen angekommen, doch so wie die meisten dieser Nachrichten hatte ich sie schnell wieder verdrängt.

Blake

Ich weiß noch nicht, ob ich es schaffe. Hab momentan viel mit der Uni zu tun.

Aspen kam sofort wieder online und tippte.

Aspen

Blaaaake, lass mich nicht hängen. Diese Leute sind so sterbenslangweilig, ich brauche meinen großen Bruder.

Ein schweres Lächeln schob sich auf die Lippen. Aspen etwas abzuschlagen war beinahe unmöglich, also tat ich es so gut wie nie. Und das wusste sie. Trotzdem, bei allem, was gerade los war, missfiel mir der Gedanke, den Campus für ein ganzes Wochenende zu verlassen. Andererseits wurde es mal wieder Zeit. Ich musste dringend mit Brice über die Aktienfonds sprechen, Henry saß mir deswegen seit Wochen im Nacken. Außerdem wollte ich mal wieder nach Aspen sehen, um sicherzugehen, dass es ihr gut ging. So gut es einem fünfzehnjährigen Teenager eben gehen konnte, dessen Eltern nie zu Hause waren und ihre Tochter deswegen an eine Reihe von Hausangestellten und Privatlehrern abschoben.

Blake

Schon gut. Ich werde da sein.

Sie antwortete mit einer Reihe von Emojis, von denen ich die Hälfte nicht verstand. Trotzdem war mir ein wenig leichter zumute, als ich mein Handy wieder in die Manteltasche steckte. Momente mit Aspen waren die, in denen ich mich ein bisschen weniger hassen konnte.

Ich bog um eine Ecke in eine Straße, in der tagsüber immer viel los war. Café-Schilder wechselten sich mit Hinweisen auf Antiquitätengeschäfte und Buchhandlungen ab. Jetzt war die Gasse so gut wie verlassen. Nur ein junger Mann lehnte an einer Backsteinwand und schirmte mit der Hand eine Zigarette im Mund ab, während er mit der anderen versuchte, das Feuerzeug anzubekommen.

Ich erkannte sein Wesen noch vor seinem Gesicht. Matthew Bassett hatte dieselbe Ausstrahlung wie die Typen, deren Wahrnehmen ich mir seit Jahren antrainiert hatte: reiche, gebildete, attraktive Männer, denen die Welt offenstand, weil sie einen Namen trugen, den ihre Familie ihnen gegeben hatte. Männer, denen diese angeborene Überlegenheit so sehr zu Kopf gestiegen war, dass sie nur noch das sahen, was sie wollten, und die es sich nahmen, ohne auf andere zu achten. Egozentrische, widerliche, morallose Mistkerle. Blake Ames war einer dieser Menschen – *ich* war einer dieser Menschen. Deswegen erkannte ich es auch auf Anhieb, wenn ich auf andere stieß, auf die all das zutraf.

In dem Moment, in dem ich Matthew das erste Mal begegnet war, hatte ich genau das an ihm wahrgenommen. Sogar schon in den Sekundenbruchteilen, bevor er Mabel gestoßen hatte. Bei der Erinnerung daran atmete ich scharf ein. Matthew hörte es und drehte sich in meine Richtung. Er ließ die Hände sinken, zog die Zigarette aus seinem Mund. »Kann ich dir helfen?«

Ich warf einen Blick über die Schulter. In den vergangenen zwei Wochen hatte ich ab und zu versucht, Matthew auf dem Campus zu erwischen, doch er war nahezu immer in einer Freundesgruppe unterwegs. Dass er mir ausgerechnet hier über den Weg lief, war absurder Zufall. *Schicksal besteht nur aus den*

Zufällen, die wir dazu machen, pflegte Norah zu sagen. In diesem Moment verstand ich, was sie damit meinte.

»Du bist Matthew Bassett, richtig?«, fragte ich und ging auf ihn zu.

Er runzelte die Stirn und schob sich die Zigarette wieder zwischen die Lippen. »Und wer bist du?«

»Ein Freund von Mabel.« Er sah mich verständnislos an, ich machte einen weiteren Schritt auf ihn zu. »Mabel Golding.«

»Diese arrogante Schlampe aus meinem Tutorium?« Er lachte, während er das Feuerzeug zünden ließ. Ich musste mich davon abhalten, es ihm aus der Hand zu reißen und die aufglühende Flamme an die Spitzen seines Haars zu halten.

Die Fingerknöchel knackten, als ich die Hände zu Fäusten ballte. Meine Stimme klang dennoch beherrscht. »Ich hab gesehen, wie du dich ihr gegenüber benimmst. Und das gefällt mir nicht. Also sage ich dir hiermit, dass du dich in Zukunft respektvoller verhalten wirst – wenn es nötig ist, dass du überhaupt in ihre Nähe kommst. Verstanden?«

»Meine Güte, mach dich locker. Ich würde die nicht mal für Geld anfassen.« Er grinste. »Obwohl es ihr wahrscheinlich guttun würde, wenn man ihr etwas Demut und Respekt beibringt. Ihr zeigt, wo ihr Platz in unserer Welt ist. Du verstehst.« Er zwinkerte mir zu, ehe er an der Zigarette zog.

Damit stand meine Entscheidung endgültig fest. Es stimmte: Ich war kein guter Mensch. Aber ich war verdammt gut darin, ein schlechter zu sein. Und das hier war die einzige Möglichkeit, wie ich das nutzen konnte, um Mabel einen Gefallen zu tun. Ich ließ Matthew seinen ersten Zug ausatmen, dann machte ich den letzten Schritt auf ihn zu.

»Was«, setzte er an, aber da lag die Hand schon an seinem Hals. In einer fließenden Bewegung drückte ich ihn zurück gegen die Backsteinwand und presste die Finger grob in seine Haut. Fester, als nötig gewesen wäre, nicht halb so stark, wie ich wollte. Deutlicher als das Wanken seines Körpers fühlte ich das in seinem Inneren. Die Barriere war so dünn, dass ich mich nicht mal gegen sie werfen musste. Es reichte, leicht dagegenzustoßen, schon fiel sie in sich zusammen. So war das meistens: Die Menschen, die alles dafür gaben, laut und stark zu wirken, hatten das schwächste Innere. Es war lächerlich einfach, sie zu brechen.

Ich sollte mich dafür verachten, stattdessen entlockte es mir ein grimmiges Lächeln. »Und jetzt«, sagte ich leise und neigte mich zu seinem Ohr vor, »hörst du mir gut zu.«

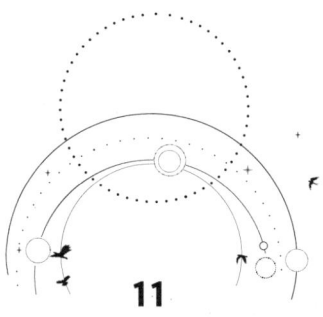

11

MABEL

Davie und ich saßen wieder in unserem Erkerzimmer der Bibliothek am Tisch direkt vorm Fenster. Draußen regnete es immer noch. Seit gestern schwebte über der Universität ein graues Flimmern, das auch jetzt an der Scheibe vorbeizog und seine Fingerspitzenabdrücke in Tropfenform am Glas hinterließ. Mit dem Einsetzen des Regens hatte sich die Neuigkeit über den Colleges verbreitet, als hätte er sie höchstpersönlich darübergeschwemmt. *Eine Studentin ist vom Dach gesprungen, eine Studentin hat sich das Leben genommen, eine Studentin ist tot.* June Owens: Der Name wurde in jeder Pfütze reflektiert, haftete sich an die Kleider vorbeieilender Studierender, hing als lautloses Echo in den Arkadenbögen und Institutshallen, in denen sie Unterschlupf suchten. June war fort, und genau deswegen war sie überall.

Auch hier, in diesem Bibliothekszimmer, in dem wir seit zwanzig Minuten saßen. Wir hatten gestern früh telefoniert, aber es erst jetzt geschafft, uns zu treffen. Ich wusste, dass Davie seitdem jede freie Minute genutzt hatte, um weiter zu recherchieren. Der müde und gleichzeitig gehetzte Ausdruck in seinen Augen sprach Bände: Der Vorfall, der die Universität in einen Zustand der Lähmung versetzte, trieb Davie weiter an. Und so wie sein Blick ständig zur Akte neben uns wanderte, war er tatsächlich irgendwo angekommen.

»Okay, was hast du?«, fragte ich schließlich.

»Ich weiß nicht mal, wo ich anfangen soll«, murmelte er und fuhr sich über den Dreitagebart. »Das Foto, das du gefunden hast«, er deutete auf die herausgerissene Seite zwischen uns, »ich hab die Namen überprüft.«

Interessiert neigte ich mich zu ihm vor. Ich hatte ebenfalls versucht, diese Leute im Internet zu finden, aber bis auf die zu Amelia verloren sich alle Informationen im Nichts. »Konntest du eine Adresse herausfinden?«

»Keine, die uns weiterhilft.«

»Inwiefern? Ich dachte, wir wollen versuchen, mit ihnen zu reden.« Um herauszufinden, ob diese Vogelbrosche nur ein modisches Accessoire oder … mehr gewesen war.

»Ich befürchte, ich bin nicht spirituell genug, um davon auszugehen, dass eine Geisterbeschwörung funktioniert.« Seine Stimme klang so trocken, dass ich einen Moment brauchte, ehe ich begriff, wovon er sprach.

»Moment … sie sind tot? Alle?« Die Aufnahme war erst vierzig Jahre alt, das bedeutete, diese Menschen müssten mittlerweile in den Sechzigern sein.

»Ja. Und das wirklich Verrückte kommt noch.« Davie drehte das Foto so, dass es für mich richtig herum lag. »Dieses Bild wurde 1982 aufgenommen. Amelia Wallingford kam – wie du weißt – im selben Jahr durch einen Brand hier an der Uni ums Leben. Arthur O'Brien starb drei Monate später, offiziell an einem Herzinfarkt, Insider reden aber von einer Überdosis, die sein Vater – ein hohes Tier im Justizministerium – vertuschen ließ. Ellen Meester und Quentin Middleton verunglückten 1985 bei einem Autounfall«, Davie warf einen unsicheren Blick in meine Richtung, den ich bewusst nicht erwiderte, »und Cedric Wells nahm sich 1986 das Leben, nachdem bei ihm Bauchspeicheldrüsenkrebs diagnostiziert wurde.« Er hielt inne, die Fingerkuppe direkt auf Wells' Gesicht, das in mir immer noch ein seltsames Gefühl auslöste. »Verstehst du? Vier Jahre nachdem dieses Foto von fünf jungen Menschen aufgenommen wurde, waren sie alle tot.«

»Und du denkst, dass es hierbei einen Zusammenhang zu der Verbindung gibt, von der wir vermuten, dass sie eventuell Mitglied waren?« Meine Stimme klang mehr als skeptisch. Wie sollte es anders sein, angesichts der Tatsache, dass dieser Satz eine reine Konjunktivkonstellation war. Dass sie alle verstorben waren, war tragisch, aber nicht unmöglich. Menschen starben, oft auch zu früh. Dahinter musste keine Verschwörung oder ein sektenähnlicher Zusammenhang stehen.

Davie hingegen wirkte überzeugter denn je, als er nickte. »Das ist kein Einzelfall. Jeder Name, den ich überprüft habe, weil er in Verbindung mit dem *Bund der Stare* aufgetaucht ist, führt mich letztlich zu einer Todesanzeige.«

»Heißt das … die Mitglieder neigen dazu … zu sterben?«

Davie griff nach der Akte, die neben uns lag. »Und die Menschen, die ihnen zu nahe kommen, auch.«

Mein Magen zog sich zusammen. »Wie kommst du darauf?«

»Ich habe meine Vorgehensweise angepasst. Es bringt nur bedingt etwas, nach Hinweisen zu einer Geheimgesellschaft zu suchen – wenn man davon ausgeht, dass sie es halbwegs schaffen, eine zu sein. Also habe ich die Jahre, in denen die Verbindung den Gerüchten nach an einer bestimmten Universität aufgelebt ist, genauer geprüft, und nachgesehen, was in diesen Zeiträumen sonst noch so passiert ist.«

»Und?« Nervös sah ich dabei zu, wie er die Dokumente durchblätterte, bis er auf eine Klarsichtfolie stieß. Dem oberen Blatt nach handelte es sich um Kopien von Zeitungsartikeln.

»Vor allem früher kam es in so gut wie jedem Zeitraum an der betroffenen Uni zu … seltsamen Vorfällen. Nicht nur Vandalismus, Einbrüche oder illegale Partys. Auch ungewöhnlich viele Todesfälle. Ich meine, wir wissen beide, dass die Suizidrate an Eliteuniversitäten in der Regel leider vergleichsweise hoch ist, aber das waren regelrechte Spitzen in den statistischen

Kurven. So viele Studierende, die sich das Leben genommen haben, verunglückt oder verschwunden sind.«

Er brach ab, atmete schwer. Ich auch, weil diese Worte so viel Gewicht hatten. Es ließ sich innerhalb von Sekunden auf mir nieder und brachte mich dazu, zusammenzusinken. »Du willst sagen, dass das mit June kein Einzelfall ist.«

Davie nickte schwach. »Das ist der Beginn eines Musters, Mabel. Eines verdammt gefährlichen.«

Ich umklammerte meine Unterarme. »Aber … wieso? Ich meine, es gibt Augenzeugen, die gesehen haben, dass June allein war, als sie gesprungen ist. Dass sie es bewusst getan hat. Das war kein Unfall oder Zwang.«

»Nur weil sie niemand gestoßen hat, bedeutet das nicht, dass da kein Zwang war.«

»Wie meinst du das? Dass die Verbindung etwas gegen sie in der Hand hatte?« Ich klang immer noch skeptisch, obwohl ein Teil von mir nur an Victor denken musste, um zu glauben, dass das durchaus möglich war.

»Oder dass sie ihr etwas so Schlimmes angetan haben, dass sie glaubte, damit nicht weiterleben zu können.«

Wir mussten beide nicht aussprechen, woran wir dachten. Noch in der Einführungswoche meines Studiums hatten drei Veranstaltungen zum Thema *Sexueller Missbrauch auf dem Campus* stattgefunden. Allein die Dinge, die ich in den vergangenen Wochen während meiner Recherche zum Thema Vergewaltigung in Zusammenhang mit Studierendenverbindungen gelesen hatte, reichten aus, um mich für den Rest meines Lebens daran zu erinnern, warum ich mich von solchen fernhalten wollte. Und doch konnte ich nichts davon mit dem *Bund der Stare* in Verbindung setzen. Weder durch die Nachforschungen noch durch meine Erfahrungen während ihrer Abende. Ihrer *potenziellen* Abende.

Gott, das war alles so verwirrend. Meine Schläfe pochte, ich drückte eine Hand dagegen und zwang mich zur Konzentration.

»Und jetzt? Was tun wir?« Ich versuchte, nach der Akte zu greifen, doch Davie zog sie zu sich heran.

»*Wir* tun gar nichts. Du hast mir versprochen aufzuhören, wenn wir etwas erfahren, das wirklich übel ist.«

»Aber das haben wir noch nicht.«

»Dieses Mädchen, das dieselben Treffen besucht hat wie du, ist tot. Wie übel muss es noch werden?«

»Wir wissen nicht, wieso sie gesprungen ist. Ob es etwas mit der Verbindung zu tun hatte. Ob Victor und die anderen überhaupt zu dieser Verbindung gehören. Wir wissen gar nichts.«

»Wir wissen, dass diese Leute über keinerlei Verantwortungsgefühl verfügen und tun, was sie wollen. Wir wissen, dass sie in das Schema derjenigen Gruppierung passen, über die wir die ganze Zeit recherchieren. Und vor allem wissen wir, dass jemand dir einen Haufen blutiger Vogelfedern in die Tasche gelegt hat. Das ist genug für mich, Mabel. Und für dich auch, klar?«

Er wollte sich zurückziehen, ich umklammerte seine Hand. »Hör zu. Wenn es stimmt, dann müssen wir Beweise sammeln. Du kannst keinen Artikel schreiben ohne nachweisbare Fakten.«

»Und wie stellst du dir das vor?« Er schnaubte, aber sein Ausdruck wurde weicher, je länger ich ihn berührte.

Ich wünschte, ich würde das nicht registrieren. Und ich wünschte, ich würde es nicht ausnutzen, indem ich meinen Griff festigte. »Du redest mit Junes Freundinnen. Finde heraus, ob etwas passiert ist, als sie mit ihnen zusammen war.«

»Und du?«

Ich blickte auf unsere Hände und dachte wie so oft an Blakes Finger. An die Art, wie er mich auf dem Campus berührt hatte – zögerlich, fast schuldbewusst. An den Ausdruck in seinem Gesicht. Eine Mischung aus Melancholie, Traurigkeit und Wut. An seine Worte, die so viel sagten, ohne dass er mir jede Bedeutungsschicht verraten hätte. An das Gefühl, ihm irgendwie alles entlocken zu wollen: Nicht nur die Wahrheit über den *Bund der Stare*, auch die über ihn. Was ich mir eingestehen musste, war: Selbst wenn ich den Gedanken zuließ, dass Blake zu einer gefährlichen Verbindung gehörte, war das nicht der wichtigste Grund dafür, wieso ich ständig über ihn nachdachte. Ich interessierte mich für *ihn*. Für das, was ihn ausmachte, für das, was er war. Unter normalen Umständen hätte ich spätestens jetzt beschlossen, mich von ihm fernzuhalten. Aber in diesem Fall war Rückzug keine Option. Es ging eben nicht nur um mich, sondern auch um Zoe und jede Person, die sich in der Nähe dieser Leute aufhielt, nicht wissend, wozu sie womöglich imstande waren.

Entschlossen sah ich Davie an. »Ich mache mit dem weiter, was ich angefangen habe.«

Blake Ames lebte in einem Appartement in einer ruhigeren Gegend von Cambridges Stadtkern. Rund zwanzig Gehminuten vom Trinity College entfernt in einem roten Backsteinhaus mit von Blauregen überwucherter Fassade und einem Café im Erdgeschoss. Davie hatte die Adresse für mich herausgefunden. Wenig begeistert und doch so schnell, dass ich lieber nicht nachgehakt hatte, wie das möglich gewesen war. Ein Teil von mir war sich sicher, dass Davie für seine Recherchen manchmal nicht ganz legale Mittel nutzte.

Auf dem Weg hierher hatte ich einen Abstecher übers Clare College gemacht und mir die Gedenkstätte angesehen, die dort errichtet worden war. Das Foto, das neben der Tür klebte, zeigte eine Nahaufnahme von Junes Gesicht – hübsch, lachend, lebendig. Das Bild schwebte auch noch vor meinen Augen, als ich die Universität hinter mir gelassen hatte. Ein schwacher Schemen am Rande meines Sichtfelds, den ich nicht fortblinzeln konnte. Ganz besonders nicht, als ich vor Blakes Wohnung hielt. Die Haustür hatte offen gestanden, obwohl es mittlerweile kaum noch mehr als fünf Grad hatte.

Auf dem Weg hierher hatte ich überlegt, wo ich Blake an einem Samstag am ehesten vermutete, war aber nicht über den Campus oder die Hallen einer Kirche hinausgekommen. Ein Teil von mir konnte sich nicht vorstellen, dass er jenseits der Orte, an denen ich ihn getroffen hatte, existierte. Als hätte ich ihn mir ausgedacht. Das wäre immerhin eine erträgliche Ausrede dafür, wieso ich so oft an ihn denken musste: weil er in meinem Kopf zu Hause war.

Ich drängte den Gedanken beiseite und klingelte. Es dauerte nur Sekunden, ehe ich Schritte hinter der Tür wahrnahm. Im nächsten Moment wurde sie geöffnet, und er stand da.

Etwas war anders. Sein dunkles Haar war feucht aus der Stirn gestrichen, als hätte er eben erst geduscht. Doch vor allem wirkte es kräftiger, als ich es je zuvor gesehen hatte. Seine Wangen waren ungewohnt rosig, die Ringe unter seinen Augen verblasst. Und selbst in ihrem satten Braun schien ein unterschwelliger Glanz zu liegen, als hätte er zum ersten Mal seit Wochen richtig geschlafen. Sie weiteten sich leicht, während er mich ansah.

»Du siehst anders aus. Irgendwie … gesünder.«

Meine Stimme ließ Blake blinzeln. Fast so, als würde ihm erst da bewusst werden, dass ich wirklich hier war. Für den Bruchteil einer Sekunde fragte ich mich, ob er vielleicht auch manchmal dachte, ich wäre eins seiner ganz persönlichen Hirngespinste. »Woher weißt du, wo ich wohne?«

Ich grinste. »Du meintest doch selbst, ich habe einen Hang dazu, dort aufzutauchen, wo ich unerwünscht bin.«

Er runzelte die Stirn und öffnete die Tür einen Spalt weiter, womöglich, um mich hineinzubitten. Als er es bemerkte, drückte er sie jedoch sofort wieder zu, sodass ich nichts von der Wohnung dahinter sehen konnte. »Was willst du hier?«

»Dich fragen, ob du Zeit für einen Spaziergang mit mir und dem hier hast.« Ich hob einen Pappaufsteller mit zwei Bechern und eine Tüte in die Höhe.

Davie hatte versucht, mich dazu zu bringen, darauf zu warten, bis ich das nächste Mal auf einer ihrer Abende eingeladen war. Doch mir kam jede Minute, die ich tatenlos herumsaß, wie eine gefährliche Nachlässigkeit vor. Ich musste *jetzt* mit jemandem sprechen. Und Blake schien mir die sicherste Wahl dafür zu sein. Schade nur, dass mein Herz immer unsicherer und schneller schlug, je länger er mich ansah.

»Komm schon.« Ich tippte mir an den Kragen meiner schwarzen Schirmmütze, die meiner Mutter gehört hatte. »Ich lass auch die hier auf, dann erkennt mich niemand, und du musst dich nicht dafür schämen, mit mir gesehen zu werden.«

Der Spott konnte nicht verbergen, dass meine Stimme einen verräterischen Knick machte. Auch wenn ich mich an der Uni wohlfühlte, wusste ich doch, dass ich im Grunde nicht hineinpasste. Ich lernte zu viel und feierte zu wenig, ich nahm vieles zu ernst und tat auch nicht so, als würde ich Dinge witzig finden, die es nicht waren. Ich trug meine löchrigen Strumpfhosen wie eine Rüstung und konnte trotzdem nicht vor mir selbst verbergen, dass ich zu oft spürte, wie spitze Worte dagegen- und manchmal hindurchstießen. Vor den meisten Menschen machte es mir nichts aus, eine Außenseiterin zu sein. Vor Blake … ich hasste es, aber vor ihm offensichtlich schon.

Er schüttelte den Kopf, Tropfen fielen auf den Kragen seines rostbraunen Pullovers. »Es gibt keinen Grund, sich für dich zu schämen.«

Mir wurde warm, ich biss mir in die Wange, um nicht zu lächeln. »Sag dir das. Du guckst nämlich nicht begeistert.« Mein Blick kletterte zum Ausschnitt seines Pullovers, da legte er eine Hand über die nackte Haut unter seinem Schlüsselbein. Dieses Verstecken zeigte das Tattoo auf eine eigene, unübersehbare Art und holte mich in den Moment zurück. Zu dem Grund, aus dem ich hier war.

Blake lehnte sich in den Türrahmen. »Ich dachte, wir haben geklärt, dass das hier keine gute Idee ist.«

»Weil du kein netter Mensch bist, ich erinnere mich. Also ist das ein Nein?«

Er zögerte, dann verschloss sich sein Gesicht wieder zu dieser kühlglatten Maske. »Ist es.«

»Okay.« Ich klemmte mir die Tüte unter den Arm, um an meine Manteltasche zu kommen. »Kannst du mir dann sagen, wo ich Ashton finde? Ich muss mich bei ihm bedanken.«

»Was ...«

Er brach ab, als ich meine Hand rauszog. Und mit ihr eine fünf Zentimeter lange schwarze Feder, die ich vor seinem Gesicht in der Luft drehte. »Hübsch, oder? Ich bin mir ziemlich sicher, dass die von einem Star ist. Beeindruckende Vögel, ehrlich. Sie sind geheimnisvoller, als man auf den ersten Blick ahnen würde.« Ich lächelte ihn arglos an, aber mir war klar, dass er den provozierenden Unterton deutlich raushörte.

Ein paar Sekunden lang war ich mir sicher, er würde mir gleich die Tür vor der Nase zuwerfen, dann schloss er lediglich kurz die Augen. Mit der nächsten Bewegung griff er neben die Tür und machte mit Jacke und Schal in der Hand einen Schritt auf mich zu. »Gehen wir, Pica.«

Während wir das Stadtinnere hinter uns ließen, tranken wir schweigend den lauwarmen Kaffee. Das Novemberlicht wurde mit fortschreitender Tageszeit heller und weicher, schwemmte sich immer intensiver als silberstichiger Schimmer über uns. Ab und zu wanderte mein Blick über Blake: der offene Mantel, der dunkelbraune Wollschal, der seinen Hals verbarg, die stille Wachsamkeit in seinen Augen, mit denen er unablässig die Welt um sich herum wahrnahm. Ich wusste, dass das auch für mich galt, doch er sah mich erst an, als ich ihm die Tüte hinhielt. Ohne zu zögern, suchte er sich eins der Gebäckteile heraus.

Ich knabberte den Rand einer Zimtschnecke ab, während ich ihn dabei beobachtete, wie er verhalten in sein Brötchen biss und schon kurz darauf den Mund verzog. »Nicht gut?«

»Ich mag keine Rosinen.«

»Wieso hast du dann das Rosinenbrötchen genommen?«

Blake betrachtete wehmütig das Gebäck in seiner Hand. »Weil ich sie mögen möchte.«

Ich musste lachen. »Du bist sehr eigen, nicht?«

Ein schwaches Grinsen huschte über sein Gesicht, ebenso traurig wie der ganze Rest von ihm. »Schön wäre es. Ich fürchte, der Schein trügt.«

Ich konnte ihn nur ansehen. Er war der seltsamste Typ, dem ich je begegnet war, und gerade deshalb womöglich der … interessanteste. Mein Blick glitt an seinem Arm entlang und hielt an seinem Handgelenk inne. Ich musste zweimal hinsehen, ehe ich sicher war, mich nicht zu irren.

»Deine Uhr. Sie geht nicht, oder?«

Blake griff sofort nach dem Ärmel, zog ihn über das Armband. »Nein, sie ist vor einer Weile stehen geblieben.«

Ich hätte gern nachgefragt, warum jemand mit seinem Kontostand sich keine neue kaufte oder sie reparierte, aber sein offensichtliches Unwohlsein hielt mich davon ab. »Keine Sorge, ich hatte nicht vor, sie zu klauen«, spottete ich. »Auch wenn du mich Pica nennst, bin ich keine diebische Elster.«

Es hatte nicht lang gebraucht, um herauszufinden, dass *Pica pica* der lateinische Begriff für diesen Vogel war. Noch kürzer, um mich daran zu erinnern, wie er mich in jener ersten Nacht gefragt hatte, ob ich vorhatte, etwas zu stehlen.

Blake schwieg, doch ich sah, wie ein anerkennendes Lächeln in seine Mundwinkel schlüpfte.

Die Cam, an der wir seit einer Weile entlangliefen, machte einen Knick, und wir steuerten auf das Parkgelände von Stourbridge Common zu – einer der Oasen Cambridges, in denen die laute Stadt viel ferner wirkte, als sie war. Ich ließ Blake den Uferweg betreten, ehe ich an seiner rechten Seite aufschloss.

»Wieso fürchtest du dich vor Wasser?« Als er meinen verständnislosen Blick sah, lächelte er. »Du achtest darauf, nicht an der Uferseite zu laufen. Entweder planst du, mich reinzustoßen, oder du hast Angst, selbst hineinzufallen.«

Ich zögerte, gab mir aber schließlich einen Ruck. Immerhin hatte Zoe diesen Teil meiner Geschichte sowieso bereits vor Ashton offenbart. Und wenn man jemandem Ehrlichkeit entlocken wollte, musste man zuerst einen Teil seiner eigenen hergeben. Auch wenn sie die Art von Wahrheit betraf, die man am liebsten ganz tief in sich wegsperrte. Weil sie zu viel verriet: Über das, was man erlebt hatte, zu sprechen, bedeutete immer auch zu offenbaren, was man war. Ein Charakter war letztlich nur eine Glasscheibe, übersät mit Fingerabdrücken des Erlebten. Und dieser Abdruck, der war handgroß und verlief direkt über mein Herz. »Als ich sieben war, haben mein Cousin und ich Verstecken gespielt, und ich bin in ein Boot geklettert. Es hat sich vom Ufer gelöst und ist abgetrieben. Ich lag stundenlang darin, bevor mich mitten in der Nacht jemand gefunden hat.«

»Ist dir etwas passiert?«

Ich schüttelte den Kopf. »Ich war leicht dehydriert, sonst nichts. Aber in diesen Stunden, so ganz allein mit mir selbst, umgeben von schwarzem, undurchsichtigem Wasser ... das war, als würde sich etwas vor mir abzeichnen. Es gab keinen Ausweg, verstehst du? Kein Entkommen für das, was da um mich herum war. Da war diese ... Beklemmung. Dieses Gefühl, machtlos gegenüber dem Universum zu sein. Die Erkenntnis, dass es keine Möglichkeit gibt, absolute Kontrolle zu haben.«

»Deswegen versuchst du, alles zu kontrollieren.« Es klang nicht wie eine Frage, eher so, als würde er sich etwas beantworten, worüber er schon eine Weile nachgedacht hatte.

Ich hätte gern widersprochen, hatte jedoch sofort die Stimme meiner Therapeutin im Kopf. »*Gefühle lassen sich nicht uneingeschränkt kontrollieren – das ist okay*«, hatte sie gesagt, als ich nach dem Tod meiner Mutter ständig angefangen hatte zu weinen. Im Supermarkt, im Bus, in der Schule. In ganz alltäglichen Momenten fiel es mir manchmal plötzlich ein: dass nichts mehr alltäglich war, weil das Zentrum *all meiner Tage* verschwunden war. Wenn man dieses nicht mehr hatte, verlor man das Gleichgewicht. Ich verlor es – ich verlor mich. Und ganz gleich, was meine Therapeutin sagte: Das war nicht *okay*. Es war furchtbar, es zog mir den Boden unter den Füßen weg und den Himmel aus meinen Gedanken. Kein Unten mehr, kein Oben mehr, nur noch ein Nichts, in das ich stürzte. Also versuchte ich, einen neuen Mittelpunkt zu finden. Einen Kern aus Routine und Sicherheit, etwas, woran ich mich abstützen konnte, etwas, das uneingeschränkt blieb.

Ich fand es im Lernen, durch das ich mich auf nichts anderes konzentrierte als darauf, konzentriert zu sein. Bis auf meine Tante und meinen Cousin ließ ich niemanden nah genug an mich heran, um auch nur ein Stützpfeiler in meinem Leben zu sein – geschweige denn das Zentrum. Bis ich nach Cambridge kam und an meinem ersten Abend dieses Mädchen an meine Zimmertür klopfte, ungefragt hereinkam und sich auf mein Bett setzte, um eine Tüte Weingummis mit mir zu teilen. Zoe kam, und Zoe blieb, und seitdem war Zoe … so sehr da, wie ich es lang bei niemandem mehr zugelassen hatte. Sie war nie ein Fragezeichen gewesen, sondern von Beginn an ein Ausrufezeichen, das ich nicht anzweifelte. Sie war der Fehler, den ich gemacht und doch nie bereut hatte.

»Ich schätze, ich halte mich so gut es geht von dem fern, auf das ich am wenigsten Einfluss habe, ja«, erwiderte ich zögerlich. *Von jemandem wie dir beispielsweise*, fügte ich gedanklich hinzu. *Nur, dass ich jetzt eben doch hier bin.* »Was ist mit dir?«, fragte ich, um den Gedanken wegzudrücken. Ich war nur für die Recherche hier. Nur für Zoe. »Wovor hast du Angst?«

Er betrachtete das angebissene Rosinenbrötchen in seiner Hand, löste eine Ecke davon und zerbröselte sie zwischen den Fingern. Ich bemerkte die Enten im graublauen Wasser erst, als er ihnen das Brot zuwarf und sie darauf zuschwammen. »Ich hab bereits seit einer ganzen Weile keine Angst mehr.«

Es war seltsam: Blake sagte immer wieder Dinge, die aus jedem anderen Mund sicher selbstverherrlichend geklungen hätten. Aus seinem hingegen kamen sie resigniert und müde. Als würde er den Text einer Rolle sprechen, die er aufgedrückt und doch nie gewollt oder verstanden hatte.

»Vor gar nichts?«, fragte ich skeptisch.

»Ängste bedeuten, dass du etwas zu verlieren hast. Dass du an etwas hängst, das du behalten möchtest. Und das habe ich schon seit einer Ewigkeit nicht mehr wirklich.«

Wir liefen weiter, die Schatten der Buchen über uns warfen Streulicht auf seine Züge. Mehr dunkel als hell, ich konnte dennoch nicht wegsehen. »Du solltest nicht so denken.«

Er lächelte matt. »Du meinst, weil ich noch so jung bin?«

»Das hat nichts mit dem Alter zu tun. Du bist am Leben. Und das Leben ist doch … schön. Nicht nur, nicht in jeder Facette. Aber es gibt so viele Dinge, die es wert sind, sein Herz daranzuhängen – weil sie alles leichter machen.«

Blake blieb stehen und ging in die Hocke. Mit zwei Fingern griff er um den Körper eines blau schimmernden Käfers, der mitten auf dem Weg saß. Die Geste war klein, in mir regte sich trotzdem etwas Warmes, das ich mühsam unterdrückte. Blake ließ ihn ein paar Schritte weiter im Gras wieder los und sah zu mir auf. »Was sind deine Dinge?«

Ich musste nicht nachdenken, weil ich mir diese Frage oft stellte. Im ersten Jahr nach Mums Tod hatte meine Tante mich jeden Abend dazu aufgefordert: *Komm, finden wir etwas, wofür es sich lohnt, all das auszuhalten.* Es hatte eine Weile gedauert, aber mit jedem verstrichenen Tag war mir mehr eingefallen. »Das dämmrige Licht in Bibliotheken, wenn alles buchverstaubt und golden aussieht. Der Geruch von Regen auf Asphalt. Der Geschmack vom Schokoladenkuchen aus *Bridget's Bakery*.« Ich musste lächeln. »Das Lachen eines Menschen, den du liebst. Das Gefühl von Lippenstift auf dem Mund und das, wenn ich mich damit sehe und so … echt fühle. Auf eine schlichte Art, weil ich spüre, wie sehr ich da bin. Das sind ein paar meiner Dinge. Die, für die es sich lohnt, immer.«

Blake hockte nach wie vor neben mir auf dem Wiesenstreifen. Sein Mantel hing ins regenfeuchte Gras, sein Blick an meinem Gesicht. Er regte sich nicht, aber ich glaubte zu sehen, wie viel er dachte. Oder … fühlte.

Unwohl strich ich mir über die Schläfe. »Was?«

»Nichts. Nur … *Mabel's mirror*. Jetzt verstehe ich es.«

Ich erstarrte. »Du hast mein Instagram-Profil gefunden?«

Seine Mundwinkel hoben sich, er stand auf und ging an mir vorbei.

»Ist das schon Stalking?« Ich folgte ihm, unschlüssig, ob mich das störte oder irgendwie gut fühlen ließ.

»Wer ist heute vor wessen Tür aufgetaucht?«

Punkt für ihn.

Ich griff in meine Manteltasche, bis meine Finger das Metallgehäuse fanden. Kurz zögerte ich, dann zog ich es hervor. Das Gold glänzte, als das diesige Sonnenlicht daraustraf. Ich tastete über die Gravur der Blütenblätter auf dem runden Deckel, ehe ich den Verschluss aufdrückte. Meine Augen sahen mir entgegen – dunkler als sonst, wie immer, wenn mich eine Erinnerung an Mum unvorbereitet traf. Es war seltsam, dass Gedanken an die hellsten Menschen in unserem Leben so finster sein konnten, sobald sie dieses für immer verlassen hatten. Als hätte ihr Verlust jedes Licht mit sich genommen.

»Das ist der eigentliche *Mabel's mirror*«, erklärte ich Blake und hielt ihm den Taschenspiegel hin. »Er hat meiner Mutter gehört, sie hat ihn ständig mit sich herumgetragen. Ich rede mir ein, dass sie sieht, was ich gesehen habe, wenn ich ab und zu in ihn hineinblicke. Deswegen auch dieses Profil. Ich hab das Gefühl, ich könnte so Kontakt zu ihr halten. Zu der Erinnerung an sie. Sie bleibt stärker, wenn ich die Momente für sie mitsammle. Verrückt, ich weiß.« Mein Lächeln fühlte sich trauriger und ehrlicher an, als mir lieb war. »Menschen tun seltsame Dinge, wenn sie andere vermissen.«

»Ja.« Blake blickte in den Spiegel, ein trüber Ausdruck legte sich über seine Züge. »Die besten und die schlimmsten«, meinte er und klappte ihn zu, ehe er ihn mir zurückgab. »Aber das hier ist eins der besten.«

Unsere Finger berührten sich zwei Sekunden zu lang, als ich ihm den kleinen Gegenstand abnahm. Mir wurde warm. Nicht wegen der erstaunlich hohen Temperatur seiner Haut, nur wegen der Berührung. Ich war versucht nachzufragen, ob er auch jemanden vermisste, da bemerkte ich, dass wir angekommen waren. *Endlich*, wollte ich denken, konnte den Hauch von Enttäuschung jedoch nicht ignorieren. Mir war bewusst, dass das Gespräch sich ab jetzt deutlich verkrampfen würde. Trotzdem lief ich zielstrebig zu den Bänken mit Blick zum Wasser, setzte mich auf eine davon. Das dunkle Holz war verwittert, die Lehne drückte unsanft in meinen Rücken. Ich wartete, bis Blake neben mir Platz genommen hatte, dann drehte ich mich zu ihm. »Darf ich dir jetzt auch eine Frage stellen?«

»Klar. Du musst nur damit rechnen, dass ich sie dir nicht ehrlich beantworte. Ich werde dir keine privaten Dinge erzählen, während du mich aufnimmst.«

Er klang gelassen, ich fühlte mich dennoch, als hätte er mir ins Gesicht geschlagen. Hitze stieg hinein, ich wich seinem belustigten Blick aus. »Ich … du hast es bemerkt?«

»Hm.« Er tunkte das Rosinenbrötchen in den Rest seines Kaffees, der sicher längst kalt war. »Als du die Feder rausgeholt hast, hat das Aufnahmegerät hervorgeguckt.«

Automatisch tastete ich nach dem kleinen Apparat in meiner Manteltasche. »Wieso bist du trotzdem mitgekommen?«

Seine Miene wurde weicher, weniger wachsam. Als würde er seine Vorsicht bewusst zurückdrängen, um die nächsten Worte an ihr vorbeizubekommen. »Solang du hier bist, bei mir, weiß ich wenigstens, dass du anderswo keinen Ärger machst.«

Noch mehr Wärme in meinen Wangen, ich schämte mich dafür. Mit einem Räuspern zog ich das Diktiergerät, das ich von Davie hatte, hervor und schaltete es aus. »Okay. Dann nur du und ich. Darf ich dich jetzt etwas fragen?«

Er seufzte. »Ich habe allmählich erkannt, wie schwer es ist, dich von etwas abzubringen.«

»Amelia Victoria Heaven Wallingford.«

Ich versuchte, jede Regung in seinem Gesicht wahrzunehmen, doch da war keine. Er blinzelte nicht mal, er sah mich nur ausdruckslos an. »Das ist ein Name und keine Frage.«

»Sagt er dir etwas?«

Er strich mit dem Daumen über seinen Mundwinkel, in dem ein paar Krümel hafteten. »Sollte er?«

Langsam rutschte ich ein Stück zur Seite, sodass die goldene Plakette an der Lehne zu sehen war. Ich tippte darauf, ohne Blake aus den Augen zu lassen. »Wir sitzen auf der Bank, die ihr gewidmet wurde.«

Blake sah nicht hin. Und in diesem Moment ahnte ich, dass er das längst gewusst hatte. Dass ihm in dem Augenblick, in dem wir Stourbridge Common betreten hatten, bewusst gewesen war, welches Ziel ich ansteuerte. Ich hatte gedacht, dieser Ort würde es schaffen, ihm eine Reaktion zu entlocken, jetzt begriff ich, dass genau das Gegenteil der Fall war. Trotzdem half mir dieses Nicht-Reagieren ebenso viel. Denn klar war: Er kannte diese Bank. Was wiederum bedeutete, dass er auch den Namen kannte.

»Und das ist ein Zufall oder …?«, fragte er mit genau der richtigen Spur an Langeweile und Irritation. Er hatte recht gehabt: Er war ein wirklich guter Lügner.

»Wieso sollte es *kein* Zufall sein?«

Er legte einen Ellbogen auf der Lehne ab, sodass sein Mantel die Plakette verbarg. »Du solltest keine Spielchen spielen, Mabel. Dein Pokerface ist zu schlecht dafür.«

»Gut, dann bin ich ehrlich.« Ich richtete mich auf, mein Puls beschleunigte. »Du hast sicherlich von den Studierendenverbindungen gehört, die es in Cambridge gibt.«

»Klar. Sie machen kein Geheimnis aus ihrer Existenz.«

»Manche schon.«

»Worauf willst du hinaus?«

Statt einer Antwort griff ich in meinen Mantel. Kurz darauf zwirbelte ich erneut eine Feder zwischen den Fingern.

Er runzelte die Stirn. »Ich verstehe nicht …«

»Du solltest auch keine Spielchen spielen, Blake«, unterbrach ich ihn ruhig. »Denn dein Pokerface ist vielleicht gut, aber meine Menschenkenntnis ist besser.«

Wir starrten einander schweigend an. Unten zog ein Ruderboot vorbei, das Wasser kletterte plätschernd ans Ufer. Der Moment fühlte sich dennoch ruhig an: Ruhig und intensiv, wie sein Blick auf meinem Gesicht. Schließlich hob er die Hand und nahm mir die Feder ab. »Woher hast du die?«

»Jemand hat sie mir letztens in meine Tasche gesteckt, als ich in der Bibliothek war. Gleich einen ganzen Haufen davon. Und ich befürchte, der Vogel, der sie hergeben musste, lebt nicht mehr.«

Erneut runzelte sich seine Stirn, diesmal wirkte es echt. *Das kannst du nicht wissen*, dachte ich. Eventuell hatte Blake von den Federn gewusst, vielleicht war er es sogar gewesen, der sie mir untergeschoben hatte. Wenn ich die Tatsache akzeptierte, dass er ein guter Lügner war, musste ich mich auch der stellen, dass ich mir nie sicher sein konnte, ob er mir die Wahrheit sagte. Aus irgendeinem Grund glaubte ich trotzdem, dass das kein kalkulierter Ausdruck war, sondern ein Zeichen … aufrichtiger Besorgnis. »Jemand hat dir blutige Federn in die Tasche gepackt«, murmelte er und strich mit den Fingerspitzen über den rot befleckten Kiel.

»Das klingt nicht nach einer Frage. Was mich vermuten lässt, dass du weißt, wer das war.« Er kniff die Lippen zusammen, ich winkte ab. »Ich kann's mir auch denken. Was ich nicht verstehe, ist, warum. Wovor habt ihr Angst?«

Er ließ die Hand sinken, ballte sie um die Feder. »*Wir?*«

Kurz zögerte ich, schob dann aber jeden Zweifel beiseite. Meine Mutter hatte mir früh beigebracht, dass sich die Intensität der Antwort, die man bekam, immer nach der Frage richtete. *Du musst wissen, was du willst. Klare Frage, klare Antwort.* »Ich weiß, dass du zu ihnen gehörst. Zu der Verbindung, die sich *Der Bund der Stare* nennt.«

Blakes Miene wirkte wieder so verschlossen, dass ich mich fragte, wie geübt er darin war, eine solche Maske aufzuziehen. Da war kein Riss, kein noch so dünner Spalt, durch den ich einen Blick auf seine Gedanken oder Gefühle erhaschen könnte. »Wann ist das passiert?«, fragte er nur.

»Vor drei Tagen.«

»Und das hat dich nicht zum Rückzug bewogen?«

»Im Gegenteil. Wer auf so eine Art angreift, hat etwas zu verteidigen.« Ich neigte den Kopf. »Du streitest es nicht ab. Also ist es wahr.«

»Du glaubst doch sowieso, was du willst, oder nicht?«

Ich schnaubte. »Du denkst, ich will das hier? Meine beste Freundin ist in die Fänge irgendeiner Sekte geraten, die was weiß ich mit ihr macht. Jeden Tag mache ich mir mehr Sorgen um sie. Ich bin nicht du, Blake. Ich habe durchaus *Angst*.«

Zweifelnd sah er mich an. »Du hast Angst um Zoe, aber keine um dich, und das, obwohl du diejenige mit den blutigen Federn bist?«

»Das nennt sich Liebe. Noch nie gehört?«

»Doch. Ob du es glaubst oder nicht, ich … *liebe*.«

»Wen, Ashton? Ich dachte, er ist auch kein guter Mensch.«

Blake öffnete seine Hand und betrachtete die Feder darin. »Er muss kein guter Mensch sein, um *mein* Mensch zu sein. Trotz all seiner Fehler ist er mein bester Freund.« Langsam hob er den Blick. »Behalte diese Dinge für dich, ja? Wenn solche

Gerüchte verbreitet werden, wird das nicht von allen Leuten so gelassen gesehen wie von mir.«

»Also hast du nicht vor, es ihnen zu erzählen. Weil du sie nicht beunruhigen oder mich schützen willst?« Meine Stimme wurde leiser, mein Herz lauter. Diese Frage entfernte sich von dem, was ich unbedingt herausfinden musste, hin zu dem, was ich unbedingt herausfinden *wollte*.

Seine Augen lächelten, sein Mund blieb eine gerade Linie. »Welche Antwort würde dir mehr Angst machen?«

»Ich hab keine Angst vor dir, das hab ich dir schon mal gesagt.«

Jetzt schlüpfte das Lächeln tiefer, nistete sich in die Grübchen neben seine Mundwinkel. »Und genau deshalb bist du mehr als gefährlich, Mabel.«

»Nicht gefährlicher als du, Blake.«

Ein seltsamer Ausdruck trat auf sein Gesicht. Er wich zurück und sah aufs Wasser. »Nenn mich nicht so, okay?«

»Ist dir Cliff lieber?«

»Ja.« Er lächelte traurig, vielleicht sogar gequält. »Und nein.«

»Du bist mir ein Rätsel«, stellte ich fest.

Er lachte, nur kurz, aber das Geräusch kroch dennoch sofort tief in meine Erinnerung hinein. Weil es so warm und weich klang und nicht zu dem Ernst passte, den er immerzu mit sich herumtrug. »Gut. Du bist mir nämlich auch eins.«

Kurz schwiegen wir, während ich versuchte, meine Gedanken zu ordnen. Blake hatte nicht bestätigt, dass es den *Bund der Stare* gab, aber er hatte es auch nicht abgestritten. Das konnte bedeuten, dass es stimmte oder dass er nur wollte, dass ich aufhörte, nach einer anderen Wahrheit zu suchen. Oder natürlich, dass es ihm schlichtweg egal war. Ich war genauso klug wie vorher, und das frustrierte mich. Mit Blake zu sprechen war, als würde ich ein altes Buch lesen, irgendeinen Klassiker, den ich nicht ganz verstand. Ich begriff die Worte, drang aber nicht durch alle Interpretationsschichten zum Bedeutungskern vor.

»Vielleicht nenne ich dich einfach Heathcliff«, murmelte ich leicht genervt.

»Aus *Sturmhöhe*? Nicht unbedingt ein Sympathieträger.«

»Er ist der Archetyp eines gequälten Helden, oftmals ein Einzelgänger aus dem Wohlstand, der ein düsteres Geheimnis mit sich rumträgt und letzlich sogar über Leichen geht.«

Blake hob skeptisch die Augenbrauen. »Willst du mir damit etwas sagen?«

»June Owens«, erwiderte ich kurz entschlossen. Ich war hergekommen, um Antworten zu erhalten, ich würde nicht mit leeren Händen gehen. »Ich weiß, dass sie während eurer Treffen dabei war, ich hab sie gesehen. Und zwar mit Victor.«

Blakes Mimik spannte sich an. »Was willst du ihm unterstellen? Dass er sie vom Dach gestoßen hat?«

»Nein. Soweit ich weiß, war sie allein dort oben. Aber das bedeutet nicht, dass er nichts damit zu tun hatte. Dass ... *ihr* nichts damit zu tun hattet.«

Mein Herz fühlte sich leer an, die Worte irgendwie auch. Blakes Blick höhlte sie aus, bis sie dünn in der Luft zwischen uns flatterten. »Wenn du das wirklich denkst«, sagte er emotionslos, »wieso bist du dann hier?«

Ich hätte etwas Ausweichendes erwidern können, aber sein Blick ging so tief, dass er sogar einen Teil dieser Schicht aus Distanz und Trotz durchdrang, die ich mir in den vergangenen Jahren angelegt hatte. »Weil ich glaube, dass du anders bist als deine Freunde. Dir sind die Dinge nicht so egal wie ihnen, du ... sorgst dich um andere.«

»Du irrst dich. Und sowieso ... sie sind meine Familie.« Er machte Anstalten aufzustehen, ich hielt ihn fest. Sein Puls war kräftig, seine Haut nach wie vor wärmer, als ich es bei den niedrigen Temperaturen erwartet hätte.

»Man kann etwas lieben oder wertschätzen, und es kann trotzdem schlecht für einen sein. Das gilt für Menschen ebenso wie für das Leben, das man führt.«

Blake schloss die Augen, zwickte sich mit Daumen und Zeigefinger in die Nasenwurzel. Als er meinen Blick fand, wirkte seiner aufrichtig und ernst. »Victor hat June nicht vergewaltigt, wenn du das denkst. Er hat auch nie mit ihr geschlafen oder sie zu so etwas gedrängt.«

Ich schluckte. »Kannst du mir das versprechen?«

»Ja.« Blake zögerte, dann löste er meine Hand von seinem Arm. »Victor ist nicht immer einfach, aber er ist kein solches … Monster.« Sekundenlang starrte er auf seine Finger, die sich um meine geschlossen hatten. Dann, als würde er etwas sehen, das mir entging, wurden seine Wangen blass. Er ließ mich ruckartig los und wich ein Stück nach rechts, fort von mir.

Irritiert und verlegen presste ich die Hand unter meinen Oberschenkel, damit er nicht sah, dass sie zitterte. »Okay, ich glaube dir. Aber das bedeutet nicht, dass da nicht mehr ist, als du mir sagen willst. Oder zwitschern.« Ich deutete auf die Feder, die er zwischen uns in eine Holzkerbe der Bank gesteckt hatte.

Blake seufzte. Es war erstaunlich, wie schnell er seine Fassung zurückerlangte, sogar seine Wangen gewannen wieder an Farbe. »Wenn es eine solche Verbindung gäbe und wir Mitglieder dieser wären – und ich sage das bewusst im Konjunktiv –, dann wäre daran nichts Besonderes. Verbindungen sind dafür da, um Menschen zu vernetzen. Man bildet eine Gemeinschaft, bietet einander Kontakte, hilft sich aus. Nichts weiter.«

»Da gibt es nur ein Problem«, erwiderte ich mit einem süffisanten Lächeln. »Normalerweise tun solche Gruppierungen alles dafür, damit ihre Existenz in Erinnerung bleibt. Ihr hingegen versucht, sie zu vertuschen. Und nachdem ich ein paar deiner Freunde kennengelernt habe, bin ich mir sicher, dass Bescheidenheit nicht der Grund dafür ist.«

Statt darauf einzugehen, stand Blake auf und nickte mir bedauernd zu. »Ich muss jetzt los. Du weißt schon, ein paar Vögel füttern.«

Ich wollte stur bleiben und nachfragen, aber leider musste ich lachen. »Sag bloß, das war ein Scherz! Ich glaube, ich mache dich weich.«

Blake verdrehte die Augen, doch da war wieder dieses sanfte Lächeln, das seine Züge weicher werden ließ. Mit zwei Fingern griff er an den Schirm meiner Mütze und schob sie nach hinten, sodass wir einander besser ansehen konnten.

Mein Lachen fiel von meinem Mund, Blakes Blick sprang genau dorthin. Mein Lippenstift war pastellrot und hieß *Cloudy Mind*. Mein Kopf fühlte sich ebenso wolkenwattig an, als er mit dem Daumen über meinen Wangenknochen strich.

»Lass das mit der Mütze in Zukunft«, sagte er leise, kaum hörbar. »Ich sehe dich gern richtig.«

»Du meinst, mein Gesicht?«

»Nein. Ich meine … dich.«

Ich biss mir auf die Unterlippe, weil ich so sehr grinsen wollte. »Jetzt flirtest du doch mit mir, oder?«

»Vielleicht.« Er zog seine Hand zurück und blickte erneut darauf, als würde sie ihm klarmachen, wie verachtenswert alles an dieser Situation war.

»Aber du willst es nicht tun«, schlussfolgerte ich gedehnt. »Also … bin ich ein umgekehrtes Rosinenbrötchen?«

»Was?«

»Bin ich etwas, das du eventuell ein winziges bisschen gernhast, aber nicht gernhaben willst?«

Er lächelte, richtig diesmal, dann drehte er sich um und ging zurück zum Weg. Dort angekommen, wandte er sich noch einmal um und diktierte eine Reihe von Zahlen.

Ich runzelte verständnislos die Stirn. »Was ist das?«

»Meine Nummer. Speicher sie dir ein, dann musst du beim nächsten Mal nicht auf gut Glück bei mir zu Hause auftauchen, wenn du eine Frage hast.«

Ich tippte mir an den Kragen meiner Mütze. »Und da sag noch mal, du wärst nicht nett, Heathcliff.«

Sein Blick wiederholte: *Du irrst dich.* Doch er sprach es nicht aus, er drehte sich nur um und lief den Weg hinunter. Und obwohl er mir gar nicht viel gesagt hatte – das meiste nur durch das, was er *nicht* gesagt hatte, spürte ich doch, dass dieser Moment etwas verändert hatte. Vielleicht nicht für meine Recherche. Aber für mich. Für ihn und mich. Für ein Uns, das es nicht gab und nie geben konnte.

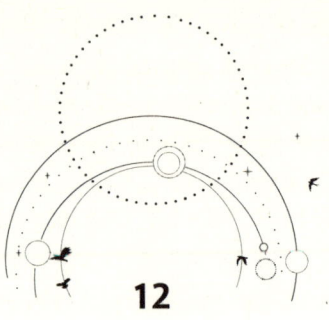

12

MABEL

Es war nach acht, als ich die Wren Library verließ. Der Campus des Trinity Colleges lag schwach beleuchtet und so gut wie verlassen vor mir. Ich zerrte mir den Schal enger um den Kopf, weil ich meine Mütze vergessen hatte. Ebenso wie meine Handschuhe, wie ich fluchend feststellte, als ich danach suchte. Meine Finger fühlten sich taub an, nachdem ich die letzten Stunden vor einem zugigen Fenster verbracht hatte.

Vor Weihnachten stand noch eine große Präsentation in einem meiner Tutorien an, die ich in den vergangenen Wochen reichlich verdrängt hatte. Die ganze zusätzliche Vogelrecherche rächte sich jetzt, und ich musste mich dazu zwingen, mich vorerst auf die Uni zu konzentrieren. Etwas, das mir schwerfiel, angesichts der Tatsache, dass genau zwei Wochen seit Junes Tod vergangen waren.

Das Gerede auf dem Campus hatte sich gelegt, vor allem, weil sowohl die Universitätsleitung als auch die Polizei mittlerweile von einem eindeutigen Suizid sprachen. Die Institute wurden mit Erinnerungen an die psychologischen Angebote der Universität zugekleistert, womit die Sache für alle abgehakt schien. Für fast alle, zumindest. Am liebsten hätte ich mich nur darauf konzentriert, aber mir war klar, dass ich die Recherche vergessen konnte, wenn meine Noten nicht mehr gut genug waren, um mein Stipendium zu halten. Außerdem gab es auch noch Davie, der jeden Tag beteuerte, mich auf dem Laufenden zu halten, falls er etwas Interessantes herausfand. Bei dem Gedanken an ihn griff ich nach meinem Handy, um meine Nachrichten zu checken. Er hatte nicht geschrieben, dafür Zoe.

Zoe
Hast du mir Schokolade aufs Bett gelegt?

Das Licht unter den Arkadenbögen war ebenso dämmrig, wie es in den Bücherhallen gewesen war, sodass meine Augen im Displayschein unangenehm brannten. Ich blieb stehen, ehe ich antwortete.

Mabel
Auf deinem Schreibtisch war kein Platz
mehr. Du solltest mal wieder aufräumen.

Nachdem ich die Nachricht abgeschickt hatte, wartete ich unruhig ab. Zoe war immer noch online, tippte jedoch nicht. Normalerweise machte es ihr nichts aus, wenn ich in ihrer Abwesenheit den Zweitschlüssel zu ihrem Zimmer benutzte. Doch seitdem sich die Dinge zwischen uns ungewohnt befangen anfühlten, war ich mir nicht mehr sicher, ob so etwas noch in Ordnung war. Ich hasste das. Unsicherheit hatte normalerweise keinen Platz in unserer Freundschaft. Wir waren von Anfang an offen, ehrlich und so … sicher miteinander gewesen – und das hatte ich immer am meisten geschätzt. Zögerlich setzte ich eine Nachricht hinterher.

Mabel
Blöde Idee?

Diesmal antwortete sie sofort.

Zoe

Nein, liebe Idee. Danke.

Erleichtert atmete ich aus und lief weiter.

Mabel

Bin auf dem Heimweg, machen wir noch was
zusammen? Ich könnte Pommes mitbringen.

Zoe

Hab eigentlich schon gegessen.

Mabel

Dann bring ich welche mit, und du isst nur
das, was du magst. Deal?

Erneutes Zögern. Ich konnte mir vorstellen, wie ihr Blick zwischen der Tafel Schokolade und dem Handydisplay hin und her wanderte. Ich biss mir auf die Unterlippe, bis schließlich eine Antwort kam.

Zoe

Deal. Aber dafür musst du Romeo & Julia
mit mir angucken. Ich will heute nur noch
Leonardos Gesicht anschmachten.

Ich schickte ihr einen leidenden Smiley, ehe ich erneut *Deal* tippte. Im Grunde wäre ich bereit gewesen, alles zu tun, damit ich sie in die Nähe von Pommes bringen konnte. Wenn das einschloss, dass sie ein anderes Gesicht anschmachtete als Ashtons, umso besser.

Zoe war übers Wochenende bei ihren Eltern gewesen, und wie immer, wenn sie zurückkam, war ihre Stimmung gedrückt. Sie redete nie viel über ihre Besuche dort, aber ich nahm die

Veränderungen in ihrem Verhalten jedes Mal deutlich wahr. Die zusätzliche Zeit, die sie morgens brauchte, um sich fertig zu machen, weil sie sich noch häufiger umzog als üblich. Die Tatsache, dass sie immer öfter Pasta gegen einen Salat austauschte oder beim Filmgucken winzige Bissen von Apfelspalten nahm, wenn sie normalerweise eine halbe Tafel Schokolade gegessen hätte. Das selbstkritische Stirnrunzeln, mit dem sie sich jedes Mal musterte, wenn ihr Blick auf einen Spiegel traf. Die Tränen, die sich in ihre Augen stahlen, wenn sie eine Hausarbeit wiederbekam, die nicht ganz so gut benotet war. Die Art, wie sie auf jede Form von Zurückweisung extrem empfindlich reagierte, als würde es bedeuten, dass ich sie satthatte, nur weil ich eine Verabredung verschieben musste.

Ich fragte mich, wie man einen so lebensfrohen, gutherzigen Menschen zeugen konnte, nur um ihm bei jedem Besuch etwas von ebenjenem Wesen wegzunehmen. Denn das taten sie – auch wenn ich nicht wusste, wie genau.

Ich war ihnen nur einmal begegnet, als Zoe mich übers Osterwochenende mit zu sich genommen hatte. Die Haywoods wirkten auf den ersten Blick wie eine Bilderbuchfamilie: ein erfolgreiches Ehepaar, das seit zwanzig Jahren verheiratet war, und in einer riesigen Villa mit Pool und Heimkino am Rand von London lebte. Drei Kinder, alle erwachsen, bildschön und gebildet. Zoes ältere Geschwister waren siebenundzwanzigjährige Zwillinge. Ihr Bruder hatte Medizin studiert und arbeitete mittlerweile in einem Privatkrankenhaus, wenn er nicht gerade ehrenamtlich Menschen ohne Krankenversicherung behandelte. Ihre Schwester hatte Psychologie studiert wie ihr Vater, arbeitete nebenher als Model und war mit dem Erben eines großen Modeunternehmens verlobt. Zoe war das Küken der Familie und wurde immer noch so behandelt. Das hatte ich spätestens begriffen, als ich gehört hatte, wie sie sie *Zazu* nannten, nach dem Vogel in *König der Löwen*, Zoes Lieblingsfilm als Kind. Obwohl sie unglaublich nett und zuvorkommend gewesen waren, hatte ich dennoch gespürt, wie sich Zoe in ihrer Nähe unnatürlich angespannt hatte.

Wenn ich vorsichtig versuchte herauszufinden, woran das konkret lag, wiegelte sie jedes Mal ab. Manchmal fragte ich mich, ob sie dachte, sie dürfte sich vor mir nicht über ihre Familie aufregen, weil sie im Gegensatz zu mir eine hatte. Ich hätte ihr gern gesagt, dass das nicht stimmte, aber ich wollte sie nicht drängen, darüber zu reden. Also konnte ich nicht mehr tun, als jedes Mal für sie da zu sein, bis der Einfluss ihrer Familie sich Stück für Stück von ihren Schultern löste und sie sich wieder zu ihrem ganzen Selbst aufrichtete. Normalerweise dauerte das nie so lang, dass ich mir tiefgehende Sorgen machen musste. Diesmal hatte ich allerdings befürchtet, dass ihre grundlegend abgeschlagene Stimmung der letzten Zeit das Ganze verschlimmern würde.

Glücklicherweise hatte ich Ashton in den vergangenen anderthalb Wochen nicht gesehen. Wir redeten nicht darüber, ob sie ihn traf. Anderthalb Wochen war es auch her, dass ich mit Blake gesprochen hatte, vier Tage, dass ich über meinen Schatten gesprungen war und ihm eine Nachricht geschickt hatte. Ebenso lang bereute ich es, denn bis heute war sie unbeantwortet geblieben. Es überraschte mich nicht, es kränkte mich dennoch. Und das war vielleicht das Schlimmste an der ganzen Sache. Es durfte mich ärgern – schließlich war Blake die verlässlichste Quelle, die ich in diesem Fall hatte –, aber keinesfalls *kränken*. Kränkung war ein Herzreflex, keiner des Verstandes.

Ich verstaute mein Handy in einer der Manteltaschen, während ich in einen Innenhof bog. Bis auf einen ausgeschalteten Springbrunnen war er leer. Erst auf den zweiten Blick sah ich, dass jemand auf seinem Rand saß, und blieb im überdachten Durchgang stehen. Mein Herz beschleunigte, bevor mein Verstand ihn erkannte.

Victors Haar war wie gewohnt zu einem Dutt gebunden, aus dem ein paar losgelöste Strähnen hingen und auffallend rote Wangen umrahmten. Vielleicht lag es am Licht des Himmels und der Laterne neben ihm, aber ich hätte wetten können, dass ihm warm war. Allein schon, weil er seine Jacke auf den Boden gelegt hatte.

Ich wich zurück in die Schatten, gerade so, dass ich noch seine Begleitung sehen konnte. Auf der Mauer neben ihm saß ein junger Mann mit hellem Haar und sanft geschnittenen Zügen. Ich brauchte kurz, ehe ich begriff, woher ich ihn kannte: Er gehörte zu denen, in deren Fokus ich während der ersten Party unfreiwillig geraten war. Wie hatte Victor ihn genannt? Jake? *Jack*, korrigierte mein Kopf automatisch.

Erst da bemerkte ich die Frau, die neben ihm saß. Ihre Haare schimmerten golden im Licht, ihr Lachen wehte zu mir herüber. Zumindest so lang, bis Jack gereizt seufzte. »Du gehst mir auf die Nerven, Paulina.«

Ich verzog den Mund, doch sie wirkte eher bestürzt als verärgert. Unsicher rutschte sie vom Stein und wich einen Schritt zurück. »Soll ich gehen?«

Jack streckte die Hand nach ihr aus, zwirbelte eine ihrer gerstenblonden Haarsträhnen zwischen den Fingern, während er gleichzeitig an einer Zigarette zog. »Ich fürchte, du wirst sowieso wiederkommen. Weil du das immer tust, egal, wie mies ich dich behandle, nicht wahr?«

Paulina schüttelte energisch den Kopf. »Du behandelst mich nicht mies.«

»Doch.« Jack atmete den Rauch seiner Zigarette direkt in ihr Gesicht. Mehr als das brauchte es nicht, um zu wissen, dass er recht hatte. »Du vergisst es nur, weil ich das so will. Mir bleibt keine andere Wahl, wenn ich nicht möchte, dass du Dinge über uns erzählst, die niemand wissen soll. Ist ein Teufelskreis.«

Ich erstarrte. Seine Worte klangen so seltsam, dass ich fast sicher war, er wäre betrunken. Doch dafür wirkten seine

Bewegungen und sein ganzes Auftreten viel zu ruhig. Er wusste, was er tat, und er glaubte, was er sagte.

Victor räusperte sich. »Dann durchbrich ihn.«

Jack ließ Paulina los und drehte sich zu ihm. »Und wie stellst du dir das vor, Vic?«

»Du weißt, wie. So wie ich June losgeworden bin.«

Mein Herz setzte aus. Mir entwich ein Keuchen, das ich gerade noch so mit der Hand unterdrücken konnte. Hastig trat ich zur Seite, sodass der Stein des Gemäuers mich besser verbarg. Die Stimmen der beiden Männer drangen dennoch zu mir rüber, vielleicht weil ihre Worte so brutal waren, dass sie die anderen Geräusche einfach auseinanderrissen.

»Du hast Ashton gesagt, es wäre ein Unfall gewesen.«

Victor grinste hörbar. »Ich sage Ashton so einiges, das nur halbwahr ist. Immerhin muss man davon ausgehen, dass er es nach oben weitergibt.«

»Dann hast du sie absichtlich dazu gebracht?«

Nimm dein Handy raus und zeichne das auf, war mein einziger Gedanke. Aber abgesehen davon, dass man ihre Stimmen sicherlich nicht gut genug hätte hören können, schaffte ich es kaum, mich zu bewegen. Nur zaghaft lehnte ich mich vor, sodass ich sehen konnte, wie Victor die Schultern hob. »Ich wollte nur, dass sie verschwindet. Sie hat den … einfachsten Weg genommen, dieser Bitte nachzukommen. Und was ist passiert? *Gar nichts.* Keine Ahnung, wovor eigentlich alle solche Panik haben. Wie sollte uns jemals jemand etwas nachweisen können?«

»Du weißt, dass das in der Vergangenheit manchmal ziemlich knapp war. Weswegen wir uns darauf geeinigt haben, diese Form von Aufmerksamkeit zu vermeiden.«

»*Geeinigt?*« Victor schnaubte und stand auf. »Mich hat niemand gefragt. Die da oben bestimmen, was sie wollen. Die müssen ihre Zeit aber auch nicht in dieser Hölle von Universität absitzen, umgeben von diesen einfältigen Dingern.« Er deutete abfällig auf Paulina, die mit großen Augen zwischen ihnen stand.

Jack folgte dem Wink, betrachtete seine Begleitung. »Ich weiß nicht, Mann. Wenn sie das rausfinden …«

»Werden sie aber nicht«, unterbrach Victor ihn ungerührt. »Hier sind nur du und ich.«

»Und ich.« Paulina lächelte unsicher. Ihre Finger waren in den Saum ihrer dicken Samtjacke gekrallt, ihr Blick in Jacks Gesicht. Ich verstand nicht, wieso sie nicht einfach ging. Wieso sie Jack ansah, als wäre er der einzige Ort der Welt, an den sie gehörte.

»Ja, Süße.« Victor strich ihr über den Kopf. Es hätte liebevoll wirken können, doch aus irgendeinem Grund sah es aus, als würde er einen Hund tätscheln. »Genau das ist das Problem, um das wir uns kümmern möchten.« Er machte einen Schritt auf Jack zu, bis dieser zu ihm aufsah. »Komm schon. Ich weiß, dass du es willst. Wie lang ist es her, dass du dir so viel genommen hast, wie du möchtest? Wir zügeln uns alle seit viel zu langer Zeit. Das ist wider unsere Natur. Dabei sind wir so verdammt mächtig. Was bringt einem die ganze Macht, wenn man sie nie auslebt?«

»Ashton …«, setzte Jack zögerlich an.

Victor legte den Kopf in den Nacken und stöhnte. »Ashton ist nicht hier. Genauso wenig wie Norah oder Blake – und damit niemand, der es ihm sagen wird.« Ich zuckte innerlich zusammen, als ich seinen Namen hörte, schaffte aber immer noch, weder mich zu rühren noch einen sinnvollen Gedanken aus all den losen Informationen zu knüpfen. »Ich hab's satt, dass Ash sich wie ein verdammter Prinz aufführt, der über seinen Hofstaat bestimmen darf.«

»Gewissermaßen ist er das, oder?«

»Hier und jetzt ist er gar nichts. Also, was ist?«

Jacks Blick surrte zwischen der schweigenden, fast abwesend wirkenden Paulina und seinem Freund hin und her. Er strich sich mehrmals über das kurz geschnittene Haar, als versuchte er, die Gedanken unter der Schädeldecke zu ordnen.

Victor wich mit erhobenen Händen einen Schritt zurück. »Oder hast du Angst? Dass du zu sehr aus der Übung bist?«

»Ich weiß, was du hier versuchst. Ich bin für Psychologie eingeschrieben, schon vergessen?« Jack verdrehte die Augen, richtete sich aber dennoch ein Stück auf.

Victor bemerkte es auch: Er schmunzelte triumphierend. »Funktioniert es denn?«

»Leider ja.« Jack seufzte tief und drückte seine Zigarette an der Mauer aus, ließ sie achtlos liegen. »Na gut. Paulina, Liebes – komm her.« Er zog sie an den Handgelenken näher zu sich hin, zwischen seine Beine.

Sofort umfasste sie seine Hüfte, strahlte ihn an. »Hi.«

Jack lächelte, aber ich nahm trotz der Entfernung den wachsamen Ausdruck in seinen Zügen wahr. Er strich ihr das Haar aus der Stirn, ehe er mit beiden Händen ihr Gesicht umschloss und ihr fest in die Augen sah. »Du magst mich, oder?«

Sie nickte hastig, ein bisschen zu eifrig. »Natürlich.«

»Dann denk jetzt mal daran, wie sehr, ja?« Er neigte sich zu ihr vor, stupste mit der Nasenspitze gegen ihre. »Tust du das für mich?«

»Natürlich«, hauchte sie wieder und schloss die Augen.

Ich spannte mich an, bereit, mich aus dem Schatten zu lösen, wenn er versuchen sollte, sie anzufassen. Doch das tat er nicht. Nicht richtig zumindest. Er ließ seine Daumen lediglich sanft über ihre Wangen kreisen, ehe er die Hände tiefer schob – direkt an ihren Hals.

Sie standen nur so da, reglos, beide mit geschlossenen Augen. Nach einigen Sekunden schien Paulinas Körper weicher zu werden. Sie rutschte näher an Jack heran, umschlang seine Hüften mit beiden Armen, seufzte leise. Er lächelte, ohne die Lider zu öffnen. Victor zog sich langsam zurück, die Arme verschränkt, ein breites Grinsen im Gesicht, das mir bedrohlicher erschien als alles andere an dieser Situation. Ich verstand nicht, was da passierte. Oder ob ich etwas tun sollte – und wenn ja, was. Jack hielt nach wie vor nur ihren Hals in seinen Händen, und die Berührung wirkte keinesfalls grob, während Paulina sich so viel bestimmter in seine Hüfte krallte. Es sah nicht so aus, als würde er ihr wehtun, ganz im Gegenteil. Im schalen Licht der Laternen nahm ich eindeutig wahr, wie ihr Gesicht mit jeder Sekunde friedlicher und entspannter wirkte. Sie seufzte erneut, länger diesmal, tiefer.

Jack blinzelte und lehnte seine Stirn gegen ihre. »Gott«, murmelte er, träge, fast benommen, und drückte ihr einen Kuss auf die Wange. »Wusste nicht mehr, wie gut sich das anfühlt.« Seine Stimme vibrierte vor Zufriedenheit, sein Körper irgendwie auch. Obwohl sein Gesicht aussah, als hätte es an Farbe gewonnen, schien er zu zittern. Mir wurde flau, ich grub die Finger fester in den Stein vor mir.

»Jetzt tu es«, befahl Victor leise.

Jack zögerte ein letztes Mal, dann umfasste er wieder Paulinas Gesicht. Er stupste erneut sanft mit seiner Nasenspitze gegen ihre, ehe er sich zu ihrem Ohr vorlehnte.

Ich spannte mich so sehr an, dass ein Nagel einriss. Feiner Schmerz zog in meinen Finger, ich spürte es kaum. Mein Körper verfiel in Alarmbereitschaft, mein Herz pochte kräftig und schnell. Alles in mir war bereit einzuschreiten, sobald was auch immer gleich geschah.

Doch es passierte … gar nichts. Ich konnte zwar sehen, wie sich seine Lippen bewegten, aber nicht hören, was er sagte. Paulina lehnte still an seiner Brust, bis er sich von ihr löste. Abermals drückte er ihr einen Kuss auf die Wange und schob sie von sich. »Machst du das für mich?«, fragte er sanft. Sie nickte, um einiges schwächer jetzt, bewegte sich aber nicht vom Fleck. Jack zog die Augenbrauen hoch und machte eine scheuchende Handbewegung. »Na dann, los.«

Paulina zögerte kurz, bis sie erneut nickte und sich umdrehte. Ihr Körper taumelte bei den ersten Schritten, dann fing sie sich und lief langsam weiter. Fort von dem Platz, Richtung Ausgang des Colleges.

Jack blickte ihr stirnrunzelnd hinterher. »Meinst du, es funktioniert?«

»Schätze, das werden wir morgen früh erfahren.« Victor grinste und klopfte ihm auf die Schulter, zuckte jedoch sofort zurück. »Scheiße, Mann.« Er schüttelte lachend seine Hand aus, als hätte er sich verbrannt. »Jetzt komm, lass uns abhauen und irgendwohin gehen, wo man uns sehen kann. Sicher ist sicher.«

Ich wartete, bis die beiden aus meinem Sichtfeld verschwunden waren, ehe ich dem Weg folgte, auf dem Paulina verschwunden war. Ein Teil von mir wäre gern Victor und Jack nachgegangen, um mehr zu hören, doch ich spürte, dass Paulina wichtiger war. Was auch immer zwischen Jack und ihr geschehen war: Es wirkte, als hätte sie es in irgendeiner Form … beeinflusst. So konnte ich sie nicht allein lassen.

Mit jedem Meter, den ich lief, ohne sie zu finden, wurde ich nervöser. Erst als ich einen überdachten Gang passiert und eine der Brücken betreten hatte, nahm ich eine Silhouette wahr, die in einiger Entfernung an der Brüstung stand. Das helle Haar, das im Wind flatterte, gehörte eindeutig zu Paulina. Erleichtert atmete ich aus und ging auf sie zu, bis ich urplötzlich erstarrte.

Sie stand nicht am Geländer, sondern darauf. Für einen Moment verschwamm das Bild mit dem einer Erinnerung, die ich vor Wochen ein paar Brücken weiter gesammelt hatte: Victor, wie er auf der Balustrade stand, die Arme ausgebreitet, und sagte: *Menschen wie wir haben kein Pech.*

Bereits damals hatte ich gedacht, dass sie dafür aber Pech *brachten.* Der Anblick Paulinas schien wie die Bestätigung dieser Erkenntnis.

Mein Herz schlug mir bis zum Hals, als ich vorsichtig weiter auf sie zuging. Unter meinen Schuhen knirschte es, Paulina wandte mir trotzdem nicht den Blick zu. Er war geradewegs auf das Wasser gerichtet, das einige Meter unter ihr floss: schwarz mit winzigen Lichttupfern aus Silber, die von den Sternen und den spärlich gesetzten Laternen am Uferweg herrührten. Erst als ich drei Schritte von ihr entfernt ans Geländer trat, bemerkte sie mich. Ihre Augen waren schmal und wirkten ausdruckslos, als würde sie geradewegs durch mich hindurchsehen.

»Hey«, sagte ich vorsichtig und hob die Hände. Versuchte ruhig zu bleiben, auch wenn ich mich am liebsten auf sie gestürzt hätte. »Du bist Paulina, richtig? Ich bin Mabel.« Ich umfasste das Geländer und machte einen Schritt auf sie zu, sie zuckte zusammen. Sofort blieb ich stehen und rang mir ein Lächeln ab. »Willst du da nicht lieber runterkommen?«

Paulina sah mich verständnislos an. Obwohl sie die Finger schon wieder in den Saum ihrer Samtjacke gegraben hatte, sah ich, dass sie bläulich schimmerten. So wie ihr ganzes Gesicht. Ich musste sie nicht berühren, um zu wissen, wie ausgekühlt sie war.

»Ich kann nicht.« Sie sah nach unten. »Ich muss das tun.«

»Du musst das *nicht* tun. Hör mir zu. Was auch immer sie getan oder gesagt haben, wir bekommen das hin. Du bist damit nicht allein, okay? Ich helfe dir.«

Ihr Blick versank nach wie vor in dem nachtschwarzen Gesicht der Cam. Je länger sie das tat, desto deutlicher grub sich dieselbe Dunkelheit in ihre Züge. »Ich bin so müde.«

Ich hatte mich noch nie in meinem Leben so überfordert gefühlt. In meinem Kopf schwirrten zahlreiche Handlungsoptionen, aber ich hatte das Gefühl, dass jede einzelne ein Fehler sein würde. Ich wollte auf sie einreden, die Polizei rufen, einen Satz nach vorn machen und versuchen, sie nach hinten zu ziehen. Ich wollte irgendetwas tun, aber ich wusste nicht, was. Nicht, was mit ihr los war, nicht, was Jack ihr gesagt hatte, nicht, wie ich sie davon abhalten konnte zu springen. Ich wusste nur, dass ich es versuchen *musste*. Weil das hier unter keinen Umständen passieren durfte. Die Brücke war nicht allzu hoch, die Cam nicht tief, aber es war Ende

November, mitten in der Nacht und Paulina offensichtlich in schlechter Verfassung.

Ich machte einen weiteren Schritt auf sie zu, streckte den Arm aus. »Gib mir deine Hand, okay?«

Sie rückte von mir weg, ihre Schuhe knirschten auf dem Geländer, ihr Körper wankte. Ihr Blick verfehlte meinen, glasig und leer. »Ich muss verschwinden.«

Noch bevor ich es schaffte, auch nur ein Wort zu denken, geschah es. Paulina sah immer noch in meine Richtung, als sie einen Schritt nach vorn machte.

Sie schrie nicht, ich auch nicht. Da war nur der Wind, der an meinen Haaren riss, mein Herz, das für zwei Schläge aussetzte, und kurz darauf das Geräusch von Wasser, das sich teilte.

Ich stand an der Brüstung, als sich die Oberfläche wieder glättete. Sanfte Wellen, ein aufgebrachtes Glitzern, mehr nicht. Mit jeder Sekunde, in der ich Paulina nicht sehen konnte, schnürte sich alles in mir zu. Ich musste etwas tun, sofort. Bis ich unten am Ufer angekommen wäre, würden Minuten vergehen. Bis ein Notarzt hier wäre, deutlich mehr Zeit. Zeit, die sie im Zweifelsfall nicht hatte.

Ich starrte weiter auf den Fluss. Das Wasser war dunkel, undurchsichtig und sicherlich extrem kalt. Allein beim Anblick bekam ich kaum noch Luft. Paulina hatte sich geirrt: Sie hatte das nicht tun müssen. Aber ich schon. Wenn ich jetzt nichts unternahm, würde niemand etwas tun. Im schlimmsten Fall würde sie ertrinken. Und auch wenn ich dachte, nicht springen zu können, so konnte ich etwas anderes noch viel weniger: sie sterben lassen.

Entschieden zerrte ich mir die Tasche und den Mantel über die Schultern, trat mir die Schuhe von den Füßen und zog mir den schweren Wollpullover über den Kopf. Ich warf alles zu Boden, ehe ich mich auf die Brüstung zog. Mein Körper zitterte, meine nackten Arme wurden mit Gänsehaut übersät. Mein Atem tanzte neblig um mein Gesicht, und meine Sicht verschwamm, als ich hinabblickte. Schwindel durchzog mein Bewusstsein, ich unterdrückte ihn mit ganzer Kraft.

Nicht nachdenken, nur handeln.

Ich löste die Finger vom Geländer und richtete mich auf. Der Stein bohrte sich durch meine Socken, ich stieß ein Keuchen aus, als der Wind an meinen Knöcheln zog.

Nicht nachdenken, nur handeln.

Ich biss die Zähne zusammen und machte einen winzigen Schritt an den Rand. Mein Puls hämmerte in meinen Ohren, ich hörte mein Blut rauschen, sonst nichts. Nur ganz leise glaubte ich, jemanden meinen Namen rufen zu hören, aber da war es schon zu spät. Ohne weiter zu zögern, holte ich tief Luft und stieß mich mit ganzer Kraft ab. Und sprang geradewegs ins Nichts.

Das Wasser war Beton. So fühlte es sich an, als mein Körper auf seine Oberfläche traf. Heißes Stechen schwappte durch meinen Körper, während eiskalte Flüssigkeit ihn von außen umspülte. Für einen kurzen Augenblick war alles fort: Meine Atmung setzte aus, mein Herz hielt inne, mein Bewusstsein löste sich auf. Ich bestand nur noch aus diesem pochenden, alles einnehmenden Schmerz, der mich von innen und außen in die Hand nahm und fest zudrückte. Ich sank in Schwärze – in die der Cam und in die in meinem Inneren. Ich war wieder sieben und fühlte alles aufs Neue: Machtlosigkeit, Hilflosigkeit, die Gewissheit, dass man die schlimmsten Dinge im Leben weder kontrollieren noch verhindern konnte. Ich war ohne Macht, und das ließ mich fast ohnmächtig werden.

Drei, vier Sekunden lang, dann durchbrach mein Kopf die Wasseroberfläche, und ich kam zur Besinnung. Ich hustete, spuckte, keuchte, vielleicht schrie ich auch. Ich nahm es kaum wahr, weil ich nur daran denken konnte, was am allerwichtigsten war: Paulina.

Grob wischte ich mir die Haare aus dem Gesicht, während ich mich mit der anderen Hand über Wasser hielt. Die Cam war nicht tief, aber stehen konnte ich nicht. Und im Schwimmen war ich wirklich nicht die Beste. Hektisch sah ich mich um. Das Ufergelände verschwamm zu einem Schleier aus diversen Grautönen. Einzelne Flecken aus Licht und Schatten, Laternen und Weidenbäumen, sonst nichts. Das Wasser selbst lag wie ein schwarzes Tuch vor mir, das sich immer wieder über meine Augen legte, wenn mein Kopf kurz unterging. Meine Armmuskeln waren schwach, die Kälte nagte zusätzlich an ihnen. Ich zitterte, hustete, rief Paulinas Namen. Es war kaum mehr als ein Krächzen, das sofort in der Tiefe um mich herum versickerte. Verzweifelt schwamm ich umher, während meine Augen nach ihrem Körper suchten.

Gerade als ich untertauchen wollte, bemerkte ich das helle Flackern ein paar Meter vor mir, direkt unter der Brücke. Mein Herz zog sich schmerzhaft zusammen, als ich erkannte, dass es blondes Haar war.

Ich verschluckte mich am Flusswasser, als ich auf Paulina zuschwamm. Meine Hände spürte ich längst nicht mehr, ich schaffte es trotzdem, ihren Oberkörper zu greifen und herumzudrehen. Ihr Gesicht leuchtete fahl in der Dunkelheit. Geschlossene Augen, geöffnete Lippen, ein Blaufilter über ihrer ganzen Haut. Ich versuchte, ihren Namen zu sagen, aber meine Stimme ertrank in einem weiteren Schwall Wasser. Ihr Gewicht drückte mich nach unten, ich spürte, wie die Tiefe an meinen Füßen zog. Verzweifelt versuchte ich, mich an dem Stein des Brückenpfeilers festzuhalten, doch meine Finger glitten chancenlos hinunter. Meine Ellbogen stießen mehrmals dagegen, ein weiterer Fingernagel riss ein. Selbst der Schmerz war dunkel und weich, ich spürte ihn kaum. Alles, was ich fühlte, war, dass ich das hier nicht lang durchhalten würde. Ich war allein schon keine gute Schwimmerin, mit einem anderen Menschen würde ich es nie schaffen, bis zum Ufer zu kommen. Erneut tauchte ich unter, während meine Kraft gerade mal reichte, um sie über der Oberfläche zu halten. Gerade als ich dachte, ihr Gewicht nicht mehr halten zu können, nahm es ab.

In der nächsten Sekunde griff eine Hand unter meinen Arm, zerrte mich ein Stück nach oben, bis ich wieder Luft holen konnte. Noch immer umklammerte ich Paulinas Schultern.

»Ich hab sie, lass los.«

Die Stimme war dicht neben mir, ich konnte ihren Ursprung nicht sehen, weil das Wasser meine Netzhäute in Flammen gelegt hatte. Alles verschwamm, ich sank erneut. Der Griff wurde fester. »Mabel, lass los!«

Ich blinzelte, bis sich die Silhouette dicht neben mir endlich schärfte. Blake hatte einen Arm um Paulinas Oberkörper geschlungen, mit dem anderen stützte er mich. Es war mir ein Rätsel, wie er es gleichzeitig schaffte, sich über Wasser zu halten. Ich zwang mich, Paulina loszulassen, damit er dasselbe mit mir machen konnte.

»Schaffst du es allein raus?«

Ich nickte, hustete, riss meine Muskeln zusammen. Blake zog den leblosen Körper mit sich durchs Wasser, auf dem kürzesten Weg ans Ufer und auf die Wiese. Meine Finger rutschten mehrmals an der Kante ab, aber ich schaffte es schließlich, mich ebenfalls rauszuziehen. Kurz blieb ich zusammengekauert im Gras sitzen, bis meine Atmung sich halbwegs normalisiert hatte. Erst dann wagte ich es, mich aufzurichten.

Blake saß einen Meter von mir entfernt neben Paulinas ausgestrecktem Körper. Dicht daneben lag ein Haufen Stoff: vermutlich sein Mantel und Pullover. Er trug nur Hose und Shirt, beides klebte nass an ihm. Beunruhigt musterte er mich. »Bist du okay?«

Ich nickte. Meine Glieder waren taub, in mir brannte alles. Mir war so schlecht, dass ich das Gefühl hatte, mich übergeben zu müssen, und ich spürte vage, wie Blut an meinem Ellbogen hinablief. Doch das alles spielte keine Rolle. »Was ist mit ihr?«, brachte ich hervor. Blake hatte Paulina in die Seitenlage gerollt, seine Finger lagen an ihrem Hals. So wie Jacks vorhin, aber anders. Er wirkte nicht bedrohlich, sondern besorgt. Oder wollte ich das nur denken?

»Ihr Puls ist schwach, aber gleichmäßig. Sie lebt.«

»Dann ruf den Notarzt.« Meine Zähne schlugen aufeinander, ich rieb mir über die Oberarme. Ungeduldig wartete ich, dass er sein Handy aus dem Mantel neben sich holte, doch er regte sich nicht. Sein Blick lag auf Paulinas Hals, als würde er etwas spüren, das es ihm unmöglich machte, zu reagieren. Unglaube zeichnete sich auf seinem Gesicht ab, dicht gefolgt von Wut und ... Angst. »Blake«, zischte ich, und dann lauter, ohne dass ich es erklären konnte: »*Cliff!*«

Er zuckte zusammen. In seinen Augen erkannte ich einen Ausdruck, den ich dort nie erwartet hätte: Hilflosigkeit.

»Ruf den Notarzt oder gib mir dein Handy, damit ich es tun kann, sofort!«, befahl ich so eindringlich wie möglich, obwohl ich meine Stimmbänder ebenso wenig kontrollieren konnte wie den Rest meines Körpers.

Die Sekunden, in denen er mich anstarrte, fühlten sich an, als würde ich erneut auf die Wasseroberfläche prallen. Mein Atem stockte, mein Herz zog sich zusammen. Dieses Zögern schlug mir so heftig ins Gesicht, dass ich Tränen aufsteigen spürte. Gerade als ich nach seinem Mantel greifen wollte, regte er sich. Seine Mimik wurde zu einer ausdruckslosen Maske, während er sein Telefon raussuchte.

Wir blieben dort sitzen, während wir auf den Krankenwagen warteten. Blake holte meine Sachen, damit ich in meinen Mantel schlüpfen konnte. Seinen eigenen hatte er über Paulina gelegt. Direkt danach hielt er seine Hand erneut an ihren Hals und nahm sie für eine ganze Weile nicht weg. Ich war mir nicht sicher, wieso er das machte: um sicherzugehen, dass ihr Puls stabil blieb, oder um ... etwas anderem nachzufühlen. Jacks Berührung vielleicht, auch wenn das keinen Sinn ergab. Das alles ergab keinen Sinn.

Vielleicht wollte ich gar nicht wissen, was Blake dachte oder tat. Denn obwohl wir so dicht nebeneinandersaßen, dass ich seine Wärme spürte, hatte ich in diesen Minuten zum ersten Mal das Gefühl, ihn so zu sehen, wie ich es von Anfang an hätte tun sollen: als einen Fremden.

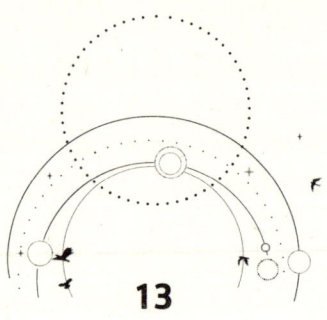

13

MABEL

Unruhig rutschte ich auf meinem Stuhl hin und her. Die Stimmen der Dozentin, die vorn an ihren Schreibtisch gelehnt dastand, und die meiner Kommilitonen verwoben sich so fest miteinander, dass sie meine Ohren verstopften. Ganz gleich, wie sehr ich mich bemühte aufzupassen, von der vergangenen Stunde hatte ich kaum etwas mitbekommen. Selbst Zoe am Tisch neben mir wirkte aufmerksamer als ich.

Meine Gedanken hingen seit gestern Abend woanders fest – auf der Brücke und bei dem Mädchen, das ich mit Blakes Hilfe aus dem Wasser gezogen hatte. Der Notarzt hatte sie mitgenommen und uns versichert, dass ihr Zustand stabil sei, aber das ungute Gefühl in meiner Magengrube blieb. Am liebsten wäre ich noch in derselben Nacht ins Krankenhaus gefahren, aber abgesehen davon, dass sie mir als Nicht-Familienangehörige sowieso keine Informationen gegeben hätten, war ich zu nichts in der Lage gewesen.

Mein Körper war so unterkühlt gewesen, dass ich nichts mehr richtig gespürt hatte. Das Flusswasser hatte meine Muskeln zernagt, die Sorge um Paulina und die Verwirrung über das, was passiert war, all meine Gedanken. Blake hatte mich bis zum Wohnheim gebracht. Als ich in meinem Zimmer den Vorhang beiseitegeschoben hatte, hatte er immer noch auf der

Wiese vor dem Haus gestanden – eine dunkle Silhouette, die in mir die widersprüchlichsten Gefühle hervorrief. Gefühle, die ich seitdem ebenso ignorierte wie das, worauf ich mich eigentlich hätte konzentrieren müssen: meine Kurse.

Ich warf einen unauffälligen Blick nach vorn, um sicherzugehen, dass meine Dozentin mit ihrer Präsentation beschäftigt war, dann griff ich zum wiederholten Mal nach meinem Handy. Mehrere Nachrichten von Davie, dem ich morgens eine Sprachmemo hinterlassen hatte, sonst nichts. Ich hatte im Krankenhaus darum gebeten, dass Paulina mich anrief, wenn sie wach und fit genug war. Das war vor knapp fünf Stunden gewesen.

Genau in dem Moment, in dem ich das Handy wieder wegstecken wollte, leuchtete das Display auf. Ein Blick auf die unbekannte Nummer, und mein Puls beschleunigte sich. Kurz zögerte ich, immerhin wusste ich, dass meine Dozentin es hasste, wenn man den Seminarraum mitten in der Stunde verließ. Zwei Sekunden nur, dann erhob ich mich und machte eine entschuldigende Handgeste. Ich hätte es selbst nie gedacht, aber das hier war wichtiger als die Uni.

Sobald ich im Flur stand, nahm ich den Anruf entgegen. Kurz war es still, dann räusperte sich jemand am anderen Ende. »Hey, ich … glaube eigentlich nicht, dass wir uns kennen. Hier ist Paulina. Paulina Gallagher.«

Erleichtert atmete ich aus. »Hey. Wie … geht es dir? Bist du noch im Krankenhaus?«

»Mir fehlt nichts, nur eine Unterkühlung und ein paar Prellungen. Sie behalten mich noch einige Tage hier, aber die Ärztin meint, das wird wieder. Ich hatte Glück, und sie hat gesagt, dass das auch an dir lag. Dass du gestern da warst, als ich …«, sie zögerte, räusperte sich erneut, »dass du mir geholfen hast.«

»Nicht allein, aber … ja. Ich hab gesehen, wie du gesprungen bist«, erklärte ich gedämpft, während ich um die Ecke lief, bis ich in der Ausbuchtung eines großen Fensters innehalten konnte. Der Flur war verlassen, hinter ein paar Türen hörte ich gedämpftes Gemurmel, ansonsten waren da nur der schwere Atem und das Knistern aus dem Hörer, als würde Paulina unruhig über ihre Bettdecke streichen.

»Das haben sie mir auch gesagt, aber ich verstehe nicht, warum ich das getan habe. Ich will doch nicht … sterben.«

Kurz zögerte ich. Ich wollte Paulina nicht überfordern, aber vermutlich war es am besten, mit ihr zu reden, solang die Erinnerung noch möglichst frisch war. »Ich glaube, jemand hat dich dazu gebracht, das zu tun. Ich hab euch davor zusammen gesehen: dich und Jack. Er hat irgendwas zu dir gesagt, und danach … bist du zur Brücke gelaufen.«

»Das ist nicht möglich. Jack würde mir nicht wehtun.«

Immerhin wusste sie noch, wer er war. »Kennt ihr euch schön länger?«

»Ein paar Wochen. Ich hab ihn während einer Uni-Veranstaltung kennengelernt. Wir haben uns gut verstanden, Nummern ausgetauscht und uns ein paarmal verabredet. Er hat mich auch zu Treffen mit seinen Freunden mitgenommen.«

Ich versuchte, mich daran zu erinnern, ob sie mir irgendwann aufgefallen war, aber ich hatte mich immer zu sehr auf Ashton und seine Freunde konzentriert, um auf die anderen zu achten. »Kam dir dort irgendetwas, ich weiß nicht, seltsam vor?«

»Nein, nicht wirklich. Nur … das Danach, das war manchmal komisch. Ich hab ganz normal getrunken, nie zu viel oder so, aber ich war ständig fertig, als hätte ich den schlimmsten Kater aller Zeiten. Und ich hatte sogar Filmrisse, das hab ich sonst nie.«

»Und Jack? Hat er dich mal belästigt oder irgendwie unter Druck gesetzt?« Trotz Blakes Versprechen, dass Victor June nichts Derartiges angetan hatte, und auch wenn Junes Freundinnen Davie versichert hatten, dass ihnen dahin gehend nie etwas zu Ohren gekommen war: Ich wurde diesen Verdacht irgendwie nicht ganz los.

Paulina zögerte nicht. »Nein. Ich meine, wir haben uns geküsst, aber er ist nie weiter gegangen. Obwohl ich sogar wollte – *will*. Ich mag ihn. Ich … würde alles für ihn tun.«

Ihre Worte lösten eine Gänsehaut bei mir aus, weil sie mir bekannt vorkamen. Nicht die Sätze selbst, eher die Betonung. Ich hörte sie jedes Mal, wenn Zoe über Ashton sprach: diese unverhohlene Zuneigung und Bewunderung, die den Silben alle Kanten und Ecken abrieben. »Erinnerst du dich, was gestern passiert ist?«, hakte ich heiser nach. »Hat er dir gesagt, dass du das tun sollst?«

»Nein, das wäre … nein. Ich weiß nur noch, dass ich ihn zufällig auf dem Campus getroffen habe und etwas mit ihm unternehmen wollte. Er war irgendwie schlecht drauf, aber er wollte mir nicht sagen, wieso. Da war noch ein anderer Typ, einer seiner Freunde, mit denen er ständig rumhängt.«

»Victor.«

»Ja. Wir haben geredet, und … es war schön. Mir wird immer so warm, wenn ich bei Jack bin. Alles fühlt sich dann viel leichter und erträglicher an.« Ihre Stimme wurde weicher, ich konnte beinahe vor mir sehen, wie sie versonnen lächelte. So lang, bis sie sich aufs Neue räusperte. »Na ja, und dann … ich weiß nicht, alles ist so verschwommen.« Sie brach ab und holte mehrmals tief Luft, als versuchte sie gleichzeitig, Erinnerungen einzuatmen.

»Ist schon okay«, sagte ich, so sanft ich konnte, obwohl ich mir wünschte, sie würde es schaffen. Was auch immer Jack ihr gesagt hatte – nur die beiden wussten, was es war. Sie war die Einzige, die ihn anzeigen könnte. Ihn und seine Freunde. Ich schloss die Augen, als sich sofort ein anderes Gesicht in mein Bewusstsein schob. *Nicht jetzt.*

»Meinst du, er kommt mich besuchen?«

Ich brauchte einen Moment, ehe ich begriff, von wem sie sprach. Irritiert runzelte ich die Stirn. Abgesehen davon, dass Jack offensichtlich etwas damit zu tun hatte, was ihr passiert war, hatte ich auch mitbekommen, wie er mit ihr umgegangen war. Wie konnte sie das vergessen haben? »Willst du das denn?«

»Ich sollte es nicht wollen, oder?« Sie lächelte immer noch hörbar, unsicherer jetzt, dann schluchzte sie plötzlich. So tief, dass ich spürte, wie in meinen Augen ebenfalls Tränen aufstiegen. »Wieso hab ich dann das Gefühl, dass ich mich auflöse, wenn ich ihn nicht wiedersehe? Ich fühl mich so leer. Als wäre ich längst ... verschwunden.«

Meine Professorin verließ den Raum, als ich zurückkam. Sie nickte mir mit hochgezogenen Augenbrauen zu, aber selbst ihre Missbilligung schaffte es nicht, mich zu beunruhigen. Wie auch, nach allem, was passiert war.

Zoe war gerade dabei, ihren Ordner in ihrer Handtasche zu verstauen, die anderen verließen bereits nach und nach den Raum. »Alles okay?«, fragte sie.

»Ich hab mit Paulina telefoniert.«

»Die Arme, ich hoffe wirklich, ihr kann geholfen werden.« Zoe verzog mitfühlend das Gesicht. Ich hatte ihr beim Frühstück eine Kurzfassung der Ereignisse gegeben. Was so viel bedeutete wie: Ich hatte alles zensiert bis auf die Tatsache, dass Paulina und ich von der Brücke gesprungen waren. Ich wusste nicht, wie ich ihr den Rest beibringen sollte, ohne einen Streit zu riskieren.

Fahrig schob ich meine Sachen in meine Tasche. »Sie sagt, sie wollte sich nicht das Leben nehmen. Sie weiß selbst nicht, wieso sie das getan hat.« Unschlüssig warf ich Zoe einen Blick zu. Ich wusste, dass es unklug war, aber ich konnte das einfach nicht für mich behalten. »Sie ist einige Male mit Jack ausgegangen. Er ist ein Freund von Ashton.«

Zoe war gerade dabei, ihr Haar mit den Fingern durchzukämmen, jetzt erstarrte sie und verengte warnend die Augen. »Mabel ...«

»Nein, hör zu«, unterbrach ich sie und trat auf sie zu. »Sie war auch bei den Treffen, und so, wie sie über Jack redet, so klingst du, wenn es um Ashton geht.«

Zoe verschränkte die Arme und lehnte sich gegen ihren Tisch. »Na und? Verliebtsein ist keine Krankheit.«

Ich wusste, dass es keine schlimmere Reaktion darauf gab, aber ich konnte es nicht kontrollieren: Ich schnaubte abfällig. Nicht, weil ich es nicht schön fand, dass Zoe so etwas empfand. Nur weil ich es grauenhaft fand, wem diese Gefühle galten. Und weil ich mir so sicher war, dass er sie nicht teilte. »Das ist keine Liebe, es ist … keine Ahnung, eine Sucht. Irgendetwas Ungesundes auf jeden Fall. Sie nutzen euch beide nur aus, ihr seid ihnen völlig egal.«

Zoe blinzelte verletzt. »Wow, danke.«

»Das hat nichts mit dir zu tun, du kannst nichts dafür«, beeilte ich mich zu sagen. »Aber diese Leute sind gefährlich. Und das schon seit verdammt langer Zeit.«

»Wovon redest du denn da?«

»Vom *Bund der Stare*«, platzte es aus mir heraus. Fast konnte ich Davie vor mir sehen, der die Hände vorm Gesicht zusammenschlug, aber ich schob das Schuldgefühl beiseite. Ich *musste* es Zoe sagen. Nach allem, was mit June und Paulina passiert war, musste ich dafür sorgen, dass Zoe die Wahrheit erfuhr. Zumindest den Teil, den ich kannte. »So nennt sich die Verbindung, zu der Ashton und die anderen gehören. Es gibt sie seit über einem Jahrhundert, und genauso lang tauchen in ihrer Nähe immer wieder Hinweise auf Verbrechen und … Todesfälle auf.«

»Todesfälle?« Zoe starrte mich verwirrt an. Offenbar hatte Ashton tatsächlich nie etwas erwähnt.

»Ja. Menschen, die sich mit dieser Gruppierung abgeben, sterben, Zoe. So wie June. So wie Paulina, wenn Blake und ich nicht dort gewesen wären.«

»Blake?« Sie schüttelte den Kopf, sichtlich hin und her gerissen zwischen Überforderung, Belustigung und Gereiztheit.

»Ashtons bester Freund, der demnach wohl auch Teil all dessen ist? Welche Motivation hätte er, Paulinas Leben zu retten, wenn sie es angeblich nehmen wollten?«

Gut, das war ein Punkt. Einer, der leider nur aus Fragezeichen bestand. Frustriert rieb ich mir über die Schläfen. »Ich … keine Ahnung. Er ist anders, irgendwie.«

Zoe lachte unecht auf. »Oh, also der Typ, den du interessant findest, ist *anders*, aber der, in den ich zufällig verliebt bin – zum ersten Mal mit ganz und gar gutem Gefühl –, der ist ein Serienmörder?«

»Ich weiß, wie das klingt.«

Sie lächelte bitter und stieß sich vom Tisch ab, band sich den Schal um den Hals. »Es klingt, als würdest du mir keinen Funken Verstand oder Menschenkenntnis zutrauen.«

»Das ist nicht wahr«, erwiderte ich entschieden. »Aber Davie hat Beweise über diese Verbindung gesammelt, er …«

»Davie hängt da auch mit drin? Moment mal, ist es das, was ihr seit Wochen macht, wenn ihr angeblich lernt?«

Ich konnte ihr ansehen, wie ihre Genervtheit versickerte, sobald sich ein anderes Gefühl aufbäumte: Kränkung. Zoe hasste nichts mehr, als ausgeschlossen zu werden.

»Wir wollten dir nichts verheimlichen, wir machen uns nur Sorgen um dich.«

Sie legte den Kopf in den Nacken, stöhnte. »Ich kann das nicht mehr hören. Wie oft muss ich das noch sagen?« Sie fixierte mich. »Ashton ist ein normaler, liebenswerter Mensch. Er gehört zu keiner ominösen Sekte, er und seine Freunde sind keine Verbrecher, und das, was mit June und Paulina passiert ist, ist tragisch, aber es ist *nicht* ihre Schuld. Klar?«

Ich konnte sie nur anstarren. Die Entschiedenheit in ihrem Blick machte deutlich, dass sie ihre Loyalität längst über Ashton gespannt hatte. Natürlich war es *nicht* klar. Aber wie sollte ich ihr das klar*machen*, wenn Davie und ich doch selbst noch im Trüben fischten? »Zoe, bitte.«

Sie griff nach ihrer Tasche, hängte sie sich über die Schulter. »Nein, ich bitte *dich*, Mabel. Bitte mach unsere Freundschaft nicht wegen deiner Paranoia kaputt.« Sie trat einen Schritt auf mich zu, griff nach meinen Händen. Ihre Finger waren warm und weich, ich konnte die Pfirsichcreme riechen, die ich ihr zum Geburtstag geschenkt hatte. »Ich liebe dich, aber ich ertrage das langsam nicht mehr. Ich will doch nur glücklich sein, wieso kannst du das nicht zulassen?«

»Natürlich will ich, dass du glücklich bist«, erwiderte ich zweifelnd. »Aber ...«

»Kein Aber. Vertrau mir. Ich weiß, was ich tue, okay?«

Sie strahlte mich so überzeugt und einnehmend an, dass meine Widerworte zerliefen. Nicht, weil sie verschwunden waren, sondern weil ich nicht riskieren wollte, sie zu äußern und damit dafür zu sorgen, dass *Zoe* verschwand. Also rang ich mir ein Nicken ab. »Okay.«

Zoe drückte meine Hände ein letztes Mal, ehe sie sie losließ. »Danke. Ich muss jetzt los, bin zum Essen verabredet.«

Ihr Tonfall reichte aus, damit auch das letzte bisschen Entspannung in mir verpuffte. »Mit Ashton?«

Zoe blieb an der Tür stehen und drehte sich zu mir um, eine Mischung aus Resignation und Warnung im Blick. »Wir haben uns seit über einer Woche nicht gesehen.«

Ich biss mir auf die Unterlippe, aber die Worte drängten sich dennoch hindurch. »Und ist dir aufgefallen, dass es dir seitdem ... deutlich besser geht?«

Das Seufzen, das sie diesmal ausstieß, klang nicht wirklich verärgert. Vermutlich, weil sie mit den Gedanken bereits bei ihrer nächsten Verabredung hing. In ihren Zügen leuchtete wieder dieser zärtliche Ausdruck auf, den nur Ashton hervorrufen konnte.

»Vielleicht lässt du mich das lieber selbst entscheiden.« Sie winkte und verschwand im Flur, ohne mir die Chance zu geben, etwas zu erwidern.

Es spielte sowieso keine Rolle. Wenn ich eines gelernt hatte, dann das: Es brauchte deutlich mehr, um Zoe aufzuhalten. Also benötigte ich eben wirklich das. Mehr.

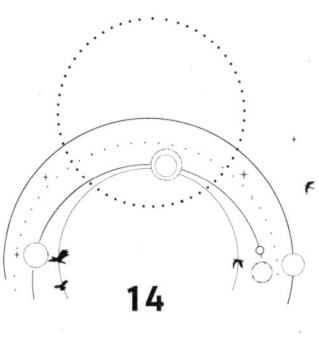

14

CLIFF

Von all den Universitäten, die ich kannte, war Cambridge jene mit der menschlichsten Seele. Das lag nicht so sehr an dem, was sie war, sondern in erster Linie daran, was sie vorgab zu sein. Sie versuchte alles, um heil zu wirken. All die edlen Abendessen, die Feste, die Veranstaltungen, gefüllt mit stets denselben Umhängen und aufgesagten Versen. Die goldbesetzten Hallen, die selbst aus einer Mensa einen Festsaal werden ließen, die erhabenen Bibliotheken und die Marken, die in Form von Kleidung und Armbanduhren über den Campus spazierten ... all der Glanz, das Schöne, das Traditionelle: Das war nur Fassade. Das gepflegte Gesicht, hinter dem eine zerfallende Seele hauste.

Hätte man nach einem Synonym für *Eliteuniversität* gesucht, stünde *Ungerechtigkeit* weit oben auf der Liste. In Cambridge begann sie mit der Auswahl ihrer Studierenden – vorrangig Privatschulabsolventen – und kroch von da aus in jede Zelle des Universitätsorganismus hinein. Im Grunde war das nicht mein Problem, immerhin war ich das beste Beispiel dafür, wie gut das System zu jemandem mit dem richtigen Namen und dem richtigen Gesicht sein konnte. Es war leicht, mit Missständen umzugehen, von denen man profitierte. Doch obwohl ich perfekt reinpasste, fühlte ich mich wie ein Fehler. Vermutlich war dieses Problem allerdings nicht auf die Universität bezogen, sondern auf mich. Die Ursache war eindeutig: Cambridge und ich waren uns zu ähnlich.

Ich schob mich an ein paar Leuten vorbei, die vor dem Gebäude standen, in dem mein letzter Kurs stattgefunden hatte. Einige davon kannte ich, aber ich gab mir keine Mühe, stehen zu bleiben. Ashton sagte oft, ich müsste an meiner Zugänglichkeit arbeiten, doch ich brachte es selten über mich, Small Talk zu halten. Besonders momentan, da es nur noch ein Thema gab. Auf dem Campus und in meinem Kopf.

Seit Paulina von der Brücke gesprungen war, waren erst zwei Tage vergangen, aber das Netz, das dieser Vorfall aus Halbwahrheiten und Gerüchten gesponnen hatte, verklebte ganz Cambridge. Wohin man auch ging, man verfing sich darin. Natürlich zogen Menschen Parallelen zwischen Junes Tod und Paulinas Unfall. Manche von ihnen gingen so weit und sprachen von einem Selbstmordclub, was nicht nur geschmacklos, sondern auch gefährlich war. Vor allem für uns.

Zwei Tage waren vergangen, sie fühlten sich nach einer eigenen Ewigkeit an. Tage, die ich damit verbrachte, mit den anderen darüber zu sprechen, wie es weitergehen sollte. Tage, an denen ich heftig mit Victor und Jack stritt, bis Ashton mich aus meiner Wohnung schmiss. Tage, an denen ich im Krankenhaus vorbeiging, um sicherzugehen, dass es Paulina besser ging – wissend, dass es nicht in meiner Hand lag, ob sie jemals wieder nach Hause kommen würde. Tage, an denen ich mir wünschte, einfach verschwinden zu können, und doch wusste, dass das nicht möglich war. Weil sie mich nicht lassen würden. Und weil ich nicht gekonnt hätte, wenn sie es doch getan hätten. Denn in erster und verheerendster Linie waren die letzten zwei Tage welche, an denen ich ständig Mabels Nummer aufrief, um sie zu löschen – und jedes Mal damit endete, sie fast zu wählen.

Ich kämpfte beinahe achtundvierzig Stunden mit mir selbst und kapitulierte letztlich. Anders war es nicht zu erklären, dass ich geradewegs den Eingang der Bibliothek in Trinity Hall ansteuerte. Ich behielt Matthew Bassetts Instagram-Account seit Wochen im Blick, und als ich mir vorhin die Bilder in seiner Story angesehen hatte, war mir sofort der Taschenspiegel vor ihm auf dem Tisch aufgefallen. Dass er mit Mabel zusammen in der Bibliothek saß, bedeutete vermutlich, dass sie an einem Projekt arbeiteten. Ich wusste trotzdem, dass ich mich auf nichts konzentrieren könnte, bis ich sichergegangen war, dass sie aus dieser Begegnung besser hervorging als aus der letzten.

Es dauerte nicht lang, bis ich den Gemeinschaftsbereich erreicht hatte. Vor den deckenhohen Regalen waren mehrere Holztische angeordnet, an denen einige Kleingruppen saßen. Noch bevor ich sie nach Mabel absuchen konnte, kam mir Matthew entgegen. Rucksack über der Schulter, Handy in der Hand, Blick ausdruckslos darauf gerichtet. Er ging an mir vorbei, ohne aufzusehen.

Ich musste mir ein Lächeln verkneifen. Seit ich das erste Mal mit ihm gesprochen hatte, waren gut zwei Wochen vergangen. Danach war ich noch ein paarmal an ihm vorbeigegangen und hatte ihn beiläufig gestreift. Gerade so, um genügend Kontakt herzustellen, damit alle zufrieden waren. Ashton, weil er spürte, dass es mir besser ging, Mabel, weil Matthew sie in Ruhe ließ, ich, weil ich wusste, dass ich mir wenigstens darüber keine Gedanken machen musste.

Ich wandte mich ab, suchte weiter nach Mabel. Sie verschwand gerade zwischen zwei Regalen, einen Stapel Bücher vor der Brust. Ich wusste, ich sollte umdrehen und gehen, stattdessen folgte ich ihr. Sie war dabei, eine umgeknickte Ecke in einem Buch zu glätten, als ich in ihren Gang bog. Sofort sah sie auf. Ein paar widersprüchliche Gefühle zeichneten sich auf ihrem Gesicht ab, ehe sie es verschloss und mir knapp zunickte.

Geh einfach, dachte ich an mich selbst gewandt. Und machte einen Schritt auf sie zu. »Ich habe deinen Tutorien-Partner gehen sehen. Wie läuft es so mit ihm?«

Sie runzelte die Stirn. »Besser. Seit er mich fast umgebracht hätte, ist er erstaunlich zahm.«

»Freut mich. Und falls er doch noch mal Probleme macht, und ich weiß, du willst das nicht hören, weil du bestens allein klarkommst, aber … du hast ja meine Nummer.«

»Ehrlich gesagt bin ich mir nicht sicher, ob ich sie richtig eingespeichert habe.« Sie drehte mir den Rücken zu und schob zwei Bücher gleichzeitig zurück ins Regal. Mit so viel Wucht, dass ich die nächsten Worte kaum hören konnte. »Ich hab dir geschrieben.«

»Ich weiß.« Vor sechs Tagen, um genau zu sein. Ich hatte auf dem schmalen Balkon meiner Wohnung gesessen und zugesehen, wie das Café unter mir mit frischem Gebäck beliefert wurde, als mein Handy aufgeleuchtet hatte. Es waren nur vier Worte gewesen: *Ich bin Heathcliff, richtig?*

Ich hatte die Anspielung auf *Sturmhöhe* verstanden, ebenso wie ich verstanden hatte, dass das Mabels Art war, einen zögerlichen Schritt auf mich zuzumachen. Es fühlte sich an, als würde sie gegen eine Tür stupsen, die seit unserem Spaziergang – oder vielleicht schon viel länger – nur noch angelehnt war. Ich hätte nur sacht daran ziehen müssen, um sie zu öffnen. Stattdessen war ich zurückgewichen.

»Du hast nicht geantwortet.« Sie strich über die Buchrücken vor sich, eine Geste, die nur dazu diente, mich nicht ansehen zu müssen. Mabel gab sich solche Mühe, so zu wirken, als wären ihre Gefühle für andere unantastbar. Ich spürte dennoch, dass ich sie gekränkt hatte. Sie konnte nicht wissen, dass das, was sie als Zurückweisung interpretierte, letztlich das Netteste war, was ich für sie tun konnte. Und dass ich es hiermit wieder mal kaputt machte.

»Doch. Sehr oft. Ich hab nur keine der Nachrichten abgeschickt.« Ich lächelte halbherzig. »Und nach dem, was vorgestern passiert ist, war ich mir eh nicht mehr sicher, ob du noch mit mir sprichst.«

»Ja, ich war … mir auch nicht sicher.« Sie drehte sich zu mir um und stützte sich hinter ihrem Rücken am Regal ab. »Da am Ufer. Du hast gezögert, den Notarzt zu rufen.«

Ich hätte es leugnen können, aber wozu? Mabel schien aus irgendeinem Grund jede meiner Lügen zu erkennen, auch die, die ich so oft erzählt hatte, dass ich sie beinahe selbst glaubte. »Ich wollte nicht, dass sie stirbt.« Das war der Teil der Wahrheit, den ich am meisten mochte. Mabel hörte natürlich trotzdem auch den unschönen.

»Aber du wolltest ebenso wenig, dass sie erzählt, warum sie fast gestorben wäre. Dass deine Freunde ihr Drogen oder was weiß ich eingeflößt haben, bis sie so durcheinander und verstört war, dass sie dachte, das tun zu müssen.«

»Du weißt nicht, wovon du sprichst.«

»Und du wirst es mir nicht erklären – wir drehen uns im Kreis, *Blake*.« Sie lächelte grimmig. »Ich hab mit Paulina telefoniert, am nächsten Morgen. Sie hat sich daran erinnert, dass sie kurz zuvor mit Jack und Victor zusammen war, aber als ich heute erneut mit ihr reden wollte, schienen ihre Erinnerungen völlig … ausgelöscht zu sein. Sie hat der Polizei gesagt, dass sie keine Ahnung hätte, wie sie zur Brücke kam. Was auch immer ihr gemacht habt: Es hat ausgereicht, um sie einzuschüchtern. Sie hat sogar vorgegeben, mich nicht mehr zu kennen.« Ihre Stimme brach, als würde sie sich damit ein Versagen eingestehen.

Ich hätte ihr gern gesagt, dass das nicht stimmte. Dass Paulina nicht nur so tat, als hätte sie alles – einschließlich Mabel – vergessen. Stattdessen hob ich die Schultern. »Nimm es als Zeichen.« *Dafür, dass du sie nicht retten kannst.*

Sie kniff die Augen zusammen. »Als Zeichen wofür? Aufzugeben? Wie stellst du dir das vor? Ich meine, wieso kannst du nicht verstehen, was ich mir für Sorgen mache?«

»Um Zoe, das weiß ich.«

»Auch um dich.«

»Um mich?«

Mabel sah zu einem Mädchen, das hinter ihr stand und die Buchrücken musterte. Im nächsten Moment packte sie mich am Unterarm und zog mich den Gang hinunter um eine Ecke. Erst als wir am Ende des neuen Buchflurs standen, direkt an einem knietiefen Fenster, ließ sie mich los. »Es sind nicht nur die Außenstehenden, die ihr zu euren Verbindungstreffen einladet, die erstaunlich oft verunglücken.« Sie machte eine Pause und warf mir einen wachsamen Blick zu.

Erneut leugnete ich es nicht, dafür kannte ich sie mittlerweile gut genug. Mabel war nicht nur klug, sie hatte auch eine bemerkenswerte Intuition. Sie dachte ohnehin, was sie wollte. Und nach allem, was sie offenbar über den *Bund der Stare* herausgefunden hatte, wunderte mich diese Schlussfolgerung auch nicht mehr. Spätestens in dem Moment, in dem ihr die Federn zugeschoben worden waren, hatte sich ihr Verdacht so verhärtet, dass keine Lüge ihn noch erweichen könnte.

Ich hatte Ashton nicht gesagt, was sie mir erzählt hatte. Ebenso wenig würde ich ihm verraten, an welchen Ort sie mich neulich geführt hatte. Einen Ort, an dem ich seit unserer Ankunft in Cambridge nicht gewesen war und an dem ich dennoch ständig gedanklich vorbeikam. Weil letztlich alle Wege zurück zu *ihr* führten. Zurück zu Heaven, deren Erinnerung unsere persönliche Hölle geworden war.

»Es sind auch die Mitglieder selbst«, fuhr Mabel gedämpft fort und riss mich zurück in den Moment. »Und das bedeutet … ich muss mir auch Sorgen um dich machen.«

Die Worte lösten ein seltsames Gefühl in mir aus. Es war lang her, dass sich jemand um mich gesorgt hatte. Wirklich um mich. Die Besorgnis von Ashton und den anderen hatte einen Beigeschmack aus Genervtheit und Ungeduld, weil sie letztlich wussten, dass mir nichts Schlimmes passieren würde. Das würden sie schlichtweg nicht zulassen. Und alle anderen … nun, ich hatte den Menschen um mich herum eigentlich lang keinen Grund mehr gegeben, wieso sie sich um *mich* sorgen sollten.

»Wieso?«, fragte ich leise.

Mabel lehnte sich gegen das Fenster. Das Licht franste ihre Silhouette aus, ihr Blick blieb intensiv. »Weil ich nicht will, dass dir was passiert. Ich will nicht, dass du … verschwindest.«

Das Herz in der Brust sackte nach unten, mein Blick auch. Direkt auf ihren Mund, der ein bisschen dunkler aussah als die letzten Male. Ich fragte mich, wie der Rotton hieß. *Saddest truth* vielleicht. Das war alles, was ich in diesem Moment denken konnte, denn das hier war meine: »Du solltest dir wünschen, dass ich das tue.« Und, was vielleicht noch trauriger war, ich aber nicht sagen konnte: *Du kannst es sowieso nicht verhindern.*

Mabel verdrehte die Augen, wie jedes Mal, wenn ich etwas sagte, dass jeden Menschen mit halbwegs funktionierendem Selbsterhaltungstrieb abgeschreckt hätte. »Ich war noch nie gut darin, mich an pseudodramatische Befehle zu halten. Dachte, das hättest du langsam verstanden.«

»Du musst dir keine Sorgen um mich machen. Alles, was mir passieren könnte, hab ich verdient.«

Mabel trat auf mich zu. »Das ist Unsinn. Man sucht sich vieles im Leben nicht aus. Das bedeutet aber nicht, dass man nicht entscheiden kann, wohin man geht. Deine Familien- oder Sektenzugehörigkeit ist keine Rechtfertigung für deine Passivität. Und was du getan hast, ist keine Entschuldigung für das, was du tust. Du entscheidest jeden Tag neu, was für ein Mensch du bist. Verantwortung löst sich nicht auf, nur weil man sie in der Vergangenheit nicht wahrgenommen hat.«

Die Worte kamen so entschieden, dass irgendwo jenseits der Regale jemand ein *Pst* zischte. Mabel schien es nicht zu merken. Ihr ganzer Fokus lag auf mir. Ihre Augen glühten jetzt regelrecht, ebenso wie ihre Wangen. Alles, woran ich denken konnte, war, wie schön sie war. Nicht in einem optischen Sinne, einfach in dem, was sie war. Sie war so … echt. Jedes Wort, das sie sagte, war ein Spiegelbild ihres Inneren – *Mabel's mirror* durch und durch.

Natürlich hatte sie recht. Doch was sie nicht wusste, war, dass es keine Entscheidung gab, die ich treffen konnte: Ich war kein frei fliegender Vogel, ich war ein Goldfisch in einem Glas. Jedes Mal wenn ich versuchte, es an einer Stelle aufzubrechen, wurde ein neues über mich gestülpt. Die Parallele war beinahe lächerlich: Mabel hatte Angst davor, keine Kontrolle zu haben. Sie würde sich zu Tode fürchten, wenn sie einen Tag in meinem Leben verbringen müsste.

»Du bist zu alt für dein Alter, Mabel«, stellte ich fest und hoffte, dass meine Stimme nur halb so schwer vor Zuneigung klang, wie ich mich in diesem Moment fühlte.

Sie blies eine der Ponysträhnen nach oben. »Vielen Dank.«

Mein Handy vibrierte in der Manteltasche, ich presste eine Hand darauf. Auch ohne nachzusehen, wusste ich, wer das war. Geduld war nicht Ashtons Stärke. »Ich muss los.«

»Okay, aber … kommst du morgen zur Andacht, die sie für June veranstalten?« Ihr Tonfall hing irgendwo zwischen Provokation, Unsicherheit und Verlegenheit. Ich wünschte, ich würde das nicht so gut deuten können. Sie wollte aus zwei Gründen, dass ich kam: um zu sehen, wie ich mich dort verhielt, und um … mich zu sehen. Ich war nicht sicher, ob mich Zweiteres dazu gebracht hätte, hinzugehen oder erst recht fernzubleiben, wenn ich hätte wählen können.

»Nein, ich kann nicht. Ich fahre nach Hause, zu einer Gala. Das hab ich meiner Schwester versprochen.«

»Du hast eine Schwester?«

»Ihr Name ist Aspen. Sie ist fünfzehn.«

Mabel verzog mitleidig den Mund. »Furchtbares Alter.«

»Ich glaube, sie kommt ganz gut klar. Sie ist wirklich stur und sehr sie selbst.« Der unangebrachte Stolz kitzelte meine angespannten Mundwinkel nach oben. »Aber irgendwie ist vor allem das der Grund dafür, dass ich es ihr nie abschlagen kann, wenn sie nach ihrem Bruder verlangt.«

»Hm.« Mabel musterte mich nachdenklich, ihre Nase kräuselte sich. Die Sommersprossen darauf tänzelten, das Herz in mir auch. Ich erwähnte Aspen so gut wie nie vor anderen, weil ich mich dann immer schlecht fühlte. Als würde ich sie benutzen, um echter zu wirken.

»Es ist der deutlichste Ausdruck ihrer Stärke, wenn Menschen um Hilfe bitten«, sagte Mabel mit gespielt tragender Stimme.

»Von wem ist das?«

»Von mir. Denk mal drüber nach.« Sie grinste vielsagend.

»Und … viel Spaß, nehme ich an.«

»Nicht wirklich. Familienbesuche fühlen sich eher wie Geschäftsmeetings an.« *Im wahrsten Sinne des Wortes*, dachte ich bitter. Ich schob den Gedanken beiseite und meine Vernunft ganz kurz auch. Langsam hob ich die Hand, berührte ihren Hals. Nur, um ihren Puls zu fühlen. Nur, um sicherzugehen, dass niemand sonst das getan hatte. Nur, um sie zwei Sekunden zu lang zu berühren. Um sie zu spüren, ihre Haut, ihre Wärme, ihr Dasein – ehe ich die Finger zurückzog und mich dafür hasste, dass da Hitze in mir war, obwohl ich gar nichts getan hatte. »Pass auf dich auf, Pica.«

»Keine Sorge, ich hab mich ausführlich über Vogelgrippe informiert.« Sie lächelte spöttisch, doch da war verräterische Röte auf ihren Wangenknochen.

Wirklich, sie war *so schön*. So schön, dass ich mich wortlos wegdrehte. Ich hatte schon immer eine Schwäche dafür gehabt, wenn der Körper ungefiltert spiegelte, was jemand fühlte.

Als ich bereits am Ende des Flurs angekommen war, hielt mich ihre Stimme zurück. »Heathcliff?«

Fragend drehte ich mich um. Die Umrisse ihrer Silhouette verschwammen vorm Fensterlicht, ich hatte trotzdem das Gefühl, jedes ihrer Details wahrzunehmen.

»Wenn du mir schreiben würdest«, sie lächelte nach wie vor, echter jetzt, weicher, noch schöner, »würde ich die Antwort abschicken.«

Ashton wartete auf der Brücke auf mich. Er saß auf dem Geländer, die Beine baumelten über dem novembergrauen Wasser der Cam. Sein Mantel hing über einer der steinernen Kugeln, seine Locken wurden vom Wind zerzaust. Er fluchte mehrmals, während er versuchte, die Zigarette in seinem Mund anzuzünden.

Ohne ihn zu begrüßen, lehnte ich mich mit dem Rücken gegen den Stein und betrachtete die Stelle ein paar Meter weiter, an der ich bereits vor zwei Tagen gestanden hatte. Wäre Mabel nicht gewesen, würden dort jetzt Blumen liegen, direkt unter einem grobkörnigen Foto von Paulina. Ich brauchte keins, um ihr Gesicht vor mir zu sehen, und war mir nicht sicher, was das in mir auslöste. Schuld, Bedauern, Nervosität oder Anspannung? Vielleicht alles zugleich.

Ashton und die anderen wussten nur, dass jemand Paulina aus dem Wasser gezogen hatte, aber nicht, dass es sich dabei um Mabel handelte. Oder mich. Und ich würde dafür sorgen, dass das auch so blieb.

Ashton hatte es geschafft, seine Zigarette anzuzünden, und nahm einen tiefen Zug, ehe er mir einen Blick zuwarf. »Hast du dich wieder beruhigt?«

Ich ging nicht darauf ein. Es war lang her, dass Ashton und ich uns so gestritten hatten. Normalerweise hielt ich mich seit Langem aus allem raus, sodass wir nicht in solche Situationen kamen. Es gab keine Meinungsverschiedenheiten mit jemandem, der keine Meinung hatte. Mir war klar, dass es ihn zugleich irritierte, erleichterte und nervte, dass mich ausgerechnet diese Sache dermaßen interessierte.

»*Was ist dein Problem?*«, hatte er gestern geschrien und mich aus dem Hausflur gestoßen. Die Fingerknöchel hatten von dem Schlag gegen Victors Kinn gepocht, die Schläfen von einsetzender Migräne, mein Ich von … allem. Es hatte keine Antwort gegeben, die er oder ich verstanden hätten, also hatte ich mich einfach umgedreht und war gegangen.

»Wie war das Gespräch?«, fragte ich zurück.

»Beschissen. Unser Rektor ist ein wenig angespannt hinsichtlich der neusten Ereignisse.« Ashton hustete gegen seinen Handrücken. »Er meinte, das hier würde sich wie der Beginn einer bereits bekannten Geschichte anfühlen, deren Ende er nicht ausstehen konnte.«

»Er hat nicht unrecht, oder?« Ich legte den Kopf in den Nacken und betrachtete den Himmel über mir. Keine Wolken, nur zarte Schlieren aus Kälte und einsetzender Dämmerung. In den Nachrichten hatten sie gesagt, dass bald ein Meteorschauer erwartet wurde. Das Herz hatte ganz weich gepocht, als ich davon gehört hatte. »Denkst du oft an sie?«

Auch ohne ihn anzusehen, wusste ich, dass er verkrampfte. »Was soll das? Willst du sentimental werden?«

»Vielleicht.« Ich lächelte schwach. »Sie fehlt mir. Ich denke oft an sie, jeden Tag eigentlich.«

»Tja, davon kommt sie auch nicht zurück«, erwiderte er so barsch, dass ich mir jede Antwort verkniff. Ashton verteidigte seine Grenzen mit Entschiedenheit, und dieses Thema hatte er vor vielen Jahren so eingezäunt, dass er bei der kleinsten Erwähnung sichtlich dagegen ankämpfen musste zu gehen. Oder mich über die Brücke zu werfen.

»Was ist mit Paulina?«, fragte ich ausweichend. Immerhin war sie der Grund dafür, dass Ashton heute zu einem Gespräch ins Rektor-Büro der Universität gerufen wurde. Paulina und June, zwei Namen, zwei Menschen, zwei Fehler, die natürlich auch von anderen wahrgenommen wurden.

Ashton zog einen Fuß aufs Geländer, sodass er sich gegen die Kugel in seinem Rücken lehnen konnte. »Dass du dir echt die Mühe machst, dir diese Namen zu merken.«

»Nicht alle, Ash. Nur die, die unseretwegen im Krankenhaus liegen. Hat etwas mit Respekt zu tun.«

Er aschte am Stein neben sich ab. »Brooks sieht das wie wir.
Es gibt nur zwei Optionen.«

»Dann nehmen wir die ohne weiteren Aufwand. Wir lassen sie
einfach in Ruhe«, schlug ich betont gelassen vor. »Ich war bei ihr,
nachdem du dich darum gekümmert hattest. Sie ist stark, aber
nicht *zu* stark. Auch wenn sie sich erholt, ist sie keine Gefahr.«

Ashton zwirbelte eine seiner Locken zwischen zwei Fingern.
Ich wusste, dass er ständig mit dem Gedanken spielte, sie sich
abzuschneiden. Aber egal, was er sagte, es gab Regeln, an die
hielt auch er sich. Vor allem, weil er öfter überprüft wurde
als wir anderen. Es hatte gleichermaßen Vor- und Nachteile,
Henry so nahe zu stehen. »Es wird immer ein Restrisiko geben,
dass sie sich erinnert.«

»Dann behalten wir sie eben im Auge.«

»Weil wir nichts Besseres zu tun haben?«

»Was schlägst du sonst vor?«

Er sah mich nüchtern an. »Das weißt du.«

Natürlich. Das Einfachste, das Naheliegendste, das Richtige
für uns, das sich schon seit einiger Zeit nicht mehr richtig für
mich anfühlte.

»Wieso hast du es dann nicht längst getan?«

Ashton seufzte und sprang neben mich. Er klaubte seinen
Mantel herunter und zog ihn über den grünen Pullover, obwohl seine Haut trotz der niedrigen Temperatur rosig schimmerte. »Weil das die eine Regel ist, die ich nie ohne Erlaubnis
beuge, mein Lieber. Dem Familienfrieden zuliebe. Ein wüten-
der Henry ist nichts, was ich mir freiwillig antue.«

Er klopfte mir auf die Schulter. Mir entging nicht, dass seine
Hand prüfend über meinen nackten Hals strich, ehe er mich
losließ. Der zufriedene Ausdruck in seinen Augen erleichterte
mich so sehr, dass ich ein wenig zu laut ausatmete. Was Henry
für Ashton war, war Ashton für mich.

»Genau deswegen haben Brooks und ich uns dazu entschieden, ihn zu informieren. Sollen sie entscheiden, wie wir mit dem Problem verfahren.«

Ich erstarrte, die gewonnene Entspannung verdampfte in einem Schwall Panik. Fassungslos sah ich Ashton nach, der bereits in Richtung College lief. »Damit riskiert ihr, dass sie hier auftauchen.«

Er drehte sich zu mir um, lief rückwärts weiter. »Dann ist das so. Du wirst es überleben, ein paar Tage im Wohnheim zu übernachten, um den Schein zu wahren. Das ist es doch immerhin, was wir am besten können, oder nicht?« Er breitete grinsend die Arme aus. »Wir sind die perfekte Illusion.«

Ashton ging, ohne mir eine Chance zu geben, etwas darauf zu erwidern. Doch es gab eh nichts, was ich hätte sagen können. Wieder hätte ich es gern geleugnet, doch egal, wie oft ich mir Lügen erzählte: Diese Wahrheit war eine, die ich vor mir selbst nicht verbergen konnte.

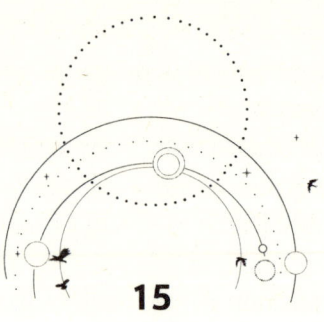

15

MABEL

»Meinst du, meine Schwester freut sich über einen Dampfglätter?« Zoe zog skeptisch ihre Unterlippe zwischen die Zähne, während sie über ihr Display scrollte.

Wir hatten den 1. Dezember, und Zoe verbrachte seit Tagen den Großteil ihrer Freizeit damit, nach perfekten Weihnachtsgeschenken für ihre Familie zu suchen. Ich war schon mehr als froh, dass ich ihr ausreden konnte, eines für mich zu besorgen.

»Dafür kenne ich Lyla nicht gut genug, fürchte ich. Aber ist ihr Verlobter nicht Millionär? Wozu schenkst du ihr überhaupt etwas?«

»Es geht beim Schenken nicht darum, dass der andere es sich selbst nicht kaufen könnte. Sondern darum, einander zu zeigen, dass man sich Mühe gegeben hat.« Zoe steckte das Handy weg und hakte sich bei mir unter, während wir zwischen den Grasflächen in einem der Höfe unseres Colleges entlangliefen. »Wie verbringt ihr Weihnachten dieses Jahr?«

Innerlich seufzte ich. Ich wusste genau, wie wenig ihr das Folgende gefallen würde. »Clara hat mich gestern angerufen. Timothy und sie fahren dieses Jahr nach Aberdeen zu den Eltern meines Onkels. Sie wollen, dass ich mitkomme, aber ich bleibe lieber hier.«

Zoe blieb so abrupt stehen, dass ich zwangsläufig auch innehielt, obwohl wir mitten auf dem Weg standen. Entsetzt sah sie mich an. »Niemand bleibt über Weihnachten hier! Das kann ich nicht zulassen. Komm doch mit zu mir. Meine Mutter hat sicher nichts dagegen, sie vergöttert dich.«

»Das ist lieb, aber ich muss noch echt viel nacharbeiten. Außerdem ist Weihnachten ohnehin nicht mein Lieblingsfest.« Ich rang mir ein Lächeln ab, spürte selbst, wie sehr es misslang.

»Ich weiß, aber gerade deshalb.« Unzufrieden musterte sie mich. »Versprich mir wenigstens, dass du anrufst, wenn du dich einsam fühlst, okay?«

»Einverstanden.« Ich zog sie weiter. »Ich finde es schön, dass du mal wieder dabei bist.«

»Ja, ich auch. Du hast mir gefehlt.«

»Dann bist du nicht mehr sauer?« Seit unserem letzten Gespräch, bei dem ich ihr vom *Bund der Stare* erzählt hatte, hatten wir das Thema Ashton nicht mehr angeschnitten. Ich behielt sie dennoch im Auge, aber bis auf die Tatsache, dass sie gerade wiederholt gähnte, wirkte sie recht fit.

Sie seufzte. »Ich habe beschlossen, deine Sorge um mich als Kompliment zu sehen. Du bist ein Skorpion.«

Belustigt verzog ich das Gesicht. Zoes Faible für kosmische Einflüsse des Universums würde mir immer ein Rätsel bleiben. »Was hat mein Sternzeichen damit zu tun?«

»Skorpione setzen ihren Stachel nur dann ein, wenn sie sich selbst oder ihre Liebsten bedroht sehen.« Sie pikte mir in die Hüfte. »Dass du dir solche Gedanken um Ashton machst, bedeutet letztlich nur, dass du mich liebst. Außerdem bin ich, wie du weißt, ein sehr typischer Schütze. Toleranz ist mein zweiter Vorname.«

Ich musste lachen, während wir durch einen Torbogen liefen und damit Trinity Hall verließen. »Dachte nicht, dass ich das mal sage, aber mir hat sogar dieser esoterische Aberglaube gefehlt.«

»Vorsicht, Golding – auch meine Toleranz hat ihre Grenzen!« Sie pikte mich erneut in die Seite, nur um mich danach enger an sich zu ziehen. »Und jetzt lassen wir Davie nicht länger warten. Als karrierebezogener Steinbock hat er die gefährliche Veranlagung, ein Eigenbrötler zu sein.«

Das Erste, was ich wahrnahm, als wir um die Ecke bogen, war das blaue Licht. Ich blieb stehen und umklammerte Zoes Arm. *Es ist wieder passiert* – schoss es mir durch den Kopf. Der Gedanke war düster und zähflüssig, sickerte durch meinen ganzen Körper, sodass ich einen Moment brauchte, bis ich realisierte, dass das Licht nicht von einem Polizeiwagen stammte. Sondern von der Feuerwehr. Das Auto stand direkt vor dem Gebäude, auf das Zoe und ich zugesteuert hatten. Hastig scannte ich die Fassade, konnte aber nichts Ungewöhnliches entdecken.

Zoe sah ebenfalls alarmiert hinüber. Als ein Student an uns vorbeiging, hielt sie ihn am Arm fest. »Weißt du, was die hier machen?«

»Es gab wohl einen Brand. Aber er wurde schon gelöscht, bevor die Feuerwehr ankam. Kein großes Ding.« Mit einem Schulterzucken ging er weiter.

Zoe und ich blieben noch kurz stehen, dann festigte ich meinen Griff und zog sie weiter. »Komm.«

Niemand hielt uns auf, als wir die Tür öffneten und das Institutsgebäude betraten, und auch sonst wirkte alles normal. Keine Asche, kein Rauch, keine nervösen Angestellten der Universität. Etwas an dieser falschen Stille beschleunigte meinen Herzschlag nur noch mehr. Mit jedem Schritt, den wir durch die immer enger, lichtloser und verlassener werdenden Gänge machten, dehnte sich die düstere Vorahnung weiter aus. Als schließlich der Eingang zur Redaktion der *Blue News* vor uns auftauchte, hing das Gefühl als pechschwarze Wolke in meinem Kopf, sodass kein Gedanke darunter noch atmen konnte.

Ich wusste es einfach. Ich wusste es, ehe ich Zoe losließ, die angelehnte Tür aufstieß und es sah. Die Fenster waren sperrangelweit geöffnet, trotzdem roch es im Raum nicht nach Spätherbstatem, sondern nach … Qualm. Zoe hustete und blieb direkt stehen, ich ging wie in Trance weiter hinein. Der Typ hatte recht gehabt: Das Feuer musste klein gewesen sein. Die vorderen Arbeitsplätze schienen unberührt, das gewöhnliche Nest aus überquellenden Aktenschränken, Papierbergen, Vorräten aus Bonbons, Büroklammern und Notizzetteln, dazu die etwas in die Jahre gekommenen Notebooks und persönliche Habseligkeiten wie halb vertrocknete Topfpflanzen und vergessene Kaffeebecher.

Der einzige Ort, dem man das Feuer ansehen konnte, war der Schreibtisch ganz hinten am Fenster. Von ihm ging der unangenehm beißende Duft aus, seine Oberfläche war von einer Schicht schwarzer Asche belegt. Direkt davor stand die einzige Person im ganzen Raum.

»Davie, was ist hier passiert?«

Er hob den Blick, sein Gesichtsausdruck war so finster, wie ich ihn noch nie erlebt hatte. »Sieht man das nicht?«

Zoe folgte mir. Sie hatte sich ihren beigen Schal vor Mund und Nase gedrückt, ihre Stimme klang erstickt. »Gab es einen Kurzschluss? Gott, ich sage euch seit Monaten, dass die Elektrik in dieser Universität das Letzte ist.«

»Das lag nicht an der Elektrik.« Davie schob achtlos eine der Schubladen des Aktenschranks neben dem Tisch zu. Sie waren allesamt aufgerissen, leicht verbeult, als hätte man sie mit Gewalt aufgebrochen. Und sie waren leer. Auch ohne zu fragen, wusste ich, dass sämtliche Unterlagen, die Davie darin aufbewahrt hatte, jetzt auf dem Tisch lagen. Als ein Haufen verbrannter Papierasche.

»Die Feuerwehr sagt, es war Brandstiftung. Als wäre mir das nicht klar gewesen, sobald ich hier reinkam und nur mein Schreibtisch gebrannt hat. Sie können nicht lang weg gewesen sein, ich hab den Brand gelöscht, bevor die Flammen überspringen konnten. Glück im Unglück, nehme ich an.«

Mein Herz rutschte mir in den Magen und schlug so heftig um sich, dass ich eine Hand auf meinen Bauch presste. »Sie haben explizit deinen Schreibtisch angezündet?«

Davie lächelte grimmig und nahm einen umgekippten Bilderrahmen von der verkohlten Arbeitsplatte. »Ja.«

»Und …« Meine Stimme brach, mein Blick huschte zu Zoe, die verständnislos zwischen uns hin- und hersah.

Davie verstand auch so. Seine Miene verhärtete sich, er griff in die Asche und ließ sie aufs Holz rieseln. »Ja.«

Ich ließ die Tüte mit dem Mittagessen auf einen der Beistellwagen fallen. Mir war so schlecht, dass ich mir nicht vorstellen konnte, etwas runterzubekommen.

Das Feuer hatte Davies Unterlagen zu seinem neusten Fall zerstört. Zu *unserem* Fall. Das hier war kein zufälliger Akt von Vandalismus, es war das gezielte Vernichten sämtlicher Beweise, die wir in den vergangenen Wochen über den *Bund der Stare* gesammelt hatten. Womit offensichtlich war, wer dahintersteckte. Die Frage war nur … wie. Wie hatten sie davon erfahren können? Ich hatte es keinem verraten. Ich hatte niemandem gesagt, dass … Der Gedanke zerbröselte unter der Wucht der Erinnerung. Schuld kniff mir in die Lider, ich schloss die Augen. »Bitte nicht.«

»Was?«, fragte Zoe verwirrt. »Wovon redet ihr?«

»Zoe.« Ich drehte mich zu ihr, sah sie eindringlich an. Vielleicht auch flehend, weil ich wirklich, wirklich wollte, dass sie die nächste Frage verneinte. Ich wollte mich so sehr irren. »Das, was ich dir letztens über Ashton erzählt habe. Das mit der Verbindung. Das hast du für dich behalten, oder?«

Langsam ließ sie die Hand mitsamt Schal sinken. Die Art, wie sich ihr Gesicht verschloss, verriet alles. Reue, gepaart mit Unsicherheit und Misstrauen. »Wieso?«

Davie stieß einen Fluch aus und im nächsten Moment mit dem Fuß gegen den Aktenschrank. Zoe zuckte zusammen, ich versuchte, nicht vor Verzweiflung und Frustration zu weinen.

Zoe zog die Nasenspitze kraus und strich sich eine Haarsträhne hinters Ohr. »Ich meine … als ich mich letztens mit Ashton getroffen habe, hat er mich gefragt, warum du und ich momentan weniger machen. Ich wollte nicht lügen. Und … es sind doch nur Gerüchte. Er sollte die Chance haben, sich dazu zu äußern. Was er auch getan hat. Er hat gelacht und gesagt, dass das absurd ist und dass ihr eine blühende Fantasie habt, dass es schmeichelhaft ist, dass ihr seine Freunde so mystifiziert, aber …«

Weder Davie noch ich hörten ihr richtig zu. Wir sahen einander nur an, resigniert und angespannt, weil wir es beide begriffen. Erstens: Ashton und seine Freunde waren definitiv Mitglieder vom *Bund der Stare*. Zweitens: Ab diesem Moment wussten sie, dass wir uns im Klaren darüber waren.

»Es tut mir leid«, sagte ich aufrichtig. Das hier war nicht Zoes Schuld, es war meine. Davie hatte mich davor gewarnt, ihr die Wahrheit zu sagen, ich hatte es trotzdem getan. Weil ich ehrlich zu ihr sein wollte, weil sie mir genau das beigebracht hatte: Wenn man jemanden mochte, sagte man ihm die Wahrheit. Das Problem war nur: Ich hatte unterschätzt, wie sehr Zoe *Ashton* mochte.

Davie rieb sich über den Kopf. »Schon gut.«

Erneut flog Zoes Blick irritiert zwischen uns hin und her. Sie war so vertrauensselig, dass es sie sichtlich an Kraft kostete, die Pinselstriche, die vor ihr lagen, zu einem Bild zusammenzusetzen. Als sie es tat, keuchte sie. »Moment, wollt ihr behaupten, Ashton hätte das getan?«

Davie lachte heiser auf. »Zoe, wach auf! Er ist nicht der, für den du ihn hältst.«

Zoe umklammerte den Riemen ihrer Tasche. »Ihr kennt ihn nicht!«

Ich wollte etwas Beschwichtigendes sagen, doch Davie kam mir zuvor. Seine sonst so beständige Fassade aus Geduld und Ruhe hatte tiefe Risse bekommen: Hindurch schimmerten Anspannung, Fassungslosigkeit und Wut.

»Scheiße, bist du echt *so* naiv? Ich weiß mehr über ihn als du. Und ich hätte es dir bewiesen, hätte dein beschissener Psychofreund nicht meine Unterlagen zerstört!«

Ich verstand, warum er so außer sich war. Diese Wut richtete sich in erster Linie nicht gegen Zoe, sondern einfach gegen den Fakt, dass jemand seine monatelange Recherche mit einer Fingerbewegung an einem Zünder zerstört hatte. Das hier war seine Art, damit umzugehen. Worte statt Geschirr, Zoes Gesicht statt Wände. Trotzdem wünschte ich, er würde das lassen. Auf diese Weise würde Zoe uns nie zuhören. Wenn sie das Gefühl hatte, wir griffen jemanden an, den sie gernhatte, würde sie zumachen. Ihre Loyalität war das Stärkste an ihr, niemand wusste das besser als ich.

»Davie«, setzte ich an, doch er fiel mir ins Wort.

»Was, Mabel? Wenn sie den Mund gehalten hätte, würden wir jetzt nicht wieder bei null stehen!«

»Du weißt, dass das keine Absicht war. Zoe ist einfach ein bisschen …«

»Ich bin was? *Dumm?*«

»Zoe …« Meine Stimme verebbte. Nicht, weil ich ihr zustimmen wollte – ich würde sie oder sonst jemanden nie als *dumm* bezeichnen –, aber mir fiel auch kein Wort ein, das sie lieber gehört hätte. Tatsache war, dass Zoes Optimismus und ihr unumstößliches Vertrauen in jeden sie eben doch ein kleines bisschen naiv werden ließ. Es war kein Fehler, an das Gute glauben zu wollen, aber gefährlich, zu *gutgläubig* zu sein. Mir war allerdings klar, dass sie dieses Wort nicht als Zeichen von Besorgnis und Liebe, sondern als Herabwürdigung verstehen würde.

Zoe lächelte bitter. »Schon gut. Ich weiß, dass ihr beide denkt, dass ihr klüger seid als ich. Und wahrscheinlich stimmt das sogar, aber das bedeutet nicht, dass ihr auf mich herabblicken könnt! Ich lasse mich weder bevormunden noch manipulieren und schon gar nicht beleidigen. Auch nicht von euch.«

»Zoe, bitte, du weißt, dass wir nicht …« Ich machte einen Schritt auf sie zu, doch sie hob die Hand und wich zurück.

»Lasst mich einfach in Ruhe. Und Ashton auch. Klar?« Sie drehte auf dem Absatz um und riss die Tür auf. Mit der Kraft, mit der sie sie hinter sich zuwarf, wirbelte Asche vom Schreibtisch hinaus aus dem Fenster.

Davie sah dem Kohlestaub nach und seufzte. »So eine verdammte Scheiße.«

Ich konnte nicht widersprechen. Erschöpft legte ich meine Tasche auf einem der Tische ab und ging auf ihn zu. »Komm, machen wir das sauber.«

Den Rest des Tages verbrachten wir im Café, die meiste Zeit schweigend, weil sich alle Worte nichtig anfühlten. Auch wenn ich versuchte, es vor Davie zu verheimlichen, fühlte ich mich ähnlich entmutigt wie er.

Zurück im Wohnheim, setzte ich mich an den Schreibtisch und versuchte, mich auf das Tutorium am nächsten Tag vorzubereiten. Es war fast zwei, als mein Handy neben mir aufleuchtete.

Es war lächerlich: Ich musste den Namen nur lesen, und sofort beschleunigte mein Herzschlag.

Heathcliff
Bist du in Ordnung?

Ich las die Frage mehrmals und versuchte zu verstehen, was sie in mir auslöste. Wärme, weil er sich mitten in der Nacht offenbar Gedanken um mich machte? Erleichterung, dass er trotz dem, was seine Freunde heute getan hatten – und von dem er mit Sicherheit wusste –, nicht auf Distanz ging? Oder Wut, weil der Begriff »seine Freunde« ihn einschloss und ich nicht wissen konnte, ob er damit nicht sogar etwas zu tun hatte? Erneut betrachtete ich den Namen, den ich eingespeichert hatte.

Heathcliff statt Blake. Das, was ich sehen wollte, statt dem, was er mir immerzu zeigte. Dabei war mir immer bewusst gewesen: Er war einer von ihnen.

Pica

Wusstest du, dass deine Freunde vorhatten, Davies Unterlagen zu zerstören?

Ich zog die Füße auf den Stuhl und umklammerte meine Knie, während ich auf eine Antwort wartete. Er war online, schrieb jedoch nicht. Vielleicht drei Minuten lang, dann kamen nur zwei Worte zurück.

Heathcliff

Mabel, bitte.

Die Wut flackerte auf, erstickte all die sanfteren Gefühle. Heftig hämmerte ich auf meine Tastatur ein.

Pica

???

Diesmal tippte er sofort.

Heathcliff

Du weißt, dass ich darauf nicht antworten werde.

Natürlich wusste ich das. Es bedeutete nicht, dass er daran beteiligt gewesen war, nicht einmal, dass er davon gewusst hatte. Aber es bedeutete, dass er nichts sagen würde, was seine Freunde belasten könnte. Er würde immer schweigen, um sie zu schützen. Schließlich war es das, was er seit Wochen tat: Er wich aus, sagte nur, so viel er wollte. Und das war nicht genug. Das durfte es nicht sein. Ich konnte mich damit nicht zufriedengeben, nur weil mir das, was er *nicht* sagte, weniger bedeutete, als das, was ich fühlte, wenn wir zusammen waren. Die Neugierde, die Faszination und dieses warme Gefühl des Gesehenwerdens. Des Verstandenwerdens. All das bedeutete letztlich nichts. Denn es spielte keine Rolle, wer Blake vielleicht sein könnte, wer er eventuell ohne seine Freunde gewesen wäre. Entscheidend war, wer er jetzt war. Jemand, der zuließ, dass all das um ihn herum passierte. Jemand, der mir nicht half. Jemand, den ich nicht mögen durfte, wenn ich mich selbst noch mögen wollte.

Meine Unterlippe bebte, doch ich zögerte nicht.

Pica
Dann spar dir ab jetzt jede Antwort. Du hattest recht. Es ist besser, wenn wir das hier sein lassen.

Blake begann sofort zu tippen. Hielt inne, setzte wieder an, hörte wieder auf. Fast fünf Minuten lang starrte ich auf den Bildschirm – pochende Augen, noch heftiger pochendes Herz. Es setzte zwei Schläge aus, als seine Antwort kam.

Heathcliff
Halt die Füße still, Pica.

Ich lächelte bitter, mit der Regung meines Gesichts rollte die erste Träne über meine Wange.

Pica
Nicht dein Problem, Blake.

Ich wusste, dass dieser Name aussagekräftiger war, als ihn zu blockieren. Er wusste es auch. Und antwortete nicht mehr. Was mich hätte erleichtern sollen, sorgte dafür, dass ich um zwei

Uhr nachts an meinem Schreibtisch saß und zu weinen begann. Um mich herum dieses Chaos aus Papier voll mit Notizen zu Essays, die längst fertig hätten sein müssen, Fotos von mir und meiner besten Freundin, die nicht mit mir sprach, dem goldstichigen Schein meiner Tischlampe und den grauen Vorhängen, in denen sich Schatten zu Albträumen verwebten. Und in mir nur dieser Satz, den ich vorhin als Letztes gelesen hatte, ehe ich das dazugehörige Buch in die hinterste Ecke meines Regals geschoben hatte.

It is a long fight, I wish it were over!

Ich wünschte das auch, wirklich. Das Problem war nur … Ich spürte, dass dieser Kampf gerade erst begonnen hatte. Trotzdem weinte ich in diesem Moment nicht, weil ich mich vor dem fürchtete, was noch passieren würde. Ich weinte, weil ich nur denken konnte, dass man offenbar manche Dinge beenden konnte, ehe sie angefangen hatten. Und dass es absurd war, dass ein Ende ohne Anfang so wehtun durfte.

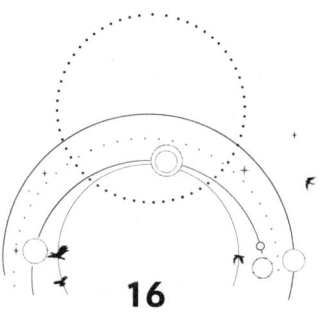

16

MABEL

Skeptisch betrachtete ich meine Reflexion im bodentiefen, goldumrahmten Spiegel, der sich in der Eingangshalle neben der Garderobe befand. Mein Kleid war aus schwarzem Samt, hatte gepuffte Ärmel, eine Knopfleiste, die einmal ganz durchging, und eine Raffung an der Taille, durch die der Rock bei jedem Schritt mitschwang. Und es war genau an dieser Stelle so eng, dass jeder Atemzug leicht schmerzte. Das lag vor allem daran, dass es schon seit drei Jahren in meinem Besitz war. Leider war es das einzige Kleid in meinem Schrank, das als schick durchging.

Ich hätte mir eins von Zoe leihen können, aber dafür hätte ich mit ihr sprechen müssen. Seit dem Vorfall vor etwas mehr als zwei Wochen ging sie auf meine Gesprächsversuche nur mit Einsilbigkeit ein. Außerhalb der Kurse sah ich sie kaum noch. Generell hatte ich das Gefühl, dass sie nur noch ausging, um Ashton zu sehen, und ihr Zimmer sonst kaum verließ. Was mich von Tag zu Tag unruhiger werden ließ.

Letztes Jahr war Zoe diejenige gewesen, die mich zu jeder öffentlichen Weihnachtsfeier der Universität geschleift hatte. Wir waren zusammen bei einem halben Dutzend Sektempfängen von Lehrbereichen gewesen, die nichts mit uns zu tun hatten, beim Jahresabschlusssingen so manchen Chors, bei diversen Umtrünken universitärer Clubs. Ich war nur ihr zuliebe mitgekommen und sicher gewesen, dass es auch im nächsten Jahr dafür keinen anderen Grund für mich geben würde. Doch nun war ich hier, am Freitag vor den Weihnachtsferien, beim Jahresabschlussumtrunk des Fachgebiets für Geschichte am Trinity College.

Ich nahm Mums Klappspiegel aus der Tasche und betrachtete mein Gesicht: die Haarklammer mit Perlen, die meine Stirnfransen zurückhielt, die ungeschminkten Augen, der tiefrote Mund. *Bravest heart* stand auf der Lippenstiftkappe in meiner Handtasche – ein Versprechen, das sich noch nicht erfüllt hatte. Ich fühlte mich nicht mutig, sondern fehl am Platz. Nicht nur, weil ich nichts mit diesem Institut zu tun hatte, auch weil ich allein hier war. Ohne Zoe, die vermutlich in ihrem Zimmer saß und auf eine Nachricht von Ashton wartete. Ohne Davie, der bereits nach Hause gefahren war, weil seine Mutter heute ihren Sechszigsten feierte.

Wir hatten telefoniert, nachdem er vorhin eine Mail von der Uni erhalten hatte, dass der Fall der Brandstiftung offiziell ad acta gelegt wurde. *»Keine Beweise, keine Ermittlungsansätze, kein nennenswerter Schaden«*, hatte Davie missmutig zitiert, *»schätze, das heißt so viel wie: kein Interesse, der Zeitung oder mir zu helfen.«*

Seit dem Vorfall war seine Laune so übel, dass ich es nicht über mich gebracht hatte, ihm zu erzählen, was ich vorhatte. Immerhin konnte das hier eine Sackgasse sein. Doch Davie hatte mir beigebracht, dass man manchmal Umwege gehen musste, um zum verborgenen Kern einer Wahrheit vorzudringen. Also hatte ich in den letzten Tagen nach Hinweisen auf den *Bund der Stare* gesucht, die nicht direkt genannt wurden. Nach Stellen in Universitätsberichten, an denen von Riten gesprochen wurde, welche nicht näher eingeordnet werden konnten. Nach Artikeln, in denen Vorfälle erwähnt wurden, die ich anhand unserer bisherigen Erkenntnisse dieser speziellen

Gruppierung zuordnete, die aber hierbei nicht mit einem bestimmten Namen verknüpft waren. Je mehr ich las, desto mehr irritierten mich einige dieser Leerstellen. Insbesondere weil der Mann, der viele dieser Publikationen erarbeitet hatte, als ein Kenner auf dem Gebiet der englischen Universitätsgeschichte im Allgemeinen und der Entwicklungsgeschichte Cambridges im Speziellen bekannt war. Er hatte Abhandlungen über sämtliche Studierendenverbindungen des Landes geschrieben – und den *Bund der Stare* mit keinem Wort erwähnt. Es könnte ein Zufall sein, aber an diese glaubte ich mittlerweile nicht mehr.

Ebenso wenig hielt ich es für einen, dass Professor Garrett Edwards dieses Semester sein allerletztes Lehrjahr abgehalten hatte. Und zwar am Trinity College der University of Cambridge. Das war kein Zufall, es war eine Spur, die ich verfolgen musste. Auch wenn ich mich dafür in ein zu klein geratenes Kleid zwängen und mich allein unter Menschen begeben musste, die ich nicht kannte.

Ein letzter Blick in den Spiegel, ein halbherziges Lächeln, dann straffte ich die Schultern und lief den Flur hinab.

Das Gebäude wurde für offizielle Veranstaltungen genutzt, im Obergeschoss befanden sich nur die Büros einiger Professoren und ihrer Sekretariate. Der Flur im Erdgeschoss war mit rotstichigen Dielen ausgelegt, an den Wänden hingen Aquarellgemälde, die das Cambridge der vergangenen Jahrhunderte zeigten. Ich wollte gerade nach links abbiegen, um dem Geräuschmix aus Klaviermusik, Gläserklirren und Stimmen zu folgen, als ich durch den offenen Spalt einer Tür rechts einen Schatten bemerkte.

Impulsiv ging ich darauf zu und schob sie weiter auf. Die Wände waren auch hier mit Kunstwerken behangen, vorrangig Porträts in gedeckten Erdtönen. Ein Mann stand direkt vor dem Bild einer Frau: Ihr Haar war schwarz gelockt, ihre Augen tiefbraun, ihr Gesicht sah gleichzeitig jung und alt aus, weil der Ausdruck darin auf eine Weise ernst wirkte, die nur Lebenserfahrung mit sich brachte.

Erinnerungsgeprägt, dachte ich gleich zweimal: einmal, als ich ihre gemalten Züge betrachtete, einmal, als der Mann sich zu mir drehte und ein paar Sekunden lang noch in diesem Anblick gefangen zu sein schien.

Je länger er mich ansah, desto mehr versickerte der verklärte Ausdruck, und der weiche Zug um seinen Mund verhärtete sich. »Kann ich helfen?« Er konnte maximal Ende dreißig sein, aber die Art, wie er mich mit seinen unnatürlich hellblauen Augen fixierte, erinnerte mich an den missbilligenden Blick eines alten Mannes.

Verzögert rang ich mir ein Kopfschütteln ab. »Nein, ich bin nur auf der Suche nach …«

»Ich bezweifle, dass Sie es hier finden werden«, unterbrach er mich und strich sich mit der Hand über das dunkelgraue Sakko. An seinen Fingern steckten mehrere Ringe, am Jackenkragen eine Brosche, deren Motiv ich nicht erkennen konnte. »In diesem Bereich des Gebäudes ist kein Zutritt für … Unbefugte.« Die Art, wie er mich dabei musterte, machte deutlich, welches Wort er eigentlich dachte: *Unwürdige.*

Zwei gedachte Silben und meine Zurückhaltung löste sich in Luft auf. Ich lächelte übertrieben freundlich. »Dann hätten Sie ein Schild anbringen sollen. Andernfalls ist das hier ein öffentliches Gebäude der Universität. Soweit ich weiß, steht in den Statuten nichts darüber, dass man sich den Zutritt mit einem Jahresgehaltsnachweis verdienen muss.«

Er runzelte die Stirn, da kamen Schritte in seinem Rücken auf. Eine Tür öffnete sich, und jemand betrat den Raum. »Henry, Brooks ist da, wir …« Ashton stockte, als er mich entdeckte. Kurz glitt ein Ausdruck von Unwohlsein über sein Gesicht, dann glättete er es, sodass sämtliches Gefühl verschwand. Da war nicht das geringste Anzeichen eines Wiedererkennens. »Kommst du? Wir können anfangen.«

Alles an ihm wirkte ungewohnt steif. Nicht nur seine Züge, auch die Art, wie er die Schultern in dem edlen, schwarzen Anzug zurückgezogen hatte und die Hände hinterm Rücken verbarg. Kein Funke der üblichen Mischung aus Selbstsicherheit, Spott und Gelassenheit. Unter der obersten dünnen Schicht aus Selbstbewusstsein sah er aus wie ein Hund, der damit rechnete, gleich einen Tritt abzubekommen.

Der andere Mann nickte und drehte sich zu ihm, ohne mich eines weiteren Blickes zu würdigen. Ashton hingegen starrte mir hinterher, als ich das Zimmer verließ. Ich spürte seinen Blick ebenso deutlich wie dieses Nagen in mir, das verriet, dass dieser Moment etwas bedeutete. Als wäre die Szene auf eine Weise codiert, die ich nicht knacken konnte. Noch nicht.

Im Raum, in dem die Feier stattfand, befanden sich etwa fünfzig Menschen. Fließende Kleider aus glänzenden Stoffen, teuer aussehende Anzüge, etliche Parfumdüfte und Stimmlagen, die durcheinanderschwammen, grüne Gestecke auf Beistelltischen, Kerzen auf dem Kamin. Dieser unverkennbare Duft nach Geld, Orangenpunsch und Tanne: So roch Weihnachten in Cambridge.

Ich zupfte an meinem Ausschnitt und wünschte mir, einen der Knöpfe öffnen zu können, um durchzuatmen. Stattdessen ließ ich mir einen Becher Punsch füllen und schlenderte durch das Zimmer. Ich hatte mir die Fotos von Professor Edwards auf dem Weg hierher noch mal angesehen, konnte ihn jetzt aber nirgends entdecken. Frustriert hielt ich an einem Tisch inne und scannte die Umgebung, bis ein ungutes Gefühl in meinem Nacken kratzte. Unauffällig drehte ich mich um und ließ den Blick über die Menschen wandern, erkannte jedoch keines der Gesichter. Das Licht war zu dämmrig, der Raum zu voll, mein Herz zu nervös. Sein Pochen ließ meine Sicht flimmern, ich kniff mehrmals die Augen zusammen, ehe ich mich abwandte und das fast volle Glas auf dem Beistelltisch abstellte.

Als ich wieder aufsah, entdeckte ich einen Mann, der vor dem Kamin stand, auf dem Stehtisch vor sich einen Teller mit mehreren Mince Pies und einen Becher Punsch.

Ich wischte mir die Finger an meinem Kleid ab und straffte die Schultern, bevor ich zu ihm rüberlief. »Entschuldigen Sie«, sagte ich bemüht freundlich, als ich auf der anderen Seite des Tisches innehielt. »Mein Name ist Mabel Golding. Sie sind Professor Edwards, nicht wahr?« Er nickte mit vollem Mund, ich lächelte erleichtert. »Sie gehen zum neuen Jahr in den Ruhestand, richtig?«

»Richtig«, sagte er, nachdem er geschluckt hatte, und streckte mir die freie Hand entgegen. »Meine letzte Abendveranstaltung als Professor. Waren Sie eine meiner Studentinnen?«

»Nein, aber ich interessiere mich sehr für Geschichte«, erwiderte ich, nachdem ich meine Hand zurückgezogen hatte. »Auch für die der Universität. Während meiner Recherche bin ich in Abhandlungen immer wieder auf Ihren Namen gestoßen.«

»Welche Abhandlungen?«

»Die, die von den Studierendenverbindungen handeln.«

»Oh, ja.« Er schmunzelte und teilte ein weiteres Stück des Pies ab, spießte es auf die Gabel. »Darüber habe ich im Laufe der Zeit einige geschrieben. Gibt es etwas, das Sie daran besonders interessiert?«

»Ja, allerdings etwas, das Sie nie explizit erwähnt haben. Ich habe es eher … zwischen den Zeilen gelesen. Es betrifft den *Bund der Stare*.«

Er erstarrte mitten in der Bewegung, seine Gabel blieb in der Luft hängen. Innerhalb von Sekunden flog sein Blick erst über seine Schulter, dann über meine. »Sie sollten diesen Namen nicht so laut sagen«, meinte er mit gesenkter Stimme. »Schon gar nicht an so einem Ort.«

Meine Erleichterung war so heftig, dass ich fast geseufzt hätte. »Also sagt Ihnen der Name etwas?«

Professor Edwards musterte mich wachsam, ehe er die Gabel auf den Teller legte und sich die Hand an seiner Jacke abwischte. »Kommen Sie, gehen wir kurz nach nebenan.«

Niemand beachtete uns, als wir den Raum verließen. Im Nachbarzimmer befand sich eine Bar, hinter der ein Mann Gläser polierte. Die Musik von drüben war auch hier zu hören, ansonsten war da nur der Schnee, der von außen gegen das Fenster geweht wurde.

Wir liefen zu einem Tisch direkt davor, den er sofort mit beiden Händen umfasste, als hätte ihn allein die Erwähnung der Verbindung in Schwindel gestürzt. »Wie sind Sie darauf gestoßen?«

»Ich glaube, dass sie wieder hier sind. In Cambridge.« Ich gab mir wirklich Mühe, ähnlich gedämpft zu sprechen wie er, aber ich war so aufgeregt, dass meine Stimme sich schwer beherrschen ließ.

Er warf erneut einen nervösen Blick über die Schulter, doch bis auf den Mitarbeitenden an der Bar, der sich offenbar nicht für uns interessierte, und ein paar Menschen, die sich im Flur vor dem Eingang unterhielten, waren wir allein.

»June Owens und Paulina Gallagher«, erwiderte er, als wäre das eine Antwort auf meine These.

Letztlich war es genau das. »Es ist ein Muster, oder?«

Er holte ein Stofftaschentuch aus seiner Jackentasche und tupfte sich damit über den Mund. Ich sah trotzdem, dass er ihn leicht verzog. »Hören Sie. Es gibt einen Grund, warum ich diesen Namen nie explizit genannt habe. Einen Grund, warum ich nie offiziell zu diesem Thema geforscht habe.«

»Sie haben Angst.« Der Gedanke war mir nicht ganz neu, ich hatte ihn in Betracht gezogen, während ich überlegt hatte, aus welchen Gründen jemand wissentlich Erkenntnisse zurückhalten würde. Trotzdem überraschte es mich. Er war ein erwachsener Mann, eine Koryphäe auf seinem Gebiet – wohlhabend, gebildet, einflussreich. Aus welchem Grund sollte sich jemand wie er vor ein paar Studierenden fürchten?

Mit zittrigen Fingern ließ er das Tuch sinken und rang sich ein Lächeln ab. »Ich habe gesunden Menschenverstand.«

»Gut, aber *ich* habe Angst. Meine beste Freundin ist in die Nähe dieser Leute geraten, und ich will nicht, dass sie die Nächste ist, die versucht …« Ich brach ab, weil mein Hals sich so eng anfühlte, dass kein Wort mehr hindurchpasste. »Ich muss herausfinden, was es mit dieser Verbindung auf sich hat. Ich muss sie aufhalten.«

Mitgefühl ließ seine Züge weicher werden. »Sie können keinen Waldbrand mit einer Gießkanne bekämpfen.«

»Wenn es nötig ist, organisiere ich mir ein Löschflugzeug.« Ich atmete tief durch und neigte mich über den Tisch. »Bitte. Sagen Sie mir einfach, was Sie wissen. Ich verspreche, dass ich Ihren Namen niemals nennen werde. Was auch immer Sie mir erzählen, bleibt unter uns.«

Er schwieg. Nebenan lachte eine Frauenstimme hell auf, der Barkeeper ließ ein Glas auf den Tresen fallen, es klirrte. Ich wagte es nicht, auch nur zu blinzeln. Das hier war mein einziger Ansatzpunkt nach einer Reihe von Fehlschlägen, die einzige Möglichkeit, dieses Jahr noch irgendetwas herauszufinden, das mir Hoffnung darauf gab, dass sich die Dinge im nächsten bessern würden.

Schließlich seufzte der Professor und verstaute das Tuch wieder in seiner Jackentasche. »Gut, aber … wenn Sie wissen wollen, was ich in den letzten Jahren herausgefunden habe, müssen Sie eine gewisse Offenheit mitbringen. Mein Forschungsansatz geht in eine etwas speziellere Richtung.«

»Inwiefern das?«

Er schob das dünne Drahtgestell seiner Brille ein Stück hinab und sah mich über die Glasränder hinweg an. »Sind Sie ein spiritueller Mensch, Miss Golding?«

Irritiert zog ich die Brauen zusammen. »Meine beste Freundin liest mir oft mein Horoskop vor, zählt das?«

»Nicht ganz die Richtung, die ich meine.« Er lächelte, auch wenn in seinen Augen tiefer, fast hypnotischer Ernst funkelte. Ich war unfähig, den Blick abzuwenden. »Es gibt einige Legenden, die diese Universität mit einschließen, wissen Sie? Mythen, die über sie und ihre Angehörigen kursieren.«

Ich brauchte mehrere Wimpernschläge Zeit, ehe ich begriff, worauf er hinauswollte. »Mythen im Sinne von etwas … Übernatürlichem?« Das letzte Wort klang genauso ungläubig, wie ich mich fühlte, vielleicht sogar ein wenig spöttisch.

Er ließ sich davon nicht beeindrucken. »Das kommt auf die Definition an. Die Wissenschaft hat die Grenzen des Natürlichen sehr eng gesteckt. Ich für meinen Teil glaube, dass es weitaus mehr in diesem Universum gibt, als wir uns mithilfe von Logik und Verstand erklären können.«

»Zum Beispiel?«

Er faltete die Hände auf dem Tisch, drehte konzentriert an dem Ehering an seinem Ringfinger. »Zum Beispiel … nehmen wir an, es gibt eine Studierendenverbindung, deren Existenz nie offiziell bewiesen wird, über die aber immer wieder Hinweise auftauchen – über ein Jahrhundert hinweg an verschiedenen Universitäten des ganzen Landes. Und nicht nur das. Auch in den einflussreichsten Bereichen unserer Gesellschaft werden bestimmte Positionen – *mächtige* Positionen – immer wieder mit dieser Verbindung in Zusammenhang gebracht. Wir reden von einflussreichen Ministern, erfolgreichen Geschäftsmenschen, führenden Lobbyisten, Entwicklern, Visionären. Was, wenn wir plötzlich feststellen, dass diese Menschen früher oder später auf immerzu dieselbe Weise von der Bildfläche verschwinden?«

Ich schluckte schwer, mein ganzes Herz lag auf meiner Zunge – es pochte, pochte, pochte. »Indem sie sterben?«

Professor Edwards wiegte den Kopf hin und her. »Das wäre eine mögliche Interpretation.«

»Was …«

»Garrett!« Die Stimme erklang so plötzlich, dass ich zusammenzuckte. Eine Frau in den Sechzigern stand im Türrahmen und winkte in unsere Richtung. Den rosafarbigen Wangen nach hatte sie bereits mehrere Becher Punsch getrunken. »*Weih-nachtsfeiern sind die beste Gelegenheit, um sich klarzumachen, dass Professoren keine allmächtigen Götter, sondern auch nur Menschen sind*«, pflegte Zoe zu sagen. »Da steckst du, wir suchen dich! Du musst mir in einer Debatte mit Thomas aus-helfen.«

»Ich komme.« Er lächelte, bis sie wieder verschwunden war, dann nickte er mir zu. »Entschuldigen Sie mich. Das hier ist sowieso nicht der geeignete Ort für solch eine Unterhaltung. Morgen früh reise ich nach London, aber Mitte Januar bin ich noch einmal für ein paar Tage vor Ort, um mein Büro zu räu-men. Vereinbaren Sie einen Termin mit meinem Sekretariat.« Er zögerte, ehe er sich zu mir vorbeugte. »Und sprechen Sie mit niemandem darüber. Nicht nur in meinem Interesse, auch in Ihrem eigenen.«

Ich brachte nur ein Nicken und ein »Danke« über mich. Meine Gedanken zerflossen zu einem undurchdringbaren Strudel, das einzige Wort, das ich wieder und wieder klar sehen konnte, war: *Übernatürliches.*

Wenn ich Davie von dieser Äußerung erzählen würde, würde er mit Sicherheit nicht mehr aufhören können zu lachen. Und letztlich war es wirklich lächerlich, so eine Überlegung auch nur zuzulassen. Diese Leute waren zwar seltsam, aber es wa-ren nur *Menschen*. Studierende mit zu viel Geld, Einfluss und Langeweile. Eine gefährliche Mischung, aber ganz sicher keine, die es in ein Märchenbuch geschafft hätte. Was hatte Professor Edwards damit andeuten wollen? Dass diese Snobs andere op-ferten, um einem antiken Gott zu huldigen?

Ich schüttelte den Kopf und wandte mich im selben Moment vom Tisch ab, als der Professor die Tür erreicht hatte. Reflexar-tig fiel mein Blick auf die Person, die auf der anderen Flurseite stand. Direkt vor der Tür, die ich vorhin aufgestoßen hatte.

Zwischen Blake und mir befanden sich etliche Meter Luft, gedimmtes, rotstichiges Licht und mehrere Personen, die im

Flur standen und sich unterhielten, trotzdem wusste ich, dass wir einander direkt ansahen. Ich erstarrte, während sein Blick nach links wanderte – dorthin, wo vermutlich Professor Edwards stand. Es war nicht nötig, Blake richtig sehen zu können: Ich wusste, dass er ihn erkannte. Ich wusste, dass er es wusste.

Meine Lunge verkrampfte sich, das Atmen fiel mir schwer. Die Bedeutung dieses Moments zerfloss wie Teer in meinem Inneren, ich schaffte es nicht, mich hindurchzukämpfen. Noch bevor Blake seinen Blick wieder auf mich richten konnte, bog ich nach links ab und öffnete die zweite Tür, die aus dem Raum führte. Das Nachbarzimmer war nur ein schmaler Durchgang, aus dem eine Treppe nach oben führte. Ich dachte nicht nach, sondern griff so schnell ich konnte nach dem Geländer und stieg die Holzstufen hinauf. Mein Herz polterte, meine Schritte auch. Ich hatte den ersten Absatz erreicht, als es unten deutlich knarrte. Und natürlich wusste ich, dass das die Tür war, natürlich wusste ich, wer sie geöffnet hatte und jetzt die Treppe hinter mir herlief. Mit ruhigen, aber entschiedenen Schritten, die meinen Puls weiter antrieben.

Ich erreichte die obere Etage: ein verlassener Flur, altmodische Lampen auf Kopfhöhe, Wandteppiche mit floralen Mustern, mehrere geschlossene Türen mit aufwendig verzierten Schnitzereien und ein einziges Fenster am Ende des Flurs. Keine weiteren Treppen, keine offenen Ausgänge, kein Ausweg.

Bevor ich an einer der Klinken rütteln oder nach meiner Haarklammer greifen konnte, hörte ich ihn hinter mir. Kurz darauf auch seine Stimme: ruhig, angespannt und wütend. »Ich kenne dieses Gebäude besser als du, also bleib stehen.«

Hitze schoss in meine Muskeln, ich fuhr herum. »Darauf würde ich wetten. Findet hier gerade ein Verbindungstreffen statt? Was gab's zum Essen? Gebratenen Star?«

Blake kam langsam auf mich zu. Erst jetzt fiel mir auf, dass er einen Anzug trug. Hemd, Hose und Sakko hatten dasselbe tiefe Schwarz. Es spiegelte sich in dem Ausdruck, mit dem er mich ansah, als er zwei Meter vor mir stehen blieb. Sein Blick glitt kurz über meinen Körper, dann verhakte er sich mit meinen Augen. »Was zum Teufel tust du hier?«

Arglos sah ich zu ihm auf. »Wonach sieht es denn aus? Ich knüpfe Kontakte, betrinke mich auf Kosten der Uni, komme in weihnachtliche Stimmung. Das ganz gewöhnliche Programm.«

»Tu nicht so. Ich weiß genau, wer er ist.«

»Keine Ahnung, wovon du sprichst.« Ich stützte eine Hand in meiner Hüfte ab, damit er nicht sah, dass sie bebte. Ich fühlte mich ertappt, und das, obwohl ich nicht wusste, wobei. Professor Edwards hatte mir nichts Neues erzählt, und seine Andeutungen waren so seltsam gewesen, dass ich nicht wusste, ob sie mich nicht nur noch mehr verwirrt hatten. Es gab keinen Grund für Blake, sich darüber aufzuregen, es sei denn … er wusste, dass der Professor mir etwas sagen könnte, das seine Freunde und ihn in Schwierigkeiten bringen würde.

Ehe ich den Gedanken weiterspinnen konnte, machte er noch einen Schritt auf mich zu. Sein Gesicht wirkte angespannt, alles Weiche war daraus verschwunden. Harte Kerben in der Wangenmuskulatur, der Mund eine Linie, die jedes Grübchen geglättet hatte, die Furche zwischen den Augenbrauen ungewohnt tief. »Ich hab dir gesagt, du sollst die Füße stillhalten.«

»Und ich hab dir gesagt, dass dich das nichts angeht. Ich bin nicht dein Problem!«

Ich versuchte, an ihm vorbeizugehen, er hielt mich fest und zog mich an sich heran. So bestimmt, dass ich unwillkürlich gegen ihn stolperte. Kurz war ich abgelenkt davon, wie nah sein Gesicht meinem war. Da waren feine Sprenkel auf seinem Nasenrücken. Winzige Leberflecke, zu dunkel, um als Sommersprossen durchzugehen. Nicht so, als hätte die Sonne sie dort hinterlassen. *Mondsprossen*, dachte ich, und dass das so viel besser zu ihm passte.

»Und ob«, sagte er gepresst. »Du bist mein Problem, seit ich dich in dieser verdammten Bibliothek gefunden habe. Du bist einzig und allein mein Problem, Mabel, und du wirst unlösbarer, je öfter ich dich sehe.«

Fast hätte ich gelacht. »Wage es nicht! Tu nicht so, als würdest du dich im Geringsten für mich interessieren. Wenn ich dir auch nur im Ansatz wichtig wäre, dann würdest du mit mir reden.«

Ich versuchte, mich loszumachen. Eher halbherzig, weil Abstand nicht das war, was ich wirklich wollte. Ich wollte ihn viel lieber zu mir heranziehen, ich wollte sein schwarzes Hemd herunterzerren und meine Finger auf sein Tattoo legen, ich wollte sein Gesicht umklammern und ihn zwingen, mich anzusehen, bis ich in ihn hineinsehen und ihn endlich, endlich verstehen konnte. Er machte mich wütend, er frustrierte mich, er brachte mich *so* durcheinander. Und ich hasste das. Ich hasste es, dass ich ständig an ihn denken musste, dass ich selbst in dieser Situation wahrnahm, wie gut er roch und wie nah er mir war und dass nah nicht nah genug war. Dass es *einfach nicht genug* war.

»Du würdest mir helfen, Zoe von Ashton fernzuhalten, und nicht zulassen, dass deine Freunde Davies Unterlagen verbrennen! Du würdest nicht zulassen, dass sie mich bedrohen oder ...«

»Wieso begreifst du nicht, dass das alles Dinge sind, die ich nicht in der Hand habe?«, unterbrach er mich. Ich versuchte, ihm das Knie zwischen die Beine zu rammen, er drückte mich kurzerhand gegen die Wand in meinem Rücken. »Dass die einzige Möglichkeit, dich zu schützen, darin besteht, dich von uns – *von mir* – fernzuhalten? Und das versuche ich. Das versuche ich seit Wochen, aber du machst es mir so verdammt schwer!«

Das letzte Wort klang so verzweifelt, dass ich schlucken musste. Meine Bewegungen erschlafften, mein Körper sackte gegen die Wand. Mein Hinterkopf versank im nachtblauen Samt eines Wandteppichs, mein Blick in seinem. Seinem Blick, der aufgewühlt und wütend war, aber gleichzeitig auch besorgt, hilflos und … sehnsüchtig.

In diesem Moment verstand ich: Er fühlte all das, was ich fühlte. Weswegen es plötzlich nur noch eine Sache gab, die ich antworten konnte.

»Dann hör auf damit«, sagte ich ruhig. Und das, obwohl mein Herz unerträglich heftig pochte. Ich war mir sicher, er konnte es spüren, dort, wo seine Finger auf meinen Pulsadern lagen, während er meine Hände gegen die Wand drückte.

»Was?« Er lockerte seinen Griff, aber er wich keinen Zentimeter zurück. Ein paar lose Strähnen hingen ihm in die Stirn, seine Wangen waren gerötet, sein Blick sprang von meinen Augen zu meinem Mund und zurück. Nicht zu meinem Hals wie sonst so oft. Nur zu meinen Lippen, die ein wenig bebten. Und dieses winzige Detail sagte mir, dass er es längst wusste: Die Antwort auf dieses *Was* war eine, die er selbst in sich barg und sich nur nicht eingestehen wollte.

»Hör auf, mich schützen zu wollen. Hör auf, dich von mir fernzuhalten. Das ist nicht das, was ich von dir will.«

Seine Finger ließen meine Handgelenke los, strichen über meine Arme bis zum Ärmelsaum meines Kleides, dann stützte er sich an der Wand hinter mir ab. »Und was willst du dann?«

Die Frage klang gleichzeitig wie ein Flehen, es auszusprechen, und eine Bitte, es nicht zu tun. Verzweiflung und Verlangen in einem und in allem, was er in diesem Moment war: sein Körper, so nah an meinem, seine gerunzelte Stirn, sein Herz, das spürbar beschleunigte, als ich meine Hand auf seinen Oberkörper legte.

Das ist Wahnsinn, schoss es mir durch den Kopf, aber der Gedanke zerbröselte unter seiner eigenen Kraft, bis da nur noch Bruchstücke waren. Nur noch ein *Sinn*. Der einzige, den ich erkennen konnte.

Langsam ließ ich die Hand über die Knopfleiste seines Hemdes wandern, bis ich seinen Hals und dann sein Gesicht erreichte. Seine Haut war kühler als zuletzt, aber warm genug, um mich leicht erschaudern zu lassen. Blake schloss die Augen, als ich über die Narbe an seiner Schläfe strich.

»Ich küsse dich gleich«, wisperte ich, »falls du die Flügel ausbreiten und wegfliegen willst, dann jetzt.«

»Sei still.« Seine Mundwinkel zuckten, er legte eine Hand in meinen Nacken. Finger über meinen Halswirbeln, Atem auf meinen Lippen, *so* warm. »Und … schließ deine Augen«, murmelte er.

Verwirrt suchte ich seinen Blick, doch seine Augen waren nach wie vor geschlossen. »Wieso?«

Er schüttelte den Kopf. »Kannst du einmal tun, worum ich dich bitte?«

Ich hätte Nein sagen sollen, ich hätte ihn zurückstoßen, mich umdrehen und gehen sollen. Ich hätte alles, wirklich alles tun sollen, außer die Augen zu schließen. Das Problem war nur, dass das hier alles war, was ich tun wollte. Die Wahrheit war: Ich wollte Blake Ames küssen, seit ich ihm in jener Nacht in dieser Bibliothek begegnet war.

Ich hatte mir eingeredet, dass er Teil eines Rätsels war, das ich lösen wollte, weil ich solche liebte. In diesem Moment erkannte ich, dass es mir darum nie gegangen war. Ich musste ihn nicht ganz begreifen, um das Gefühl zu haben, ihn zu verstehen. Und definitiv nicht dafür, ihn zu wollen.

Langsam strich ich mit einer Hand über seine Wange, bis sie an seinem Hals liegen blieb. Wippte auf den Zehen, lehnte mich vor, bis meine Nasenspitze sein Gesicht berührte. Holte tief Luft und atmete sein Parfum ein, diesen besonderen Duft, der mich an holziges Oud und kräftigen Lavendel erinnerte, vielleicht eine Spur von Zimt.

Dachte *Blake*, dachte *Cliff*, dachte *Heathcliff*.

Dachte gar nichts mehr, als seine Hände mein Gesicht umfassten und es sanft zur Seite drehten. So weit, dass ich seine Lippen an meinen spürte. Er hielt inne, ich die Luft an. Und dann ließen wir los.

In dem Moment, in dem ich ihm entgegenkam, zog er mich enger an sich heran. Wir küssten uns gleichzeitig, wir küssten uns vorsichtig und trotzdem so … sicher.

Kein Zögern, kein Austesten, nur Lippen auf meinen, ein leichtes Zupfen an meiner Unterlippe, mein Herzschlag, der aus meiner Brust tiefer rutschte und zwischen meinen Beinen innehielt. Ein Wimpernschlagkuss – und alles in mir pochte.

Ich umfasste den Kragen seines Hemdes und hielt ihn fest, im selben Moment, in dem er mich erneut gegen die Wand in meinem Rücken drückte. Mein Kleid scheuerte zwischen meinen Schulterblättern, ich konnte immer noch kaum atmen darin und wünschte mir, er würde es öffnen.

Es war nicht rohes Verlangen, das ich fühlte, eher etwas Weicheres, Unschuldigeres, gleichzeitig Intensiveres. Ich hatte das Gefühl, dass dieser Kuss an dem Kern von dem schürfte, was ich in Blake zu erkennen glaubte, seit ich ihm das erste Mal begegnet war. Und ich wollte diesen endlich ganz erreichen. Ich wollte uns aus jeder falschen Hülle herausschälen, bis da nur noch wir waren. Keine Stoffe mehr, keine Lügen, keine Geheimnisse, keine anderen Menschen oder Einflüsse. Nur wir.

Doch Blakes Hände lagen nach wie vor an meinem Gesicht, seine Daumen zeichneten sanfte Kreise über meine Wangen. Lediglich sein Knie schob sich zwischen meine Beine, während er mich noch tiefer, noch drängender küsste. Seine Lippen waren warm und ein bisschen rau, so wie der Ton, der meine verließ, als ich seinen Druck durch die Stoffschichten spürte. Oh Gott, das hier war *wirklich* Wahnsinn, aber ich liebte es.

Der Laut brachte Blake dazu, zusammenzuzucken. Er brach den Kuss ab und lehnte seine Stirn an meine, schwer atmend. Sein Atem wärmte mein Gesicht, das ohnehin bereits glühte. Ich wagte es nicht, mich zu bewegen, nicht einmal zu blinzeln. »Wieso darf ich dich nicht ansehen, wenn wir uns küssen?«, flüsterte ich brüchig.

»Wenn du deine Augen brauchst, um mich währenddessen zu sehen, dann ist etwas daran falsch«, antwortete er ebenso leise. Ich wusste nicht, ob ich die Worte dahinter begriff, aber ich glaubte, das dort liegende Gefühl zu verstehen.

Denn ich sah ihn. In diesem dunkelwarmen Moment war er das Einzige, was ich sah. Und zum ersten Mal, seit ich ihn kannte, fand ich keinen Widerspruch darin. Keine Lücke zwischen seinem Blick und seinen Worten, keine Kluft zwischen der goldglänzenden, perfekt wirkenden Art, wie seine Freunde auftraten, und der gebrochenen Weise, wie er in die Welt hinaussah, als wäre er allein auf ihr. Er war nicht perfekt, auch jetzt nicht, aber er war vollkommen. Vollkommen er selbst.

Sekundenlang standen wir still voreinander. Der Wind, der von außen gegen das Fenster pfiff, die Musik, die von unten gegen den Dielenboden schwappte, diese laute Welt, die von allen Seiten nach uns griff und die uns in diesem Augenblick trotzdem nicht erreichen konnte.

»Das hier ist ein Fenstermoment, oder?«, wisperte ich.

»Ja.« Er lächelte hörbar.

»Ein wahrer oder eine Täuschung?«

»Sie sind alle zu wahr mit dir, Pica«, murmelte er an meinem Mund. »Das ist ja das verdammte Problem.«

Ich wollte etwas sagen, doch da lagen seine Lippen wieder auf meinen. Und ihn zu küssen war schöner, als Fragen zu stellen, die er mir ohnehin nicht beantworten würde. Also legte ich die Hände um seinen Hals und seufzte in seinen Mund, als er seine Finger in meinem Haar vergrub und meinen Kopf leicht nach hinten bog.

»Blake.«

Die Stimme drang wie durch Watte an mein Ohr. Oder durch Samt, weil sich alles an und in mir danach anfühlte: nach dunklem, weichem, schützendem Samt. Die Welt prallte daran ab, bis dieses kleine Wort, dieser *Name*, mit Stacheln verziert hindurchschlüpfte und die Momenthülle zerriss.

Blake schaltete schneller als ich. Erst hielt er im Kuss inne, dann ließ er mich ruckartig los und wich zurück.

Ich blinzelte mehrmals, bis ich mich an das dämmrige Licht des Flurs gewöhnt hatte.

Die Silhouette, die ein paar Meter entfernt stand, schärfte sich trotzdem nur widerwillig. Norah trug ein Abendkleid: hellblauer Satinstoff, der ihre schmale Figur betonte, und ihr Haar noch röter wirken ließ. Sie hätte darin sanft aussehen können, doch die Art, wie sie uns besah, war scharfkantig. Sie war ... entsetzt.

»Henry ist gegangen, die anderen suchen nach dir. Und Ashton ist«, ihr Blick zuckte in meine Richtung, sie senkte die Stimme, »Ashton. Wir sollten gehen, bevor er herkommt und ...«

Diesmal sah sie mich an, ohne mich anzusehen. Mein Gesicht prickelte, meine Lippen auch. Blake hatte recht behalten. Ich hatte ihn sehen können, ohne meine Augen zu öffnen. Und jetzt konnte ich ihn spüren, ohne dass er mich berührte. Er machte einen Schritt vorwärts, zwischen Norah und mich. »Den Flur runter gibt es eine zweite Treppe. Nimm sie, hol deine Jacke und geh nach Hause.«

Seine Stimme klang noch ein bisschen atemlos, seinen Körper hatte er längst wieder unter Kontrolle. Er strich sich das Haar aus der Stirn und richtete den Kragen seines Hemdes, als könnte er damit jede Erinnerung an diesen Kuss – an mich – abschütteln. Dabei sah ich eine Spur meines Lippenstifts an seinem Mund und, was wichtiger war, fühlte seine Hände immer noch auf mir. Und ich wusste, dass es ihm auch so ging. Ich wusste es einfach.

»Ich«, setzte ich verwirrt an, doch da drehte er sich zu mir um.

»Bitte.« Seine Stimme war so ernst, tief und angespannt, dass ich schwach zusammenzuckte. »Geh nach Hause.«

Widerwillig löste ich mich von der Wand und glättete mein Kleid. »Okay. Aber das ist dann schon die zweite Bitte, die ich befolge. Du schuldest mir was.«

»*Blake.*« Jetzt fauchte Norah seinen Namen. Seine Schultern spannten sich an, doch er wandte den Blick nicht von mir ab, als ich den ersten Schritt an ihm vorbeimachte.

»Meldest du dich?«, fragte ich so leise, dass ich es selbst kaum hören konnte. Ich schmeckte die Worte dennoch – vor allem die zartherbe Hoffnung in ihnen.

Ein gequälter Ausdruck zeichnete sein Gesicht. Er antwortete nicht, bewegte lediglich lautlos die Lippen, formte damit ein einziges Wort: *Geh.*

Also ging ich. An Norah vorbei, die ihren Kopf wegdrehte, als würde sie es nicht ertragen, mich anzusehen. Den Flur hinab und um die Ecke, bis ich die schmale Treppe fand, die direkt zur Garderobe führte.

Auf dem Weg zum Wohnheim begegnete ich niemandem. Der Campus verschwand unter einer dünnen Decke aus Schnee. Bei jedem Schritt knirschte er unter meinen Schuhen und ließ sich gleichzeitig von oben auf mir nieder. Trotz all der Kälte hörte ich nicht auf zu glühen. Mein Kopf hätte vor Fragen pochen müssen, doch das Einzige, was pochte, waren mein Mund und mein Herz. Auf eine Weise, die mir das Gefühl gab, heute eine Antwort gefunden zu haben, deren dazugehörige Frage ich mich noch nicht mal getraut hatte zu stellen.

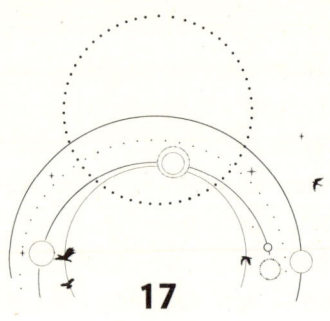

17

CLIFF

Erst nachdem Mabels Schritte hinter mir verklungen waren, erlaubte ich mir durchzuatmen und mich dem zu stellen, was gerade passiert war. Ich wünschte, ich hätte es derart passiv denken können, doch ich wusste es natürlich besser. Nichts von alledem war einfach *passiert*: Ich hatte es gewollt, getan, geliebt.

»Ich …« Meine Stimme brach ab, als ich die Geräusche auf der großen Treppe hörte. Es hätte sowieso keine gute Art gegeben, diesen Satz zu beenden. Es gab keine logische Erklärung dafür, wie ich das hatte zulassen können.

Norah kniff die Lippen zusammen. Im nächsten Moment tauchte Ashton im Flur auf. »Was macht ihr hier oben?«

Ich schüttelte den Kopf, sah zu Norah. Wir standen uns seit geraumer Zeit näher als Ashton und sie, aber ich wusste, dass man vor ihm nur schwer etwas verheimlichen konnte. Trotzdem hob sie ohne zu zögern die Schultern. »Nichts weiter. Ich hab ihm gesagt, dass wir loswollen.«

»Hm.« Ashton sah zwischen uns hin und her. Meistens konnte er spüren, wenn ihm etwas entging, aber wie hätte er das richtig deuten können? Es war absurd. »Deine Motte ist hier«, sagte er dann so plötzlich, dass ich fast zusammengezuckt wäre.

Ich riss mich zusammen. »Ja, hab sie auch gesehen. Sie ist etwas anhänglich momentan. Ich hab sie weggeschickt.«

Ashton kam auf mich zu. »Vic hat sie auf der Feier unten mit diesem Professor gesehen. Ist das ein Zufall?«

Über seine Schulter hinweg nahm ich wahr, wie Norah auf ihren Mund deutete. Reflexartig wischte ich mit dem Handrücken über die Lippen. Ohne hinzusehen, wusste ich, dass Farbe daran hängen blieb. *Strongest temptation* hatte ich vorhin gefühlt, *Biggest fear* war es jetzt.

»Was soll es sonst sein?«, brachte ich verzögert hervor.

Ashton blieb vor mir stehen, musterte mich aufmerksam. Seit Zoe ihm von den Recherchen von Mabel und ihrem Freund erzählt hatte, war er ihretwegen noch angespannter. Ich hatte ihm abermals versprechen müssen, mich um sie zu kümmern. Hätte er gewusst, was stattdessen gerade geschehen war, hätte er nicht gezögert und es selbst in die Hand genommen.

Mein Puls pochte so stark, dass ich spüren konnte, wie mein Zentrum bebte. Ashtons Blick wanderte dorthin, dann schüttelte er den Kopf. »Weißt du was?« Er lächelte grimmig und wich zurück. »Nicht mein Problem, nicht heute. Ich kann mich nicht auch noch um den Scheiß kümmern.«

Mit einer Hand fuhr er sich übers Gesicht, den abgeschlagenen Ausdruck darin wurde er trotzdem nicht los. Meine Anspannung wurde weicher, verwandelte sich in ein Gefühl, das ich Ashton gegenüber nur selten wahrnahm. Nur in jenen Momenten, in denen seine Unantastbarkeit Risse bekam. In den meisten Fällen war es eine Person, die diese hervorrief. Henrys Worte waren Fausthiebe, seine Blicke gezielt eingesetzte Tritte und Ashton sein liebstes Ziel.

»Du weißt, dass er das nicht so meint«, sagte ich leise.

Ashton schnaubte. »Was? Dass er sich für mich schämt? Dass ich auf ganzer Linie eine Enttäuschung bin? Doch, das meint er so. Und er hat recht. Weil hier jeder macht, was er will, und weil jeder Fehltritt auf mich zurückfällt.«

»Du warst doch so dafür, die Regeln zu beugen«, erinnerte ich ihn, auch wenn mir Norahs Blick riet, es zu lassen.

»Wenn ich so was tue, werde ich aber auch nicht erwischt«, zischte er. »Ab jetzt erlauben wir uns keine Fehler mehr, ist das klar?«

»Also lassen wir Paulina in Ruhe?«

»Du hast es doch gehört. Wir können es uns momentan nicht leisten, noch mehr Aufmerksamkeit auf uns zu lenken. Wir behalten sie im Auge, aber solang sie nicht redet …« Er zuckte mit den Schultern.

Ich nickte langsam. Immerhin war das genau die Antwort, auf die ich gehofft hatte. Ich fragte mich, wieso Henry sich die Mühe machte, deshalb anzureisen. Aber vermutlich stand der Grund dafür gerade vor mir, angespannt und steif, als hätte er Schmerzen. Er würde es nie zugeben, aber ich sah, dass ihn alles, was Henry ihm ein Stockwerk tiefer an den Kopf geworfen hatte, zusetzte. Er litt. Und ganz gleich, wie wütend ich in letzter Zeit auf Ashton gewesen war, das war unglaublich schwer zu ertragen.

»Er meint es nicht so, Ash«, wiederholte ich sanfter.

Ashton schloss kurz die Augen, dann rang er sich ein Grinsen ab. »Ist egal. Ich will mich jetzt zudröhnen. Lasst uns in den Pub gehen oder in irgendeinen Club.«

Ich entspannte mich. Es war egoistisch, aber ich sah Ashton in diesem Zustand lieber in einer Menschenmenge als in der Nähe eines bestimmten Menschen. »Einverstanden. Sammle du die anderen ein, wir treffen uns draußen.«

Sobald Ashtons Schritte auf der Treppe verklungen waren, wandte ich mich an Norah. Sie hatte sich die ganze Zeit über nicht bewegt, ihr Blick brannte sich in meinen. Ich gab mir keine Mühe, das Gespräch anzufangen. Wir kannten uns gut genug, um zu wissen, dass sie ihre lautesten Gedanken immer mit mir teilte. Und dieser hier schrie so sehr, dass ich ihn hören konnte, bevor sie den Mund öffnete.

»Klär mich auf: Wer von euch beiden ist die Motte und wer das Licht?«

Ich verdrehte die Augen und ging zum Fenster, weil ich wusste, dass ich das Mimiklügenspiel nicht lang aufrechterhalten könnte. »Ich hab mich für einen kurzen Moment hinreißen lassen. Du weißt, dass das passieren kann.«

»Nicht dir. Du trennst diese Dinge *immer*. Und etwas sagt mir, dass das auch dieses Mal der Fall ist.« Sie war mir gefolgt, ihre Nähe flimmerte hinter mir. »Also, wenn ich recht habe, dann war das, was ich vorhin gesehen habe, die einzige Art, wie du sie *berührst*. Richtig?«

Ich betrachtete den Handrücken. Sah die roten Schlieren Lippenstift, dachte an rote Schlieren Blut. Grob rieb ich darüber, bis die Haut brannte. »Daran ist nichts Verwerfliches.« Ich wollte das so gern glauben.

»Natürlich nicht.« Ihre Stimme wurde weicher. »Wir haben alle unsere Bedürfnisse, wir sind auch nur Menschen. Es ist nur … wie lang ist es her, dass du diese Form von Kontakt zugelassen hast?«

Lang. Sehr lang. So lang, dass ich mich kaum an den Namen erinnerte, geschweige denn an das Gesicht. Die Frauen, mit denen ich in den letzten Jahren geschlafen hatte, konnte ich an einer Hand abzählen. Für die Male, die ich es mit derselben getan hatte, reichte jeweils ein Finger. Es war nicht so, als hätte ich nie Lust gehabt, aber der Selbsthass danach war jedes Mal größer gewesen als das Gefühl der Zufriedenheit. Seit einiger Zeit kam ein anderer Grund dazu, der diese Art von Kontakt nahezu unmöglich machte. Ich hatte gedacht, das wäre es nicht wert. Dass ich drüberstehen könnte, so wie ich seit Langem weitestgehend über meinen stärksten Bedürfnissen stand. Nur bei Mabel hatte es sich nicht wie ein Bedürfnis angefühlt. Das war es ja gerade: Es hatte nichts von Dürfen, ihr näher zu kommen, sondern von Müssen. Das, was eben passiert war, war keine durchdachte Entscheidung gewesen, sondern ein Nachgeben des Gefühls, das in den vergangenen Wochen immer stärker geworden war.

»Was willst du, Norah?« Uns blieb nicht viel Zeit, bis Ashton die Geduld verlieren würde, und ich wollte dieses Gespräch eh nicht führen. Wollte nicht hören, was Norah dachte, weil ich es im Grunde wusste. Ich dachte es nicht nur, ich fühlte es auch: Die glücklichsten Momente hatten immer den bittersten Nachgeschmack von Schuld und Reue.

Ich fühlte mich immer schuldig, aber jetzt ganz besonders. Doch wieso konnte ich diesen Kuss nicht bereuen? Wieso konnte ich nichts bereuen, wenn es um Mabel ging? Wieso wusste ich, dass es falsch war, und wollte trotzdem nicht damit aufhören? Und wieso schaffte ich es nicht einmal, mich dafür zu hassen? Vielleicht, weil ich erstmals seit einer Ewigkeit das Gefühl hatte, dass sie jemanden in mir sah, der das nicht *nur* verdient hatte? Der mehr war? Der vielleicht genau das war, was ich so sehr sein wollte?

»Ich will dich verstehen.« Norah legte mir eine Hand auf den Rücken, bis ich mich zu ihr umdrehte. Ihr Blick wirkte besorgt, fast kummervoll. »Was tust du da?«

Ich hab keine Ahnung, dachte ich, schaffte es aber nicht, es auszusprechen. Ich bekam es nicht einmal hin, Norah anzusehen. Dieser Ausdruck von Verwirrung, Besorgnis und Entsetzen war einfach zu viel. Zu viel von dem, was ich seit Wochen versuchte auszublenden. Denn natürlich hatte Norah recht. Mabel war nicht die Motte. Mabel war das Licht, dem ich einfach nicht widerstehen konnte und an dem ich mich verbrennen würde. Trotzdem wäre sie es, die am Ende ihre Flügel, die einfach *alles* verlieren würde, wenn ich diese Art von Nähe zuließ.

»Oh, Cliff«, sagte Norah auf diese traurige Weise, auf die sie den Namen immer aussprach. Sie machte es nur dann, wenn keiner der anderen in der Nähe war. Mein liebster Regelverstoß und der, der mich jedes Mal kurz die Augen schließen und erinnern ließ. An das, was ich einst gewesen war, an das, was ich so gern wäre, an das, was ich nie wieder sein konnte.

»Wenn es dir um ihr Gesicht geht, lässt sich vielleicht eine Lösung finden. Du weißt, dass sie Ausnahmen machen.«

Irritiert hob ich den Blick. »Um ihr Gesicht?«

»Sie ist hübsch«, sagte sie sachlich. Wir wussten beide, wie vergänglich diese Wertung war. »Sie hat nachdenkliche Augen. Ich weiß, dass du das magst.«

Ich stieß ein heiseres Lachen aus. »Ihr Gesicht ist mir egal, Norah.« Abrupt wandte ich mich ab und stützte mich am Fensterbrett ab. Draußen versank der Campus in dunklem Blau, meine eigene Reflexion davor schimmerte ebenso blass wie die dünne Schneeschicht auf dem Asphalt.

Norah schwieg einen Moment, dann holte sie tief Luft. »Nun, das ist unpraktisch.«

»Ich weiß.« Unpraktisch, unmöglich, unverzeihlich.

Ich drehte mich wieder um. Mit verschränkten Armen lehnte ich mich gegen den Fensterrahmen und blickte den Flur hinunter. Alles fühlte sich fremd an. Der Ort, die Menschen, die irgendwo in diesem Haus und eigentlich meine Familie waren, mein ganzes Leben. Vermutlich lag es daran, dass ich mir heute eingestanden hatte, dass ich dabei war, einen lang verschollenen Teil von mir wiederzufinden: und dass ich spürte, dass ich dafür einen anderen, entscheidenden noch weiter und endgültiger verlieren würde.

»Sag Ashton nichts. Bitte.«

»Keine Sorge.« Sie lächelte matt. »Aber du kennst ihn. Er wird es herausfinden. Und selbst wenn nicht … es gibt keine Möglichkeit, wie das gut ausgehen kann. Das weißt du, richtig?«

»Natürlich. Die gab es für uns alle doch nie, oder?«

Bei uns gab es keinen Ausgang, in keiner Weise. Kein Entkommen, kein Ende. Alles ging immer nur weiter und weiter, genau auf die Weise, auf die es vor langer Zeit begonnen hatte.

Mit den Menschen, mit denen es begonnen hatte. Mit uns. Jede andere Begegnung war flüchtig und unbedeutend: Das war es, womit wir uns abgefunden hatten. Dennoch stand ich jetzt hier und dachte an diese eine Frau, die mir bereits mit jedem Atemzug mehr entglitt. Und das, obwohl ich mir nicht einmal erlaubte, mich so an ihr festzuhalten, wie ich gewollt hätte.

»*Das Leben bricht jeden Menschen. Uns eben nur ein bisschen mehr. Machen wir das Beste daraus.*« Norahs Stimme bebte und klang nach Tränen, während sie lächelte. »Weißt du noch, wie sie das immer gesagt hat?«

Ich musste ebenfalls lächeln. »Als ob einer von uns das je vergessen könnte.« Auch wenn die Worte immer einen dumpfen Druck auslösten, liebte ich es, sie zu hören. Solang es wehtat, sich zu erinnern, war das Gefühl noch echt. Und das schuldeten wir ihr, wir hatten es ihr versprochen. *Ein echtes Leben.* Ich dachte oft daran, doch in letzter Zeit fragte ich mich vermehrt, ob es sein konnte, dass wir unterschiedliche Vorstellungen davon hatten, was das bedeutete. Weil meine echtesten Momente seit Langem die mit Mabel gewesen waren und sie dennoch kein Teil meines Lebens – *unseres* Lebens – sein konnte.

Norah nickte nachdenklich. Sie tastete nach meiner Armbanduhr, deren Zeiger sich nicht bewegten. »Weißt du, manchmal glaube ich, Ashtons ganze Persönlichkeit beruht nur noch darauf, dass er sie vermisst.«

»Das tun wir doch alle. Nur eben auf unterschiedliche Weisen. Manche von uns problematischer als andere.« Ich dachte an die Goldkette mit den zwei Ringen daran, die in Ashtons Portemonnaie steckte und von der ich nur wusste, weil sie ihm einmal beim Bezahlen rausgerutscht war. Ich hatte es nicht angesprochen und verbot mir, Norah davon zu erzählen. Dass er sie noch hatte, musste bedeuten, dass er irgendwie noch derselbe war. Ich hielt mich daran fest, wann immer ich das Gefühl hatte, ihn nicht mehr zu erkennen. Trauer hatte viele Gesichter. Jenes, das Ashton trug, war eins ihrer hässlichsten. Aber es bedeutete nicht, dass das Gefühl dahinter nicht schön war. Liebe war eben nicht immer einfach. Wenn jemand das wusste, dann wir. Wir alle.

Ich schüttelte den Kopf, als ich an den vierten Menschen dachte, den mein kleines *Wir* einschloss. »Wo wir schon dabei sind, hast du in letzter Zeit was von Nox gehört?«

Norah presste die Lippen fest aufeinander, wie immer, wenn sie diesen Namen hörte. Manchmal dachte ich, dass sie ihre erste spontane Reaktion auf ihn krampfhaft zurückhalten musste. »Nicht seit Canterbury.«

»Ich hätte gedacht, dass er die Chance nutzt und Henry herbegleitet.«

»Ich nicht.« Sie zupfte am Ausschnitt ihres Kleides herum. Es war veilchenblau. Die Farbe ihrer Augen und die, die Nox immer genannt hatte, wenn er nach seiner Lieblingsfarbe gefragt wurde. Ich wusste nicht mehr, was davon zuerst da gewesen war. Dieses Detail reichte aus, um zu wissen, dass ein Teil von Norah auch mit seinem Auftauchen hier gerechnet hatte. »Ich denke, wenn es nach ihm geht, sehen wir uns alle noch eine ganze Weile nicht wieder. Er hat deutlich gemacht, dass er Abstand will.«

»Du warst diejenige, die Schluss gemacht hat, Norah.«

»Dich von jemandem zu trennen, der längst gegangen ist, ist kein Beenden. Es ist ein Akzeptieren davon, dass es schon geendet hatte.« Sie zuckte mit den Schultern, als könnte sie so das Gewicht dieser Erinnerung abschütteln. Dabei merkte ich ihr seit Jahren an, wie es sich jeden Tag schwerer auf ihr niederließ. Ihr Blick glitt an mir vorbei, ich sah zu, wie er sich selbst im Fensterglas traf. Die Schatten verwischten das Veilchenblau ihrer Augen zu hellem Grau. »Seltsam, oder?«, murmelte sie. »Was wir vier mit ihr alles verloren haben.«

»Ich glaube, dass uns dadurch nur bewusst wurde, was wir eigentlich haben. Was wir … sind. Ihr Verlust hat uns allen eine Maske abgerissen, die wir nicht mal bemerkt hatten.«

Sie lächelte und legte mir eine Hand auf den Unterarm. »Ich dachte, dass wir dich auch verlieren, Cliff. So richtig. Aber seit einiger Zeit … seit Mabel da ist, hab ich das Gefühl, dass du auch wieder ein bisschen mehr da bist.«

Was sie sagte war so wahr, dass es wehtat. Auf eine Weise, die mich dazu brachte, die Fingernägel in die Handinnenfläche zu graben, bis es schmerzte. Körperlicher Schmerz war erträglicher als das. *Alles* war erträglicher als das. »Nur dass das keine Rolle spielt«, brachte ich bitter hervor. »Weil wir eben alle wissen, wie das enden wird.«

»Trotzdem freue ich mich für dich. Es ist schön, ab und zu daran erinnert zu werden, wofür wir all das tun, oder? Auch wenn es nicht lang halten kann, ist es nicht weniger wertvoll. Es bringt nichts, ein solches Leben zu führen, wenn man sich in ihm fühlt, als wäre man tot.«

Wenn man sich selbst tot glaubt, kann man wenigstens nicht mehr das Gefühl haben, zu sterben, dachte ich, sprach es jedoch nicht aus. Es hätte nichts besser gemacht. Immerhin war ich mir von Anfang im Klaren darüber gewesen, worauf das hinauslief. Ich hatte das Licht gesehen und gewusst, was es mich kosten würde, die Finger danach auszustrecken. Hatte das Verbrennen in Kauf genommen, weil ich seit Jahren so fror und weil die Nähe zu Mabel das erste Leuchten seit einer Ewigkeit war, das so eine Anziehungskraft auf mich ausübte. Vielleicht war sie das Erste überhaupt, das so eine Kraft auf mich ausübte. Ich hatte nie etwas Vergleichbares gefühlt, und das war extrem faszinierend und wohltuend und schön und … tödlich. Für uns beide.

»Der Schmerz wird vergehen. Das tut er immer, weißt du doch.« Norah lehnte ihren Kopf gegen mich, ihr Haar kitzelte am Kinn, ihre Worte in den Augen. »Am Ende haben wir immer nur uns.«

Ich antwortete nicht, stand einfach nur da und atmete und versuchte, lediglich zu existieren, nicht zu sein. So wie ich es seit einer Weile immer öfter getan hatte. Trotzdem konnte ich nicht ignorieren, was ich längst spürte: Ich musste Mabel nicht haben, um zu wissen, dass ich sie verlieren würde. Und auch sie war bereits dabei zu verlieren. Weitaus mehr, als ihr bewusst sein konnte. Wenn ich stärker und besser gewesen wäre, hätte ich sie davor bewahrt, indem ich auf Abstand gegangen wäre. Aber ich war nicht stark oder gut, ich war erschöpft und gleichzeitig seltsam aufgekratzt. Als hätte sich Mabels Nähe ein Loch in mein Inneres gegraben. Dabei war es doch eigentlich vor Jahren so verhärtet, dass ich das für unmöglich gehalten hatte. Und trotzdem war sie jetzt da: diese weiche, leicht aufgeschürfte Höhle mitten in meinem Zentrum, in der ich sie spürte. In der ich plötzlich irgendwie so vieles spürte. Es tat weh, und genau deswegen tat es gut. Denn eine Wunde war letztlich immer das: ein Zeichen dafür, dass du lebendig warst.

Ich wusste, mit jeder Sekunde, die ich mir dieses Gefühl gestattete, würde sich das Ende ein bisschen schlimmer anfühlen. Doch in diesem Augenblick war es mir egal. Ich wollte es noch nicht aufgeben. Ich wollte *sie* noch nicht aufgeben.

Was machte das aus mir? Einen Narren, ein Monster oder einen Menschen? Vielleicht spielte es auch keine Rolle, weil es im Endeffekt alles ein- und dasselbe war. Weil Leben für jemanden wie mich immer nach Sterben schmeckte. Und etwas zu finden immer danach, es auf grausamste Weise wieder zu verlieren.

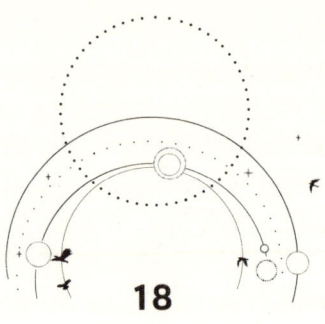

18

MABEL

Weihnachten kam, und die Menschen um mich herum gingen. Der Campus leerte sich mit jedem Tag mehr, der Schnee fiel stärker. Wenn ich morgens das Wohnheim verließ, waren meine Fußabdrücke die ersten, die das Weiß durchbrachen. Wenn ich abends aus der Bibliothek zurückkehrte, waren sie zugeweht, als wären sie nie da gewesen. Als wäre ich nicht da gewesen.

Nicht nur deswegen fühlte ich mich wie ein Geist. Die ganze Zeit über hatte ich nur sporadisch Kontakt zu anderen: Clara rief ein paarmal an, Davie schickte mir Fotos von den Familienhunden mit Plüschgeweihen, Zoe ignorierte meine Nachrichten, und Blake ... Blake meldete sich nicht.

Ich schrieb ihm auch nicht, starrte nur sehr oft auf den geöffneten Chat und fragte mich, was ihn davon abhielt, es zu tun. Der Kuss oder das ganze Drumherum. Ich oder die Sache mit dem Professor, Ashton, seinen Freunden, seiner ... Verbindung. Was daran war der Fehler, was das große, flimmernde Falsch, das sich immer in mein Bewusstsein schob, sobald ich jenen Abend Revue passieren ließ?

Ich sollte erleichtert sein, dass er keine Anstalten machte, dort weiterzumachen, wo Norah uns unterbrochen hatte. Trotzdem spürte ich jedes Mal einen Stich der Enttäuschung, wenn ich mein Handy herausnahm und keine neue Nachricht von ihm vorfand. So auch am 24. Dezember, als ich gegen sechs zurück ins Wohnheim kam. Auf meinem Mantel schmolz ein Rest Schnee, meine Haare waren klamm, und meine Nasenspitze begann unangenehm zu prickeln, sobald die Heizungsluft am Kältepanzer nagte.

Ich rieb mit dem Handballen darüber und checkte mal wieder mein Handy, weswegen ich den Karton vor meiner Zimmertür erst bemerkte, indem ich beinahe darüber gestolpert wäre. Und das, obwohl er breiter als ich und brusthoch war. Verwirrt suchte ich nach einem Absender, fand jedoch nur meinen Namen auf dem Deckel. Das und den Umriss eines … Vogels. Für einen Moment dachte ich, es wäre das Star-Symbol, ehe ich erkannte, dass er keinen Zweig im Schnabel hielt, sondern eine Perlenkette. Damit wusste ich, dass es sich um eine Elster handelte und auch, wer mir diesen Karton vor die Tür gestellt hatte.

Ich sah den Flur hinunter, konnte aber niemanden sehen. Meine Mitbewohnenden aus dem Stockwerk waren spätestens seit heute früh alle heimgefahren. Ich war allein mit einem Karton, den ich nur mit Mühe über die Schwelle meines Zimmers getragen bekam. Das Innere raschelte, als ich ihn neben meinem Bett abstellte. Unschlüssig starrte ich auf das Paket, holte erneut mein Handy heraus und rief den Chat mit Blake auf.

Pica
Hast du jemals den Film »Sieben« mit Brad Pitt gesehen?

Sobald ich die Nachricht abgeschickt hatte, kam er online. Und begann sofort zu tippen.

Heathcliff
Ich verspreche, ich habe dir keinen abgetrennten Kopf vor die Tür gestellt.

Pica
Der Größe des Kartons nach hättest du ihn
auch nicht vom Körper abtrennen müssen.

Heathcliff
Mach ihn einfach auf, Pica.

Ich biss mir auf die Unterlippe, um ein Lächeln zu unterdrücken. Ohne zu antworten, legte ich das Handy weg, warf meinen feuchten Mantel über das Bett und nahm die Schere vom Schreibtisch. Noch bevor ich den Deckel aufgeklappt hatte, roch ich, was es war. Der herbe Duft von Kiefernnadeln und Harz drang in meine Nase, kurz darauf zwängte sich der erste nadelbewachsene Ast aus der Schachtel. Der Baum stand einfach mittendrin: mit ausgebreiteten Zweigen, an denen bereits Schmuck hing. Sterne aus gold- und silberlackiertem Glas, handbemalte Kugeln, Anhänger aus Kristall und Stroh.

Mein Herz wurde schwer und warm. Es rutschte mir in die Knie, ich setzte mich auf die Bettkante. Mum und ich hatten unseren Baum immer zusammen ausgesucht, geschmückt, danebengesessen und Karamellkakao getrunken. Seit sie fort war, verband ich mit einem Weihnachtsbaum irgendwie alles, was ich verloren hatte. Doch einen geschenkt zu bekommen – von einer Person, die nicht mal wusste, was es mir bedeutete –, das gab mir zum ersten Mal seit sechs Jahren das Gefühl, an das denken zu können, was ich gehabt hatte. Wofür ich an den Feiertagen immer dankbar gewesen war.

Kurz entschlossen rief ich Blakes Nummer auf. Es dauerte nur Sekunden, bis er den Anruf entgegennahm. »Du hast mir einen Weihnachtsbaum besorgt?«

»Hm.« Ich hörte ihn ein paar Schritte gehen, dann fiel eine Tür ins Schloss. »Schön oder schlimm?«

»Ich …« Ich stand wieder auf, trat auf das Geschenk zu. Das Schlimmste daran war vermutlich, *wie* schön ich es fand. Das hier sollte mich nicht so berühren. Es sollte nicht dafür sorgen, dass ich kaum noch atmen konnte. »Woher wusstest du überhaupt, dass ich noch hier bin?«

»Ich hab letztens Zoe bei Ashton gesehen, wir haben uns kurz unterhalten. Sie hat erzählt, dass du auf dem Campus bleibst, und sich Sorgen deswegen gemacht. Sie meinte, Weihnachten wäre nicht so einfach für dich.«

Das weiche Gefühl in mir nahm weiter zu. »Meine Mutter ist damals kurz vor den Feiertagen verunglückt. Seitdem ist das alles ein bisschen … schwierig.«

»Verstehe. Hätte ich das lieber lassen sollen?«

»Nein.« Ich strich behutsam über einen der Zweige. »Dann hast du in letzter Zeit mehr mit Zoe gesprochen als ich. Sie hat sich nicht mal verabschiedet, ehe sie gegangen ist.« Ich schwieg kurz und fuhr mit den Fingerspitzen über einen Kratzer auf einem silbernen Glasstern. »Ebenso wenig wie du.«

»Ich weiß.« Etwas knirschte, in der Ferne hörte ich das Rauschen von Blättern. Ich stellte mir vor, wie er in der zugeschneiten Einfahrt einer Villa stand, und fragte mich, wieso er selbst in meinen Gedanken nicht dorthin passte. »Ich hatte Angst, dass du bereuen könntest, was bei der Weihnachtsfeier passiert ist.«

Es war keine Frage, aber irgendwie doch. Und ich war immer noch ich: keine gute Lügnerin. »Ich bereue es nicht. Wahrscheinlich sollte ich, aber ich tue es nicht. Und du?«

Er lachte, ein bisschen atemlos. Vielleicht war ihm nur kalt, vielleicht war er erleichtert. »Ich hab dir einen Weihnachtsbaum besorgt. Wie interpretierst du das?«

Ich rang mir eine bemüht gleichgültige Stimme ab. »Es könnte ein Dankeschön sein, weil der Kuss so umwerfend war.«

»Das lasse ich unkommentiert.« Er lächelte immer noch, eindeutig. »Aber nein, so war das nicht gemeint.«

»Wie dann?«

»Als … Vorschlag. Wie wäre es, wenn wir uns gegenseitig etwas zu Weihnachten schenken?«

»Bei jedem anderen würde ich damit rechnen, dass jetzt was Unanständiges kommt«, stellte ich trocken fest, obwohl verräterische Hitze meinen ganzen Körper flutete.

»Keine Sorge, ich meine nur … eine Pause. Von allem um uns herum. Lass uns bis Ende des Jahres so tun, als wäre nicht alles so dermaßen kompliziert.«

Das letzte bisschen Lächeln versickerte in meinen Mundwinkeln. Ich verrieb ein wenig Harz zwischen meinen Fingern. Der Baum war verwundet, und wir irgendwie auch. Das alles, dieser Kuss, dieses Gespräch, jeder Funken Nähe zwischen uns, das alles fühlte sich heil und gut an, aber das war es nicht. Ganz gleich, was sich eventuell zwischen uns entwickelt hatte – oder noch könnte, wenn wir es zuließen –, es war von vornherein angeschlagen. Die seltsamen Umstände, wie wir uns kennengelernt hatten, die Tatsache, dass ich überzeugt davon war, seine Freunde aufhalten zu müssen, und die, dass seine Freunde mich deswegen nie ausstehen könnten, all das bildete diese offene Wunde in dem, was wir waren. Wir würden nie heil sein. Wir würden nie funktionieren. Wir würden nie … richtig sein.

»Du meinst, unmöglich«, flüsterte ich.

»Ja.« Sein Lächeln klang jetzt trauriger. »Was sagst du?«

Er wusste das alles auch, aber aus irgendeinem Grund schien es ihn nicht genug zu kümmern, um das vermeintlich Richtige zu tun. Womöglich, weil auch er gespürt hatte, dass Abstand halten sich eben auch nicht richtig anfühlte. Wenn es nur Falsch gab, durfte man vielleicht wählen, welchen Fehler man machte. Und Blake und ich, wir fühlten uns an wie der beste Fehler, den ich mir vorstellen konnte.

»Es wäre nicht Weihnachten ohne Wunder«, antwortete ich deswegen und schob mit ganzer Kraft meine Zweifel beiseite. »Oder ohne Baum.« Behutsam nahm ich ein Herz aus Weidenholz in die Hand. »Du hättest das nicht tun müssen.«

»Weiß ich. Aber der Gedanke, dass du die Feiertage allein im Wohnheim verbringst, war auch so schon schwer genug.«

Plötzlich war ich froh, dass wir nur telefonierten und er mich nicht sehen konnte. Mein Gesicht fühlte sich längst so warm an, dass die Reflexion im verspiegelten Stern vor mir einen Rotstich hatte. »Der Schmuck ist wirklich hübsch«, meinte ich ausweichend.

»Das meiste sind Erbstücke, deswegen sind manche schon etwas ramponiert.«

Sofort zog ich die Hand zurück. Ähnlich wie in dem Moment, als er mir gesagt hatte, dass es sich bei den Büchern in der kleinen Bibliothek um Erstausgaben handelte. »Du schenkst mir einen Baum mit *Erbstücken*?« Durch Davie wusste ich, dass der Familie Ames ein beträchtliches Vermögen gehörte. Wenn einer dieser Anhänger mehr als zwei Pfund gekostet hatte, war es verrückt, sie mir zu überlassen.

»Offenbar tue ich das«, erwiderte er gelassen. »Nur die Elster habe ich neu gekauft. Aus naheliegenden Gründen hat sie mich an dich erinnert.«

Ich brauchte einen Moment, bis ich den Vogel gefunden hatte. Er war walnussgroß, aus schwarzem, weißem und blauem Glas zusammengesetzt und so fein ausgearbeitet, dass man jede Feder erahnen konnte. »Sie ist schön.«

»Ist sie.« Wieder ein Lächeln. So weich, dass es durch den Hörer floss und sich um mich schmiegte. Noch mehr Hitze in meinem Gesicht, ich schämte mich vor mir selbst.

»Heathcliff?« Ich lächelte. »Danke.«

»Gern geschehen.«

»Du bist bei deiner Familie, oder? Wie ist es?«

Erneut knirschte der Schnee unter seinen Füßen, als er weiterlief. »Bin erst seit ein paar Stunden hier. Aspen und ich sind allein mit den Hausangestellten, ich vermute, das wird sich die nächsten Tage nicht bedeutend ändern.«

»Wo sind eure Eltern?«

Er zögerte. »Beschäftigt. Ein Unternehmen wie ihres kennt keine Feiertage.« Da klang eine Spur Bitterkeit in seinen Worten mit. Ich vermutete, dass es ihm dabei vor allem um seine Schwester ging. Blakes Gesicht hatte selten so sanft ausgesehen wie in dem Augenblick, in dem er mir von ihr erzählt hatte. Wahrscheinlich war das der Moment gewesen, in dem ich mir endgültig hatte eingestehen müssen, dass ich ihn ... mochte. Niemand konnte nur schlecht sein, wenn er so offensichtlich liebte.

»Verstehe.« Mit der Elster in der Hand setzte ich mich aufs Bett. »Aspen freut sich bestimmt, dass du da bist.«

Er seufzte tief. »Sie hat eine Liste mit ungefähr fünfzig Weihnachtsfilmen erstellt, die wir uns ansehen müssen.«

Ich grinste. »Klingt perfekt.«

»Tust du auch was, außer zu lernen?«

Das Federmuster unter meinen Fingerkuppen fühlte sich rau an, die Antwort auf meiner Zunge ebenso: »Mal sehen.«

»Hm.« Er fragte nicht nach, ich war dankbar dafür. Dass wir uns eine Pause von dem Chaos genehmigen wollten, hieß nicht, dass es aufhörte zu existieren. Ich hatte Davie versprochen dranzubleiben, und das würde ich tun.

Blake schwieg eine Weile, seine Schritte wurden langsamer, sein Atem abgehackter. Ich hätte ihm gern gesagt, dass er wieder reingehen sollte, um nicht zu frieren, aber ich ging davon aus, dass er dann auflegen würde, und das ... das wollte ich dann eben doch nicht. »Du solltest dir eine Auszeit gönnen«, sagte er schließlich. »Sei ein Weihnachtsklischee. Iss gebrannte Mandeln, trink Glühwein und guck dir *Tatsächlich ... Liebe* an. Laut Aspen *der* Klassiker der Moderne.«

»Na, wenn Aspen das sagt«, ging ich bereitwillig auf den Themenwechsel ein. »Beim Essen muss ich allerdings passen. Die Supermärkte haben zu, und alles, was ich an Knabberzeug noch hier habe, sind Wasabi-Nüsse.«

»Hat dir niemand beigebracht, unter den Baum zu gucken?«

Ich stutzte und beugte mich vor, um die Zweige anzuheben. Tatsächlich befand sich auf dem Pappboden neben dem Übertopf des Baums ein schmaler Karton. Ich angelte ihn hervor und hob den Deckel an. Mehrere Papptüten mit Nüssen, wie man sie von Weihnachtsbuden kannte, Glühwein, Zimtsterne und Kakaopulver. Mein Hals wurde eng, mein Herzschlag versuchte beharrlich, sich hinaufzuzwängen. Ich hätte gern gedacht, dass mir diese Geste unangenehm war, weil ich Geschenke nicht mochte. Aber ich begriff, dass dieses hier denselben Gefühlsabdruck hatte wie Zoes Art, mir Kleider in meiner Größe zu kaufen und drei Wochen lang sporadisch zu tragen, bevor sie so tun konnte, als wollte sie sie nicht mehr haben. Ebenso wie Davies Angewohnheit, mich zu Kuchen zu überreden, indem er vorgab, ich würde ihm damit einen Gefallen tun. All das hatte nichts damit zu tun, bemitleidet zu werden. Sondern damit, gemocht zu werden. Ich wünschte, ich hätte besser damit umgehen können. Es war schön und gleichzeitig unangenehm, es zeigte mir, was ich mir wünschte und wovor ich mich gleichzeitig fürchtete.

Ich rieb mir über den Nasenrücken und setzte ein paarmal an, etwas zu erwidern, wollte wenigstens noch einmal *Danke* sagen und fragte stattdessen nur: »Wann kommst du zurück?«

Irgendwie war ich mir sicher, dass er trotzdem wusste, was ich damit sagen wollte. »Erst an Neujahr. Aspen fährt dann auf Skifahrt mit der Familie einer Schulfreundin. Vorher würde es sich falsch anfühlen.«

»Das heißt, ich sehe dich dieses Jahr nicht mehr.«

»Rein faktisch … ja.«

»Was bedeutet das?«

»Es bedeutet, dass man sich auch sehen kann, ohne sich zu sehen. Das hab ich dir doch schon mal erklärt.« Das Lächeln, das an den Worten klebte, war mit Erinnerungsstaub benetzt. Er war rot: Ich fühlte, wie er warm an meinen Wangen haften blieb.

Ich ließ mich auf die Matratze hinter mir fallen, drehte die Elster im Schein meiner Deckenlampe. Ihr Funkeln warf ein Lichtmuster auf die Wände um mich herum. »Du schlägst also vor, dass wir über die Feiertage Kontakt halten? Auf ganz unkomplizierte, eine Um-uns-herum ausschließende Weise?«

»Ja«, sagte er schlicht.

Meine Lippe pochte, vielleicht, weil ich wieder hineinbiss, um nicht zu lächeln. Vielleicht, weil mein Körper an etwas dachte, das mein Bewusstsein sich nicht erlaubte. Weil ich Blake sonst gebeten hätte, sofort herzufahren. »Dann musst du mir diesmal aber antworten, wenn ich dir schreibe.«

Noch bevor ich das letzte Wort gesagt hatte, vibrierte das Handy in meiner Hand.

Heathcliff
Werde ich.

Diesmal erlaubte ich mir ein Lächeln. Es kroch so sehr in meine Stimme, dass ich sie selbst kaum erkannte. »Gut, dann hören wir voneinander. Und … frohe Weihnachten, Heathcliff.«

»Dir auch frohe Weihnachten, Pica.«

Wir legten auf, und ich blieb liegen. Versinkend in Bettwäsche und dem Geruch von Tanne und Gebäck, eine Elster aus Glas in der Hand und ein Gefühl der Wärme im Bauch. Zum ersten Mal seit Jahren glaubte ich, dass es das wirklich sein könnte. Vielleicht kein frohes Weihnachten, aber immerhin ein erträgliches.

Und das war es wirklich. Ich hatte jahrelang versucht, Mum aus dem Bild, das ich von Weihnachten hatte, zu radieren, und dabei den ganzen Zauber mit weggenommen. Dieses Jahr erlaubte ich mir, an sie zu denken, und das bedeutete auch, mich daran zu erinnern, was ich so an dieser Zeit liebte: die Stille, die über der Welt schwebte, die Behaglichkeit warmer Socken, die man nach einem Winterspaziergang anzog, der Geschmack von Butterplätzchen, das Betrachten geschmückter Schaufenster in der Abenddämmerung. Also tauchte ich endlich wieder in dieses Gefühl ein: Ich schlenderte über den verlassenen Campus, trank Kakao, aß sämtlichen Süßkram aus dem Karton, schaute mir ein Dutzend Weihnachtsfilme an und dachte wenig an mein eigenes Leben, das ganz anders war als diese heilen, lichterkettenverzierten Realitäten, die über den Bildschirm flimmerten.

Blake schrieb mir oft, er schrieb mir viel, er antwortete immer. Das, was am Abend der Weihnachtsfeier zwischen uns passiert war, schwebte wie ein Seidentuch über uns, ohne dass einer von uns danach griff. Da waren nur harmlose und doch bedeutende Nachrichten. Nachrichten, während ich in der Bibliothek lernte, mein Handy eigentlich ignorieren wollte und doch immerzu darauf wartete, dass es aufleuchtete. Nachrichten, wenn ich abends allein in der Wohnheimküche saß und kochte. Nachrichten, wenn ich im Bett lag und nicht schlafen konnte und wir Stunden damit verbrachten, über Textzeilen aus verschiedenen Büchern zu diskutieren.

Menschen wie Heathcliff sind Idioten, schrieb Blake.

Nicht immer, antwortete ich mit einem Lächeln, das ich mir nur in meinem dunkelleeren Zimmer genehmigte.

Wir waren etwas, das ich nicht begriff. Ich sollte ihn nicht mögen, ich sollte Angst vor ihm haben, ganz sicher sollte ich ihm nicht vertrauen. Ich wusste das, aber ich *fühlte* etwas anderes. Ich fühlte, dass ich mich mit jedem Satz, mit jedem geteilten Wort, mit jedem Aufleuchten meines Displays, mit jedem Auf-die-drei-Punkte-Starren mehr entspannte. Es war, als würden wir einander schon lang kennen. Und das so gut, dass mir vor ihm irgendwie nichts unangenehm war. Wir schrieben über alles, nur nicht über das, was am wichtigsten war. Nicht über Ashton oder Zoe, nicht über irgendetwas, das mit ihnen zusammenhing. Die Zeit zwischen Weihnachten und Neujahr war ein großes, warm leuchtendes Dazwischen, und es gehörte uns. Ich wusste, dass, sobald die Universität mit dem neuen Jahr zum Leben erwachen würde, dieses zarte *Dazwischen* sterben würde. Blake in mein Leben, meine Gedanken und meine Gefühle zu lassen und ihn dabei vom *Bund der Stare* zu selektieren, war ein Kompromiss, der auf Dauer nicht funktionieren konnte. Und ich redete mir ein, das wäre okay.

Wir suchten gemeinsam nach einem Schlupfloch und vergruben uns so tief darin, dass wir in Kauf nahmen, vom ersten Erdbeben darin begraben zu werden. Es war nur die Frage, wer von den Menschen um uns herum es auslösen würde.

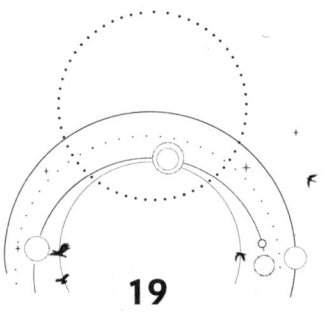

19

MABEL

Meine Reflexion in der Fensterscheibe wurde von weißen Flocken übersät. Pünktlich zum Silvesterabend hatte sich der Schneefall verstärkt, und der bedeckte Asphalt glänzte im orangestichigen Licht der letzten Weihnachtsbeleuchtung.

Ich unterdrückte ein Gähnen und wandte den Blick ab. Die Sitznische war mittlerweile bis auf mich ganz verlassen, weil die anderen überall im Pub verteilt standen, durcheinanderredeten, lachten und die Minuten bis Mitternacht runterzählten. Davie hatte mich überredet, herzukommen. Immerhin hatte ich ihn seit über zwei Wochen nicht gesehen, ebenso wenig wie Zoe. Sie war noch nicht zurück, sondern verbrachte Neujahr bei ihrer Familie. Das hatte sie mir knapp mitgeteilt, nachdem ich mich vor ein paar Tagen überwunden und ihr geschrieben hatte. Dass sie überhaupt darauf eingegangen war, machte mir zumindest halbwegs Mut für ihre Rückkehr Anfang nächster Woche.

Erneut klickte ich auf Blakes Chat und blickte frustriert auf den einzelnen Haken neben meiner Frage von vor zwei Stunden, wie er und Aspen den Abend verbrachten.

»Alles okay bei dir?«

Hastig sperrte ich den Bildschirm und sah hoch zu Davie, während ich ein drückendes Gefühl verspürte: Schuld. Natürlich wusste Davie nichts von meinem Kontakt zu Blake. Er hätte nach Neuigkeiten über die Verbindung gefragt, und ich hätte uns beiden gestehen müssen, dass ich daran zuletzt kaum noch gedacht hatte.

Ich rang mir ein Lächeln ab. »Bin nur müde. Ich hab dich gewarnt, dass ich heute nicht die beste Gesellschaft bin.«

Davie rutschte neben mich. In der Hand hielt er ein halb leeres Red Ale, seine Wangen hatten dank Alkohol dieselbe Farbe. »Für mich bist du immer die beste Gesellschaft.«

»Wie betrunken bist du?« Mein Spott wankte, weil sein Blick so warm auf mir ruhte. So warm wie seine Hand, die nur Zentimeter entfernt von meiner auf der Sitzbank lag. Ich zog meine zurück und griff alibimäßig nach meinem Ciderglas.

Davie holte tief Luft. »Mabel, ich …«

»Leute, noch fünfzehn Minuten!« Cody tauchte so plötzlich an unserem Tisch auf, dass Davie etwas von seinem Bier verschüttete. Seine blonden Haare standen wirr von seinem Gesicht ab, sein Hemd war halb offen. Ich kannte ihn seit einem Jahr als Davies Flurnachbarn und Redaktionskollegen, angetrunken wie heute hatte ich ihn noch nie erlebt. Er sah uns entgeistert an und tippte auf die imaginäre Uhr an seinem Handgelenk. »Hopp, hopp. Holt euch gefälligst etwas Sekt oder wenigstens schönere Gläser für euer Bier!« Und damit verschwand er am Nachbartisch, um dort dieselbe Ansage zu machen.

»Ich glaube, Cody hat vergessen, wer sein *Commander* ist.«

Davie verdrehte die Augen. »Er ist ein Quatschkopf. Aber er hat recht. Ich hol uns was zum Anstoßen.«

»Tu das.« Ich folgte ihm, als er von der Bank rutschte. »Ich geh nur kurz raus, frische Luft schnappen. Sonst schlaf ich um Punkt Mitternacht ein.«

Draußen wirkte Cambridge ausgestorben. Einige der Fenster waren beleuchtet, spendeten flackerndes Kerzenlicht oder silberstichige Sprenkel wie von einer Discokugel, ansonsten warfen nur die Laternen milchigen Schein auf den schneebedeckten Asphalt. Ich legte den Kopf in den Nacken und wartete darauf, dass die Dezemberluft endlich diesen nagenden Drang aus mir herauspustete, Blake anzurufen.

Genervt drehte ich mich herum und erstarrte, als ich den Schemen wahrnahm, der am Gebäude neben dem Pub lehnte. Ich erkannte ihn, noch bevor er sich von der Hauswand löste und langsam auf mich zukam. Es lag an dem, was ich fühlte: Verwunderung und … Erleichterung.

Blake schob sich die schneefeuchten Haare aus dem Gesicht und ein vorsichtiges Lächeln auf den Mund. »Hey.«

Fassungslos starrte ich ihn an. »Meintest du nicht, du kommst erst nach Neujahr wieder?«

»Aspen ist schon früher zu ihrer Freundin, also dachte ich, ich fahre eher zurück.« Blake blieb zwei Schritte vor mir stehen, barg die Hände in den Manteltaschen.

Ich fragte mich, ob er das machte, weil er sie gern nach mir ausgestreckt hätte. Ich hätte es gern getan: ihn berührt, umarmt, … geküsst. Einfach so, weil wir das das letzte Mal getan hatten und weil ich nicht verstand, wie es eine Zeit gegeben haben konnte, in der ich nicht daran gedacht hatte.

Ich verschränkte die Hände vor meinem Bauch, in dem es sacht zog. »Das hier ist kein Zufall, oder? Du wusstest, dass ich hier bin.«

Blake hob die Schultern, ohne den Blick abzuwenden. »Ich wollte dich wenigstens kurz sehen, bevor … das Jahr endet.«

In meinem Hals bildete sich ein Kloß. »Du meinst, bevor unser Deal endet.«

Sein Lächeln wurde schwächer. »Ja.«

Es war absurd, wie sehr mich das verletzte, obwohl mir bewusst gewesen war, dass es passieren würde. Wir hatten uns diese Pause miteinander und vor der Welt nur deshalb genehmigt, weil wir von vornherein vereinbart hatten, wie sie enden würde. Weil wir wussten, dass alles andere keine Option wäre. Trotzdem stand ich jetzt hier, vor einem Pub, aus dem Lachen,

Musik und Stimmen herausdröhnten, und hörte nichts bis auf mein Herz. Es schlug langsam, als wollte es den Moment nicht gehen lassen. Als wollte es *ihn* nicht gehen lassen.

Ich scharrte mit der Fußspitze im Schnee. »Was ist das also? Ein Hallo oder ein Lebwohl?«

»Beides vielleicht.« Er machte einen Schritt auf mich zu, sodass uns nur noch einer trennte.

Ich versuchte, mir klarzumachen, dass das nicht stimmte. Dass das, was zwischen uns lag, weitaus mehr war. Doch ich schaffte es nicht. Ich schaffte es einfach nicht, mich daran zu erinnern, was dagegensprach, diesen letzten halben Meter zu überbrücken. Ich wollte denken, dass es am Cider lag, dabei wusste ich es besser: Es lag an den letzten Tagen. Daran, dass ich Blake jetzt ansah und einfach spürte, wie er war. Nicht in den feinen Schattierungen seines Selbst, aber im Wesentlichen. Ich hatte mein Gefühl für ihn gefunden, und das machte es mir unmöglich, Abstand zu ihm zu halten.

Gerade als ich diesen letzten Schritt auf ihn zugehen wollte, wurde die Tür des Pubs aufgerissen. Cody streckte seinen Kopf heraus, auf dem er einen glitzernden Mini-Hut trug. »Mabel, noch drei …« Er stockte, als sein Blick Blake erfasste. »Oh, ein Freund von dir?«

Ich öffnete den Mund, doch Blake kam mir zuvor. »Nein. Ich bin niemand. Und Niemand geht jetzt.«

Mir war klar, worauf er anspielte. Auf die Nacht in der Kirche, in der Norah uns entdeckt hatte. In unserem zweiten kleinen Fenstermoment. Ich fragte mich, ob Blake auch auffiel, dass wir unsere Vorhänge immer nur füreinander aufzogen – nie vor den anderen.

»Du musst nicht gehen«, sagte ich, obwohl ich selbst wusste, dass das keinen Sinn ergab. Ganz abgesehen von dem Deal, der jetzt endete: Davie war im Pub, und so, wie er zu den Staren stand, ahnte ich, wie wenig er von einem Aufeinandertreffen halten würde. Und das wusste Blake natürlich auch.

»Doch. Es ist gleich Mitternacht.« Er machte einen Schritt nach vorn. Ich hasste es zu wissen, dass er nicht auf mich zuging, sondern an mir vorbei. »Mach's gut, Mabel.«

Seine Hand streifte meine, ich hielt sie fest. »Nenn mich nicht so«, flüsterte ich.

Er lächelte und neigte sich zu mir vor, bis sein Mund meine Schläfe berührte. Flüchtig und doch so nah, dass ich seine Worte auf meiner Haut spüren konnte und im nächsten Moment irgendwie darunter. »Komm gut ins neue Jahr, Pica.«

Ich spürte, wie sie sich in meinen Gedanken eingruben, auf diese Weise, auf die eine Erinnerung entstand, noch während der Moment anhielt. »Es war schön, dich *gesehen* zu haben, Heathcliff«, wisperte ich zurück und sah Blake nach, während er die menschenleere, verschneite Gasse hinablief, bis die Nacht seine Silhouette schluckte. Ich wünschte, sie hätte auch dieses seltsame Gefühl in mir mit sich genommen.

Zurück im Pub, fand ich Davie an unserem Tisch. Er hatte zwei Gläser Sekt vor sich stehen, eines davon bereits zur Hälfte leer.

Stirnrunzelnd setzte ich mich neben ihn. »Was …« Meine Stimme brach, als ich seinem Blick nach draußen folgte. Schlagartig wich sämtliche Farbe aus meinem Gesicht. »Ich wusste nicht, dass er vorbeikommt. Das war ein Zufall.« Davie sah mich so ausdruckslos an, dass ich widerwillig weiter ausholte. »Du wusstest, dass ich ihn ein bisschen kenne. Wegen der Recherche. Das haben wir so abgemacht.«

»Die Art, wie du ihn ansiehst, haben wir bestimmt nicht abgemacht. Das hätte ich nie zugelassen, weil es nämlich das ist, was ich am allerwenigsten will.«

Der Kloß in meinem Hals war zurück, diesmal fühlte er sich scharfkantiger an. Ich war mir nicht sicher, was genau dafür sorgte. Vielleicht war es auch einfach die Erkenntnis, dass dieses Gespräch etwas kaputt machen würde. »Du musst dir keine Sorgen um mich machen, ich passe auf.«

»Darum geht es nicht.« Er fuhr sich über den Kopf, ließ die Hand im Nacken liegen. »Ich meine, natürlich mache ich mir Sorgen. Aber … darum geht es nicht.«

Es gab etwas, das schlimmer war, als verletzt zu werden. Nichts war grauenvoller als das Wissen, jemanden verletzt zu haben, den du liebtest. Weil es manchmal nicht genug war, jemanden zu lieben, nicht, wenn man es auf eine andere Weise tat, als der andere es sich wünschen würde.

»Davie.« Ich wollte nach seiner Hand greifen, in letzter Sekunde zog ich sie zurück.

Er lächelte matt. »Ich weiß. Ich bin ein Idiot.«

»Bist du nicht. Nur … du bist mein bester …«

»Sag es nicht, bitte.«

»Aber es ist wahr. Du weißt, wie viel du mir bedeutest.«

»Ja, tu ich. Und ich weiß, dass es genug ist, aber gerade fühlt es sich nicht danach an.« Langsam wandte er mir das Gesicht zu. Die Lichtkleckse der Ketten über uns besprenkelten seine Züge. »Dich mit ihm zu sehen ist aus vielen Gründen beschissen. Du weißt genauso viel wie ich, Mabel. Dir sollte klar sein, dass er kein guter Mensch sein kann, wenn er in dieser Scheiße mit drinhängt.«

Um uns herum begannen die Leute runterzuzählen, aber weder Davie noch ich regten uns. Es war im Grunde egal, ob das Jahr endete: Das hier würden wir sowieso mit hinübernehmen. Ein Teil von mir befürchtete, dass wir es nie ganz abschütteln würden, ganz gleich, wie viel Zeit verging. Ich verstand, dass Davie nicht nur gekränkt war, sondern sich auch verraten fühlte. Und ich wünschte, ich hätte ihm deutlich machen können, dass Blake nicht Teil von dem war, was wir bekämpfen wollten. Aber wie erklärte man etwas, wenn das einzige Argument das eigene Bauchgefühl war?

»Und wenn es keine guten Menschen gibt?«, fragte ich leise. »Nur gute oder schlechte Entscheidungen?«

Davie verzog spöttisch das Gesicht. »Hat er das gesagt?«

»Nein. Es ist nur das, was ich in letzter Zeit öfter denke.«

»Vielleicht willst du das auch nur denken. Weil du dir selbst eine Entschuldigung dafür bauen willst, ihn gernhaben zu können«, erwiderte Davie und griff nach meinem Glas.

Fast hätte ich es ihm aus der Hand gerissen. Ich hätte alles dafür getan, um seine Worte wegspülen zu können. Denn ich spürte viel zu sehr, wie wahr sie schmeckten. »Vielleicht.« Meine Stimme versickerte im Trubel, der um uns herum ausbrach. Leute lachten, schrien durcheinander, umarmten sich. In meinen Augenwinkeln brannten Wunderkerzen, jemand stand auf dem Tresen und sang eine schiefe Version von *Auld Lang Syne*. Ich hatte mich schon lang nicht mehr so still gefühlt.

Nach einer Weile nahm Davie meine Hand. »Pass einfach auf. Das wird übel ausgehen, und ich glaube, dass du klug genug bist, um das selbst zu wissen.«

Ich schluckte. »Ja. Und ich weiß auch, dass das, was ich in ihm sehe, nicht auslöscht, was ich in *ihnen* sehe. Ich bin immer noch bereit, alles dafür zu tun, um herauszufinden, was in dieser Verbindung vor sich geht.«

»Auch wenn du ihn dafür verraten musst?«

So widersprüchlich meine Gefühle für Blake waren, so eindeutig war meine Antwort darauf. »Ja, es geht um Zoe. Und es geht um … alles. Wenn wir recht haben, dann dürfen sie damit nicht durchkommen. Keiner von ihnen.«

Davie nickte langsam. »Okay. Gut.«

Er versuchte, sich von mir zu lösen, doch ich hielt seine Hand fest. Ein Teil von mir hatte Angst, ich könnte ihn endgültig verlieren, wenn ich jetzt losließ. »Es tut mir wirklich leid, Davie. Vielleicht hätte ich früher etwas sagen sollen, oder …«

»Ist schon okay. Zieh dich nicht zurück, okay? Ich bekomme das hin.« Er lächelte und zog erneut an seiner Hand. Diesmal zwang ich mich, loszulassen. Alles andere wäre unfair gewesen und vermutlich auch vergebens. Wenn ich eines gelernt hatte, dann, dass es einen nicht vor Verlust schützte, sich an etwas festzukrallen. Das Leben hatte immer den stärkeren Griff.

»Sicher?«, hakte ich unschlüssig nach.

»Sehr sicher.« Er grinste mich über den Rand seines Glases hinweg an, ein wenig echter jetzt. »Ich konzentriere mich einfach darauf, was für eine Nervensäge du sein kannst.«

Mein Lachen klang holprig. »Selber. Aber ich gehe jetzt vielleicht trotzdem besser. Telefonieren wir … bald?«

»Klar.« Er lächelte, ein bisschen befangen, doch dann machte er eine Bewegung auf mich zu und umarmte mich. Kurz und fest. »Frohes Neues, Mabel«, murmelte er an meinem Ohr. »Möge es ein bisschen weniger beschissen anfangen, als das letzte geendet hat.«

Die Worte hingen in mir fest, als ich mich von ihm und ein paar der anderen verabschiedete und schließlich nach draußen trat. Die Stille der verlassenen Innenstadt schmiegte sich beruhigend um mich. Trotzdem hämmerte in meinen Ohren ein dumpfer Nachhall der Musik, in meinem Kopf der von Davies Worten und in meiner Brust der des Gefühls, das Blakes Anblick in mir ausgelöst hatte.

Letzteres war der Grund dafür, dass ich Davie nicht ganz zustimmen konnte. Ja, die letzten Monate waren extrem stressig, verwirrend und auf verschiedenste Weise angsteinflößend gewesen. Aber sie waren auch mehr als das gewesen. *Ich* war mehr gewesen. Ich hatte mehr gefühlt, als ich es mir seit langer Zeit erlaubt hatte.

Der Abschied von Blake war das einzig Richtige gewesen. Das einzig Logische. Das zwischen uns hatte keine Zukunft, weil es nicht einmal in der Gegenwart richtig existierte. Es war nur ein Geheimnis, das wir miteinander geteilt hatten, eine kurzzeitige Illusion, gewebt aus Möglichkeiten, die keine waren, weil unsere Leben aus zu unterschiedlichen Stoffen bestanden. Sie würde nie halten, sie würde sofort zerreißen, wenn wir danach griffen.

Ich wusste das und hätte trotzdem fast geweint. Einfach so, direkt hier, vor einem lauten, wummernden, leuchtenden Pub, mitten im Schneegestöber einer Silvesternacht, die sich für mich nicht nach Neuanfang anfühlte. Sondern nach dem Ende von etwas, das nicht mal begonnen hatte, und das ich dennoch nicht verlieren wollte. Es ging nicht nur um diese paar Tage, die wir miteinander geteilt, sondern um jeden Moment, den Blake und ich seit Beginn des Semesters miteinander verbracht hatten. Er hatte mich herausgefordert, mich gereizt, mich frustriert und wütend gemacht und … berührt. Auf so viele Arten. Er hatte mich nachdenken und fühlen lassen. Nicht durch das, was er tat, sondern durch das, was er war. Durch das, was seine Nähe in mir auslöste.

Blake zu sehen – auf *unsere Art* –, das war, wie in einen Spiegel zu blicken. Ich erkannte Teile von mir wieder, die ich seit Jahren zu verbergen versuchte – auch vor mir selbst.

Etwas an ihm gab mir das Gefühl, zum ersten Mal seit langer Zeit komplett zu sein. Nicht, weil er mich vervollständigte, sondern weil er mich daran erinnerte, dass ich mehr war, als ich mir bisher erlaubt hatte zu sein. Es gefiel mir, dieses Spiegelbild von mir zu sehen. Es gefiel mir, *mich* zu sehen. Ganz besonders, und ich wusste, wie gefährlich das war, mit ihm.

Das war mein persönlicher Fenstermoment. Die Wahrheit, die ich nicht vor mir verbergen konnte oder wollte. Und ganz gleich, wie viel dagegensprach, ich war noch nicht bereit, die Vorhänge wieder zuzuziehen.

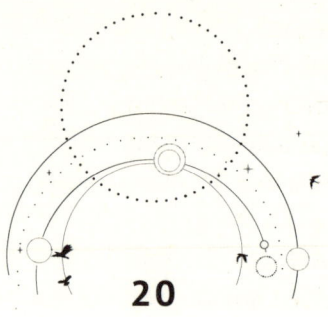

20

MABEL

Meine Schritte hallten im Hausflur wider, mein Herzschlag in meinen Ohren. Blakes Wohnungstür am Ende des Flurs stand einen Spalt offen. Ich atmete tief durch und ging darauf zu, klopfte gegen das Holz. Ehe ich eintreten konnte, hörte ich seine genervte Stimme von drinnen: »Komm einfach rein, wie sonst auch.«

Am liebsten hätte ich kehrtgemacht. Die Tatsache, dass er mich einfach so unten reingelassen hatte, hätte mich vermutlich irritieren sollen. Das hier war der Beweis dafür, dass er nicht mit mir rechnete. Wie auch? Ich verstand selbst nicht, was ich hier machte. Das hier war Wahnsinn, schon wieder. Es sprach nicht für mich, dass das der einzige Sinn war, der mir gefiel, wenn ich an Blake dachte.

Ehe ich entscheiden konnte, was ich tun sollte, wurde die Tür doch geöffnet. »Ich dachte, du bist noch in …« Blake erstarrte, als er mich entdeckte.

Ich rang mir einen spöttischen Gesichtsausdruck ab. »Entschuldige, ich bin wohl nicht die, die du erwartet hast.«

»Nein.« Er zögerte und fuhr sich durchs Haar. Es war immer noch schneefeucht, so wie der Schal, der hinter ihm an der Garderobe hing. »Es gibt eigentlich nur eine Person, die um diese Uhrzeit unangekündigt bei mir vorbeischaut.«

Schlagartig stieg mir Hitze ins Gesicht. Gott, wieso hatte ich nie daran gedacht? Ganz gleich, wie sonderbar Blake mir vorkam, er war ein dreiundzwanzigjähriger Mann. Es war naheliegend, dass er jemanden … für *so was* hatte. »Oh.« Ich räusperte mich und machte einen Schritt nach hinten. »Gut, vergiss einfach, dass ich …«

»Ich meinte Ashton. Er übernachtet manchmal auf dem Sofa«, unterbrach er mich ruhig. Ich sah trotzdem das leichte Schmunzeln, meine Wangen glühten stärker.

»Oh«, wiederholte ich einfallsreich und zupfte an den Flusen meines Schals, um ihn nicht ansehen zu müssen. »Denkst du, er wird heute Nacht vorbeikommen?«

»Nein, er ist noch in Cornwall mit den anderen.«

Ich nickte langsam. »Okay.«

Das Licht ging aus, aber keiner von uns regte sich. Blake lehnte im Türrahmen, ich stand zwei Meter von ihm entfernt. Die Dunkelheit beruhigte meinen Puls, ich atmete durch. Das hier war besser. Im Dunkeln sah ich ihn klarer, mich und das, was sich nach einem Uns anfühlte. Das, was mich dazu gebracht hatte, herzukommen.

»Warum bist du hier?«, fragte er, als würde er meine Gedanken hören können. Vielleicht, ganz vielleicht, weil sie so klangen wie seine eigenen.

Ich trat vor. »Sollte ich lieber gehen?«

Er öffnete die Tür einen Spalt weiter. »Ja.«

»Willst du, dass ich gehe?«

Noch ein halber Meter zwischen uns, ich blieb stehen. Wartete darauf, dass er entschied, was wir mit diesem Abstand machten. Ihn auflösen, ihn verfestigen: ein Entweder-oder, über das ich nicht allein verfügen konnte. Ich hatte den ersten Schritt gemacht, aber ich würde ihm nicht nachrennen. Wenn er sich umdrehte, würde ich ihn gehen lassen.

Doch das tat er nicht. Er wich auch nicht zurück. Stattdessen hob er die Hand, ich spürte es mehr, als dass ich es sehen konnte.

Seine Fingerkuppen an meinem Hals, an meiner Wange, dann sein Daumen an meiner Unterlippe, alles in mir bebte.

Er flüsterte: »Nein.«

»Ich will auch nicht gehen.« Mutig machte ich die letzte Bewegung auf ihn zu, bis seine Körperwärme an meiner flimmerte. »Frohes neues Jahr, Heathcliff.«

»Frohes neues Jahr, Pica.«

Ich hörte ihn lächeln, und dann fühlte ich ihn lächeln, weil ich auf die Zehenspitzen wippte, sein Gesicht mit meinen Händen umfasste und ihn küsste. Einfach so, weil es Wahnsinn ergab und das offenbar unser Sinn war.

Blake zögerte nicht: Er erwiderte den Kuss und zog mich gleichzeitig zu sich heran. Ich stolperte über die Schwelle und in etwas hinein, das sich sofort warm um mich schmiegte. Warm und kribbelnd, besonders dort, wo er mich berührte. Seine Finger tasteten unter den Mantel, schoben ihn über meine Schultern. Er fiel aufs Parkett, mein Herz in meinen Bauch, als Blakes Hand meine Halsbeuge berührte, ehe er in mein Haar griff und meinen Kopf in den Nacken zog. Es ziepte ein bisschen, es tat auf die beste Weise weh, und ich wollte mehr davon. Ich wollte alles davon, von ihm.

Ich griff nach dem Saum seines Pullovers, schob ihn nach oben, bis er mich losließ und ihn sich über den Kopf zog. Da war noch ein Shirt drunter, zu viel Stoff, aber bevor ich danach greifen konnte, umfasste Blake erneut mein Gesicht und küsste mich wieder. Küsste mich tiefer, küsste mich bestimmter, küsste mich, küsste mich, küsste mich, bis das alles war, woran ich denken konnte.

Vage bemerkte ich, wie wir vom Flur in ein großes Wohnzimmer stolperten – gedimmtes Licht, Schwarz-Weiß-Fotografien an den Wänden, mehr nahm ich nicht wahr. Es war mir sowieso egal, wo wir waren, weil mir ja auch egal sein musste, *wer* wir waren, damit ich mir erlauben konnte, das hier voll und ganz zu fühlen. Und das wollte ich, weil es so gut war.

Weil nichts Schlechtes so gut sein konnte. Das musste ich hoffen.

Blake strich den Träger meines Kleides nach unten. Seine Fingerspitzen tasteten über meine Schulter und tiefer. Ich erschauderte, als er mit zwei Fingern über die Wölbung meiner Brustwarze unter dem Spitzenstoff meines Bustiers rieb. Sie wurde hart, er auch – ich spürte es, als ich die Hand von seinem Bauch über den Bund seiner Hose hinabbewegte, und noch stärker, als er mich mit Bestimmtheit nach hinten gegen die Wand und sich gegen mich drückte. Raufasertapete in meinem Rücken, sein Körper an meinem, ich konnte mich nicht daran erinnern, dass Ausweglosigkeit sich jemals so nach dem Erreichen eines Ziels angefühlt hatte.

»Blake«, flüsterte ich an seinem Mund, ohne Grund, weil ich gar nichts zu sagen hatte. All die Worte waren weggespült, so wie jeder Zweifel. In diesem Moment war ich überzeugt, dass das hier passieren durfte – passieren musste.

Die Sekunde, in der ich seinen Namen aussprach, war die, in der er innehielt. Seine Finger verharrten an meiner Taille. Langsam entfernte er sie von dort, glättete erst den Stoff an meiner Hüfte, der hochgerutscht war, zog danach den Träger zurecht. Sein Atem wirkte kontrolliert, während er sich ein Stück von mir entfernte. Sein Daumen strich über meinen Mundwinkel, an dem vermutlich etwas von meinem Lippenstift klebte – so wie an seinem. Stumm folgte ich der Berührung mit meiner Zungenspitze. Er sah mir zu, blinzelte, senkte den Blick. Noch mal ausatmen, dann hob er wieder den Kopf. »Hast du Hunger?«

Ich lachte. »Du bietest mir *jetzt* was zu essen an?«

Er hob die Schultern und ging in Richtung des Küchentresens, der sich rechts im Raum befand. »Meine Ein-Uhr-Nachts-Pancakes sind legendär.«

Kopfschüttelnd sah ich ihm nach. Mir war klar, dass das eine Übersprungshandlung war, aber solang er es zuließ, dass ich mit ihm sprang, war das irgendwie in Ordnung. Ich wischte mir mit dem Handrücken über den pochenden Mund und folgte ihm. »Das musst du beweisen.«

Eine halbe Stunde später blickte ich auf einen Teller mit Pancakes, die wirklich legendär aussahen und auch so schmeckten. Zerlaufende Schokoladenstückchen und Blaubeeren im Teig, die perfekte Mischung aus süß und sauer.

»Keine Rosinen«, stellte ich fest.

»Nein, diesmal nicht. Mir ist gerade danach, nur das zu mögen, was ich auch wirklich mag.« Er wischte mir Schokolade aus dem Mundwinkel, so wie vorhin den Lippenstift.

Wir saßen auf der Couch, zwanzig Zentimeter Abstand zwischen uns, es fühlte sich trotzdem alles nach Nähe an. Meine Zehen steckten in Wollsocken, die Blake mir gegeben hatte, er selbst hatte seinen Pullover wieder angezogen. Ich sah mich um. Das Sofa schirmte den Küchen- vom Wohnbereich des Zimmers ab. Blake folgte meinem Blick über die grau gestrichenen Wände und schlichten Holzrahmen daran.

»Ich mag Schwarz-Weiß-Fotografien, genauso wie Schwarz-Weiß-Filme«, erklärte er. »Die Welt darin ist so geordnet. Nur Hell und Dunkel, nur Gut und Böse. Ich finde das tröstlich.«

»Schwarz-Weiß-Szenarien bestehen aber letztlich auch aus Grautönen. Aus ganz viel dazwischen.« Ich zögerte, ehe ich den Teller auf dem Beistelltisch abstellte und mich zu Blake drehte. »Ich hab dieses Weihnachten viel darüber nachgedacht. Dass es Gut und Böse vielleicht nicht gibt, sondern nur Seiten. In dem, was wir denken, was wir tun, was wir sind, was wir erleben, was wir fühlen. Ich zum Beispiel hab jahrelang alles dafür getan, um die Feiertage irgendwie zu überstehen, ohne an Mum zu denken. Aber dadurch hatte ich so viel mehr verloren als nur die Erinnerung an sie. Dinge sind nie nur hell oder dunkel. Sie sind immer alles, und es kommt darauf an, was wir daraus machen. Wie wir mit dem Schlechten umgehen und wie wir daraus etwas möglichst Schönes machen.«

»Ja, ich weiß, was du meinst. Schmerz gehört dazu. Zu allem. Und … nur weil es wehtut, etwas zu verlieren, sollte man vermutlich nicht aufhören, nach etwas zu suchen, dessen Verlust wehtun könnte. Sonst ist das Leben nur eine Aneinanderreihung von Tagen und leeren Momenten. Das ist zwar leichter, aber weniger echt. Weniger lebenswert.« Er betrachtete seine Hände, die seinen Teebecher umschlossen, wie so oft mit dieser tiefen Nachdenklichkeit in den Zügen, die ihn abwesend wirken ließ.

»Du hast auch etwas verloren, oder?«

Er lächelte halbherzig und stellte das Getränk beiseite. »Sehr vieles sogar. In meinem Leben gab es einige Menschen, die ich auf die eine oder andere Art verloren habe. Und mittlerweile glaube ich, je öfter man so etwas erlebt, desto mehr verändert es auch einen selbst.«

»Du meinst, man vermisst irgendwann das Selbst, das man mit diesen Menschen war, genauso sehr wie sie?«

»Klingt das verrückt?«

»Keine Ahnung. Auf jeden Fall klingt es wie etwas, das ich fühle, aber mich nicht traue zu denken.« Wenn ich Mum vermisste, vermisste ich immer auch mich. Das Ich, das nicht bei jeder Annäherung an einen anderen Menschen daran gedacht hatte, wie es sich anfühlen würde, ihn zu verlieren. Das Ich, das nicht jede Entscheidung auf einer vernünftigen Abwägung aufbaute. Das Ich, das so viel besser darin gewesen war, im Moment zu leben. Ich wusste, dass ich es nicht wiederbekommen würde, aber die Tatsache, dass ich hier war, zeigte mir zumindest, dass ein Teil davon noch in mir war.

»Hör zu«, setzte ich zögerlich an. »Ich hab vorhin mit Davie geredet, und er hat mir klargemacht, dass das hier verrückt ist. Du weißt, dass ich vorhabe, die Wahrheit über euch herauszufinden. Und ich weiß, dass du mir dabei nicht helfen wirst, weil du das nicht möchtest. Ich sollte dich hassen. Du solltest mich hassen. Wir sollten definitiv versuchen, einander loszuwerden, aber wenn ich bei dir bin, dann denke ich nicht so.«

Sein Arm rückte auf der Lehne auf mich zu, seine Finger streiften meine Schulter. »Woran denkst du dann?«

Gar nicht mehr, wollte ich im ersten Moment antworten. Aber das stimmte nicht. Ich dachte, aber auf eine intuitivere Art als sonst. Meine Gedanken bestanden nicht mehr nur aus rationalen Überlegungen. Wenn sie sich um Blake drehten, bestanden sie immer auch aus Emotionen und Instinkten. »Daran, dass ich … dich sehe und das Gefühl habe, dich zu kennen. Ich weiß, du hast gesagt, dass man niemanden kennen kann, den man gerade erst kennengelernt hat, und ich weiß, dass das stimmt, aber … es fühlt sich trotzdem so an. Es ist, als würde ich dich wiedererkennen und als würde ich dadurch auch einen Teil von mir selbst wiedererkennen, der mir in den letzten Jahren so fremd geworden ist. Seit Mum gestorben ist, hab ich versucht, mich nicht mehr so auf Menschen einzulassen. Weil es mir wehtun würde, wenn sie gehen. Aber dann hab ich Zoe kennengelernt. Und Davie. Und … dich. Mir ist klar, dass das keinen Sinn ergibt, aber ich glaube gerade zu begreifen, dass es das manchmal auch gar nicht muss. Es ist, wie es ist. Und ich mag, wie es ist. Nur … das macht mir gleichzeitig Angst.«

»Wieso?« Seine Miene blieb ausdruckslos, aber ich sah, dass er eine Regung unterdrückte. Ich sah es, weil ich ihn eben wirklich *sah*.

»Weil das hier, weil *wir* keine Chance haben, oder?«

»Nein.« Seine Finger strichen erneut über meine Schulter, ich lehnte mich der Berührung entgegen. »Aber das ändert nichts daran, dass ich es will. Ich wollte es irgendwie immer. Vom ersten Augenblick an. Egal, wie verrückt und aussichtslos und … unmöglich es ist.« Er lächelte traurig. »Macht dir das jetzt noch mehr Angst?«

Ich schüttelte den Kopf. »Eigentlich bin ich nur froh, dass ich damit nicht allein bin. Wir sind wahrscheinlich beide ein bisschen unvernünftig, Cliff.«

Sein Lächeln verflüchtigte sich, er zog die Hand fort. »Du sollst mich nicht so nennen.«

»Dein Blick sagt was anderes. Er wird weicher, wenn ich es tue, weißt du? Als würdest du dich an etwas erinnern. Etwas Schönes, das dir fehlt.« Es war halb geraten, aber noch während ich sprach, erkannte ich, dass ich recht hatte.

Blakes Gesicht spannte sich erst an, als wäre er versucht, seine Vorhänge zuzuziehen, ehe er sich daran erinnerte, dass er das vor mir nicht musste. »Du bist aufmerksamer, als dir guttut.« Mit einem Finger tastete er über die Narbe an seiner Schläfe. »Also gut. Du kannst mich so nennen, wenn es nach mir geht, aber du darfst nicht. Weil es mir *zu sehr* gefällt. Und weil uns das beide in große Schwierigkeiten bringt.« Er brach ab, doch ich wusste, dass wir dasselbe dachten: Wir befanden uns bereits mittendrin. Und mir fiel nur eine Sache ein, die es leichter machen würde.

Ohne darüber nachzudenken, küsste ich ihn erneut. Auf den Mund, mit allem, was ich hatte, fühlte und wollte. Er erwiderte es erneut, ohne zu zögern. Behutsam umschloss er mein Gesicht, ließ die Finger in meinen Nacken gleiten, streichelte über die Wirbel und tiefer. Bis er am Kleiderkragen angelangt war. Er verharrte über dem Reißverschluss, ich spürte es. Das Zögern, das zwischen uns schwebte. Ich wollte es vertreiben, er hingegen griff danach. Er vergrub sein Gesicht in meinem Haar und atmete durch, dann hob er den Kopf und sah mir direkt in die Augen. »Wir sollten aufhören.«

Sofort löste ich meine Hände von ihm. »Okay, ich meine, klar, ich wollte dich nicht …« Ich stockte, weil er in diesem Moment mit dem Daumen über meine Wange streichelte: so wie sein Blick über meinen Mund. Das Pochen in mir nahm wieder zu, ich rutschte unruhig zurück. »Du kannst mich nur nicht so ansehen und denken, dass das nichts mit mir macht.«

»Ich sehe dich so an, weil du dasselbe mit mir machst. Nur … es geht nicht.«

»Weil du nicht willst?« Ich wollte es ihm nicht ausreden, nur verstehen. Natürlich, nicht jeder Mensch hatte Interesse an Sex, und generell war ich selbst niemand, der solche Dinge überstürzte. Wenn er nicht wollte, war das absolut in Ordnung. Aber wenn er mir signalisierte, dass er wollte, aber nicht konnte, war das in erster Linie verwirrend.

Er lachte heiser. »Das ist nicht das Problem, glaub mir. Aber ich kann nicht. Das wäre … Du hast keine Ahnung, wer ich bin.«

»Ich glaube, ich weiß besser, als du ahnst, wer du bist«, widersprach ich ernst. »Du hast nur Angst davor, dass ich recht habe mit dem, was ich in dir erkenne. Weil es nicht zu dem passt, was andere in dir sehen wollen. Was *du* in dir sehen willst. Oder glaubst, dort sehen zu müssen.«

Blake hatte seine Finger zurückgezogen und fixierte sie erneut, als wären sie ihm fremd. »Glaub mir«, murmelte er. »Wenn du wüsstest, was diese Hände getan haben, würdest du nicht wollen, dass sie dich berühren.«

»Das ist nicht wahr. Ich hab dir das schon mal gesagt: Die Fehler, die du gemacht hast, definieren nicht deinen Charakter.« Ich biss mir auf die Unterlippe, weil sie schon wieder pochte. Weil *alles* in mir wieder pochte. »Außerdem haben mich diese Hände bereits berührt. Und es hat mir gefallen. Sehr sogar.« Meine Fingerspitzen strichen wie von selbst über seinen Arm, bis sich eine zarte Gänsehaut darauf bildete. Und ich liebte das, ich liebte es, dass er genauso auf mich reagierte wie ich auf ihn.

Blake holte tief Luft, die Muskeln in seinem Oberarm spannten sich an. Gerade als ich dachte, er würde sich mir entgegenlehnen, wich er zurück. Er verzog den Mund, halb belustigt, halb verzweifelt. »Ich kann nicht.«

Erneut zog ich meine Hände fort. Das Pochen in mir wurde von dem meines Gewissens überdeckt. »Entschuldige, ich wollte dich nicht bedrängen oder …«

»Du musst dich nicht entschuldigen«, unterbrach er mich

sanft. »Alles, was wir getan haben, wollte ich, und ich will mehr, wirklich, ich will *alles*, nur ... es geht nicht.«

»Okay.« Ich nickte und zog mein Kleid zurecht. Noch immer hätte ich ihm gern ausgeredet, was er von sich selbst dachte, aber über so ein Thema diskutierte man nicht. »Macht es dir denn was aus, wenn ich bleibe? Ich verspreche dir auch, dass ich die Finger von dir lasse.«

Blake zog die Augenbrauen zusammen. »Und das, obwohl du dir keinen Grund außer Sex vorstellen kannst, wegen dem man Zeit miteinander verbringen möchte?«

Ich musste lachen. »Betrachte es als Kompliment.«

»Mach ich.« Er streckte die Arme nach mir aus, sodass ich an ihn heranrutschen konnte. Mein Kopf versank in der Kuhle unterhalb seines Halses, mein Bewusstsein mit jeder Sekunde mehr in mir.

Draußen vor dem Fenster leuchteten Lichter weit entfernt gezündeter Feuerwerke auf. Gold, Silber, Rot und Blau. Ich dachte an die Fenster der Kapelle und hoffte, dass dieser Fenstermoment nie zersprang.

Vielleicht dachte Blake an etwas Ähnliches, weil er mich irgendwann, als ich schon fast eingenickt war, noch fester an seine Brust zog. »Ashton darf das hier unter keinen Umständen erfahren.«

»Dass wir uns sehen?«, hakte ich schläfrig nach.

»Eher, *wie* wir uns sehen. Er darf nicht erfahren, dass wir uns so näher gekommen sind. Versprichst du mir das?«

Ich hob den Kopf an und bemühte mich um einen ernsten Blick. »Ich werde es bei unseren täglichen Kaffeekränzchen nicht erwähnen.«

Blake verzog keine Miene. »Das ist nicht witzig, Mabel. Er darf das nie erfahren. Keiner von ihnen.«

»Du hast wirklich Angst«, stellte ich erstaunt fest. »Dabei dachte ich, du hast keine mehr.«

»Hatte ich auch lange Zeit nicht«, meinte er leise. Ich konnte sein Herz an meiner Haut spüren, es schlug schnell. »Aber jetzt bist du da, und … das ändert irgendwie alles.«

Vielleicht war das das größte Kompliment, das er mir machen konnte. Wenn Gefühle Schatten hatten, war das der Zuneigung eindeutig Angst. Es klebte an seinen Fersen und ließ sich nicht abschütteln, nie. Selbst in den ganz hellen Momenten, in denen es unsichtbar wurde, war es noch da. Ich wusste das, weil ich auch nach wie vor Angst hatte. Nicht vor ihm, sondern um ihn.

»Aber eigentlich ändert es auch nichts, oder? Du bist immer noch du, und ich bin immer noch ich. Wir stehen in dieser Sache nicht auf derselben Seite.«

»Ich stehe auf deiner Seite. Mehr, als du denkst. Aber gerade deswegen kann ich dir nicht geben, was du willst.«

Ich lehnte den Kopf an, schloss die Augen. Ich musste ihn nicht ansehen, um zu wissen, dass seine Meinung auch dahin gehend feststand. So wie meine. »Dann bleibt es dabei: Ich werde nicht aufgeben, und du wirst nicht nachgeben. Richtig?«

Er streichelte sanft über meinen Hinterkopf, doch seine Stimme klang hart und entschieden. »Richtig.«

Und so einfach, so kompliziert, so absolut unmöglich war es: Das mit uns, das änderte nichts und gleichzeitig alles. Vielleicht war das Einzige, das uns bleiben konnte, das hier. Dieser Moment in unserem ganz eigenen Dazwischen.

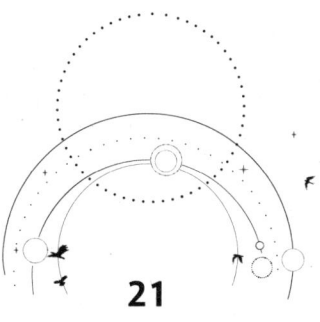

21

MABEL

Prüfend ließ ich den Blick über den Küchentresen wandern, während ich meinen Mantel überzog. Blake behauptete, ich würde mich in seiner Wohnung wie ein Gast in einer Ferienunterkunft benehmen, weil ich Wert darauf legte, sie ordentlich zu hinterlassen, wenn ich allein hier war. Dabei wusste er mit Sicherheit, dass das ein Danke dafür war, mich herkommen zu lassen, wenn ich eine Abwechslung zur Bibliothek gebrauchen konnte.

Meine Finger tasteten nach der Elsterfigur in meiner Tasche. Meinen Versuch, die Weihnachtserbstücke zurückzugeben, nachdem ich den Baum letzte Woche abgeschmückt hatte, hatte Blake mit einem Kopfschütteln abgelehnt. »*Behalt sie. Meiner Familie bedeuten sie nichts, und ich finde es schöner, zu wissen, dass du sie hast.*« Es hatte nach Abschied geklungen, wie vieles, das Blake zu mir sagte. Wie sich sogar die Art anfühlte, mit der er mich manchmal ansah. Als würde er versuchen, etwas in sich abzuspeichern. Nicht den Anblick, sondern den ganzen Moment, den wir teilten. Diese leisen Momente, wenn ich ihn abends in seiner Wohnung besuchte und wir zusammen aßen, uns alte Filme anschauten, miteinander redeten oder einander einfach ansahen und wirklich *sahen*. Wenn er mich beim Lernen in der Bibliothek besuchte und zwischen staubigen Bücherregalen küsste. Papiergeruch, Dämmerlicht, Flüsterworte, Herzpochen – mehr nicht. Wenn ich ihn an meinem Wohnheim vorbeilaufen sah, während wir telefonierten, und er jedes Mal abschlug hochzukommen. Ich wusste nicht, ob er Angst hatte, Ashton oder Zoe zu begegnen, oder nur welche vor mir. Davor, zu vergessen, wieso er nicht konnte, was wir beide offensichtlich wollten. Was auch immer es war: Es brachte ihn jedes Mal dazu, den Kuss zu unterbrechen, wenn ich so erregt war, dass ich nicht mehr klar denken konnte. So erregt, wie ich es mir nie erlaubt hätte, wenn ich eine Wahl gehabt hätte: weil es meine Bewegungen fahrig, meine Körperreaktionen verräterisch und meine Worte zu Seufzern werden ließ. Das passte nicht zu dem Ich, das ich von mir erwartete zu sein: rational, bedacht, vernünftig. Aber es passte zu dem Ich, das sich so nach Komplettsein und einem ganz neuen Mehr anfühlte, seit Blake da war. Seit wir diese Momente hatten, die er mit seinen Blicken sammelte, als wüsste er insgeheim, dass sie endlich waren. So endlich, dass sie mehr Ende als Anfang waren.

Mit ganzer Kraft schob ich den Gedanken beiseite, etwas, worin ich mittlerweile ziemlich geübt war. Gerade als ich auf die Tür zugehen wollte, hörte ich, wie sie von außen aufgeschlossen wurde. Im nächsten Moment flog sie auf, und ein Mädchen schob sich in die Wohnung. Sie konnte nicht älter als fünfzehn oder sechzehn sein und sah Blake so unverkennbar ähnlich, dass ich sie nur anstarren konnte. Das Haar war ebenso dicht und dunkel, die Augen auf eine Weise ernst, die sie älter wirken ließ, als sie war. Klassische Züge, stechend scharfer Blick, der wachsam über mich wanderte.

»Hey. Du bist Aspen, oder? Bist du mit deinem Bruder verabredet?« Blake hatte mir gegenüber nichts erwähnt, aber ich wusste, dass Aspen einen Ersatzschlüssel für Notfälle hatte.

»Nein, ich wollte nur meine Reitkappe abholen, ich hab sie letztes Mal hier vergessen. Der Chauffeur wartet unten.«

Sie lächelte mir neugierig zu, was die Kanten ihres Gesichts weichzeichnete. »Du bist das Mädchen, mit dem mein Bruder Weihnachten geschrieben hat, oder? Ich erkenne dich, Blake hat dich bei Instagram gestalkt.«

»Oh … ja, das bin ich. Mabel.«

»Er hat dich als Pica eingespeichert.«

Ich biss mir in die Wange, weil ich so sehr lächeln wollte. »Ich hab ihn als Heathcliff eingespeichert.«

»Ihr zwei seid seltsam.« Sie warf mir einen weiteren Blick zu, als würde sie versuchen, in mich hineinzusehen.

In diesem Moment begriff ich, dass sie Blake ebenso sehr liebte wie er sie. Und das ließ den Gedanken, der in mir aufkeimte, nur noch schäbiger werden. In den letzten zwei Wochen hatten Blake und ich nicht über den *Bund der Stare* gesprochen – obwohl ich jedes Mal an ihn denken musste, wenn wir zusammen waren. Das hier könnte eine Chance sein, etwas herauszufinden, was es mir leichter machte, Blake gedanklich von ihnen zu trennen. Zögerlich machte ich einen Schritt auf Aspen zu. »Darf ich dich was fragen?«

»Klar.« Aspen wickelte sich den Schal vom Hals.

»Kennst du Blakes Freund Ashton Griffin?«

Sie stutzte. »Vom Sehen, ja. Die beiden hängen seit etwa zwei Jahren miteinander rum. Ich weiß nicht, wie sie sich kennengelernt haben, aber sie wurden sofort unzertrennlich. Blake hat nach dem Schulabschluss zwei Jahre lang gar nichts gemacht. Erst als er Ashton kennengelernt hat, hat er sich in Cambridge beworben.«

Ich runzelte die Stirn. »Davor wollte er nicht studieren?«

Aspen zögerte. Sie zerknüllte den Schal und warf ihn aufs Sofa, ehe sie sich auf die Lehne setzte. »Du darfst nicht schlecht über ihn denken, ja? Oder über mich, weil ich das sage, aber früher war Blake irgendwie ein richtiges Arschloch.« Sie verzog den Mund. »Ich meine, er war voll gemein. Außerdem hat er ständig Mist gebaut; wären Mum und Dad nicht gewesen, wäre er sicher oft verhaftet worden. Er ist betrunken Auto gefahren, mit seinen Schulfreunden irgendwo eingebrochen, hat sich ständig geprügelt und …« Sie brach ab.

Mein Atem kam so stoßweise, dass ich einen Moment brauchte, um nachzufragen. »Und was?«

Aspens Augen schimmerten. »Ich sollte das gar nicht wissen, aber … kurz bevor er seinen Abschluss gemacht hat, gab es richtig Ärger. Ein Mädchen aus seiner Stufe hat Anzeige gegen ihn erstattet, weil sie gesagt hat, dass Blake sie …« Sie stockte, und ich wünschte, sie würde nicht weitersprechen. Ich wollte das nicht hören, es nicht denken, es nicht spüren: dieses Gefühl, als hätte sie mir ins Gesicht geschlagen. Oder vielleicht direkt in den Kopf, so heftig, dass sich ihre Worte dort zu Bildern zusammensetzten, die ich nicht sehen wollte. »Mir wollte niemand was sagen, aber ich hab's mitbekommen. Blake hat das Ganze nicht ernst genommen, so wie alles andere auch. Also haben Mum und Dad mit ihr geredet. Ich glaub, sie haben ihr Geld gegeben. Und wenn sie das angenommen hat, heißt das, dass auch nichts dran war, oder?«

Es war, als würde sie mir die Geschichte eines Fremden erzählen. Das konnte unmöglich *seine* sein. Ich hatte geahnt, dass Blake Geheimnisse hatte, die dunkel waren, aber das hier … das war so finster, dass ich es unmöglich mit ihm übereinbringen wollte. Das konnte nicht sein. Durfte es nicht.

Ich zwang mir ein beruhigendes Lächeln auf den Mund, es bebte verräterisch. »Ja, bestimmt.«

Aspen grinste erleichtert. »Na ja, jedenfalls war er davon unabhängig wirklich ein richtiger Kotzbrocken. Und dann hat er Ashton kennengelernt und … keine Ahnung, seitdem ist er ein neuer Mensch. Er ist der beste große Bruder der Welt. Auch wenn er mittlerweile so weit weg wohnt, ist er immer da, wenn ich ihn brauche. Er ist … weiß nicht, einfach anders. Viel besser.«

»Und du denkst, dass das Ashtons Einfluss war?«, fragte ich skeptisch. Nichts an dem Typen, den ich kennengelernt hatte, schrie nach gutem Einfluss: Dieser Ashton war überheblich, verzogen und selbstgefällig – mehr nicht.

»Keine Ahnung. Alles, was ich weiß, ist, dass Blake eines Morgens mit einer Verletzung im Gesicht nach Hause kam – da, wo jetzt die Narbe ist.« Aspen tippte sich an die Schläfe. »Und ab da war er wie ausgewechselt. Manchmal frage ich mich, ob er sich irgendwie zu doll den Kopf gestoßen hat. Wenn ja, war das das Beste, was passieren konnte.«

»Und Ashton? Wie findest du ihn?«

Aspen kräuselte die Nasenspitze. »Ich sehe ihn nicht oft. Mum und Dad mögen ihn nicht. Ich ihn auch nicht, ehrlich gesagt. Er ist immer nett zu mir, aber er wirkt so … falsch. Keine Ahnung. Und ich hab mal gehört, wie Dad meinte, dass Ashtons Vater das Gespräch mit ihm gesucht hat, weil Ashton sich total verändert hätte, seit Blake mit ihm rumhängt.«

»Er wurde auch ein besserer Mensch?« Ich verzog ungläubig das Gesicht. Wenn das eine verbesserte Version von Ashton war – wie sollte er dann vorher gewesen sein?

»Nein, im Gegenteil. Sein Vater meinte, Blake hätte schlechten Einfluss auf ihn. Dass er seinen Sohn nicht mehr wiedererkennen würde. Er wollte, dass Dad Blake den Kontakt zu Ashton untersagt. Aber ich meine, wie kann es sein, dass sie sich gegenseitig beeinflusst haben – dass der eine netter und der andere gemeiner wurde, in dem Moment, in dem sie sich angefreundet haben? Das ergibt keinen Sinn, oder?«

»Nein, tut es nicht«, murmelte ich, während ich verzweifelt versuchte, aus all diesen Details doch irgendeinen zu knüpfen. *Das ist Wahnsinn*, dachte ich wieder, aber nicht einmal dieser fühlte sich noch richtig an. Nicht, wenn etwas an dem, was Aspen mir eben erzählt hatte, wahr war.

»Magst du meinen Bruder?«

Ich blinzelte mehrmals, um mich auf sie zu konzentrieren. Die Antwort kam dennoch direkt aus meinem Bauch, nicht aus meinem ratternden Verstand. »Ja, tu ich.«

Aspen lächelte, nun um einiges offener. »Er mag dich auch. Weißt du, seit Blake so anders ist, sieht er oft traurig aus. Aber wenn er mit dir geschrieben oder deine Fotos gestalkt hat, ist diese Traurigkeit verschwunden. Das ist ziemlich schön, finde ich.«

Man konnte gleichzeitig glücklich sein und das Gefühl haben, innerlich zu verbluten. Ich wusste nicht, wo die Verlegenheit endete und die Unsicherheit anfing, ich wusste nur, dass mich all meine Gefühle mit Fangzähnen zerfraßen. Die schönen genauso sehr wie die schlechten, weil ich nicht mehr sagen konnte, für welche davon ich mich mehr schämen musste.

Ehe ich etwas sagen konnte, begann mein Wecker zu klingeln. Ich stellte ihn ab und schenkte Aspen ein schwaches Lächeln. »Ich muss los, aber es hat mich gefreut, dich kennenzulernen.«

Sie grinste. »Hat mich auch gefreut, Pica.«

Erst als ich allein im Hausflur stand, griff ich nach meinem Handy. Blake hatte mir ein Foto von einem angebissenen Rosinenbrötchen geschickt, der Anblick war kaum zu ertragen. Ich klickte seinen Chat weg und öffnete den mit Davie. Obwohl ich ihm vor ein paar Stunden geschrieben hatte, blieben alle meine Nachrichten bisher ungelesen.

Mabel
Hab jetzt gleich meinen Termin mit dem
Professor. Treffen wir uns danach? Muss dir
was erzählen.

Die Vorlesungen hatten erst diese Woche wieder angefangen, Cambridge und unser Campus wirkten noch leicht verschlafen. Immerhin schien immer mehr die Sonne, sodass sich der dichte Flockenteppich, der sich über Weihnachten gewebt hatte, langsam auflöste. Vereinzelt weiße Haufen lagen an den Rändern der Gehwege, die kargen Wiesen glänzten feucht.

Um kurz vor vier betrat ich das Institut, in dem sich das Büro befand. Sobald ich den Campus erreicht hatte, hatte ich beschlossen, meine Gedanken an Aspens Erzählungen fürs Erste zu verdrängen. Ich musste mich zuerst hierauf konzentrieren: auf das Gespräch, für das ich die letzten Wochen sämtliche Artikel des Professors gelesen hatte. Ich wusste, dass er Antworten hatte, ich musste nur die richtigen Fragen stellen. Und darauf gefasst sein, dass ich das Erwiderte nicht auf Anhieb verstehen würde. Was auch immer er auf der Weihnachtsfeier angedeutet hatte – ich war zumindest bereit, es mir anzuhören.

Ich prüfte die Raumnummer, die mir seine Sekretärin zusammen mit der Bestätigung des Termins zugeschickt hatte. Als ich mein Handy wegstecken wollte, fielen mir mehrere verpasste Anrufe auf: nicht von Davie, wie ich vermutet hätte, sondern von seinem Freund Cody. Stirnrunzelnd blickte ich auf die Benachrichtigung, klickte sie dann jedoch weg und lief die Stufen in den zweiten Stock hinauf. *Konzentrier dich erst hierauf*, befahl ich mir.

Die Tür des Büros war unverschlossen. Ich klopfte am Rahmen und schob sie ein Stück weit auf, sodass ich in den Raum sehen konnte. Ein klobiger Schreibtisch stand vor einem Fenster mit dunkelgrünen Samtvorhängen. Dahinter stand eine zierliche Frau und schob etliche Zettel auf einen Haufen.

Ich räusperte mich und trat über die Schwelle. »Entschuldigung, ich bin mit Professor Edwards verabredet.«

Sie sah zu mir auf, ohne mit ihren Bewegungen innezuhalten. Sie wirkten fahrig, unkontrolliert. So wie ihr Blick von mir zu den Umzugskartons huschte, die im Zimmer verteilt standen. Aktenordner, Bücher und Schreibtischutensilien blitzten daraus hervor. Offenbar hatte der Professor seine Sekretärin um Mithilfe beim Packen gebeten.

»Das ist nicht möglich«, sagte sie mit hohler Stimme und warf einen Tacker in den Karton neben sich.

Verwirrt ging ich weiter hinein und hielt neben einem runden Besprechungstisch inne. »Mein Name ist Mabel Golding, ich hatte einen Termin vereinbart, er …«

»Professor Edwards ist gestern Abend verstorben«, fiel sie mir ins Wort.

Die Erkenntnis hatte Eishände, die sich um meinen Hals legten und zudrückten. Reflexartig hielt ich mich an der Lehne eines Stuhls fest, versuchte zu atmen. Zu verstehen. Mein Blick schwirrte über das Chaos im Zimmer, dann zurück zu der Sekretärin. Mein Herz dröhnte. »Was ist passiert?«

»Er wurde im Innenhof des Atriums im Nachbargebäude gefunden. Offenbar ist er über eine der Balustraden gestürzt. Die Polizei schließt Fremdeinwirkungen aus.« Ihre Stimme brach ab, sie griff nach einem Taschentuch aus ihrer Hosentasche und schnäuzte sich. Erst da begriff ich, dass sie nicht emotionslos war – sie stand unter Schock.

Und ich, ich vielleicht auch. Weil ich das hier zwar begriffen hatte, aber nicht verstehen konnte. Mir war bewusst, was sie mit dem letzten Satz angedeutet hatte, aber ich weigerte mich, den Gedanken zuzulassen. Ich kannte das Gebäude, von dem sie sprach: eins der Schmuckstücke des Trinity Colleges, ausgestattet mit kunstvoll verzierten Holzbalustraden, die den Blick auf das unten liegende Foyer freigaben. Ein Foyer, das mit kühlgrauem Steinboden ausgelegt war. Man stürzte nicht aus Versehen über ein brusthohes Geländer. Entweder man wurde gestoßen oder … man sprang freiwillig. *Keine Fremdeinwirkungen* bedeutete vermutlich: Die Polizei ging von einem Selbstmord aus.

Ich umfasste die Holzlehne so fest, dass ein Splitter in meine Haut schnitt. Ich nahm es kaum wahr, weil alles, woran ich denken konnte, Professor Edwards' Stimme an jenem Abend der Weihnachtsfeier war. »*June Owens und Paulina Gallagher.*«

»*Das ist ein Muster, oder?*«, hatte ich gefragt.

Es ist ein Muster, wusste ich jetzt und hätte mich am liebsten übergeben. *June Owens und Paulina Gallagher und Garrett Edwards.* Das war kein Unfall und ganz sicher auch kein Selbstmord. Das waren *sie.*

Vehement schüttelte ich den Kopf. »Das ist doch … nein. Er wollte gerade in den Ruhestand, er …«

»Mehr kann ich Ihnen nicht sagen«, unterbrach sie mich mit wankender Stimme. In ihren Augen glänzten Tränen, ihre Wangen zitterten. »Bitte gehen Sie jetzt, ich habe zu tun.«

Vom Weg zu meinem Wohnheim bekam ich kaum etwas mit. Die Gesichter, denen ich begegnete, verschwammen zu konturlosen Flächen aus geröteten Wangen und blau angelaufenen Nasenspitzen, der Campus zu einem Bildband aus Winterfarben.

Ich fühlte mich wie betäubt. Wie konnte das möglich sein? Wie konnte der einzige Mensch, der vielleicht Antworten gehabt hätte, sterben, und das einen Tag, bevor er sie mir geben konnte? Und … wenn ich mich nicht irrte, und der *Bund der Stare* tatsächlich etwas damit zu tun hatte, bedeutete das, dass es meine Schuld war? Was, wenn sie herausgefunden hatten, dass er mit mir reden wollte? Aber wie sollten sie …

Ich blieb mitten im Flur zu meinem Zimmer stehen. Natürlich hatte jemand davon gewusst. Blake hatte mich an jenem Abend mit ihm gesehen und offen zugegeben, dass er wusste, wer Professor Edwards war. Was, wenn er Ashton und den anderen davon erzählt hatte? Was, wenn sie gemeinsam beschlossen hatten, zu verhindern, dass es zu einem weiteren Gespräch kam? Was, wenn …

Das würde er nicht tun. Der Gedanke drängte sich zwischen die anderen, ein Leuchtfeuer aus Hoffnung, an das ich mich klammern wollte, weil der Rest in meinem Kopf so düster war.

Ich kannte Blake. Ich wusste nicht alles über ihn, aber ich wusste, was für eine Art Mensch er war. Er war nicht wie Ashton und die anderen. Er hatte eine gute Seele.

Und wenn du dich in ihm geirrt hast?, flüsterte die Zwei-
felstimme in mir, während ich mit zittrigen Händen meinen
Schlüssel suchte. *Wie kannst du dir nach allem, was Aspen dir
erzählt hat, noch einreden, ihn wirklich zu kennen?*

Endlich bekam ich den Schlüssel ins Schloss und ließ ihn los.
Presste die Handballen gegen meine pochenden Augen. Ich
wusste nicht, ob ich kurz davor war zu weinen, vor Verzweiflung zu lachen oder mich auf den Boden zu kauern und innezuhalten, bis all das aufhörte. Bis es nicht mehr real war, weil
es das eigentlich gar nicht sein konnte. Ich fühlte zu wenig, ich
fühlte zu viel. Das war so verrückt.

Entschieden öffnete ich die Augen und atmete tief durch. Ich
musste mich zusammenreißen. *Erst die Fakten prüfen, dann interpretieren*, hatte Davie mir beigebracht. Fakt war: Professor
Edwards war tot. Das war furchtbar, aber es bedeutete noch
nicht, dass ihn jemand umgebracht hatte. Ich konnte unmöglich wissen, was in ihm vorgegangen war, und deshalb nicht
ausschließen, dass er freiwillig gegangen war. Erneut schoss
mir Davies Stimme durch den Kopf: »*Vielleicht willst du das
auch nur denken. Weil du dir selbst eine Entschuldigung dafür
bauen willst, ihn … gernhaben zu können.*«

Ich hätte es am liebsten geleugnet, wusste aber, dass es
stimmte. Ich wollte nicht denken, dass die Verbindung etwas
mit seinem Tod zu tun hatte. Nicht nur, weil allein dieser Gedanke so krank war und diese Menschen gefährlicher werden
ließ, als ich mir vorstellen konnte. Vor allem, weil es bedeuten
würde, dass Blake etwas damit zu tun hatte.

Das würde er nicht tun.

Ich musste mit ihm reden. Erst mit ihm, dann mit Davie.
Während ich die Tür öffnete, griff ich nach meinem Handy, um
Blake anzurufen.

Es fiel zu Boden, kaum dass ich mein Zimmer betrat. Ein
Klacken auf dem Parkett, das ich kaum wahrnahm, weil der
Moment, der mich umfing, lauter war. Raschelndes Papier, das

von meinem Schreibtisch segelte, Flügelschläge, die dafür gesorgt hatten, sowie das Zwitschern, das fast von meinem hämmernden Herzschlag überlagert wurde.

Reflexartig zog ich die Tür hinter mir ins Schloss, obwohl ich eigentlich lieber rausrennen wollte. Doch das ging nicht. Denn das hier war mein Zimmer. Meine Kleider über dem Stuhl, meine Bücher auf dem Tisch, meine Notizen auf dem Boden. Mein kleines Zuhause, der Ort, an dem ich mich immer sicher gefühlt hatte. Bis zu diesem Moment.

Denn noch während ich an die Tür gepresst dastand und die Szene in mich aufnahm, wusste ich eins: Ab jetzt würde dieser Raum nie wieder Geborgenheit und Schutz bedeuten. Nicht, wenn jemand hier drinnen gewesen war und es so hinterlassen hatte.

Voll mit Vögeln. Echten, lebendigen, flatternden, zwitschernden Vögeln, bestimmt fünfzig Stück davon. Vögeln mit schwarzen Schnäbeln und graubraunen Federn, die mit feinen weißen Pünktchen gesprenkelt waren. Ich wusste, dass das ihr Schlichtkleid war und dass sie es bis zum Sommer gegen das sogenannte Prachtkleid austauschen würden. Das Gefieder würde ein Schwarz annehmen, auf dem das Sonnenlicht grünliche und violette Farbschimmer auslösen würde, die weißen Pünktchen würden verblassen, der Schnabel einen kräftigen Farbton annehmen. Sie würden ihr Aussehen verändern, so wie sie ihren Gesang verändern konnten, um andere Arten nachzuahmen. So wie sie immer wieder ihre Formationen am Himmelszelt veränderten, wenn sie dort in Schwärmen miteinander flogen.

Ich wusste das, weil es nicht irgendwelche Vögel waren.

Es waren Stare.

Zoe reagierte erst beim dritten Klopfen. Ihr leises »Ja?« ging beinahe im Rauschen meines Pulses unter. Ich öffnete die Tür und sah sie in ihrem Bett sitzen, ihren Laptop und mehrere Unibücher neben sich.

Unter normalen Umständen hätte mich das erleichtert, weil ich erst vor ein paar Tagen mitbekommen hatte, dass sie eine Deadline verpasst hatte und ihr eine Nachfrist eingeräumt worden war. Mein Angebot, zu helfen, hatte sie abgelehnt. So wie sie momentan alles ablehnte, was von mir kam. Ich hatte beschlossen, ihr Freiraum zu lassen, aber darauf konnte ich jetzt keine Rücksicht mehr nehmen. Nicht, wenn meine Handinnenflächen wund waren, weil ich gerade eine halbe Stunde lang den Boden geschrubbt hatte, nachdem ich vorher genauso lang gebraucht hatte, um mehrere Dutzend Vögel aus meinem Fenster zu scheuchen. Vermutlich sollte ich dankbar sein, dass sie noch in der Lage gewesen waren zu fliegen. Mein Magen zog sich zusammen beim Gedanken an das Blut an den letzten Federn, die ich von einem Star gesehen hatte. Dennoch war ich nicht erleichtert. Ein toter Star konnte mir nichts tun. Ein Haufen lebendiger schon.

»Hast du jemandem meinen Ersatzschlüssel geliehen?«, platzte ich heraus, kaum dass ich im Zimmer stand.

Zoe runzelte die Stirn. »Was?«

»Hast du Ashton meinen Ersatzschlüssel gegeben?« Ich hatte keine Kraft, um das hier netter oder neutraler zu formulieren. Ich wusste, dass es einer von ihnen gewesen war, ich musste nur wissen, wer. Wer auch immer das gewesen war, musste sich irgendwie Zutritt verschafft haben. Zoe war die Einzige, die außer mir und der Universität einen Schlüssel hatte. Mein ungebetener Besuch musste ihn also von ihr haben.

Oder er hat den Hausmeister bestochen. Oder er kann sich anders helfen, so wie du.

Ich kniff die Augen zusammen und fokussierte mich auf Zoe, die mich verständnislos anstarrte. »Wieso sollte er den wollen? Der liegt da hinten irgendwo, keine Ahnung.« Sie blickte zum Schreibtisch, auf dem sich wie immer Unterlagen aus allen Seminaren stapelten. Dann musterte sie mich. Ihr Gesicht wirkte wieder blasser, ihre Augen glanzlos und trocken. »Was ist überhaupt los? Ist es wegen … du hast es gehört, oder?«

Ich hielt überrascht inne. »Das mit Professor Edwards? Ja, ich …« Ich brach ab. Das ergab keinen Sinn. Selbst wenn sich der Tod des Professors bereits herumgesprochen hatte, war es unwahrscheinlich, dass Zoe etwas davon mitbekommen hatte. In letzter Zeit lebte sie in ihrer eigenen Blase, und so, wie sie aussah, hatte sie heute unmöglich das Zimmer verlassen. Ich kannte Zoe. Sie ging nirgendwohin, ohne sich nicht zumindest Wimperntusche aufzutragen. »Moment, woher weißt du davon?«

»Tu ich nicht«, widersprach sie ebenso irritiert. »Ich höre den Namen zum ersten Mal.«

»Wovon sprichst du dann?«

»Cody hat angerufen, er meinte, er hat's auch bei dir versucht. Er ist sein Notfallkontakt.« Ihr Blick wurde ernster, aber selbst die Sorge darin wirkte verwaschen. Als wären da nur noch Schatten von Gefühlen in ihr übrig. Dieser Gedanke machte mir solche Angst, dass ich mich kaum auf ihre Worte konzentrieren konnte.

»Notfall?«

Zoe nickte und schob ihren Laptop beiseite. Es wirkte wie ein erschöpfter Reflex, als wüsste sie, dass sie für die nächsten Worte bei mir sein sollte – jedoch, ohne sich daran erinnern zu können, wieso das richtig gewesen wäre. Also hielt sie an der Bettkante inne und sah mich nur an. »Davie ist im Krankenhaus.«

Mein Magen zog sich wieder zusammen. Diesmal so heftig, dass ich Galle schmeckte. Ein Würgereflex in meinem Hals, ein Stechen in meinen Knien, ich taumelte. »Was, wieso?«

»Weiß nicht.«

»Hast du nicht nachgefragt?«

»Ich glaub nicht? Ich weiß nicht genau, ich bin so müde.«

Die Worte traten mir erneut in den Bauch, ich hätte mich am liebsten zusammengekrümmt. Genauso gern hätte ich sie geschüttelt. Doch da war etwas in ihrem Blick, das mich davon abhielt, Wut empfinden zu können.

Ihr Gesicht wirkte völlig ausdruckslos. Sie war der lebensfrohste, bunteste, loyalste Mensch, den ich kannte. Hier und jetzt war es, als würde ich eine Fremde ansehen. Die Zoe, die ich kannte, hätte niemals hier gesessen, während einer ihrer Freunde im Krankenhaus lag. Sie hätte alles dafür getan, um herauszufinden, was passiert war, und hätte vor Ort campiert, um zur Stelle zu sein, wenn Davie sie brauchte. Sie wäre einfach … da gewesen. Doch das war sie nicht. Sie saß vor mir, aber sie war nicht da.

Ich musste an das denken, was Paulina gesagt hatte. »*Ich fühl mich so leer. Als wäre ich längst verschwunden.*« In diesem Moment verstand ich, wie sie es gemeint hatte. Und das löste ein pechschwarzes, flammendes Gefühlsgemisch in mir aus: Angst und Ohnmacht, Hass und Wut. Auf denjenigen, der Zoe das angetan hatte, wie auch immer. Auf denjenigen, der mir diese Vögel ins Zimmer gesteckt hatte, um mir zu drohen. Auf denjenigen, der mir damit indirekt verraten hatte, dass Professor Edwards' Tod kein Unfall gewesen war.

Es kostete mich jegliche Kraft, den Gedanken an Ashton und seine Freunde zurückzudrängen. Bevor ich irgendetwas tat, musste ich herausfinden, was mit Davie passiert war.

»Welches Krankenhaus, welche Station?«

Zoe blinzelte und griff nach ihrem Handy, um mir eine Nachricht von Cody zu zeigen. Sie bot nicht an, mitzukommen, und ich fragte nicht danach. Der Mensch, den ich dabeihaben wollte, existierte in diesem Moment nicht. Der Gedanke schmeckte bitter, aber wahr. Vielleicht war Wahrheit letztlich immer bitter. Vielleicht schaffte ich es deswegen nicht, ranzugehen, als Blake mich anrief, während ich das Wohnheim verließ.

Ich konnte nicht jede Frage auf einmal stellen. Ich konnte nicht jede Antwort auf einmal aushalten. Womöglich konnte ich gar keine davon aushalten und war eigentlich längst zusammengebrochen. Ein Teil von mir war sich sicher, dass ich schon vor einiger Zeit ohnmächtig geworden war. Weil ich wirklich, wirklich das Gefühl hatte, bei allem, was ich jetzt noch tat, ohne einen Funken Macht zu sein.

Jede meiner Bewegungen fühlte sich an, als würde ich schlafwandeln. Das ergab eigentlich auch nur Sinn, denn das hier ... das war ein Albtraum. Ich glaubte nur zu wissen, dass es diesmal kein Erwachen geben würde. Da war nur noch alles verschlingende Dunkelheit, und mit jedem Schritt, mit jedem Atemzug, mit jedem Gedanken watete ich tiefer in sie hinein.

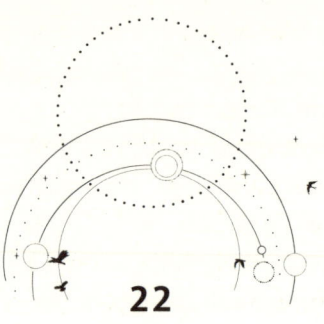

22

MABEL

Ich war davon überzeugt, dass Krankenhäuser für jeden Menschen ein anderes, erinnerungsgefärbtes Gefühl speicherten. Jedes Mal, wenn ich eines betrat, sprang diese eine Erinnerung mitsamt ihrem Gefühlskleid aus der Schublade meines Bewusstseins, die ich eigentlich mit aller Kraft zugedrückt hielt. Und es war wieder da: mein fünfzehnjähriges Ich, das einen weißen Flur entlanglief, in dem es nach Desinfektionsmitteln, Verbandmaterialien und Pfefferminztee roch und der nur aus geschlossenen Türen bestand. Meine Tante neben mir, ihre Hand auf meiner Schulter, als wollte sie mich stützen und dabei versehentlich hinabdrücken. Einfach weil ihre Gedanken so prägnant waren, dass ich glaubte, sie in ihren Augen lesen zu können. Dieses Gefühl allumfassender Hilflosigkeit: Das war mein persönliches Krankenhausgefühl.

Ich stemmte mich dagegen, als der Aufzug stehen blieb. Es gab viele Gründe, warum jemand hierhermusste. Vielleicht hatte Davie eine Lebensmittelvergiftung, sich einen Arm gebrochen oder eine Blinddarmentzündung. Vielleicht, nein, *ganz bestimmt*, war es etwas dermaßen Harmloses, dass er bald wieder entlassen werden konnte. Es gab keinen Grund, sich hilflos zu fühlen: Menschen kamen ins Krankenhaus, weil ihnen *geholfen* werden konnte, weil sie gerettet werden konnten. Mum war die traurige Ausnahme gewesen, nicht die Regel. *Ganz bestimmt.*

Cody saß im Empfangsbereich der Station, direkt an einem der gesicherten Fenster, hinter dem sich die rauchblaue Dämmerung ausbreitete. Die Arme auf den Knien abgelegt, das Gesicht fast so bleich wie die Wände. Als er mich entdeckte, glitt ein schwaches Lächeln über seine Züge. Er stand auf und umarmte mich, ehe er sich wieder setzte. »Hab versucht, dich anzurufen.«

»Ja, ich war …« Ich brach ab, weil das alles egal war. Weil nur eines zählte: »Was ist mit Davie, wie geht es ihm?«

Codys halbherziges Lächeln verrutschte. Darunter kam ein zerschlagen wirkender, kummervoller Ausdruck zum Vorschein. Ich konnte mich nicht daran erinnern, ihn jemals so gesehen zu haben. Cody wirkte immer beneidenswert unbekümmert. »*Wird schon alles, Commander*«, sagte er jedes Mal, wenn Davie sich über etwas in der Redaktion sorgte. Als hätte er ein Urvertrauen in das Universum, dass am Ende alles gut wurde. In diesem Augenblick war davon nichts mehr zu erahnen. »Sie sagen mir nichts, wir müssen auf seine Familie warten. Aber … ich glaube, es sieht übel aus.«

All die Beschwichtigungen, die mich auf dem Weg hierher gestützt hatten, lösten sich mit diesem letzten Satz in Luft auf: Meine Knie wurden weich. »Was ist passiert?«, brachte ich hervor und setzte mich neben ihn.

»Davie war heute Mittag mit dem Fahrrad unterwegs und ist in einen Unfall verwickelt worden.«

Kälte breitete sich in meinem Nacken aus, ich zerrte den Schal enger, obwohl ein paar Meter neben uns eine Heizung gluckerte. »Was für einen Unfall?«

»Die offizielle Version?« Er lächelte unecht. »Er hat beim Abbiegen nicht richtig über die Schulter geguckt und wurde von einem Wagen erfasst.«

Allein diese Worte zerrten an anderen Erinnerungsschubladen in meinem Kopf, ich drückte mich dagegen. »Und die inoffizielle?«

»Ein paar neureiche Idioten haben sich ein Straßenrennen geliefert. Zwei Autos wurden gesehen, nur Minuten zuvor. Ich habe nur leider keine Beweise, dass es dieselben waren, von denen Davie angefahren wurde. Dementsprechend sollte ich solche Gerüchte nicht verbreiten. Das meinte zumindest die Polizei, als ich versucht habe, ihnen davon zu erzählen.«

Ich schluckte schwer. »Weißt du, wer es war?«

»Sie waren vorhin hier, ich kenn sie vom Sehen aus der Uni. Ich hab nur den Namen des Typen mitbekommen, der Davie gerammt hat. Nach dem Aufprall ist er gegen eine Hauswand gerast. Er ist dabei gestorben. Victor Mason.«

Ich stieß einen Ton aus, den ich selbst nicht verstand, weil ich schon wieder *gar nichts* verstand. Die Fakten, die Cody mir gegeben hatte, fühlten sich alle wie Fragen an. Auch wenn ich durch Davies Recherche nicht gewusst hätte, wie Victor mit Nachnamen hieß, wäre mir klar gewesen, von wem die Rede war. Nichts von dem, was hier passierte, war ein Zufall. Victor war gestorben, nachdem er Davie angefahren hatte. Ausgerechnet Davie, von dem die Verbindung wusste, dass er dabei war, etwas über sie herauszufinden. Erst der Professor, dann Davie. Ich dachte an die Vögel in meinem Zimmer, in meinem Mund breitete sich erneut der Geschmack nach Galle aus. »Was ist mit dem anderen Fahrer? Hat die Polizei ihn verhaftet?«

»Nee, wie gesagt, die gehen von einem schlichten Unfall mit zwei Beteiligten aus. Die sagen zwar, sie ermitteln noch, aber wenn du mich fragst, ist das ein abgekartetes Spiel. Die sind doch alle gekauft. Die Polizisten genauso wie der einzige Augenzeuge des Unfallhergangs. Den hab ich nämlich vorhin *zufällig* mit diesen Arschlöchern sprechen sehen, als ich hier ankam.« Cody lächelte grimmig und trank den Rest Kaffee aus einem Pappbecher.

Ich konnte nur raten, der wievielte das war. So erschöpft wie er aussah, hatte er dieses Wartezimmer seit Stunden nicht verlassen. Ich schämte mich, nicht früher hier gewesen zu sein. Aber dafür würde ich jetzt alles tun, um da zu sein – um zu helfen. »Wie heißt der Zeuge?«

»Jess Holden. Studiert mit mir. Eigentlich ein netter Kerl. Aber auch die sind käuflich, wie es aussieht. Ich würde meinen Hintern darauf verwetten, dass der aussagt, was sie ihm diktieren.« Cody zerknüllte den leeren Becher. Kaffee tropfte auf seine Hose und meinen Rock. Wir beachteten es beide nicht.

Momente wie diese reduzierten alles auf das Wesentliche. Die Sorge um Davie ummantelte all die anderen Gefühle. Nur das Ohnmachtsgefühl wuchs mit jeder Sekunde. Ab und zu öffneten sich die Automatiktüren, Menschen in weißen Kitteln huschten durch die gleichfarbigen Flure, blecherne Ansagen drangen durch den Raum, gelegentlich schwamm das Licht eines Autoscheinwerfers von draußen hinterher.

»Geh nach Hause, Mabel«, sagte Cody nach einer Weile und legte mir eine Hand auf die Schulter. Sie fühlte sich trotz des Stoffs meines Pullovers kühl an, so wie alles in mir.

»Kann ich nicht irgendwas tun?«, fragte ich und bereute es sofort, als ich dachte, dass das vielleicht das Problem war. Dass ich *zu viel* getan hatte. Dass ich Schuld an allem hatte, was heute passiert war. Nicht nur, was den Professor betraf, auch daran, dass Davie in irgendeinem dieser Zimmer lag. Wenn ich ihn nicht so darin bestärkt hätte, weiter nachzuforschen, wenn ich … wenn ich nur besser gewesen wäre. Ich hätte auf ihn aufpassen müssen. So wie ich auf Zoe hätte aufpassen müssen. Und jetzt saß ich hier und hatte das Gefühl, sie beide längst verloren zu haben. Das war der Kern meines Krankenhausgefühls: die Erkenntnis, dass ich zu spät kam, um die zu schützen, die ich liebte.

Cody schüttelte den Kopf und drückte meine Schulter. »Ich warte hier, bis Davies Mum angekommen ist. Wenn ich mehr weiß, ruf ich Zoe und dich an.«

»Lieber mich«, antwortete ich automatisch und stand auf. »Zoe ist … ruf mich an, okay?«

»Mach ich.« Cody versuchte noch ein Lächeln, das aber nur traurig aussah. Hoffnungslos. Vielleicht war das sein Krankenhausgefühl: die Erkenntnis, dass manchmal eben nicht alles gut wurde. Manchmal wurde alles nur schlimmer und schlimmer, bis es irgendwann ganz aufhörte zu sein.

Es fing an zu regnen, als ich mich auf den Rückweg machte. Graue Fäden, die meine Sicht verschleierten, je näher ich dem Campus kam. Ich war ein paar Stationen früher aus dem Bus gestiegen, um noch etwas zu laufen. Als könnte das meine Gedanken klären. Als könnte irgendetwas etwas klären, das dermaßen pechverschmiert war.

Ich wusste, dass ich vieles tun musste. Allen voran mit der Polizei sprechen und klären, ob sie der Spur, die Cody angedeutet hatte, folgen würden. Außerdem musste ich mit Zoe reden und sichergehen, dass mit ihr alles in Ordnung war, auch wenn mich ihr Verhalten immer noch genauso verletzte wie beunruhigte. Und ich musste da sein, für Davie, auf jede Art, die mir möglich war. Aber wie hätte ich mich auf irgendetwas davon konzentrieren können, solang ich nicht mal wusste, was ihm fehlte?

Erneut prüfte ich mein Handy, doch Cody hatte noch nicht geschrieben. Mein Blick verharrte an der Zahl in meiner Anruferliste. Blake hatte dreimal versucht, mich zu erreichen. Es hätte dafür so viele Gründe geben können, immerhin hatten wir seit zwei Wochen jeden Tag Kontakt. Trotzdem fühlte ich, dass auch das kein Zufall war. Er wusste von Davies Unfall. Und mir war auch klar, was das bedeutete: Er wusste, wie es dazu gekommen war. Weil seine Freunde etwas damit zu tun hatten.

Mit schwer pochendem Herzen steckte ich mein Handy weg und bog um eine Ecke. Der Park, durch den ich ging, öffnete sich, die Bäume wichen einer eingezäunten Freifläche. Erst beim zweiten Hinsehen erkannte ich, dass es ein Fußballfeld war. Und beim dritten, dass es nicht verlassen war.

Ruckartig blieb ich stehen. Selbst wenn der Scheinwerfer am Feldrand nicht angewesen wäre und das Licht seine Locken nicht goldfädendurchzogen hätten wirken lassen – ich hätte ihn sofort erkannt. Allein wegen des Lachens, das zu mir wehte und ein Gefühl von brennendem Hass in mir auslöste.

Die Situation bestätigte mir alles über Ashton, was ich längst angenommen hatte: Denn er stand hier, mit einem Haufen anderer Leute auf einem Fußfallfeld, und war … glücklich. Und das, während einer seiner Freunde vor wenigen Stunden nicht nur einen anderen schwer verletzt hatte, sondern auch selbst verstorben war. Was für ein Mensch tat so etwas? Die Antwort war eindeutig: keiner. Er war kein Mensch, sondern ein Monster. Vielleicht war das das *Übernatürliche*, von dem Professor Edwards gesprochen hatte, und der Grund dafür, dass auch er jetzt tot war. Vielleicht war Ashton wirklich die Wurzel allen Übels, das in Cambridge, in meiner kleinen Welt, wucherte.

Ich wusste, dass ich hier nichts besser machen konnte, nur schlimmer. Aber ich konnte nicht vernünftig sein. Ich konnte nicht still sein. Nicht, wenn alles in mir schrie, sodass ich das Gefühl hatte, nicht nur mein Trommelfell sondern jedes bisschen Seelenhaut würde daran zerreißen.

Mit geballten Fäusten verließ ich den Weg und stapfte durch das angelehnte Tor auf sie zu. Ich bemerkte mehrere Grüppchen, gab mir aber keine Mühe, die Gesichter auszumachen. Mich hatte nie zuvor etwas so abgestoßen wie er, genau deswegen zog er mich jetzt regelrecht an.

Ashton bemerkte mich erst, als ich fast bei ihm war. Ein kurzes Stutzen, gefolgt von einem breiten Grinsen. Er löste sich aus der Gruppe, kam mir entgegen. »Mabel. Ich wusste nicht, dass wir heute mit deiner Gesellschaft rechnen können. Hat Blake dich eingeladen?«

Ich hasste ihn. Ich hasste die Art, wie er mich ansah, als würde er alles verstehen, und das, obwohl er rein gar nichts über Blake und mich wusste. Die Art, wie er seinen Namen sagte, als würde er ihn damit als jemanden markieren, der ihm gehörte. Die Art, wie sich die aufgesetzte Freundlichkeit in seinen Zügen mit jeder Sekunde, die ich ihn anstarrte, in etwas Dunkleres verwandelte. Die Art, wie egal ihm alles war. Nicht nur ich, nicht nur Zoe, nicht nur Davie, sondern auch seine eigenen Freunde. Ich hasste ihn und wollte ihn brennen sehen. Sie alle. Und ich wollte das verdammte Feuer jetzt legen.

»Ich weiß, was ihr getan habt«, sagte ich, so ruhig ich konnte. »Ich weiß, dass ihr June irgendwie dazu gebracht habt, von diesem Dach zu springen. Ich weiß, dass ihr auch Paulina etwas angetan habt – und sie irgendwie dazu bringt, es für sich zu behalten. Ich weiß, dass ihr Professor Edwards umgebracht habt, weil ihr wusstet, dass er sich dazu bereit erklärt hatte, mit mir über euch zu sprechen. Ich weiß, dass ihr dafür verantwortlich seid, was Davie passiert ist. Und ich weiß, dass ihr mir einen ganzen Vogelschwarm ins Zimmer gesperrt habt, um mich davor zu warnen, es weiter zu versuchen. Aber willst du auch was wissen? Das kannst du vergessen. Ich werde *niemals* aufhören.«

Ich brach schwer atmend ab und starrte ihm ins reglose Gesicht, das vom fahlen, regenverschleierten Mondlicht benetzt wurde. Da war ein feines Zucken an seinen Augenwinkeln, mehr nicht.

»Das sind wilde Anschuldigungen«, antwortete er gewohnt gelassen. »Sie klingen ein bisschen, nimm es mir nicht übel, *verrückt*. Zoe meinte schon, du neigst dazu, dich in Dinge reinzusteigern.« Er machte einen Schritt auf mich zu, senkte die Stimme. »Wir reden oft darüber, weißt du? Sie macht sich Sorgen, dass du es irgendwann übertreibst. Dass das böse enden könnte. Für dich.« Er hob die Hand, als wollte er mich berühren. Bevor sie meinen Hals erreichen konnte, schlug ich sie weg. Gleichzeitig ging ich näher auf ihn zu.

»Droh mir so viel, wie du willst, ist mir egal.«

»Ich drohe dir nicht. Ich erinnere dich daran, dass du keine Beweise hast und dass niemand einem armen Mädchen mit abenteuerlicher Fantasie glauben wird.« Ashton schmunzelte, und, Gott, ich wollte ihm auch noch den letzten Rest dieser Regung vom Gesicht kratzen.

Stattdessen zwang ich mir eine ähnliche auf die Lippen. Ich wollte ihm wenigstens einmal eine Reaktion entlocken, die zeigte, dass er sich nicht unantastbar vorkam. Denn das war er nicht. Niemand war das. »Du hast keine Ahnung, wie das mit der öffentlichen Meinung funktioniert, oder? Es geht nicht um *Beweise*. Es geht um Aufmerksamkeit. Zur Not werde ich zu jeder Talkshow des Landes rennen, jede einzelne Zeitschrift anschreiben, jeden Verschwörungsblog kontaktieren – und ich werde ihnen immer wieder dieselbe Geschichte erzählen. Es ist völlig egal, wie viel davon letztlich wahr ist. Es müssen nur genug Menschen dran glauben, um euch das Leben richtig unangenehm zu machen. Eine Geheimgesellschaft funktioniert nicht so gut, wenn das ganze Land über sie spricht, oder?«

»Hm.« Ashton wog den Kopf, seine Nackenwirbel knackten. Mehr sagte er nicht, er ballte nur die Hand zur Faust und öffnete sie wieder, mehrmals. Obwohl er mich nicht berührte, fühlte es sich so an. In mir kitzelte etwas: Direkt zwischen meinen Rippen setzte ein Kribbeln ein, das sich unangenehm brennend ausbreitete.

Grimmig reckte ich das Kinn und versuchte, dieses Stechen zu ignorieren. Es zwickte in meine Muskeln, ich wankte leicht, dann in meine Sinne, meine Sicht verschleierte.

Ich kniff die Augen zusammen. Als ich sie wieder öffnete, stand Norah neben Ashton. Ihr rotes Haar war zu einem Zopf geflochten, ihr Blick lag wachsam auf mir. »Ashton«, sagte sie leise, seltsam warnend. »Sie gehört dir nicht.«

Er stieß ein Knurren aus, wich aber einen Schritt zurück. Gemeinsam mit seiner Nähe verebbte auch die Panik in meiner Brust. Zurück blieb ein feines Wundgefühl, ein unangenehmes, aber aushaltbares Kratzen, als würde etwas verschorfen. Nicht wirklich an meinem Körper, eher … in meinem Inneren.

Mir war trotzdem noch flau, am liebsten hätte ich mich gesetzt oder wenigstens am Tor abgestützt. Stattdessen rang ich mir ein Schnauben ab. »Ernsthaft? Ich gehöre niemandem, genau deswegen kann ich tun, was ich will. Und glaubt mir, ich tue, was immer nötig ist, um den *Bund der Stare* ein für alle Mal zu vernichten.«

Ashtons Nasenflügel blähten sich, aber er schaffte es dennoch, das spöttische Lächeln zurückzuholen. »Du wirkst durcheinander, meine Liebe. Vielleicht solltest du dir ein Beruhigungsmittel verschreiben lassen. In der Nähe gibt es ein gutes Krankenhaus, soll ich dich hinbringen?«

Und da passierte es: Etwas in mir brannte durch. Ich wollte schreien und um mich schlagen, stattdessen wippte ich auf die Zehenspitzen und spuckte Ashton ins Gesicht.

Er zuckte nicht zurück, er blinzelte nur und starrte mich an. Zwei, drei Sekunden lang, dann begann seine Kiefermuskulatur zu arbeiten. Grob wischte er sich mit dem Handrücken über die Wange und machte eine Bewegung auf mich zu. »Das war ein Fehler, Motte«, stieß er hervor.

In dem Moment, in dem Norah einen Satz auf Ashton zumachte, zog mich jemand zurück. Blakes Gesicht tauchte vor meinem auf – kurz nur, dann schlang er einen Arm um meine Hüfte und hob mich hoch. Diesmal schlug ich wirklich um mich, vielleicht schrie ich sogar, vielleicht … ich konnte es nicht sagen. Alles, was ich wahrnahm, war Ashtons Blick, der sich in meinen bohrte, und Blakes Griff, der sich nicht lockerte, bis wir den Platz verlassen hatten.

Erst jenseits des Zauns stellte er mich zurück auf die Füße. »Mabel, beruhige dich!«

Das Fußballfeld verschwamm in goldstichigem Grün an meinen Sichträndern, ich sah trotzdem nur Rot. »Ich soll mich beruhigen? Davie liegt im Krankenhaus, und ich weiß nicht mal, wie schwer er verletzt ist! Ob er überhaupt wieder gesund wird! Und das nur, weil deine Freunde rücksichtslos und größenwahnsinnig sind!« Meine Augen brannten, vielleicht weinte ich jetzt, es juckte und pochte und kratzte alles zu sehr in mir, als dass ich mich darauf konzentrieren konnte. Der Regen benetzte nach wie vor mein Gesicht, aber ich wünschte, es wäre mehr. Ich wünschte, eine ganze Sturmflut würde sich zwischen uns ergießen. Ich ertrug es nicht, ihn anzusehen. Ich ertrug es nicht, wie gestochen scharf seine Umrisse selbst in der Dunkelheit für mich waren, weil mein Bewusstsein all seinen Fokus auf ihn verwendete. Ich ertrug es nicht, dass ich ihn ansah und so deutlich *sah* und so deutlich *fühlte* und trotzdem plötzlich das Gefühl hatte, ihn nicht zu erkennen. Weil das alles nicht zusammenpasste. Wer er war, passte nicht zu dem, wer er *für mich* war.

»Victor ist bei diesem Unfall auch verunglückt«, erinnerte er mich gedämpft.

Kurz stockte ich. Es stimmte natürlich. Blake hatte heute einen Freund verloren. Nur … wieso sah er nicht im Geringsten so aus? Er wirkte zwar ernst und angespannt, aber keineswegs mitgenommen. Mir war bewusst, dass Menschen unterschiedlich trauerten, aber Blake wirkte nicht mal betroffen. Auch nicht so, als würde er unter Schock stehen, viel eher unerträglich gefasst. Diese Beherrschung in seinen Augen war ebenso schwer auszuhalten wie das Lachen, das ich vorhin aus Ashtons Mund gehört hatte. Beides waren Anzeichen desselben Fakts: Victors Tod kümmerte sie nicht.

»Richtig. Und ihr trauert alle so sehr, nicht? Deswegen stehen deine Freunde auch da und *feiern*, als wäre nichts passiert.« Angewidert schüttelte ich den Kopf. »Euch ist wirklich alles egal, oder? Wie könnt ihr nur so sein?«

Blake schwieg einen Moment, dann machte er einen Schritt auf mich zu, suchte meinen Blick. »Ich dachte, du findest nicht, dass ich einer von ihnen bin.«

Das dachte ich auch, wollte ich sagen, aber ich brachte es nicht über mich. Diese Zeitform hätte uns beiden gestanden, was ich noch nicht einsehen wollte: Ich begriff, dass ich mich in ihm geirrt hatte. Blake hing in diesem grausamen Chaos mit drin, wie hätte ich das weiter leugnen sollen? Dafür musste er den anderen nicht mal von meiner Unterhaltung mit dem Professor erzählt haben. Es reichte zu wissen, dass er hier war. Bei ihnen. Was auch immer er über die Taten seiner Freunde dachte: Solang er zu ihnen hielt, gehörte er dazu. Wenn ich mir etwas anderes einredete, belog ich mich selbst. Und ich war keine gute Lügnerin, richtig? Ganz gleich, wie gern ich hierfür eine gewesen wäre. Also war es jetzt Zeit für die ganze Wahrheit.

»Ich hab mit Aspen gesprochen«, stieß ich hervor.

Blake sah mich verwirrt an. »Was?«

»Sie ist bei dir aufgetaucht, als ich gerade gehen wollte. Und wir haben geredet. Über dich. Darüber, was für ein Mensch du bist. Und warst.« Meine Stimme brach, die Scherben piksten in Blakes Wangen. Die Muskulatur darin spannte sich überdeutlich an, er wich nach hinten.

»Was hat sie dir erzählt?«

»Das weißt du«, stellte ich fest. Und damit war es klar. Aspen hatte die Wahrheit gesagt. Auch die, die sie selbst nicht erkennen konnte, weil sie ihren Bruder so sehr liebte. Das war es, was Liebe letztlich machte, oder? Sie entzog dir die Kraft, rational zu denken. Zu erkennen, was offensichtlich war. Du verklebtest jeden Spiegel, den du einer Person vorhieltst, mit Collagen aus Gefühlen und Gedanken, die du mit ihr verbinden wolltest. Du sahst nur noch das, was du sehen *wolltest*. Was du sehen *musstest*, um diesen Menschen uneingeschränkt lieben zu können.

Niemand war perfekt, wir alle machten und hatten Fehler. Nicht nur solche, die sich in einzelnen, vielleicht versehentlichen Taten niederschlugen, auch solche, die im Charakter hausten. Im Inneren einer Person, in dem, was man vielleicht als ... Seele bezeichnen würde. Wir hatten sie alle, und sie machten uns menschlich. Doch es gab welche, die konnte man nicht rechtfertigen, die konnte man nicht in einem *»Ich liebe dich gerade wegen deiner Fehler«*, nicht einmal in einem *»Ich liebe dich trotz deiner Fehler«* verstecken. Dafür waren sie zu groß, zu hässlich, zu alles zerfressend. Das, was Aspen angedeutet hatte, war ein solcher Seelenfehler.

Mein Körper glühte, meine Gedanken auch. Ich wollte Blake gleichzeitig umarmen und von mir stoßen, ich wollte ihn anschreien und weinen, ich wollte ihn bitten, mir zu helfen, und ihm befehlen, mich niemals wieder anzusehen. Mein Kopf schwirrte, mein Inneres war zerfleddert. Was war überhaupt noch real, was nur Täuschung? All die Fenstermomente, die wir geteilt hatten: Welcher davon war keine Illusion? Blake hatte gesagt, sie wären alle zu echt gewesen – was, wenn das auch nur eine Lüge gewesen war? Was, wenn *alles* eine Lüge gewesen war? Was, wenn das, was Aspen mir heute erzählt hatte, die erste Wahrheit war, die ich jemals über Blake Ames gehört hatte? Das durfte nicht sein. Denn wenn es so war, bedeutete alles andere nichts mehr. Dann hatte es nie etwas bedeutet.

»Ist es wahr? Hast du ... das getan?«

Blake wusste, wovon ich sprach. Natürlich. Sein Blick wurde verschlossener, als würde er Vorhänge zuziehen. Oder aufziehen? War sein abweisendes Verhalten vielleicht das Ehrlichste an ihm? »Mabel, du musst ...«

»Ich muss gar nichts! Schon gar nicht, solang du mir nicht geantwortet hast.« Ich atmete durch und zwang mich, das Kinn zu heben. *Klare Frage, klare Antwort.* »Hast du in deinem Abschlussjahr dieses Mädchen aus deiner Stufe vergewaltigt?« Meine Stimme zerbröselte erneut, aber als er nicht sofort antwortete, drückte ich die Reste zu einem weiteren Wort zusammen. Ein Wort, das ebenso verzweifelt und flehend klang, wie ich mich fühlte. »Blake?«

Er schloss die Augen, drei Sekunden lang, dann sah er mich unverwandt an. »Ja.« Sein Blick war ebenso kalt und ausdruckslos wie seine Stimme. Da war kein Funken Reue oder Selbsthass, nicht das geringste Anzeichen dafür, dass dieses Geständnis etwas mit ihm machte. »Ihr Name war Piper. Nicht, dass er eine Rolle spielt. Sie war nichts Besonderes und auch nicht die Einzige. Nicht die Erste, nicht die Letzte. Nur die, deren Schweigen teurer war als das der anderen. Ärgerlich, aber nicht dramatisch. Meine Eltern haben sich darum gekümmert, so wie sie sich immer um alles kümmern.«

Seine Worte kamen seicht und kantenlos, dennoch schlugen sie mir heftig ins Gesicht. Da war Säure in meinem Kopf, in meinem Hals, in meinem Herzen. Alles verätzte. Jeder weiche Gedanke, den ich je über ihn gehabt hatte, jedes noch viel weichere Gefühl, das ich in seiner Gegenwart wahrgenommen hatte, löste sich auf. Zurück blieben zerrissene Fetzen einer Illusion, die ich so gern hatte glauben wollen. Die ein Teil von mir – ich hasste ihn und konnte ihn trotzdem nicht unterdrücken – immer noch glauben wollte.

»Nein«, wisperte ich. *Nein, nein, nein.* Am liebsten hätte ich mir die Ohren zugehalten, aber Blakes Blick machte mir klar, dass er das nicht zugelassen hätte. Er wollte mir seine Worte mit aller Gewalt in den Kopf zwingen, jedes einzelne ein Brecheisen. Er wollte etwas kaputt machen. Mich oder nur das Bild, das ich von ihm hatte?

»Willst du wissen, wie ich es getan habe? Ich könnte es dir erzählen. Ich erinnere mich an jedes Detail, ich denke jede Nacht daran. Wie sie sich unter mir angefühlt haben. Die Anspannung in ihren Muskeln, das völlig nutzlose Wehren. Als hätten sie jemals mehr Kraft haben können als dieser Körper. An ihr Weinen. Ihr Schreien. Ihr Stöhnen.« Er grinste, breit und doch … leer. *Seelenlos,* dachte ich. »Es ist alles noch da. Es ist ein Teil von mir.«

»Hör auf. Du lügst.« Meine Stimme war dünn, kaum hörbar.

Blake lachte hart, ich zuckte zurück. »Ich weiß, ich hab gesagt, ich bin ein guter Lügner, aber das hier ist so ziemlich das erste Mal, dass ich dir die Wahrheit sage.«

»Das ist unmöglich.« Ich hörte selbst, wie verzweifelt es klang. »Du bist nicht ... *so*.«

Blake zog die Augenbrauen hoch und verbarg die Hände in den Manteltaschen. Ich sah trotzdem, dass er sie zu Fäusten ballte. »Wieso? Weil ich nicht mit dir schlafen wollte? Tut mir leid, wenn du dachtest, dass du mir dadurch etwas bedeutest. Es hat einfach nicht sonderlich viel Reiz, wenn sich jemand dermaßen bedürftig gibt, wie du es getan hast. Wie du es tust, seit ich dir begegnet bin. Dachtest du ernsthaft, ich würde mich für jemanden wie dich interessieren?« Er kam auf mich zu, ich wich zurück und stieß mit dem Rücken gegen den Zaun. »Ich habe meinen Freunden einen Gefallen getan, indem ich Zeit mit dir verbringe, Mabel«, erklärte er mir ruhig. Genauso ruhig, wie sein Gesicht wirkte. Nicht das leiseste Zucken, nicht die winzigste Spur davon, dass er gerade etwas fühlte. Schon gar nicht für mich.

»Ashton wollte Zoe dabeihaben, und du bist ihm auf die Nerven gegangen. Uns *allen*. Also habe ich dich beschäftigt, damit du Ruhe gibst. Und man muss sagen, dass du dabei keine hohen Ansprüche gestellt hast, nicht wahr? Jemand, der sein Leben lang so wenig beachtet wurde, springt beeindruckend bereitwillig auf das geringste bisschen Aufmerksamkeit an. Ich könnte es *traurig* nennen.« Er neigte sich zu mir vor, bis sein Mund nur Millimeter vor meinem schwebte. Erst dann verzog er die Lippen zu einem unechten Lächeln. »Aber ich finde, *erbärmlich* trifft es eher.«

Alles in mir wollte glauben, dass er log. Dass er mich nur von sich stoßen wollte, warum auch immer. Aber mein Verstand begriff, dass das hier genau die Wahrheit war, die ich von Anfang an geahnt und in den letzten Wochen verdrängt hatte. Mein Wunsch, Blake vertrauen zu wollen, war so groß gewesen, dass ich entgegen meiner Vernunft alles auf eine Karte gesetzt hatte. Jetzt stand er vor mir und zerriss diese in winzige Fetzen. Bis da nichts mehr zurückblieb. Absolut nichts bis auf diesen Schmerz, bestehend aus Ekel, Hass, Scham, Traurigkeit, Kränkung und Wut. Es war die einfachste Rechnung der Welt: Wenn du alles setzt, kannst du alles verlieren.

»Wie … *wer bist du*?«, flüsterte ich.

Blake entfernte sich von mir, seine Schultern sackten hinab. Als wäre er erleichtert, all das ausgesprochen zu haben. »Ich hab dir gesagt, du solltest dich von mir fernhalten. Dass ich keiner von den Guten bin.«

»Aber du hast mir nicht gesagt, dass du ein Monster bist.« Ich wusste, dass sich Tränen in meine Augen schlichen und dass er es sah. Es kümmerte ihn nur nicht.

Er lächelte schmal. »Ich hab es versucht. Du hast einfach nicht gut genug hingehört.«

Es stimmte, das hatte ich wirklich nicht. Doch das würde mir nicht wieder passieren. Ab jetzt würde ich nur noch auf meinen Verstand hören. Ich würde mich nicht länger irritieren oder ablenken lassen von dem, was wirklich zählte. Für Zoe. Für Davie. Für mich. Für alle, die in Gefahr waren, solang diese Menschen frei herumliefen und tun konnten, was sie wollten.

»Du hattest recht«, sagte ich nüchtern, obwohl alles in mir vor Schmerz bebte. »Du bist einer von ihnen. Also gilt das hier auch für dich: Ich werde euch fertigmachen.«

Ich versuchte, an ihm vorbeizugehen, da stand er direkt vor mir. Überrascht stolperte ich zurück, bis ich den Maschendrahtzaun in meinem Rücken spürte. Jedes Wort blieb mir im Hals stecken, als Blake eine Hand an ihn legte. Er hatte das so oft getan: Mit den Fingerspitzen über meine Schlagader gestrichen, gelächelt, wenn der Puls dagegengepocht hatte. Schneller und schneller, je länger er mich angesehen hatte: so warm und … glücklich. Als wäre allein dieses banale Zeichen davon, dass ich lebte, ein Grund für ihn, sich an etwas Gutes zu erinnern. Seine

Berührungen waren behutsam gewesen, windhauchzart. Und obwohl er jetzt nicht einmal wirklich Kraft anwandte, fühlte es sich ganz anders an: bedrohlich. Sein Daumen auf meiner Schlagader war kalt, sein Blick auf meinem Gesicht brannte.

»Leg dich nicht mit uns an, Mabel«, raunte er. »Das, was deinem Freund passiert ist, ist nur ein Vorgeschmack im Vergleich zu dem, wozu wir fähig sind.«

»Kann sein«, zischte ich zurück, »aber ihr wisst noch nicht, wozu *ich* fähig bin.«

Ich stieß ihn weg und lief an ihm vorbei. Er ließ mich gehen und sah mir nach, ich spürte es, als ich in den unbeleuchteten Park hineinging.

In meinem Kopf schwirrte ein Zitat aus *Sturmhöhe: I gave him my heart, and he took and pinched it to death; and flung it back to me. People feel with their hearts, Ellen, and since he has destroyed mine, I have not power to feel for him.* Ich hatte Catherines Charakter nie hundertprozentig verstanden, aber jetzt wusste ich plötzlich ganz und gar, was sie gemeint hatte. Was sie gefühlt hatte. Nichts.

Blakes Worte, diese unverhohlene Drohung, berührte mich nicht im Geringsten. Aus dem einfachen Grund, dass ich nichts mehr empfinden konnte, weil da eben nichts übrig war. Nichts von dem, was ich geglaubt hatte, in Blake zu erkennen. Oder, vielleicht, auf naivste Weise, mit ihm zu haben. Doch das bedeutete auch: Da war nichts mehr, was mich zurückhalten konnte. Ich würde Blake Ames und seine Verbindung vernichten. Ganz egal, was es mich kostete.

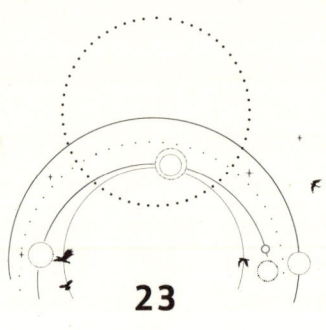

23

CLIFF

Ich hatte London nie sonderlich gemocht. Es lag etwas in der Luft dieser Stadt, das mich wehmütig werden ließ. Veränderung vielleicht. Hier stand die Zeit nie still, weil sich alles und jeder immerzu in Bewegung befand. Nach jedem Blinzeln tauchten neue Details auf, und andere verschwanden. Kein Moment schien lang genug bleiben zu wollen, als dass man ihn intensiv genug wahrnehmen könnte, um sich später an ihn zu erinnern. Ich hasste das. Wenn man keine Chance hatte, Erinnerungen zu sammeln, blieb einem letztlich gar nichts. Niemand wusste das besser als ich. Als *wir*, um genau zu sein.

Ich wandte den Blick nach oben, hin zum gerippten Deckengewölbe, das mich an das einer Kirche erinnerte. Wahrscheinlich war das der Grund, wieso ich diese Halle eigentlich immer gemocht hatte. Sie war das Zentrum der Königlichen Gerichtshöfe und in der Regel gut besucht, da sie öffentlich zugänglich war. Um diese Uhrzeit war das Gebäude allerdings längst geschlossen. Nicht, dass das für uns wichtig gewesen wäre. Wenn wir nicht gestört werden wollten, wurden wir auch nicht gestört.

Ich versuchte, nicht darüber nachzudenken, wie viel Wachpersonal gerade eigentlich hier gewesen wäre, und schon gar nicht daran, wo es jetzt war. Stattdessen betrachtete ich die Fenster mit den Wappen darin, dann die Ölgemälde, die vereinzelt an den Steinwänden hingen, bis mein Blick auf dem Mosaikboden hängen blieb. Er war frisch geputzt, sodass ich schwach die Reflexion erkennen konnte, die ich auslöste.

Heute ertrug ich den Anblick noch schlechter als sonst. Ich schloss die Augen und fuhr mit dem Handrücken über die Stirn. Sie fühlte sich warm an, so wie mein Zentrum, das ungewohnt stark pochte. Bevor wir heute Mittag Cambridge verlassen hatten, war ich noch im Café unter meiner Wohnung gewesen. Samstagsmorgens war es dort immer voll, sodass ich unbemerkt genügend Menschen flüchtig streifen konnte, ohne dass einer von ihnen später darunter leiden würde. Ein bisschen Kopfschmerzen, ein Mittagstief – nichts, was nach kurzem Schlaf noch spürbar wäre. Mir wäre es lieber gewesen, Matthew noch einen Besuch abzustatten, oder jemandem, von dem ich wusste, dass er ihm im Charakter ähnelte. Doch ich riskierte es seit gut einer Woche nicht mehr, mich unnötig auf dem Universitätsgelände aufzuhalten. Ich traute mir selbst nicht genug, nicht einzuknicken, und den einen Menschen aufzusuchen, von dem ich mich fernhalten musste.

Dabei war ich sicher, dass sie mich sowieso nicht mehr in ihre Nähe gelassen hätte. Nicht, nachdem ich ihr die Wahrheit gesagt hatte. Zumindest die halbe. Den Teil, der entscheidend war: entscheidend für das, was ich war.

Es hatte mich nicht mal überrascht, dass sie mit Aspen gesprochen hatte. Ebenso wenig, wie dass diese ihr erzählt hatte, was damals passiert war. Sie glaubte nicht an das, was ihr Verstand ihr zu verstehen gab. Sie liebte ihren Bruder, aber sie wusste nicht alles über ihn. Selbst in den schwierigsten Phasen hatte sie diesen Hauch von Zuversicht gehabt und daran geglaubt, dass sich unter all den Eskapaden ein guter Charakterkern verbarg. Eine gute Seele. Sie hatte das glauben wollen, so wie Mabel es getan hatte. Während ich seit zwei Jahren versuchte, bei Aspen genau dieses Vertrauen zu bestärken, hatte ich es bei Mabel zerstören müssen. Dafür brauchte es manchmal eben nicht mehr als die Wahrheit.

Ich hatte nicht gelogen, auch wenn ich es gern getan hätte. Doch was ich ihr gesagt hatte, war wahr. Ich erinnerte mich an jedes Detail, ich dachte jede Nacht daran. An die Art, wie sich ihre Körper angefühlt hatten, an den Ausdruck in ihren Augen, an die Geräusche, die sie von sich gegeben hatten – so viel Panik, so viel Schmerz, so viel Hilflosigkeit. Und an die Geräusche, die aus dem Mund gekommen waren, mit dem ich ein paar Jahre später Mabel geküsst hatte. An die Hände, die sie berührt hatten und mit denen diesen Frauen auf grausamste Weise wehgetan worden war. Diese Erinnerungen waren ein Teil von mir. Der Teil, der es mir unmöglich machte, in einen Spiegel zu blicken, ohne Hass zu empfinden. Der, der es mir unmöglich gemacht hatte, mit Mabel zu schlafen, obwohl ich mich so sehr danach gesehnt hatte.

Es war ein Part der Wahrheit gewesen – der dunkelste, den ich am allerwenigsten loswerden konnte, weil er sich an meine Fersen geheftet hatte. Denn jede Wahrheit hatte einen Schatten, und in diesem lebten wir. Die Tatsache, die sich tief im Schwarz verbarg, war: Dieser Körper war nicht gut genug für Mabel. Ich war es nicht.

»Wenn ich noch einen beschissenen Radfahrer sehe, der denkt, mich anklingeln zu können, ertränke ich ihn mit bloßen Händen in der Themse!«

Ich schloss resigniert die Augen, ehe ich mich umdrehte und Ashton entgegensah. Seine Schritte waren entschieden und hart, ihr Widerhall kroch bis ganz nach oben ins Gewölbe. So war das immer. Ganz gleich, wie groß ein Raum war, wenn Ashton wollte, konnte er ihn einnehmen. Seine Wut machte ihn zum Zentrum dieser Halle, selbst das Licht der kegelförmigen Lampen über uns schien sich auf ihm zu bündeln. Ich hatte gehofft, ein Spaziergang würde ihn zum Durchatmen bringen, aber anscheinend war das Gegenteil eingetreten. Normalerweise mochte Ashton London. Er liebte die Menschenmassen, das Offenherzige der Stadt und ihrer Bewohnenden. Vor allem das der Touristen, die sich das ganze Jahr über hier aufhielten. Faszination und Lebensfreude machte Menschen zugänglicher. Heute konnte nicht einmal das wild pochende Herz der Hauptstadt seine Stimmung bessern. Seit einer Woche war er so schlecht gelaunt, dass man es in seiner Nähe kaum aushalten konnte. Was wiederum genau der Grund war, aus dem ich ihm nicht von der Seite weichen wollte. Ich kannte ihn gut genug, um zu wissen, dass er in diesem Zustand gern Entscheidungen traf, die er später bereute. Die wir alle später bereuten.

Er blieb vor mir stehen, direkt unter den drei Arkadenfenstern, hinter denen sich Londons Abendblau ausbreitete. »Immer noch kein Anruf. Hast du was gehört?«

Ich schüttelte den Kopf. Ashton und ich waren vorhin im Besprechungsraum gewesen und hatten dem Rat die Situation in Cambridge geschildert. Eigentlich hatte nur Ashton geredet, so sachlich, wie ich es selten von ihm hörte. Henrys wachsamer Blick war das Einzige, das Ashton vollständig in Schach halten konnte. Zumindest so lang, wie er auf ihm lastete. Kaum dass wir hinausgeschickt worden waren, hatte sich seine Laune wieder erhitzt. Das Ganze war knapp zwei Stunden her. Wenn die Beratung nicht bald vorüber war, waren vermutlich nicht nur Londons Radfahrer in Gefahr, sondern auch die gesamte Einrichtung dieses Gebäudes.

»Sie geben uns sicher gleich Bescheid«, meinte ich ruhig, obwohl meine eigene Nervosität minütlich wuchs.

Ich war mit hergekommen, um Ashton beizustehen. Und um mitzubekommen, was er ihnen erzählte. Fast wünschte ich, ich hätte es nicht getan. Denn Ashton hatte nicht nur wegen der Vorfälle rund um Victor Stellung bezogen, er hatte auch von Mabel erzählt. Auf eine Weise, die deutlich machte, was er damit bezweckte. Er war gut darin, Dinge herunterzuspielen, und noch viel besser darin, sie zu dramatisieren. Ein paarmal war ich kurz davor gewesen, ihn zu unterbrechen, doch ich kannte den Rat gut genug, um zu wissen, was das für Folgen gehabt hätte. Respektlosigkeit und Ungehorsam wurden bei ihnen seit jeher auf dieselbe Weise geahndet. Ich brachte Mabel überhaupt nichts, wenn ich irgendwo ausblutete.

Ich konnte nur hoffen, dass die Ratsmitglieder wie sonst auch rationaler an diese Entscheidung herangingen, als es Ashton momentan möglich war. Auch jetzt schnaubte er nur und fuhr sich durch die Locken. »Ganz ehrlich? Gerade ist es mir egal, was sie sagen. Ich will, dass sie verschwindet.«

»Seit wann treffen wir Entscheidungen auf persönlicher Ebene?«

Er machte einen Schritt auf mich zu, bis ich seine Wärme spüren konnte. So erhitzt, wie sein Körper war, hatte er keinen einsamen Spaziergang gemacht. »Seit dieses Biest mir ins Gesicht gespuckt hat?«

Ich senkte den Blick auf die Stelle unter seinem Brustbein, von der dieses unangenehm spürbare Vibrieren ausging. »Du solltest nicht so an deinen Äußerlichkeiten hängen, weißt du nicht mehr?«

Ashton stieß ein Knurren aus und mir gegen die Brust. »Fick dich, *Cliff*.«

»Schon gut, komm runter.« Ich folgte ihm, als er anfing herumzulaufen. Wenn er eine der Statuen umschmiss oder auf sonstige Weise Aufmerksamkeit erregte, würde nicht nur er den Ärger ausbaden müssen. »Sie ist nur ein harmloses Mädchen, keine Gefahr für uns.« Alles an den Worten schmeckte fahl. Sie war kein *Mädchen*, schon gar kein harmloses, sie war einer der meinungsstärksten Menschen, denen ich je begegnet war. Und selbst wenn sie keine Gefahr für uns gewesen wäre, war sie längst eine für mich.

»Du hast aber schon gehört, womit sie uns gedroht hat?«

Natürlich. Norah hatte mir alles erzählt, was geschehen war, bevor ich angekommen war. »Sie war aufgebracht«, erwiderte ich beschwichtigend, »ihr Freund liegt im Koma. Unseretwegen.«

Allein bei dem Gedanken legten sich weitere Sorgengewichte auf die Schultern. Meine Versuche, Mabel zu erreichen, sobald ich vom Unfall erfahren hatte, waren erfolglos geblieben. Vielleicht, weil sie bereits da daran gezweifelt hatte, ob sie noch mit mir sprechen wollte. Wenn sie nicht mit Aspen und Ashton, sondern zuerst mit mir gesprochen hätte, wäre vielleicht alles anders gekommen. Womöglich hätte ich dann jetzt für sie da sein können, richtig und nicht nur, indem ich versuchte, sie vor Ashton zu schützen.

»Wenn es wenigstens Absicht gewesen wäre. Aber wie wir beide wissen, war es ein beschissener Zufall, dass Vic ausgerechnet diesen Trottel angefahren hat.« Ashton verzog das Gesicht und fixierte die kalkweiße Statue am Hallenrand.

Beiläufig machte ich einen Schritt zwischen ihn und sie. »Du kannst ihr nicht verübeln, dass es ihr schwerfällt, an einen Zufall zu glauben. Dieser Unfall fand auch noch statt, kurz nachdem der Professor gestorben ist. Das sind Parallelen, die weitaus weniger klugen Menschen auffallen würden. Und Mabel ist …«, ich stockte, weil dieser Satz zu viele mögliche Enden hatte und ich keines davon äußern durfte, »… sehr klug.«

Ashton lächelte grimmig. »Wenn sie das wäre, hätte sie mir nicht ins Gesicht *gespuckt*, was sie mit diesen Erkenntnissen anfangen will. Jetzt ist sie nicht nur eine Gefahr für uns, sondern auch mein ganz persönliches Projekt.« Er stieß mir gegen die Brust, noch einmal. »Ist mir egal, ob du Gefallen an ihr gefunden hast.« Zweimal. »Ist mir egal, dass wir diesen Deal haben, dass wir niemals die Motte eines anderen ohne seine Erlaubnis anfassen.« Dreimal. »*Ist. Mir. Egal.* Verstanden?«

Beim vierten Mal fing ich seine Hand ab. »Hör zu, du …«

Weiter kam ich nicht, das Klingeln von Ashtons Handy ertönte. Er machte sich von mir los und nahm gleichzeitig den Anruf entgegen. Der hämmernde Herzschlag, den ich hörte, war so laut, dass ich kaum mitbekam, was er in den nächsten Minuten sagte. Trotzdem wusste ich es sofort. Es lag an der

Art, wie die Anspannung aus seinen Schultern wich, je länger er Henry zuhörte. Spätestens als er sich wieder zu mir umdrehte, war es mir klar. Es konnte nur einen Grund geben, warum er so breit grinste. Einen, der mich fast in die Knie sinken ließ.

»Das heute wird doch noch ein richtig guter Tag«, verkündete er vergnügt. »Henry sagt, sie sind meiner Meinung. Nach Victors Spielunfällen können wir uns keinen weiteren Scheinwerferkegel leisten. Auch nicht dann, wenn – ich zitiere – *er von der Taschenlampe einer übereifrigen Stipendiatin stammt.* Ich habe also die offizielle Erlaubnis, mich darum zu kümmern, dass dieses Problem beseitigt wird.«

Ich spürte, wie sich ein Zittern in mir ausbreitete. Mit ganzer Kraft hielt ich es von den Muskeln fern und ganz besonders aus denen im Gesicht. Dennoch kroch es in die nächsten Worte hinein, die ich ausstieß. »Das können wir nicht tun, das wäre viel zu auffällig.«

Ashton verdrehte die Augen. »Ich werde schon aufpassen. Es gibt viele Wege, das zu lösen. Victors Vorliebe ist nicht unbedingt meine. Ich gehe das gern mit ein bisschen mehr Stil an. Man wird sie nicht finden.«

Ich schmeckte Galle auf der Zunge, machte einen Schritt auf ihn zu. »Ashton, du kannst nicht …«

»Ich kann, und ich werde!« Er funkelte mich warnend an. »Sobald sich die Situation wegen dieses beschissenen Unfalls beruhigt hat, erledige ich das höchstpersönlich. Du wirst schon ein neues Spielzeug finden. Oder gibt es einen anderen Grund, weswegen du mich so entgeistert ansiehst?«

Ja, es gab einen. Ich konnte ihn nicht in Worte fassen, aber das Gefühl, das an ihm hing, war so mächtig, dass ich bereit war, alles zu tun, alles zu riskieren, alles zu opfern, um Ashton aufzuhalten. Doch das Problem war: Es gab kein Alles. Es gab nur ein Nichts. Ich konnte *nichts* tun, um ihn davon abzubringen. Und selbst wenn ich ihn irgendwie hätte überreden können, sie in Ruhe zu lassen, dann hätten *sie* es nicht getan. Seit eben war Mabel offiziell das, was unsere Gemeinschaft mit einem leicht spöttischen Unterton als *vogelfrei* bezeichnete. Sie war so gut wie tot. Und nichts, was ich jetzt sagte, würde daran etwas ändern.

»Nein«, brachte ich hervor. »Natürlich nicht.«

»Dann sind wir uns einig: Dieses Miststück verschwindet. Ich will sie nie wiedersehen.« Er griff an die Brusttasche seines Hemdes, zog eine Zigarette hinaus und klemmte sie sich hinters Ohr, ehe er zurückwich. Der Ausdruck auf seinem Gesicht war so abartig glücklich, dass ich nicht wissen wollte, was es aus mir machte, ihn zu den Menschen zu zählen, die ich eigentlich am meisten liebte. In der Mitte der Halle hielt er inne, breitete die Arme aus und legte den Kopf in den Nacken. Goldblaues Licht, das sich aus dem der Lampen und dem von draußen bildete und über seinen Zügen ergoss. Ein weiches, seliges Lächeln, mit dem er die nächsten Worte sagte: »Und davor will ich, dass sie leidet.«

Ashton ging, und ich blieb zurück. In mir dieses bekannte, träge Gefühl der Hilflosigkeit. Ich hatte das hier oft wahrgenommen: die betäubende Erkenntnis, dass es keine Rolle spielte, was ich wollte. Oder *nicht* wollte.

Seit Jahren war ich eine passive Figur, die sich auf dem Spielbrett herumschieben ließ, das mein Leben war. Ich hielt mich an die Regeln, schummelte nur da, wo es nicht auffiel. Ich machte, was man mir sagte, weil es in manchen Spielen keine Möglichkeit gab, freiwillig aufzugeben. Also hatte ich stattdessen den freien Willen aufgegeben.

Das hier war der erste Moment seit langer Zeit, in dem ich ihn wieder spüren konnte: den Drang, mich dagegen zu wehren. Nicht für mich, ich wusste bereits seit einer Ewigkeit, dass ich verloren hatte. Aber das galt nicht für sie. Ich würde nicht zulassen, dass sie ein Spiel verlor, in das sie nie hatte reingeraten sollen. Ich würde nicht zulassen, dass ihr etwas passierte, nur weil sie uns getroffen hatte – weil sie *mich* getroffen hatte.

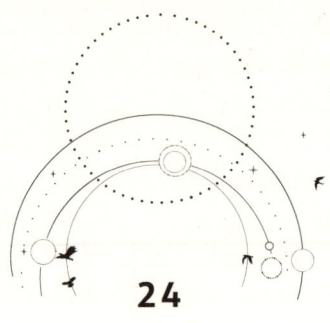

24

MABEL

Mein Kopf schmerzte, als ich das letzte Seminar des Tages verließ. Seit Tagen herrschte das reinste Chaos darin. Da waren so viele Gedankenstraßen, die ich permanent abfuhr, und jede einzelne fühlte sich nach einer Sackgasse an. Davies Zustand war unverändert. Laut seiner Mutter hatte er mehrere Brüche und ein schweres Schädel-Hirn-Trauma erlitten, weswegen die Ärzte ihn zunächst in ein künstliches Koma versetzt hatten. Sobald er stabil genug war, würden sie die Medikamente absetzen, um ihn aufzuwecken. Ob das tatsächlich funktionierte, konnten sie nicht vorhersagen. Ebenso wenig, wie sie wissen konnten, ob er Schäden zurückbehalten würde, sollte es das. Und wenn er nicht aufwachen würde, dann … Mich überkam ein stechendes Gefühl, eine Mischung aus Panik und Verzweiflung, wie immer, wenn sich meine Gedanken in diesen Konjunktivformulierungen verfuhren.

Ich wusste selbst, dass es nichts brachte. So konnte ich Davie nicht helfen. Das schaffte ich nur, indem ich versuchte, ans Licht zu bringen, wer tatsächlich für seinen Zustand verantwortlich war. Das Problem war nur, dass ich nicht wusste, wo ich anfangen sollte. Normalerweise hätte ich mit Davie darüber geredet, wie wir am besten vorgehen sollten. Aber Davie war nicht ansprechbar, der Professor, der mir vielleicht weitere Informationen hätte geben können, war tot und Zoe noch immer so weit weg, obwohl ich sie seit Tagen nicht mehr außerhalb des Wohnheims gesehen hatte. Sie war aktuell krankgeschrieben, sodass ihr Platz selbst während der Kurse freiblieb. Ich saß oft da und starrte auf den leeren Stuhl, auf das Lichtmuster, das die Fenster dort hinterließen und das mich an die Schatten denken ließ, die ich zunehmend in ihrem Gesicht erkennen konnte. Als ich es letztens über mich gebracht hatte, sie zu fragen, was los war, hatte sie nur wortkarg geantwortet. Angeblich war sie beim Arzt gewesen, der nichts hatte feststellen können und ihr nur Ruhe und Vitamine verschrieben hatte. Ab und zu fragte sie mich nach Davies Zustand, aber soweit ich wusste, war sie selbst nicht im Krankenhaus gewesen. Das war das ultimative Zeichen dafür, dass ihr weitaus mehr fehlte als ein paar Vitamine. Immerhin hatte ich Ashton seit dem Tag des Unfalls nicht mehr bei ihr gesehen, auch wenn ich fürchtete, dass er manchmal vorbeikam, wenn ich nicht da war. Es kam mir vor, als wären da nicht mehr nur Zimmerwände zwischen uns, sondern auch Hunderte weitere, die Zoe um sich errichtet hatte. Ich kam nicht mehr an sie heran, und ich verstand nicht, wieso. Was er mit ihr machte, dass sie sich so zurück- und in sich hineinzog.

Meine Schläfen pochten. Ich presste beide Hände dagegen, während ich die Treppe des Instituts hinablief. Ich durfte mich nicht in die Gefühle hineinsinken lassen, die am Boden all dieser Gedankensackgassen schwammen. Auch und gerade weil ich jetzt allein damit war. Wenn ich nicht versuchte herauszufinden, was vor sich ging, würde es niemand tun.

Draußen angekommen blieb ich stehen, atmete tief durch und zwang mich, meine To-do-Liste durchzugehen:

1. *Ans Licht bringen, wie es zu Davies Unfall kam.*
2. *Ans Licht bringen, was mit Zoe los ist.*
3. *Ans Licht bringen, was der* Bund der Stare *sonst noch auf dem Campus anrichtet.*

Ich wünschte nur, jemand würde mir sagen, wie man Licht machte, wenn man völlig einsam in einer zähflüssigen, stockfinsteren Dunkelheit festsaß.

Meine Finger strichen über die Ausbeulung in meiner Manteltasche. Ich hasste mich dafür, dass ich die Elster nach wie vor mit mir herumtrug. Ich hasste mich dafür, dass sie mir Trost spendete, obwohl ich längst wusste, dass sie nichts weiter gewesen war als ein Mittel zur Manipulation.

Seit jenem Abend am Sportplatz hatte ich nichts mehr von Blake gehört. Dennoch erwischte ich mich täglich dabei, wie ich nachsah, ob er nicht doch geschrieben hatte. Dass das alles eine Lüge gewesen war, zum Beispiel. Dass er auf meiner Seite war. Dass er mir half.

Aber natürlich kam nichts. Natürlich war ich allein.

Als ich um die Ecke des Gangs bog, fiel mir eine Person auf, die in einem der Arkadenbögen saß.

Der junge Mann hatte beide Beine hochgezogen, der Rücken lehnte an einer Seite des Steins, die Füße ruhten am anderen. Die Ärmel seines Wollpullovers hatte er hochgerollt, sodass er seine Unterarme begutachten konnte. Selbst aus der Entfernung konnte ich sehen, dass die Haut trocken und mit roten Flecken übersät war. Seinem Gesichtsausdruck nach war das ebenso schmerzhaft, wie es aussah. Er war offensichtlich nicht in der Stimmung für Gesellschaft, trotzdem ging ich auf ihn zu. Aus dem einfachen Grund, dass ich ihn wiedererkannte – und das, obwohl ich ihm noch nie begegnet war. Und zwar von den Fotos des Instagram-Profils, das mir Cody gezeigt hatte.

Ich hatte seit Tagen überlegt, wie und wo ich Jess Holden am besten ausfindig machen konnte, um mit ihm zu reden. Cody hatte mir nicht sagen können, wo er wohnte, und es erschien mir zu auffällig, ihn nach einem seiner Seminare abzupassen. Aber diese Möglichkeit konnte ich unmöglich verstreichen lassen.

Erst als ich vor ihm stehen blieb, sah er auf. »Du bist Jess, oder?«, fragte ich geradeheraus.

Er neigte den Kopf und musterte mich. Ich war mir nicht sicher, was für ein Ausdruck dabei in seinen grünbraunen Augen aufleuchtete, die unnatürlich aus seinem winterblassen Gesicht hervorstachen. »Würde es gern leugnen, glaub mir.« Mit einem Seufzen rollte er den Ärmel seines Pullovers zurück. »Wie kann ich dir helfen?«

Ich straffte die Schultern, rang mir alles an Autorität ab. »Indem du die Wahrheit sagst. Über den Unfall, den du vor zehn Tagen gesehen hast.«

»Darüber hab ich bereits mit der Polizei gesprochen.«

Ich musste ein verächtliches Lachen unterdrücken. Die Beamten hatten mich darüber informiert, als ich vor Kurzem versucht hatte, ihnen die Wahrheit klarzumachen. Sie dachten, sie hätten diese bereits gefunden, weil es nur einen Augenzeugen gab und dieser den Tathergang als unglücklichen Unfall beschrieben hatte. Es spielte letztlich keine Rolle, wer diesen verursacht hatte: Davie oder Victor. Beide konnten sich nicht dazu äußern.

»Du hast gelogen«, erwiderte ich scharf. »Du hast das gesagt, was *sie* wollten.«

Jess schwang die Beine hinunter und ließ sie baumeln. »Und wer sind *sie*?«, fragte er interessiert.

»Das weißt du. Jemand hat euch am Tag des Unfalls reden sehen.« Ich atmete durch und zwang mich zu einer ruhigeren Stimme. »Hör zu. Keine Ahnung, was sie gesagt haben, aber wenn sie dir gedroht haben, musst du das anzeigen. Sie sind nicht allmächtig, niemand ist das. Wenn du zur Polizei gehst, können sie dich vor ihnen schützen. Dann können sie dafür sorgen, dass niemand Weiteres zu Schaden kommt.«

Jess kräuselte die Nasenspitze, ich war nicht sicher, ob er genervt oder belustigt war. »Wer sagt, dass sie mir gedroht haben?«

Ich stutzte. Was sonst sollte es für einen Grund geben, für einen Haufen gewissenloser Mistkerle zu lügen? Was außer

Angst motivierte Menschen zu so einer Tat? Die Antwort war simpel, auch wenn ich sie nicht wahrhaben wollte. Macht.

»Sie haben dir etwas versprochen«, schlussfolgerte ich. »Aber … wenn es dabei nur um Geld geht, ist die Sache noch simpler. Ganz egal, was sie dir bieten, du darfst nicht darauf eingehen. Nichts auf der Welt ist es wert, seine Seele zu verkaufen.«

Jess lachte lauthals, ich zuckte zusammen. Meine Verwirrung schlug innerhalb von Sekunden in Wut um. »Das ist nicht witzig! Mein Freund wurde schwer verletzt. Er liegt im Koma, wir wissen nicht, ob er je wieder aufwacht. Sie dürfen damit nicht durchkommen.«

Jess fuhr sich durch die aschblonden, etwas fettigen Haare, dann zog er ein Bein an und legte das Kinn auf seinem Knie ab. »Der Fahrer wurde doch längst belangt. Er ist tot, das ist so ziemlich die ultimative Strafe, oder? Reicht dir das nicht, Süße?«

»Nenn mich nicht so«, erwiderte ich barsch, ehe ich mich zwang, durchzuatmen. »Und nein, tut es nicht. Ich bin mir sicher, dass der Fahrer des zweiten Wagens, der an diesem Rennen beteiligt war, hier noch herumläuft. Keine Ahnung, ob es Ashton Griffin selbst war oder einer seiner Freunde.« *Nur nicht Blake*, flüsterte eine Stimme in mir, und wieder hasste ich mich dafür. »Es spielt auch keine Rolle, weil sie *alle* zusammengehören«, erinnerte ich uns beide entschieden. »Ich will, dass sie sich dafür verantworten müssen.«

Jess musterte mich schweigend. In seinen Mundwinkeln zuckte es, und ein Teil von mir war sich sicher, dass er gerade ein weiteres Lachen unterdrückte. Schließlich ließ er das Bein wieder sinken und beugte sich vor. Der Ausschnitt seines moosgrünen Pullovers verrutschte und entblößte sein Schlüsselbein. Und damit einen winzigen, seltsam kantigen Leberfleck. Es dauerte kurz, bis ich es verstand, weil ich so wenig damit rechnete. Schweiß breitete sich in meinem Nacken aus, ich wich zurück. In mir dröhnte es, weil dieser Fleck alles veränderte. Aus dem schlichten Grund, dass es keiner war. Kein Muttermal, keine Pigmentstörung, kein Klecks Filzstift. Es war ein Tattoo.

Fassungslos ließ ich den Blick zu Jess' Gesicht wandern. »Das haben sie dir versprochen? Sie haben dich in ihre Verbindung aufgenommen?«

Er zog am Kragen, ehe er vom Bogen rutschte. Dem Ausdruck in seinen Augen nach war er nur noch genervt. Mir war längst klar, dass das hier überhaupt nichts brachte. Er hatte sich eindeutig entschieden, auf welcher Seite er stand. Trotzdem konnte ich einfach nicht aufgeben.

Er wollte an mir vorbeigehen, ich stellte mich ihm in den Weg. »Das kannst du unmöglich wollen, diese Menschen sind absolut krank. Sie bringen nur Unglück – denen um sie herum und einander. Glaub mir.«

Ich umfasste seinen Arm und zuckte sofort zurück. Selbst durch den Stoff war seine Haut dermaßen erhitzt, dass ich das Gefühl hatte, ein Ofengitter berührt zu haben. Er musste Fieber haben. Das würde auch die violetten Ringe unter seinen Augen erklären und den seltsam trüben Ausdruck darin. Außerdem war da dieser Geruch, der von ihm ausging und mir unangenehm in den Magen schlug. Unter dem herben Duft seines Aftershaves lag etwas Modriges, fast … Verwesendes.

Ich wollte zurückweichen, doch dieses Mal umfasste er meinen Oberarm und lehnte sich zu mir vor. So weit, dass sein Kopf sich dicht neben meinem befand. »Glaub *du* lieber mir«, raunte er mir ins Ohr, »deine Neugierde ist dein allergrößter Feind, Anna Karenina.«

Sein Atem auf meiner Haut war warm, doch alles in mir gefror zu Eis. Ich hatte nicht gedacht, dass ich diese zwei Worte jemals wieder an mich gerichtet hören würde. Nicht, nachdem der einzige Mensch, der mich jemals so genannt hatte, gestorben war.

Ich blinzelte mehrmals, aber da war kein Sinn, der sich zwischen meinen Wimpern verfangen konnte. »W…Was?«

Jess grinste seicht und ließ mich los. Ich konnte seine brennenden Fingerabdrücke dennoch auf meinem Arm spüren, so wie das Hitzeflimmern, das von ihm ausging. »Du hast mich verstanden. Verschwende deine Zeit nicht weiter. Manchmal hat man davon deutlich weniger, als man denkt.«

Der Tee war nur noch lauwarm, ich rührte trotzdem weiter mit dem Silberlöffel durch den Becher. Spekulatiustee: Zoe liebte den Geschmack, ich fand ihn zu süß und trank die Sorte nur, weil ich sie vermisste. Weil ich plötzlich alles vermisste, was vor wenigen Monaten noch wie selbstverständlich zu meinem Leben gehört hatte. Ich hatte nie viel Zeit in den Gemeinschaftsräumen meines Wohnheims verbracht, aber ich saß lieber in einem der roten Sessel und sah die goldumrahmten Bilder an, als in meinem Zimmer die Wand anzustarren und mich zu fragen, was Zoe dahinter gerade machte. Von meinem Platz am Fenster konnte man direkt in den Innenhof blicken. Die efeubewachsene Fassade, die Türen aus dunklem Holz, die Wiese, die im Sommerlicht golden und im Winterlicht silbrig wirkte. Mein kleiner Kosmos, mein Zuhause, in dem ich mich zum ersten Mal einfach nur einsam fühlte.

Ich verschluckte mich am Tee und hustete, als die Tür geöffnet wurde und ich sah, wer eintrat. Nichts an diesem Bild passte: weder das Wappen des Trinity Colleges, das auf Brusthöhe des gut sitzenden Kaschmirpullovers prangte, und dem von Trinity Hall an der Wand dahinter widersprach. Noch das Lächeln, das sich auf seinem Mund ausbreitete, als er mich entdeckte. Ich stellte die Füße, die ich auf das Sitzpolster gezogen hatte, zurück auf den Boden neben meine Schuhe. Ashtons Blick huschte belustigt zu den Kürbissen, die den grauen Stoff zierten. Grimmig hob ich das Kinn. Ich hatte die Socken von Zoe geschenkt bekommen und liebte sie allein deswegen schon – ich weigerte mich, Verlegenheit zu empfinden. Ganz besonders vor ihm.

»Zoe müsste oben sein«, informierte ich ihn kühl.

Er setzte sich auf den Sessel mir gegenüber. »Ich wollte eh zu dir, ich hab dich durch das Fenster gesehen.«

»Sollte ich den Wachdienst rufen?«

»Sei nicht albern.« Schmunzelnd winkte er ab. Unser Gemeinschaftsraum wirkte ein bisschen chaotisch: Der rote Stoff biss sich mit dem orangestichigen Ton der Wandfarbe und dem blauen Teppichboden. Es war fast lächerlich, dass Ashton es sogar in diesem Ambiente schaffte, makellos auszusehen. »Ich würde gern unter vier Augen mit dir sprechen. Wollen wir in dein Zimmer gehen?«, fuhr er freundlich fort. Zu freundlich, ich kaufte ihm kein Wort ab.

»Nein«, erwiderte ich im selben Tonfall und addierte es um ein betont strahlendes Lächeln. »Ich gehe ganz bestimmt nirgendwo mit dir hin, wo uns niemand sieht.«

Ashton schmunzelte immer noch, aber mir entging nicht, dass seine Augen schmaler wurden. Geduld war nicht seine Stärke. Womöglich war das unsere einzige Gemeinsamkeit. »Gut, dann hör mir hier kurz zu. Ich war zuletzt nicht sehr nett zu dir, das sehe ich ein. Genau deswegen bin ich gekommen: um dich darum zu bitten, dass wir diesen ganzen Stress endlich hinter uns lassen und uns vertragen.«

»Und wieso genau solltest du das wollen? Du hasst mich.«

»Hass ist ein sehr starkes Wort. Wir kennen einander kaum, und ich denke, wir hatten nie die Chance, uns richtig kennenzulernen. Was ich sehr bedauerlich finde angesichts der Tatsache, wie nah Zoe und ich uns stehen.«

Was er sagte, stimmte rational betrachtet, klang aus seinem Mund dennoch wie eine Lüge. Ashton war ein egoistischer Mistkerl, der seit Wochen keinen Hehl daraus machte, wie wenig er mich mochte und wie egal ihm Zoe letztlich war. Allein die Erwähnung ihres Namens löste eine neue Welle der Wut in mir aus. »Du bist nicht gut für sie.«

Ashton seufzte. »Siehst du, das meine ich. Du gibst mir ja nicht mal die Möglichkeit, dir zu zeigen, dass du dich irrst.«

Er bettete die Ellbogen auf seinen Oberschenkeln, die Handinnenflächen zeigten offen nach oben. Ich rechnete trotzdem damit, dass er jederzeit ein Messer zückte. »Ich weiß, du denkst, dass sie meinetwegen momentan nicht gut drauf ist, aber ist dir schon mal in den Sinn gekommen, dass ich auch nur versuche, es besser zu machen? Für sie da zu sein, gerade jetzt, da ihre beste Freundin es nicht ist?«

War das sein Ernst? Versuchte er wirklich, mich auf dermaßen platte Weise zu manipulieren? Es war nicht meine Schuld, dass Zoe mich nicht an sich ranließ. Es war *seine*. »Ich bin immer für sie da. Ich würde alles für sie tun.«

»Dann beweis es und gib mir eine Chance. Das, was du denkst, über meine Freunde und mich zu wissen, ist zum größten Teil Unsinn.« Er sah über seine Schulter, hin zu zwei Typen an ihren Laptops, die uns nicht beachteten. Dennoch senkte er die Stimme. »Wir sind keine verschworene Bande von *Serienmördern*. Wir sind ein paar Studierende, die ab und zu vielleicht unbedacht handeln. Die Fehler machen, so wie wir alle. Wir sind nicht perfekt, aber wir sind keine Monster.«

Ich zuckte zusammen, weil ich daran denken musste, für wen ich dieses Wort das letzte Mal benutzt hatte. Mir wurde kühl, ich zog den groben Strickcardigan vor der Brust zusammen. »Blake ist eins. Ich weiß, was er getan hat.«

Ashton blinzelte. Seine Hände ballten sich zu Fäusten, während er sich zurücklehnte. »Er hat dir von Piper und den anderen erzählt? Das ist … interessant.«

»Nicht das Wort, das ich wählen würde.« Noch immer schaffte ich es nicht, den Gedanken zu Ende zu denken. Er fühlte sich sperrig an, schmerzhaft spitz. Jedes Mal, wenn ich mich zwingen wollte, ihn durch mein Bewusstsein nach oben zu ziehen, zerfetzte er etwas von den unangebracht weichen Erinnerungen, die ich an Blake hatte. Es war absurd: Man konnte jemanden im Jetzt hassen, aber das änderte nichts an den Empfindungen, die man im Damals mit ihm verbunden hatte. Manche Gefühle ließen sich nicht gutmachen, aber manche Fehler eben auch nicht. Vielleicht waren Gefühle deswegen meistens auch nur Fehler. Ganz sicher waren es diejenigen, die ich für Blake gehabt hatte.

Ashton sah aus dem Fenster, hinter dem das College zu einem Schattenbild verschwommen war. Schließlich schüttelte er den Kopf, als würde er es aufgeben, etwas begreifen zu wollen, und konzentrierte sich auf mich. »Wie dem auch sei, du sollst auch nicht mit ihm ausgehen. Sondern mit mir.«

Ich gab einen atemlosen Ton von mir, Schnauben und Lachen in einem. Bei all dem komischen Zeug, das Ashton schon von sich gegeben hatte – das war mit Abstand das Absurdeste, was ich je gehört hatte. »Wieso sollte ich das tun?«

»Um ein unvoreingenommenes Urteil darüber zu fällen, ob ich nicht vielleicht doch ein guter Kerl bin. Gib dir einen Ruck und geh mit mir essen. Du kannst mir die Fragen stellen, die dich seit Wochen umtreiben, und ich verspreche, sie alle ehrlich zu beantworten.« Er lächelte und sah mich aus diesen dicht bewimperten schönen Augen an.

Es war seltsam, wie sehr sein fast engelsgleiches Aussehen seinem Charakter widersprach. Ich meine, ich kannte seinen nicht im Detail, aber das musste ich auch nicht. Das grobe Gefühl, das ich von Anfang an für ihn gehabt hatte, sagte mir alles, was ich wissen musste. Er hatte so viel Leid über andere gebracht, unter anderem über meine besten Freunde. Ganz gleich, welche positiven Facetten er womöglich in sich trug, sie konnten nichts davon aufwiegen.

Trotzdem zögerte ich, abzulehnen. Ich war noch nie richtig allein mit Ashton gewesen, und selbst wenn ich sicher war, dass er mir nicht die Wahrheit sagen würde, reichte es manchmal, jemanden beim Lügen zu erwischen, um mehr zu erfahren. Ich hatte keinen Anhaltspunkt mehr, wie ich von außen etwas über den *Bund der Stare* herausfinden sollte. Ashton bot mir die letzte Möglichkeit, in sie hineinzublicken. Ich hatte keine

Ahnung, was er sich davon versprach, aber es kam letztlich nur darauf an, was ich daraus machte. Er konnte mir nichts antun, solang wir in der Öffentlichkeit blieben. Es war einen Versuch wert.

Langsam richtete ich mich auf. »Lass mich das einmal ganz direkt klarstellen: Ich werde unter keinen Umständen jemals mit dir schlafen.«

Ashton lachte warm, Grübchen zeichneten sich in seinen Wangen ab. »Ich weiß ja nicht, welche Traditionen du normalerweise beim Essengehen pflegst, aber ich hatte nichts Derartiges im Sinn. Ich will nur ein harmloses Gespräch. Versuchen wir, das Kriegsbeil zu begraben. Zoe zuliebe.«

Das ist keine gute Idee, warnte mich eine Stimme in meinem Inneren. Mein ganzes Bauchgefühl klebte an ihr, doch ich zwang mich zu nicken. »Okay. Von mir aus.«

Ashtons Lächeln veränderte sich, flüchtig, kaum wahrnehmbar und keinesfalls definierbar. Mein Magen verknotete sich dennoch, weil mein erster Gedanke war: *triumphierend*. »Schön. Passt dir morgen Abend? Um acht?«

»In Ordnung«, sagte ich, obwohl ich das Gegenteil fühlte.

Ashton nickte und stand auf. »Ich hol dich ab.« Seine Hand machte eine Bewegung nach vorn, auf mich zu. Instinktiv griff ich an meinen Hals und presste meine Finger darauf, ohne dass ich selbst genau verstand, wieso. Alles, was ich wusste, war, dass ich nicht zulassen würde, dass Ashton mich berührte. Egal auf welche Weise.

Er verengte die Augen, hielt jedoch inne und verbarg seine Hände stattdessen in den Hosentaschen. »Bis morgen. Ich kann es kaum erwarten, dass wir uns einen Abend lang richtig offen unterhalten können. Nur du und ich.«

Gegen neun ging ich in die Wohnheimküche, um meinen halb vollen Becher auszukippen und abzuwaschen. Als ich ihn gerade zurück ins Regal gestellt hatte, bemerkte ich das helle

Flackern auf der Terrasse. Erst da fiel mir auf, dass die Tür nur zugeschoben, nicht verschlossen war. Ein kalter Windzug fuhr durch die groben Maschen meiner Strickjacke, als ich sie öffnete. Dort draußen stand jemand. Eine einzelne Silhouette, direkt unter den matt scheinenden Glühbirnen einer Lichterkette, die wir über den Tischen angebracht hatten.

Ich brauchte einen Augenblick, ehe ich sie erkannte. Hastig schob ich die Tür ganz auf. »Zoe? Was tust du hier?«

Sie drehte sich zu mir um und sah mich verwirrt an. »Ich weiß nicht«, flüsterte sie, als ich bei ihr angekommen war. »Ich fühl mich so … wenig. Ich fühl so wenig.« Langsam streckte sie die Arme aus und betrachtete ihre Hände. Sie trug weder Jacke noch Schuhe oder Socken, nur eine Samthose und einen Wollpullover. Ihr Haar hing strähnig aus einem Dutt, ihr Gesicht war ungeschminkt und leuchtete blass in der Dunkelheit. »Es ist kalt, oder?«, murmelte sie und tastete über ihren nackten Unterarm, der mit Gänsehaut übersät war. »Wieso fühlt es sich nicht so an?«

In meinem Magen verklumpte sich etwas so heftig, dass ich fast in die Knie gesunken wäre. »Du stehst bestimmt schon zu lang hier. Deine Zehen sind ganz blau, und du zitterst. Du musst reingehen.« Ich umfasste ihre Hände und drückte sie. Ihre Haut war eisig, ich fröstelte.

Zoe blickte auf unsere verschränkten Finger. »Wir lieben uns, oder?«

Ich nickte fest, auch wenn mir diese Frage Tränen in die Augen trieb. Allein die Vorstellung, dass sie daran zweifeln konnte, tat mehr weh als alles andere. »Natürlich. Du bist meine beste Freundin. Die beste, die ich je hatte.«

»Und du meine. Ich weiß das, aber wieso«, sie schluchzte trocken auf, »wieso kann ich es nicht fühlen? Wieso fühle ich weder, dass ich dich liebe, noch, dass du mich liebst? Wieso fühle ich keine Wut, wenn meine Mutter mir sagt, dass ich zugenommen habe, oder Glück, wenn mein Vater mir Fotos von meinem Hund schickt? Wieso fühle ich keine Angst, wenn mir Professor Martin sagt, dass ich vielleicht durchfalle, oder Nervosität, wenn ich einen Vortrag halten muss? Wieso fühle ich einfach *gar nichts* mehr?«

Hilflosigkeit war das kälteste aller Gefühle. Innerhalb von Sekunden fraß sie sich mit Eiskristallzähnen durch mich hindurch. Nur mit Mühe bekam ich heile Worte zusammen, wissend, dass sie das hier eh nicht reparieren konnten. »Du bist krank. Aber du wirst wieder gesund, ganz bald.«

Zoe lachte und schniefte gleichzeitig. Ihre Augen glänzten, als wollte ihr Körper weinen und wüsste nicht, wie das ging. »Ich weiß nicht, was hier passiert. Was tue ich hier?«

Mein Mund wurde trocken, als ich verstand, was sie sagen wollte. Dass sie nicht diesen Hof meinte, sondern … diese Welt. Und das machte mir solche Angst, dass ich keine Antwort rausbekam. Ich zog sie einfach in eine Umarmung und hielt sie fest, als könnte ich so unser beider Gefühl vertreiben, dass sie dabei war zu verschwinden.

»Du bist hier«, flüsterte ich und drückte sie an mich, bis ihre Kälte auf mich übersprang. Weil Zoe solche Umarmungen liebte und weil ich sie unbedingt daran erinnern wollte. Daran, was sie liebte und hasste, daran, wer sie war. »Du bist hier, und du bist du. Und wir bekommen das alles wieder hin. Vertrau mir.«

»Versprochen?« Ihre Stimme versickerte in meinem Haar, ihr Duft in meiner Kleidung. Ihr Duft, der anders roch als sonst. Weniger intensiv, weniger süß, weniger … Zoe. Da war einfach weniger Zoe.

»Versprochen«, erwiderte ich. »Ganz egal, was ich dafür tun muss. Ich sorge dafür, dass es dir wieder besser geht.«

In dieser Nacht blieb ich bei ihr. Ich legte ihr eine Wärmflasche an die Füße und las ihr vor, bis sie einschlief. Danach saß ich neben ihr und betrachtete ihren Oberkörper, der sich tröstlich gleichmäßig hob und senkte. Die Kerzen auf dem Nachttisch warfen Schatten an die Wände, an denen etliche unserer Erinnerungen in Form von Polaroidfotos klebten. Das lachende Mädchen darauf hatte wenig mit dem gemeinsam, dessen Körper neben mir in der pastellblauen Bettwäsche versank. In diesem Moment war es mir egal, was der *Bund der Stare* war oder tat. Alles, was zählte, war, was Ashton Zoe angetan hatte. Was auch immer das war, ich würde herausfinden, wie ich ihr helfen konnte. Ich musste es versuchen. *Zoe zuliebe.*

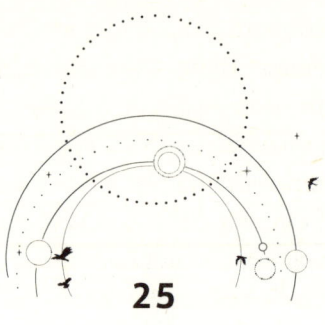

25

MABEL

Von all den Dingen, die ich in den letzten Monaten getan hatte – einige davon halb illegal oder zumindest gegen jede Regel verstoßend, die ich mir selbst auferlegt hatte –, fühlte sich das hier wie das mit Abstand Gefährlichste an.

Vor der Haustür blieb ich stehen und kontrollierte zum wiederholten Mal die Taschen meines Mantels. Ich traute mich nicht, das Diktiergerät, das unter einer Packung Taschentücher und zwei Lippenstiften lag, einzuschalten. Wenn Blake es sofort gesehen hatte, würde Ashton das vermutlich auch schaffen. Es war besser, ihn eine Weile in Sicherheit zu wiegen, ehe ich anfing, die wichtigen Fragen zu stellen. Und das bedeutete: Ich ließ diesen Abend auf die Weise beginnen, die er im Sinn hatte. Welche auch immer das war.

Mit einem tiefen Atemzug griff ich nach der Klinke und öffnete die Tür. Ein Teil von mir hatte seit Ashtons Besuch gestern Nachmittag damit gerechnet, er würde heute doch nicht auftauchen. Ich hätte gedacht, dass ihm selbst aufgefallen war, wie absurd das hier war. Doch als ich das Wohnheim verließ, stand er da: mitten auf der Wiese, hell gekleidet, sodass ich ihn sofort im Abenddunkel ausmachen konnte.

Ashtons Mantel war offen, so wie der Schal, den er sich locker um den Hals gehängt hatte. Er lächelte, als ich auf ihn zukam und ihn verhalten begrüßte. »Hast du was gegen einen Spaziergang einzuwenden, bevor wir essen gehen? Am Rand vom Trinity College gibt es noch einen Glühweinstand. Wir könnten uns einen kaufen und ein bisschen herumlaufen.«

Mein erster Impuls war, geradewegs zurückzugehen. Mit Ashton allein auf dem verlassenen Campus unterwegs zu sein, war wenig beruhigend. Andererseits war die Wahrscheinlichkeit, dass er ein ehrliches Gespräch zulassen würde, höher, je mehr wir unter uns waren.

»Kinderpunsch. Und ich hole ihn.«

Ashton unterdrückte sichtlich ein Grinsen und deutete mir vorzugehen. »Alles andere hätte mich auch enttäuscht.«

Es begann leicht zu schneien, als wir den Glühweinstand verließen und durch Trinity Hall liefen. Vergessene Weihnachtslichter hingen zwischen den Bäumen, die die Wege säumten, die Fassaden der Gebäude glitzerten im nebligen Mondlicht. Ab und zu kamen uns Studierende entgegen, eingemummelt in Winterjacken und Wollschals, die ihre Gesichter verschwinden ließen.

Ashton war weitaus besser im Small Talk als ich, er stellte mir Fragen und füllte die Gesprächslücken mit Anekdoten über die Universität und ihre Geschichte, die ich vermutlich interessant gefunden hätte, wenn ich nicht darauf konzentriert gewesen wäre, mehr über sein Verhalten zu wachen als über seine Worte. Doch … da war nichts. Er wirkte wirklich normal: aufgeschlossen, freundlich, zuvorkommend. Und genau deswegen wurde ich mit jeder Minute unruhiger.

Es war kurz vor neun, als wir die Bridge of Sighs erreichten – die schönste Brücke der ganzen Universität. Das St John's College war 1511 errichtet worden, hatte sein Gebiet aber im 19. Jahrhundert auf die Westseite des Flusses ausgedehnt. Um die alten College-Bereiche mit den neuen zu verbinden, wurde eine Brücke gebaut. Heute war dieses überdachte Bauwerk im viktorianisch-gotischen Stil eines der bekanntesten Wahrzeichen von Cambridge. Beinahe jede Tour über die Cam führte unter ihr vorbei, und auch die Brücke selbst war tagsüber von Touristen und Studierenden gleichermaßen gut besucht.

Jetzt, im abendlichen Januardunkel, wirkte selbst dieser Ort verlassen. In dem Gebäude des St John's College, durch das man die Brücke betrat, waren immerhin noch Lampen an, die am Gewölbe selbst auch. Sie färbten den Stein in einen warmen Ockerton, dessen Schein im Fluss reflektiert wurde.

Ashton blieb an der Vergitterung am höchsten Punkt der Brücke stehen und sah durch die Löcher hinaus. Von hier aus konnte man auf das Ufergebiet der Cam und weitere Brücken blicken. Karge Wiesen, tief hängende Äste nackter Bäume, blasse Pfade, die sich im Nichts verloren. Die Brücke selbst mündete auf beiden Seiten in arkadengebogenen Durchgängen zu den Gebäuden und Zwischenhöfen des Colleges. Ich wusste, wie schön dieser Ort war, aber gerade konnte ich nur wahrnehmen, wie einsam mir alles an dieser Szene vorkam.

»Das war schon immer mein Lieblingsplatz der gesamten Universität«, meinte Ashton nach einem Moment der Stille.

»So viel Klischee hätte ich dir gar nicht zugetraut.« Ich ging auf ihn zu. Das hier war eine geschlossene Brücke, er konnte mich schlecht darüberwerfen. »Immerhin war das auch der Lieblingsplatz von Königin Victoria.«

Er drehte sich zu mir um, lehnte sich mit der Schulter gegen das Gitter. »Sie wurde nach einer Brücke in Venedig benannt, wusstest du das?«

Ich nickte und verschränkte die Arme. Ein Blick in das tiefschwarze Wasser unter mir, und ich spürte es an meinen Füßen ziehen. »Sie haben aber architektonisch kaum etwas gemein, außer dass sie beide überdacht sind. Ich weiß außerdem, dass manche sagen, dass sie nur Seufzerbrücke genannt wird, weil die Studierenden beim Herüberlaufen an bevorstehende Prüfungen denken und vor Frust seufzen. Und dass gleich zweimal ein Auto mit mehreren Booten unter die Brücke gefahren und dann hier hochgezogen wurde, sodass es an ihr herunterhing.« In solchen Momenten war mir klar, warum Menschen mich *besserwisserisch* nannten. Doch die Wahrheit war, dass rationale Fakten mich von dem nagenden Gefühl der Unruhe fernhielten. Ich sagte so etwas nicht, um andere zu beein*drucken*, nur um mich selbst zusammenzu*drücken*, damit ich nicht auseinanderbröselte und meinen Fokus verlor.

Ashton zog anerkennend die Augenbrauen hoch. »1963 und 1968, ganz genau. Du weißt wirklich viel über diese Uni.«

Ich trat einen Schritt nach hinten, fort von der Balustrade und ihm. »Nicht alles.«

»Nein, ganz sicher nicht.« Er schmunzelte, nippte an seinem Punsch. »Ich glaube, was ich an dieser Brücke schon immer so mochte, war, dass sie sich einen Namen mit einer anderen teilen muss und trotzdem einzigartig ist. Hat mir immer den Glauben an Individualität gegeben, obwohl diese Welt alles dafür tut, um ihre Bewohnenden zu glätten und einander anzugleichen.«

»Und ich dachte, du hältst dich für ein absolutes Unikat.« Der Spott ließ die Worte bissiger klingen als beabsichtigt.

Ashton seufzte und lehnte sich mit dem Rücken gegen die Wand. »Du traust mir wirklich kein bisschen, oder?«

»Dachtest du, eine persönliche Anekdote ändert etwas daran?«

»Nein, vermutlich nicht. Ich versuche nur, dich kennenzulernen.« Ashton nippte erneut an seinem Punsch. Die Beeren ließen seine Lippen dunkler werden, sein Blick hingegen wirkte freundlich und hell. »Ich bin sicher, wir haben ein paar Gemeinsamkeiten, wenn wir uns wirklich bemühen, danach zu suchen.«

»Zum Beispiel?«

»Lass mich überlegen.« Er grinste leicht, was so gar nicht zu seinen nächsten Worten passte. »Eine tote Mutter zum Beispiel. Meine starb vor einer halben Ewigkeit. Wie und wann ist deine gestorben?«

Irritiert neigte ich den Kopf, die Perlen auf meiner Haarspange warfen Lichtsprenkel auf unsere Gesichter. Kurz dachte ich an Blake, an die winzigen Mondsprossen auf seinem Nasenrücken. Ich kniff die Augen zusammen, bis die Erinnerung verblasste. »Autounfall. Ich war vierzehn.« Ich schüttelte den Kopf. »Aber wenn das unsere einzige Gemeinsamkeit ist, sehe ich das nicht unbedingt als vielversprechende Basis.«

»Wieso nicht? So etwas ist doch sehr prägend. Die ersten Verluste in unserem Leben sind die schlimmsten. Wenn du das erste Mal jemanden auf dermaßen endgültige Weise verlierst, erfährst du, was für einen Schmerz du überhaupt fühlen kannst. Es ist faszinierend und schrecklich zugleich, wie stark die Psyche ist. Wie heftig emotionaler Schmerz dich verwunden kann. Intensiver und ewiger, als es der Körper je schaffen würde.« Seine Worte klangen ernster als sonst, irgendwie ruhiger. Als würden sie aus der windstillen Tiefe seines Ichs kommen. Obwohl ich es nicht wollte, führte das dazu, dass meine Anspannung nachließ. Das war das erste Mal, dass ich eine Emotion an Ashton sah, die durch und durch echt wirkte. Ich hätte nicht erwartet, dass das ausgerechnet Traurigkeit sein würde. »Wen hast du noch verloren außer ihr?«

Er schwieg und sah in seinen Becher. Dann hob er ihn unvermittelt an und exte das Getränk darin. »Viele.« Er wischte sich über den Mund, bis das falsche Lächeln wieder saß. »Hab irgendwann aufgehört zu zählen.«

»Das tut mir leid.« Ich musste nicht lügen, ganz gleich, was für ein Mensch Ashton war. Ich wusste, wie sehr so ein Schmerz eine Person veränderte, und fragte mich in diesem Moment widerwillig, wie viel von Ashtons Art darauf beruhte. Wer er gewesen wäre, wenn seine Antwort »*Niemand*« hätte sein können, wie man es Menschen in unserem Alter wünschte. Wie man es jedem wünschte.

»Das muss es nicht.« Er stellte den Becher auf dem Boden ab. »Wenn man diesen Schmerz einmal überwunden hat, erkennt man, dass man über alles im Leben hinwegkommen kann. Diese Dinge sind nicht wichtig. Sie bedeuten nichts.«

»Und mit Dinge meinst du Gefühle wie … Liebe?«

Er sah mich mitleidig an. »Liebe ist eine Illusion. Etwas, an das die Leute glauben wollen, weil sie sich vor Einsamkeit fürchten. Dabei sind letztlich alle einsam.«

»Bist du deswegen in diese Verbindung eingetreten? Um weniger einsam zu sein?«

»Einsamkeit ist nicht dasselbe wie Alleinsein, hast du das noch nie auf eine Postkarte gedruckt gesehen?« Er zwinkerte mir belustigt zu. »Es ist egal, mit wie vielen Menschen du dich umgibst, das ändert nichts. Es hat lediglich Vorteile, nicht ganz allein zu leben.«

»Dann haben all deine Beziehungen einen Nutzen? Selbst die zu Blake?«

Ashton schüttelte den Kopf, sein Blick wurde weicher. »Mit Blake ist das was anderes. An uns ist nichts temporär, wir sind für immer verbunden. Das, was wir teilen, geht über eine Beziehung hinaus. Nennen wir es … Seelenverwandtschaft.« Er grinste schief, aber das Wort klang dennoch ernst. Er meinte das so, er liebte Blake. So wie Blake Ashton liebte, das hatte er mir selbst gesagt. Eigentlich war das eins der Gefühle, die jeden schöner werden ließen, an dieser Stelle gefiel es mir trotzdem nicht.

»Dafür, dass du nicht an Liebe glaubst, ist das ein ziemlich romantischer Begriff.«

Er hob lachend die Hände. An seinen Fingern klebte Punsch, ich dachte an Vogelblut und wich beiläufig nach hinten. »Erwischt. Verrat es ihm nicht.«

»Ich hab nicht vor, jemals wieder mit ihm zu reden.«

Er wog den Kopf. »Trotzdem sollte dir bewusst sein, dass das, was er getan hat, ein Zeichen von Zuneigung war. Einer ziemlich närrischen, hoffnungslosen zwar, aber einer, auf die du dir durchaus etwas einbilden kannst. Ich erinnere mich nicht daran, dass er jemals so rebelliert hätte. Schon gar nicht wegen eines Mädchens.«

Verwirrt starrte ich ihn an. Dieses Gespräch nahm eine Wendung, die ich nicht einordnen konnte. In keinem Sinne. »Das ist absurd. Er hat mich belogen und ausgenutzt. Was hat das mit Zuneigung zu tun?«

»Er wollte dich beschützen, indem er dich von uns fernhält.« Ashton machte einen Schritt auf mich zu. »Indem er dich von mir fernhält, um genau zu sein.«

Mein Herz setzte zwei Schläge aus, nur um sofort danach zu rasen. In meinem Nacken fing ein Kribbeln an, doch ich zwang mich, nicht zurückzuweichen. Diese Brücke war schmal, ich spürte die Gitterwand im Rücken, nur Zentimeter von mir entfernt. »Was willst du damit sagen?«

Ashton zögerte. Sein Blick wanderte prüfend zu beiden Seiten in die verlassenen Gänge und wieder in mein angespanntes Gesicht. Kurz musterte er mich, dann seufzte er. »Ich hatte das hier eigentlich anders geplant, aber ich glaube, ich kann mir die Mühe sparen.« Auf einen Schlag wirkte sein Blick dunkel und glatt. »Ich will damit sagen, dass du mir auf die Nerven gehst, Mabel. Du gehst mir so wahnsinnig auf die Nerven – und das schon seit geraumer Zeit.«

Es überraschte mich nicht, doch ich verstand nicht, wieso er dieses Theater angefangen hatte, wenn uns beiden bewusst gewesen war, dass das der Kern von alledem war. »Wieso hast du mich dann eingeladen? Wenn du dir so sicher bist, dass ich euch nichts anhaben kann, hättest du mich einfach in Ruhe lassen können. Du hättest mich nie wiedersehen müssen.«

Von einer Seite hörte ich Schritte, die hohl im Durchgang verklangen. Ashtons Blick huschte dorthin, aber bis auf einen vorbeieilenden Schatten blieben wir allein. »Sagen wir, ich hab ein anderes Verhältnis zur Endlichkeit als andere«, meinte er, als auch dieser wieder verschwunden war. »Es gibt genügend Kommata in meinem Leben, daher setze ich gern Punkte, wo es möglich ist.«

»Dann sprich nicht in Fragezeichen mit mir«, zischte ich. »Was soll das bedeuten?«

»Was denkst du denn, was es bedeutet?«

Die Antwort war so banal, dass ich mich weigern wollte, sie zu denken: Die effektivste Art, einen Punkt zu setzen, bestand darin, ein Leben zu beenden. Der klarste Cut, der endgültigste Abschluss.

Ich wich jetzt doch nach hinten und stieß prompt gegen die Brücke. In all den Wochen, die ich diese finsteren Gedanken über den *Bund der Stare* hin und her gewälzt hatte, waren sie nie in ein Gefühl hineingekrochen. Jetzt taten sie es, und es war kalt und klamm und breitete sich unangenehm schnell in meinem ganzen Körper aus.

»Es ist wahr«, brachte ich heiser hervor. »Ihr habt June umgebracht. Und den Professor. Und bei Paulina und Davie habt ihr es auch versucht.«

Ashton steckte die Hände in die Manteltaschen und kam langsam auf mich zu. »Ja, ja, ja und nein. Das mit deinem Freund war tatsächlich ein unglücklicher und ironisch zufälliger Unfall.«

»Und die anderen?«

»Nun … Victor hat Junes Widerstandswillen überschätzt, das war gewissermaßen keine Absicht. Jack wollte Paulina loswerden, und Victor hat ihn darin bestärkt, auf welche Weise das am effektivsten geht. Das war eine … wenig bedachte Impulshandlung. Und der Professor, der geht genau genommen auf deine Kappe. Wir hatten ihn seit Jahren auf dem Schirm, aber er war keine Gefahr. Wir wussten, er würde den Mund halten. Bis du aufgetaucht bist. Du hast etwas an dir, das Menschen dazu bringt, ihr Sicherheitsbedürfnis zu vernachlässigen. Vielleicht passiert denen in deiner Umgebung deswegen oft etwas Schlimmes, schon mal daran gedacht?«

Mein Kopf dröhnte, während ich versuchte, all diese Informationen zu verarbeiten. Aber wie sollte das so schnell gehen? Wie sollte das überhaupt gehen? Das war verrückt. Absolut … krank. Und genau deswegen hatte ich kein Problem, es mit

dem Mann übereinzubringen, der vor mir stand und mich beobachtete. »Du warst das. Du hast ihn umgebracht.«

Ashton fuhr sich mit beiden Händen durch die Locken,
strich sie sich aus dem Gesicht. Seine sanften Züge wirkten im
dämmrigen Licht um uns herum unvertraut kantig, der Ausdruck in seinen Augen sowohl amüsiert als auch gereizt. »Es
spielt keine Rolle, wer von uns ihn dazu gebracht hat, über
diese Balustrade zu springen. Weil es bei uns kein Ich und Du
gibt, sondern immer nur ein Wir.«

»Aber … wie habt ihr das getan? Wie konntet ihr sie dazu
bringen, sich das Leben nehmen zu wollen?« Blake hatte mir
versprochen, dass Victor June nichts angetan hatte, und auch
wenn es keinen Grund gab, ihm zu glauben, so tat ich es in
diesem Punkt trotzdem. Und selbst wenn er mich angelogen
hatte – was konnten sie mit Professor Edwards gemacht haben,
damit dieser sich innerhalb eines Tages in Cambridge gezwungen sah, sich das Leben zu nehmen?

Ashton seufzte hörbar ungeduldig. »Das ist kompliziert zu
erklären und würde den Rahmen dieser Unterhaltung sprengen. Sagen wir … eine Seele besteht aus Energie. Als hätten wir
alle eine Art Gefäß in uns, in dem Wellen schwappen. Wenn du
etwas davon abschöpfst, schwindet mit jedem bisschen eine Nuance der Persönlichkeit dieses Menschen. Seine Überzeugungen,
seine Träume und Ängste, sein Charakter – alles verblasst. Sein
eigener Wille franst aus. Es ist von Mensch zu Mensch unterschiedlich, aber in der Regel gilt: Je mehr Energie du einer Person
nimmst, desto leichter ist sie zu manipulieren. Und wenn du
richtig viel davon verloren hast, weißt du nicht mehr wirklich,
wer du bist oder was du willst. Dann bist du froh darüber, dass
dir jemand sagt, was du zu tun hast. Wenn du so jemandem befiehlst, dass er oder sie über ein Geländer oder von einem Dach
springen soll, dann zögert derjenige nicht.« Er sagte all diese
Worte so routiniert, als hätte er sie auswendig gelernt oder schon
oft benutzt. Dabei war das mit Abstand das Verrückteste, das ich

je gehört hatte. Was musstest du einem Menschen antun, damit du ihm etwas von seiner *Seele* nehmen konntest?

»Ich verstehe nicht. Was habt ihr mit ihnen gemacht?«

Er schnalzte mit der Zunge und kam weiter auf mich zu. »Diese Frage habe ich dir gerade beantwortet. Du willst sie nur nicht verstehen, weil du nicht aufhören kannst, in den Mustern zu denken, die dir dein Leben lang vorgezeichnet wurden.«

Er blieb eine Schrittlänge vor mir stehen: vielsagender Blick, spöttisches Lächeln. Fast hätte ich gelacht, als ich begriff, dass er nicht in Metaphern sprach. Das Bild, das er nutzte, war für ihn ein Spiegel der Wahrheit.

Stattdessen rutschte ein atemloser Ton über meine Lippen. »Du meinst das ernst? Du denkst, ihr könnt auf die Seele anderer Menschen zugreifen und ihre Energie … abschöpfen? Dann ist es das, was du denkst, mit Zoe zu machen?«

Ashton verzog die Lippen zu einem gespielt zerknirschten Ausdruck. »Zugegeben, ich hab die Regeln bei ihr etwas gebeugt. Eigentlich dürfen wir uns nicht zu lang an einer Motte nähren. Die Gefahr, dass sie sich so an uns verbrennen, dass sie tot umfallen, ist zu hoch. Aber Zoe ist außergewöhnlich stark. Jeder andere Mensch, dem ich über diesen Zeitraum dieses Maß an Energie entzogen hätte, wäre längst eingegangen.«

Impulsiv machte ich eine Bewegung auf ihn zu, bis sich unsere Körper beinahe berührten. »Sie geht ein. Sie ist fast nicht mehr da.«

»Hm, ich hab's in letzter Zeit ein bisschen übertrieben. Wieder etwas, das du auf deine Kappe nehmen musst.« Er hob eine Hand und strich damit über mein Haar, so flüchtig, dass ich nicht sagen konnte, ob er mich wirklich berührte. »Ich reagiere gereizt, wenn man mir auf die Nerven geht. Zoe war nur ein Mittel der Kompensation. Falls es dich beruhigt: Ich werde künftig die Finger von ihr lassen. Nach diesem Abend kann ich mir keine Verbindungen zu deinem Umfeld mehr leisten. Das würde zu viele Fragen aufwerfen.«

Mir entging die Drohung in seinen Worten nicht, aber alles, woran ich denken konnte, war Zoe. Monatelang hatte sie Ashton zum Zentrum ihres Gefühlslebens gemacht. Sie hatte bereitwillig Entschuldigungen für seine Versäumnisse gefunden, hatte Tiefseecharakter in jede noch so flache Aussage von ihm hineingelegt, hatte aus nichtssagenden Momenten zartrosafarbene Anekdoten gesponnen. Sie war sich sicher gewesen, dass er sie genauso mochte wie sie ihn. Sie war *verliebt* in ihn, und er nutzte das bewusst aus, während er nichts im Ansatz Vergleichbares fühlte. Während er *gar nichts* für sie fühlte.

»Sie ist dir völlig egal, oder?«

Ashton lachte weich, und für einen kurzen Augenblick hoffte ich, er würde es verneinen. Trotz allem, was ich über ihn wusste, vor allem das, was ich gerade erst erfahren hatte: Es wäre mir lieber gewesen, dieser Psychopath hätte Gefühle für sie gehabt, als bestätigt zu bekommen, dass er sich nicht im Geringsten um sie scherte.

»Natürlich. Ihr seid uns alle egal, Mabel.«

So einfach verschwand das letzte bisschen Hoffnung, das ich in ihn gelegt hatte. Von Anfang an war mir Ashton unnatürlich vorgekommen, wie das übertrieben perfekte Bild eines Menschen. Eine künstlich bearbeitete Konstruktion, die dazu da war, die Wünsche anderer durch das Darstellen einer Illusion zu befriedigen. Ein unechtes Lächeln statt eines Filters, charmante Worte statt Photoshop-Bearbeitungen. Blake war vielleicht ein Lügner, doch Ashton war ein Schauspieler. Jemand, der sich Persönlichkeiten überstreifte wie Masken. Nur das hier, das war sein wahres Gesicht.

Ashton seufzte. »Sieh mich nicht so an. Ich bin nicht verrückt, nur ehrlich. Das wolltest du doch.«

»Und wieso bist du das? Wieso gestehst du mir mehrere Morde?«

Er hob die Mundwinkel. »Komm schon. Enttäusch mich nicht.«

Ich hatte genug Krimis gelesen, um zu wissen, worauf er hinauswollte. Trotzdem kostete es mich Überwindung, es auszusprechen. Einfach weil es so absurd war. Ich war zwanzig Jahre alt, eine gewöhnliche Studentin an einer Eliteuniversität Englands. Ich stand vor einem gebildeten, wohlhabenden, freundlich lächelnden Mann in meinem Alter, dessen Fingernägel besser manikürt waren als meine. Und trotzdem war die Wahrheit, die in seinen Augen lauerte, diese: »Du denkst, dass ich keine Chance haben werde, es jemandem zu erzählen. Du willst nicht mit mir essen gehen. Du willst mich umbringen.«

»Blake hatte recht. Du bist wirklich sehr klug.« Ashton neigte den Kopf, das Licht des Laternenkopfes hinter ihm blendete mich.

Ich hob das Kinn. Ganz gleich, für wen er sich hielt: Ich war immer noch ich und hatte es in der Hand, auf welche Weise das hier ablief. »Dann lass mich dir was erklären: Du wirst mich nie dazu bringen, von einer Brücke oder einem Dach oder auch nur einem Tisch zu springen. Ich werde nie tun, was du mir sagst.«

»Ich gebe zu, dass du schwer zugänglich bist. Weißt du, manche Menschen schließen ihre Seelen in kleinen Käfigen ein. Keine Wände aus Glas, die man leicht brechen kann, sondern welche aus Metall und Beton, die man schwer aufbekommt. Wir haben alle sofort gespürt, was für eine Herausforderung du sein würdest.« Er tippte in die Kuhle unterhalb meines Halses, die zwischen meinem Schal und dem Pulloverkragen hervorblitzte. »Soll ich dir sagen, was interessant ist? Du hast diese Wände bei einem von uns dünner werden lassen. Blakes Nähe hat dich dazu gebracht, dich zu öffnen. Deswegen hatte er es so leicht mit dir. Leichter, als ich es haben werde, daran konnte auch dieser Abend nichts ändern.« Er gab einen resignierten Ton von sich. »Aber das ist nicht weiter schlimm. Ich bin stark. Stärker als du allemal.«

Es fiel mir schwer, etwas von dem, was Ashton sagte, ernst zu nehmen, gleichzeitig strahlte alles an ihm aus, dass er nicht spaßte. Mir wurde erst heiß, dann kalt, als ich begriff, was das bedeutete.

Ich befand mich auf einer Brücke in einem verlassenen Teil der Universität, allein mit einem Mann, der gerade erklärt hatte, mich umbringen zu wollen. Bis auf das flackernde Laternenlicht war die Welt um uns herum in Nachtfarben gegossen: ein Gemälde aus Schwarzblau und Schatten. Der Himmel war sternenlos, das Wasser unter uns finster und trüb, die Kälte kroch von beiden Seiten durch das Gitter der Brücke auf mich zu. Sie zwickte mir in die Waden unter meiner Strumpfhose, als wollte sie mich dazu zwingen, wegzurennen. Ich schaffte es trotzdem nicht mal, mich zur Seite zu bewegen.

»Du bist völlig gestört«, brachte ich hervor. »Du kannst nicht ernsthaft denken, dass das wahr ist. Dass du mich dazu bringen kannst, zu tun, was du willst.«

»Natürlich kann ich das. Und ich will nicht, dass du einfach irgendwo runterspringst. Das würde viel zu schnell gehen.« Erneut neigte er sich zu mir vor, diesmal so weit, dass seine Nasenspitze vor meiner schwebte. Trotz der niedrigen Temperatur hatte sie sich nicht rötlich verfärbt, nur an seinen Mundwinkeln klebte Punsch. »Ich will, dass du leidest, während du alles von dir verlierst, also werde ich mir hierfür alle Zeit der Welt lassen. Erst dann nehme ich dir das letzte bisschen Seele. Damit nichts mehr von dir übrig ist, wenn du endlich verschwunden bist.« Seine Stimme wurde mit jedem Wort leiser, bis sie ganz verebbte. Ihre Wellen schlugen mir gegens Gesicht, sie bestanden aus Eiswasser, ich zitterte.

»Du bist krank«, flüsterte ich.

Ein Lächeln umspielte seinen Mund. »Ich bin mächtig. Das ist manchmal leicht zu verwechseln.«

Mein Herz hämmerte in meiner Brust, doch ich regte mich nicht. Ein Teil von mir ahnte, dass Ashton darauf wartete, bis sich die Angst wuchernd in mir ausgebreitet hatte. Allein aus diesem Grund hatte er mit seinen Worten ihre Samen in meinem Inneren gesät, statt zu handeln. Er genoss das hier, er wollte sehen, dass ich mich fürchtete. Und obwohl ich wusste, dass das angebracht wäre, weigerte sich mein Verstand, dieses Gefühl voll und ganz zuzulassen. Alles, was ich an Selbstbeherrschung und Stolz hatte, riss an den frisch gewachsenen Wurzelsträngen und zerrte sie heraus. Nicht alles davon, aber einen Teil. Und mehr brauchte es auch nicht. Zu viel Angst wirkte lähmend. Ein bisschen davon weckte den Drang zu handeln. Sich zu wehren.

Meine Hand schloss sich fester um meinen Becher, Saft rann über den Rand. »Dann endet hier der nette Teil des Abends?«

»Hier endet alles, Mabel«, erwiderte Ashton freundlich.

Ich nickte. »Okay.« Dann riss ich die Hand hoch.

Ashton schrie nicht. Nicht einmal jetzt schaffte ich es, ihm eine so tiefe, echte Emotion zu entlocken. Dabei traf ihn der abgekühlte Punsch direkt im Gesicht, fraß sich innerhalb von Sekunden in seine Augen, die in die Stirn hängenden Locken und den Stoff seines Pullovers. Sein Oberkörper versank in Beerenblut, aber er keuchte nur unterdrückt auf und wich zwei Schritte zurück. Doch das reichte mir.

Ich ließ den Becher fallen, drehte mich zur Seite und dann … dann rannte ich los. Der Moment zerfloss, zäh und düster, als hätte jemand Teer hineingegossen. Die kühle Wand unter meinen Fingern, als ich von der Brücke in den Gang hineinstürzte. Warmes Braun um mich herum, stechendes Rot in mir. Mein Puls flackerte, meine Sicht auch, mein Herz wummerte in meinen Ohren und Gedanken. Der Third Court breitete sich vor mir aus, ein Innenhof mitten im College, gepflasterte Wege, karge Vierecke aus Wintergras. Wenige Meter nur, dann ging er in den Second Court über. Mein Blick raste über die Backsteinwände der einrahmenden Gebäude, die Giebelfenster, die Türme bestehend aus weißen Quadratsteinen. In manchen Fenstern brannte Licht, aber es war weit und breit niemand zu sehen. Einzig allein der Widerhall meiner Schritte und mein eigenes Keuchen waren zu hören. Meine Lunge brannte, ich spürte ein Stechen zwischen meinen Rippen und in meiner Seite, aber ich zwang mich, schneller zu rennen.

Vor mir zeichnete sich der Durchgang zum nächsten Court ab, ein dunkler Tunnel, hinter dem ich den nächsten Hof des Colleges sehen konnte. Von dort aus war es nicht mehr weit, bis man das Ende vom Campus erreicht hatte. Die Innenstadt: gut beleuchtete Straßen, volle Restaurants, andere Menschen. Rettung, Sicherheit, Schutz. Ich sah all das schon vor mir, ein fernes, helles Flackern, als es passierte.

Mitten im Durchgang fuhr ein solcher Druck in meine Brust, dass ich fast über meine Füße stolperte. Es fühlte sich an, als würde jemand eine Brechstange an meinem Inneren ansetzen, um mich gewaltsam auseinanderzubiegen. Ich stemmte mich dagegen, doch ich war zu schwach. Etwas in mir gab nach und sprang auf. Und dann waren da tausend Nadelstiche, die sich zwischen meine Rippen bohrten und ein unsagbar heftiges Brennen auslösten. Ich keuchte, stützte mich an der Wand neben mir ab, griff mir an die Brust. An den Ort, an dem sich innerhalb von Sekunden ein Feuer ausbreitete. Ich spürte die Flammenzungen an meinem Inneren lecken und dadurch an all meinen Sinnen. Mir wurde schlecht und gleichzeitig schwindelig, jeder Versuch, weiterzulaufen, wurde zu einem Taumeln.

Was war das?

Ich war so damit beschäftigt, den Ursprung des Brennens zu lokalisieren, dass ich die Stimme erst hörte, als sie bereits bei mir war. »Nicht sehr liebenswürdig, Mabel.«

Der Spott drang nur schwach zu mir durch. Der Schmerz hatte längst einen Klang bekommen, er summte in meinen Ohren. Ich presste die Hände darauf, dann wieder auf meine Brust, in der alles verbrannte. Ein Wimmern rutschte mir heraus und mein Körper an der Wand hinab, weil dieses Gefühl in all meine Muskeln biss. Weil es *mich* zerbiss. All meine Gedanken, all meine Instinkte, all meine Reflexe, all meine Gefühle.

Ich löste mich auf und konnte nichts dagegen tun. Nein. *Nein, nein, nein.* Mit ganzer Mühe zwang ich mich, mich dagegenzuwerfen. Ich häufte meine Kraft auf die Flammen, stemmte mein Bewusstsein gegen den Druck, der drohte, mich auseinanderzureißen. *Ich. Würde. Nicht. Aufgeben.*

Ein Keuchen drang an meine Ohren, ich war nicht sicher, ob es meines war, bis ich erneut seine Stimme hörte. Kaum mehr als ein entnervtes Knurren. »Du hättest das weniger anstrengend für uns beide machen können, wenn du dich mir ein bisschen geöffnet hättest. Aber du musst ja so verflucht misstrauisch sein. Ich bin wirklich neugierig: Was hatte Blake an sich, dass du bei ihm zugänglicher geworden bist?«

Ashton stand neben mir, ich spürte seine Nähe als kaltfeuchtes Tuch, aber schaffte es nicht, zu ihm aufzusehen. Selbst mit geschlossenen Augen drehte sich alles in mir. Die Dunkelheit kippte in die Gefühlsfarben auslaufender Erinnerungen. Der Schmerz zog alles in mir hervor, was mich in den letzten Monaten ausgemacht hatte: die Sorge, die Unruhe, die nervöse Neugierde, die klammfeuchte Angst. All das Dunkle, aber auch all das Helle. All das … Schöne. Erinnerungen an Zoe, bevor sie mir entglitten war, an Davie, bevor ich ihn fast verloren hatte, an *Heathcliff*, bevor ich begriffen hatte, dass er immer nur *Blake* gewesen war. Ganz besonders welche an ihn, und zum ersten Mal ließ ich das Gefühl ganz zu, das daranhing. An ihm. Ich hatte immer gewusst, dass Verlieben verhängnisvoll sein konnte, jetzt erkannte ich, wie gefährlich es tatsächlich war. Denn es hatte mich genau hierhergebracht. Nah an den dunkelsten Abgrund heran, den ich je erspäht hatte: den, der sich in mir selbst auftat.

Ich keuchte, wimmerte, weinte lautlos, versuchte alles, um mein Bewusstsein von dort fernzuhalten. Mich an meinem eigenen Willen festzuhalten, weil ich spürte, wie er mir sekündlich mehr und mehr durch die Gedankenfinger rutschte.

Ashton ging vor mir in die Hocke, ich bemerkte es erst, als

sein Atem mein Gesicht streifte. »Du dummes, stures Mädchen.« Er nahm meinen Kopf in seine Hände, wischte mir über die feuchten Wangen. Ich spürte es kaum, meine Haut fühlte sich an, als wäre sie mit Watte umwickelt, so wie Ashtons Stimme, die in meine Ohren kroch. »Lass einfach los.«

Ich wollte *Nein* sagen. Ich wollte es schreien, nach ihm schlagen, kämpfen und mich wehren, und … meine Gedanken schlingerten, meine Muskeln wurden weich.

Ich spürte, wie mein Gesicht sich in seinen Händen abstützte, weil ich keine Kraft mehr hatte, den Kopf oben zu halten. Weil ich gar keine Kraft mehr hatte. Weil alles so sinnlos, ermüdend und vergebens war. Weil ich doch sowieso keine Chance hatte. Weil ich nicht mehr konnte. Ich wollte nicht mehr kämpfen müssen. Ich wollte gar nichts mehr. Nur, dass es aufhörte. Vielleicht … für immer.

»Na endlich.« Ashtons Stimme wurde leiser, fast zärtlich, so wie seine Berührungen an meinen Wangen. Ich spürte seine Fingerkuppen auf meiner Haut glühen und begriff, dass die Hitze nicht seine war. Es war meine. Ich fühlte es: wie Wärme aus mir hinauskroch und dabei Energie hinter sich herzog. Meinen Willen, meine Kraft, meine … Seele?

Mein Kopf sackte nach hinten gegen die Wand, Ashtons Hand glitt unter den Schal an meinen Hals, meine Schlagader wummerte müde. Ashton seufzte, der Ton war sanft und zufrieden, trotzdem stieß er mich fest in Richtung Abgrund. Ich taumelte, meine Muskeln zuckten, meine Hand fuhr an seine. Er brannte, mir war kalt. Meine Finger fielen hinab. Und ich fiel … in mich hinein. Manchmal fühlte sich Fallen nach Schweben an, manchmal nach einem permanenten Aufprall. Das hier war fast unerträglich weich, als würde ich durch Wolken hinabstürzen. Und aus einem seltsamen, nicht greifbaren Grund wusste ich, dass die Landung umso brutaler werden würde. Doch es war mir egal, weil mir alles egal war. Weil ich auf leiseste, zarteste Weise verschwand. Von Sekunde zu

Sekunde, von Atemzug zu Atemzug löste ich mich mehr auf. Mein Körper wurde schwer und taub, sodass ich nichts mehr spürte: weder den kalten Stein unter und hinter mir noch den eisigen Januarwind, der mich einhüllte, die Hände, die meinen Kopf hielten und über meinen Hals strichen, oder meine Schlagader, die träge pochte.

Da war gar nichts mehr, gar nichts, bis auf … eine Stimme. »Hör auf, sofort!«

Ich war fast sicher, dass ich sie träumte. Nur, dass sich dieser Traum ein bisschen nach Aufwachen anfühlte. Die Watte in meinem Inneren ließ nach, sodass der Druck zurückkehrte. Fingerkuppen, die sich zwischen meine Rippen bohrten – nicht von außen, sondern so, als würde eine Hand in meinem Inneren herumwühlen. Ich stieß die Luft aus, fühlte, dass ich das noch konnte, dass ich noch atmete. Das sollte gut sein, aber alles, was ich spürte, war, dass es wehtat. Jeder Atemzug schmerzte, als würde meine Lunge brennen. Oder die Luft. Oder mein Inneres. Oder … alles.

»Nicht sie, Ashton.«

Ich kannte die Stimme, ich mochte die Stimme, vielleicht liebte ich die Stimme sogar. Vielleicht wollte ich das nicht und war trotzdem dankbar dafür, weil ich mich erinnerte, dass ich das konnte: lieben. *Und hassen*, dachte ich, als die andere Stimme antwortete. In meiner Nähe, ebenso tief, warnend und … wütend. »Das entscheidest nicht du.«

»Doch. Diesmal schon. Ich hab den Wachdienst des Colleges informiert, die werden in fünf Minuten hier sein.«

»Ist das dein Ernst?«

»Mein voller Ernst. Du weißt, dass ich dich liebe, aber wenn du sie nicht auf der Stelle loslässt und verschwindest, werde ich dir wehtun. Auf jede erdenkliche Art. Und das kann ich. Also fordere mich nicht heraus.«

Stille, der Druck in meinem Inneren nahm zu, so sehr, dass ich gern geschrien hätte. Mehr als ein Seufzen kam nicht über meine Lippen, und dann … war es vorbei. Der Druck löste sich, die Hand zog sich zurück.

Ein Windzug an meinem Gesicht, mein Kopf, der nach hinten sackte, meine Augen, die sich öffnen wollten, aber deren Lider mit Steinen belegt waren. Meine Dunkelheit zirkulierte, keine Schwärze mehr, sondern tiefes, lichtloses Braun, das mir trotzdem hell vorkam. Warm. Schützend.

Da waren noch mehr Worte, aber sie gingen in meinem inneren Schmerzmeer unter, in dem sich die Wellen nur widerwillig glätteten. Vage nahm ich wahr, dass erneut Hände mein Gesicht umfassten. Kühlere Hände, behutsamere Hände. Und dann wieder diese Stimme, so dicht bei mir, dass ich sie auf meiner Haut spüren konnte. »Pica.«

Mein Inneres lächelte, doch meine Mundwinkel hoben sich nicht, weil mein Bewusstsein mir erneut entglitt. Ich hatte wieder das Gefühl zu fallen, doch diesmal machte es mir keine Angst. Denn das Letzte, das ich spürte, war, dass jemand da war, um mich aufzufangen.

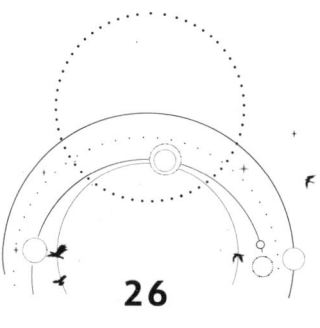

26

MABEL

Von einer Dunkelheit in die nächste. Das schoss mir durch den Kopf, als ich blinzelte. Dicht vor mir befand sich dunkles Grün, ein Lichtstreifen tanzte darüber und bewegte sich zügig auf mich zu. Er blendete, ich kniff die Augen zusammen. Ein paar Sekunden nur, dann war das Licht wieder fort. Mit ihm das Motorgeräusch, das von weit weg zu mir drang.

Mühsam rollte ich den Kopf zum Fenster, dessen Vorhänge nicht richtig zugezogen waren. Die Straßenfarben drangen zu mir herein. Autoscheinwerfer, Laternenlicht, Ampelrot. Allein diese Nuancen bildeten einen unangenehmen Strudel in meinem Bewusstsein. Ich presste die Hände auf meine pochenden Augen, versuchte, mich zu erinnern. Wo war ich?

Meine Gedanken fühlten sich weich an, irgendwie verformt, als hätte jemand seine Fingerabdrücke darin hinterlassen. Vielleicht, weil ich diese fremde Hand noch immer so deutlich in meinem Brustkorb spüren konnte.

Ruckartig fuhr ich hoch und bereute es, als spitzer Schmerz in meine Schläfen und zwischen meine Rippen schoss. Keuchend presste ich beide Hände auf mein wild schlagendes Herz und versuchte herauszufinden, ob in mir alles heil war. Mit jedem Atemzug flackerte in mir ein Brennen auf, ansonsten fühlte ich mich unversehrt und wie ich selbst.

Ich war noch da und das obwohl … *Ashton Griffin drauf und dran gewesen war, mich umzubringen.* Der Gedanke fühlte sich eher wie ein Albtraum an als eine Erinnerung, doch ich wusste instinktiv, dass es keiner war. Wenn ich aus einem Traum hochgeschreckt wäre, dann in meinem eigenen Bett und nicht in einem, das ich noch nie gesehen hatte.

Ich holte tief Luft und schlug die Decke beiseite, setzte nacheinander beide Füße auf den Boden. Leichter Schwindel stieg in meinen Kopf und verschleierte meine Sicht. Ich blinzelte mehrmals, bis sie sich wieder klärte, und blickte an mir hinab. Erleichtert stellte ich fest, dass ich nach wie vor vollständig bekleidet war. Nur meinen Mantel und meine Schuhe hatte ich nicht mehr an, dafür hatte mir jemand dicke Socken angezogen.

Im Zimmer befand sich außer dem Bett nur ein Eichenholzschrank mit Goldgriffen. Ich öffnete ihn und warf einen Blick hinein. Gedeckte Farben, Oliv- und Brauntöne, viel Schwarz. Meine Finger glitten über die hochwertigen Stoffe, und mit jedem Kleidungsstück entspannte ich mich mehr. Ich wusste, wem diese Sachen gehörten. Nicht wegen der Kleidung selbst, sondern aufgrund des Geruchs, der an ihnen hing. Warmes, holziges Oud, würziger Zimt, eine Note Bergamotte und eine Spur Lavendel. Ich hatte diesen Duft oft gerochen, und hier war er am stärksten: in der Wohnung des Menschen, zu dem er gehörte.

Erleichtert schloss ich den Schrank und ging zu der Tür, hinter der ich dumpfe Geräusche ausmachen konnte. Blake hielt sich an der Küchenzeile auf. Er stand mit dem Rücken zu mir, doch ich wusste, dass er mich bemerkte, als ich über die Schwelle trat. Ich war oft hier gewesen, aber nie in seinem Schlafzimmer. Fast so, als hätte Blake die Gedanken, die mit diesem verknüpft waren, wegschließen wollen.

Sobald ich beim Tresen angekommen war, drehte er sich zu mir um. Er betrachtete mich, während er in einem Topf auf dem Herd rührte. Warmer Milchduft hing in der Luft und lockerte meine Muskeln ein wenig.

»Wie bin ich hierhergekommen?« Meine Stimme klang heiser, ich räusperte mich.

»Ich hab dich hergebracht, nachdem …« Er brach ab, zog die Schultern hoch. Die Erinnerung stützte sich mit ganzem Gewicht darauf ab, ich konnte sie fast sehen, obwohl ich alles nur am Rande meiner Wahrnehmung mitbekommen hatte.

»Nachdem du mich vor deinem besten Freund gerettet hast, der mich umbringen wollte«, beendete ich den Satz nüchtern. Ich war seltsamerweise längst über den Punkt hinaus, an dem es mir noch schwerfiel, diese Aussage zu akzeptieren.

Blake hob einen Mundwinkel; der traurige Versuch eines Lächelns. »Du bist wirklich ziemlich stark. Eigentlich solltest du dich daran nicht mehr erinnern können.«

»Und du streitest es nicht mal ab?« Bisher hatte Blake immer versucht, Ashton in Schutz zu nehmen.

»Ich dachte, wir lassen das endgültig hinter uns. Es spielt ohnehin keine Rolle mehr.«

»Wie meinst du das?«

Er öffnete den Wandschrank und nahm einen Becher heraus. »Ich hab dir gesagt, dass ich dich nur schützen wollte, indem ich dich von mir fernhalte. Aber nach dem, was heute Abend passiert ist … kann ich das nicht mehr.«

Als er sich zu mir umdrehte, lächelte ich grimmig. »Gut.«

»Gut?«, wiederholte er skeptisch.

»Ja. Ich hab *dir* gesagt, dass ich das gar nicht will.«

Einen Moment lang sahen wir einander schweigend an, dann deutete er auf einen der Hocker vor mir. »Du solltest dich setzen. Dein Kreislauf wird noch eine Weile brauchen, bis er sich erholt hat.« Er trat von der anderen Seite auf den Tresen zu und schob ein Notizheft und ein Buch beiseite, während ich auf den Platz kletterte. Tatsächlich pochte der Schwindel dabei auf, ich stützte mich an der Kante ab.

Blake griff reflexartig nach meiner Hand, hielt mich fest. Seine Haut fühlte sich so warm an, dass ich zusammenzuckte.

Aber vermutlich lag es nur daran, dass meine so ausgekühlt war. In mir saß ein Zittern, das ab und zu Wellen aus Gänsehaut über meinen Körper sandte. Blake ließ mich sofort los und wich zurück. »Du brauchst keine Angst vor mir zu haben«, meinte er tonlos, während er wieder nach dem Löffel griff.

»Hab ich nicht«, erwiderte ich, zu meiner Überraschung mehr als aufrichtig. »Du hättest mich nicht vor Ashton gerettet, wenn du vorhättest, mich selbst umzubringen.«

»Ich meinte nicht nur das. Auch … wegen dem, was ich dir über Piper und die anderen erzählt habe. Ich würde dich nie … anrühren.« Seine Stimme war von Zögern durchsetzt, als würden sich in diesen Zwischenräumen der Stille Wahrheiten verstecken, die er nicht mit mir teilen wollte.

Doch das, was er sagte, reichte aus, um mein Zittern zu verstärken. Weil ich mir eingestehen musste, dass ich daran überhaupt nicht gedacht hatte, als ich begriffen hatte, dass ich in seinem Bett aufgewacht war. Da war nicht der Hauch einer Befürchtung gewesen, er hätte mir etwas antun können. Und das, obwohl ich wusste, dass er dazu fähig war. Ich wollte mir einreden, dass ich einfach noch zu verwirrt war, aber ich wusste es besser. Meine Gefühle für Blake waren nicht verwirrt. Drum herum herrschte zwar Chaos, aber das, was ich empfand, wenn ich ihn ansah, war eindeutig. So falsch es auch war, so echt war es.

Ich kniff die Lippen zusammen und schwieg. Zu gehen war ohnehin keine Option. Nicht nur, weil ich nicht wusste, ob Ashton vor dem Haus auf mich wartete. Auch weil ich Blake glaubte, wenn er sagte, dass er das Verheimlichen endgültig satthatte. Und das hatte ich auch. Nach allem, was heute passiert war, brauchte ich dringender Antworten denn je.

Blake nahm zwei Topflappen vom Haken und goss die Milch in den Becher, ehe er mehrere Esslöffel Honig hineintropfen ließ und umrührte. »Hier, trink das«, meinte er, als er ihn vor mir abstellte. Sichtlich darauf bedacht, mich weder anzusehen noch zu berühren. »Das hilft.« Er nickte mir auffordernd zu, damit ich die Milch probierte. Sie war zu süß, aber bereits nach dem ersten Probieren spürte ich, wie sich der weiche Honig über mein aufgerautes Inneres schmiegte.

»Ich verstehe nicht, wie Ashton das geschafft hat«, flüsterte ich nach ein paar Schlucken, die meine Gedanken etwas klärten. »Ich hab mein Getränk nicht aus den Augen gelassen, wie konnte er mir etwas untermischen?«

Blake hatte sich gegen die Küchenzeile gelehnt und die Arme vor der Brust verschränkt. Noch immer mied er meinen Blick. »Er hat dir nichts zugefügt, sondern etwas weggenommen.«

»Komm mir jetzt nicht damit, dass er Energie von meiner Seele abgeschöpft hat, um mich manipulierbar zu machen.« Ich lachte auf, ein brüchiger Ton. Er hinterließ den Geschmack nach Asche in meinem Mund, als Blake nichts sagte. Ich schluckte schwer. »Und wieder widersprichst du nicht.«

»Ich lüge nicht gern, weißt du noch?«

Entgeistert sah ich ihn an. Auch wenn ich akzeptierte, dass jemand versucht hatte, mich umzubringen, hieß das nicht, dass ich … *das* akzeptieren konnte. Das war unmöglich.

»Willst du gehen?«, fragte Blake, als wüsste er genau, dass ich an seiner Zurechnungsfähigkeit zweifelte.

»Würdest du mich gehen lassen?«

Endlich hob er den Blick. Seine Augen wirkten dunkel, der Ausdruck darin gleichzeitig erschöpft und wachsam. »Sobald du diese Wohnung verlässt … *mich* verlässt, kann ich nicht mehr auf dich aufpassen. Also zwing mich bitte nicht, mich zu entscheiden, wofür ich mich hassen soll.«

»Ich will eh nicht gehen. Nicht, ehe ich weiß, was das alles bedeutet.« Diesmal nickte ich ihm auffordernd zu, während ich erneut an meiner Milch nippte. Mit jedem Mal wurde das Zittern in mir leichter, erträglicher.

»Wenn ich dir alles erzähle, wirst du den Drang verspüren, mir nicht zu glauben. Es widerspricht allem, was du dir mit rationalem Verstand über die Welt erklären kannst. Und ich weiß, wie wichtig dir dieser ist.«

»Die Wahrheit ist mir wichtiger. Also versuch es.«

Blake nickte zögerlich. »Was Ashton dir über die Seelen erzählt hat, war wahr. Es stimmt auch, dass er … dass wir über die Möglichkeit verfügen, auf ihre Energien zuzugreifen und uns einen Teil davon für uns selbst zu nehmen.«

Ich nahm mehrere Impulse wahr: Wortlos gehen und anfangen zu lachen waren die zwei stärksten. Ich unterdrückte beide und zählte innerlich bis zehn, bis ich mich traute zu antworten. »Wozu sollte man das wollen?«

Blake beobachtete mich wachsam. »Dich an den Seelen anderer zu nähren gibt dir Kraft. Es klärt deine Sinne, verleiht dir Lebensfreude, Euphorie und Stärke. Es ist wie … eine Art Rausch. Eine spezielle Droge, deren Konsum nur einer Handvoll Menschen möglich ist.«

»Und wieso soll das ausgerechnet euch möglich sein?« Ich bemühte mich, diplomatisch zu klingen, auch wenn das verdammt schwer war. Ich zweifelte nicht daran, dass Blake glaubte, was er da sagte, aber ihm musste bewusst sein, wie das klang.

»Meine Vorfahren waren sehr spirituell. Heute würde man sie vielleicht als Hexen bezeichnen, aber der Begriff ist irreführend. Das, womit sie praktizierten, war keine Magie. Es war das pure Begreifen davon, wie die Natur, wie das Universum funktioniert. Sie erkannten, dass der Mensch aus zwei Dingen besteht, die nicht zwangsläufig miteinander verbunden sein müssen.« Er machte eine Pause, als sollte ich mir den Rest denken können. Dabei verstand ich nichts von dem, was er da sagte. »Der Körper ist nicht zwingend an die Seele gebunden«, fuhr er langsam fort. »Beides kann theoretisch unabhängig voneinander existieren. Und während der Körper ein bestimmtes Lebensalter nicht überschreiten kann, ist die Seele etwas, das per se ewig ist. Also haben sie überlegt, wie sie es schaffen könnten, die Seele von der Endlichkeit ihrer Hülle zu befreien.«

Mein Gesichtsausdruck entglitt mir immer mehr. Sprach er gerade von ... *Unsterblichkeit?* »Wie soll das möglich sein?«

»Ein paar von ihnen bündelten ihre Lebenskräfte in einem Gegenstand, indem sie ihre eigenen, gesamten Seelenenergien dort hineinfließen ließen.«

»Sie opferten sich?«, fragte ich entgeistert.

Blake nickte. Noch immer regte er sich keinen Millimeter, als bräuchte er alle Konzentration, um weiterzusprechen. »Dadurch erschufen sie eine Art Werkzeug, durch das es den anderen Beteiligten dieser Zeremonie möglich wurde, ihre eigene Seele aus ihren Körpern zu lösen.«

Mein Mund öffnete sich mehrmals, ohne dass ich etwas hervorbrachte. Mein Verstand hatte ungefähr hundert Einwände und Hinterfragungen, aber ich zwang mich, sie hintanzustellen. Wenn ich verstehen wollte, was hier vorging, musste ich mich auf Blakes Worte einlassen. Ganz gleich, wie abwegig das alles klang, ich musste zumindest versuchen, es unvoreingenommen anzunehmen. Am Ende konnte ich immer noch entscheiden, was ich davon halten wollte.

»Okay«, sagte ich bemüht sachlich, »aber eine Seele ohne Körper, kann die überleben?« Ich hatte gelesen, dass manche Kulturen und Religionen davon ausgingen, dass sich die Seele eines Menschen nach seinem Tod aus dem Körper löste. Aber soweit ich wusste, ging diese danach ins Jenseits, oder ihre Energie wurde in den Kreislauf der Natur wiederaufgenommen, um sich in anderer Form später aufs Neue niederzulassen.

»Nein, sie muss ... sich in einem anderen Körper verankern, sonst löst sie sich auf. Für immer.« Blakes Stimme brach an den letzten zwei Worten, als wären sie ein Schimpfwort. Oder ein Fluch.

»Also mussten sie Körper anderer Menschen besetzen? Von ... Leichen?« Ich verzog den Mund und trank schnell noch einen Schluck Honigmilch, um es zu kaschieren.

Blake stieß sich von der Kante ab, kam auf den Tresen zu. Ich spannte mich an, aber er zog nur einen der Hocker zur Seite, um sich zu setzen. »Nein, so funktioniert das nicht. Ein Körper muss lebendig sein, damit er bewohnbar ist.«

»Aber wenn ich davon ausgehe, dass jeder Mensch eine Seele hat«, begann ich zögerlich, »dann bedeutet das doch, dass da bereits eine Seele drin ist, oder?«

»Ja.« Blake strich abwesend mit dem Daumen über eine Kerbe im Holz. »In dem Moment, in dem eine zweite Seele in einen Körper eindringt, wird die schwächere quasi überlagert. Sie ist noch als dünner Schemen da, aber im Grunde nicht mehr … lebendig. Sie ist ein Schatten dessen, was einmal war. Die Seele, die den Körper für sich beansprucht, übernimmt gewissermaßen das Ruder. Sie übernimmt das Leben.«

Verwirrt runzelte ich die Stirn. Mein Kopf begann zu schmerzen, und mir wurde wieder schwindeliger. »Aber wenn die Seelen im Grunde ausgelöscht werden, dann ist das nichts anderes als … Mord, oder?«

Blake nickte. Sein Gesicht war blass geworden, die Narbe an seiner Schläfe stach dunkel hervor.

»Wozu sollten sie das getan haben? Nur damit sie einen anderen Körper haben konnten? Ziemlich viel Aufwand für eine Schönheitsoperation.« Ich rang mir ein Grinsen ab, aber Blake sah mich immer noch nicht an.

»Es ging nicht um den einen Körper. Es ging darum, die Hülle immer wieder wechseln zu können, bevor sie stirbt.«

Seine Worte verdichteten sich zwischen uns, bis sie das Einzige waren, das noch richtig da war. Alles andere wurde schwächer. Das Licht über dem Tresen flackerte, der Kühlschrank summte im Flüsterton, mein Herzschlag pochte dumpf in meinen Ohren. Ich umklammerte den Becher fester, aber nicht einmal die Wärme drang noch zu mir durch. Ich brauchte all meinen Fokus, um den Gedanken zusammenzusetzen, der mir gerade in Puzzlestücken vorgelegt worden war.

Blake redete von Menschen, die es geschafft hatten, fremde Körper mit ihren eigenen Seelen zu besetzen, um dadurch ... unsterblich zu werden, da immer nur der Körper starb, nie die Seele selbst. Diese konnte weiterziehen und ein neues Leben beginnen. Eins nach dem anderen, während die ursprünglichen Menschen in ihren eigenen Hüllen ... verkümmerten. Ich konnte all das rational denken, aber ich konnte es nicht begreifen. Wie auch? Das widersprach allem, was ich über das Leben, den Tod und unsere Natur wusste. Aber genau das war der Punkt – wovon Blake sprach, war etwas *Übernatürliches*. Wie Professor Edwards gesagt hatte.

Mir wurde übel, ich presste den Handrücken auf meinen Mund. »Das ist verrückt«, flüsterte ich.

Blake lächelte matt. »Ich hab dir gesagt, dass du es nicht glauben wollen wirst.«

Das hatte nichts mit *Wollen* zu tun, sondern mit *Können*. Wie hätte ich etwas derart Abwegiges als Wahrheit anerkennen können? Etwas, wofür es keinerlei Beweise gab, außer das Wort eines Menschen, der mir so oft gesagt und gezeigt hatte, dass er ein guter Lügner war?

»Wenn das alles wirklich wahr ist ...«, ich stockte, »... was haben du und deine Freunde dann damit zu tun?«

Er schloss die Augen. »Das weißt du längst.«

Ich biss die Zähne zusammen, stieß ein einziges Wort hindurch: »Nein.«

Blake blinzelte zu mir hinüber. Ich wünschte, er hätte es nicht getan. Ich wollte nicht sehen, wie roh und offen sein Blick war, ich wollte nicht sehen, dass er offenbar Tränen unterdrückte, ich wollte nicht sehen, dass sein ganzer Ausdruck so intensiv und aufrichtig aussah wie nie zuvor. »Doch, Mabel«, sagte er rau.

Ich zog die Hände in meinen Schoß und krallte die Fingernägel in meine Haut. Musste irgendetwas fühlen, das mich von dem Schmerz fernhielt, den diese absurde Offenbarung auslöste.

»Dann willst du mir erzählen, dass du eine Art *Wanderseele* bist, die Körper anderer Menschen befällt, um ewig zu leben?« Meine Stimme bebte von dem Versuch, ein verzweifeltes Lachen zu unterdrücken.

»Wir nennen uns Seelenspringer. Aber ja, im Grunde ist das der Kern von allem, was ich bin.«

Ich starrte ihn an. Da war kein Zucken der Mundwinkel, kein Hauch von Belustigung oder Spott. Er machte sich nicht lustig über mich, er log nicht. Er erzählte mir das, was er für die Wahrheit hielt. Ich wollte ihm nicht glauben, nur wusste ich mit einem Mal nicht, wie ich es vermeiden sollte. Was hätte Blake davon, mir diese Geschichte zu erzählen? Es war verrückt, ja, aber gleichzeitig erklärte es auch vieles. All das, was ich seit Wochen versuchte, mir begreiflich zu machen. Für das, was ich miterlebt und gehört hatte, hatte mir der Kleber gefehlt, um all das zusammenzuhalten. Das Verhalten Ashtons und seiner Freunde, Junes Tod, Paulinas Sprung nach einer Unterhaltung mit Jack, Professor Edwards' Tod, Davies und meine Recherchen, Blakes Andeutungen und Versuche, mich von sich zu stoßen, Zoes Zustand, der sich verschlechterte, je mehr Zeit sie mit Ashton verbrachte.

Wenn ich den Gedanken zuließ, dass der *Bund der Stare* sich an der Energie anderer zu schaffen machen konnte, ergab das alles Sinn. Doch wenn ich das schaffte, musste ich auch den Rest von Blakes Erzählung ernst nehmen. Dann musste ich ihm … glauben. Auch wenn das bedeutete, alles zu vergessen, was ich eigentlich zu wissen glaubte.

»Wie lange …?« Ich wagte es nicht, den Satz zu beenden.

Er verstand auch so. »Es gibt nur eine Generation von uns. Die Zeremonie damals hat das ursprüngliche Lösen aus dem Körper möglich gemacht. Wir können jetzt dank des Artefakts springen, aber es ermöglicht uns nicht mehr, neue Seelenspringer zu erschaffen. Der *Bund der Stare* besteht seit jeher aus denselben Mitgliedern, heute sind es noch einhundertfünfundsiebzig.«

Mein Herz wummerte bis in meinen Hals, ich presste eine Hand darauf. »Wie lange?«, wiederholte ich tonlos.

Blakes Augen schimmerten. »Die Zeremonie fand 1867 statt. Ich war damals dreiundzwanzig.«

»Das bedeutet, du willst mir erzählen ...«, ich atmete tief durch, »du bist ... fast hundertachtzig Jahre alt?«

Blake verzog den Mund. Ich wünschte immer noch, er würde stattdessen in Gelächter ausbrechen. »Das ist Auslegungssache. Die Körper waren nie älter als fünfundzwanzig, wenn ich sie wieder verlassen habe. Aber wenn du nach dem Alter meiner Seele gehst, dann ja.« Erneut lächelte er, ein bisschen echter jetzt. »Ich finde allerdings, dass diese nicht in Jahren bemessen werden kann. Dabei spielen andere Faktoren eine Rolle.«

»Zum Beispiel?«

»Erfahrungen, Erinnerungen, Gefühle, die du durchlebt hast. Die Art, wie du die Welt kennengelernt hast, wie viele Bedeutungsschichten des Lebens du bereits gesehen hast. Und wie du generell bist.« Er hob die Schultern. »Jeder Mensch hat einen anderen Charakter und damit eine andere Seelentiefe. Eine ganz eigene Art zu denken, zu fühlen, zu leben. Ich habe Achtzigjähre mit den fröhlich-seichten Seelen von Jugendlichen kennengelernt. Und Kinder, die eine Art hatten, die Welt zu betrachten, als hätten sie Jahrhunderte auf ihr verbracht.« Seine Stimme verlor sich, als würde er in diesem Moment an Hunderte Menschen denken, die er getroffen hatte. In den letzten *hundertachtzig* Jahren.

Gott, das war so ... ich presste einen Handballen gegen meine Schläfe. *Erst die Fakten prüfen, dann interpretieren.* Ich deutete auf ihn. »Dann ist das ... nicht dein Körper?«

»Auch Auslegungssache«, erwiderte er und betrachtete seine Hände. Oder ... eben *nicht* seine? »Aber nein, ursprünglich gehörte er jemand anderem.«

»Blake Ames«, würgte ich hervor, weil ich noch nie so sehr das Gefühl gehabt hatte, an diesen Worten zu ersticken wie jetzt. »Dann ist das genauso wenig dein Name?«

»Auch das weißt du längst.«

Ja, ich wusste es. Ich wusste es, weil er es mir in jener Nacht, in der wir uns das erste Mal begegnet waren, gesagt hatte. Unser erster Fenstermoment war vielleicht der wahrste von allen gewesen – bis jetzt zumindest. »Cliff«, flüsterte ich. »Du heißt eigentlich ... Cliff.«

Seine Miene entspannte sich, wie immer, wenn ich ihn so nannte. »Wir sollen nicht an diesen Namen festhalten. Im Grunde sind wir ... Schauspieler. Wenn wir einen Körper einnehmen, schlüpfen wir in das Leben dieser Person. Und das bedeutet auch, dass wir unser eigenes Leben, das, was wir früher hatten, ein ums andere Mal aufgeben müssen. Ich habe in den letzten Jahrzehnten viele Rollen gespielt, aber Cliff ...«, er schüttelte den Kopf, »Cliff bin ich schon lang nicht mehr.«

»Und trotzdem hast du mir diesen Namen genannt, als wir uns kennengelernt haben. Wieso?«

»Das frage ich mich seitdem selbst. Es hat keinen Grund gegeben, nicht mal einen Sinn. Ich hab einfach mit dir geredet und mich zum ersten Mal seit langer Zeit wieder gefühlt, als wäre ich ... ich selbst. Ein Ich, das ich eigentlich vor einer Ewigkeit zurücklassen musste. Das ich seit über hundert Jahren jeden Tag verleugnen muss, um zu überleben.« Er lächelte, sein Blick wirkte beinahe vorsichtig. »Es gab keinen Grund, Mabel. Es gab nur dich.«

In diesem Moment begriff ich, wie recht er hatte. Das zwischen uns, das war von Anfang an nicht mit Logik verknüpft gewesen, sondern mit einem Gefühl. Wir hatten einander gesehen, so richtig, und das auf den ersten Blick. Da waren keine Masken gewesen, keine Fassade, kein Versuch, etwas Besseres oder schlichtweg anderes zu sein, als wir wirklich waren. Was wir einander in dieser allerersten Nacht voneinander gezeigt hatten, war der Kern unseres echten Ichs gewesen. Und ganz gleich, welche Lügenmauern wir später voreinander aufgebaut hatten, dadurch war nicht ungeschehen gemacht worden, dass wir diesen längst erkannt hatten. Dass wir *uns* längst erkannt hatten. Vermutlich war das der Grund, wieso ich in diesem Augenblick ohne Verstand, nur mit dem Herzen und all meinem Gefühl, beschloss, ihm zu glauben. So abwegig es auch war und allem widersprach, was mein Verstand als wahr einstufte: Ich glaubte ihm.

Ich leerte meine Honigmilch, um all die »*Verrückt, verrückt, verrückt*«-Rufe meines Kopfes wegzuspülen. »Hast du dir das ausgesucht? Wusstest du, was auf dich zukommt?«

»Nein.« Blake musterte mich wachsam. Vermutlich konnte er nicht einschätzen, ob ich ihm glaubte oder nur versuchte, ihn hinzuhalten. Oder er rechnete in jedem Fall weiterhin mit einem Fluchtversuch. Etwas, das gar nicht so abwegig war: Immerhin hatte er mir gestanden, dass er nicht nur mehr oder minder ein übernatürliches Wesen war, sondern auch ein Mörder. Vermutlich hätte mich entweder das eine oder das andere ängstigen sollen, aber ich fühlte mich trotzdem sicher. Ich hatte keine Angst vor der Wahrheit. Und ganz sicher hatte ich keine vor … Cliff.

»Meine Eltern waren zwei der Initiatoren der Zeremonie. Sie haben sich für die Erschaffung des Artefakts geopfert.« Er rieb sich über die Augen, als würde er Bilder dahinter verwischen wollen.

Ich fragte mich, ob sich Erinnerungen veränderten, wenn man sie von einem Körper zum anderen mit sich nahm. Wenn man den verließ, mit dem man einen Moment gesehen, gehört, gerochen, geschmeckt, gefühlt hatte – ließ man dann auch hauchdünne Wahrnehmungsschichten von ihm zurück? Oder stimmte es, was man sagte, und man sammelte Erinnerungen wirklich nur mit dem … Inneren? Nur mit dem, was wir Herz nannten und was eigentlich etwas anderes war – unsere Seele vielleicht? Ich hätte ihn gern danach gefragt, wollte ihn jedoch nicht unterbrechen. Ich sah auch so, dass es ihn Überwindung kostete fortzufahren.

»Ich hab nur gemacht, was mir gesagt wurde, ich hatte damals keine Ahnung, was wir mit alledem bezwecken. Eigentlich wusste ich so gut wie nichts über meine Eltern.« Ein bitterer Zug umspielte seine Lippen. »Aber es wäre zu einfach, zu sagen, dass ich unschuldig bin. Ich hab mich diesem Leben gefügt, es für einige Zeit sogar genossen. Es hat einen besonderen Zauber, wenn du begreifst, dass du nicht mehr an die Endlichkeit eines Körpers gebunden bist. Wenn du ewig leben kannst. Es kam mir vor wie ein Segen. Bis ich erkannt habe, was es eigentlich ist: ein Fluch.«

»Wieso?«, fragte ich vorsichtig nach. Nicht nur in Mythen und Märchen war Unsterblichkeit ein beliebtes Motiv. Auch im Alltag drehte sich ständig alles darum, möglichst alt zu werden und ein langes erfülltes Leben führen zu können. Ich war sicher, dass es viele Menschen gab, die alles getan hätten, um so etwas wie Unsterblichkeit zu erlangen.

Er schwieg kurz, dann stand er auf und griff nach meinem Becher. Bei der Spüle hielt er inne und stellte ihn hinein, ebenso wie den Topf, ehe er den Wasserhahn aufdrehte. Seine Stimme ging beinahe im Rauschen unter. »Ich kann ewig leben, aber dafür nie richtig. Keines der Leben, die ich führe, ist … echt. Ich schlüpfe in sie hinein, übernehme den Alltag, die Familien und Freunde dieser Menschen, aber ich suche mir nichts davon aus. Ich bin eine Marionette, ich tue, was mir befohlen wird.« Er schaltete das Wasser ab, blieb mit dem Rücken zu mir stehen. »Unser Rat wählt die Körper aus, die wir besetzen: Es geht dabei immer um Macht, Wohlstand und Kontakte. Darum, uns die bestmöglichen Lebensbedingungen zu schaffen.«

Das erklärte, warum die Mitglieder des *Bund der Stare* in hohen Positionen vertreten waren, die auf den ersten Blick nichts miteinander zu tun hatten. Wie hätte jemand von außen jemals diese Vernetzung nachvollziehen können?

»Und nichts davon ist von Dauer«, fuhr Cliff gedämpft fort. »Jedes Mal, wenn ich mich an ein Leben gewöhnt habe, muss ich es wieder verlassen. Jedes Mal, wenn ich … einem anderen Menschen begegne, weiß ich, dass ich diesen bald nicht mehr … kennen dürfen werde.«

Ich erstarrte, als ich begriff, was er mir damit sagte. Dass er auch von uns sprach. Davon, dass das, was auch immer wir gehabt hatten, sowieso nie eine Chance gehabt hatte. »Das klingt nach einem einsamen Leben.«

Langsam drehte er sich zu mir um. »Ich hab dir gesagt, dass Ashton und die anderen meine Familie sind. Und in meinem Fall kann ich mir diese tatsächlich nicht aussuchen. Wir haben nur einander.«

»Aber du könntest doch entscheiden, mit dem Springen aufzuhören«, widersprach ich. »Ein Leben zu Ende leben und … gehen.« Wer auch immer dieser Rat war, sie konnten ihm keine Ewigkeit aufdrängen, die er nicht wollte. Oder?

Cliff schüttelte den Kopf und wischte sich die Hände an einem Geschirrtuch ab. »Nein, das geht nicht.«

Ich runzelte die Stirn. »Wieso nicht?«

Er öffnete den Mund und schloss ihn wieder. Achtlos warf er das Tuch auf die Anrichte und kam zurück zum Tresen. »Sie würden es sowieso nicht zulassen. Ich hab einmal versucht abzuhauen. Mich vor der Zeremonie zu drücken. Ashton hat keine zwei Wochen gebraucht, um mich zu finden, obwohl ich den Kontinent verlassen hatte. Wir kennen einander auf unbeschreiblich tiefgehende Weise, wir sind … verbunden.« Es klang weder andächtig noch verklärt. Eher resigniert, als hätte er sich mit dieser Tatsache arrangiert.

»Seelenverwandtschaft. So hat er es genannt.«

»Was auch immer es ist … ich kann ihn manchmal nicht ausstehen, aber ich werde ihn immer lieben.«

Ich hätte ihm gern aufgezählt, was an Ashton meiner Meinung nach alles nicht ganz so liebenswert war – angefangen mit dem Missbrauch meiner besten Freundin bis hin zu dem Versuch, mich umzubringen –, aber ich verkniff es mir. Mir war klar, dass Gefühle so nicht funktionierten, und auch, dass ich von Cliffs und Ashtons Geschichte nur einen Bruchteil kannte. Was auch immer sie miteinander durchlebt hatten, ging tiefer als alles, was man heute erkennen konnte. *Lieben heißt immer auch verzeihen*, dachte ich an Mums Worte. Vermutlich wurde dieser Spruch wichtiger, je mehr Zeit man miteinander verbracht hatte.

»Hast du jetzt Angst?«, fragte er.

Ich betrachtete sein Gesicht. Die markante Kieferlinie und die prägnanten Wangenknochen, die gerade Nase, die dichten Wimpern, ebenso dunkel wie die Augenbrauen und sein Haar. Es fiel mir schwer zu begreifen, dass nichts davon wirklich er war, und dann wieder gar nicht. Ein Gesicht war wie ein Foto: Ganz gleich, wie schön es war, so leblos blieb es ohne den Charakter, der durch die Züge schimmerte. Ich hatte mich nie für dieses Gesicht interessiert, immer nur für denjenigen, der die Stirn auf diese nachdenkliche Weise kräuselte, ein unterdrücktes Lächeln in den Mundwinkeln trug und mich ansah, als wäre es selbstverständlich, dass man in einem vollen Raum zuerst mich bemerkte. Noch nie hatte ich weniger Angst vor ihm gehabt als in diesem Moment.

Ich musste lächeln. »Nein. Ich bin nicht mal so überfordert, wie ich es wahrscheinlich sein sollte. Irgendwie ergibt das alles Sinn.« Ich zuckte mit den Schultern und richtete mich auf, um prompt das Gleichgewicht zu verlieren.

Sofort lagen Cliffs Hände an meinen Schultern. »Komm, wir bringen dich jetzt in die Nähe einer Lehne.«

Statt zurück ins Schlafzimmer führte Cliff mich zum Sofa. Er machte Anstalten, sich auf den Sessel zu setzen, aber ich hielt ihn an der Hand fest und zog ihn neben mich. Etwas widerwillig setzte er sich, ein halber Meter Abstand zwischen uns.

»Eins musst du mir noch erklären«, begann ich und zog die Wolldecke von der Lehne über meinen Schoß. »Das, was Aspen erzählt hat. Über Piper und die anderen. Das war er, oder?

Blake?« Ich konnte nicht verhindern, dass mein Herzschlag beschleunigte. Rein logisch betrachtet musste es so sein, immerhin hatte Aspen gesagt, dass ihr Bruder einen kompletten Wandel durchlebt hatte, kaum dass er Ashton kennenlernte. Das musste bedeuten, dass all diese schlimmen Dinge geschehen waren, als er noch … er selbst gewesen war. Trotzdem musste ich es aus seinem Mund hören.

Cliff umfasste die Lehne, seine Knöchel traten hervor. »Ja. Ich hab vor einigen Jahrzehnten angefangen, bei der Wahl meines Körpers Wünsche anzugeben. Gerade in der angeblichen Oberschicht gibt es viele Menschen mit … düsteren Persönlichkeiten. Menschen, die Grausames getan haben. Blake hat sein Leben damit verbracht, sich zu nehmen, was er wollte. Weil er wusste, dass ihn niemand aufhalten würde.«

»*Du* hast ihn aufgehalten.« Ich hörte selbst, dass meine Stimme weicher wurde – erleichterungsweich, zuneigungsweich.

»Das macht nicht besser, was ich ihm angetan habe, Mabel. Nichts auf der Welt rechtfertigt Mord. Es war nur ein Versuch, diese Schuld erträglicher zu machen. Vermutlich war es auch nur egoistisch.«

Ich hielt seine Hand fest, als er sie von der Lehne nehmen wollte. Vorsichtig taste ich über seine Fingerknöchel, die winzigen Leberflecke auf dem Handrücken, die zarten Kerben in seiner Haut. Ich verstand jetzt, warum er gesagt hatte, ich würde nicht von ihr berührt werden wollen, wenn ich wüsste, was sie getan hatte, aber … er irrte sich. Diese Hände waren nicht die Taten, die jemand mit ihnen verübt hatte. Dieser Körper trug keine Schuld in sich. Er war nicht gefährlich. *Cliff* war nicht gefährlich. Und er war kein Monster, nur weil er ein paar schlimme Dinge getan hatte. Natürlich konnte ich nicht ignorieren, was er getan hatte. Wenn all das stimmte, war er für die Auslöschung einiger Leben verantwortlich. Das war nicht richtig, aber es bedeutete nicht, dass alles an ihm falsch war. Oder dass er nie wieder etwas

Richtiges tun konnte. Jemand, der seine Schuld reflektierte und sich dafür verachtete, war keine grundlegend üble Person. Vielleicht war es naiv, so zu denken, aber selbst wenn, spielte es keine Rolle: Es war das, wovon ich überzeugt war. Und ich wusste selbst, wie stur ich war, wenn es um meine Überzeugungen ging.

»Das glaub ich dir nicht«, flüsterte ich. »Du bist kein schlechter Mensch, nur weil du Schlechtes getan hast.«

»Das willst du nur denken.«

»Ich will es denken, weil ich es fühle. Weil ich gesehen habe, wie du über Aspen sprichst. Weil ich gesehen habe, wie du dich um mich sorgst. So sehr, dass du mich dich lieber hassen lässt, statt mich in Gefahr zu bringen. Weil ich dich gesehen habe, wenn du denkst, dass dich niemand sieht, und weil ich dich von Anfang an schön fand. Du kannst deine Vergangenheit nicht mehr ändern, aber deine Zukunft … die hast du in der Hand.« Ich verflocht seine Finger mit meinen. »Egal, was andere dir einzureden versuchen. Und deine Gegenwart, die hast du heute in die Hand genommen, oder? Du hast Ashton aufgehalten und mir das Leben gerettet.«

Cliff presste die Lippen aufeinander, schwieg. Eine Weile betrachtete er unsere Hände, mit jeder Sekunde sickerte Selbsthass aus seinen Zügen. Der Ausdruck darunter war dennoch nicht weniger dunkel: Sorge. »Ich weiß nicht, wie ich dich vor ihm schützen soll«, gestand er leise. »Wie ich dich vor *allen* schützen soll. Der Rat hat Ashtons Antrag bewilligt, sie haben beschlossen, dich auszuschalten.«

Ich fragte mich, was mit mir nicht stimmte, dass mich nicht einmal das sonderlich beunruhigte. Irgendetwas an Cliffs Nähe machte es mir unmöglich, mich zu fürchten. »Aber du hast beschlossen, dich nicht daran zu halten.«

Verzweifelt sah er mich an. »Ich weiß aber nicht, wie ich das allein schaffen soll.«

»Du bist nicht allein.« Ich bemühte mich um ein gelassenes Lächeln, auch wenn ich merkte, wie ich wieder müder wurde.

Mein Kopf war überfordert, und der Rest von mir fühlte sich geschlaucht an. Was Ashton auch mit mir gemacht hatte: Es hatte Spuren hinterlassen. »Ich bin hier. Und zusammen finden wir eine Lösung. Falls es dir noch nicht aufgefallen ist: Ich bin ziemlich clever. Stipendiatin und so.«

Cliff lächelte und hob die freie Hand, schob mir die Ponysträhnen aus dem Gesicht. Er tastete über meine Leberfleckenstraße an der Schläfe, so wie er es oft mit seiner Narbe an derselben Stelle machte.

»Deine Narbe«, sagte ich aus dem Bauch heraus. »Aspen meinte, du kamst damit nach Hause und warst verändert. Hast du sie dir selbst zugefügt?«

Er nickte. »Mein eigener Körper hatte so eine. Seitdem hab ich sie jedes Mal mitgenommen, wenn ich …«

»… wenn du umgezogen bist?«, beendete ich den Satz mit einem halben Grinsen, das in ein Gähnen überging.

Cliff betrachtete mich, gleichermaßen belustigt und irritiert. »Jetzt schlaf ein bisschen«, murmelte er. »Dein kluger Kopf bringt uns nichts, wenn du nicht fit bist.«

Ich hätte gern widersprochen, doch statt eines Satzes kam ein weiteres Gähnen heraus. Cliff zog an seiner Hand, als wollte er mich loslassen, aber ich folgte der Bewegung und lehnte mich gegen ihn. Er versteifte sich kurz, ehe er schließlich seufzte und seine Arme ausbreitete, sodass ich mich besser an ihn schmiegen konnte.

»Dein Überlebensinstinkt ist wirklich eingerostet«, urteilte er, während er mir sorgsam das Haar über die Schultern strich, um es nicht einzuklemmen.

Ich musste lachen und vergrub das Gesicht im Stoff seines Pullovers. Sein Geruch löste auch noch das letzte bisschen Unruhe in mir auf. Es war unmöglich, dass jemand Schlechtes so gut roch. Absolut unmöglich. »Ashton sieht das hoffentlich anders.« Es kam mir vor, als wäre eine Ewigkeit seit dem Treffen vergangen, dabei waren es erst ein paar Stunden. Vorsichtig tastete ich erneut über mein Inneres. Über all die Stellen, die geschmerzt hatten, während Ashton mit Gewalt nach meinem Inneren gegriffen hatte. »Die Teile von … meiner Seele, die er sich genommen hat, sind die für immer weg?«

»Energie ist etwas Fließendes. Ashton hat nicht alles genommen, was er hätte können, und du bist stark. Du musst nur wieder zu Kraft kommen.« Cliff küsste mich auf den Scheitel, ehe er sein Kinn auf ihm ablegte.

»Und was ist mit Zoe?«, fiel es mir schlagartig ein. »Meinst du, er lässt seine schlechte Laune an ihr aus?«

»Keine Sorge. Es ist wahrscheinlicher, dass er in einem Pub ist und sich an mehreren Leuten gleichzeitig nährt. Er ist impulsiv, aber nicht vollkommen unbedacht.«

Erleichtert presste ich ein Ohr an seinen Oberkörper. Genau dorthin, wo ich das Herz pochen fühlte. Ganz gleich, was er über diesen Körper sagte, das war auf jeden Fall *sein* Herz. Es musste seines sein, weil es schneller schlug, sobald ich die Fingerspitzen über seinen Pullover wandern ließ. Ein paar Minuten lagen wir so da, dann zwang ich mich dazu, noch einmal den Kopf zu heben, um ihn direkt anzusehen. »Muss ich irgendwas befürchten, wenn ich einschlafe?«

Sofort verspannte er sich. »Ich würde nie …«

»Das meine ich nicht«, unterbrach ich ihn schnell. »Nur … vielleicht bereust du das hier schon wieder.«

Ich wusste, dass er verstand, was ich damit meinte. Nicht nur meine Rettung, auch die Art, wie er mich in diesem Moment an sich heranließ. Wie er mich im Arm hielt und mit dem Daumen über meine Schulter streichelte, während sein Blick nur auf meinen Augen lag. Nur auf dem, was sich darin verbarg. Nicht auf meinem Gesicht, immer nur auf mir.

»Es spielt keine Rolle, ob ich etwas bereue oder gern anders hätte«, meinte er sanft und strich über meinen Wangenknochen. »Ich hab mich in dem Moment entschieden, in dem ich dich das erste Mal gesehen habe. Und es gibt so viele Gründe, wieso das nicht funktionieren kann, aber … hier sind wir jetzt. Und hier bleiben wir. So lang, wie es eben geht.«

Ich lächelte, wisperte: »Hier bleiben wir.«

Cliff rutschte an der Lehne hinab und zog mich noch fester an sich. Sein Herz an meinem, seine *Seele* so dicht an meiner, dass ich sicher war, sie waren längst miteinander verwoben.

»Jetzt schlaf, Pica.«

Ich schnaubte, meine Lider fielen wie von allein zu. »Nur, weil ich es will. Nicht, weil du es befiehlst.«

»Natürlich.«

Sein Lächeln war das Letzte, was ich wahrnahm, ehe ich einschlief. In den Armen eines unsterblichen Seelenspringers, in den Armen eines mehrfachen Mörders. Ich hatte mich nie sicherer gefühlt als in dieser Umarmung. Von allem, was an diesem Tag geschehen war, war diese Erkenntnis das Verrückteste.

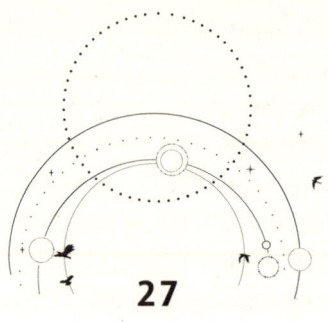

27

MABEL

Ich wachte auf, als sich blaues Licht durch meine Lider zwängte. Träge blinzelte ich und sah gerade noch, wie Cliff sein Handy sperrte und es neben sich auf die Couch legte. Neben uns. Noch immer ruhte mein Kopf auf seiner Brust, mein ganzer Körper auf seinem. Mein Blick strich über den Pullover, der so unverkennbar nach Cliff roch, hin zu der Wanduhr, die neben der Wohnungstür hing. Es war kurz nach vier, ich hatte mehrere Stunden geschlafen.

Ich lehnte mich zurück, um ihn ansehen zu können. Seine Augen waren nur halb geöffnet, aber sein Blick wirkte wach und klar. »Hast du geschlafen?«

»Nicht richtig.« Er ließ die Hand in meinen Nacken gleiten, streichelte vorsichtig über die Wirbel hinab bis zum Kragen meines Pullovers.

»Hm.« Ich zog die Augenbrauen zusammen. »Was hast du dann gemacht? Du hast doch nicht an meiner Seele genascht, oder?«

Cliff runzelte die Stirn, sichtlich hin und her gerissen zwischen Skepsis, Belustigung und Besorgnis. »Irgendetwas stimmt wirklich nicht mit dir. Du nimmst das zu gut auf.«

Ich lachte. »Entschuldige. Es ist nur … ich liebe es, logisch zu denken, richtig? So absurd diese Wahrheit auch ist, ist sie gleichzeitig die einzige Erklärung, die Sinn ergibt. Also ist die naheliegendste Option, sie zu glauben.« Ich zuckte mit den Schultern und bereute es im nächsten Moment, als feiner Schmerz in meinen Nacken schoss. »Vielleicht sollten wir lieber ins Schlafzimmer gehen, ich bin jetzt schon verspannt.«

»Ich weiß nicht, ob das so eine gute Idee ist.«

Ich brauchte einen Moment, ehe ich seine Antwort in Zusammenhang mit seinem unsicheren Gesichtsausdruck bringen konnte. Und ich war mir nicht sicher, ob mich das Verlegenheit oder irgendeine schräge Art von … Schmeichelei fühlen ließ. Ich richtete mich über ihm auf und grinste schief. »Sag bloß, so ein Bett führt dich in Versuchung?«

»Jeder Ort führt mich in Versuchung, wenn du dort bist, Pica.« Seine Finger strichen unter meinen Kragen. Die Härchen darunter stellten sich auf, ich schauderte und spürte gleichzeitig Hitze in mir aufsteigen.

Ohne weiter darüber nachzudenken, beugte ich mich zu ihm hinab. Mein Haar streifte seine Wangen, meine Lippen sein Gesicht. Ich küsste ihn auf die Narbe an seiner Schläfe, auf die Wange, auf den Mundwinkel, dann direkt auf den Mund. Cliff zögerte kurz, ehe er mich enger an sich zog. Der Kuss schmeckte nach Honig und fühlte sich auch so an – warm, weich, golden und … heilsam. Sämtliche Reste von Unruhe, Angst und Überforderung in mir lösten sich auf, einfach nur, weil Cliff mich küsste. Weil er mit den Zähnen sanft an meiner Unterlippe zupfte, weil seine Hände über meinen Körper wanderten und mich enger an sich drückten, weil ich alles – wirklich *alles* – an ihm fühlen konnte und weil ich dadurch seltsamerweise auch alles an und in mir fühlen konnte. All das, was Ashton durcheinandergebracht hatte, schob Cliff mit seinen Berührungen wieder an die richtigen Stellen. All das, was die Offenbarungen des heutigen Abends in mir aufgewirbelt hatten, glättete sich unter einer angenehm schweren Decke aus Wärme und … Wollen.

Ich seufzte an seinem Mund, als er die Hände unter den Saum meines Pulloverkleides schob. Sofort hielt er inne und bewegte den Kopf zur Seite. Besorgt wich ich zurück. »Was ist los? Hab ich was falsch gemacht?«

»Nein. Es ist nur …« Er brach ab und fuhr sich durch die Haare, ließ die Finger über den Augen liegen.

»Cliff?« Vorsichtig griff ich nach seinem Handgelenk und zog es von seinem Gesicht, suchte seinen Blick. Ich fand ihn nicht, weil er an seiner eigenen Hand festhing. Nur, dass es sich für ihn nicht so anfühlte. Meine Brust zog sich zusammen, als ich begriff, dass genau das das Problem war. »Es geht um das, was er getan hat, oder? Blake?«

Er zog an den Händen, bis ich ihn losließ. Als ich von seinem Schoß rutschen wollte, hielt er mich fest. »Was ich dir am Fußballfeld erzählt habe, war nicht gelogen«, sagte er heiser. »Diese Erinnerungen sind real. Und sie sind in mir, weil sie in ihm waren. Weil sie seine zentralsten Erinnerungen waren. Die, die er … am meisten gemocht hat. Von denen er immer wieder gekostet hat.«

»Dann weißt du noch alles, was er erlebt hat?« Vielleicht war es doch so, dass unsere Erinnerungen mit unserem Körper verknüpft waren. Vielleicht ließen sie sich in unseren Zellen ebenso nieder wie in unseren Gedanken. Letztlich erschien es mir nur logisch, dass sie ihre Spuren überall hinterließen. Immerhin konnten bestimmte Gerüche oder Geschmäcker, die wir mit etwas verbanden, ein intensives Gefühl hervorrufen, ohne dass uns immer bewusst war, woher dieses kam. Erinnerungen waren mehr als Bilder der Vergangenheit, sie hinterließen Abdrücke auf der Art, wie wir durchs Leben gingen. Wir sahen, fühlten, dachten und waren anders, aufgrund der Dinge, die wir erlebt hatten. Und Cliff … Cliff hatte mehr erlebt als andere Menschen. Es musste verwirrend sein, so viele Erinnerungen mit sich herumzutragen, von denen nicht einmal alle von ihm selbst stammten.

»Nein, ganz so funktioniert das nicht. Mit der Energie der Seele schwindet auch das, sagen wir, *Gedächtnisvermögen* des Körpers auf ein geringes Maß. Es bleiben nur Fetzen übrig. Ein Geruch, der ein vertrautes Gefühl auslöst. Orte, an denen du plötzlich weißt, wie sie aussahen, als der Körper das letzte Mal hier war. Und ... Erinnerungen an die Dinge, die die ursprüngliche Seele am allermeisten geprägt haben. Oft halten sich schöne und weniger schöne dabei die Waage, aber bei Menschen wie Blake ... Seine schönsten Erinnerungen sind nur grausam und düster. Also sind sie *alle* so.« Er legte den Kopf gegen die Lehne, schluckte mehrmals. »Es ist, als würde meine Seele sich in einem Gefäß befinden, in dessen Wände diese Bilder eingelassen sind. Und deswegen ist es so, als wären sie in die Netzhaut der Augen eingebrannt, durch die ich die Welt sehe.«

Ich hätte ihn so gern berührt, aber ich traute mich nicht. »Das muss schrecklich sein.«

Er rang sich ein wenig überzeugendes Lächeln ab. »Es ist in Ordnung.«

»Cliff.« Kurz zögerte ich, dann hob ich doch die Hände und umfasste sein Gesicht. »Ich weiß, du denkst, das verdient zu haben, aber das stimmt nicht.«

»Es ist in Ordnung«, wiederholte er und schloss die Augen, als ich über seine Wange streichelte. »Nur ... das hier, das ist es nicht.« Er zog meine Finger von seinem Gesicht und verflocht sie mit seinen eigenen, als würde der verbliebene Wärmeschatten meiner Haut ein schlechtes Gewissen in ihm auslösen.

»Wieso? Das hat doch nichts mit dir zu tun. Es sind nicht *deine* Erinnerungen. Es ist nichts, was *du* getan hast.«

»Aber es sind dieselben Hände.« Er lächelte bitter und hob sie an, als erwartete er, ich könnte die Schuld, die an ihnen haftete, ebenso sehen wie er. »Es ist derselbe Mund. Derselbe Körper, Mabel. Wie kann ich dich damit berühren, ohne daran zu denken, was er vorher alles getan hat?«

Ich betrachtete den verzweifelten Ausdruck in seinem Gesicht. In dem Gesicht, das er für das eines anderen hielt, obwohl alles, was ich sehen konnte, er war. Seine Art zu lächeln, auf diese verborgene Weise, als würde er in den hervortretenden Grübchen Geheimnisse verstecken. Seine Art, etwas anzusehen, als würde er mehr wahrnehmen als andere, weil sein Blick sich unter die Oberfläche von allem grub. Seine Art, die Stirn zu runzeln oder die Wangen anzuspannen oder unterbewusst die Nasenspitze zu kräuseln. Seine Angewohnheit, sich diese eine Haarsträhne aus der Stirn oder mit den Fingerspitzen über die Narbe an der Schläfe zu streichen. Das war alles Cliff, nichts davon war Blake, ganz sicher. Und wenn er mir näher gekommen war, war nichts daran je grob oder egoistisch gewesen. In jedem Kuss, in jeder Berührung hatte ich gespürt, dass er darauf achtete, was mir gefiel. Er hätte niemals etwas getan, das ich nicht wollte. Er hatte sogar *weniger* getan, als ich gewollt hatte. Also wieso sah er so aus, als würde er sich für Dinge verachten, die er nie getan hatte?

»Es ist nicht nur das, oder?«, erkannte ich. »Es geht nicht nur darum, was er getan hat. Es geht auch darum, was du … tun könntest.«

Widerwillig begegnete er meinem Blick. »Genetik ist eine komplexe Sache. Nicht einmal wir wissen, inwiefern sie sich auf unsere Seelen auswirkt, sobald wir einen Körper besetzen. Niemand weiß, wie viel von dem, was Menschen tun und sind, physische Veranlagung ist. Das ist wie mit dem Geschmack, weißt du? Er verändert sich auch jedes Mal. Es gibt Dinge, die kann man nicht steuern.«

»Zum Beispiel, ob man Rosinen mag oder nicht?« Ich musste an den traurigen Ausdruck in seinem Blick denken, als er mir erzählt hatte, dass er sie gern mögen würde. Erst jetzt begriff ich, dass das für ihn ein Zeichen gewesen wäre, dass er noch immer er selbst war.

Er hob die Mundwinkel zu einem traurigen Lächeln. »Genau. Also was, wenn ich mich auch in anderen Dingen verändert habe und es erst merke, wenn es darauf ankommt? Wenn diese Gewalt, diese Dunkelheit, ... dieser Drang, wenn all das ein Teil von diesem Körper ist? Wenn es seinen Ursprung tief begraben in diesen Zellen hat? Was, wenn ich plötzlich die Kontrolle verliere?«

»Bedeutet das, dass du keinen Sex hattest, seit du ... so bist?« Ich hatte mittlerweile begriffen, dass die Veranstaltungen seiner Freunde nur deshalb stattfanden, damit sie sich unbemerkt an den Seelen nichts ahnender Menschen nähren konnten, und nicht, weil sie sich ihnen auf andere Art nähern wollten. Doch das bedeutete nicht, dass keiner von ihnen es je tat. Auch wenn ihre Seelen alt waren, waren ihre Körper zumindest hier an der Universität in den Zwanzigern. Ich war mir ziemlich sicher, dass mindestens einige von ihnen sich mit so was wie ... natürlichen Bedürfnissen herumschlagen mussten.

Cliffs Lächeln vertiefte sich. »Es waren nur zwei Jahre, ein Wimpernschlag für mich. Und in denen davor ... ich habe schon die Körper von einigen wirklich morallosen Menschen übernommen, aber die Erinnerungen waren nie so wie in diesem. Es war nie so intensiv, nie so schlimm.«

»Trotzdem.« Interessiert musterte ich ihn. »In diesem Körper sind doch bestimmt auch ... Hormone enthalten, oder? Hattest du nie Lust?«

Cliff lachte und zog mich unvermittelt an sich heran, vergrub sein Gesicht in meiner Halsbeuge. »Bei allem, was ich dir gerade erzählt habe, hast du wirklich Kapazität, darüber nachzudenken?« Sein Atem kitzelte an meiner Haut, Hitze sickerte in meinen Magen und tiefer. *Sehr, sehr viel tiefer.* Vor allem, als er den Blick hob und ihn mit meinem verwob. »Und ja, ich hab Lust, Mabel. Ich hab ziemlich viel Lust, jedes Mal, wenn ich dich sehe. Wenn du die Lippen aufeinanderpresst, um die Farbe zu verteilen. Wenn du auf diese bestimmte Art nachdenkst, voller Konzentration und Hingabe. Wenn du mir deine Meinung sagst, weil du so verdammt viel

Meinung hast. Das finde ich ziemlich … anziehend.« Da hing der Rest seines Lachens an den Silben, und trotzdem klangen sie auf eine Weise rau, die mich unruhig werden ließ. Oder … *ungeduldig*.

Ich schluckte. »Ist das so?«

»Hm.« Er streichelte mit dem Daumen über meinen Lippenbogen. »Und natürlich hab ich Lust, wenn wir uns küssen. Wenn ich … *dich* spüre.«

Mein Becken bewegte sich wie von allein, weil ich ihn auch spüren wollte, weil ich das Gefühl hatte, ihn spüren zu müssen. Was er mir offenbart hatte, war so viel, worüber ich nachdenken musste, aber jetzt gerade wollte ich etwas anderes. Ich wollte fühlen. Ich wollte *ihn* fühlen. »Hast du … rein theoretisch auch jetzt Lust?« Ich musste einfach wissen, ob ich damit allein war. »Ich weiß, es ist gerade so viel passiert und alles ist endlos verwirrend, chaotisch und verrückt, aber … fühlst du es trotzdem auch ein bisschen?«

Seine Finger glitten über meine Wange an meinen Hals, in meinen Nacken. »Ja«, flüsterte er, »sehr sogar.«

Ich legte meine Hand auf seine. »Aber du hast Angst.«

»Ja«, er lächelte matt, »sehr sogar.«

»Du wirst mir nicht wehtun.«

»Das kannst du nicht wissen.«

»Doch, kann ich. Weil ich dich erkannt hab, bevor ich dich kannte. Also hör mir zu.« Entschieden drückte ich ihn von mir weg, um mich besser aufrichten zu können. »Du bist *nicht* er. Dieser Körper ist *nicht*, was du bist. Und ganz bestimmt steuert er *nicht*, was du tust.« Ich umfasste sein Gesicht mit beiden Händen, sah ihm fest in die Augen. Es ging mir nicht darum, was in diesem Moment passierte oder nicht passierte – nur darum, dass er das hier und jetzt verstand. »Du bist du. Nur du. Und du wirst mir nicht wehtun, Cliff. Ich vertraue dir. Also vertrau du dir auch.«

Kurz war es still, dann holte er tief Luft. »Mabel …«

Sofort zog ich meine Hände zurück und umschloss meine Ellbogen damit. »Wir müssen natürlich nicht. Nicht jetzt und überhaupt nie. Aber ... du willst, und ich will, und ich finde, wir können es versuchen. Wir können jederzeit aufhören, wenn du dich unwohl fühlst. Wirklich, jederzeit.« Ich konnte ihm ansehen, dass er angespannt war, und beeilte mich, den Kopf zu schütteln. »Vergiss es wieder, ich will dich auf keinen Fall zu irgendwas überreden, was du nicht willst. Ich ...«

Er brachte mich mit einem Kuss zum Schweigen. Ich war ziemlich sicher, dass das die einzige Unterbrechung war, die ich nicht mit Empörung hinnahm, sondern mit einem Seufzen.

Cliff schob mein Haar über meine Schultern, löste die Lippen von meinen, strich damit über meine Halsbeuge. Obwohl ich ahnte, dass der Pulsschlag für ihn eine andere Bedeutung hatte, hatte ich keinen Funken Angst, dass er etwas anderes tat, als mich zu fühlen.

Langsam zog er mir das Kleid über den Kopf, dann richtete er sich auf und sah mich an. Ein Hauch Röte meines Lippenstifts an seinem Mund, seine eigene an seinen Wangen. Er glühte auf die anziehendste Weise, und das brachte auch mich zum Brennen. Trotzdem hielt ich seine Hand fest, als er zwei Finger unter den Träger meines Bustiers schob. »Bist du dir sicher?«

»Ja.« Er lächelte, ein ehrliches, glückliches und fast erstauntes Lächeln. Das schönste, das ich ihn je lächeln hatte sehen. »Ich will das hier so sehr. Ich will *dich* so sehr.« Erneut beugte er sich zu mir vor, küsste mich auf die Mundwinkel, dann lang und intensiv direkt auf die Lippen. Er schob den Bund meiner Strumpfhose hinab und half mir dabei, sie auszuziehen, bis sie auf dem Boden neben der Couch lag. Ich zerrte währenddessen weitaus uneleganter und fiebriger am Saum seines Pullovers, bis er zurückwich und ihn sich selbst auszog.

»Lass uns rübergehen«, murmelte er an meinem Mund, »ich bin vielleicht doch zu sehr aus der Übung für das hier.«

»Wer hätte gedacht, dass ich die Erfahrenere hierin bin – und das, obwohl du *so viel* älter bist.« Ich lachte auf, der Ton kroch in ein Stöhnen hinein, als er mich sacht in die Schulterbeuge biss.

»Vorsicht, Pica«, raunte er, dann umfasste er meine Oberschenkel und hielt mich fest, während er aufstand.

Ich umschlang seine Hüfte mit meinen Beinen und seinen Hals mit meinen Armen, hörte nicht auf, ihn zu küssen. Ich hatte mich noch nie so sehr an jemandem festgehalten, und obwohl ich ahnte, dass man auch gemeinsam tief stürzen konnte, machte mir auch das mit ihm keine Angst.

Mein Rücken stieß gegen den Türrahmen des Schlafzimmers, Cliff fluchte, ich lächelte und küsste ihn erneut. Küsste ihn, als er mich auf dem Bett ablegte und über mich beugte. Küsste ihn, als er mit der Hand unter meinen Rücken wanderte und den Verschluss des Bustiers öffnete. Küsste ihn, als er mit der Hand über meine Brüste fuhr, genau mit dem richtigen Druck, behutsam und doch drängend, sodass ich das Becken anhob und ihm entgegenkam.

Meine Gedanken gingen in dem unter, was mein Körper wahrnahm, fühlte und wollte, doch als ich blinzelte und Cliffs Gesicht sah, hielt mich etwas davon ab, mich dem gänzlich hinzugeben: die Falte zwischen seinen Augenbrauen, die Art, wie er meinem Blick auswich. Er versuchte offensichtlich, sich in diesen Moment, der nur zwischen uns existierte, fallen zu lassen. Aber er war noch zerrissen zwischen dem, was er selbst war, und dem, was er glaubte, wegen Blake zu sein. Ich wünschte, ich hätte ihm begreiflich machen können, dass sein Körper keine Rolle spielte. Dass nichts eine Rolle spielte bis auf das, was wirklich wir waren.

Kurz entschlossen drückte ich ihn von mir weg. »Warte, lass mich was versuchen.«

Cliff sah mir stirnrunzelnd nach, als ich aus dem Bett kletterte und zum Schrank ging. »Was hast du vor?«

Ich ignorierte ihn und strich die Kleiderbügel auseinander, bis ich fand, was ich suchte. Sorgsam zog ich zwei der Krawatten vom Bügel und ging zurück. »Vertrau mir und mach die Augen zu«, meinte ich streng, als ich seinen verwirrten Gesichtsausdruck bemerkte. Er zögerte, nickte aber. Behutsam band ich ihm die Krawatte um die Augen, ehe ich die zweite um meinen eigenen Kopf festmachte. »Ich muss dich nicht sehen, um dich zu sehen, richtig?«

Die Art, wie er mich an sich heranzog und küsste, auf die Wange, aufs Kinn, dann endlich auf den Mund, sagte: *Richtig*. Vielleicht dachte ich das aber auch nur, weil es sich so anfühlte. Nur richtig, nur nach uns.

Seine Hände schoben mich sanft an den Schultern zurück, sodass ich ins Kissen fiel. Ich spürte seine Wärme, als er sich über mich beugte, kurz darauf sein Gewicht auf meinem. Er drückte mich in die Matratze, trotzdem hatte ich das Gefühl, besser atmen zu können als je zuvor. Quälend langsam schob er ein Knie zwischen meine Beine und strich über meine nackte Taille hinauf, hin zu meinen Armen, bis er meine Hände gefunden hatte.

Seine Finger verharrten auf meinen Handgelenken, seine Daumen auf meinem Puls, sein Atem auf meinem Mund. »Wenn ich etwas tue, das du nicht willst, dann …«

»… sag ich dir Bescheid.« Ich lächelte und streckte mich ihm entgegen, küsste ihn auf den Hals. »Und du mir. Okay?«

Er holte tief Luft, seine Brust streifte meine. »Okay.«

Und dann schwiegen wir. Da war nur noch das Rascheln der Bettwäsche und das unserer letzten Kleidungsstücke, die auf den Boden fielen, die Geräusche unserer Haut, wenn sie aneinanderrieb, und die unserer Lippen, wenn wir uns küssten, liebkosten und all das nachfühlten, was unsere Augen nicht mehr sehen konnten. Keine Arme, nur anspannende Muskeln, keine Brüste, nur Gänsehaut, keine Beine, nur Zittern, keine Münder, nur unterdrücktes Stöhnen, keine Blicke, nur einander ansehen. Keine Körper, nur wir.

Irgendwann löste Cliff sich von mir und rollte sich zur Seite. Es klirrte mehrmals, während er offenbar versuchte, den Nachttisch zu öffnen. Holz knarrte, dann knisterte Plastik. Erneut war er über mir, stieß mit der Nasenspitze gegen meine. »Sicher?«

»Ja.« Ich umschlang seinen Hals. »Du auch?«

Ich wusste, dass er nickte, auch ohne es zu sehen. Ich fühlte es, so wie ich alles fühlte, was wir in diesem Moment dachten und wollten. Ich war mir wirklich *so sicher* hiermit. Mit uns. Wir küssten uns erneut, ehe er meinen Oberschenkel umfasste und anhob, mich näher unter sich zuzog. Stirn an Stirn, Mund an Mund, ein geteilter Atemzug. Und dann war er endlich in mir.

Ich hatte in meinem Leben nur mit wenigen Männern geschlafen, aber ich war es gewohnt, dass ich mich in den ersten Sekunden ein wenig unwohl fühlte: Es tat nicht unbedingt weh, aber ich hatte jedes Mal ein seltsames Fremdgefühl. Als wäre da etwas in mir, das nicht dorthin gehörte. Das nicht zu mir gehörte. Diesmal, mit Cliff, war das anders. Natürlich war es das, weil alles mit ihm und alles an ihm anders war. Ihn in mir zu haben fühlte sich nicht fremd an, weil er auf andere Weise – deutlich intimere – längst ein Teil von mir geworden war. Weil wir uns so nah gewesen waren, selbst da schon, als wir uns noch nicht bewusst angenähert hatten. Wenn ich an so etwas wie Seelen glauben konnte, dann auch daran, dass sie sich manchmal im Stillen erkannten, bevor unser Bewusstsein diesem Wink folgen konnte.

Ich konnte Cliffs Gesicht nicht sehen, ich würde sein ganz eigenes Gesicht niemals sehen können, aber in diesem Augenblick, während er aufmerksam und doch entschieden in mich stieß, wusste ich mehr denn je: Ich sah ihn. Ich sah ihn mit all meinen Sinnen, mit allem, was ich war. Ich spürte seine Muskeln unter meinen Fingerkuppen, seinen Atem auf meinem Gesicht, seine Lippen auf meinen, seine Wärme und Haut an meiner, sein ganzes Ich in jeder Bewegung, in jedem Keuchen und Stöhnen und Seufzen, das sich mit meinen vermengte. Bis wir wirklich in jeder Hinsicht zusammen waren.

Irgendwann schob er eine Hand zwischen uns, ließ sie über meinen Oberschenkel wandern, hin zu dem Punkt, an dem dieses Pochen mit jeder Sekunde stärker wurde. Ich half ihm, die beste Stelle zu finden, zeigte ihm, welcher Druck richtig war, wortlos, weil wir keine Worte benötigten. Ein Keuchen rutschte über meine Lippen, als er meine Mitte rieb, während er das Tempo erhöhte.

Das Kribbeln zwischen uns wuchs an, legte sich wie Stacheldrahtsamt zwischen unsere Körper, wurde mit jeder Reibung unserer Haut intensiver und hitziger – bis es so unerträglich war, dass ich leise wimmerte. Cliff hielt in seiner Bewegung inne, erhöhte die Kraft auf seinen Daumen. Mein Becken bäumte sich auf, doch er drückte mich zurück auf die Decke, küsste mich tiefer, atemloser.

Ich stöhnte und spürte, wie sich allein durch diesen Ton eine Gänsehaut auf seinem Körper bildete – und ich fühlte, ich fühlte einfach, dass er in diesem Augenblick spürte, dass es eben wirklich *seiner* war. Dass das, was wir gerade taten, nur uns gehörte. Das Gefühl, das an dieser Erkenntnis hing, war zu viel. Ich stöhnte erneut, vielleicht schrie ich auch, vielleicht seufzte ich, vielleicht … ich wusste es nicht. Meine Wahrnehmung setzte kurz aus, alles zerfloss. Das Brennen flutete meinen Körper, fraß sich in jede Zelle, in jeden Gedanken, in jedes Gefühl. Ich stand in Flammen, und ich liebte es, ich liebte es so sehr, weil ich wusste, dass ich nicht allein in ihnen aufging.

Cliff wartete, bis das Beben in meinen Fußspitzen verebbt war. Erst dann begann er wieder, sich in mir zu bewegen, langsamer jetzt, gleichzeitig etwas tiefer und härter. Ich erschauderte unter jedem Stoß, besonders dann, als ich spürte, wie er sich Minuten später über und in mir anspannte. Seine Zähne stießen gegen meine, als er mich erneut küsste, genau in dem

Moment, in dem er kam. Und ich … ich fragte mich, ob er in diesem Augenblick auch begriff, warum man von *Kommen* sprach. Weil es sich, mit der richtigen Person, auf so viel bedeutendere Weise nach *Ankommen* anfühlte.

Mein Herz schlug weich und spürbar, als würde ein Gummiball in meiner Brust herumspringen. Warme Trägheit sickerte durch meinen Körper, durch all die Stellen, die Sekunden zuvor noch gekribbelt hatten. Ich zeichnete unsichtbare Muster auf Cliffs Rückenmuskulatur, wartete, bis sich seine Atmung entspannt hatte.

Er küsste mich lang auf die Stirn, dann zog er sich zurück und ließ sich neben mich auf die Matratze fallen, ohne mich loszulassen. Seine Hand griff an meinen Hinterkopf und löste den Knoten der Krawatte.

»Hey.« Sein Gesicht schwebte dicht vor meinem. Keine Falte zwischen den Brauen keine angespannte Konzentration im Blick. Nur ein leichter Schweißfilm auf der Stirn, ein Abdruck der Krawatte auf den Wangen und ein Ausdruck von Erleichterung und Glück in den Augen.

Ich lächelte, weil ich dasselbe fühlte. Vorsichtig strich ich ihm eine Strähne aus der Stirn, fuhr die zarte Narbe nach, die neben der Augenbraue ansetzte. »Alles okay?«

Er nickte nur, küsste mich kurz auf den Mund. Mir war so warm, dass meine Wangen sicher glühten, aber nicht einmal das war mir unangenehm. Ich war nackt und ich selbst und … glücklich damit. Ich war *so* glücklich, trotz allem. Eine Weile lagen wir nebeneinander, ließen die Fingerspitzen über unsere erhitzten Körper wandern, küssten uns manchmal, auf die schönste aller Arten erschöpft.

»Was ist das mit den Tattoos?«, fragte ich und legte den Daumen auf den Fleck unterhalb seines Schlüsselbeins.

»Wir haben alle eins«, erklärte er leise. »Wenn du all unsere Tattoos aneinanderlegst, bildet sich unser Wappenmotiv, der Star. Jeder von uns bekommt bei jedem neuen Körper immer wieder seines nachtätowiert. Eine permanente Erinnerung daran, dass wir nur zusammen vollständig sind.«

»Du brauchst sie nicht, um vollständig zu sein«, widersprach ich und küsste ihn auf die Narbe an seiner Schläfe. Das an ihm, das nur ihm gehörte, nicht ihnen.

»Ja«, murmelte er. »Das Gefühl hab ich gerade seit Langem auch wieder.«

Belustigt stützte ich den Kopf auf einer Hand auf. »Sieh an, was ein bisschen Sex alles bewirken kann. Offensichtlich ist das wie Fahrradfahren, wenn man so alt ist wie du.«

Cliff stöhnte und lachte in einem Ton, legte sich einen Arm übers Gesicht. Ein Farbschleier haftete auf seinen Wangen, er war nie schöner gewesen als in diesem Moment. »Macht dir das denn gar nichts aus?«

»Was, dass du hundertsechzig Jahre älter bist als ich?«

»Ja?«

»Nein, seltsamerweise nicht. Die Sache mit deiner *Familie*, die mich tot sehen will, gibt mir mehr zu denken.« Ich bemühte mich um einen lockeren Tonfall, aber Cliff spannte sich sofort an.

»Ich werde nicht zulassen, dass sie dir etwas tun«, sagte er viel ernster, als es in diese Situation gehören sollte.

Ich wusste, dass er das so meinen wollte, und gleichzeitig, dass er es mir nicht versprechen konnte. Noch immer hatte ich nicht das Gefühl, ganz zu begreifen, was den *Bund der Stare* ausmachte, doch das, was ich wusste, reichte aus, um zu wissen: Diese Menschen, wenn man sie so nennen konnte, gingen seit über einem Jahrhundert über Leichen, um ihre Geheimnisse zu schützen. Oder auch nur zu ihrem eigenen Vergnügen. Die Leben anderer kümmerten sie nicht.

»Du weißt, dass es hierbei nicht nur um mich geht, oder? Sie sind eine Gefahr für alle. Nach dem, was Davie und ich herausgefunden haben, bin ich sicher, dass das, was mit June und Paulina passiert ist, kein Ausrutscher war. Und allein das mit Zoe … Sie dürfen, ich meine: *Ihr dürft* Menschen nicht so benutzen, Cliff. Das ist nicht richtig.« Ganz gleich, was ich für ihn empfand, ich konnte ihn nicht gänzlich von seiner Familie lösen.

»Ich weiß.« Er nickte langsam. »Aber ich weiß nicht, wie wir sie aufhalten sollen. Was ich dir erzählt habe, stimmt: Es gibt für uns keine Möglichkeit auszusteigen. Wir gehorchen alle den Regeln, die unser Rat aufgestellt hat. Wenn wir uns ihnen widersetzen, dann …« Er brach ab und schüttelte den Kopf, ehe er sich auf den Rücken rollte und an die Decke starrte. »Es gäbe nur eine Möglichkeit, unsere Verbindung wirklich zu zerschlagen.«

Hellhörig richtete ich mich auf. »Und welche?«

Cliff schwieg. Von draußen drangen erneut Streifen aus Licht zu uns herein. Sie krochen über die Bettwäsche und sein Gesicht, malten helle Schatten auf seine nachdenklichen Züge. Für einen Moment glaubte ich zu erkennen, wie Schmerz in seinen Augen aufglomm: Als würde er einen Entschluss fassen, der ihm körperlich wehtat. In der nächsten Sekunde holte er tief Luft. »Das Artefakt. Wir müssten es zerstören. Ohne das können wir den Körper nicht mehr wechseln. Wir wären an die gebunden, in denen wir sind. Bis … zum Ende.«

Mein Herz beschleunigte. Das klang nach einer Lösung, die nahezu vollkommen war. Wenn die Seelenspringer an ihren jetzigen Körper gebunden wären, könnten sie alle dieses eine Leben zu Ende leben. Mit allem, was dazugehörte: Sie müssten Entscheidungen treffen, Verantwortung übernehmen, herausfinden, was sie für sich wollten, und dementsprechend handeln. Sie müssten sich ebenso sehr anstrengen und ihr Bestes für dieses eine Leben geben wie jeder andere von uns. Das würde nicht ungeschehen machen, welches Leid sie in der Vergangenheit über andere gebracht hatten, aber es würde verhindern, dass sie in Zukunft damit weitermachen konnten. Es würde allerdings auch Cliffs gesamtes Leben verändern und alles zerstören, was seine Vorfahren aufgebaut hatten. Wofür seine Eltern … gestorben waren. Unsicher musterte ich ihn. »Wäre das ein Preis, den du zu zahlen bereit wärst?«

Er strich mir über die Wange. »Ich würde jeden Preis zahlen«, sagte er mit einem fast andächtigen Lächeln. »Und das ist das größte Geschenk, das du mir geben konntest. Etwas zu finden, wofür es sich endlich wieder lohnt, alles zu riskieren. Ohne das … ist es kein richtiges Leben.«

Die Zuneigung grub sich mit warmen Fingern ein Nest in meine Brust, ich küsste ihn. Verharrte mit den Lippen dicht vor seinen. »Ich weiß, dass du mit diesem Körper deine Probleme hast, aber ich würde dir helfen, ihn lieben zu lernen. Versprochen. Dann kannst du ein normales Leben in ihm führen. Eigene Entscheidungen treffen, eigene Fehler machen, deine Familie selbst wählen. Du kannst alt werden.«

Er umfing meine Finger mit seinen und drückte seinen Mund auf meinen Handrücken. »Ist es seltsam, dass das mein größter Wunsch ist?«

»Nein, irgendwie passt es zu dir. Ich sehe dich als alten Mann auf einer Veranda sitzen und Kreuzworträtsel lösen.« Ich ließ mich zurück auf die Matratze fallen. »Wieso warst du eigentlich nie älter als fünfundzwanzig?« Viele behaupteten zwar, dass die Zwanziger die beste Zeitspanne des Lebens war, aber ich glaubte nicht wirklich daran. Je älter man wurde, desto mehr fand man sich doch. Ich für meinen Teil freute mich darauf, mich selbst so gefunden zu haben, dass ich mich in der Welt nicht mehr verloren fühlte – ganz gleich, wie chaotisch sie manchmal war.

»Der Rat entscheidet, welche Rolle wir einnehmen. Manche der Älteren besetzen Körper in hohen gesellschaftlichen Positionen, um die Machtstrukturen auszubauen. Ashton, Norah und ich gehörten damals zu der jüngsten Generation. Wir müssen darauf warten, dass wir in eine höhere Riege aufsteigen dürfen. Bis dahin leben wir die Leben von verwöhnten

Kindern wohlhabender und einflussreicher Familien, zweigen Gelder ab, beeinflussen die Eltern ... es ist im Grunde nichtig. Quasi Hausarrest für Seelenspringer.«

»Wieso hat man euch noch nicht aufsteigen lassen?«

Cliff seufzte leise. »Henry, das ist der Anführer unseres Rats und der einzige Initiator von damals, der ausgewählt wurde, die Zeremonie zu überleben ...«

»Warte«, fiel ich ihm ins Wort, während ich versuchte, der Erinnerung zu folgen, die bei der Erwähnung dieses Namens durch meine Wahrnehmung huschte. »Ich hab einen Henry gesehen. Bei der Weihnachtsfeier. Er war höchstens Ende dreißig.« Ich verzog den Mund, als ich an die Begegnung mit dem Mann dachte, der mir quasi mit einem Blick zu verstehen gegeben hatte, dass er mich für wertlos hielt.

»Sein aktueller Körper, ja. Benjamin Colton, er ist Abgeordneter im Parlament. Henrys Körper selbst war damals Mitte vierzig. Er ist mein Onkel und Ashtons Vater.«

»Ihr seid verwandt?«, fragte ich perplex.

Cliff nickte. »Unsere Väter waren Brüder. Und Ashtons Verhältnis zu Henry ist kompliziert. Er hat seit damals das Gefühl, sich beweisen zu müssen. Wir anderen hätten Anträge stellen können aufzusteigen, aber wir wollten Ashton nicht verlassen. Er braucht Menschen um sich herum, die ihn lieben und ihm das auf nettere Weise zeigen als sein Vater.«

»Mein Mitleid für Ashton hält sich in Grenzen.« Und das war noch freundlich ausgedrückt.

Cliff lächelte halbherzig. »Er ist kompliziert. Das sind wir alle. Aber er ist nicht nur schlecht. Dieses Leben formt dich einfach auf andere Weise. Auf grausamere. Wir haben alle nur versucht, nicht umzukommen, während wir es leben. Und Ashton hat eine schwierige Zeit durchgemacht.«

»Inwiefern?«, hakte ich widerwillig nach.

Cliff setzte sich auf und lehnte sich gegen das Kopfende. »Er war schon vor der Zeremonie 1867 mit einem Mädchen zusammen. Sie war auch eine Springerin. Die beiden waren unzertrennlich, ein Jahrhundert lang.«

Ein mulmiges Gefühl machte sich in mir breit, ich richtete mich ebenfalls auf und zog die Bettdecke vor meiner Brust zusammen. »Was ist passiert?«

Sein Blick verklärte sich. Etwas sagte mir, das er gerade in Erinnerungen abtauchte, die nichts mit seinem Körper zu tun hatten – und dafür alles mit seiner Seele. »Sie war die wildeste, freiste Persönlichkeit, die ich kannte. Offenherzig, mutig, selbstbewusst, aber auch nahezu gefährlich rebellisch und … unbedacht. Sie hat nur getan, was sie wollte. Sie hat gehandelt, ohne nachzudenken. Ich kannte niemanden, der gelebt hat wie sie.« Er rieb sich mit dem Handrücken über die Augen. Als er mich wieder ansah, wirkte sein Blick betrübt. »Das Problem ist, dass es Regeln gibt, an die wir uns halten *müssen*. Zum Beispiel, dass wir nur ein gewisses Maß an Energie aufnehmen dürfen. Wenn wir uns unkontrolliert von anderen nähren, platzen gewissermaßen die Gefäße unserer eigenen Seele auf. Sie läuft aus, und das wiederum zerfrisst den Körper, in dem wir leben.«

Verwirrt versuchte ich, ihm zu folgen. »Aber kann man dann nicht einfach in einen neuen Körper wechseln?«

»Nicht, wenn die Seele bereits ausströmt. Dann bist du an den Körper gefesselt, der langsam, aber sicher zerfällt.«

»Und das ist ihr passiert? Ashtons Freundin?«

Cliff nickte. »Sie hat es übertrieben, hat die Anzeichen ignoriert und weitergemacht, weil es für sie nur ein Weiter gab und nie eine Pause – geschweige denn ein Zurück. Bis es zu spät war und ihr Körper kurz davor war zu kollabieren.«

»Dann ist sie gestorben?« Ich konnte nicht verhindern, dass Mitgefühl meine Stimme weich klingen ließ. Ganz gleich, wie wenig ich von Ashton hielt: Ich hatte nicht vergessen, wie er ausgesehen hatte, als er von den Verlusten seines Lebens gesprochen hatte. Der Schmerz, der seine Züge in diesem Moment gezeichnet hatte, war echt gewesen. Und vermutlich das Menschlichste an ihm, das ich je sehen würde.

»Sie hat sich das Leben genommen«, korrigierte Cliff. »Hier, in Cambridge. Wir waren damals auch an dieser Uni eingeschrieben. Wir haben dieses Dasein so zelebriert, weißt du? Haben uns unbesiegbar gefühlt, haben jede Sekunde dieser gestohlenen Leben ausgekostet, weil es uns egal war, dass wir dadurch jemand anderem ebenjenes genommen hatten. Uns war alles egal.« Er lachte, ein heiserer, unangenehm trauriger Ton. »Bis eine von uns ohne Vorwarnung beschloss, ein Feuer zu legen, um darin zu sterben.«

Mein Mund öffnete sich, als ich begriff, worauf er anspielte. »Moment … redest du von Amelia Wallingford? Die Studentin, die auf dem Campus umgekommen ist? 1982?«

Cliff lächelte schief. »Zu verrückt?«

»Ein bisschen vielleicht«, murmelte ich zustimmend. »Warte.« Ich griff nach meiner Tasche, die neben dem Bett lag. Es dauerte kurz, bis ich das Foto auf meinem Handy herausgesucht hatte. Es war verschwommen, aber das einzige, das ich von dem Artikel machen konnte, bevor es mitsamt Davies Akte verbrannt war. Ich zoomte an die Gesichter der fünf Studierenden heran und hielt Cliff das Display hin. »Dann waren das hier Leute vom *Bund der Stare*?«

Cliff nickte und hielt das Handy so, dass wir beide draufsehen konnten. »Nox«, begann er links, »Norah, Ashton, Heaven und … ich.« Er tippte als Letztes auf den Mann in der Mitte, ehe er mir das Smartphone zurückgab.

Perplex starrte ich auf den Typen, den ich als Cedric Landon Wells abgespeichert hatte und der mir trotzdem die ganze Zeit über seltsam vertraut vorgekommen war. Es war völlig irre, auf welch absurde Weise plötzlich alles Sinn ergab. »Ich wusste, dass mich irgendetwas an ihm irritiert.«

»Die Narbe, man sieht sie schwach«, meinte Cliff mit Deut auf das verpixelte Gesicht.

Tatsächlich war da ein heller Strich auf seiner Schläfe zu erahnen, aber ich wusste, dass mir das nicht aufgefallen war. »Nein, das war es nicht. Es war etwas an der Art, wie er guckt. So guckst *du* ganz oft. So grüblerisch.« Ich lächelte ihn spöttisch an, ehe ich erneut die anderen Gesichter betrachtete. An Arthur blieb ich hängen. Er hatte einen Arm um die Schulter der Frau neben sich gelegt, während sein Blick weich und voller offener Zuneigung auf ihrem Profil haftete. Hätte ich nicht gewusst, dass das Ashton war, wäre ich nie darauf gekommen. Einen solch liebevollen Ausdruck hatte ich niemals an ihm wahrgenommen. Ich hatte es ihm nicht mal zugetraut. »Er hat sie geliebt, oder?«

»Mehr als alles andere«, bestätigte Cliff leise. »Haben wir alle, aber für Ash war es am schlimmsten. Als sie verschwunden ist, ist ein Teil von ihm mit ihr gegangen.«

»Verschwunden?«

»Ich mag den Gedanken, dass Seelen nicht sterben, sondern woandershin gehen. Viele Kulturen gehen davon aus, dass sie irgendwann wiederauftauchen – in einem Menschen, einem anderen Lebewesen oder in einer Energie des Universums. Manche Seelen sind älter als andere.« Er nickte mir schmunzelnd zu. »Deine zum Beispiel fühlt sich sehr alt an.«

»Sehr charmant.« Ich verzog den Mund und sperrte das Display. Es behagte mir nicht, wie viel Mitleid ich für Ashton empfand. Es war leichter gewesen, ihn als ein gefühlloses, skrupelloses Monster zu sehen. »Hat Ashton die Bank für Heaven errichten lassen?«

»Nein, das waren Norah und ich. Wir haben versucht, offen damit umzugehen, was Heavens Verlust für uns bedeutete. Immerhin haben wir fünf seit dem Beginn des Springens alles gemeinsam gemacht. Das, was ihr passiert ist, hat für uns alle etwas verändert. Nox hingegen hat sich in die Sicherheit des Regelwerks vom Rat gestürzt und angefangen, eine Karriere im Bund anzustreben. Und Ashton hat so getan, als wäre nichts passiert. Seitdem lebt er nur noch für den Moment und lässt niemanden richtig an sich heran. Er leidet seit knapp vierzig Jahren, aber er lässt nicht zu, dass jemand versucht, ihm zu helfen.«

»Er hat trotzdem kein Recht, deswegen andere Leute leiden zu lassen.« Ganz gleich, welchen Schmerz Ashton durchgemacht hatte und vielleicht noch immer mit sich herumtrug, das rechtfertigte nicht, dass er anderen Leid zufügte. Nichts auf der Welt tat das. »Ich muss Zoe vor ihm schützen. Wir müssen *alle* vor ihm schützen. Vor ihm und vor … euch allen.«

»Du hast recht. Mir ist schon lange bewusst, dass das hier enden muss.« Erneut glaubte ich, einen Schatten durch seinen Blick ziehen zu sehen, doch ehe ich danach greifen konnte, blinzelte er ihn fort. »Das Artefakt wird allerdings rund um die Uhr gut bewacht. Es ist unmöglich, daranzukommen. Es sei denn …« Er verzog das Gesicht, als wäre er auf einen bitteren Gedanken gestoßen.

Sofort spannte ich mich an. »Was?«

»Es findet bald eine Notfallzeremonie statt.«

»Notfall?«

Er zögerte. »Das wird dir nicht gefallen.«

Ich sah ihn ungläubig an. »Du denkst, irgendetwas an dieser ganzen Geschichte gefällt mir?«

Cliff seufzte abermals. »Bei dem Unfall, bei dem Victor Davie angefahren hat: In dem Moment, in dem Victors Körper verletzt wurde, hat er seine Seele aus ihm gelöst und ist in den einzigen unverletzten Menschen gesprungen, den er in der Nähe finden konnte.«

Diesmal schaffte ich es schneller, eins und eins zusammenzuzählen. Auch wenn mir das Ergebnis nicht gefiel, überraschen konnte es mich nicht. »Jess Holden, der Zeuge. Ich hab mit ihm gesprochen, er hat mich Anna Karenina genannt. Dann war das … Victor?« Ein Teil von mir hatte nach unserem Gespräch geahnt, dass mehr dahintersteckte. Doch wie hätte ich diese Erklärung meiner Vernunft beibringen sollen? Es passte nicht in mein bisheriges Weltbild, dafür umso besser zu Victor. Er hatte mit seiner Leichtsinnigkeit nicht nur Davie fast umgebracht, sondern auch den echten Jess ermordet, um sich selbst zu retten. Mir wurde übel, ich zerrte die Decke fester um mich.

»Ja«, erwiderte Cliff vorsichtig, als wüsste er genau, was in mir vorging. »Diese Notfallsprünge sind riskant, nicht immer erfolgreich und selbst wenn, nur von kurzem Erfolg. Wenn man in einen anderen Körper springt, ohne ihn vorzubereiten, indem man die Seele darin schwächt, dann ist die Energie noch zu präsent. Und das ist dann zu viel für den Körper. Das kann maximal Wochen gut gehen, ehe er stirbt.« Er schnippte mit den Fingern, ich zuckte zusammen.

»Dann lassen sie Victor die Hülle wechseln? Und dafür wird dieses Artefakt vor Ort sein?«

»Ohne geht es nicht. Nur werden sie mich nicht an der Zeremonie teilnehmen lassen. Mein Körper … ich hab noch ein paar Jahre in diesem vor mir, und das Protokoll ist eindeutig. Das Artefakt muss um jeden Preis geschützt werden. Auch vor uns, immerhin ist da die Verlockung, es mitzunehmen, um selbstbestimmt zu springen. Es nehmen nur ein Mitglied des Rats, die Springenden und die Menschen teil, deren Körper sie besetzen wollen.« Seine Finger tippten auf der Bettdecke herum, ich musste mir verkneifen, sie festzuhalten. Irgendetwas sagte mir, dass er sie nur in Bewegung ließ, um nicht innehalten und sich dem einen Gedanken stellen zu müssen, der sich sichtbar düster in seinen Augen ausbreitete.

»Was ist?«, fragte ich geradeheraus. »Denkst du wieder an etwas, das mir nicht gefallen wird?«

Ertappt hielt er inne. »Es gefällt *mir* nicht. Aber wenn wir dich retten und das Artefakt zerstören wollen, ist das der einzige Weg, der eventuell zum Ziel führt.«

Mir entgingen die Unsicherheitswörter nicht, aber ich ignorierte sie und reckte das Kinn. »Dann machen wir es.«

Cliff ließ den Blick über mich wandern, mit jeder Sekunde wurde er dunkler. Ich brauchte einen Moment, um zu begreifen, dass weder Zuneigung noch Sorge dazu führten, sondern etwas Finsteres. Etwas, das ich in dieser Intensität noch nie an ihm ausgemacht hatte. Vielleicht, weil er es zuvor vor mir verborgen hatte, vielleicht auch nur, weil er es, seit ich ihn kannte, nie so heftig gefühlt hatte.

»Ich hab Angst«, wisperte er. »Ich hatte so lang keine mehr, und dann kamst du, und plötzlich besteht meine Liste der Dinge, für die sich das alles lohnt, größtenteils aus dir.«

Mein Herz wurde schwer und weich zugleich, als ich begriff, worauf er anspielte. Ich musste daran denken, wie er mich angesehen hatte, als ich ihm während unseres Spaziergangs von meinen Dingen berichtet hatte. Auf eine bewundernde und fast neidische Weise, als würde er sich danach sehnen, wieder etwas zu finden, das er aufzählen konnte.

»Ich weiß, wie absurd das ist, aber es ist wahr«, fuhr er fort, als ich nichts sagte. »Genau deswegen hab ich Angst. Du machst mir wirklich solche Angst. Ich will dich nicht verlieren. Ich *kann* dich nicht verlieren.«

Endlich schaffte ich es, mich zu regen. »Wirst du auch nicht.« Ich ließ die Decke sinken und setzte mich auf seinen Schoß. Es war mir egal, dass er mich schon wieder nackt sah, weil ich mich sowieso von Anfang an und einfach immer so vor ihm gefühlt hatte. »Wir ziehen das zusammen durch, und danach können wir richtig langweilige Dinge tun. Gemeinsam lernen, Ein-Uhr-Nachts-Pancakes essen, einen Brontë-Buchclub gründen. Und das hier machen.« Ich drückte meine Lippen auf seine. »Ganz oft.«

»Klingt verlockend. Und zwischen *dem hier*«, er schob mich am unteren Rücken näher an sich, ich seufzte, er lächelte und küsste mich kurz, »könnten wir verreisen. Ich würde dir gern ein paar Orte zeigen, die man meiner Meinung nach unbedingt gesehen haben muss.«

Ich grinste. »Das klingt schön. Wir müssten allerdings warten, bis ich genug gespart hab, um mir das zu leisten. Denn ganz egal, wie steinreich und steinalt du bist, ich lasse mich nicht von dir einladen. Aber wir haben ja Zeit.« Ich stupste mit der Nasenspitze gegen seine. »Keine Ewigkeit, aber ... ein Leben. Das ist genug, oder?«

Cliff schloss die Augen und schob sein Gesicht an meinem vorbei, drückte die Stirn gegen meine Halsbeuge. »Mabel.« Seine Stimme kitzelte an meiner Haut und darunter.

Ich hätte nie gedacht, dass mein Name mir jemals so bedeutend vorkommen würde. Als würde er wirklich nur mir gehören und viel mehr bedeuten, als mir je klar geworden war. Diese zwei Silben beinhalteten alles, was Cliff in mir sah. Und das war eben alles, was ich war. Er klang wie das schönste Kompliment und gleichzeitig wie der verzweifelste Ausspruch, den ich je gehört hatte.

»Was?«, fragte ich mit einem Kloß im Hals und Knoten in der Brust. Beides löste sich etwas, als er sein Gesicht von mir löste und direkt in meines sah. Da schwamm eine letzte Spur Traurigkeit in seinen Iriden, doch das Lächeln in ihnen war dennoch deutlicher. Selbst in dem schlecht beleuchteten Zimmer brachte es seine Augen zum Strahlen, und für einen kurzen Moment erschien mir nichts an unserer Situation verrückt, sonderbar oder aussichtslos. Für einen kurzen Moment war alles gut. Einfach, weil er mich auf diese Weise ansah, die verriet, dass er sich sicher war, dass das hier – dass *wir* – jede Schwierigkeit wert waren.

»Mabel«, wiederholte er sanft. Diesmal klang es wie ein Versprechen, das ich noch nicht begreifen konnte. »Ich glaube, mit dir ist alles genug.«

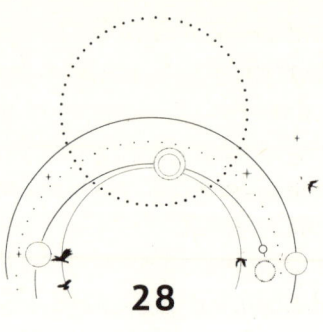

28

CLIFF

Glück und Unglück schlossen sich nicht aus. Ich hatte lange Zeit angenommen, man könnte nur das eine oder das andere fühlen, jetzt wusste ich, dass das nicht stimmte.

Seit ich Mabel die Wahrheit erzählt hatte, fühlte ich mich gut wie nie zuvor. In dem Moment, in dem sie erkannt hatte, was – und *wer* – ich war, und sich dennoch dazu entschieden hatte, bei mir zu bleiben, war etwas in mir eingerastet, das sich vor Langem gelöst hatte. Ich fühlte mich wieder wie ich selbst. Wie dieses Ich, das ich jahrelang geglaubt hatte, sterben zu spüren, weil die Zeit ihm beständig Schichten abgerieben hatte.

Vielleicht war es so simpel: Wir hatten Heaven verloren, ich hatte mich verloren, ich hatte Mabel gefunden, ich hatte mich gefunden. Das, was ich mit ihr fühlte, war mehr als Glück. Es war Zurückkommen zu dem, was sich Leben nannte, nachdem ich eine Ewigkeit existiert und mich dabei halb tot gefühlt hatte. Trotzdem wusste ich, was es mich kosten würde, dieses Gefühl zu halten. Und wen.

Genau deswegen würde das hier das Schwerste sein, was ich je getan hatte. Vermutlich sogar das Schlimmste, und das, obwohl ich mir in meinem Leben – in meinen vielen Leben – so viel Unverzeihliches geleistet hatte. Es hätte sich nicht so anfühlen dürfen, aber fremden Menschen Leid zuzufügen war trotzdem etwas anderes, als es denjenigen anzutun, die man am meisten liebte. Nichts war grausamer als Verrat.

Trotzdem war das hier das einzig Richtige. Ich musste nur vergessen, was in den letzten hundertsechzig Jahren der Mittelpunkt meines Denkens gewesen war. Ich musste jede Regel, jeden Verhaltenskodex, jedes Gedankenmuster, das mir indoktriniert worden war, ablegen. Zum ersten Mal seit einer Ewigkeit musste ich mir erlauben, auf meine Instinkte zu hören. Auf das, was ich selbst wollte, auch wenn es alles kaputt machen würde, was meine Gemeinschaft ausmachte. Auch wenn es *uns* kaputt machen würde. Fakt war: Ich würde einhundertfünfundsiebzig Existenzen für immer verändern – darunter die zwei, die für mich einer Familie am nächsten kamen.

Die Schuld lag auf mir, seit Mabel und ich vergangene Nacht diesen Plan ausgearbeitet hatten. Mit jedem Schritt, den ich auf das Gebäude zu machte, maximierte sie sich. Dennoch zweifelte ich nicht daran, dass ich es durchziehen würde. Ich musste das tun. Weil ich endlich das Gefühl wiedergefunden hatte, dass es sich für das Richtige lohnte, jeden Schmerz auszuhalten. Oder, nein, ich hatte es nicht einfach *gefunden*: Mabel hatte es mir zurückgebracht. Beim Gedanken an sie spürte ich, wie mir das Atmen leichter fiel. *Das ist es wert*, dachte ich und öffnete die Tür. *Sie ist es wert. Ich bin es wert, das Ich, das ich sein will.*

Norah hatte mir geschrieben, wo sie waren. Ich hatte sie gestern Nacht, nachdem Mabel auf meinem Sofa eingenickt war, darum gebeten, Ashton im Auge zu behalten. Sie hatte nicht nach dem Wieso gefragt, aber ich nahm an, dass Ashton ihr davon erzählt hatte. Er war nicht gut darin, seine Worte zu kontrollieren – vor allem nicht, wenn er wütend war.

An der Tür des Raums, in dem wir gelegentlich unsere Partys ausrichteten, hielt ich inne. Ein letzter tiefer Atemzug, dann öffnete ich sie und trat hinein. Mein Blick blieb kurz an Norah hängen, die am Klavier vor dem Fenster saß, ehe er Ashton auf dem Sofa fand.

»Du solltest hier drinnen nicht rauchen«, meinte ich und deutete auf die Zigarette zwischen seinen Fingern, während ich die Tür hinter mir zuzog.

Er stieß ein Knurren aus, sonst reagierte er nicht. Stattdessen nahm er einen demonstrativ tiefen Zug.

»Kommt schon, Jungs. Wir kennen einander zu gut für dieses passiv-aggressive Verhalten. Sprecht es aus.« Norahs Blick blieb an mir hängen. Offensichtlich hatte sie genug gehört, um zu wissen, dass ich mich entschuldigen musste, damit Ashton überhaupt noch mit mir sprach. In all den Jahren hatte ich es nie gewagt, mich ihm dermaßen zu widersetzen. Mabel war in vielerlei Hinsicht ein erstes Mal für mich. Und in einer bestimmten auch ein letztes.

Ich zwang mich zu einem Nicken und ging auf sie zu. »Norah hat recht. Es tut mir leid, Ash. Ich hab die Kontrolle verloren und bin zu weit gegangen.«

»Nette Umschreibung.« Ashton drückte die Zigarette an der Lehne des Sofas aus. Ich brauchte all meine Konzentration dafür, um nicht zurückzuweichen, als er aufstand und auf mich zukam. »Was sollte das?«, fragte er scharf. »Ich meine … empfindest du etwas für sie?«

Sein Tonfall verriet, für wie abwegig er allein den Gedanken hielt. Natürlich: In all den Jahren, die es den *Bund der Stare* gab, war so etwas nie vorgekommen. Die Beziehungen, die unsere Mitglieder mit Außenstehenden führten, waren meist geliehener Natur oder dienten dazu, einen Nutzen zu erfüllen: Ehepartner von den Körpern, die wir besetzten, Beziehungen, die uns Vorteile und Kontakte versprachen. Ich hatte nie von einem Seelenspringer gehört, der sich in einen unbeteiligten Menschen verliebt hätte. Vielleicht hatte es auch nur nie jemand so weit kommen lassen, weil wir immer gewusst hatten, dass das nichts bringen würde.

Und doch stand ich jetzt hier und schaffte es nicht, es zu verneinen. »Sie war die erste … Motte, die ich seit Jahrzehnten hatte«, erwiderte ich ausweichend. »Ich war es nicht gewohnt, wie intensiv das Verbundenheitsgefühl ist, wenn man lang an einer einzelnen hängt. Ich war verwirrt.«

Ashton zog argwöhnisch die Augenbrauen zusammen. »Und jetzt bist du es nicht mehr?«

»Nein.« Was das anging, musste ich nicht lügen. Ich hatte mich nie klarer gefühlt als in diesem Augenblick. »Du hast recht. Mabel wird nicht aufhören, bis sie die Wahrheit ans Licht gezerrt hat. Sie kann nicht bleiben.«

Ashton verschränkte die Arme und machte noch einen Schritt auf mich zu. Von seinem Zentrum ging ein Pochen aus, zu schwach, um frisch zu sein, aber stark genug, um deutlich zu machen, wie viel er zuletzt in sich aufgenommen hatte. Ich ballte die Hände zu Fäusten, sobald mir klar wurde, dass das Mabels Energie war. Als ich ihn vergangene Nacht bei ihr gefunden hatte, hatte meine Sorge um sie jedes andere Gefühl überschattet. Jetzt spürte ich eines dafür umso mehr: Wut.

»Und das fällt dir einfach so ein?«, fragte er, bevor ich etwas tun konnte, das alles riskieren würde. »Obwohl du sie vor mir gerettet hast, wie ein beschissener Ritter aus einer TV-Schmonzette?« Er atmete mir direkt ins Gesicht – Rauch und Gin, dazu ein Hauch von Mabels ganz eigenem Duft, der mir noch nie so fremd vorgekommen war.

Mir wurde übel, doch ich blinzelte nicht. »Ich wollte sie behalten, aber ich hab eingesehen, dass das so nicht funktioniert.«

Er neigte den Kopf und ließ sich wieder aufs Sofa fallen. »Und wo ist sie dann? Wieso hast du sie nicht mitgebracht?«

»Weil ich dachte, dass es vielleicht anders funktionieren kann.« Ich setzte mich auf den Sessel neben ihm. Ich musste die Lippen befeuchten, damit ich es schaffte, den nächsten Satz auszusprechen. Den, mit dem alles stand und fiel. »Ich will ihr Gesicht. Nicht für mich, aber … um mich herum.«

Norah stieß einen überraschten Ton aus, ich wagte es nicht, zu ihr herüberzusehen. Meine ganze Konzentration lag auf

Ashton. Er starrte mich fünfzehn Sekunden lang ungläubig an, bis er lachte. »Sie ist Stipendiatin. Ihre Familie ist tot und völlig unbedeutend. Sie ist ein Nichts.«

Alles, dachte ich. *Sie ist alles.* Bemüht gelassen zuckte ich mit den Schultern. »Ich weiß, aber es gab immer mal wieder Ausnahmen. Wenn es wichtig war. Und das hier ist wichtig. Für mich.« Ich bettete die Ellbogen auf die Knie und beugte mich zu Ashton vor. »Sie hat mich daran erinnert, warum ich dieses Leben liebe. Warum ich … mein Leben mit euch liebe. Gib mir ein bisschen Zeit mit dem Teil von ihr, den ich haben kann.« Ich legte eine Hand auf seine Schulter und hasste mich dafür. »Bitte, Ash. Rede mit Henry.«

Er verzog das Gesicht, aber mir entging nicht, dass sein Blick weicher wurde. Auch wenn Ashton gern so tat, als wäre ihm alles gleichgültig, niemand wusste besser als ich, dass dem nicht so war. Er war gekommen, um mich zurückzuholen, nachdem ich mich entschieden hatte auszusteigen. Er hatte mir so viel Freiraum wie möglich eingeräumt und mich vor dem Rat und seinem Vater gedeckt, damit ich mir Zeit nehmen konnte, zu ihnen zurückzufinden. Er hatte auf mich gewartet, weil er mich liebte. Deswegen würde das hier funktionieren. Deswegen war es das Schlimmste, was ich je getan hatte und je tun würde.

»Selbst wenn ich Henry dazu bringen kann, das zu genehmigen«, erwiderte er nach einer Pause skeptisch. »Wer sollte diesen Körper freiwillig nehmen?«

Das war das Problem am ganzen Plan, für das ich noch keine gute Lösung gefunden hatte. Noch bevor ich mir etwas zusammenreimen konnte, räusperte sich Norah neben uns.

»Ich mache es.«

Alles in mir erstarrte. Nur mit Mühe schaffte ich es, die Hand von Ashtons Schulter zu lösen, sodass wir uns beide in ihre Richtung drehen konnten. Sie war aufgestanden, hatte die Arme vor dem Bauch verschränkt. Das mintgrüne Kleid wehte im Fensterzug, ihr Blick wirkte fest und entschlossen.

»Was?«, fragte Ashton gedehnt.

Sie hob die Schultern. »Ich nehme ihr Gesicht. Es ist hübsch, und ich hab kein Problem damit, für eine Weile schlichtere Kleidung zu tragen. Außerdem fühle ich mich wohl damit, wenn Cliff mich ansieht.« Sie lächelte sanft. »Immerhin sind wir drei beste Freunde, nicht wahr? Wir machen solche Dinge füreinander.«

»Norah …« Meine Stimme brach und ein Teil in mir auch. Ich hatte gewusst, dass das hier schmerzhaft werden würde, aber das … das war mehr, als ich verkraften konnte. Mehr, als ich ihnen antun konnte.

»Was, *Blake*? Ich mache es.« Die grimmige Art, mit der sie mich ansah, ließ mich alle Widerworte herunterschlucken.

Ashton blickte verwirrt zwischen uns hin und her. »Sicher? Sie ist nicht rothaarig. Nicht unbedingt dein Typ.«

Norah prustete und strich sich eine Strähne aus der Stirn. »Wenn es danach geht, hast du deine Tradition schon vor einer Weile gebrochen, *Arthur*.«

Sie hatte recht, auch wenn er mit Sicherheit nicht gern daran erinnert wurde. Wir hatten alle unsere eigene Art gefunden, uns unsere Körper anzueignen. Ich hinterließ auf jedem dieselbe Narbe, die ich mir in meinem ersten Leben bei einem Sturz vom Baum zugezogen hatte. Norah suchte sich Frauen aus, deren Haar ebenso fuchsrot war, wie ihr eigenes es damals gewesen war. Und Ashton hatte sich immer jemanden ausgesucht, der denselben oder einen sehr ähnlichen Namen trug, wie der, mit dem er geboren worden war. Zumindest bis zu dem Tag, an dem Heaven gegangen war. Etwas in seinem Blick ließ mich ahnen, dass er ebenfalls an sie dachte. Daran, dass er nicht noch einen von uns verlieren konnte.

Er ließ den Kopf in den Nacken sacken und stöhnte. »Okay, schon gut«, meinte er dann resigniert und stand auf. »Ich rede mit Henry. Wenn das der Preis ist, um dich wiederzubekommen, dann tue ich, was ich kann.«

Ich rang mir ein Lächeln ab, auch wenn die Schuld zentnerschwer in die Mundwinkel gekrochen war. »Danke.«

Ashton winkte ab und ging, bevor einer von uns noch etwas sagen konnte. So verließ er seit Jahren jede Situation, die zu intim wurde. Nie war ich dafür dankbarer gewesen als in diesem Augenblick. Ich war sicher, eine weitere Nachfrage und ich hätte ihm alles gestanden. Es stimmte: Nur weil ich gut im Lügen war, bedeutete das nicht, dass ich es gern tat. Und bei den Menschen, vor denen ich eigentlich ganz offen sein durfte, fiel es mir noch schwerer als vor allen anderen. Ich fühlte mich elend und erleichtert zugleich.

Kaum war die Tür hinter ihm ins Schloss gefallen, atmete ich tief auf. »Norah«, setzte ich erneut an und fand doch keine Worte. Aber das musste ich vielleicht auch gar nicht, weil es tatsächlich keinen Menschen gab, der mich besser kannte als sie. Norah kannte meine hässlichsten Geheimnisse ebenso wie meine schönsten Gedanken, und sie verstand mich immer – vielleicht sogar dann, wenn ich mich ihr nicht erklären konnte.

»Es ist okay.« Sie trat auf mich zu, legte mir eine Hand an die Wange. »Wir lieben dich, Cliff. Und du liebst uns.«

Ich hielt ihre Finger fest. »Du wirst nicht fragen, oder?«

»Wie gesagt: Wir kennen einander zu gut für so was.«

Statt zu antworten, stand ich auf und zog sie in eine Umarmung. Ich schloss die Augen und legte den Kopf auf ihrem ab. Es war seltsam: Seit Jahrzehnten nutzte sie dasselbe Parfum, doch an jedem Körper roch es anders.

»Ich bin auch müde. Es ist okay«, flüsterte sie und drückte einen Kuss auf mein Schlüsselbein. Das Tattoo pochte auf, aber in diesem Moment spürte ich deutlicher denn je, dass dieser Fleck Tinte nicht das war, was Norah und mich verband. Es war so viel mehr, es ging so viel tiefer.

Vielleicht ahnte Norah, was ich vorhatte, oder sie ließ es darauf ankommen, weil sie mir vertraute. So oder so änderte es nichts daran, dass ich dabei war, sie zu verraten.

Wir hatten unser Leben von Anfang an gemeinsam gelebt. Hier in Cambridge hatte es sich vor knapp vierzig Jahren grundlegend geändert, als Heavens Tod uns klargemacht hatte, dass selbst unsere Ewigkeit nicht unantastbar war. Und hier würde es ein für alle Mal ein Ende finden: unser Leben, unsere Freundschaft, unser Uns.

Ich musste an Heavens Lieblingsworte denken: *An diesem Augenblick hängt die Ewigkeit.* Und ich wusste: *Mit diesem hier wird sie fallen.*

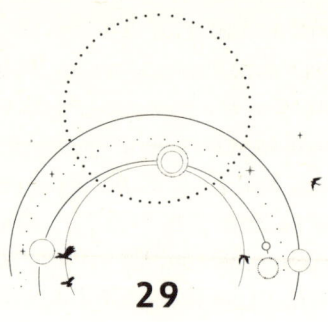

29

MABEL

Die nächsten zwei Wochen fühlten sich an wie eine Art Trance. Ich verbrachte den Großteil meiner freien Zeit mit Cliff. Er lief morgens einen Umweg, um mich zu den Seminargebäuden zu begleiten, leistete mir zwischen den Kursen Gesellschaft, holte mich abends an der Bibliothek ab. Er sagte, er wollte Zeit mit mir verbringen, aber wir wussten beide, dass es um mehr ging: darum, zu verhindern, dass Ashton doch noch die Geduld verlor und sich eigenständig um mein Verschwinden kümmerte. Deswegen war ich auch in den meisten Nächten bei Cliff. Ich schlief bei ihm, neben ihm, mit ihm. Zum ersten Mal glaubte ich wirklich zu verstehen, warum es so hieß: *miteinander schlafen.* Es ging nicht nur um den Sex, es ging auch um das Davor und Danach. Das Gefühl, dass man etwas miteinander teilte, das über etwas Körperliches hinausging. Wenn ich in seinen Armen einnickte, hatte ich das Gefühl, unsere Gedanken würden sich miteinander verweben. Als würden wir, wenn auch unbewusst und später nicht mehr erinnerbar, sogar unsere Träume miteinander teilen. Was auch immer das zwischen uns war, es war größer und mächtiger und schöner als alles, was ich jemals mit einem Mann gespürt hatte. In der Nähe seiner Seele hatte ich das Gefühl, dass meine zur Ruhe und irgendwie … nach Hause kam.

Es fiel niemandem auf, dass ich den Großteil meiner Freizeit außerhalb des Campus verbrachte. Davie war noch immer nicht ansprechbar, und Zoe war einen Tag nach meinem Treffen mit Ashton zu ihren Eltern gefahren. Ich hatte sie dazu überreden können, nachdem ihre Krankschreibung verlängert worden war, weil sich ihr Zustand nicht gebessert hatte. Cliff hatte mir versprochen, sie würde sich schnell erholen, sobald Ashton ihre Seele in Ruhe ließ. Diese Aussicht war der einzige Grund, warum ich mich halbwegs entspannen konnte, obwohl der Tag der Notfallzeremonie immer näher rückte.

Es fühlte sich an, als würden wir uns auf einem Spielbrett befinden. Cliff und ich auf der einen Seite, der Rest der Stare auf der anderen. Obwohl wir diejenigen waren, die sich dieser Partie bewusst waren, hatte ich das Gefühl, dass wir im Nachteil waren. Weil wir im Grunde nicht wussten, wie die Regeln lauteten. Wir hatten einen Plan, aber er beruhte größtenteils auf Improvisation. Der einzige Spielzug, den wir lenken konnten, war der, mich in einen Raum mit dem Artefakt zu bringen. Alles, was dann geschah, hing von mir ab.

Ich nahm die Dinge zwar gern selbst in die Hand, aber ich konnte nicht verhindern, dass sie zitterten, wenn ich mir darüber bewusst wurde. So wie jetzt. Unruhig verschränkte ich sie vor dem Bauch, um sie stillzuhalten.

Cliff bemerkte es trotzdem. Er warf einen Blick die verlassene Straße hinunter, dann verschränkte er seine Finger mit meinen. »Der Wagen ist bestimmt bald da.«

»Ich weiß, das ist es ja, was mich nervös macht«, murmelte ich und sah mich um. Es war später Nachmittag, Cambridge lag graubläulich gefärbt vor uns, nur der Abendhimmel war mit zartvioletten Schlieren überzogen.

Cliff hatte erzählt, dass der Rat die Orte für die Zeremonien jedes Mal änderte, damit niemand auf die Idee kommen konnte, eine Störung zu planen. Diese würde etwas außerhalb Cambridges stattfinden, da Victors Körper – *Jess' Körper* – bereits so beschädigt war, dass er keine langen Reisen mehr durchhalten würde. Wo genau, hatten sie weder Victor noch Norah mitgeteilt. Alles, was wir wussten, war, dass ich in etwa zehn Minuten hier abgeholt werden würde.

»Da wäre noch etwas.« Cliff trat vor mich, sodass ich von der Straße abgeschirmt war. »Sie werden es merken, wenn deine Seele unangetastet ist. Ich muss dir ein bisschen Energie nehmen, damit sie keinen Verdacht schöpfen.«

Ich schluckte, meine Halsschlagader pochte dumpf. »Okay.«

»Nur ein bisschen, versprochen.« Behutsam umfasste er mein Gesicht, ehe er zwei der Finger tiefer auf die Schlagader an meinem Hals gleiten ließ. Mittlerweile wusste ich, dass es ihnen leichter fiel, den Zugang zur Seele zu finden, wenn sie das taten.

Mein Puls beruhigte sich unter seiner Berührung, ich lächelte. »Ich vertraue dir, schon vergessen?«

Ich schloss die Augen, als ich spürte, wie sich etwas mit sanftem Druck gegen mein Inneres lehnte. Es fühlte sich ganz anders an als bei Victor und Ashton. Cliff warf sich nicht gegen meine Seele, er klopfte behutsam dagegen. Ich versuchte nicht, ihn zurückzudrücken, ich machte für ihn auf. Weil er ja sowieso schon dort war, wenn auch auf andere Weise.

Es dauerte nur samtumflossene Sekunden, in denen wir der Wärme nachfühlten, die von mir in ihn überging. Ein angenehmes Gefühl der Trägheit überkam mich, ich ließ mich gegen ihn sinken, atmete ihn ein, nahm seine Nähe in mich auf – so wie er es tat, nur anders.

Vorsichtig löste er sich aus mir und umfasste meinen Körper fester. Seine Atmung ging tiefer, vielleicht von meiner Energie, vielleicht, weil wir beide spürten, dass das jetzt ein Abschied war. Er war kein Teilnehmer der Zeremonie; wenn er versuchen würde, uns zu folgen, würde das Fragen aufwerfen. Es war der sicherere Weg für uns und unser Vorhaben, wenn er hier wartete. Es fühlte sich trotzdem furchtbar an.

»Ich weiß nicht, ob ich dich gehen lassen kann«, murmelte er. »Wenn etwas schiefgeht …«

»Es ist unsere beste Option, oder?«, unterbrach ich ihn ruhig. »Ich meine, du kannst mich aus der ganzen Sache nicht raushalten, dafür stecke ich zu tief drin. Du hast selbst gesagt, dass der Rat mich loswerden will. Und ich werde mich nicht vor ihnen verstecken. Wir wollen beide ein echtes Leben, richtig? Und das können wir nicht im Verborgenen führen. Wir müssen ihnen zuvorkommen, wir müssen sie aufhalten. Das hier ist der richtige Weg. Es ist logisch betrachtet das einzig Sinnvolle.«

Er drückte mich sanft von sich weg, sah mich an. »Das hat nichts mit Logik zu tun, Pica.«

»Ich weiß. Deswegen sind Gefühle so lästig.« Ich verdrehte die Augen, wissend, dass mein Blick verriet, dass ich das nicht so meinte. Nicht mehr. Nicht, wenn es um ihn ging – um uns.

»Versprich mir, dass du aufpasst. Dass du alles tust, um dich selbst zu beschützen. Wenn du die Wahl zwischen der Zerstörung des Artefakts und deiner eigenen Rettung hast, dann entscheide dich für dich, ja?«

Ich rang mir ein Lächeln ab. »Klar.«

Cliff drückte seine Stirn gegen meine. »Du bist immer noch eine furchtbare Lügnerin.«

»Gut, dann hör mir zu: Ich komme zurück zu dir«, erwiderte ich mit alle der Überzeugung, die ich hatte. »War das die Wahrheit oder eine Lüge?«

Statt zu antworten, küsste er mich. Vielleicht, weil er tatsächlich hören konnte, was ich dachte: Es war weder das eine noch das andere. Ich wollte es so meinen, aber ich konnte es nicht versprechen. Ich hatte absolut keine Ahnung, was passieren würde, sobald ich in dieses Auto stieg.

Gerade als Cliff sich von mir löste und einen Schritt zurücktrat, tauchte er am Ende der Straße auf: ein schwarzer Wagen mit getönten Scheiben, der auf unserer Höhe langsamer wurde. Cliffs Blick verschloss sich, ein eindeutiges Zeichen dafür, dass unser Fenstermoment endete und er wieder zu dem Spiegel dessen wurde, was andere in ihm sehen wollten. Er langte zur Tür der Rückbank, hielt sie mir auf.

Ich wusste, dass ich mir keine Regung der Mimik, kein noch so kleines Widerwort mehr leisten konnte: Wenn meine Seele angeblich ausgelaugt war, musste ich mich dementsprechend willenlos verhalten. Also ließ ich mich langsam in den Wagen sinken und blickte starr nach vorn auf die heruntergefahrene Trennwand, während Cliff die Tür neben mir zuwarf. Mich zurückließ, als wäre nichts dabei. Obwohl ich wusste, dass er diese Vorhänge aus Distanz und Desinteresse absichtlich zuge- zogen hatte, war mir übel. Ich hoffte so sehr, dass das hier nicht unser letzter Fenstermoment gewesen war.

Ich konnte nicht sagen, wie lang wir fuhren. Zum einen, weil die Landschaft, die draußen vorüberzog, durch die Scheiben- tönung wie ein gleichbleibendes Band aus Grau wirkte, zum anderen, weil ich es mir nicht erlaubte, auf die Uhr zu schauen. Erst als der Wagen verlangsamte, wagte ich es, richtig nach draußen zu blicken. Im Dämmerungsblau zeichneten sich die Umrisse eines Herrenhauses ab. Niedrige Lampen beleuchte- ten den Kiesweg, auf dem wir ihm entgegenfuhren, und be- netzten seine Umrisse mit warmem Kupferton.

Dicht vor den Eingangsstufen zur wuchtigen Doppelholz- tür blieben wir stehen. Kurz darauf wurde die Tür neben mir geöffnet, und ein Mann sah hinein. Sein Blick glitt über mich, dann ergriff er meinen Arm und zog mich heraus. Alles in mir schrie danach, mich loszureißen, stattdessen ging ich wortlos neben ihm her die Stufen hinauf.

Das Innere des Hauses wirkte ebenso mächtig und kühl, wie das Äußere vermuten ließ. Der Mann führte mich schweigend durch mit roten Teppichen ausgelegte Flure. Wände voll mit Ge- mälden, Galerien mit Kalkstatuen und Sitzecken aus brokatbe- zogenen Sesseln zogen an uns vorüber, während ich mich darum bemühte, einen Überblick zu bewahren und gleichzeitig nicht zu aufmerksam zu wirken. Nachdem wir eine Treppe hinabgestiegen waren, blieb er stehen und zerrte mich am Arm herum, sodass ich mit dem Rücken gegen eine Skulptur stieß. Zum ersten Mal erlaubte ich mir, meiner Begleitung einen Blick zuzuwerfen, und bemerkte die vogelförmige Brosche, die am Kuvert seines Jacketts befestigt war. Es war exakt so eine, wie Heaven sie auf jenem Foto von ihr, Cliff und den anderen getragen hatte.

»Warte hier, bis du geholt wirst.«

Ich musste nicht überlegen, ob ich mir eine Antwort erlauben durfte, da er sich bereits wegdrehte und die Treppe wieder hinaufstieg.

Gerade als ich mein Handy aus der Jackentasche suchen und Cliff schreiben wollte, erklangen den Gang hinunter weitere Schritte. Ich löste mich vorsichtig von der Statue und machte eine Bewegung in den Flur hinein, um hinuntersehen zu können. Zwei Männer standen ein paar Meter von mir entfernt an einer halb geöffneten Tür. Ich konnte nur das Gesicht des einen sehen – es leuchtete blass im dämmrigen Licht der Wandlampen, die in goldenen Fassungen zwischen uns hingen. Sein Blick schwamm glasig durch den Flur und über mich hinweg, als würde er mich nicht wahrnehmen.

In der nächsten Sekunde fasste der andere ihn bei der Schulter und drückte ihn auf eine Sitzbank, sagte etwas. Ich erstarrte, als ich erkannte, wer das war. Genau in dem Moment, in dem er sich aufrichtete und mich entdeckte.

Wie hatte ich mich auch nur eine Sekunde mit Jess unterhalten können, ohne es zu bemerken? Wie er grinste: breit, mit als Freude getarntem Spott, so unecht, dass die Augen völlig faltenfrei blieben. Wie er sich die Strähnen hinters Ohr strich, obwohl sie dafür zu kurz waren und sofort wieder herausfielen. Wie er mich taxierte, als würde er mich gleichzeitig hassen und für sich haben wollen. All das war nicht Jess. Es war Victor. Oder eben … die Seele, die für mich diesen Namen trug.

Dicht vor mir blieb er stehen. »Sieh an. Wer hätte gedacht, dass das für dich auf diese Weise enden würde, hm?« Er griff nach einer meiner Haarsträhnen, zog fest daran.

Meine Finger zuckten, ich grub sie in meine Handinnenflächen und biss mir in die Innenwange, um nichts zu sagen. Er war mir so nah, dass ich wahrnehmen konnte, was Cliff damit gemeint hatte, dass der Körper dabei wäre auseinanderzufallen. Seine Haut schuppte sich rotviolett, seine Wangen wirkten eingefallen, die Augen lagen tiefer als üblich. Seine Mundwinkel waren eingerissen, so wie seine Fingernägel und die Haut der umliegenden Nagelbette. Der unangenehm süßliche Duft war diesmal noch penetranter – erinnerte an überreifes Obst. *Verwesung*, dachte ich instinktiv. *So riecht Verwesung.* Ich atmete durch den Mund, senkte den Blick, weil ich nicht wusste, was ich vor ihm tun durfte. Wie ich gewesen wäre, wenn ich … nicht mehr bei mir gewesen wäre.

»Ich hätte schwören können, Cliff kann der Versuchung nicht widerstehen und bringt dich versehentlich um«, murmelte er und ließ zwei Finger über meine Wange in Richtung Hals wandern. »Die Art, wie er dich angesehen hat … so ein intensives Gefühl hab ich an ihm seit Jahren nicht mehr wahrgenommen. Er wollte deine Seele so sehr, da wundert es mich, dass er dein Gesicht mehr wollte. Als wäre das hier irgendetwas wert.« Er schnippte mir gegen die Wange, ehe er von mir abließ. »Er ist dümmer, als ich dachte.«

Wut flammte in mir auf und zwängte meine Lippen auseinander. »Halt den Mund.«

Victor runzelte die Stirn. »Bitte?«

Ich wusste, ich sollte es lassen, schaffte es aber einfach nicht. Ich bohrte den Blick in das verwaschene Grünbraun von Jess' Augen. »Wage es nicht, über ihn zu reden, als würdest du ihn richtig kennen. Du weißt nichts über ihn. Oder über mich.«

Ein verwirrter Ausdruck huschte über seine ausgelaugten Züge. In diesem Moment begriff ich, dass er mir nicht mal rich-

416

tig zugehört hatte: Fatal war nicht, was ich gesagt hatte, sondern *wie* ich es getan hatte. »Du erscheinst mir noch ein wenig klar bei Sinnen.«

»Ich weiß nicht, was du meinst«, erwiderte ich und bereute es sofort. Ich hörte es selbst: Meine Stimme klang eindeutig zu kantig und kühl. Nicht halb so schwammig, wie sie vermutlich sollte angesichts der Tatsache, dass meine Seele vor der Zeremonie weitestgehend ausgelöscht sein musste, damit Norahs genügend Platz in meinem Körper hatte.

Victor zog die Brauen zusammen, mir wurde flau. Bemüht langsam versuchte ich, einen Schritt an ihm vorbeizumachen, er stellte sich mir in den Weg. »Was tust du?« Diesmal flatterte meine Stimme unangenehm dünn auf.

»Etwas, das ich schon verdammt lang tun wollte«, erwiderte er mit einem grimmigen Lächeln, ehe er nach vorn griff und meinen Hals umschloss.

Ich versuchte, ihn von mir zu stoßen, aber er drückte mich zurück, sodass mein Rücken gegen die Wand stieß. Und dann … warf er sich gegen mich, ohne einen Zentimeter näher zu kommen. Er griff mit einer unfassbaren Gewalt direkt nach meinem Inneren, weitaus brutaler, als Ashton es vor wenigen Tagen getan hatte: Ich spürte seine ganze Kraft, die gegen mein Inneres schlug, so fest, dass ich fühlen konnte, wie meine Seele sich in ein wummerndes Hämatom verwandelte.

Ich musste … meine Gedanken fielen in sich zusammen, wurden zu einem zähflüssigen Belag, der mein ganzes Bewusstsein verklebte. Meine Lider wurden schwer, meine Knie weich. Ich sackte zusammen, wäre sicher gefallen, hätte Victor mich nicht gehalten.

»Hör sofort auf!« Die helle Stimme grub sich pfeilschnell durch den vibrierenden Schmerz in mir. Mein Gehirn versuchte, sie mit einem Gesicht zu verknüpfen, alles, was es schaffte, war der Gedanke an rotes Feenhaar.

Victor seufzte, doch sein Griff löste sich aus meinem Inneren, gleichzeitig erhöhte er den um meinen Hals, damit ich stehen blieb. »Ich hab den Körper nur für dich vorbereitet. Cliff hat ein bisschen geschlampt.«

»Er hat nicht geschlampt«, fauchte die andere Stimme. *Norah* – natürlich. »Er hat mir nur etwas übrig gelassen. Im Gegensatz zu dir respektiert er es, dass ich das gern selbst tue. Immerhin verbringe ich die nächste Zeit in dieser Hülle – es ist mein Recht, sie so vorzubereiten, wie ich es will!«

»Schon gut. Ein bisschen was von ihr ist noch da.« Er packte meine Schulter, schob mich auf Norah zu.

Meine Knie waren noch immer zu weich, ich sank haltlos gegen sie. Norah umschloss meine Arme, hielt mich aufrecht. Vage fühlte ich, wie ihre Finger über meinen Hals glitten. Ich glaubte, sie noch etwas sagen zu hören, war zu weit weg, um nach den Worten greifen zu können. Alles um mich herum verwob sich zu einer Decke aus Watte. An meinen Ohren summte es, in meinem Inneren auch. Vielleicht war das das Echo meines Herzschlags, er war das Letzte, das ich noch richtig wahrnahm.

Am Rande von alledem konnte ich spüren, wie wir uns weiterbewegten. Ein Luftzug an meinem ausgekühlten Gesicht, Norahs Wärme, die nicht von meiner Seite wich. Hinter meinen geschlossenen Lidern breitete sich Dunkelheit aus, durchsetzt mit ein paar goldenen Tupfern. Mehrere Stimmen wehten lose an mir vorbei, ich machte mir nicht die Mühe, sie zu erhaschen. Ich wollte nichts hören, ich wollte nichts fühlen, ich wollte nichts … sein. Ich wollte nichts mehr.

Ich wusste nicht, wie viel Zeit vergangen war, als ich abermals eine Berührung an meinem Hals spürte. Mit Mühe schaffte ich es zu blinzeln. Verschwommen erkannte ich Norahs Gesicht vor meinem – gerunzelte Stirn, zusammengekniffene Augen. Sie neigte sich zu mir vor, bis ihr Mund dicht an meinem Ohr schwebte. Ihre Finger ruhten auf meiner Halsschlagader, mein Puls pochte mit ganzer Kraft gegen ihre Berührung an.

Etwas Seltsames passierte: Je länger sie mich anfasste, desto wärmer wurde mir. Es fühlte sich an, als würde sie mir keine Energie nehmen, sondern … welche zurückgeben. Ich keuchte, als eine Welle der Kraft durch meinen müden Körper schwappte. Wie von selbst wollte ich mich aus ihrer Umarmung lösen, doch sie hielt mich fest, presste ihre Lippen dichter an mein Ohr. Ich spürte ihren Atem, ihren flatternden Herzschlag und meinen, der mit jedem Pochen kräftiger wurde.

Ich blinzelte, drehte den Kopf, um mich umsehen zu können. Wir befanden uns in einem runden Raum, der mit deckenhohen Säulen umstellt war. Auf dem schwarzen Stein zu unseren Füßen waren goldene Ornamente gezeichnet, ringsherum standen Blockkerzen, die einzigen Lichtquellen. Ich nahm all das nur vage wahr, weil meine Aufmerksamkeit von der Mitte des Raums angezogen wurde.

Auf einem hüfthohen Sockel aus Marmor befand sich ein Gefäß aus schiefergrauem Glas. So groß wie ein Straußenei und recht unscheinbar, trotzdem konnte ich den Blick nicht davon abwenden. Als ich mich bewegte, fiel das Licht der Kerzen auf das Material und betonte schwache Vertiefungen. Ich musste die Augen mehrmals zusammenkneifen, bis ich erkannte, dass das Wörter waren – in einer Sprache, die ich nicht verstand.

Victors Blick traf mich von der anderen Seite des Sockels. Er grinste, ehe er vom Rücken eines mir fremden Mannes verdeckt wurde. Der Typ, der Victor vorhin begleitet hatte, lag reglos auf dem Boden neben ihm. Langsam dämmerte mir, in was für einer Situation wir uns befanden: Wir standen in dem Raum, in dem es passieren würde. In dem … Victor seinen und Norah meinen Körper übernehmen würden. Panik zuckte an meinen Muskeln, so schwach, dass ich lediglich zu zittern begann.

Norah erhöhte den Druck auf meinen Hals, sodass ich mich wieder auf sie konzentrierte. In diesem Moment spürte ich es mit einer Gewissheit, die mich keuchen ließ: Ich hatte keine Chance. Ich hatte nie eine gehabt – keine Ahnung, wie Cliff und ich etwas anderes hatten hoffen können. Ich war nur ein Mensch, und weder mein Körper noch meine Seele waren bei Kräften. Meine Muskeln fühlten sich erschlafft an, mein Inneres aufgeraut, meine Gedanken wirbelten durcheinander. Ich war *so* müde. Es fühlte sich an, als würde ein Teil von mir fehlen: der, in dem meine Entschlossenheit gehaust hatte, der, in dem ich mir versprochen hatte, alles zu tun, um aus dieser Situation herauszukommen.

Ich hatte kämpfen wollen, jetzt wollte ich nur, dass es aufhörte. Das alles. Tief unter der Erschöpfung flüsterte etwas in mir, dass das Sinn ergab: Das, was Cliff sich von meiner Seele genommen hatte, war eine hauchfeine Schicht gewesen, doch das, was Victor herausgerissen hatte, hatte ein Loch hinterlassen. Eine wundpochende Höhle, von der aus sich das Nichts schmerzhaft wummernd in mein ganzes Bewusstsein ausbreitete. Egal, was Norah gerade getan hatte, es reichte nicht aus, um mir die Kraft zu geben, das hier allein durchzuziehen. In diesem Zustand konnte ich mich unmöglich gegen mehrere Menschen behaupten und dieses Ding zerstören.

»Hör zu: Du musst dich konzentrieren. Wenn ich *jetzt* sage, musst du es tun. Du hast genau eine Chance, also darfst du nicht zögern.« Norahs Stimme floss weich in mein Ohr, legte sich über meine rauen Gedanken.

Ihr Blick fokussierte meine Augen, eigentlich fokussierte er meine Seele. Ich spürte es, als würde sie ihre Hand danach ausstrecken und versuchen, die losen Enden zusammenzubinden.

»Verstanden?«, zischte sie mir zu.

Ich wusste nicht, ob ich das hatte. Das ergab keinen Sinn. Norah konnte nicht wissen, dass ich etwas anderes vorgehabt hatte als zu sterben. Sie konnte nicht wissen, was wir geplant hatten. Und selbst wenn … konnte sie unmöglich auf unserer Seite stehen.

Ich öffnete die Lippen, aber in diesem Moment spürte ich den Menschen in meinem Rücken.

»Bereit?«

Norahs Blick blieb mit meinem verschränkt, während sie nickte. Eine nach der anderen löste sie ihre Hände von mir. Ich wankte leicht, schaffte es aber, stehen zu bleiben. Norah nahm dem Mann das Kästchen ab und zuckte schwach zusammen. Obwohl sie etwas entfernt von mir stand, spürte ich die Hitze, die von dem Holz ausging. Mein Blick glitt an ihr vorbei. Victor stand nicht mehr auf der anderen Seite des Artefakts. Erst beim zweiten Hinsehen bemerkte ich, dass er neben dem anderen Menschen reglos auf dem Boden lag. Instinktiv wusste ich, dass einer bewusstlos war und der andere tot. Victor hatte Jess' Körper verlassen und war jetzt ... in dem gläsernen Gefäß, das auf dem Sockel stand? Ich kniff die Augen zusammen, als mir das silbrige Flimmern auffiel, das darin zu schweben schien. Das, was ... seine Seele war? Ich hätte gern gelacht, irgendwie auch geweint, stattdessen brauchte ich all meine Konzentration, um zu atmen.

»Horatio?«, fragte Norah tonlos in meine Gedanken hinein.

Er war bereits einen Schritt auf mich zugekommen, jetzt hielt er inne. »Ja?«

In dem Moment, in dem er sich in ihre Richtung drehte, sah Norah zu mir und sagte tonlos: »Jetzt.«

Im gleichen Sekundenbruchteil holte sie aus dem Nichts aus und knallte den Kasten auf seinen Kopf. Die Kante rammte sich gegen seine Schläfe, ein Stöhnen rutschte über seine Lippen. Mit aufgerissenen Augen starrte er sie an, ehe er haltlos in die Knie sackte.

Norah kniff die Lippen zusammen und holte ein weiteres Mal aus. »Tu es«, zischte sie, genau in dem Augenblick, in dem Horatios Körper endgültig zu Boden ging.

Noch immer begriff ich nicht, was passierte, schaltete automatisch, lief in die Mitte des Raums. Die Hitze des Artefakts schwebte wie eine Wolke um den Sockel, wollte mich von sich drücken, ich stürzte dennoch geradewegs in sie hinein. Sie hatte einen Geschmack: Asche und Eisen, einen Geruch: versengtes Fleisch, ein Geräusch: ein tiefes Summen, eine Farbe: schillerndes Silber. All das schmiegte sich so eng um mich, dass ich die letzten Schritte taumelte.

Ohne etwas zu sehen und ohne zu zögern, griff ich nach vorn und umfasste das Gefäß mit beiden Händen. Es war schwer und heiß, innerhalb von Sekunden fraß sich spitzer Schmerz durch meine Haut. Mühsam blinzelte ich gegen das Leuchten an. Ein verkohlter Duft stieg mir in die Nase, ich nahm vage wahr, dass eine meiner Haarsträhnen angesengt wurde. Alles in mir schrie danach, es wieder abzustellen oder fallen zu lassen, aber ich starrte wie gebannt in das Innere. In dieses Flimmern, das eine gesamte Existenz war. Eine Seele. Ein Leben. Ein Mensch.

Das ist Mord, schoss es mir durch den Kopf. *Du tötest Victor.* Ein Teil von mir wollte es nicht tun, trotz allem, was er getan hatte. Aber das, was ich vorhin zu Cliff gesagt hatte, stimmte: Das hier war logisch betrachtet das einzig Richtige. Ich hatte eine Wahl, und jede verfügbare Option machte einen Menschen aus mir, der ich nicht sein wollte. Aber ich musste mich für die Version entscheiden, mit der ich leben konnte.

Ich verengte die Augen, bis das Silberleuchten kaum mehr als ein Faden war. Ich dachte an die Narbe auf Cliffs Schläfe, während ich das Artefakt fester umschloss, die Arme über den Kopf hob und es von mir wegwarf.

Das Summen verebbte in dem Moment, in dem das Gefäß auf dem Boden aufschlug. Es ging nahtlos über in ein schrilles Geräusch, das einem Schrei glich. Mir war nicht bewusst, wodurch es ausgelöst worden war, ich wusste nur, dass das Läuten mir direkt in den Kopf fuhr und jeden Gedanken mit Stacheln versah. Jeder Denkversuch zerfurchte mein Gehirn, ich stöhnte unterdrückt.

Etwas zerbrach in unendlich viele Scherben, und am Rande meiner Wahrnehmung begriff ich, dass das nicht nur das Material selbst war. Es war auch das, was es umfasst hatte. Victors Seele, vielleicht jede, die es jemals bewahrt hatte, vielleicht vor allem die, die sich geopfert hatten, um es zu erschaffen. Vielleicht spürten sie es alle in diesem Moment, vielleicht drückte die Welle, mit der das Leuchten durch den Raum schwamm, diesen Schmerz in jeden Star, den es gab.

Sie drückte auch mich etwas zurück, eher vor Schock als vor Schmerz. Kurz versanken all meine Sinne in der Wolke, die sich innerhalb von Sekunden zu einem Unwetter auftürmte, ehe sie sich – plötzlich und leise – auflöste. Die Stille tat fast mehr weh als der Lärm zuvor. Sie kroch als Dröhnen in meinen Kopf, zwang mich in die Knie. Ich stemmte mich mit ganzer Kraft gegen den Schwindel und drehte mich um.

Norah kniete neben dem bewusstlosen Horatio, dessen Brust sich schwach hob und senkte. Sie hatte sich nach vorn gebeugt und umklammerte ihren Oberkörper mit beiden Armen, als würde sie versuchen, einen Schmerz darin kleinzuhalten. Oder … sich selbst zusammenzuhalten?

»Norah?« Meine Stimme klang ebenso zersprungen wie das Gefäß, dessen Scherben den Raum wie ein Teppich aus Glas belegten. Meine Schuhe knirschten, als ich auf sie zulief und vor ihr in die Hocke ging.

»Es ist wirklich vorbei«, flüsterte sie und sank nach vorn, bis ihre Stirn an meiner Schulter ruhte. Selbst durch mehrere Schichten Stoff fühlte ich die Kälte, die von ihr ausging. Mein Hals zog sich zusammen, ich umschloss sie vorsichtig mit meinen Armen.

Ein paar Sekunden lang verharrten wir so, dann löste sie sich von mir. Mühsam kam sie auf die Füße und blickte sich um. Für einen Moment blieb ihr Blick an der Leiche hängen – an der, die sie in dem Körper erkannte und an der, die für sie in den Scherben des Artefakts reflektiert wurde. Ein Ausdruck von Trauer huschte über ihre Züge, ehe sie ihn unter dieser makellosen Maske aus Entschiedenheit und Distanz verbarg, die ich von ihr gewohnt war und nie ganz verstanden hatte. In diesem Augenblick glaubte ich zu begreifen, dass das nichts anderes war als Selbstschutz. Norah verschloss ihr wahres Ich vor der Außenwelt, um besser mit beidem klarzukommen: mit dem, was in ihr vorging, und mit dem, was um sie herum geschah. Sie spielte eine Rolle, selbst jetzt noch. Nur dass es dieses Mal eine war, die sie frei gewählt hatte.

»Was ist mit ihm?«, fragte ich heiser und deutete auf Horatio. »Wird er nicht wissen, dass du ihn niedergeschlagen hast?«

»Ich hab ihm Energie genommen. Mit etwas Glück lässt das seine Erinnerungen verschwimmen. Das gibt uns etwas Zeit.« Ohne eine Regung der Mimik hielt sie mir ihre Hand hin. »Wir müssen trotzdem verschwinden, bevor die Wachen da sind. Verschaffen wir uns einen Vorsprung, bevor sie uns die Fragen stellen, auf die wir besser wasserdichte Antworten haben.«

Reflexartig griff ich nach ihren Fingern und ließ mich hochziehen, folgte ihr aus dem Raum und durch die verwinkelten Gänge des Gebäudes. Ich traute mich nicht zu fragen, wie sie sich das vorstellte. Cliff und ich hatten lang darüber gesprochen, was passieren würde, wenn der *Bund der Stare* herausfand, dass das Artefakt zerstört war – und das, nachdem eine Zeremonie, in der ich hatte sterben sollen, offenbar gescheitert war. Wir hatten keine Antwort gefunden, die uns beruhigt hätte. *Ein Schritt nach dem anderen*, hatte ich irgendwann selbstsicherer gesagt, als mir zumute gewesen war. Auch jetzt wusste ich, dass es selbst mit Norahs Hilfe Lücken in unseren Erzählungen geben würde.

Ganz gleich, was für wasserdichte Ausreden wir uns überlegten: Es gab vermutlich keine potenzielle Erklärung, in der sie nicht versuchen würden, uns zu ertränken.

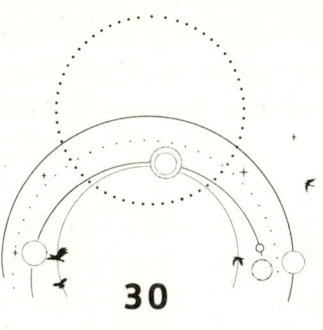

30

MABEL

Norah rief uns ein Taxi für den Rückweg, sobald wir die Land-
straße erreicht hatten. Noch während wir warteten, schrieb ich
mit Cliff, erzählte ihm, dass wir erfolgreich gewesen waren,
und schaffte es dennoch nicht, mich dementsprechend erleichtert zu fühlen.

Die ganze Zeit über war es mir unmöglich, mich zu entspannen. Das, was gerade passiert war, saß mir kaltfeucht im Nacken. Es hatte alles geklappt, aber ich wusste, dass die Sache
damit nicht ausgestanden war. Norah hatte es zwar geschafft,
uns unbemerkt hinauszuschaffen, aber das, was wir im Raum
zurückgelassen hatten, würde Fragen aufwerfen. Bei dem Gedanken an den toten Körper überkam mich ein seltsam flaues
Gefühl. Eine Leiche, zwei Verstorbene. Ich dachte vor allem
an Jess, und wusste, dass Norah an Victor dachte. Der glasige
Blick, mit dem sie aus dem Fenster des Taxis sah, reflektierte
unausgesprochene Erinnerungen. Für mich war Victor ein
Monster gewesen, für sie und auch für Cliff war er ein Freund.
Trotzdem hatten sie zugelassen, dass ich das Artefakt zerstörte.
Bei Cliff glaubte ich zu verstehen, wieso er diese Entscheidung
gefällt hatte, bei Norah … nicht.

»Wieso hast du mir geholfen?«, fragte ich leise, sodass der
Fahrer uns nicht hören konnte.

Sie wandte mir langsam ihren Blick zu. Ihr rotes Haar schimmerte kupferfarben, die Schatten unter ihren Augen wirkten tief. Ich hatte sie noch nie so … müde gesehen. In diesem Moment fiel es mir nicht schwer, den Gedanken zuzulassen, wie alt ihre Seele war. »Cliff liebt dich. Ich weiß das, weil wir uns so gut kennen, dass wir diese Dinge sehen. Deshalb war mir klar, dass er dich nie hierfür geopfert hätte. Eher hätte er versucht, sich mit dir abzusetzen, als deine Seele kampflos aufzugeben.«

Ich blinzelte irritiert. »Dann … wusstest du, was wir vorhaben? Aber wieso hast du das zugelassen und sogar unterstützt? Du kennst mich doch gar nicht.«

»Muss ich auch nicht. Nimm es nicht persönlich, aber es geht mir nicht um dich. Es geht mir um Cliff. Und um … mein Ich.« Sie lächelte matt und fuhr sich über die reine Haut an den Wangen, als würde sie selbst spüren, wie ihre Maske mit jedem Wort weiter verrutschte. »Wenn du so lange lebst wie wir, begreifst du irgendwann, worauf es für dich wirklich ankommt. Ich dachte lange, dass ich auf all das aus bin, wofür unsere Verbindung erschaffen wurde. Aber nach dem, was mit Heaven passiert ist, habe ich verstanden, dass Reichtum, Macht und … Ewigkeit nichts bedeuten. Nicht, wenn du die Zeit, in der du all das hast, nicht mit denen verbringen kannst, die du liebst.« Sie starrte wieder in die Reflexion ihrer Augen. Ich fragte mich, wie viele Gesichter sie sah, wenn sie sich selbst ansah. Ob sie vielleicht, auch nach all den Jahren, in jedem Spiegelbild noch nach ihrem einzig echten Gesicht suchte. »Ich hab mich, als wir sie verloren haben, für Freundschaft entschieden«, flüsterte sie, während draußen nachtblaue Reklametafeln an uns vorbeizogen. Etliche Verkaufslügen und davor Norahs blasse Züge, die noch nie so ehrlich gewirkt hatten. »Deshalb hab ich das getan.«

Ich hatte niemals etwas Loyaleres erlebt. Cliff hatte ihr nicht gesagt, was er vorhatte, trotzdem hatte sie nicht gezögert, ihn bei etwas zu unterstützen, das auch ihr Leben für immer veränderte – das ihrem Leben das *Für Immer* nahm, um genau zu sein. Ich konnte nicht sagen, ob ich Norah mochte, aber ich empfand ab diesem Augenblick so viel Respekt für sie wie für kaum jemanden sonst.

»Danke, Norah.« Ich stockte. »Ich meine, ist das dein ... echter Name?«

»Wie man es nimmt. Es war nicht mein erster, aber wie es aussieht, wird es mein letzter sein.« Ihr Lächeln verrutschte, sie schluckte schwer. »Sei gut zu Cliff, ja? Er ist die beste Seele von uns allen. Das war er schon immer. Er verdient ein gutes Ende.«

Verständnislos erwiderte ich ihren bohrenden Blick. »Wieso Ende? Auch wenn es euer letztes ist, dieses Leben fängt gerade erst an. Euch bleibt noch so viel Zeit.«

Sie sah mich seltsam irritiert an. Bevor ich nachhaken konnte, hielt der Wagen, und der Fahrer drehte sich auffordernd zu uns um.

Cliff erwartete uns vor seinem Haus und umarmte erst mich, dann Norah. Sein Blick wirkte wie ein Mosaik aus Erleichterung, Schuld und Erschöpfung, als er sich von ihr löste und sie an den Schultern zurückdrückte.

Sie lächelte schief und richtete den Kragen seines dunklen Hemdes, das unter dem Wollpullover hervorblitzte. »Ich versuche, Henry eine Ausrede aufzutischen, aber du kennst ihn. Ich fürchte, früher oder später werden sie mit dir sprechen. Und mit ihr.« Ihre Stimme wurde leiser, ich trat einen Schritt von ihnen weg. Nicht nur, um ihnen etwas Privatsphäre zu lassen, auch, um so tun zu können, als wüsste ich nicht, dass sie von mir sprach. Ich wollte nicht daran denken, was noch auf uns zukam.

»Ich weiß. Ich bin bereit für alles, was kommt.« Cliff zögerte, dann umarmte er sie erneut. Seine Stimme versank in ihrem dichten Haar und wurde zudem vom Winterwind zwischen uns zerpflückt, sodass ich sie nur noch schwach hörte. »Danke. Und ... verzeih mir.«

»Das muss ich gar nicht«, erwiderte sie ebenso leise, ehe sie sich von ihm löste. »Aber du weißt, dass er das anders sehen wird.«

Er nickte langsam. »Wie gesagt: Ich bin bereit.«

Wir sahen Norah nach, bis sie im eng geflochtenen Gassennetz verschwunden war. Ein paar Minuten lang standen wir noch so da, dicht beieinander und doch jeder für sich, dann griff Cliff nach meiner Hand. »Honigmilch?«

Ich lächelte und drückte seine Finger. »Klingt gut.«

Ich setzte mich auf das Sofa, während Cliff die Milch zubereitete. Als er zu mir kam, beendete ich gerade ein kurzes Gespräch mit Zoe. Dankend nahm ich einen der zwei Porzellanbecher entgegen und zog die Füße an, sodass er sich neben mich setzen konnte.

»Zoe geht es besser«, erklärte ich nach dem ersten Schluck. »Sie bleibt noch eine Woche bei ihren Eltern. Immerhin kann Ashton seine Laune dann nicht an ihr auslassen, wenn er erfährt, was wir getan haben.« Ich zögerte und stellte das Getränk auf dem Tisch ab. »Cliff …«

»Du willst ihr die Wahrheit erzählen«, fiel er mir ins Wort. Er klang weder beunruhigt noch überrascht, eher so, als hätte er längst damit gerechnet.

»Ich glaube, mir bleibt keine Wahl. Zoe sollte begreifen können, warum sie sich von Ashton fernhalten muss. Auch wenn ihr eure Körper nicht mehr verlassen könnt, könnte er trotzdem weiterhin versuchen, ihre Energie abzuzweigen. Oder er könnte sie anderweitig benutzen, um sich an mir zu rächen. Ich muss sie beschützen.«

Nachdenklich rührte er mit dem Silberlöffel in seiner Milch. »Denkst du, sie wird dir glauben?«

»Sie glaubt auch an *Astrologie*«, erwiderte ich vielsagend. »Wenn ich es kann, kann sie es erst recht.«

Cliff lächelte und stellte seinen Becher ebenfalls ab. »Gut, dann tu es.«

Überrascht richtete ich mich auf. Ich hatte definitiv mit mehr Widerstand gerechnet. Auch wenn wir die Grundlage ihrer Verbindung zerstört hatten, ging ich nicht davon aus, dass die Stare es befürworten würden, wenn ihre Geheimnisse ausgeplaudert wurden. »Du hast keine Einwände?«

»Es spielt sowieso keine Rolle mehr, wer was weiß. Ich meine, wir sollten es vermutlich nicht der Zeitung erzählen, aber …« Er brach ab, als er bemerkte, wie ich das Gesicht verzog. So wie immer, wenn mich dieser Schmerz durchzuckte, sobald ich an Davie dachte. Sein Zustand war immer noch unverändert, auch wenn ich jedes Mal, wenn ich ihn besuchte, auf etwas anderes hoffte.

»Tut mir leid.« Er streichelte mir über die Hand, die sich um mein Knie gekrallt hatte. »Er könnte wieder gesund werden. Alles ist möglich.«

Mir war klar, dass er absichtlich im Konjunktiv blieb. Er wusste ebenso gut wie ich, dass er mir nichts versprechen konnte. Alles, was mir blieb, war, darauf zu setzen, dass Davie in diesem Kampf so hartnäckig sein würde wie in jeder seiner Recherchen.

Ich rang mir ein Lächeln ab. »Ich weiß. Und wenn er das tut, werde ich ihn um Diskretion bitten. Davie kann sehr gut mit Geheimnissen umgehen, solang er selbst eingeweiht ist.«

»Dann tun wir das. Ich will nicht, dass du deine Freunde meinetwegen belügst.« Cliff grinste halbherzig. »Ganz davon abgesehen, dass du immer noch ziemlich mies darin bist und es eh jedem auffällt, wenn du es versuchst.«

»Hey«, setzte ich gespielt empört an und brach direkt wieder ab, als es an der Tür läutete.

Mir war nicht bewusst gewesen, dass man wütend klingeln konnte – bis jetzt. Wer auch immer dort stand, drückte anhaltend den Knopf, während er mit der anderen Hand gegen das Holz schlug. Cliff und ich tauschten einen Blick, ich schluckte, er fuhr sich durchs Haar. *Wer auch immer*, von wegen. Wir wussten beide, wer das war.

»Vielleicht solltest du nicht aufmachen«, flüsterte ich. »Warte, bis er sich beruhigt hat.«

Cliff schüttelte den Kopf und stand auf. »Du kennst Ashton nicht.« Kurz vor der Tür hielt er inne und drehte sich zu mir um. »Halt dich zurück, okay? Und … es tut mir leid.«

Verwirrt öffnete ich den Mund, da wandte er sich bereits ab und griff nach der Klinke. Es passierte so schnell, dass ich nicht schalten konnte. Ich saß wie erstarrt auf dem Sofa und sah zu, wie Ashton Cliff zurück in die Wohnung stieß und ihm hineinfolgte. Noch während die Tür zufiel, holte er aus. Es knackte unangenehm dumpf, als seine Faust Cliffs Nase traf. Er stöhnte, ich presste beide Hände auf den Mund, um meinen Schrei zu unterdrücken, trotzdem übertönte Ashtons Stimme alles.

»*Nach. Allem. Was. Ich. Für. Dich. Getan. Habe?*« Jedes Wort war ein Knurren, jedem zweiten folgte ein Schlag. Zwei weitere ins Gesicht, einer gegen die Augenhöhle, ein anderer unter den Wangenknochen. Cliffs Kopf ruckte zur Seite, dann traf Ashtons Faust seinen Brustkorb und in den Magen. Cliff sackte etwas nach vorn, aber er wehrte sich nicht. Keine erhobenen Hände, kein Fluchtversuch. Er taumelte gegen die Wand und ließ es zu, dass Ashton ihm den Unterarm an den Hals presste, ihn damit gegen die Tapete drückte. »War es das wert?«, zischte er ihm ins Gesicht. »War ihr beschissenes Leben es wert, dass du uns alle verrätst?«

»Ash«, setzte Cliff gepresst an und brach ab, als dieser mit der Faust dicht neben seinem Kopf gegen die Wand schlug.

Einer der Rahmen wackelte bedrohlich, so wie meine Knie, als ich es endlich schaffte aufzustehen. »Lass ihn los!«

Ashton warf mir einen Blick über die Schulter zu. Seine hellen Augen wirkten so finster, als wären die Pupillen aufgeplatzt und ausgelaufen. Der Hass verzog seine engelsgleichen Züge zu einem Ausdruck, der eher teuflisch wirkte. »Zu dir komme ich später, Motte«, sagte er barsch, ehe er sich wieder auf Cliff konzentrierte.

Dieser legte eine Hand auf den Unterarm, der gegen seinen Kehlkopf drückte. »Sie hat nichts damit zu tun.«

Ashton lachte hart auf, ohne einen Zentimeter zurückzuweichen. »Ist das dein Ernst? Denkst du wirklich, ich wüsste nicht, was passiert ist? Henry hat mich gerade angerufen und mir berichtet, wie die Wachen den Zeremonie-Raum vorgefunden haben: Horatio und der Wirtskörper liegen bewusstlos in den Scherben unseres Artefakts, Victor ist tot, und Norah und deine beschissene Motte sind verschwunden. Erzähl mir nicht, dass das ein Unfall war, *Cliff*. Wir wissen beide, dass das pure Absicht war. Dass das von Anfang an der Plan war. Du hast mich belogen! Du hast unsere Freundschaft ausgenutzt, um mich dazu zu bringen, deiner Freundin die Chance zu geben, unser Artefakt zu zerstören!«

Abermals schlug er gegen die Wand, so fest, dass seine Haut nachgab und Blutspritzer an die Tapete sprenkelten. Mir wurde flau, ich machte einen Schritt auf die beiden zu.

»Du hast recht«, erwiderte Cliff rau. »Aber es war *mein* Plan. *Meine* Entscheidung. Wenn du jemanden ausliefern willst, dann mich. Sie hatte keine Ahnung, was sie tut.«

»Das ist nicht wahr!« Mein Herz schlug mir bis zum Hals, doch ich zwang mich, auf sie zuzutreten. Es wäre gelogen, zu behaupten, dass Ashton mir keine Angst machte, aber das war kein Grund, um nicht dazwischenzugehen. Cliff und ich hatten das gemeinsam entschieden, wir würden auch die Folgen gemeinsam ausbaden. »Ich wusste genau, was ich tue«, fuhr ich fort, obwohl ich wahrnahm, wie Cliff mich warnend über Ashtons Schulter hinweg ansah. »*Ich* hab das Ding kaputt gemacht. Wenn du deine Wut an jemandem auslassen willst, weil du nicht mehr fröhlich die Körper wechseln kannst, sondern dein Leben in diesem beenden musst, dann an mir.«

Ashtons Körper spannte sich sichtlich an, dann ließ er Cliff los und drehte sich zu mir um. Sein Blick spießte mich förmlich auf. Mein Inneres flatterte unruhig, weil es sich daran erinnerte, was das letzte Mal geschehen war, als er mich derart wütend angestarrt hatte. Doch jetzt machte er keine Anstalten, nach mir zu greifen, weder äußerlich noch innerlich. Er sah mich nur stirnrunzelnd an und … lachte erneut auf. Der Ton war laut, kristallklar und so kalt, dass mir ein Schauer über den Rücken jagte. »Sie weiß es echt nicht, oder?«

»Ich weiß *was* nicht?« Unsicher sah ich zwischen Ashton und Cliff hin und her. Letzterer hatte einen Schritt auf mich zu gemacht, sodass er zwischen uns stand. Ich konnte nur seinen Rücken sehen, aber mir entging nicht, dass sich auch seine Nackenmuskulatur angespannt hatte.

Ashton schüttelte den Kopf. Der Rest eines höhnischen Grinsens hing in seinen Mundwinkeln, seine Augen funkelten nach wie vor finster. »Was du damit angerichtet hast.«

»Ashton, nicht.« Cliff streckte eine Hand nach ihm aus. Ashton schlug sie grob beiseite und drängte sich an ihm vorbei, kam auf mich zu.

»Verdient sie es nicht, zu wissen, was sie zu verantworten hat? Die Folgen davon wirst du nicht vor ihr verheimlichen können, mein Guter.« Er steckte die Hände in die Taschen seiner Hose, blieb dicht vor mir stehen. »Indem du das Artefakt zerstört hast, hast du nicht nur denjenigen umgebracht, der gerade im Sprung war. Du hast auch allen anderen jede Chance genommen, jemals wieder den Wirt zu wechseln.«

»Ich weiß. Ihr werdet dazu gezwungen sein, ein gewöhnliches Leben in diesen Körpern zu führen. Ist ja echt tragisch: Willkommen in der Normalität, Ashton.« Ich versuchte, einen Schritt an ihm vorbeizumachen, er hielt mich am Oberarm fest. Seine Fingerknöchel leuchteten rot, der metallene Geruch des Bluts kroch mir in die Nase und zwang mich, durch den Mund zu atmen.

»Normalität?« Er lehnte sich über mich. »Ich erzähl dir jetzt was zu *unserer* Normalität. Durch die verbliebene Energie der ursprünglichen Seele altern diese Körper – *unsere* Körper – anders, als sie es sonst tun würden. Es ist, als würden sie von innen heraus ausgebrannt werden. Die Energie in ihm ist zu viel. Wir können ihn stärken, indem wir die Energien anderer Menschen in uns aufnehmen, aber ab einem bestimmten Punkt sind wir machtlos gegen die Natur.«

Seine Worte waren ein Fluss in meiner Wahrnehmung: Alles rauschte, jedes bisschen Sinn ertrank in diesen Buchstaben, deren Inhalt ich nicht greifen konnte. »Ich verstehe nicht«, brachte ich hervor, obwohl ich selbst spürte, dass das nicht stimmte. Ich verstand es, tief in mir. Ich wollte es nur nicht wahrhaben, und deswegen drückte ich die Erkenntnis mit ganzer Kraft unter die Oberfläche.

Ashtons Griff festigte sich, er verzog den Mund zu einem wütenden Lächeln. »Na los, sei noch einmal so klug und erkenne, wie dumm du warst.«

Ich schluckte schwer. Das, was er mir erzählte, erinnerte mich an das, was Cliff mir über den spontanen Seelensprung von Victor erzählt hatte. Er hatte gesagt, dass das passierte, wenn man die ursprüngliche Seele eines Körpers nicht geschwächt hatte: dass er dann schneller zerfiel als üblich. Aber das hatten Ashton, Cliff und die anderen ja getan. Ich hatte gedacht, dass sie ihre Körper nur deswegen so häufig wechselten, weil ihr Rat das wollte. Um immer wieder möglichst vorteilhafte Leben aufzugreifen. Doch wenn das, was Ashton sagte, stimmte, gab es dafür noch einen anderen Grund. Wenn die Energie der Seelen ihre Körper schneller schwächte, als es normalerweise der Fall war, bedeutete das, dass der Alterungsprozess schneller einsetzte. Und das wiederum bedeutete …

»Eure Körper werden schneller sterben?«, flüsterte ich rau. Mein Blick tastete an Ashton vorbei nach Cliff, der sich von uns abgewandt hatte. Als würde er es nicht ertragen, mich anzusehen. »Aber … wann?«

»In der Regel bleiben nach einem Sprung drei bis fünf Jahre Zeit, bis der Körper unbewohnbar geworden ist. Bis die Seele weiterziehen muss, wenn sie nicht mit ihm sterben will.« Ashton ließ mich los. Ich war mir sicher, er wusste selbst, dass er mir mit diesen Worten mehr wehtat als mit jeder Berührung, die ihm möglich wäre. Es fühlte sich an, als würde ich auf einem Abgrund balancieren und er schubste mich mit jeder Silbe etwas näher an die Kante. Ich taumelte, schaffte es knapp, mich zu halten. Bis er sich erneut zu mir vorlehnte. »Was du uns unmöglich gemacht hast, nicht wahr?«

Mehr brauchte es nicht: Mein Bewusstsein rutschte über den Rand, ich fiel und fiel und fiel – mitten hinein in die Erkenntnis, was das bedeutete. Was ich getan hatte. Ein schluchzender Ton entkam meinen Lippen, ich presste eine Hand auf meinen Mund. Schmeckte Galle und Blut auf meiner Zunge, vielleicht, weil ich mir in die Innenwange gebissen hatte, vielleicht, weil da jetzt wirklich Blut an mir klebte. Nicht nur an den Händen, überall. Ich atmete Schuld, und sie schmeckte nach Eisen und Asche und Schmerz.

Ashton wich zurück, starrte auf mich hinab. »Wir sind bereits seit zwei Jahren in diesen Körpern, Mabel. Also genieß die nächsten Monate mit deinem Freund, denn bald wirst du dir ansehen können, wie er vor deinen Augen jämmerlich zugrunde geht. Und zwar deinetwegen.«

Meine Wangen brannten, meine Sicht verschleierte. Nur verschwommen nahm ich wahr, wie Ashton sich umdrehte und wortlos verschwand. Er knallte die Wohnungstür hinter sich ins Schloss, die Bilderrahmen bebten erneut, ich auch.

Ich starrte auf meine Hände, winterblass, bibliotheksblass, obwohl ich das Blut noch sehen konnte. Das waren die Hände, die das Artefakt zerstört hatten. Das waren die Hände, die dafür gesorgt hatten, dass sämtliche Seelenspringer nie wieder ihren Körper verlassen können würden. Ich hatte gedacht, das würde bedeuten, dass sie dieses eine Leben zu Ende führen mussten. Ihnen wären im Regelfall, mit Glück und Wohlwollen des Universums, vierzig bis sechzig Jahre Zeit geblieben, so wie uns allen. Ein normales Leben, ein normaler Tod. Ich hatte gedacht, das Richtige getan zu haben. Ich wusste, dass das im Grunde nach wie vor stimmte – immerhin hatten diese Seelen kein Recht dazu, auf Kosten anderer ein ewiges Leben zu führen. Ich hatte etliche Menschen vor ihnen beschützt. Ich hatte Zoe beschützt. Ich hatte erreicht, was ich gewollt hatte. Aber mir war nicht bewusst gewesen, zu welchem Preis ich diesen Sieg davontragen würde. Was ich dafür opfern würde. *Wen* ich dafür opfern würde. Wenn ich es gewusst hätte … hätte ich das Wort *Sieg* nie gedacht. Wenn man für ihn so viel verlor, war es keiner.

»Mabel.«

Ich nahm Cliff erst wahr, als er vor mir stand. Er streckte seine Hände nach mir aus, ich wich vor ihnen zurück. Wie hatte er davon sprechen können, dass er darunter litt, Schuld an seinen Händen kleben zu haben – und dann zulassen können, dass ich meine dermaßen tief hineintunkte?

Meine Sicht war noch immer verzerrt, ich schaffte es kaum, ihn zu fokussieren. Mir fiel dennoch auf, dass sein Gesicht blessiert war: eine ansetzende Schwellung unter dem Auge, die Unterlippe aufgeplatzt, die Wange gerötet. Trotzdem war ich sicher, gerade verwundeter zu sein. Ich fühlte so viel: Wut, Verzweiflung, Trauer, Schmerz und … Verrat. »Du wusstest es«, brachte ich hervor und wich weiter zurück. »Du wusstest, dass meine größte Angst ist, jemanden zu verlieren, den ich liebe! Und trotzdem … tust du mir das an? Trotzdem lässt du zu, dass ich dich *umbringe*?«

Es war mir egal, was ich ihm damit gestand, es war mir alles egal. Ich glaubte zu ersticken, mein Kopf dröhnte, mein Herz raste, sein Schlagen ein anhaltender Druck, der jedes gute Gefühl, das ich je gespürt hatte, zerbröselte. Da würde nie wieder etwas Helles, Reines, Gutes in mir sein.

»Du hast mich nicht umgebracht, Mabel. Wenn man es genau nimmt, sollte ich längst tot sein.« Er kam mir nach, ich wich zurück, bis mein Rücken gegen die Wand prallte. Ein Rahmen schnitt in meine Schulter, ich wünschte, ich hätte es stärker gespürt. Ich wünschte, ich hätte irgendetwas gespürt, das mich von diesem Brennen in mir ablenkte.

»Aber du bist nicht tot. Nur jetzt … jetzt stirbst du. Meinetwegen.« Meine Stimme brach, irgendetwas in mir auch: das letzte bisschen Schutzpanzer, das mich davor bewahrt hatte, das volle Ausmaß dieses Gefühls zu empfinden. Es kam mir vor, als würde man mir ein Messer durch das Innere ziehen. Nicht nur durch meine Brust, auch durch meinen Magen, meine Lungenflügel, jede einzelne Zelle meines Körpers. Es war logisch: Ich spürte Cliff überall, also würde ich auch überall spüren, wenn ich ihn verlor. Auf die endgültigste aller Weisen, aus eigener Schuld heraus. Ich hatte Victor vorhin gesehen, ich hatte gesehen, was mit Cliff passieren würde, sobald sein Körper aufgab. Er würde einen grausamen Tod sterben, und das in wenigen Jahren, vielleicht Monaten. Und das war meine Schuld. Meine Schuld. Meine Schuld. Meine …

»Nicht deinetwegen.« Cliff umfasste mein Gesicht, als wollte er die Gedankenstrudel dahinter anhalten – oder mich vor dem Fall retten. Dabei war dieser bereits zu Ende. Ich war längst aufgeprallt und zersplittert, und ich wusste, ich würde mich nie wieder ganz zusammensetzen. Ein Teil von mir ging gerade für immer kaputt.

»Weil es richtig ist. Wir verdienen es nicht, dieses Leben auf Kosten anderer zu führen. Was wir tun ist Mord. Ich ermorde seit einhundertsechzig Jahren Menschen. Es ist an der Zeit, dass das aufhört, das hast du selbst gesagt.«

»Aber doch nicht zu diesem Preis!« Ich versuchte, seine Hände fortzustoßen, aber er ließ mich nicht los. Also schlug ich stattdessen nach seiner Brust, trat ihm gegen das Schienbein, versuchte alles, um mich aus seinem Griff zu lösen. Cliff regte sich nicht, ebenso wenig wie er es vorhin bei Ashton getan hatte. Er stand ganz ruhig da, während ich nach ihm schlug und kratzte und trat und irgendwann anfing zu weinen. Lautlos, mit feuchten Wangen, bebenden Schultern und zusammengepressten Lippen. Meine Hände erschlafften an seinem Oberkörper, im selben Moment holte er mich zu sich heran. Er umschloss meinen Rücken mit beiden Armen und zog mich in eine feste Umarmung.

»Ich kann dich nicht verlieren. Ich kann nicht.« Meine Stimme ertrank im Stoff seines Pullovers, er hörte sie trotzdem.

Sein Mund streifte meine Schläfe. »Hör zu. Das ist das Leben, wie es sein sollte: Kein Mensch weiß, wie lang ihm bleibt. Wir haben nicht in der Hand, wie lang wir leben dürfen, sondern nur, auf welche Weise wir es tun. Mit wem wir es tun. Und ich weiß, dass zwei, drei richtige, echt gelebte Jahre mit dir so viel wertvoller sind als alles andere.« Behutsam löste er seinen Griff und wich zurück, damit wir einander ansehen konnten. Er strich mir die Haare aus dem feuchten Gesicht und lehnte seine Stirn an meine. »Ich brauche keine Ewigkeit, Pica. Ich brauche nur noch ein bisschen mehr Zeit mit dir. Gibst du mir die?«

Ich hätte ihn gern von mir gestoßen und ihn gleichzeitig ganz fest umarmt. Ihm die Augen ausgekratzt und seinen Mund mit meinem verschlossen. Ich hätte ihn gern so lange geküsst, bis mein Körper nur noch aus weichem Brennen und angenehmem Pochen bestanden hätte – und nicht mehr aus diesem spitzen Schmerz. Ich hätte ihn gern angeschrien, dass ich ihm das nie verzeihen würde, und ihm flüsternd gestanden, dass ich verliebt in ihn war – weil ich das noch nicht direkt und ehrlich ausgesprochen hatte und plötzlich erkannte, dass mir nicht so viel Zeit blieb, wie ich gehofft hatte.

Ich hatte immer gewusst, dass es gefährlich war, sich anderen Menschen zu öffnen: Wenn sie es sich in deinem Inneren bequem machten, verwuchsen sie irgendwann mit dem, was du warst. Du fingst an, die Welt mit Gedanken an sie zu verknüpfen. Ich würde nie wieder eine Elster sehen können, ohne an die zu denken, die ich immer in meiner Tasche dabeihatte. Handschmeichler, Herzschmeichler. Ich würde nie wieder ein Rosinenbrötchen essen können, ohne den Geschmack für jemanden mitgenießen zu wollen, der alles dafür gegeben hätte, ihn lieben zu können. Ich würde nie wieder Orgelmusik hören oder Honig riechen können, ohne ein sehnsuchtsvolles Ziehen im Bauch zu spüren. Ich würde in jeder silberschimmernden Narbe Cliffs Wesen erkennen: weil seine Makel für mich die schönsten waren. Das war vermutlich das, was es ausmachte, jemanden zu lieben.

Das, was Cliffs *Seele* war, all diese winzigen Details, hatten sich mit meiner Weltwahrnehmung verwoben. Wenn er mir entrissen wurde, würde das ein wundes Loch voll loser Fäden in mir zurücklassen. Ihn zu verlieren würde mich zerfetzen, obwohl ich gerade durch ihn wieder das Gefühl bekommen hatte, mich zusammenzusetzen – mich wiederzufinden. Ich wollte das nicht verlieren, ihn und mich. Uns.

Neue Tränen lösten sich, ich tat nichts, um sie aufzuhalten. »Das ist nicht fair.«

»Ich weiß.« Cliff nickte und schloss die Augen, aber ich sah, dass aus seinen ebenfalls ein paar Tränen traten. Er versuchte auch nicht, sie zu verschleiern. Das hier war das Ende aller Lügen. Das hier war die letzte Wahrheit, und es stimmte, was man sagte: Meistens war sie hässlich.

»Ich hätte das nicht getan, wenn ich gewusst hätte …«

»Ich weiß. Deswegen konnte ich es dir nicht sagen.« Er küsste mich auf die Stirn, auf den Nasenrücken, kurz und fest auf den Mund. Er schmeckte nach Blut. Wir beide.

Meine Lippen zitterten, meine Stimme auch. »Ein bisschen Zeit wird nicht genug sein.«

»Ich weiß.« Er lächelte schwach. »Aber das gilt für alle Menschen, immer. Etwas zu haben, was man verlieren kann, ist das Kostbarste, was es gibt. Ich weiß, du kannst das gerade nicht verstehen, aber ich tue es, weil ich so etwas ewig nicht hatte:

Dieser Schmerz ist die Essenz der Gewissheit, dass man ein erfülltes Leben führt. Etwas, das man so sehr liebt, dass man den Gedanken, es zu verlieren, nicht erträgt. Du hast mir das zurückgegeben, Mabel. Und ich … weiß, dass es unendlich wehtun wird, wenn ich dich verlassen muss, aber … das ist es wert. Also, wenn ein bisschen Zeit alles ist, was wir bekommen können, dann wird sie reichen müssen.« Die Farbe seiner Iriden verschwamm zu einem dunklen Strudel, doch irgendetwas an dem Ausdruck darin war hell genug, um die Finsternis meiner Gedanken abzuschwächen.

Ich war immer noch verzweifelt, geschockt und wütend – auf ihn, auf mich, auf diese absurde Situation, in der wir uns befanden und in der das Richtige zu tun zu so etwas unsagbar Falschem, Schmerzhaftem, Grausamem geführt hatte. Aber … ich war trotzdem froh, dass er bei mir war. Es tat weh, doch Cliff war da. Jetzt gerade, in diesem Moment, war er da. Wenn ich ihn von mir stieß, solang ich noch bei ihm sein konnte, würde ich mir das nie verzeihen. Vielleicht war es naiv, mich an etwas festzuhalten, von dem ich wusste, dass es mir bald entrissen werden würde, aber Cliff hatte recht: Das, was wir hatten, war es wert. Es war nicht perfekt, es war nicht leicht, aber es war echt. Und darum ging es im Leben, oder? Darum, etwas Echtes zu finden.

Ich schloss die Augen und rang mir ein Nicken ab. »Okay«, flüsterte ich.

»Zeit ist sowieso relativ.« Cliff lächelte an meiner Stirn. »Wenn ich eines gelernt habe, dann das. Und ich weiß, dass alle sich immer danach sehnen, sie würde stillstehen, aber ich hab mich seit Jahren nur danach gesehnt, ich würde das Gefühl zurückbekommen, dass sie weiterläuft. Dass … ich weiterlaufe.«

Ich dachte an Cliffs Armbanduhr, daran, dass er mir erzählt hatte, dass sie an jenem Abend stehen geblieben war, an dem Heaven gestorben war. Plötzlich verstand ich, wieso er sie nie repariert hatte. Das Zentrum seiner Welt war in dieser Nacht

erschüttert worden, und deshalb war sein Leben gewissermaßen stehen geblieben. Er war in der Erkenntnis, was dieses Dasein bedeutete, stecken geblieben. Nach all den Jahrzehnten, in
denen er sich durch fremde Leben geschauspielert hatte, wollte
er zumindest für die kurze Zeit, die ihm blieb, ein ganz eigenes
führen. Ein paar Jahre, in denen jeder Satz seiner sein durfte,
nicht der einer Rolle, in die er schlüpfen musste, jeder Schritt
von ihm gewählt, jede Entscheidung von ihm getroffen. Er
wollte noch einmal nur er selbst sein. Und dieses Selbst wollte
mit mir zusammen sein. Ich war seine erste freie Entscheidung gewesen, die er seit langer Zeit getroffen hatte. Und er …
er war meine. Ohne Logik, ohne Verstand, einfach aus dem
Gefühl heraus, dass es so sein musste. Wir mussten sein, wir
wollten sein, und wir konnten sein. Zumindest für eine Weile.
Vielleicht durfte man nie mehr vom Leben erwarten. Es gab
im Endeffekt niemals so etwas wie Garantien, Versprechungen
oder Sicherheiten. Jedes Leben war ein Sprung ins Unbekannte.
Man konnte nicht verhindern, dass man irgendwann aufschlug.
Man konnte nur aussuchen, wessen Hand man hielt, während
man hinabstürzte. Und mit der richtigen Wahl fühlte sich der
Weg eine Zeit lang vielleicht nicht nach Fallen an. Sondern nach
Fliegen.

Ich umfasste seinen Kopf. Ein Daumen auf der Silbernarbe
an seiner Schläfe, der andere auf zwei seiner Mondsprossen.
Nicht sein erstes Gesicht, aber sein letztes. Und sein echtes,
weil er mit diesem beschlossen hatte, sich sein Leben zurückzuholen.

Hier war er. Hier war ich. Und hier blieben wir, auch während wir weitergingen – oder eben fielen.

Ich atmete tief ein, schloss die Augen und … sprang. »Dann
machen wir das Beste aus dieser winzigen Ewigkeit.«

EPILOG

MABEL

Zwei Monate später

Die Stare kamen zurück. Cliff und ich hatten sie vor ein paar Wochen das erste Mal gesehen, als wir zum Lernen an der Cam gewesen waren. Im ersten Augenblick hatte ich gedacht, dass der Frühlingshimmel sich zuzog, doch als ich nach oben gesehen hatte, war mir klar geworden, dass die Schattensprenkel auf meinen Unterlagen von etwas anderem stammten. Von unsagbar vielen Vögeln, die in aufwendigen Formationen das Blau durchflogen. In diesem Moment hatte ich verstanden, wieso der *Bund der Stare* sich diesen Namen ausgesucht hatte. Nicht nur, weil sie eben am besten von allen Vogelarten andere imitieren konnten. Die schwarzen Tupfer am Himmel waren einzeln vielleicht nichts Besonderes, gemeinsam bildeten sie jedoch ein eindrucksvolles, mächtig wirkendes Kunstwerk.

Cliff hatte ihnen ebenfalls zugesehen, bis sie jenseits der Collegemauern verschwunden waren. Er hatte nichts gesagt, aber an der Art, wie er die Lippen aufeinandergepresst hatte, war mir klar geworden, dass er ebenfalls annahm, es könnte ein schlechtes Omen sein.

Seit dem Tag, an dem ich das Artefakt zerstört hatte, waren fast zwei Monate vergangen. Monate, in denen wir jeden Tag damit rechneten, dass Leute vom Rat bei uns auftauchten, um der Sache auf den Grund zu gehen. Doch bisher war nichts passiert. Norah hatte zwar gesagt, dass sie versuchen würde, uns Zeit zu verschaffen, aber wir wussten, dass das auf Dauer nichts bringen würde. So wie die echten Stare mit dem Frühlingsbeginn vermehrt zurückkamen, so würden die Stare der Verbindung hier auftauchen, um herauszufinden, was geschehen war. Und dieser Weg würde zu uns führen. Ganz gleich, was Norah ihnen erzählte, ob Ashton uns deckte oder doch anschwärzte. Früher oder später würden sie kommen.

Ich hätte gern gesagt, dass mir das keine Angst machte, aber im Gegensatz zu den echten Vögeln in meinem Zimmer, die – wie ich mittlerweile wusste – Victor dort hinterlassen hatte, waren diese welche, die mir gefährlich werden konnten. Und Cliff auch. Es sprach wirklich nicht für meinen Überlebensinstinkt, dass ich mich mehr um ihn sorgte als um mich. Und ich war mir ziemlich sicher, dass es bei Cliff genau umgekehrt war. An jenem Tag, an dem wir die Vögel gesehen hatten, hatte er mich gefragt, ob ich über die Osterferien mit ihm verreisen wollte. »Ich wollte dir doch ein paar Orte zeigen«, waren seine Worte gewesen, als wir nebeneinander in seinem Bett gelegen hatten. In einem dieser träge-warmen Momente, in denen unsere Augen geschlossen waren und unser Inneres und Äußeres so nackt, während draußen die Welt in Form von Regengeräuschen und mattgelben Scheinwerferlichtern vorüberzog und unsere ganz eigene Dunkelstille durchkreuzte.

Ich war immer noch nicht davon angetan, dass er mir etwas bezahlte, das ich mir nicht leisten konnte, aber ich hatte es nicht geschafft abzulehnen. Vielleicht, weil ich wusste, dass er mit dieser Reise seiner eigenen Angst vor der Zukunft zumindest kurz entkommen wollte. Vielleicht auch nur, weil ich mittlerweile eben wusste, dass unsere gemeinsame Zukunft eventuell um einiges kürzer war, als ich mir gewünscht hätte. Also hatte ich zugesagt und stand jetzt, ein paar Wochen später, mit gepackter Tasche in meinem Zimmer und blickte aus dem Fenster. Keine Stare am Himmel, nur eine Elster, die auf einem der Bäume im Innenhof saß und ihr Gefieder putzte. Wenn es schlechte Omen gab, dann gab es auch gute, oder?

Ich lächelte, als sich eine Silhouette hinter die Reflexion meines eigenen Gesichts schob, und drehte mich um. Zoe kam gerade in mein Zimmer. Ihr Haar war zu einer komplizierten Flechtfrisur gebunden, ihre Lider schimmerten ebenso golden wie ihre riesigen Creolen und ihr Blick. Keine schlecht überschminkten Augenringe, kein bitterer Zug um die Lippen, kein abwesender Glanz in den Kornblumenaugen. Zoe wieder *ganz da* zu erleben machte mir jeden Tag aufs Neue klar, warum es all das wert gewesen war.

»Musst du nicht los, Weltenbummlerin?« Der Spott im letzten Wort war weich: Zoe freute sich fast mehr als ich, dass ich diese Ferien nicht auf dem Campus verbringen würde.

»Gleich. Was ist mit dir? Fährst du heim, oder nicht?«

»Eher nicht. Zu Hause ist es … nicht so ferientauglich.«

Besorgt musterte ich sie. »Wieso, was ist los?«

Zoe schüttelte den Kopf, kam auf mich zu. »Nichts Schlimmes und nichts Wichtiges.«

»Sicher?« Ich versuchte, die Schicht des aufgesetzten Lächelns in ihrem Gesicht abzuwischen, um die darunterliegende Wahrheit erkennen zu können. So offenherzig Zoe neuerdings wieder war, über das, was sie im Hinblick auf ihre Familie belastete, sprach sie nach wie vor ungern. »Du könntest auch bei uns mitfahren. Die Zimmer, die wir gebucht haben, haben bestimmt eine Schlafcouch.«

Zoe prustete. »Oh Gott, bitte nicht. Ich liebe dich, aber ich will ganz bestimmt keinen Urlaub mit dir und *BC* machen. Dann fühle ich mich noch mehr Single als ohnehin schon.«

Ich verzog den Mund. »Hör auf, ihn so zu nennen.«

»Das ist die sicherere Variante. Wenn ich anfange, ihn unter uns Cliff zu nennen, vergesse ich hundertprozentig, dass ich das in der Öffentlichkeit nicht darf. Und wenn ich ihn weiterhin Blake nenne, muss ich mir ansehen, wie er ständig zusammenzuckt, als würde ich ihn beleidigen.« Sie seufzte theatralisch. »Dein Freund ist echt kompliziert.«

Ich musste lachen. »Da kann ich nicht widersprechen.« Zögerlich griff ich nach ihrer Hand. »Apropos kompliziert, hast du Ashton in letzter Zeit gesehen?« Ich sagte seinen Namen ungern vor ihr, aber anders konnte ich nicht herausfinden, ob er versucht hatte, Kontakt zu ihr aufzunehmen. Seit jenem Abend, an dem er bei Cliff aufgetaucht war, ihm seine Faust und mir diese Wahrheit ins Gesicht geschlagen hatte, hatten wir ihn nicht mehr gesprochen. Cliff meinte, dass Ashton jedem Kontaktversuch aus dem Weg ging. Ich wusste, dass es Cliff belastete, aber es fiel mir immer noch schwer, in Ashton mehr zu sehen als einen rücksichtslosen Mistkerl. Immerhin waren Zoe und ich uns darin einig.

Sie lächelte grimmig, doch mir entging nicht, wie sich ihre Wangenmuskulatur anspannte, als würde ihr der Gedanke an ihn Schmerzen bereiten. »Nein, keine Sorge. Und wenn er es wagt, sich noch mal bei mir blicken zu lassen, trete ich ihm so lang in den gestohlenen Hintern, bis seine hässliche Seele ordentlich durchgerüttelt ist.«

Ich konnte mich nicht entscheiden, ob ich lachen oder den Kopf schütteln sollte. Zoe hatte die ganze absurde Wahrheit deutlich besser aufgenommen, als ich vermutet hatte. Sie war zwar extrem skeptisch gewesen, sobald ich das Wort *Übernatürliches* erwähnt hatte, aber nach mehreren Stunden, in denen Cliff und ich ihr alles im Detail erzählt hatten, beschloss sie, uns zu glauben.

»*Du bist meine beste Freundin*«, hatte sie schulterzuckend gesagt. »*Wenn ich dir nicht vertraue, wem dann?*«

Ich vermutete, dass es auch eine Rolle spielte, dass diese Wahrheit ihr endlich eine Erklärung für Ashtons rätselhaftes Verhalten und vor allem für ihren eigenen Zustand in seiner Nähe geliefert hatte. In jedem Fall hatte es ausgereicht, um ihr klarzumachen, dass sie sich von ihm fernhalten musste. Ich war erleichtert, trotzdem konnte ich nicht aufhören, mir Sorgen zu machen. Zoe tat zwar so, als hätte sie mit alledem abgeschlossen, aber ich kannte sie gut genug, um zu wissen, dass sie verletzt war. Ashton hatte sie monatelang ausgenutzt und das schlimmer als die Typen vor ihm, mit denen sie negative Erfahrungen gemacht hatte.

Als könnte sie meine Gedanken hören, verdrehte sie die Augen und knuffte mir in die Seite. »Guck nicht so. Ich passe ab jetzt auf meine Seele auf. Und auf mein Herz auch.«

Ich lächelte. »Klingt gut. Und ich helfe dir dabei.«

»Weiß ich doch. Aber erst mal verbringst du jetzt einen schönen Osterurlaub mit deinem mystischen Vogelfreund. Hundertachtzig Jahre auf dem Buckel machen ihn bestimmt zu einer informationsreichen Reisebegleitung. Er ist ja fast so alt wie die Steinkreise, die ihr euch ansehen wollt.« Sie wackelte belustigt mit den Augenbrauen, während ich mich erneut für keine Reaktion entscheiden konnte.

»Das ist so schräg, oder?«, fragte ich skeptisch.

»Absolut«, bestätigte Zoe und umfasste meine Schultern, um mich in eine innige Umarmung zu ziehen. »Diese Beziehung ist das *absolut Verrückteste*, was du je getan hast und vermutlich je tun wirst. Genau deshalb ist sie das *absolut Beste*, das ich mir für dich wünschen könnte.« Sie küsste mich auf die Wange, ehe sie mich bei der Hand nahm und in Richtung Tür zog. »Und jetzt los. Vergeude keine Zeit.«

Ich widersprach ihr nicht. Stattdessen griff ich nach meinen Sachen, ließ mir noch einmal versprechen, dass sie mich auf dem Laufenden hielt, was Davies Zustand anging, und verließ das Wohnheim. Wenn ich mittlerweile etwas wusste, dann, dass jede Sekunde kostbar war. Und ich wollte so viele wie möglich davon mit Cliff verbringen. So lang ich eben konnte.

Draußen griff ich nach Mums Taschenspiegel und blickte hinein. Die Farbe auf meinem Mund hatte einen Rosastich. *Soft love*, meine Lieblingsfarbe, seit Cliff nur noch Cliff war. Ich lächelte und wusste, wenn es tatsächlich so etwas wie die Kraft des Universums gab und Mum mich in solchen Spiegelmomenten sehen konnte, dann lächelte sie jetzt auch.

Ich klappte ihn wieder zu und blinzelte in die Frühlingssonne. Sie flutete das Gras in einem Orangeton, wurde in den unzähligen Fenstern und meinem Kettenanhänger reflektiert. Ich umfasste die goldene Plakette und strich mit dem Daumen über die zarte Gravur.

Cliff hatte sie mir geschenkt. Vor ein paar Wochen, ohne Anlass oder Erklärung. Ich hatte sie eines Abends in meiner Jackentasche gefunden, nachdem er mich von der Bibliothek abgeholt und nach Hause begleitet hatte. Er liebte diese kleinen Gesten. Mir die Tür aufhalten, mich wortlos auf die Seite des Bürgersteigs komplimentieren, die weiter von der befahrenden Straße entfernt war, mir einen Kaffee in die Bibliothek schmuggeln, den ich heimlich im diesigen Licht zwischen staubigen Fenstern und Bücherregalen trank.

Natürlich, mein normaler Alltag ging trotz allem weiter, und Cliff versuchte auch gar nicht, mich davon abzuhalten. Er ordnete sich meinen Routinen unter, leistete mir Gesellschaft beim Lernen oder wartete abends auf mich, wenn die Bibliotheken schlossen. Und ich genehmigte mir mehr bewusste Pausen, weil ich erkannt hatte, dass es außerhalb des Studiums eben noch mehr gab, was mir wichtig war. Was ich wertschätzen und genießen wollte. Die kleinen Auszeiten waren das Beste an meinen Tagen: und wenn es nur zehn Minuten waren, die ich mit ihm reden und ihn ansehen und ihn küssen und mir bewusst machen konnte, dass ich all das jetzt tun durfte. Wir waren kein Geheimnis mehr, und trotzdem fühlte sich das, was wir teilten, wie etwas unsagbar Kostbares, Schützenswertes und Besonderes an. So wie die Kette, die er mir an diesem Abend in die Tasche gesteckt hatte. Der Anhänger war daumengroß, die Gravur so dünn, dass man sie nur lesen konnte, wenn man das Metall gegen das Licht drehte.

... whatever our souls are made of ...

Ich kannte *Sturmhöhe* mittlerweile gut genug, um das Zitat im Kopf zu vervollständigen: *his and mine are the same.*

Ich hatte gelächelt, als ich es gelesen hatte, und dann geweint. Weil dieser Satz so gut einfing, was ich fühlte, wenn ich an Cliff dachte: diese untrügliche, unerklärliche und unerschütterliche Gewissheit, dass wir einander sahen und verstanden. Es war das schönste Gefühl, das ich mir vorstellen konnte, und gleichzeitig das schmerzhafteste, weil ich die Vorstellung, ihn so bald zu verlieren, nicht ertrug. Also schob ich diesen Gedanken, der wie eine düstere Gewitterwolke über uns schwebte, so gut es ging von mir fort. Ich weigerte mich schlichtweg, zu akzeptieren, dass sich das Unwetter, das in ihr heranschwoll, irgendwann über uns ergießen würde. Noch war nichts geschehen, noch war alles möglich. Unsere Geschichte musste besser enden als die von Catherine und Heathcliff. Sie musste einfach.

Cliff wartete außerhalb des Universitätsgeländes an der Straße. Als er mich sah, stieß er sich von seinem Wagen ab. Je näher wir einander kamen, desto mehr verblasste sein Lächeln. Was er in meinem Gesicht erkannte, löste ein besorgtes Stirnrunzeln in seinem aus. »Was ist mit dir?«

Ich beeilte mich, den Kopf zu schütteln, und ließ es zu, dass er mir die Tasche abnahm. »Nichts. Ich hab mich nur gefragt, wie viele dieser Reisen wir machen können, bevor ...«

Meine Stimme brach. Cliff zögerte kurz, dann stellte er mein Gepäck neben sich ab und zog mich an den offenen Seiten meines Mantels zu sich heran. »Ein paar Jahre sind eine lange Zeit.« Er küsste mich auf die Leberflecke an der Schläfe. Es war seltsam, aber es fühlte sich jedes Mal so an, als würde er einen Teil ihrer Dunkelheit und die der darunterliegenden Gedanken einfach fortnehmen. »Wer weiß, was alles noch passieren wird.«

»Richtig.« Ich lächelte. »Genug Zeit, um beispielsweise noch ein paar mythische Artefakte ausfindig zu machen.«

»Pica.« Er nahm mein Gesicht in seine Hände und drückte

seine Stirn kurz gegen meine. Das machte er oft: meistens dann, wenn wir uns über etwas uneinig waren. Was immer noch recht häufig vorkam. Vor allem, wenn wir auf dieses Thema zu sprechen kamen. »Wie oft diskutieren wir noch darüber?«

»Ich diskutiere nicht, ich stelle fest.« Entschieden drückte ich ihn an der Brust zurück, nur um sofort nach seiner Hand zu greifen und ihn mit mir auf den Wagen zuzuziehen, der unter einer rosablühenden Kastanie parkte. »Eines sollte dir mittlerweile bewusst sein: Ich gebe nicht auf. Solang uns Zeit bleibt, werde ich nicht aufhören, nach einem Schlupfloch zu suchen. Das hier ist noch nicht vorbei.«

Cliff seufzte und griff an mir vorbei nach der Tür der Beifahrerseite. »Natürlich nicht. Das, was wir haben, fängt gerade erst an.« Er deutete in das Innere des Autos. »Und jetzt komm, ich will mit meiner Freundin in den Urlaub fahren. Wie ein ganz gewöhnlicher Mensch.«

Ich hätte ihm sagen können, dass er kein *gewöhnlicher Mensch* war und dass ich mich deswegen noch lang nicht damit abgefunden hatte, dass er der Natur ihren freien Lauf lassen wollte. Immerhin war seine gesamte Existenz *übernatürlich*. Stattdessen küsste ich ihn flüchtig aufs Kinn und setzte mich in den Wagen. Ich würde in dieser Sache nicht klein beigeben, aber ich wollte auch nicht jeden Moment damit verbringen, darüber zu streiten. Es blieb noch Zeit, um ihm klarzumachen, dass ich mich nicht mit unserem Schicksal abfinden würde. Das hier war eben wirklich noch nicht vorbei. Unser Ende war noch nicht geschrieben, und ich hatte nicht vor, mir dafür irgendetwas diktieren zu lassen. Wir würden es selbst formulieren, ganz gleich, wie aufwendig und anstrengend es sein würde, die passenden Worte zu finden.

Während Cliff das Auto umrundete, umfasste ich erneut meinen Kettenanhänger. Eines wusste ich ganz sicher: *Woraus auch immer unsere Seelen gemacht waren* – ich würde bis zur letzten Sekunde alles geben, um seine zu retten.

JARLE SÄNGER, 1984 in Bonn geboren, ist schon seit seiner frühesten Kindheit Wanderer aus Leidenschaft. Bereits als Knirps eroberte er zusammen mit seiner wanderverrückten Familie die Berge Europas. Später machte er sich als freiberuflicher Journalist selbstständig und gelangte so, neben aufweckenden, ermutigenden und witzigen Erlebnissen auf seinen Wanderungen, auch zu spannenden Einblicken hinter die Kulissen der deutschen Wanderbranche.

Jarle Sänger
111 GRÜNDE, WANDERN ZU GEHEN
Erweiterte Neuausgabe mit zwei farbigen Bildteilen

ISBN 978-3-86265-720-9
© Schwarzkopf & Schwarzkopf Verlag GmbH, Berlin 2018
Idee und Vermittlung: Literaturagentur Brinkmann, München | Alle Rechte vorbehalten. Dieses Werk ist urheberrechtlich geschützt. Jede Verwendung, die über den Rahmen des Zitatrechtes bei korrekter und vollständiger Quellenangabe hinausgeht, ist honorarpflichtig und bedarf der schriftlichen Genehmigung des Verlages. | Coverfotos © kapulya/thinkstock.de | Aufmacherfotos: S. 11: © Maygutyak/fotolia.com, S. 37: © Roberto Caucino/thinkstock.de, S. 61: © Warren Goldswain/fotolia.com, S. 81: © Galyna Andrushko/fotolia.com, S. 107: © Maygutyak/ fotolia.com, S. 145: © karelnoppe/fotolia.com, S.156/157: © Anton Gvozdikov/fotolia.com, S. 170/171: © Rock and Wasp/fotolia.com, S. 184/185: © Boarding1Now/thinkstock.com, S. 209: © Maygutyak/fotolia.com, S. 224/225: © Galyna Andrushko/fotolia.com, S. 248/249: © Anna Dudko/thinkstock.com | Bildteil: Alle Bilder – © Privatarchiv des Autors

VERLAG
Schwarzkopf & Schwarzkopf Verlag GmbH
Kastanienallee 32, 10435 Berlin
Telefon: 030 – 44 33 63 00
Fax: 030 – 44 33 63 044

INTERNET | E-MAIL
www.schwarzkopf-schwarzkopf.de
www.facebook.com/schwarzkopfverlag
info@schwarzkopf-schwarzkopf.de

111 GRÜNDE, PORTUGAL ZU LIEBEN

EINE LIEBESERKLÄRUNG AN DAS SCHÖNSTE UND VIELFÄLTIGSTE LAND DER WELT –
MIT VIELEN PERSÖNLICHEN UND HUMORVOLLEN ANEKDOTEN

111 GRÜNDE, PORTUGAL ZU LIEBEN
EINE LIEBESERKLÄRUNG AN DAS SCHÖNSTE LAND DER WELT
Aktualisierte und erweiterte Neuausgabe mit Bonusgründen
und zwei Farbteilen | Von Annegret Heinold
280 Seiten, Taschenbuch
ISBN 978-3-86265-662-2 | Preis 12,99 €

»Die Autorin wohnt seit über 30 Jahren in Portugal, und man merkt so richtig, dass sie das Land liebt. Aus ihren Zeilen liest man nicht nur die Informationen, sondern auch, wie sie als Deutsche das Land wahrnimmt, wie sie die Unterschiede sieht und die Mentalität empfindet. Sie entführt uns in den verschiedenen Kapiteln in den hohen Norden mit seinen Weingebieten, sowie auch auf die Blumenfelder im Alentejo ... Und in traumhafte Altstädte wie Porto, in denen die Geschichte noch lebt und man zu Portwein und Fado-Gesänge dem schönen, typisch portugiesischen Gefühl der Saudade nachhängen kann. Eine echte Insiderin halt!«

Buch-Magazin

Mit viel Insiderwissen und Herzblut macht die Autorin Lust darauf, dieses einstige Land der Seefahrer selbst zu sehen und zu erleben.

111 GRÜNDE, SCHOTTLAND ZU LIEBEN

AKTUALISIERTE UND ERWEITERTE NEUAUSGABE
MIT DREI BONUSGRÜNDEN UND VIELEN FARBIGEN FOTOS

111 GRÜNDE, SCHOTTLAND ZU LIEBEN
EINE LIEBESERKLÄRUNG AN DAS SCHÖNSTE LAND DER WELT
Von Ulrike Köhler
280 Seiten, plus zwei Farbteile á 16 Seiten auf Bilderdruckpapier |
Taschenbuch
ISBN 978-3-86265-627-1 | Preis 12,99 €

Man muss Schottland einfach lieben, ein Land, welches das Einhorn zu seinem Wappentier und die Distel zum Nationalsymbol erklärt hat. Ein Land, in dem es Seemonster, Elfen und Kobolde gibt, in dem mehr Schafe als Menschen leben und das auf eine überaus dramatische Geschichte zurückblickt. Ein Land, in dem man überall zu Gast bei Freunden ist und Großzügigkeit als Geiz getarnt wird. Ein Land, in dem ein kleines, giftfarbenes Zuckerwasser Coca-Cola besiegt und das immer wieder mit seiner Unabhängigkeit ringt.

Dies und jenseits aller gängigen Klischees über Schottland – Kilt, Whisky, Highlands und Co. – hat die Schottland-Kennerin Ulrike Köhler die 111 wichtigsten Gründe zusammengetragen, warum man das bewundernswert kauzige Schottland einfach lieben muss.

WWW.SCHWARZKOPF-SCHWARZKOPF.DE

111 GRÜNDE, ISLAND ZU LIEBEN

AKTUALISIERTE UND ERWEITERTE NEUAUSGABE
MIT DREI BONUSGRÜNDEN UND VIELEN FARBIGEN FOTOS

111 GRÜNDE, ISLAND ZU LIEBEN
EINE LIEBESERKLÄRUNG AN DAS SCHÖNSTE LAND DER WELT
Von Marco Asbach
256 Seiten, plus zwei Farbteile á 16 Seiten auf Bilderdruckpapier |
Taschenbuch
ISBN 978-3-86265-626-4 | Preis 12,99 €

Island erfreut sich bei Touristen immer größerer Beliebtheit. Was den Reiz dieses besonderen Reisezieles im hohen Norden ausmacht, beschreibt der Autor Marco Asbach in 111 Gründen. Er zeichnet die Besonderheiten der Menschen und der Tierwelt nach, gewährt Einblicke in ihre Gewohnheiten und Eigenarten, vor allem aber auch in die unvergleichliche Natur und die besondere Kultur Islands.

111 GRÜNDE, ISLAND ZU LIEBEN ist ein Reiseführer der besonderen Art, der Reiseberichte und eigene Impressionen des Autors mit überlieferten Anekdoten und zahlreichen konkreten Tipps verquickt. So bringen die im Buch versammelten Gründe dem Leser auf persönliche und kurzweilige Art nahe, warum dieses Land zum Verlieben ist, und regen ihn zu eigenen Erkundungstouren über die größte Vulkaninsel der Erde an.

111 GRÜNDE, IRLAND ZU LIEBEN

AKTUALISIERTE UND ERWEITERTE NEUAUSGABE
MIT DREI BONUSGRÜNDEN UND VIELEN FARBIGEN FOTOS

111 GRÜNDE, IRLAND ZU LIEBEN
EINE LIEBESERKLÄRUNG AN DAS SCHÖNSTE LAND DER WELT
Von Markus Bäuchle und Eliane Zimmermann
256 Seiten, plus zwei Farbteile á 16 Seiten auf Bilderdruckpapier |
Taschenbuch
ISBN 978-3-86265-625-7 | Preis 12,99 €

Die Autoren zogen vor 15 Jahren nach Irland um. Sie lieben es, auf der Grünen Insel am westlichen Rand Europas zu leben und zu arbeiten. Denn die Landschaft, die Menschen und die Lebensart am Atlantik sind anders. Irland unterscheidet sich vom Rest Europas. Gerade deshalb fasziniert dieses dynamische kleine Inselland mit der keltischen Vergangenheit und der ungewissen Zukunft. In Irland gehen die Uhren anders,

vieles läuft langsamer, gemütlicher und stressfreier ab als auf dem Kontinent. Es gibt mehr Platz für Mensch und Tier, der Horizont erscheint weiter, und auch die Luft zum Atmen ist reiner.

Die vielfältige Musikszene, der reiche Literaturschatz und nicht zuletzt die vielen zauberhaften Mythen des Landes inspirieren. Großartige Berge, Strände, Seen und Wanderwege wirken regenerierend und heilend.

JARLE SÄNGER

111 Gründe,

WANDERN

.... *zu* ....

GEHEN

**ERWEITERTE NEUAUSGABE
MIT ZWEI FARBIGEN BILDTEILEN**

SCHWARZKOPF & SCHWARZKOPF

INHALT

gibt – Weil es das Risihorn gibt – Weil das Finale einer Fußball-WM unwichtig wird

Grenzerfahrungen macht – Weil es pädagogisches Mittel ist – Weil es die Völkerverständigung fördert – Weil man Neues erfährt – Weil es Christopher McCandless gab – Weil es mein Lebensgefühl verkörpert – Weil es nichts Schöneres gibt

*Dieses Buch widme ich meinen Schwestern Katrin und Lena,
den stolzen Müttern von Johan und Elin, die beide im Jahr 2015
geboren sind. Hört her, die Welt ist um zwei Wunder reicher!*

Man sieht sich draußen –
noch immer und immer wieder!

VORWORT

Über vier Jahre ist es her, dass ich mein Loblied aufs Wandern, bestehend aus 111 Gründen, geschrieben habe. 111 Erlebnisse, Geschichten, Motivationen, Ratschläge und Tipps; 111 lustige, unvergessliche, gar romantische Abenteuer in und aus der Natur. Doch Wanderer haben selten genug und niemals alles gesehen, darum bin ich auch in den letzten Jahren nicht müde geworden, meinen Rucksack zu schultern, raus in die Wanderwelt zu ziehen und meine Geschichte um zahlreiche Zeilen zu bereichern. Mit der erweiterten und aktualisierten Neuausgabe kommen nicht nur elf neue Bonusgründe aus jüngster Vergangenheit dazu, sondern auch ein 32-seitiger Bildteil, der meine Geschichten vom Wandern zu visualisieren weiß.

Klar ist doch: Viel zu lange wurde das Wandern als antiquiertes Seniorenhobby abgetan. Zu Unrecht, denn wer nur ein einziges Mal gewandert ist, der weiß: Das ist es nicht. Wandern ist mehr. Wandern, das ist eine Flucht aus dem Alltag, eine Entschleunigung des Lebens und eine Rückkehr zur Natur, die wir in unseren künstlich geschaffenen Lebensräumen selten noch so richtig wahrnehmen. Kaum etwas vereint positive psychische und körperliche Effekte so umfassend wie das Wandern, es ist gesundheitliche Therapie und Prävention zugleich. Wandern aktiviert alle Sinne, fährt längst vergessene Systeme des Körpers wieder hoch und lässt uns das Leben spüren. Beim Wandern haben wir Zeit für uns und sind dennoch im Kreise unserer Liebsten; draußen in der Natur können wir uns ihnen wieder ungezwungen widmen. Ja, Wandern ist eine Rückbesinnung auf die wirklich wichtigen Dinge im Leben.

Beim Wandern gibt es keine Einstiegshürden, so gut wie keine Barrieren oder Auflagen. Wer will, der wandert. Wohin auch immer. Die Welt ist riesig, voller Überraschungen und abgelegener Winkel, die entdeckt werden wollen – zu Fuß. Weder durch Fernsehen noch durch Bücher oder Erzählungen können wir all die Schönheiten unserer Erde so wirklich fassen. Wir müssen sie sehen, hören und riechen. Wir müssen dort sein und sie fühlen.

Vor allem aber ist Wandern das Erleben der Natur und die intime Auseinandersetzung mit sich selbst. 122 Gründe zu finden, wandern zu gehen – für einen leidenschaftlichen Wanderer keine schwere Aufgabe. Schwingen doch vor, während und nach jeder Wanderung schon so unendlich viele persönliche Momente, Erkenntnisse und Geschichten mit. Es gibt mehr als 122 Motive zu wandern, mehr als 122 Geschichten aus der Wanderwelt und mehr als 122 Erkenntnisse, die man unterwegs gewinnen kann. Fast 40 Millionen Wanderer gibt es in Deutschland, jeder Wanderer hat seine ganz eigenen 122 Gründe, sich immer wieder aufs Neue die Wanderschuhe zu schnüren und seinen Körper auf die sanfteste Art der Welt an seine Grenzen zu bringen.

Hier sind meine! *111 Gründe, wandern zu gehen – die aktualisierte und erweiterte Ausgabe* ist meine Huldigung, anhand derer ich die Faszination Wandern zu erfassen versuche. Erfahrene Wanderer werden sich erinnern, wenn sie vom grandiosen Gefühl einer Gipfelbesteigung lesen. Andere werden vielleicht lachen, wenn sie meine Geschichten von Familie Wurst lesen. Vielleicht werden sie nachdenklich, wenn es um Entschleunigung in unserem Leben geht. Am schönsten wäre es jedoch, wenn ich mit diesem Buch zum Wandern animieren könnte. Wieder zu wandern, öfter zu wandern, mehr zu wandern oder gar anzufangen mit dem Wandern. Denn Wandern ist die mit Abstand schönste Freizeitbeschäftigung der Welt.

Viel Spaß beim Lesen!
Jarle Sänger

MOTIVE DER WANDERLUST

Weil man vor dem Alltag flieht

Ich kenne keine Alternative zum Wandern, die besser geeignet wäre, um den Sorgen, Verpflichtungen und den sich immer wiederholenden Abläufen des Alltages zu entkommen. Ist mein Alltag wirklich so furchtbar, oder braucht nicht jeder Mensch einmal eine gewisse Auszeit? Raus aus dem Rollenzwang, weg mit dem gesellschaftlichen Status. Eine Auszeit vom Chef, von Freunden oder der Familie. Eine Auszeit von negativen Gedanken, vom Stress oder von schweren Entscheidungen, die einen plagen. Beim Wandern kann ich all das fallen lassen. Kaum bin ich ein paar Hundert Meter gelaufen, lausche ich nur noch der authentischen Stille der Natur. Jeglicher Stress löst sich völlig unbemerkt von mir, ich tauche ein in eine Art Schwerelosigkeit aus gleichmäßiger Atmung und stetigen Schritten. Ich bin allein mit mir und dem, was ich in diesen Momenten wahrnehme, was ich empfinde. Der Druck des Alltags ist weit, weit weg. Jetzt ist hier und in diesem Augenblick.

Ich erinnere mich an eine Zeit, in der ich viele Sorgen hatte, eine Zeit, in der ich in Trauer und Selbsthass fast ertrunken wäre. Frisch von meiner langjährigen Freundin getrennt, entschied ich mich, meinem Alltag, der mich emotional komplett zu verschlingen drohte, Hals über Kopf zu entfliehen. Ich setzte mich unvorbereiteter Dinge in mein Auto und fuhr mitten in der Nacht gen Süden, einfach so. Mein Ziel waren die Ötztaler Alpen, eine Landschaft, die mich schon als Kind unheimlich begeistert hatte. Ich weiß nicht wieso, doch instinktiv zog es mich dorthin. Nach rund sieben Stunden Fahrt erreichte ich das Bergsteigerdorf Vent. Da zurzeit keine Saison war, hatte ich Glück, überhaupt ein Zimmer in dem kleinen 139-Seelen-Dörfchen zu erhaschen. Nun saß ich da, um elf Uhr morgens, mitten in den Bergen. So wirklich besser ging es mir nicht und erste Zweifel erhoben sich in mir: »Was machst

du eigentlich hier?« Ich hatte keine Minute geschlafen und war seit fast 24 Stunden auf den Beinen, trotzdem konnte ich dem Drang, hinauszugehen und die Berge ringsum zu erklimmen nicht widerstehen. So dauerte es auch nicht lange, bis ich meine Wanderausrüstung zusammenpackte und den ersten kleinen Pfad, den ich erblicken konnte, kurzerhand hinaufstieg.

Da war sie wieder, diese Leichtigkeit. Schritt für Schritt wanderte ich bergauf in Richtung Breslauer Hütte. Meine Exfreundin, die mir sonst jede freie Minute im Kopf herumspukte, war weit weg, und auch den allgegenwärtigen Stress auf der Arbeit schien es nie gegeben zu haben. Alles, was präsent war, waren die mächtigen Kolosse der Bergwelt, das Knirschen der Steine unter den Wanderschuhen und meine schwere Atmung beim Hinaufsteigen des steilen Bergrückens. Immer wieder hielt ich inne und schaute mich um, die Natur mit all ihren kleinen und großen Schönheiten zog mich völlig in ihren Bann. An der geschlossenen Breslauer Hütte angekommen, es war bereits September, entschied ich mich noch weiter zu gehen. Ich hatte ein gutes Tempo drauf, fühlte mich fit und war mir sicher, den Gipfel des Wilden Mannles in 3.023 Meter Höhe noch rechtzeitig erreichen zu können. Und so kam es, dass ich rund zwei Stunden und eine gehörige Portion Anstrengung später auf dem Wilden Mannle stand. Der eisige Wind fegte mich mehrmals fast von den großen Steinblöcken, auf die ich mich gestellt hatte. Dann schloss ich meine Augen. Ich kann mich an keinen Moment in meinem Leben erinnern, in dem ich weiter entfernt vom Alltäglichen war als in diesem. Ich stand völlig alleine auf dem einsamen Gipfel, hoch über dem Tal, und fühlte nichts als die ungefilterte, wahrhaftige Gegenwart. Der Wind pfiff mir um die Ohren, ich fror trotz warmer Kleidung, war geschafft vom langen Aufstieg und bald 30 Stunden ohne Schlaf. Doch ich war frei von allem – ein unvergesslicher Moment.

Genau das sind die Augenblicke, die das Wandern zur lebenslangen Leidenschaft werden lassen. Momente voller Kraft, neuem

Mut und frischem Wind. Sie sind antreibend, ermutigend und belebend. Momente, die man erst hinterher so richtig begreift und die süchtig machen. Erst rückblickend fiel mir auf, dass ich mich unterwegs nicht eine Sekunde mit meiner Heimat und den damit verbundenen Sorgen beschäftigt hatte und dass ich mich noch nie so bewusst auf diese seltsame, mir völlig neue Art gut gefühlt hatte. So fern vom Alltag. So nah bei mir selbst.

Weil man sein Heimatland so richtig kennenlernt

Ohne meine Wanderleidenschaft wäre ich wohl nur halb so viel in meiner Heimat Deutschland herumgekommen. Wenn überhaupt. Ich habe malerische Dörfer gesehen, deren Existenz ich vorher abgestritten hätte, und wunderschöne Winkel entdeckt, von denen ich ohne das Wandern heute nicht rückblickend träumen könnte. Wanderer sind echte Weltenbummler. Ich weiß, wie der Westerwald aussieht, wie das Allgäu riecht und wie die Bayern ticken (okay, so ganz kriegt das ein Nichtbayer wohl nie auf die Reihe). Ich kenne die Wacholderheiden der Schwäbischen Alb, die windigen Küsten Norddeutschlands und den grünen Schwarzwald. Ich stand auf Staudämmen im Bergischen Land, am Rande eines Vulkans in der Eifel und auf dem verschneiten Langenberg im Rothaargebirge. Ich habe meine Füße in den kühlen Müggelsee gehalten, habe den Wendelstein erobert und die Quelle der Donau plätschern gehört. Und mittelalterliche Orte wie Monreal, Monschau oder Rothenburg ob der Tauber habe ich in echt anstatt als kleines Bildchen im Lexikon gesehen. Wie vielfältig Deutschland doch ist.

Aber es sind nicht nur ganz besondere Orte, die ich auf meinen Wanderungen kennengelernt habe. Auch die Menschen, die mir über den Weg liefen, mit denen ich mich über Gott und die Welt

unterhielt, die mir ihre Geschichten erzählten und denen ich meine Geschichte offenbarte, haben meine Erfahrungen geprägt. Nicht selten war ich kuriosen Dialekten ausgeliefert, von denen ich vorher immer dachte, ich würde sie bestimmt verstehen. Falsch gedacht, doch trotz aller vorangehenden Verständigungsprobleme oder Vorurteile habe ich in allen Ecken Deutschlands Gastfreundschaft und Hilfsbereitschaft erlebt. Ich traf herzensgute Menschen und grimmige Gesellen. Vom kleinkarierten Spießer bis zum erfrischend weltoffenen alten Mann war alles dabei. Alle haben sie ihren Teil zum großen Mosaik meiner Eindrücke beigetragen.

Auch die Geschichte und Kultur unseres Landes, die so vielfältig und vor allem so regional geprägt ist, konnte ich an so manch einem Ort näher kennenlernen. Historische Zeugnisse aus Steinzeit, Antike, Mittelalter und Neuzeit gaben und geben mir einen detaillierten Einblick in die bewegte Vergangenheit all der Regionen, die ich bisher besuchte. Burgen, Schlösser, Klöster, Kirchen, Kapellen, Denkmäler und historische Fundstellen säumen meine große Wanderung durch Deutschland, deren Ende noch lange nicht abzusehen ist. Falls diese überhaupt jemals ein Ende finden kann. Schaubergwerke und Tropfsteinhöhlen im Siegerland oder der Schwäbischen Alb haben mich sogar in die Unterwelt Deutschlands abtauchen lassen.

Weder von den Straßen und Autobahnen aus noch durch das Fernsehen, durch Erzählungen oder Bücher kann man seine Heimat und die Welt, in der wir leben, so richtig kennenlernen. Man muss sie einfach durchwandern und sehen, riechen, hören, fühlen.

In all den Jahren meiner Wanderleidenschaft hat Deutschland ein überaus differenziertes und echtes Gesicht von sich gezeichnet. Ein Gesicht, das sich auch mit meinen zukünftigen Erfahrungen weiter wandeln wird. Denn Wanderer haben selten genug und niemals alles gesehen. Und so geht die Abenteuerreise durch meine Heimat weiter. Bis, ja, bis ich irgendwann die Bayern verstehe, dann habe ich wohl alles erreicht im Leben.

Weil man Botschafter des Wanderns wird

Eine solch wunderbare Sache wie das Wandern, die muss man einfach teilen. Was in meiner Familie fest verwurzelt ist, ist in meinem Freundeskreis fast keinem ein richtiger Begriff: die Faszination Wandern. In der Schule wurde ich oft belächelt, wenn ich von meinen Wanderurlauben erzählte, und auch heute noch ernte ich kuriose Blicke, wenn ich fremden Menschen von meiner Tätigkeit als Journalist berichte. »Journalist? Cool, auf welchem Themengebiet denn? Wandern? Wie jetzt, was schreibt man denn da?«, so klingt es häufig am Anfang einer Unterhaltung. Für mich immer wieder ein Ansporn, meinen Mitmenschen zu zeigen, was Wandern wirklich bedeutet, dass all die Klischees rund um des Müllers Lust längst überholt sind. Und vor allem, dass Wandern nicht den allseits gehassten Spaziergang mit Oma im Wäldchen oder bloß ein langweiliges Seniorenhobby beschreibt. Sondern, dass viel mehr dahintersteckt, als so manch ein Vorurteil vermuten lässt.

So habe ich sowohl meine damalige als auch meine jetzige Freundin für das Wandern begeistern können, und das nachhaltig. Eine Sache, mit der beide zuvor nur wenig anfangen konnten, wurde letztlich zur Leidenschaft. Ich hatte sie wortwörtlich einfach mitgeschleppt und versprochen, dass es ihnen gefallen würde. Und ich habe recht behalten. Jetzt haben die beiden wiederum mit den Vorurteilen gegenüber dem Wandern zu kämpfen, wenn sie Freunden und Familie erzählen, dass sie wieder einmal wandern waren. So setzen sich die Geschichten und hoffentlich auch der Erfolg der Überzeugung fort.

Auch meinen Freunden versuche ich in regelmäßigen Abständen das Wandern nahezubringen. Akribisch konzipiere ich möglichst actionreiche Wanderungen, um sie dann zu fragen, ob sie mich nicht begleiten möchten. Ich habe einen unerklärlichen Drang,

meinen engsten Freunden zu zeigen, wie spannend die Natur sein kann. Ich möchte, dass sie all diese wertvollen Selbsterfahrungen machen können und ähnlich unvergessliche Eindrücke unseres Planeten bekommen, wie ich es konnte. Ich weiß selbst nicht ganz wieso, aber ich bin ein echter Botschafter des Wanderns, nicht nur beruflich.

Einer meiner größten Erfolge beim Bekehren meiner Freunde war eine Wanderung zum Klettersteig bei Boppard. Hoch über dem Rhein kraxelten wir an den steilen Hängen entlang über den mit Stahlseilen und Eisenstiften gesicherten Klettersteig bis zu einer herrlichen Aussicht über den Bopparder Hamm, der größten Schleife des Rheins. Ein voller Erfolg, alle Mitwanderer waren begeistert, sowohl von ihrer körperlichen Leistung und dem spannenden Steig als auch von der Natur, in der sie sich als Stadtkinder nach langer Zeit mal wieder länger bewegten. Fünf begeisterte Neuwanderer, fünf Fliegen auf einen Streich. Yes!

»Wenn du so was wieder machst, plan mich bitte unbedingt mit ein! Der Antrag sei hiermit gestellt.« Welch Musik in meinen Ohren nach einem viertägigen Hüttentrekking in den österreichischen Alpen. Mit Daniel, einem meiner besten Freunde, hatte ich einen weiteren Menschen zum Wandern verführen können. So kann's weitergehen. Und meine anderen Freunde? Na ja, ich werde es weiter versuchen, doch wenn dann immer noch keine begeisterten Wanderer geboren sind, dann sollen sie einfach weiter auf dem Laufband joggen. Und dabei die Wand anstarren. Und stickige Luft atmen. So nämlich!

Weil man sein Leben entschleunigen kann

In manch einer freien Minute grübele ich darüber, wie sehr wir alle im ständigen Sog des Alltags und der Gesellschaft schwimmen. Wir haben Termine, an die wir uns halten, und Uhrzeiten, nach denen wir uns richten. Der Kalender ist prall gefüllt mit Pflichten und Aufgaben, kaum ein Tag, der nicht rot angestrichen ist. Der Wecker wird zum Taktgeber unseres Lebens, Woche für Woche. Aufstehen, arbeiten, schlafen. Aufstehen, arbeiten, schlafen. Fahrpläne, Öffnungszeiten und Sprechstunden bestimmen die Frequenz, mit der wir unsere Leben führen. Eine Frequenz, die immer schneller wird. Eine Spirale der Geschwindigkeit. Die wenigsten von uns haben noch eine eigene Geschwindigkeit, können wirklich frei darüber entscheiden, wann sie wo hingehen und wofür sie sich Zeit nehmen. Es scheint fast so, als würde uns das immer schneller werdende Tempo unserer Gesellschaft mitreißen und uns immer unkontrollierter dahin treiben, wo wir eigentlich gar nicht hingehören. Die Welt rast und wir rasen mit, ob wir wollen oder nicht. Alles wird digitaler, effizienter, schneller. Der Burnout scheint vorprogrammiert. Wir verlernen zu genießen und »*mäßigen uns maßlos*«, wie der Wiener Philosoph und Kulturtheoretiker Robert Pfaller treffend feststellt. Bis es irgendwann richtig kracht und das Limit des Menschseins auf dem Weg zur Roboterisierung erreicht ist. Dann vielleicht werden die Menschen selbst erkennen, dass wir keine Maschinen sind und auch keine werden wollen. Ich zumindest will das nicht. Es fällt mir sehr schwer, diesem Tempo zu entgehen und mein eigenes, natürliches und viel langsameres Tempo wiederzufinden. Zu sehr bin ich in die gesellschaftlichen Abläufe und Prozesse eingebunden, Tag für Tag. Ob sozial, beruflich oder finanziell. Doch beim Wandern gelingt es mir, mal wieder auf die verrostete Bremse zu treten und das Leben zu genießen, ganz langsam und in aller Ruhe.

Denn was mich beim Wandern umgibt, ist meist nichts als die erfrischend simpel und verlässlich agierende Natur, als der ursprüngliche Taktgeber von Tag und Nacht, von Wetter und Jahreszeiten. Die Natur als natürlichster Wecker, den es gibt. Ein stetiger, gemächlicher und sanfter Ablauf der Dinge, trotz all ihrer rauen Seiten. Ein Ablauf, in dem ich den Freiraum zum eigenen Tempo wiederfinde, aus einer völlig anderen Perspektive und ganz ohne Zeitdruck. Beim Flanieren durch Wälder oder über Wiesen und Felder kann ich so die Geschwindigkeit aus meinem Leben nehmen und das Wirrwarr meiner auf Effektivität getrimmten Psyche Stück für Stück entknoten. Ich erlebe die so selten gewordene Ich-Zeit, in der längst vergessene Freiräume zur Entfaltung kommen. Eine Wanderung braucht eben Zeit, und die lasse ich mir beim Wandern auch.

Wandern ist für mich der Inbegriff von Entschleunigung. Und regelmäßige Entschleunigung ist im Leben der heutigen Highspeed-Gesellschaft notwendiger denn je. Ich bin mir ziemlich sicher, es geht nicht nur mir so.

5. GRUND

Weil man mit seinen Liebsten zusammen ist

Wer nicht unbedingt ein einsiedlerischer Wanderer ist, der seine Wanderungen konsequent völlig alleine begeht, der weiß zu schätzen, wie sehr das Wandern mit seinen liebsten Mitmenschen verbindet. Wo sonst kann man über einen so langen Zeitraum hinweg mit dem Partner, seinen Freunden, seiner Familie oder den engen Verwandten so intensive Zeit verbringen? Wo sonst hat man die Ruhe und den Freiraum, sich diesen Menschen auch gebührend zu widmen? Niemand geht so lange essen, wie man wandern kann. Nicht mal die Franzosen. Im Kino kann man sich aus Rücksicht

auf andere Menschen nicht unterhalten, und beim Badminton-match macht das Lungenvolumen dem Gesprächsbedarf einen Strich durch die Rechnung. Und wo steht man sonst noch vor so herrlicher Naturkulisse? Bei kaum einer der gewöhnlichen Freizeit-beschäftigungen, die man mit seinen Liebsten unternimmt, hat man so richtig Zeit füreinander.

Anders beim Wandern. Tiefgründige Gespräche finden nicht nur während der Rastpausen statt; man schlendert gemeinsam durch die Landschaft, unterhält sich über Gott und die Welt und ist für-einander da. Es wird erzählt und zugehört. Gestritten und gelacht. Gemeinsam. Die kollektive Erfahrung beim Wandern, das Bewäl-tigen des Weges und das Erreichen des Ziels stärken dann sogar noch den Zusammenhalt und das Zusammengehörigkeitsgefühl. Man lernt sich kennen, entdeckt mitunter sogar völlig neue Facetten an einem gut bekannt geglaubten Menschen. Facetten, die man gar nicht erahnt hätte, für die man keine Zeit gehabt hätte. Man kommt sich einfach näher.

Auch ich würde meine Familie wohl nur halb so gut kennen, wenn ich mit ihr nicht in so regelmäßigen Abständen auf Wander-schaft wäre. Auf den zahllosen Wanderungen durch Deutschland und Europa haben sich mir meine Schwestern geöffnet, mir ihre Träume vom Leben erzählt. Meine Eltern gaben mir Ratschläge zu Problemen, die ich ihnen unterwegs anvertraute. Probleme, die bei mir oft eine lange Reifezeit durchlaufen, bevor ich sie überhaupt anspreche. Auf Wanderungen ist genügend Zeit dafür. Gemeinsam schwelgten wir in Erinnerungen und sinnierten über die Zukunft. Wie oft lachten wir, bis sich die Balken bogen? Jeder Wanderurlaub brachte seine ganz eigenen Witze und lustigen Anekdoten hervor, über die man auch heute noch rückblickend lachen kann. Auffällig ist: Immer dann, wenn die Glückshormone zuvor in Massen aus-geschüttet worden sind, wird es besonders humorvoll. Zum Bei-spiel nach dem Erreichen eines Gipfels; beim anschließenden Ab-stieg vom Berg wird ausgelassen geschrien, gerufen, gespaßt und

eben gelacht. Besonders ich verfalle dann nicht selten in eine Art Clownmodus, in dem ich den absurdesten, mitunter nervtötenden Unsinn von mir gebe. Es ist einfach schön, seine wertvolle und begrenzte Zeit so intensiv mit seinen Liebsten verbringen und teilen zu können. Und was haben wir uns gestritten? Nicht nur einmal flogen gehörig die Fetzen, nicht nur einmal diskutierten wir Kilometer um Kilometer um den heißen Brei herum, um uns, bis heute glücklicherweise, immer wieder auszusprechen.

Ja, das soziale Miteinander ist schon ein schwieriges Terrain mit Höhen und Tiefen und dennoch bleibt es ein fester Bestandteil unseres Lebens, den ich niemals missen will. Mit all seinen schönen und schwierigen Seiten, seinem ständigen Auf und Ab. Ein Bestandteil, der besonders beim Wandern mit seinen Liebsten so richtig zur Geltung kommt, so ganz ohne Barrieren, frei heraus.

6. GRUND

Weil man einsam sein kann

So toll das Wandern mit seinen engsten Mitmenschen auch ist, so schön ist es, wenn man mal ganz alleine unterwegs ist. Wer mit einer solch hochtalentierten Quasselstrippe liiert ist wie ich, der wird mir bei diesem Grund wohl uneingeschränkt solidarisch gesinnt sein. Endlich mal das ununterbrochene Gegacker ausknipsen! Oh ja, das Wandern mit anderen Menschen hat neben seinen schönen Seiten auch seine kleinen Schattenseiten, seien es nörgelnde Begleiter, einseitige Gespräche oder quengelnde Kinder. Aber mal im Ernst, das ist natürlich nicht der wahre Grund dafür, wieso Wandern in absoluter Einsamkeit wunderschön sein kann.

Manchmal ist es einfach nur der Drang nach dem Alleinsein. Beim Wandern in absoluter Einsamkeit entwickelt sich eine ganz andere, ungeahnte Qualität des Seins. Es herrscht nichts als Freiheit

und die persönliche Verantwortung. Ich kann tun und lassen, was ich will. Ich kann hinwandern, wohin ich will und so lange ich will. Niemand schreit nach einer Pause, niemand quatscht mich voll, wenn ich das gerade nicht möchte. Das Handy ist ausgeschaltet, die Welt hat Pause. Kein Bimmeln, kein Vibrieren. Was andere von mir wollen, interessiert mich endlich mal nicht, während der Zeit mit mir alleine hier draußen. Ein entspannendes Gefühl, sich nicht für Gott und die Welt verantwortlich zu fühlen. Immer antworten zu müssen und erreichbar zu sein. Es könnte ja was sein. Nein, was ist, bin ich und zwar allein.

Ich bleibe dort stehen, wo ich stehen bleiben möchte. Ich raste dort, wo es mir gefällt. Ich gehe mein eigenes Tempo. Das Reich der Natur und ich, mehr nicht. Die Gedanken kreisen um die Dinge, die ich für wichtig halte. Oder sie kreisen gar nicht, dann geht der Kopf aus, und die Stille geht an.

Oft bleibe ich in der Einsamkeit der Landschaft einfach stehen, mache mir selbst bewusst, wo ich mich gerade befinde, was ich gerade erlebe, um dann zu versuchen, dieses Gefühl noch intensiver wahrzunehmen. Die kleinen Geräusche der Natur noch besser zu belauschen, den Blick noch fokussierter zum Horizont zu richten und die Kälte des Windes auf meiner Haut noch ein wenig stärker zu spüren. Dann atme ich tief ein und stelle fest: Ich bin gerne einsam. Für gewisse Zeit, in der Natur. Ich versuche, diesen Moment ganz mit mir allein zu konservieren, für den Moment, in dem ich in die Zivilisation und die Hektik des Alltags zurückkehre. Solche Erlebnisse auf meinen einsamen Touren sind eine Art Ruhepol für mich, der mir in schweren Zeiten hilft, einen kühlen Kopf zu bewahren. Erlebnisse, an die ich mich erinnere und in die ich mich zurückversetze.

Besonders für Menschen, die das ständige Gefühl haben, für alle anderen da sein zu müssen, sich für andere aufzuopfern, Menschen, die sich selbst über ihre grenzenlose Empathie vergessen, für diese Menschen ist eine solche Erfahrung Gold wert. Das positive Er-

leben des Alleinseins und das ganz intime Erfahren seiner selbst und seines Stellenwerts sind beim Wandern besonders intensiv. Oft haben genau diese Menschen Vorbehalte oder gar Ängste vor einer Wanderung so ganz ohne Begleiter, immerhin wandern 90 Prozent der Wanderer in Gesellschaft. Doch es muss ja nicht gleich ein wochenlanger Trip in den Alpen sein. Wer mit einer kleinen Tageswanderung auf einem gut markierten und ausgebauten Wanderweg hierzulande beginnt, der wird feststellen, wie schnell das Vertrauen in sich selbst und die Sicherheit wachsen. Schnell wird man merken, dass alleine wandern gar kein Hindernis ist. Ganz im Gegenteil.

7. GRUND

Weil es Extremwanderer gibt

Egal, um was es geht, der Mensch sucht immer wieder das Extreme. In der Musik zum Beispiel. Hardcoretechno (Speedcore, Gabber etc.) oder auch extreme Varianten von Rockmusik, Death Metal oder wie sich das Genre schimpft. Das sind so extreme Musikrichtungen, dass man sich als Otto Normalmusikhörer fragt, wie man das seinen Ohren nur antun kann. Mal in einen Speedcore-Titel reingehört? Nein? Ist vielleicht besser so. Das ist schon längst keine Musik mehr, zumindest für mich, und Baustelle ist noch eine viel zu freundliche Assoziation damit.

Besonders im Sport gibt es viele Extreme. Felix Baumgartner, der österreichische Extremsportler und Basejumper, ist aus jeder irdischen Höhe, die unser Planet so zu bieten hat, in die Tiefe gesprungen. Da fragte er sich: Wie soll ich mich da noch steigern? Ja genau, man springt einfach aus der Stratosphäre. Fast 39 Kilometer freier Fall. Alles klar? Bei der Flut an immer neuen Rekorden geht schnell mal unter, dass mit 41 Kilometer Fallhöhe ein neuer Rekord von Alan Eustace aufgestellt wurde. Die erste und schnellste Welt-

umrundung zu Fuß, Erstbesteigungen, schnellste Besteigungen, meiste Besteigungen, der tiefste Tauchgang und so weiter und so fort – das *Guinness Buch der Rekorde* ist voll von extremen Sportleistungen und seit jeher ein Kassenschlager.

Und so wie überall gibt es auch beim Wandern extreme Varianten. Extrem lang, extrem steil, extrem hoch, extrem viel, extrem autark – wie auch immer. Ich habe Schwierigkeiten, den Motiven der Extremwanderer zu folgen, denn in meinen Augen ist das schon längst kein Wandern im eigentlichen Sinne mehr. Doch so wie die extremen Musikfans oder Baumgartner sind auch die Extremwanderer mit ziemlicher Sicherheit anderer Meinung, denn sie erleben ihre extreme Leidenschaft ganz anders. Von einem anderen, eben ihrem Standpunkt aus. Und der interessiert mich. Sie treibt ein unbändiger Ehrgeiz an, die Jagd nach Rekorden und immer neuen Bestleistungen, sie wollen sich selbst etwas beweisen. Und wie bei allem setzt sich bei mir vor allem eine Einstellung dazu durch: Jeder wie er will. Und wenn Extremwanderer, wie der sympathische Thorsten Hoyer, den ich auch persönlich kenne, sehr gerne sehr extrem wandern, dann soll es so sein. Das, was er macht, ist unheimlich beeindruckend: Hoyer läuft mal eben den Rheinsteig auf 209 Kilometern in 52 Stunden, die 215 Kilometer lange Kjölur-Tour (Island) in 54,5 Stunden oder überquert die Alpen von Oberstdorf nach Meran – 49,5 Stunden und 130 Kilometer. Oder er knackt den Heidschnuckenweg von Hamburg aus – 300,2 km. Das alles ohne Schlaf, versteht sich. Er wandert einfach durch und hat sich mit dem Nonstop-Wandern einen Namen gemacht. Sein Antrieb dabei könnte schlichter nicht sein: das Weizenbier, das im Zielort auf ihn wartet. Nach eigenen Aussagen kommen das Naturerlebnis und der Blick für reizvolle Landschaften auf seinen extremen Wanderungen nicht zu kurz, irgendwie schwer vorstellbar. Spätestens nach 50 Stunden Nonstop-Wandern wäre ich jedenfalls nur noch am Bett einer Klinik interessiert und nicht mehr an der Landschaft um mich herum.

Ähnlich interessant wie ihre Motive finde ich, wie Extremwanderer uns Normalos vor Augen führen, wozu der menschliche Körper imstande ist. Was er leisten kann, wenn man extrem genug trainiert ist und man genügend Durchhaltewillen aufbringen kann. Ich könnte vielleicht 50 Kilometer am Stück wandern, aber dann wäre ziemlich sicher Schicht im Sänger-Schacht. Oft denke ich an Thorsten Hoyer, wenn ich so eine Tageswanderung mit 30 Kilometern hinter mir habe. Dann stelle ich mir vor, wie er jetzt noch mindestens weitere 170 Kilometer laufen würde, schlaflos. Wirklich beeindruckend. Und etwas beschämend, angesichts meiner Abgeschlagenheit nach diesen wenigen Kilometerchen. Nicht nur einmal habe ich mir eingebildet, Thorsten Hoyer gellend lachen zu hören, wie ich da so richtig fix und fertig stehe. Irgendwo von hoch oben, aus der Sphäre der Extremwanderer.

So extrem wie Thorsten Hoyer und seine extremen Kollegen werden das die wenigsten Wanderer jemals hinbekommen, und dennoch gibt es jedes Jahr eine Vielzahl an Teilnehmern bei all den 24-Stunden-Wanderungen oder Wandermarathons in Deutschland, die zurzeit schwer im Trend sind. Hunderte Wanderer versuchen sich dabei am Extremwandern, loten ihre Grenzen aus und wollen sich selbst beweisen. 24 Stunden? Lachhaft, denkt sich Thorsten Hoyer. 24 mickrige Stunden läuft er wahrscheinlich auf einem Bein, dabei zieht er einen ausgewachsenen Elefanten, jongliert mit fünf Bällen und spielt *Alle meine Entchen* auf der Mundharmonika. Jetzt, wo ich so darüber nachdenke, Thorsten, wie wär's? Wie dem auch sei, das Extremwandern scheint für so manch einen Wanderer einen nicht unerheblichen Reiz auszustrahlen und gehört heutzutage vermehrt zu den Motiven von Wanderern, wenngleich die Extremwanderer einen winzigen Bruchteil der wandernden Deutschen ausmachen.

Weil man vor Frauen flüchten kann

Klischee an: Sie tratschen, kreischen, nörgeln. Sie meckern, plappern und lästern. Kurzum: Sie nerven! Die Rede ist natürlich von Frauen, von wem sonst. Das weibliche Geschlecht unserer Spezies kann einem Mann schon mal gehörig auf den Senkel gehen. Immer wieder Verspätungen, weil die werte Dame mehr Zeit vor dem Spiegel verbringt als Männer auf dem Klo bei einer ausgiebigen Sitzung. Immer wieder Extrawürste und Sonderbehandlungen. Ach ja, und da wären noch die unzähligen Shoppinggänge, in die Mann immer wieder ungefragt eingebunden wird, schrecklich. Liebe Frauen, wenn ihr uns doch nicht immer bevormunden und verbessern würdet. Ja, wir sind nicht perfekt. Wir sind eben Männer und bitten um Verständnis dafür.

Vor allem aber ist es das unentwegte Geplapper, das mir jeglichen Nerv raubt. Wieso wollen und können Frauen nur so viel reden? Und so lange? Und so oft? Und wieso wollen sie auch immer mit mir reden? Wenn sie das doch wenigstens ausschließlich unter sich machen würden. Nein, »es gibt Redebedarf«. Und immer wieder streiten. Zugegeben, am Ausbruch eines Streits bin ich nicht immer unbeteiligt, aber ganz subjektiv betrachtet, hat irgendwie immer die Frau schuld. So ist es einfach, keine Widerrede.

Frauen sind für mich in vielen Dingen ein Rätsel und werden das wohl auch für immer bleiben. Was also tun, wenn mir meine Freundin mal wieder gehörig auf die Nerven geht? Richtig, wandern. Abhauen, flüchten. Weg! In die Natur, dort, wo endlich wieder adäquate Ruhe herrscht. Endlich keine Wörter mehr im Ohr, der schrille Ton der Meckerei ist schnell vergessen. Wie gut das tut. Endlich mal wieder mächtig einen fahren lassen, ohne vorwurfsvolle Blicke zu ernten. Am besten noch mit ein, zwei Freunden unterwegs sein, dann wird der Furz sogar gefeiert. Danach wird bei

Bier und Gulasch erst mal über die lästernden Frauen gelästert. Was die können, können wir auch. Wie schön, kein Mensch am Tisch bestellt Salat, keiner studiert die Speisekarte wie einen Brockhaus – Bier und Fleisch, in Sekundenschnelle ausgesucht. So muss das. Und endlich mal wieder ganz ungeniert verbal entgleisen. Schimpf-wörter sind nicht länger verpönt, sondern ausdrücklich erwünscht. Irgendwann ist genug gelästert, dann geht die testosterongeladene Wandertour weiter und das Schweigen wieder an. Ab und zu ein Furz, sonst wortlose Stille bis zum nächsten Gasthaus. Wandern ohne Frauen, wie besinnlich.

Sorry, liebe Frauen. Ich bin sicher, es gibt genügend Gründe, auch vor Männern wegzulaufen, und vielleicht habe ich mit diesem Text gleich schon den einen oder anderen mitgeliefert. Doch für solch einen Grund bin ich, als bekennender und zufriedener Mann, eindeutig der falsche Autor. *Klischee aus.*

Weil es kreativ macht

Eigentlich knipst sich der Kopf ja aus, doch es gibt auch außer-ordentlich kreative Momente beim Wandern. Wandern hat eine unheimlich inspirierende Kraft, das habe ich auch bei meinen Arbeiten an diesem Buch erlebt. Nicht umsonst haben große Den-ker, Literaten und Künstler ihre Kreativität beim Wandern fördern können. Ohne mich als einen solchen ausgeben zu wollen. Her-mann Hesse nutzte das Wandern als eine Art kreative Selbsterfor-schung. Was Großartiges dabei herauskam, wissen wir alle. Goethe wanderte. Hans Christian Andersen, der wohl bekannteste Schrift-steller Dänemarks, wanderte. William Turner, Richard Wagner, Theodor Fontane – alle wanderten. Auch Künstler wie Caspar David Friedrich oder Ludwig Richter wurden dank des Wanderns

durch wunderschöne Landschaften in der Sächsischen Schweiz inspiriert. Johann Gottfried Seume galt mit seinem Werk *Spaziergang nach Syrakus* sogar als Vorbild für eine Vielzahl weiterer Literaten, die es ihm später gleichtaten und damit den Grundstein der im 19. Jahrhundert aufkommenden Wanderlust legten. Kann das alles Zufall sein? Ich glaube nicht.

Nicht ganz so kreativ wirken unsere Politiker zuweilen, denen müsste man mal eine kollektive Parlamentswanderung verordnen, damit sie endlich neuen Wind in das politische Trauerspiel bringen. Peter Altmaier oder Christian Lindner, wie sie mit Kniebundhose gekleidet und Filzhut auf dem Kopf singend durch den Wald ziehen – nur schwer vorstellbar. Moment mal, Christian Lindner (FDP) und Parlament? Ach ja, die sind ja wieder drin. Doch Politik und Wandern, das gibt's tatsächlich. Zugegeben, die Brücke von Goethe oder Heine hin zu Müller ist lang, sehr lang. Die Rede ist von Peter Müller, von 1999 bis 2011 saarländischer Ministerpräsident, der es den großen Vordenkern Deutschlands gleichtat. Auf seinen jährlichen Sommerwanderungen nutzte er die Zeit zusammen mit einigen Landräten und politischen Funktionären für neue politische Kreativität im Saarländle. Natürlich demonstrierte er dabei auch jede Menge öffentlichkeitswirksame Bürgernähe. Der Mann weiß, was er tut, immerhin reichte es für zwölf Jahre Amtszeit als Ministerpräsident. Und auf die Ideen, die dazu nötig waren, kam er ganz bestimmt beim Wandern selbst. Das Wandern ist eben immer noch des Müllers Lust. Sorry, der musste sein.

Und was wäre ein grüner Politiker, wenn er nicht auch ab und zu durch die Lande wandern würde? Winfried Kretschmann, erster grüner Ministerpräsident überhaupt, macht vor, wofür die Grünen stehen (sollten), und beschreibt Wandern als »spielerische Form des Denkens«.

Was die »Großen« können, kann ich auch. Am liebsten unterhalte ich mich mit meinen Eltern über Beruf, Karriere und andere Labyrinthe des Lebens beim Wandern. Man kommt einfach auf

ganz andere, neue Gedanken an der frischen Luft. Oft sitze ich nach einer solchen früchtetragenden Wanderung im Auto und bin voller Tatendrang. Die neuen Erkenntnisse müssen so schnell wie möglich umgesetzt werden.

Auch der Doktorvater eines Bekannten besprach die Doktorarbeit seines Schützlings immer während einer Wanderung. Am kreativen Effekt des Wanderns scheint was dran zu sein. Bestätigt auch eine Psychologie-Studie aus den USA, in der eine deutlich erhöhte Kreativität und geistige Leistungsfähigkeit von Wanderern gemessen werden konnte. In der Studie der Universitäten von Utah und Kansas wurden 30 Männer und 26 Frauen auf eine sechstägige Rucksacktour durchs Land geschickt. Handys, Laptops oder andere elektronische Geräte waren verboten. Nur die Natur und die Wanderer. Zuvor musste ein Teil der Gruppe einen Kreativtest absolvieren; ein anderer Teil der Gruppe stellte sich dem Test erst nach vier Tagen auf Wanderschaft. Und siehe da, die zweite Gruppe schloss mit deutlich besseren Ergebnissen ab. Na, wer sagt's denn?

Die Zeit mit sich selbst, die Ruhe und Gelassenheit beim Wandern. Der Freiraum für Gedanken, die Fokussierung, die Abstinenz von Sorgen. Das ist die perfekte Mischung für frische Kreativität. Ob alleine unterwegs oder nicht. Wenn der Kopf im Alltag raucht und die Gedanken stagnieren, dann hilft das Wandern mit seiner reinigenden und befreienden Funktion. Wandern schafft Platz, für das, was ein Wanderer auch immer suchen mag. Zwischen Wald und Wiese, Tal und Berg entstehen ganz persönliche Ideen und Visionen, die große und kleine Denker gleichermaßen inspirieren und auf der Jagd nach ihren Träumen voranpeitschen können. Mein Vorschlag an die Chefs dieser Welt: Brainwalking statt Brainstorming in der Firma, das wär mal was.

Weil man Probleme lösen kann

Eine Wanderung macht nicht nur kreativ, sie ist auch ideal zum Nachdenken und Grübeln. Ob Beziehungsstreit, Erziehungsprobleme, berufliche Aufgabenstellungen oder einfach nur diverse Stolpersteine auf dem Weg der Selbstfindung und durchs eigene Leben. Irgendein Problem trägt doch jeder mit sich rum. In der Maschinerie des Alltags lassen sich viele davon nur schwer anpacken. Stattdessen liegt man nachts wach und grübelt sich um den Schlaf, immer den Druck des Schlafenmüssens im Kopf. Und morgens geht's wieder zur Arbeit, auch hier ist keine Zeit, sich wirklich großen Problemen im Leben angemessen zu widmen. Wer Glück hat, findet während der Mittagspause oder nach Feierabend die ein oder andere freie Minute für den Kopf, doch auch da verfolgen uns meistens unsere Pflichten. So schleppen wir alle jede Menge ungeklärte Lasten auf dem Buckel. Tag für Tag, Woche für Woche und manchmal sogar Jahr für Jahr.

Beim Wandern überkommt den Wanderer dann völlig unvermittelt dieser angenehme Freiraum, der eben nicht nur kreativ macht, sondern auch jede Menge Zeit für Gedanken bietet. Gedanken, die sich in der Stille und Gemächlichkeit des Gehens in aller Seelenruhe um die brachliegenden Probleme kümmern können, ganz ohne Stress. Gedanken, die erneut und kräftig zupacken können, entstehen oder werden neu geordnet. Gedanken, die motivieren und positives Denken fördern. Leichter als beim Wandern lässt sich der Resetknopf nicht drücken. Wenn der Kopf leer ist, schafft das jede Menge Platz im Geist. Wer wandert und sich damit die Zeit mit und für sich selbst nimmt, der ist überrascht, wie viel Antrieb man daraus generieren kann und welche Lösungsstrategien man bisher immer übersehen hatte. So eine Wanderung erfrischt den zugedröhnten Kopf und lässt es zu, schwierige

Probleme im Leben eines Wanderers zu lösen. Auch wenn für die Lösung eines Problems manchmal mehrere Wanderungen nötig sind, so merkt man schon nach den ersten Schritten, wie sehr das Wandern dabei hilft, seine Gedanken um die wichtigen Dinge im Leben kreisen zu lassen. Sie unberührt vom Alltagsleben neu zu sortieren.

Besonders wenn es um Streit mit meinen Mitmenschen geht, ist das Wandern für mich ein ziemlich wirksames Mittel. In der Hitze des Gefechts kann ich oftmals nicht klar denken, bin voller Wut und irrationaler Gedanken. Wenn ich mich dann auf meiner Flucht aufmache und ein paar Stunden durch die Natur laufe, kann ich schnell wieder klar sehen. Ich sehe auch meine Fehler und erkenne Missverständnisse. Aber vor allem sehe ich einen Ausweg, eine Lösung. Und ich gewinne die Motivation, jedweden Missmut zwischen mir und meinen Mitmenschen möglichst schnell zu tilgen.

In depressiven Phasen meines Lebens, denen ich mich leider nicht immer verwehren kann, hilft mir eine Wanderung dabei, wieder positive Perspektiven zu entwickeln. Häufig offenbart sich mir dann die berühmte andere Seite der Medaille. Wenn ich über all das nachdenke, was mich plagt. Und wenn ich mich und mein Leben reflektiere. Da draußen, in aller Ruhe. Das Wandern als befreiendes Ventil funktioniert ausgesprochen gut.

Als ob das Ankommen nach einer Wanderung nicht an sich schon schön genug wäre. Wenn ich während einer Tour noch ein kompliziertes Problem lösen konnte oder es mir danach besser geht, ist das befriedigende Gefühl der Ankunft noch ein Stück größer und der Stimmungspegel gerne mal am positiven Anschlag.

Weil man ein Heimatrevier hat
(weil es das Siebengebirge gibt)

Nicht jeder kann es sich leisten, das ganze Jahr über Deutschland, Europa oder gar die ganze Welt zur bereisen und immer neue Wanderregionen zu besuchen. Finanzielle, soziale, zeitliche oder berufliche Barrieren gehören da leider zu den meisten Wanderleben. Was also tun, wenn man dennoch in regelmäßigen Abständen wandern und abschalten will? Richtig, einfach vor der eigenen Haustür wandern. In einem nahe gelegenen Naherholungsgebiet, einem Naturpark oder einem Mittelgebirge, das nicht allzu viele Autominuten entfernt liegt. So können Wanderer immer spontan hinaus in die Natur und ihrer Leidenschaft nachgehen, ob an ganzen Wochenendtagen oder an frühen Sommerabenden unter der Woche. Wann immer sie die Wanderlust packt oder eine Auszeit ruft.

Solch ein Heimatrevier kennen leidenschaftliche Wanderer meist in- und auswendig, über Jahre hinweg haben sie jeden Winkel des Waldes erkundet, sind jeden Weg gelaufen und haben alle erdenklichen Tourenkombinationen ausprobiert. Und wenn die NSA anfragen würde, könnten sie mit Sicherheit sämtliche Koordinaten von jedem Stein, jeder Tanne und jedem Vogelnest detailgenau durchgeben. Aus dem Kopf versteht sich. Doch bis es zum Spion im Wanderschuh kommt, sind wir Wanderer heilfroh, dass die Geheimdienste dieser Welt mehr am Handy unserer Kanzlerin interessiert sind als an verwanzten Schwalbennestern. Und obwohl man als Heimat-Ranger nur noch wenig Neues entdeckt und eine Wanderkarte zum überflüssigen Accessoire wird, liebt man sein Revier einfach. Über all die Jahre entsteht eine innige Bindung zu »seiner« Gegend. Man ist ein echter Experte und gibt Wanderneulingen gerne fundiertes Fachwissen über die Region weiter.

Das Siebengebirge vor den Toren Bonns ist mein Heimatrevier. Ich kenne jeden Berg (es gibt mehr als sieben), jede Burgruine, jedes Gasthaus und (fast) jeden Pfad. So oft war ich schon auf den Hügeln des kleinen Mittelgebirges unterwegs und bin einfach ein paar Stunden durch die Natur gewandert. Es ist von Bonn aus schnell und einfach zu erreichen, so kann man auch mal nach der Arbeit ein, zwei Stunden durch die Landschaft ziehen. Und wie jeder Wanderer in seinem Heimatrevier habe ich mit dem Geisberg meinen absoluten Lieblingsplatz gefunden. In der kleinen Schutzhütte auf dem Gipfel genieße ich in regelmäßigen Abständen den tollen Blick auf die bewaldeten Hügel und den Rhein, der vor den Füßen des Siebengebirges gemütlich seine Bahn zieht. Darüber hinaus ist der Geisberg nicht so stark belaufen wie seine berühmten Nachbarn Drachenfels, Oelberg oder Löwenburg. Und ich mag es ruhig.

Doch auch die anderen Berge haben alle ihren Reiz. Die Löwenburg mit ihrer alten Burgruine und dem tollen Rheinblick. Der Drachenfels, der trotz oder gerade wegen seiner Zahnradbahn als meistbestiegener Berg Europas gilt, ermöglicht ebenso tolle Blicke auf Vater Rhein; darüber hinaus lässt sich auf der Sommerterrasse des frisch renovierten Restaurants hervorragend einkehren. Und auf der größten Erhebung des Siebengebirges, dem 460 Meter hohen Großen Oelberg, bewundere ich jedes Mal aufs Neue die tolle Aussicht über das gesamte Siebengebirge bis hin zur Eifel, die, vom Felsen etwas abseits des Bergrestaurants aus betrachtet, besonders schön ist. Ohnehin lassen die meisten Berge des Siebengebirges weit gen Westen und über den Rhein schauen, die ideale Voraussetzung für fantastische Sonnenuntergänge und schöne Abendstunden. Mein kleines Heimatrevier, das Siebengebirge, ist sicher nicht für wochenlange Wanderabenteuer gemacht, doch ist es ganz bestimmt nicht nur für »Bönnsche Kinder« ein oder zwei oder drei schöne Wanderausflüge wert. Das weiß ich, als waschechter Siebengebirgsveteran.

Falls ich dann doch mal genug vom Siebengebirge haben sollte, zieht es mich ins schöne Ahrtal, das für mich ähnlich nah gelegen ist. Die Weinregion mit ihren vielen Wanderwegen und ihrem mit Festen und Märkten prall gefüllten Veranstaltungskalender ist es immer wieder wert, am Wochenende einen spontanen Wanderausflug an die Ahr zu starten. Ich kenne das Ahrtal zwar noch lange nicht so gut wie mein Siebengebirge, doch habe ich es als mein zweites Heimatrevier schon ein bisschen lieb gewonnen.

12. GRUND

Weil meine Kinder wandern werden

Noch ist kein Nachwuchs auf der Welt, doch egal, wann es so weit sein wird, meine Kinder werden wandern. Zwingen will ich natürlich niemanden, aber ich werde es meinen Eltern gleichtun und versuchen, meine Kinder von klein auf für das Wandern zu begeistern. Denn Kinder lieben das Wandern, wenn man eine Tour als Erwachsener nur entsprechend gestaltet. Davon bin ich überzeugt, weil ich es am eigenen Leib erlebt habe. Es musste damals einfach nur möglichst abwechslungsreich und spannend sein, es bedurfte kleiner Zwischenziele, und schon wurden meine Kinderaugen größer. Bäche, Seen und Wasserfälle wurden auf unseren Wanderungen zu Abenteuerspielplätzen; wir spielten Bäckerei im Schlamm, indem wir kleine Brote aus Matsch formten und diese in der Sonne trockneten. Wir bauten Staudämme, Zwillen oder Bögen. Wir spielten Ritterkämpfe mit Stöcken und Hölzern nach, balancierten über Baumstämme, kletterten auf Bäume oder schwammen in eiskalten Bergseen. Burgruinen, Schluchten, Vulkane, Höhlen und Bergwerke als aufregende Tourenhighlights begeisterten mich verlässlich, während mein Vater Fragen über Fragen über Gott und die Welt beantworten musste. Er erzählte mir spannende Sagen und

Märchen zu den Burgen und Höhlen, die wir besuchten, und erklärte mir, wie Berge und Gletscher entstehen.

»Was? Kommen dann die Maders«? Das war die wohl berühmteste meiner Kinderfragen. Während einer Wanderung bis spät in den dunklen Abend fragte ich meinen Vater – schenkt man seinen Erzählungen Glauben – rund einhunderttausend und ein Mal, ob jetzt in der Dunkelheit die »Maders« rauskommen. Oder ob sie jetzt kommen. Oder jetzt. Oder ob sie hier kommen. Oder dort. Heute kann ich vor der Geduld meines Vaters nur den Hut ziehen, rückblickend hätte ich mich wohl insgeheim verflucht und am liebsten einen Mader aus dem Hut gezaubert. »Hier hast du deinen Mader! Und jetzt frag nicht weiter!« Doch als Kind war ich einfach völlig fasziniert davon, dass irgendwo da draußen um uns herum ein gewaltiges, monströses Riesentier namens Mader lauert und nur darauf wartet, mich zu fressen. Es ist schön, wie leicht Kinder noch zu begeistern sind, gerade in der Natur gibt es immer wieder Berührungen mit kleinen Dingen, die ganz große Augen verursachen.

Ich denke, besonders im städtischen Leben der heutigen Zeit, in der die Jugend immer mehr der Playstation oder dem Internet verfällt, bedarf es einer Rückkehr zu den wahren Sehenswürdigkeiten. Sonst manifestiert sich das nachher noch langfristig. Es sind weder die pixeligen Helden aus Computerspielen noch irgendwelche YouTube-Stars aus digitalen Scheinwelten, draußen in der Natur und in ihrer langen Geschichte liegen die wahren, echten Hingucker. Ich bin mir der Herausforderung bewusst, doch ich werde alles geben, meinen Kindern eine Alternative zur Oberflächlichkeit der modernen Gesellschaft mit ihrer dominanten Unterhaltungsmaschinerie zu bieten. Dabei möchte ich die modernen Unterhaltungsinstrumente nicht einmal verteufeln, ich selbst nutze Computer, Fernseher und Smartphone in der Freizeit. Es geht mehr um die Richtung und Priorität. Und um einen Ausgleich dazu. Ich werde versuchen, meinen Kindern die Natur spielerisch,

interessant und wandernden Fußes zu vermitteln, in spannenden Geschichten verpackt. Dann macht auch Kindern das Wandern Spaß, ganz bestimmt.

Heutzutage muss man nicht einmal selbst besonders kreativ sein, um Kindern das Wandern schmackhaft zu machen. Überall in Deutschland gibt es Sagen- und Geschichtenwege, spezielle Themenwege, wie den Schaukelweg im Bayerischen Wald, Lehrpfade, wie den Kyrillpfad im Sauerland oder den Lotharpfad in Baiersbronn. Sogar kleine Wandermaskottchen, wie den kleinen »Rothaar« im Rothaargebirge, der den Kleinen Wissenswertes über die Natur kindgerecht näherbringt. Unsere Schweizer Nachbarn haben in Graubünden mit dem *Murmeltier-Erlebnispfad* oder der Ferienregion Heidiland gleich mehrere kindgerechte Wanderattraktionen auf einem Fleck. Schwammerlpfad, Hexenweg und Forscherpfad in Österreich. Ritter- & Räuberpfad, Lämmerroute und Schmugglerroute in den Niederlanden. Und das alles sind nur Beispiele; über genügend Stoff für wandernde Kinder können wir uns im mitteleuropäischen Raum wahrlich nicht beklagen.

Den hohen Stellenwert der Natur für Kinder hat auch der Deutsche Wanderverband erkannt. Mit dem Projekt »Schulwandern – Natur erleben. Zukunft bewegen« unterstützt er Schulwanderaktivitäten im ganzen Land. Die Kinder sollen früh herangeführt werden an das Erlebnis Natur, an Bewegung im Freien und spielerisches Lernen. Wieder etwas weg vom Freizeitpark, vom Fernseher und dem Videospiel hin zu einer authentischen und nachhaltigen Unterhaltung. Ausgewählte Schulwanderführer oder beratende Ansprechpartner lassen sich über die Webseite des Deutschen Wanderverbandes finden und kontaktieren. Kinder haben Riesenspaß an der Natur, wenn man es ihnen nur ermöglicht.

Und so uneigennützig, wie es klingt, ist es gar nicht. Wenn die Kinder am Ende des Tages todmüde ins Bett fallen, anstatt unausgelastet zu quengeln, dann hat das auch noch etwas Gutes. Für das Elternpaar und den abendlichen Frieden. Gewusst, wie!

DRAUSSEN IN DER NATUR

Weil man sich in der Natur bewegt

Wer wandert, der befindet sich fast zwangsläufig in der Natur. Abgesehen vom Städtewandern erlebt man dabei einen selten gewordenen Kontrast. Denn bis zu 90 Prozent spielt sich unser heutiges Leben in von Menschen geschaffenen Kunstwelten ab. Sie schotten uns regelrecht ab von Mutter Natur, was eine nicht unerhebliche Entfremdung von dieser mit sich bringt. Die meisten Menschen kennen das, vor allem junge Menschen. Wir wohnen in dicht besiedelten Städten und Ballungsgebieten, lassen uns von öffentlichen Verkehrsmitteln oder dem eigenen Pkw von A nach B kutschieren. Wir arbeiten in riesigen Bürogebäuden, sind eingepfercht in massiven Komplexen aus Stahl und Beton. Wir schauen jeden Abend in die digitale Röhre, die uns mit ihrem oberflächlichen Unterhaltungsprogramm regelrecht verdummen lässt. Wir sind entsetzlichem Lärm ausgesetzt und merken das nicht mal mehr. Wir werden überflutet mit Reizen. Erst wenn wir einmal in der Einsamkeit der Natur stehen und dem Nichts lauschen, fällt uns auf, wie sehr wir unter dem ununterbrochenen Lärm der Städte leiden. Die Luft ist verschmutzt, voller Smog, und wir atmen dieses Gemisch aus Industrieabfällen und Abgasen täglich ein. Konsequenzen? Ungewiss.

Immer mehr Menschen lechzen förmlich nach einer Rückkehr zur Natur, der wir den Rücken zugewandt haben, und das ist nun wahrlich kein Wunder. Die, die diesen Drang nicht bewusst wahrnehmen, merken es spätestens dann, wenn sie sich mal wieder abseits der Städte befinden. Sie wollen sich selbst wieder mehr bewegen, ihren Körper in Gang bringen. Sie wollen endlich wieder frische Luft atmen. So richtig tief einatmen können, ganz ohne Zweifel. Die Stille der Natur genießen und ihre Schönheit bewundern. In die Ferne schauen, statt fernzusehen. Sie wollen abgestumpfte Sinne und Fähigkeiten wiedererlangen. Einfach mal

wieder richtig riechen, schmecken, fühlen. Sich mal wieder ohne Navigationshilfen in der Welt orientieren können. Kein Stau mehr, der Horizont endlich wieder unverbaut in Sicht. Vielleicht erlebt das Wandern deshalb in den letzten Jahren eine Renaissance?

Zahlreiche Studien belegen die positiven Effekte von Natur auf den Menschen. Allein die Farbe Grün, als *die* Farbe der Natur, wirkt auf den menschlichen Organismus erholsam, vitalisierend und harmonisch. Sie fördert Ausgeglichenheit. Bunte, geschwungene und vielfältige Formen in der Natur statt gradlinige, kantige und graue Rechtecke in unseren Kunstwelten. Die beruhigende, unaufdringliche Geräuschkulisse des Waldes mit ihren zwitschernden Vögeln und dem Rauschen von Wasser und Blättern tut ihr Übriges.

Wie leise ist Ruhe eigentlich? Man sagt, die Geräuschkulisse der Natur beträgt in etwa 20 Dezibel. 20 Dezibel? Viele Kids beschallen sich und ihre Ohren mit 80 oder gar 100 Dezibel lauter Musik. Alltagsbeschallung überall, das Großraumbüro: 70 Dezibel. Mittlerer Straßenverkehr: 80 Dezibel. Die Baustelle: 100 Dezibel. Ein Rockkonzert: 110 Dezibel. Vieles davon malträtiert uns Tag für Tag. Kein Wunder, dass uns die Ruhe der Natur so guttut.

In der Natur, beim Wandern, kann der Mensch wieder Mensch sein. Der Roboter in uns bekommt seine längst überfällige Pause. Es gab bisher keinen Menschen, mit dem ich in der Natur stand, der nicht davon geschwärmt hätte, wie schön es hier ist. Und wie er dieses Gefühl vermisst habe. Die Magie unverfälschter Natur ist für jeden gleichsam spürbar, der Mensch ist eben doch noch, wenn auch immer weniger, ein Kind der Natur. Sie steckt einfach in uns. Das Beste ist, die Natur ist immer schön. Egal, ob es stürmt und schneit, ob es regnet, ob es trocken und heiß ist, ob sich dichter Nebel über die Landschaft legt – die Natur kann gar nicht unschön sein. Jede ihrer Facetten hat etwas ganz Besonderes.

Und auch die Bewegung ist fester Teil unseres Wesens. Unser Bewegungsapparat ist auf Strecken von bis zu 15 Kilometer am Tag ausgelegt. Viele von uns laufen nicht einmal einen Kilometer täg-

lich, die totale Unterforderung. Diese Diskrepanz gilt es wenigstens in der Freizeit auszugleichen, wenn auch nur ab und zu. Es ist ja nicht so, dass es keinen Spaß machen würde.

Es mag nur ein Schreckgespenst aus der Zukunft sein, doch möchte ich persönlich nicht, dass unsere Welt irgendwann mal aussieht wie in Disneys Kinofilm *Wall-E*, in dem Menschen nur noch dicke, wabbelige Klöße sind, die sich in ihrer futuristisch verbauten Kunstwelt kollektiv auf kleinen elektrisch angetriebenen Gefährten herumfahren lassen und absolut keinen Handschlag mehr selbst ausführen müssen. Damit sie sich wirklich gar nicht mehr bewegen müssen, schlafen sie einfach gleich auf ihren Gefährten. Nein, danke! Dann doch lieber wandern, solange es noch geht. In der Natur, solange es sie in dieser Form noch gibt.

14. GRUND

Weil es tierische Begegnungen gibt

Streng genommen, gehören wir ja dazu, zu den Tieren. Doch haben wir uns im Laufe unserer Entwicklung einen ganz eigenen Lebensraum geschaffen, der die restliche Tierwelt immer mehr verdrängt. Viele der (ehemaligen) Bewohner unserer heimischen Wälder bekommen wir nur noch in Wildparks oder Zoos zu Gesicht. Wie fasziniert wir von den verschiedenen Tierarten und ihren Besonderheiten sind, kann man wunderbar am regen Zulauf dieser Wildparks sehen. Nicht nur Kinder bewundern die Schönheit und Eigenarten der so facettenreichen Erdbewohner. So erleben die meisten Menschen die Tiere fast ausschließlich hinter Zäunen in engen Gehegen. Nicht so die Wanderer, denn wer wandert, der weiß noch, wie das ist, so eine tierische Begegnung in freier Wildbahn.

Über Tierfährten und andere Hinterlassenschaften stolpert man regelmäßig, besonders im Winter werden die verschiedenen Spuren

im Schnee schnell mal zum Ratespiel. Doch Rehen, Hirschen, Wildschweinen oder Füchsen in freier Wildbahn begegnet man besonders während der Morgenstunden und in der Abenddämmerung. Zumindest sind die Chancen dann deutlich erhöht. Wer sich leisen Schrittes durch die Natur bewegt, kann zu dieser Zeit besonders viele der scheuen Tiere bei ihrem Treiben auf Waldlichtungen beobachten.

Aber auch in der Luft tummeln sich allerhand tierische Gefährten. Ich sah Bussarde, Falken, Störche, Reiher oder Sperber durch die Lüfte segeln. Und wenn ich mal etwas genauer zum Boden sah, konnte ich fleißigen Ameisen, Schnecken und Käfern bei ihrer Arbeit zusehen. In den alpinen Bergregionen kommen Murmeltiere, Gämsen, Steinböcke und sogar Steinadler zur Liste tierischer Begegnungen dazu. Ich erinnere mich an eine große Steinbockherde, bestehend aus über zehn Tieren, die ich mitten in der Bergwelt über einen mächtigen Kamm am Horizont stolzieren sah. Dieses Ereignis hat mich damals so sehr in den Bann gezogen, dass ich auch heute noch oft darüber nachdenke. Es war ein beeindruckendes und zugleich unheimlich beruhigendes Erlebnis, die Tiere in ihrem natürlichen Lebensraum auf friedlicher Wanderschaft in aller Ruhe zu beobachten. Lustig war hingegen die Begegnung mit einer Herde Ziegen, die mir auf einem ziemlich engen Bergpfad in einer Reihe laufend entgegenkam und partout nicht einsehen wollte, mir Platz zu machen. Gentleman wie ich bin, stellte ich mich an die Seite und ließ die lautstark blökenden Meckerlieschen ihres Weges ziehen.

Etwas mehr Glück braucht man bei seltenen Tierarten, die in Deutschland zum Teil schon als ausgestorben galten. Der europäische Luchs im Harz, in Hessen oder im bayerischen Wald zum Beispiel. Der Wolf ist ebenfalls zurück in nord- und ostdeutschen Wäldern, und sogar riesige Elche treiben sich in Ostdeutschland herum, wer hätte das gedacht? Der König der Wälder bleibt jedoch der Wisent. Im Rothaargebirge wurde das Wildgehege der größ-

ten Landsäugetiere Europas nach langer Vorbereitungszeit 2013 geöffnet; jetzt marschiert auch der Wisent wieder durch deutsche Wälder. Es ist ein schönes Zeichen, dass sich immer mehr als ausgestorben geltende Tierarten in Deutschland wieder heimisch fühlen können.

Mitunter werden Wanderer sogar zu Tierrettern. Ich erinnere mich an eine Schnecke, deren Schneckenhaus stark beschädigt war. Spontan entschied ich, das kleine Tier mitzunehmen und zu Hause aufzupäppeln. Im Internet fand ich die entsprechenden Informationen zur Schneckenrettung und zur Reparatur ihres Hauses. Nach zwei Wochen konnte ich das Tier wieder in die Wildnis entlassen. Yes, eine gute Tat! Und auch eine Reihe an Waldmistkäfern, die man auf deutschen Waldwegen zuhauf findet, konnte ich schon »retten«. Als ich so durch das Bergische Land wanderte, fielen mir alle paar Meter Käfer auf, die auf dem Rücken lagen und wild mit ihren Beinen strampelten. Alle paar Minuten stoppte ich, um den Tierchen mit kleinen Stöcken wieder auf die Beine zu helfen. Bis ich irgendwann die Mission »SOS Käferrettung« jedoch aufgeben und den Lauf der Dinge wieder der Natur überlassen musste. Es waren einfach zu viele.

Ob man sie sieht oder hört, Begegnungen mit der Tierwelt sind einfach faszinierend, und das Reich der Tiere ist immer wieder spannend zu durchwandern. Viel besser als im Zoo.

15. GRUND

Weil es Wasser gibt

Beim Thema »Wandern« und »Wasser« denke ich an reißende Bergflüsse, die ihren Weg durch wilde Schluchten und Täler finden. Die Stillach im Allgäu, die Isel im Virgental oder der Lech mit seiner unberührten Wildflusslandschaft im österreichischen

Teil fallen mir da sofort als Paradebeispiele ein. Sie sind der Inbegriff einer malerischen Berglandschaft. Ich denke an stille und tiefblaue Seen, die in all ihrer Ruhe daliegen und eine unbeschreibliche Magie ausstrahlen. Man möchte sich am liebsten den ganzen Tag in das Gras am Ufer legen und es Seen wie dem Lamnitzsee im Oberen Drautal oder den drei Gasselseen in der Steiermark nachmachen: erst mal nichts tun und einfach nur sein. Ich denke an türkisblaue Flüsse, die in der Sommersonne funkeln, wie den Soča beziehungsweise Isonzo (so heißt der Fluss auf Italienisch), der seine Bahnen durch ein wildromantisches Tal in Richtung Mittelmeer zieht. Kristallklare Bäche, die hoch oben in den Bergen aus dem Fels strömen und in Richtung Tal stürzen. Oder an Quellen, die immer wieder ein seltsames Gefühl von Fernweh in mir auslösen, beim Gedanken an die lange Reise, die ein Fluss von hier aus in Angriff nimmt. Unvergessen ist mir der Blautopf im schwäbischen Blaubeuren geblieben. Die blau schimmernde Quelle der – wie könnte der Fluss anders heißen – Blau faszinierte mich als Kind neben den spannenden Sagen und Legenden, die sich um die wunderschöne Quelle ranken, vor allem auch aufgrund des schönen Postkartenmotives, das dank des Klosters Blaubeuren im Hintergrund wie gemalt aussieht.

Gewässer zeugen wie kaum ein anderes Landschaftselement von der Fruchtbarkeit unseres Planeten, sie sind wunderschön anzusehen und gehören neben Aussichtspunkten zu den Lieblingsplätzen von Wanderern. Besonders dort, wo sie die Hindernisse auf ihrem langen Weg in Richtung Ozeane auf spektakuläre Weise überwinden. Wasserfälle und Stromschnellen zum Beispiel. Wasserfälle als spannendes Naturschauspiel führen die rauen Naturgewalten und Wassermassen auf unserem Planeten eindrucksvoll vor Augen. Tag und Nacht und Jahr für Jahr kracht das Wasser am Lechfall bei Füssen oder am Tatzelwurm-Wasserfall im Schwarzwald hinunter. Es ist unglaublich, wie viel Wasser es auf der Erde gibt. Und wenn man sich dann noch vorstellt, dass das Süßwasser nur etwa drei

Prozent des gesamten Wassers der Erde ausmacht, hört es gänzlich auf mit der Vorstellungskraft.

Nicht nur schön, erfrischend ist das Ganze auch noch. Schon mal die leere Trinkflasche an einem glasklaren Bergbach aufgefüllt? Herrlich frisch, selbst im Sommer eiskalt und einfach vitalisierend. Sofern man sich oberhalb der Zivilisation und von Weideregionen bewegt, kann man das Wasser, das frischer nicht gezapft werden könnte, auch bedenkenlos genießen. Volvic, Evian oder Apollinaris können einpacken. Oder schon mal in einen eiskalten Bergsee gesprungen? Als eine Art Morgendusche für Mutige? Die Ice-Bucket-Challenge für den ganzen Körper lässt jegliche Trägheit binnen Sekunden verschwinden und macht fit für den Tag, garantiert. Könnte ich gerade auch mal wieder gebrauchen.

16. GRUND

Weil es Wind gibt

Ich bin mir ziemlich sicher, dass dieser Grund nicht im Buch *111 Gründe, das Radfahren zu lieben* zu finden ist. Das wäre wohl leicht masochistisch, zumindest wenn wir von dem Wind sprechen, der einem erfrischend frontal ins Gesicht bläst. Genau diesen Wind meine ich nämlich. Ich liebe ihn. Wann immer ein heftiger Wind aufzieht, die Bäume sich bedrohlich zur Seite biegen und mich das beruhigende Rauschen der Blätter umgibt, reift in mir eine unbändige Sehnsucht nach der Natur und mir mitten darin. Nicht selten bin ich schon bei windiger Wetterlage spontan in eine der umliegenden Mittelgebirgsregionen, wie das Bergische Land oder das Siebengebirge, gefahren und mir nichts, dir nichts losgezogen. Da stand ich dann wenig später, auf einem schönen Berggipfel oder an einer exponierten Hangkante, habe die Augen geschlossen und den Wind um mich herum sausen lassen.

Kühler Wind versprüht eine unbeschreibliche Lebendigkeit. Der kalte Luftzug auf meiner Haut und die angenehme Geräuschkulisse geben mir das Gefühl, echt und wahrhaftig zu sein. Ein Teil dieser wunderschönen Erde und der rauen Natur zu sein. Im Wind fühle ich mich frei, als würde dieser meine Sorgen und Sünden wegpusten und mich für einen Moment lang reinwaschen von Zweifeln – was bleibt, ist ein wunderschönes Gefühl der Leichtigkeit. Solche windigen Momente geben mir oft neue Kraft und frischen Antrieb, mein Leben und die Dinge darin neu zu ordnen. Der Wind ist mein ganz persönlicher Energydrink für die Seele.

Wind gehört zum täglichen Treiben der Natur. Doch erst, wenn ein so richtig kräftiger Wind bläst, erahnt man die Kräfte, die darin schlummern können. Erst dann, zumindest ergeht es mir so, entfaltet sich das Gefühl, den Naturgewalten hilflos ausgesetzt zu sein. Als kleines Lebewesen in der großen, weiten Welt zu stehen, während der Wind mich von den Füßen fegt, erweckt in mir einfach ein noch intensiveres Naturerlebnis. Schon mal bei Föhnsturm in den Alpen unterwegs gewesen? In den Kitzbüheler Alpen durfte ich dieses Wetterphänomen hautnah erleben. Die Windgeschwindigkeiten waren der Wahnsinn, der Föhn blies oberhalb der Waldgrenze auf der Südseite der Pallspitze kontinuierlich mit einer Kraft, die ich nie zuvor erlebt habe. Ungewöhnlich war, dass es keine Böen gab, es war ein ununterbrochener Wall aus purer Naturgewalt. Das kennt man aus Städten nicht, dort, wo die zahllosen Hindernisse Windböen erst entstehen lassen. Man konnte sein eigenes Wort nicht mehr verstehen. Alles, was nicht niet- und nagelfest war, flog weg. Sogar meine beiden Schwestern. Auf einer Scharte, an der das Naturspektakel besonders heftig war, konnten die beiden sich kaum noch auf den Beinen halten, mehrmals schmiss sie der Wind zu Boden.

Bei heftigen Sturmfronten wie »Wiebke« aus dem Jahr 1990, »Lothar« aus 1999, »Kyrill« aus 2007 oder »Xaver« aus dem Jahr 2013 muss man natürlich aufpassen. Zur eigenen Sicherheit sollte

bei solch schweren Stürmen selbstredend niemand mehr wandern, besonders in Wald- und Mittelgebirgsregionen. Allein herabfallende Äste oder umstürzende Bäume bergen schon in der Stadt zu große Gefahren – im Wald erst recht.

17. GRUND

Weil es das Allgäu gibt

Das Allgäu ist für mich der Inbegriff von schöner Landschaft. Egal, wohin ich schaue, es ist grün. Überall grün. Diese saftigen Wiesen überall. Dieser Duft. Dazu die wunderschönen Berge im Oberallgäu, die nicht die höchsten, aber für mich ganz klar mit die schönsten sind. Im kühlen Nass der klaren Seen spiegelt sich das Bergpanorama, während die Kühe rundherum fleißig ihre Gräser kauen und munter ihre Glocken bimmeln lassen. Reißende Bergflüsse und Wasserfälle unterstreichen den Charakter einer märchenhaften Landschaft. Und diese frische Bergluft.

Vor allem der südlichste Zipfel Deutschlands bei Oberstdorf im Herzen des Oberallgäus hat es mir angetan. Hier findet man eine wirklich klassische Wanderwelt wie aus dem Bilderbuch. Eine Welt aus einer tollen Berglandschaft, in der aufgrund ihrer geringeren Höhe überdurchschnittlich viele Gipfel auch für Bergwanderer erreichbar sind, einer guten Wanderinfrastruktur mit leichten, mittleren und schweren Wegen und dem typisch bayerischen Flair mit all den urigen Häusern und ihren blumenreichen Balkonen. Die zu den Nördlichen Kalkalpen gehörende Region hat für mich alles, was ein Wanderer sich wünscht. Wer sich mal den überaus idyllischen Seealpsee über dem Oytal ansieht, der weiß, was ich mit Bilderbuchlandschaft meine. Zigtausendmal war dieser See schon Motiv für Postkarten, Poster und vor allem Fotos von Wanderern, einfach nur wunderschön. Von seiner wilden Seite zeigt sich das

Allgäu hingegen in der Breitachklamm, der tiefsten Klamm der Bayerischen Alpen. Hier tobt das Wasser spektakulär durch eine enge Felsspalte. Ein rund 2,5 Kilometer langer Weg führt mitten hindurch und führt deutlich vor Augen, dass die Bergwelt bei aller Sanftheit auch die Welt roher Naturgewalten ist. Ein spannender Kontrast, der hoch oben in Gipfelnähe, dort, wo die zartgrüne Landschaft dem felsigen Terrain weicht, noch eindrucksvoller wirkt.

Von Frühjahr bis Herbst ist das Allgäu immer mein erster Tipp für Wanderer, die mit den Hufen scharren und nicht wissen wohin. Egal, ob ein Anfänger auf talnahen Wegen, ein Fortgeschrittener auf Bergpfaden oder ein Profi auf den Klettersteigen des Allgäus, ich kann mir nicht vorstellen, dass jemand nicht das findet, was er sucht. Nur bei einem Punkt muss das Allgäu einen Abstrich machen: Absolute Einsamkeit wird man in dieser Region nicht finden. Die Schönheit des Allgäus ist nicht verborgen geblieben, und so begegnet man besonders in Talnähe einigen ebenso naturbegeisterten Menschen. Je höher man wandert, desto seltener passiert das natürlich. Wen das nicht stört, der wird sein Wanderglück im Allgäu ganz sicher finden. Gerade kontaktfreudige, gesellige Quasselstrippen, die nicht gerne in völliger Abgeschiedenheit unterwegs sein möchten, machen nichts falsch, wenn sie sich für einen Wanderurlaub im Allgäu entscheiden. Und nein, ich bin nicht bezahlt worden für diese Werbung. Jetzt wo ich darüber nachdenke, ich hätte mal anfragen sollen …

18. GRUND

Weil es die Alpen gibt

Die Alpen, mein persönlicher Wandertraum und die Lieblingsdestination der meisten Wanderer aus Mitteleuropa. Kein anderes Gebirge fasziniert mich so sehr wie das höchste Gebirge des inneren

Europas. An keinem anderen Ort, an dem ich bisher wanderte, war ich der Natur so nah, fühlte mich so entfernt von der turbulenten Zivilisation. Nirgends bestaune ich die unbegreifliche Dimension des Raumes mehr als hier, angesichts der mächtigen Bergriesen und der fantastischen Aussichten von den erklommenen Gipfeln aus. Es gibt keine schönere Landschaft für mich als die der Alpen. Das Hochgebirge mit seinen Gletschern und Eisriesen, die grünen Almen und das von reißenden Flüssen durchzogene Idyll der verwinkelten Täler. Nirgends fühle ich mich so zu Hause. Keiner Region fühle ich mich mehr verbunden. Das einfache und traditionell geprägte Leben auf den Almen und in den kleinen Dörfern gefällt mir, auch wenn ich immer wieder Schwierigkeiten habe, mich irgendwann als Teil eines solchen Lebens zu sehen, zu sehr bin ich von der Stadt geprägt. Und doch ist es immer wieder schön, in die ganz eigene Welt der Alpen einzutauchen und das ruhige Leben aufzusaugen. Irgendwann einmal, so der abstrakte Plan, werde ich in einem der acht Alpenstaaten in Gebirgsnähe wohnen. Wobei für mich wohl nur sechs infrage kommen. Monaco wird es ganz bestimmt nicht sein, es sei denn, ich gewinne im Lotto. Und die Schweiz will mich nach ihrem Referendum 2014 auch nicht mehr. Bleiben noch Süddeutschland, Österreich, Frankreich, Slowenien, Italien oder Liechtenstein. Moment mal, wer oder was ist Liechtenstein? Bleiben noch fünf.

Ich war schon an vielen Orten der Alpen, im Osten, Süden, Westen und Norden. Alle Regionen haben ihren ganz eigenen Reiz, ihren Charme und ihre Eigenarten. Doch haben sich mir ein paar Regionen besonders ins Herz gebrannt.

Die Ötztaler Alpen in Tirol zum Beispiel. Berühmt ist das Tal vor allem durch »Ötzi«, die Mumie aus dem Eis, die hier auf der Grenze zum italienischen Staatsgebiet gefunden wurde. Für mich sind es besonders die gigantischen Bergriesen des Ötztals, die mich so faszinieren. Steil ragen die über 3.000 Meter hohen Gipfel in den Himmel, schon bei der Anfahrt nach Vent, dem Bergsteigerdorf

am Ende des Tales, ist man hin und weg vom Postkartenanblick. Kleine Pfade schlingern sich die steilen Hänge hinauf, überall gibt es Berghütten, in denen man einkehren kann, und selbst einige der 3.000er sind für Bergwanderer ganz ohne Gletscherberührung machbar. Einmal eine Stunde gelaufen, sieht man schnell keinen Flecken Zivilisation mehr, kein bewohntes Tal ist mehr in Sicht. Nur noch die raue Bergwelt gibt den Ton an. Was mich schon als Kind am Ötztal so begeistert hat, zieht mich auch heute noch in regelmäßigen Abständen immer wieder dorthin. Zwar gibt es auch im Ötztal größere Skigebiete, doch wer von Vent aus seine Wanderungen beginnt, sieht davon rein gar nichts, ganz hinten im letzten Winkel des Tales ist dafür nämlich kein Platz.

Ebenso wunderschön ist das Virgental in Osttirol. Die Lasörlinggruppe mit all ihren Berghütten, die sich vor allem für Hüttenwanderungen jeglicher Schwierigkeit anbieten. Gegenüber der schneebedeckte Großvenediger, der fünfthöchste Berg Österreichs, immer im Blick. Und dann gibt es da ja noch das Dabertal, ein Seitental des Virgentals. Auf unserer Wanderung von der Neuen Reichenberger Hütte zur Clarahütte bin ich hier auf den wohl schönsten Wanderweg meiner bisherigen Wanderkarriere gestoßen. So ein wildromantischer, spannender und schöner Weg ist mir nur selten untergekommen. Die unberührte Hochgebirgslandschaft ließ mich regelmäßig innehalten. Immer wieder Bäche, die den Weg queren. Am Horizont die mächtigen Bergriesen, an deren Steilhängen ich Steinböcke beobachten konnte. Etwas weiter unten im tief eingeschnittenen und wilden Tal tobt der donnernde Daberbach. An dessen Lauf entlang schlängelt sich der an einigen Stellen leicht ausgesetzte Pfad ständig auf und ab, links und rechts, drängt sich zwischen Hohem Kreuz und dem Großschober (beide über 3.000 Meter hoch) hindurch, bis er auf die rauschende Isel trifft. Ein wirklich unvergesslicher Weg, auch wenn man für die leicht ausgesetzten, also etwas luftigen beziehungsweise steilen und engen Stellen eine kleine Portion Schwindelfreiheit und einen sicheren Tritt benötigt.

Auch das Val Ferret in der französischsprachigen Schweiz ist mir unvergessen geblieben. Keine Liftanlagen, keine größeren Ortschaften. Das Val Ferret beeindruckt mit seiner Ursprünglichkeit, tollen Wanderwegen, einigen Hütten und einer grandiosen Bergkulisse. Außerdem sind die Berge hier auch weniger belaufen als beispielsweise in Tirol. Absolute Einsamkeit verspricht dagegen das italienische Piemont in weiten Teilen. Während einer fünf Tage langen Wandertour nahe Domodossola habe ich einen einzigen Menschen getroffen. Mitten im August hatte sich lediglich ein Einheimischer auf den gleichen Gipfel verirrt wie ich. Ansonsten hatte ich die Bergwelt, die nur spärlich mit (gut) markierten Wanderwegen durchzogen ist, ganz für mich allein. Das ist selten geworden in den Alpen.

Die Alpen sind einfach das Nonplusultra des Wanderns in Mitteleuropa. Selbst nicht so ambitionierte Wanderer können in den Tälern relativ anstiegsfrei wandern, ob zu talnahen Seen oder Hütten, wichtig ist das einmalige Alpengefühl, und das herrscht in fast jedem Winkel dieses Gebirges.

Weil es nicht nur die Alpen gibt

So sehr ich in die Alpen verliebt bin, so oft vergesse ich darüber, dass Europa auch eine Vielzahl an Hochgebirgen versteckt, die ich noch nie bewandert habe. Mehr noch, von denen ich zum Teil noch nie gehört habe. Ja, in den Pyrenäen war ich schon mal und auch in den italienischen Abruzzen (Apennin) bin ich gewandert. Selbst das Skandinavische Hochgebirge (Skanden) ist mir und meinen Wanderschuhen nicht fremd. Das war es dann aber auch schon in Sachen Hochgebirge.

Schlimm eigentlich, denn es gibt noch so viel mehr Hochgebirge im Herzen Europas, die kaum ein Wanderer kennt. Wer weiß denn

schon, dass man in der Sierra Nevada im Süden Spaniens Gipfel findet, die weit über 3.000 Meter hoch sind? Mir war das lange nicht bewusst. Der 3.482 Meter hohe, fast das ganze Jahr über schneebedeckte Mulhacén ist der höchste Berg auf dem europäischen Festland außerhalb der Alpen und des Kaukasus. Schnee im Süden Spaniens? Oh ja.

Wer kennt das Pirin-Gebirge in Bulgarien, das mit seinem stark alpinen Charakter an die Alpen erinnert? Ohnehin hat Bulgarien mit dem Rila-Gebirge und den Rhodopen einige waschechte Hochgebirge zu bieten. Dann wären da noch die Karpaten im Osten Europas, ein wildes Gebirge, in dem mehr als ein Drittel der noch wild lebenden Großraubtiere in Europa heimisch ist. Wozu eigentlich nach Kanada? Eine Wildnis mit Braunbären, Wölfen und Luchsen gibt es also auch in Europa. Im Südosten Europas dann das Dinarische Gebirge mit seiner felsigen Landschaft und das überraschend grüne Kantabrische Gebirge im Norden Spaniens, das sich aufgrund der Klimascheide zwischen kontinental-kastilischer Hochebene und maritim geprägter Nordseite den Spitznamen »das grüne Spanien« eingehandelt hat. Und da wäre natürlich noch der Kaukasus, über dessen Zugehörigkeit zu Europa man sich streiten kann. Das macht ihn an sich aber nicht minder attraktiv für Wanderer, auch wenn die Besteigung des 5.642 Meter hohen Elbrus, des höchsten Bergs Europas (zählt man ihn zu Europa), für 08/15-Wanderer ein Traum bleibt, obwohl dieser technisch betrachtet eher leicht zu besteigen ist.

Viele der genannten Hochgebirge in Europa – und ich habe längst nicht alle genannt – sind dabei mehr oder weniger abenteuererprobten Wanderern vorbehalten. Denn eine solch gute Wanderinfrastruktur wie beispielsweise in den Alpen findet man in vielen der Gebirge nicht. Spärlich markierte Wege, kaum Hütten oder Einkehrmöglichkeiten sowie schlechte Erreichbarkeit machen das Wandern dort meist zum (Trekking-)Abenteuer. Aber wieso auch nicht? Wer echte Wildnis abseits jeglicher Zivilisation und

Infrastruktur sucht, wird sie in vielen der weniger bekannten Hochgebirge Europas finden. Es ist doch schön, dass es auch noch solche vom Massentourismus weitestgehend unberührte Wanderregionen gibt. Und so schwer es mir fällt, auch ich plane, mal einen der nächsten Sommer nicht in meine geliebten Alpen zu fahren, sondern mich einem dieser Wanderabenteuer in unbekannten Hochgebirgs-Gefilden zu stellen.

20. GRUND

Weil Vegetationswechsel spannend sind

Für mich ist es immer wieder ein Erfolgserlebnis, die Baumgrenze zu erreichen. War ich zunächst noch von dichtem Wald und dichter Vegetation umhüllt, tut sich oben an der Grenze zur baumlosen Alpinvegetation ganz allmählich der Blick auf die Umgebung auf. Dann erst wird wieder so richtig klar, wo ich mich befinde. Die letzten Baumriesen, die so weit oben noch gedeihen, wie zum Beispiel Fichte, Lärche oder Zirbelkiefer, weichen allmählich der Hochalmregion mit ihren Flechten, Moosen und vor allem den schönen alpinen Rasen, die aufgrund des kleinräumigen Wechsels ökologischer Bedingungen gute Voraussetzungen für eine außerordentliche Artenvielfalt von Pflanzen und Tieren schaffen. Allgegenwertig brummt, summt oder pfeift es. Es gibt nur wenig auszusetzen an so einer Hochgebirgsvegetation, abgesehen davon, dass das Gras hier oben ziemlich stachelig ist, was dem spontanen Hineinlegen meist eine kurze, lautlose, aber schmerzverzerrte Mimik folgen lässt.

Eine Sache gibt es da jedoch, ganz in der Nähe der Baumgrenze, direkt aus der Hölle: die Latschenkiefer. An dieses von Luzifer höchstpersönlich in die Welt gesetzte Gewächs habe ich gar nicht so schöne Erinnerungen. An einem extrem heißen Sommertag

kämpften wir uns einst weglos durch ein dichtes Meer an Latschen-kiefern, die so dicht beieinander standen, dass die brütende Hitze dazwischen förmlich stillstand. Bayerische Latschensauna. Die spitzen Latschenkiefern pikten und rissen alles auf, was ihnen in die Quere kam, dazu der Schweiß, der in Strömen aus allen er-denklichen Poren lief. Wie lange genau wir uns durch die Hölle aus Abertausenden Latschenkiefern kämpften, weiß ich nicht mehr, aber es dauerte eine gefühlte Ewigkeit, bis man endlich die Hände aus dem Gesicht nehmen konnte, die dort zum Schutze vor zurückschwingenden Ästen und pfeilspitzen Nadeln ihre helden-hafte Arbeit taten. Bei unserer anschließenden Einkehr müssen wir ausgesehen haben, als hätten wir uns geprügelt. Unvergessenes Grauen bis heute. Und wer war schuld? Mein Vater, der eine »coole« Abkürzung gehen wollte. Na, vielen Dank aber auch!

Auf welcher Höhe die Baumgrenze, oder ökologisch korrekter benannt: der Höhenstufenwechsel, stattfindet, ist übrigens ganz unterschiedlich. Während man diese Grenze am Alpenhauptkamm ab 2.100 Meter vorfindet, liegt sie in Bereichen der Voralpen 200 bis 300 Höhenmeter weiter unten, je nach Klima der entsprechenden Region, ein deutlicher Unterschied also. Noch höher, auf der so-genannten nivalen Höhenstufe, regieren dann irgendwann nur noch der Fels, darüber der Schnee und das Eis. Hier scheint kaum noch etwas zu gedeihen, und trotzdem ist es wunderschön in dieser Höhe, ganz allein mit sich und dem Wind, der über die karge Land-schaft fegt.

So ein Vegetationswechsel geht aber nicht immer ausschließlich mit der Höhenlage einher. Auch einen Klimawechsel zwischen zwei verschiedenen Klimazonen mal in aller Ruhe und in allen Details während einer Wanderung zu erleben gehört zu den spannenden Geschichten, die uns die Natur erzählt. Am Passo del Rombo (besser bekannt als Timmelsjochpass) ist das zum Beispiel möglich. Das Timmelsjoch nämlich liegt am Grenzkamm von Alpennord- und -südseite. Außerdem trennt es Österreich von Italien, und – damit

nicht genug der Grenze – auf dem Timmelsjoch verläuft sogar die Europäische Wasserscheide. Das lässt erahnen, wie unterschiedlich beide Seiten sind. Von Zwieselstein in Tirol aus, dort, wo die Vegetation noch sehr alpin und von den mächtigen Bergriesen des Ötztals geprägt ist, geht es zum Beispiel über den Europäischen Fernwanderweg E5 über das Joch in Richtung Passeiertal in Südtirol, das in den unteren Lagen schon deutlich mediterran geprägt ist, bis hin nach Meran oder Bozen. Nanu, plötzlich findet man Weinreben, Edelkastanien und Obstplantagen mit Pfirsichen und Aprikosen an den Hängen der Berge. Die Häuser sehen typisch mediterran aus, man könnt meinen, man wäre schon fast an der Adria angekommen. So dauert es auch nicht lange, bis der Traum von Speckknödel und Jagatee am Abend dem Wunsch nach Pizza und Wein weicht. Quattro stagioni statt Vierjahreszeiten. Es ist fast so, als sei man in einer anderen Welt angekommen, und das nur so wenige Kilometer hinter der alpinen Bergwelt. Ein wirklich spannender Kontrast, der fußläufig besonders intensiv wirkt, auch wenn man für eine solche Wanderung am Timmelsjoch locker drei bis vier Tage einplanen muss. Es lohnt sich.

21. GRUND

Weil es fantastische Aussichtspunkte gibt

Aussichten sind wohl die beliebtesten Höhepunkte einer Wanderung. Sie faszinieren jeden Wanderer durch die Weitsichten, die immer neuen Blickwinkel von oben sowie durch das Erleben von Raum und Distanz. Dabei ist ganz egal, ob man diese von natürlichem Untergrund, wie zum Beispiel Felsvorsprüngen, beobachtet oder von künstlich errichteten Aussichtsplattformen oder Türmen. Die Sehnsucht nach der Ferne, beim Ausblicken ist sie zum Greifen nahe.

Aufgrund dieser Beliebtheit ist es kein Wunder, dass man speziell errichtete oder erlebniswirksam inszenierte Aussichtspunkte überall in Deutschland findet. Und mit »überall« meine ich wirklich überall. Schon mal von der Aussichtsplattform der Stadt Pulheim bei Köln gehört? Nein? Besser wäre das. Ganze 387.000 Steuer-Euro kostete der Bau der Plattform mit sagenhaften 78 Zentimeter Höhe und dem Ausbau der anliegenden Wege. Belohnt werden die schwindelfreien Besteiger der Plattform nach vier Treppenstufen mit einem völlig neuen (ist klar ...) Blick auf das Kölner Umland. So hoch über dem Abgrund ist das ja auch kein Wunder. Ah ja. Na, da steige ich dann doch lieber auf den Dom.

Doch es ist nicht unbedingt die Höhe, von der man hinabblickt, die das Erlebnis »Aussicht« für mich definiert. Der Ausblick vom Aussichtsturm oberhalb vom nordrhein-westfälischen Morsbach war für mich ähnlich beeindruckend wie der sagenhafte Blick vom Böllat in der Schwäbischen Alb. Der »Eiffelturm von Morsbach« beeindruckte mich besonders mit der bloßen Überraschung dieses grandiosen Ausblickes, den ich persönlich in dieser Region so nicht erwartet hätte. Ein richtiger Wow-Moment. Beim Böllat ist es einfach der fantastische Weitblick hinunter auf die Ebene rund um Balingen von der an drei Seiten schroff abfallenden Kante des Albtraufs, der mich in seinen Bann zog.

Manchmal, da war es auch das Motiv, auf das ich geblickt habe, das den Ausblick für mich so unvergessen gemacht hat. Der Blick vom Zeller Horn auf die Burg Hohenzollern zum Beispiel. Oder vom Bettmerhorn auf den mächtigen Aletschgletscher hinunter, dem flächenmäßig größten und längsten Gletscher der Alpen. Eine Liga höher spielt dann nur noch der »Pierre Avoi« im schweizerischen Rhône-Tal. Einen solch fantastischen Ausblick wie auf dem einzigartigen Aussichtsfelsen oberhalb von Verbier habe ich selten mit eigenen Augen sehen dürfen. Bilder des markanten Felsaufbaus mit seinen steil abfallenden Felswänden lassen erahnen, wie spektakulär der Blick von dort oben ist. Das sind Ausblicke der

Champions League, zumindest im Bereich des Bergwanderns. Wer im hochalpinen Gelände, in der Welt von Schnee und Eis, unterwegs ist, wird darüber angesichts der Gipfel von Matterhorn, Großglockner oder Mont Blanc wohl nur müde lächeln können.

Solange der Himmel blau und die Sicht nicht diesig ist, ist jeder Ausblick auf seine Weise fantastisch. Und selbst bei schlechter Sicht hat jeder seinen ganz eigenen Reiz, seine eigene Magie und Faszination. Sogar die Aussichtsplattform in Pulheim hat etwas. Etwas furchtbar Ironisches? Es gäbe einfach zu viele unvergessene Punkte, an denen ich schon in die Ferne gesehen habe, um sie alle aufzuzählen. So gilt es einfach weiterhin, jeden Aussichtspunkt auf meiner Wanderschaft mitzunehmen, mich sattzusehen an der Natur und diese Eindrücke in meinen Erinnerungen zu konservieren.

22. GRUND

Weil es nicht immer Berge sein müssen

Ja, auch ich, leidenschaftliche Bergziege, gebe zu, dass man zum Wandern nicht immer Berge braucht. Auch wenn das Besteigen eines Gipfels für mich und viele andere wohl das Größte ist (Grund 45), sind die berglosen Landschaften in Deutschland und Europa mitunter so schön, dass man auch dort wandern muss. Das scheint nicht nur mir so zu gehen, immerhin wandert rund ein Drittel der Wanderer im Flachland.

Und wo könnte es flacher nicht sein? Richtig, am Meer. So eine kleine Küstenwanderung ist einfach schön. Die frische Luft des Meeres, der Geruch der See, der Wind, der über die feinsandigen Dünen pfeift, und das rauschende Meer – sorry, Berge, aber da könnt ihr ausnahmsweise mal einpacken. Diese einmalige Kombination nämlich macht den Reiz einer solchen Wanderung besonders entlang unserer rauen Küsten an Nord- und Ostsee aus, ob durchs Watt

oder am Strand entlang. Fast ganz ohne Steigungen saugt man die kantige Stimmung des Meeres auf und kann sich voll und ganz auf das Erleben der Natur konzentrieren. Besonders in den kälteren Jahreszeiten ist das für mich ein Traum. Auch in Holland (politisch korrekt: »in den Niederlanden«) habe ich mit meiner Freundin mal eine solche Wanderung unternommen. In Egmond aan Zee schlenderten wir beide dick eingepackt in Wollpulli und Mütze am Strand entlang, während sich die Abendsonne spektakulär hinter den Horizont schob. Im Gepäck hatten wir ein Abendpicknick und eine warme Decke. Im letzten Licht des Tages fanden wir ein gemütliches Plätzchen nahe den Dünen und verweilten dort bis spät in den Abend hinein. Das Rauschen des Meeres immer im Ohr und die flackernden Lichter der Schiffe ganz klein am Horizont. Was will man mehr?

Wenn mal kein Meer zur Hand ist, ist das aber auch nicht schlimm. Das Flachland von Schweden zum Beispiel mit seinen Tausenden Seen und kilometerweiten Wäldern ist genauso schön. Wo gibt es heute noch so eine Einsamkeit wie in den abgelegenen Regionen Skandinaviens? Diese dünn besiedelten Länder strotzen nur so vor Einsamkeit. Kein Wunder, Schweden hat schließlich nicht einmal 10 Millionen Einwohner in einem Land, das größer ist als Deutschland, und gehört damit zu den besonders dünn besiedelten Ländern der Welt. Da begegnet man schon eher einem Elch als einem Menschen. Was bleibt, ist Natur, so weit das Auge reicht.

Oder Norwegen im Winter? In Südnorwegen, ganz in der Nähe von Oslo, findet man sich schneller, als man denkt, in unberührter Winterlandschaft wieder. Über zugefrorene Seen, durch schneebedeckte Wälder und über weitläufige Flächen; Wanderer vergessen dort rasch, dass es überhaupt Berge gibt.

Und wer nicht gleich durch halb Europa reisen möchte, findet auch in Deutschland das eine oder andere wanderbare Flachland abseits der Küsten. Skandinavisches Flair im burgenreichen Flä-

ming. Oder die seenreiche Uckermark mit ihren prächtigen Schlössern und Herrenhäusern in Brandenburg. Die Mecklenburgische Seenplatte mit der Müritz, dem größten, komplett innerhalb der Staatsgrenze liegenden See Deutschlands, ist auch ein Wanderziel, das ganz ohne größere Steigungen auskommt. Schön ist auch die Lüneburger Heide; die lilablühende Erika und die vielen Heidschnucken machen die norddeutsche Region zum Unikat. Selbst im sonst so bergigen Bayern kann man wunderbar flachlandwandern, im Naturpark »Augsburg – Westliche Wälder« zum Beispiel oder mancherorts in Niederbayern.

Bei der Liste wird schnell klar, wieso es zum Wandern nicht immer Gebirge sein müssen. Oder? Der Flachländler nickt und grinst.

Weil man die Natur Natur sein lassen kann

Der letzte Hort von flächendeckend wirklich wilder und unberührter Natur in Deutschland sind die vielen Schutzgebiete, die wir Menschen schaffen mussten, um die Natur vor uns selbst zu schützen. Vor unseren negativen Umwelteinflüssen und dem menschgemachten Ressourcenhunger. Vor dem Überfluss der Wegwerfgesellschaft, der Industrie, der Ausbeutung und dem Müll. Expansion auf Teufel komm raus – wo vor fünf Jahren Wald und Wiese war, steht heute eine moderne Wohnsiedlung samt Aldi, KiK und dm. Dazu ein überdimensionierter Parkplatz, damit auch ja kein Mensch zu viele Schritte gehen muss. Die Natur muss Platz machen für den Menschen, der sich holt, was er bekommen kann. Eine richtige Wildnis haben wir hierzulande eigentlich gar nicht mehr, doch in Deutschland steht der Naturschutz im Vergleich mit anderen Ländern der Welt immerhin schon höher im Kurs.

Dennoch kann das nur der Anfang sein. Die Stellschraube liegt beim Menschen, der sich mal wieder zurücknehmen muss aus Rücksicht auf die Natur. Solange wir das nicht verstanden haben, sind die Schutzgebiete eine gute und hilfreiche Maßnahme.

Für Wanderer sind solche Schutzgebiete natürlich wie gemacht. Unberührte Natur? Was will der wandernde Naturgenießer mehr. Dabei unterscheidet man in Deutschland zwischen drei Arten von Großschutzgebieten: Nationalpark, Naturpark und Biosphärenreservat. Während das Biosphärenreservat und der Naturpark eine gemeinsame Nutzung von Mensch und Natur im Einklang gewährleisten wollen, zielt der Nationalpark darauf ab, die Natur wieder völlig autark vom Menschen walten zu lassen. Gerade in Nationalparks ist die Landschaft dadurch urwüchsig, natürlich und schön. Natürliche Prozesse finden in ihrer Ganzheit ohne Einfluss des Menschen statt, neue Ökosysteme entstehen. Was für ein Kontrast zur Stadt, wo jeder noch so kleine Fleck bebaut und die Entfaltung von Ökosystemen im Keim erstickt wird. 16 Nationalparks haben wir in Deutschland, der erste war der Nationalpark Bayerischer Wald, auf den auch der etablierte Leitsatz »Die Natur Natur sein lassen« zurückzuführen ist. Der jüngste und 16. Nationalpark, Hunsrück-Hochwald, wurde 2015 eröffnet.

Mit 102 an der Zahl gibt es noch ein wenig mehr Naturparks. Sie sind am stärksten touristisch orientiert und werden dementsprechend vermarktet. Naturparks, die immerhin sage und schreibe 25 Prozent der Landfläche von Deutschland einnehmen, stellen neben dem Erhalt von Kulturlandschaften, Biotop- und Artenvielfalt auch den sanften Tourismus in den Vordergrund, zu dem auch das Wandern gehört. Ähnlich wie die 16 von der UNESCO anerkannten Biosphärenreservate im Lande ermöglichen sie dem Wanderer den Kontakt mit seltenen Tier- und Pflanzenarten, denen sie außerhalb solcher Gebiete nur selten begegnen. So ein Schutz bringt natürlich auch jede Menge Reglementierung mit sich. In einem Schutzgebiet darf nicht einfach gecampt werden. Man darf die Pfade und

Wege nicht verlassen, und auch sonst steht eben so gut wie alles unter Schutz. Sammeln und Pflücken ist da nicht drin. Was vielen Facetten des Wanderns entgegenstehen mag, ist nur konsequent. Und Konsequenz im Naturschutz ist gut. Denn nur mit strengen Regeln kann man dem Menschen als Kollektiv einen Riegel vorschieben, auch wenn der einzelne Wanderer keine Gefahr für Flora und Fauna wäre. Das Bewusstsein der Einzigartigkeit, die vielfältige Bespielung der Nationalparke mit geführten Touren, zum Beispiel mit dem Nationalpark-Ranger, und die Fokussierung auf die bestehenden Wege und Themen der Schutzgebiete bieten Entschädigung für diesen Freiheitsverzicht.

Bleibt zu hoffen, dass es uns gelingt, die Natur in ihrer Natürlichkeit zu bewahren. Damit wir auch in Zukunft noch in den Genuss von wilder und ursprünglicher Natur kommen, durch die wir wanden. Auch wenn wir nicht überall das machen dürfen und können, was wir gerne möchten.

WANDERN UND DIE SCHLICHTHEIT

Weil jeder wandern kann

Ob jung oder alt, klein oder groß, dünn oder dick. Talentiert oder nicht – ein jeder Mensch kann wandern. Wandern ist eine so natürliche Sache, dass es kaum körperliche Voraussetzungen wie Talent, Fähigkeit oder Fitness gibt. Mal ein paar Beispiele: Beim Fallschirmspringen muss ich mich der Angst stellen, außerdem muss ich das Springen erst mal lernen. Okay, ein etwas extremes Beispiel. Wie wär's mit Badminton? Das erfordert ebenso gewisses Talent und Übung, damit man die Sportart mehr oder weniger Spaß bringend betreiben kann, ohne nach jedem Schlag den Federball aufheben zu müssen. Der Rücken lässt grüßen. Ebenso beim Klettern, Fußballspielen oder Handball, alles muss erst mal grundlegend erlernt werden, um so richtig Spaß zu machen. Außerdem braucht man Mit- beziehungsweise Gegenspieler bei den meisten Sportarten. Selbst fürs Radfahren muss ich lernen, mit dem Drahtesel umzugehen, auch wenn das heutzutage fast jeder im Kindesalter lernt. Schwimmen muss man auch können. Und Joggen können manche Menschen aufgrund ihrer Kondition auch nicht länger als fünf Minuten.

Doch was ist mit Wandern? Aufgrund des frei wählbaren Tempos muss man nicht besonders fit sein. Außerdem können Berge oder anspruchsvolle Abschnitte in Hinblick auf die körperliche Verfassung gemieden werden, so können auch nicht so trainierte Menschen wandern. Die Fitness spielt nur eine untergeordnete Rolle bei ausgedehnten Spaziergängen. Um mit dem Wandern (wieder) anzufangen, braucht man nicht viel außer einer kleinen Portion Motivation und Antrieb. Der Rest geht dann von ganz allein.

Auch lernen muss ein Wanderer zunächst einmal nicht viel. Einen Fuß vor den anderen zu setzen, das hat man schon als Kind

gelernt, hoffentlich. Solange man im Flachland oder in Mittelgebirgen bleibt und sich auf Tagestouren beschränkt, muss man nicht mal große Erfahrung mitbringen oder über eine erhöhte Trittsicherheit verfügen, wie es zum Beispiel in den Bergen von nicht unerheblichem Vorteil im Hinblick auf die eigene Sicherheit wäre.

Selbst das Alter spielt kaum eine Rolle. Klar, ab einem gewissen Alter fällt jede noch so kleine Bewegung schwer, doch gilt es, nach meinem bescheidenen Dafürhalten, nie zu früh aufzugeben und immer die Bewegung zu suchen. Zumindest solange das noch geht. Ich erinnere mich an meine Großeltern, die noch im hohen Alter die Berge hochgewandert sind, das hat mich schon als Kind beeindruckt. Wandern war ihre Leidenschaft, und die hat sie lange fit gehalten. Auch die Begegnung mit einem schwäbischen Weltkriegsveteran, der mit seinen 90 Jahren ehrenamtlich und quietschfidel mit einer Kettensäge im Wald herumsägte, ist mir im Gedächtnis geblieben. Das Geheimnis seiner erstaunlichen Gesundheit im hohen Alter, das er mir zuflüsterte, könnte einfacher nicht klingen: »Immer in Bewegung bleiben und immer etwas zu tun haben.«

Ich denke, es ist nie zu spät, seinen Horizont zu erweitern, neue Dinge, Menschen und sich selbst wieder auf seinen Wanderungen kennenzulernen. Auch noch im hohen Alter seiner Neugier freien Lauf zu lassen. Vielleicht schwinge ich jetzt mit gerade mal 30 Jahren noch große Reden, doch habe ich mir Menschen wie diesen alten Mann mit Kettensäge zum Vorbild genommen. Und irgendwann, wenn ich dann mal alt bin, werde ich mich hoffentlich daran erinnern.

Sogar gehbehinderte Menschen können, dank vieler barrierefreier Wanderwege in Deutschland und speziellen Outdoor-Rollstühlen, in den Genuss der Natur kommen, ob aus eigener Kraft oder mit entsprechender Hilfe.

Mir fällt, abgesehen von krankheitsbedingten Gründen, nichts ein, was einen Menschen am Wandern hindern könnte. Wir Menschen bringen die ideale körperliche Voraussetzung dafür mit,

das ist in unserer Natur verankert. Nordic Walking wäre vielleicht noch so eine Sache, die, ähnlich wie das Wandern, von wirklich jedem ausgeübt werden kann; allerdings herrschen auch da, richtig ausgeführt, ein höheres Tempo und eine höhere Belastung für den Bewegungsapparat. Immer wieder sehe ich Walker, die mit katastrophaler und unzureichender Technik laufen. Sie schleifen den Stock, anstatt ihn aktiv und weit zu schwingen. Aber gut, hier geht es ja ums Wandern. Bliebe noch Yoga, aber wer will sich schon, den ganzen Tag lang auf einer Stelle sitzend oder liegend, verbiegen und verdrehen? Da geh ich lieber wandern.

25. GRUND

Weil man immer und überall wandern kann

Wandern ist die wohl natürlichste Form der Fortbewegung überhaupt. Zum Wandern brauche ich im Grunde nichts. Gut, außer vielleicht einem Paar Schuhe. Es soll zwar auch todesmutige Wanderer geben, die sogar die Alpen barfuß oder gar nackt überquert haben, doch ganz so minimalistisch möchte ich aus Liebe zu meinen »großen Onkeln« und ihren acht kleineren Nachbarn nicht sein. Ich brauche also ein Paar Schuhe, und schon kann es losgehen. Nicht mal einen Plan brauche ich, egal wohin. Einfach laufen, schon wandere ich. Keine Gerätschaften, keine Werkzeuge, keine Hilfsmittel. Ich kann überall wandern, ich kann immer wandern. In der Stadt, im Wald, im Park. Morgens, mittags, abends, sogar nachts. Ich bin an nichts gebunden, denn wann immer ich auch möchte, nehme ich meine Schuhe und gehe raus, immer der Nase nach. Und wenn es regnet, werde ich eben nass, ist zwar unangenehm, aber was soll's, trocknet doch wieder.

Zugegeben, schon das Bedürfnis nach minimalem Komfort spricht gegen eine Wanderung lediglich mit Schuhen an den

Füßen. Wanderhose, Jacke und Unterwäsche dürfen es da schon sein. Auch die Bekleidungs- und Ausrüsterindustrie sieht das ganz sicher anders. Wenn es nach der geht, müsste ich mich vorher noch schnell für 500 Euro mit Softshell und Regenschutz der neusten Generation eindecken. Aber was die Bekleidungsfirmen so alles wollen, dazu komme ich einige Gründe später. Ich bleibe dabei, im Grunde brauche ich so gut wie nichts.

Was könnte mich hindern? In der Natur stehe ich keinen Grenzen gegenüber, ich kann mich bewegen, wohin ich will, es gibt keine Regeln, keine Strukturen. Wie erfrischend. Was also hindert mich? Vielleicht hat der Chef etwas dagegen, wenn ich mich inmitten meiner Mittagspause dafür entscheide, aus dem kleinen Brainstorming ein Brainwalking mit ausgedehnter Wanderung durch den anliegenden Forst zu machen. Und was meine Freundin wohl sagt, wenn ich mich spontan zu einem einwöchigen Trip durch den Schwarzwald aufmache? Es würde ganz sicher keine Begeisterungsstürme auslösen, verständlich.

So sind es fast immer die sozialen und beruflichen Faktoren im Leben, die uns daran hindern, einfach loszuwandern. Schade ist das, irgendwie, und dennoch nur schwerlich zu vermeiden. Ich denke, es gilt, den Mittelweg zu finden, zwischen sozialer Verantwortung und der Freiheit des Wanderns, des Jederzeit-Loslaufens. Des Befreiens von all dem Ballast, den wir uns Woche für Woche aufladen. Wohin damit? Wir haben ein Recht auf Entsorgung. Was spricht dagegen, an einem schönen Sonntag den Brunch mit Freunden abzusagen und mir nichts, dir nichts in den Wald zu gehen? Sie werden's schon verstehen. Was spricht dagegen, spontan Urlaub einzureichen und seinem Drang nach der Freiheit in den eigenen Schuhen nachzugehen? Einfach so, außerhalb der Saison. Und zum Kurztrip für Kurzentschlossene in den Bayerischen Wald kommt der Partner einfach mit.

Vieles davon ist leichter geschrieben als getan, ganz klar. Und dennoch ist die Erkenntnis, dass Wandern (fast) immer und über-

all geht, der erste Schritt. Wir Menschen müssen diesen Mut zur Freiheit trotz oder gerade wegen des systematischen Alltags nur wiederentdecken und uns unsere Freiheit wieder öfter nehmen. Spontan und ab und zu auch ein wenig egoistisch. Wie wär's, Buch weg und Wanderschuhe an?

Weil es sparsam ist

Lässt man die mehr oder weniger einmaligen beziehungsweise langfristigen Anschaffungen außen vor, gibt es kaum etwas Sparsameres als das Wandern. Gehen kostet nichts. Wir brauchen weder Sprit zum Wandern noch eine Wanderversicherung noch eine Gold-Mitgliedschaft im Wanderclub noch eine GehCard50. Okay, statt Benzin benötigen wir Proviant, den könnte man als eine Art Sprit interpretieren. Wenn ich alleine unterwegs bin, kaufe ich meist noch am Morgen der Tour den Sprit für meinen Wandertag ein. Aber was kostet das? Ich habe nachgesehen, auf meinem letzten Kassenzettel von Aldi prangte die stolze Summe von 4,09 Euro. Gekauft hatte ich zwei Mehrkornbrötchen, Aufschnitt, eine große Flasche Wasser sowie eine Packung mit acht Schokobrötchen. Ich würde behaupten, das ist viel Verpflegung für wenig Geld. Bis zum Abend brauche ich dann erst mal nichts mehr, ganz ohne Ticket, Passierschein oder Eintrittskarte wandere ich den lieben langen Tag durch die Welt. Herrlich so ein Tag ohne Gebühren und Zuschläge.

Dabei bin ich nicht nur finanziell sparsam, sondern auch ökologisch. Mein sogenannter CO_2-Fußabdruck beim Wandern dürfte kleiner sein als der meines Wanderschuhs. Statt mit dem Auto bewege ich mich mit eigener Muskelkraft, da stoße ich nichts als vorher eingeatmete Luft und körpereigene Gase aus. Selbst die Kuh kann da blöd schauen, die bläst nämlich täglich etwa 235 Liter

Methangas in die Luft, so viel schaffe ich nicht einmal nach dem weltbesten Bohneneintopf meiner Freundin. Dennoch wird die Kuh oftmals völlig zu Unrecht als Klimakiller dargestellt. Hauptverursacher des Klimawandels, sofern es ihn denn tatsächlich gibt, ist immer noch der Mensch mit seiner Industrie und seinen Abgasen. Angaben des Umweltbundesamtes aus dem Jahre 2007 entlasten die Kuh ebenfalls und rechnen sie nur zu 1,82 Prozent in die Gesamtemission Deutschlands ein.

Doch zurück zum sparsamen Wanderer. Es ist schön, dass nicht überall und in allen Lebenslagen eine solch verschwenderische Mentalität herrscht, wie sie in vielen Bereichen unseres Lebens zum Standard geworden ist. Fast überall, so kommt es einem vor, werden Geldmengen verprasst und Abgase verschleudert, als gäbe es kein Morgen. Teure Luxusschlitten überall, Pferdestärken auf Teufel komm raus. Umweltbilanz? Egal. Unterführungen werden zur Mülldeponie und Parkplätze zu Schrotthalden.

Wanderer hingegen sind meistens – Ausnahmen gibt es immer – sehr bescheiden und kommen mit einfachsten Voraussetzungen klar. Sie brauchen nicht viel und sind mit wenig zufrieden. Es ist daher kein Zufall, dass die meisten Wanderer auch ausgesprochen umweltaffin sind und sich einem umweltfreundlicheren Lebensstil öffnen. In mir jedenfalls steckt ein kleiner Umweltfreund, der zwar keine großen Aktionen à la Greenpeace ins Leben ruft, aber der versucht, sein eigenes, kleines Leben möglichst umweltfreundlich zu gestalten und unsere Umwelt nicht unnötig zu belasten. Doch auch bei mir sehe ich da noch viel Verbesserungsbedarf.

Weil man unter freiem Himmel schlafen kann

Schon mal unter (fast) freiem Himmel geschlafen? Am nächsten Morgen das Zelt geöffnet und nichts als unberührte und stille Natur vor Augen gehabt? Der Tau auf den Gräsern, der Dunst über den Hängen, ein paar Sonnenstrahlen kitzelten sich durch die Wolken. Der Bach rauschte im Hintergrund, die Vögel zwitscherten – sonst nichts. Der Tag erwachte, und ich war dabei, näher dran als irgendwo sonst. Mehr sogar, ich war ein Teil von diesem Naturerwachen. Kann ein Wandertag denn besser anfangen? Am Abend zuvor kroch ich mit dem letzten Licht des Tages hinein ins schützende Zelt. Der Magen voll; mit einem Gaskocher ausgestattet, wird man zwar nicht zum Meisterkoch, aber das, was damals in den Glarner Alpen (Schweiz) dabei war, reichte nach einem anstrengenden Wandertag allemal. Es braucht keine Feinkost. Der Wind strich über die Kuppen, ließ die Blätter und Äste der Bäume ein beruhigendes Schlaflied spielen, bis irgendwann die Augen von ganz alleine zufielen.

Für mich ist so eine Übernachtung im Freien, fernab von jeglichen Störquellen der Zivilisation, einfach fantastisch. Auf keinem Zeltplatz der Welt kann das einmalige Gefühl der Autarkie und der Einsamkeit so intensiv rüberkommen. In einem Hotel oder einer Pension, und seien sie noch so abgeschieden gelegen, sowieso nicht. Eine Wanderung mit Zelt ist die Krönung des Wanderns, sie setzt in Sachen Naturempfinden noch eine letzte Schippe drauf. Selbst wenn es nur eine einzige Nacht im Freien ist, bleibt sie unvergesslich.

Leider bringt insbesondere das Wildcampen beziehungsweise Biwakieren immer wieder Konflikte mit dem Gesetz mit sich. Was irgendwo verständlich ist. Viele Menschen, sogar eigentlich so umweltaffine Wanderer, benehmen sich dermaßen daneben, dass strengere Regeln im Sinne der Natur und ihres Schutzes

unumgänglich sind. Da lassen ganze Wander- und Bergsteiger-gruppen ihren über die Nacht produzierten Müll einfach liegen, verschandeln die Umwelt und scheren sich einen Dreck um Konsequenzen. Der Mensch kann es einfach nicht lassen, überall seine schmutzigen Spuren zu hinterlassen, auch wenn das unter Wanderern mit großer Sicherheit nur Ausnahmen sind. Und diese wenigen Ausnahmen sorgen für die Kollisionen zwischen Freiheitsliebe, Naturschutz und Reglementierungsdrang. Gerade in Deutschland, dem Paragrafendschungel schlechthin. Hierzulande gibt es kaum noch einen Ort, an dem ich ein Zelt abseits von Campingplätzen aufschlagen darf, ohne gleich Hausfriedensbruch auf Privatgrund zu begehen oder saftige Geldbußen zu kassieren, weil ich es gewagt habe, auf öffentlichem Grund zu kampieren. Im Wald bin ich dann dem Wohlwollen der Förster ausgesetzt, die sich frei nach der Gesetzesregelung dafür einsetzen müssen, »dass sich ein jeder so verhält, dass die Lebensgemeinschaft Wald so wenig wie möglich beeinträchtigt und die wirtschaftliche Nutzung des Waldes nicht behindert wird«. Alles sehr schwammig: Während zeitweises Verweilen gestattet ist, ist der vorübergehende Aufenthalt verboten. Alles klar? Oder nicht?

Nein, Deutschland ist kein gutes Land für Wildcamper und Freiluftsüchtige. Da muss man schon eher in die Alpen. Zwar gibt es auch in den restlichen Alpenländern strenge und unterschiedliche Regeln, doch gelten diese nicht überall. In Natur- und Nationalparks, in Waldgebieten oder anderen Schutzzonen ist das Campen generell verboten. In der »Felsregion« beziehungsweise »dem alpinen Ödland«, also oberhalb der Baumgrenze, Bewirtschaftung und außerhalb von geschützten Landschaftsräumen, ist das alpine Biwakieren (nicht das Campen!) hingegen gestattet. Ein alpines Biwak besteht lediglich aus einer Nacht, während das Campen als ein längerer Aufenthalt an ein und derselben Stelle definiert wird. Während in allen Regionen ein sogenanntes Notbiwak erlaubt ist, ist das vorsätzliche Biwakieren mancherorts ebenfalls verboten. In der

Schweiz gilt darüber hinaus noch das Jedermannsrecht, das weitere Freiheiten zulässt. Schnell wird klar: alles sehr konfus. Wer vorhat, in den Alpen abseits der Zeltplätze zu campen, sollte sich vorab gründlich informieren. Oder er riskiert's einfach; solange man sich leise und angemessen in der Natur verhält, passiert selten wirklich etwas. Wer auf das Risiko keine Lust hat, der wandert am besten in Norwegen, Schweden oder Finnland, wo man solche Probleme gar nicht kennt. Dort ist das Schlafen unter freiem Himmel fast schon Volkssport und wird wie vieles andere auch typisch skandinavisch und locker gehandhabt. In Schottland ist das Übernachten im Freien ebenfalls unproblematisch. Also, wo ist das Messer? Zum Scheibeabschneiden ...

28. GRUND

Weil man auf Berghütten übernachten kann

Platt von der Wanderung und den abendlichen Weizenbieren in der Stube der Neuen Reichenberger Hütte nickte ich ganz genüsslich ein, wie ein kleines Baby am Mittag. Das kleine Fenster direkt unterm Dach stand offen, sodass die wunderbare Nachtluft in den Raum und die Lunge strömte. Das ferne Rauschen eines Bergbaches und der Wind, der leise am Fenster vorbeifegte, begleiteten meinen angenehmen Weg ins Land der Träume. Ich war fast da, ich müsste jeden Moment im Schlaraffenland des Schlafes angekommen sein. Noch zwei, drei Atemzüge von dieser herrlich kühlen Luft, und ich wäre weg, bis morgen früh. Ja, jetzt. Fast ... doch was war das? Das wohl lauteste, penetranteste und längste Zähneknirschen, das ich jemals gehört hatte, riss mich jäh aus meinem Dämmerschlaf. Und es war nicht meins. Der Traum vom perfekten Schlaf wich binnen Millisekunden der einen Erkenntnis: Ach, stimmt ja. Ich liege im Bettenlager. Und um mich herum etwa 30 mir völlig fremde Per-

sonen, die allesamt die aberwitzigsten und absurdesten Geräusche produzieren. Es wurde geknirscht, gefurzt, geschnarcht, gerülpst. Es ratterte, knisterte, rumpelte. Wir Menschen sind schon komische Wesen. Und so lag ich, statt im Land der Träume, irgendwo im Paradies, doch noch die halbe Nacht wach und lauschte dem Konzert meiner Matratzennachbarn.

Bettenlager können furchtbar sein. Doch die gute Nachricht vorweg: Immer mehr Hüttenbetreiber und Alpenvereinssektionen bauen ihre Räumlichkeiten zu kleineren Zimmern um. Wer sich nur früh genug kümmert und reserviert, kann mittlerweile immer öfter in einem Zwei-, Drei-, Vier- oder Fünfbettzimmer übernachten. Für jemanden, der ohnehin schlecht schläft, ein echter Segen. Auf großen Komfort auf so einer Berghütte, inmitten der Abgeschiedenheit des Gebirges, muss man allerdings weiterhin verzichten, und das ist auch gut so. Wanderer sind Naturmenschen, und so schadet morgens auch die kalte Dusche nicht. Und die überschaubare Speisekarte am Abend ist schnell vergessen, angesichts des quälenden Hungergefühls in der Magengegend. Da wird einfach geschaufelt, was da ist. Außerdem gibt's immer Bier. Es ist gerade das einfache Leben hier oben, was so schön ist, da mache ich gerne Abstriche. Wenn man bedenkt, dass viele der abgelegenen Hütten nur mithilfe von Hubschraubern versorgt und zu großen Teilen von den Mitgliedern des Alpenvereins oder anderer Organisationen finanziert werden, ist klar, wieso es hier weder Kaviar noch Whirlpool gibt. So ein Hüttenbetrieb ist immens aufwendig und kostenintensiv.

Dafür gibt's hier keinen Lärm, keinen Stress und immer nette Leute. Ich habe selten einen wirklich unfreundlichen Hüttenbetreiber erlebt. Fast alle waren sie zuvorkommend und hilfsbereit. Man spürt die Gastfreundschaft unter Wanderern und Bergmenschen. Man fühlt sich willkommen.

Dabei ist jede Hütte anders, hat ihr ganz eigenes Flair, obwohl der Ablauf einer solchen Hüttenübernachtung immer ähnlich ist.

Für gewöhnlich erreiche ich so eine Berghütte gegen Nachmittag. Nach dem ersten Belohnungsbier in der Stube ziehe ich mich in aller Ruhe um, schlüpfe in ein Paar Hausschuhe, die in der Regel für jeden bereitstehen, und setze mich auf die Terrasse mit herrlichem Bergpanorama. Bei Brett- oder Kartenspielen und munterer Gesellschaft wird dann bis in den Abend hinein geplauscht, getrunken, gegessen und gespielt. Endlich mal kein Fernseher. *Mensch ärgere dich nicht* statt *Sportschau*. Skat statt *Tatort*. Wunderbar. Während sich die letzten müden Wanderer auf die oberen Etagen in ihre Gemächer zurückziehen, droht dann nach einem kurzen Abendspaziergang in der pechschwarzen Bergwelt, ganz ohne Beleuchtung und Trubel, hoffentlich kein Bettenlager. Und wenn doch, dann ist es immer wieder eine Wiederholung wert. Denn trotz Bettenlager sind Hüttenübernachtungen traumhaft schön. Am nächsten Morgen noch schnell gefrühstückt und ins Hüttenbuch eingetragen, und schon geht's raus auf Tour, zur nächsten Hütte.

Der Lasörling Höhenweg quer durch die wunderschöne Lasörling-Gruppe, hoch über dem Virgental, ist eine Hüttentour, die aufgrund ihrer eher kurzen und leichten Etappen zwischen den Hütten besonders auch für Anfänger oder nicht allzu gut trainierte Wanderer geeignet ist. Wer etwas mehr möchte, hat dennoch die Möglichkeit, zahlreiche Gipfel oder Etappenverlängerungen einzubauen. Etwas für fortgeschrittene und alpinerfahrenere Bergwanderer ist der Berliner Höhenweg im Zillertal. Noch schöner sind selbst zusammengestellte Hüttentouren, abseits der festen Routen. Die sind dann nämlich, je nach Planung, viel einsamer. So eine Planung setzt natürlich einiges an Erfahrungen am Berg und mit dem eigenen Körper voraus. In den Glarner Alpen zum Beispiel teilt man sich die Berge mit nur sehr wenigen Menschen und hat trotzdem jede Menge Berghütten des Schweizer Alpen Clubs zur Auswahl für eine mögliche Route.

Weil es Almen gibt

Die Alm – einer der letzten Orte von ehrlicher und körperlicher Handwerks- und Schwerstarbeit, ganz nah an der Natur. Ein Betrieb, der oft generationenübergreifend geführt wird und vom streng traditionellen Alltag gekennzeichnet ist. Hier zählen noch bodenständige Werte, fernab von Statussymbolen der modernen Welt. Es wird gemolken und gefüttert. Gemäht, gestapelt, gesägt, gehämmert, gepflanzt, gegossen, gegart, geschmort, gekocht, gereift, gehangen, gelegt, gestreut. Das einfache Leben, es wird genossen. Obwohl ein Almbetrieb echte Knochenarbeit ist, kann und will sich kaum ein Bauer in der Höhe ein anderes Leben vorstellen. Und so manch ein Wanderer wird neidisch auf das einfache Leben, so hoch oben und abseits der belebten Täler.

Viele dieser Almen bieten den Sommer über Bewirtung, um ein kleines, aber feines Zubrot in die bäuerliche Kasse zu bringen. Wehende Fahnen, zum Beispiel rot-weiß-rote Streifen in weiten Teilen Österreichs, Schweizer Nationalflaggen in den Bergen der Eidgenossen oder die blau-weiße Bayernfahne zeigen Wanderern an, dass hier eingekehrt werden kann. Und so werden meine Schritte beim Anblick einer solchen Flagge schneller und ich spürbar ungeduldiger. Denn ich weiß, hier gibt es garantiert kühles Bier, selbst gebackenes Brot, hausgemachten Käse, freundliche Menschen und diese ganz besondere, würzige Duftnote, die über einer Alm liegt. Ein gut riechender Mix aus würzigem Kiefernholz, Sennerei – wo der hausgemachter Käse entsteht –, vielen Kräutern, frisch gesenstem Heu und dem angrenzenden Kuhstall, der irgendwie auch dazugehört mit seinem strengen Duft. Es ist kein Wunder, dass sich Wanderer gerne auf die Aussichtsterrassen der hoch gelegenen Almen verirren, um dort eine zünftige Brotzeit zu genießen. Denn kaum ein anderer Ort versprüht so viel Bergflair wie die Alm. Schon

beim Schreiben überkommt mich wieder eine Sehnsucht. Ich weiß noch, wie lecker einst der selbst gemachte Holundersaft war, den ich auf der Ochsnerhütte im Oberen Drautal getrunken habe. Und die üppige Käseplatte mit all den hausgemachten Köstlichkeiten der Weißalm, unvergesslich.

Schon als Kind habe ich die Almen geliebt, die zum Abenteuerspielplatz für mich und meine Geschwister wurden, jede auf eine andere Art und Weise. Besonders toll waren die vielen Tiere. Es dauerte nicht lange, da hatten wir uns schon angefreundet mit Kühen, Ziegen, Schafen, Schweinen oder Gänsen. Besonders geliebt habe ich jedoch die Kühe, die mit ihren munter bimmelnden Glocken um den Hals für diese einmalig schöne Hintergrundmusik auf einer Alm sorgen.

Als einkehrender Wanderer kann man nur hoffen, dass dieses schöne Bimmelkonzert nicht jäh unterbrochen wird. Zum Beispiel von Hobbymusikern, die ihre Liebe zur Ziehharmonika gerade dann ausleben möchten, wenn man nach einer anstrengenden Tour auf besonders viel Ruhe und Entspannung aus ist. Und so hat uns damals auf der Bichlalm ein überaus motivierter Einheimischer in schmucker Tracht mit seinen doch eher amateurhaften Klängen nonstop musikalisch begleitet. So sehr man auch wollte, dem sympathischen alten Mann, der mit sichtbarer Leidenschaft seinem lautstarken Hobby nachging, konnte man nicht böse sein. Im Gegenteil, nach einiger Zeit hatten wir ihn richtig lieb gewonnen und lauschten in völliger Entspannung seinen schiefen Tönen, begleitet vom Orchester der Kuhglocken, bis in die späte Abendsonne. Es ist wunderschön auf so einer Alm.

Noch heute liebe ich das muntere Gebimmel weidender Kühe. Es erinnert mich wie kaum etwas anderes an die schöne Bergwelt und vor allem meine Kindheit, die ich dort so gern verbracht habe. Auch wenn mich die sonst so ruhigen Zeitgenossen schon das eine oder andere Mal »angegriffen« haben. Angegriffen, so habe ich es als Kind zumindest interpretiert, wenn eine Kuh plötzlich

unaufhaltsam auf mich zulief, nachdem ich ihr davor frecherweise zu nah auf die Pelle gerückt oder unbemerkt in ihr Territorium eingedrungen war. Doch selbst wenn ich das als Kind mehrfach fehlinterpretiert habe, sollte man weidenden Kühen nicht näher als nötig kommen. Wenn es darauf ankommt, sieht sich so eine Kuh im äußerst seltenen Ernstfall nämlich dazu genötigt, ihr Junges zu verteidigen. Dann kann selbst eine sonst so friedliche Kuh ganz schön unangenehm werden, und so eine Konfrontation zweier ziemlich unterschiedlicher Gewichtsklassen kann böse enden. Nix mit David gegen Goliath.

30. GRUND

Weil (obwohl) es auf der Alm keine Pommes gibt

Lang ist's her, ich war noch ein kleiner Bursche, da landeten meine Familie und ich im Rahmen einer Bergwanderung im bayerischen Allgäu auf einer urigen Alm mit hausgemachten Köstlichkeiten. Mit mächtigem Hunger im Bauch konnten meine Schwestern und ich es kaum mehr abwarten, endlich einen Blick auf die Speisekarte mit all ihren Leckereien zu werfen. Weil wir es von den üblichen Restaurantbesuchen so gewohnt waren, sinnierten wir in kindlicher Manier schon über Lasagne, Pizza und vor allem Pommes. Nun stelle man sich mal die drei enttäuschten Kindermienen vor, als sie auf der spärlich gefüllten Speisekarte, neben »trocken Brot«, nur »Stinkekäse« und ähnlich eklig klingende Speisen vorfanden. Keine Pommes. »Warum gibt es denn hier keine Pommes?«, »Ich will Pommes!« – wir wollten es einfach nicht wahrhaben. Schnell wandelten sich die Machtverhältnisse in unseren Bäuchen. Der Frust in der Magengegend wurde größer als der Hunger, und so verzichteten wir Kinder trotzig darauf, überhaupt etwas zu bestellen. Mit frustvollen Sätzen wie »Dann eben gar nichts!« oder

»Nö, ich will Pommes!« verabschiedeten wir uns bald darauf vom Tisch. Meine Eltern, herrlich unbeeindruckt von unserer kindlichen Revolte, schlemmten unterdessen selbst gemachtes, krosses Kümmelbrot mit hausgemachtem Schafskäse. In aller Seelenruhe, während wir uns zum Spielen auf die Wiesen zurückzogen. Was damals furchtbar deprimierend war, verstehe ich heute voll und ganz. Pommes oder ähnlich beliebtes Fastfood gehören einfach auf keine Alm. Ein Almbetrieb lebt davon, traditionell und ursprünglich zu sein, rustikal und urig. Das macht ihn aus. Sonst wäre die Alm keine Alm. Diese Tradition muss einfach bewahrt werden, allein schon um die einzigartige Magie dieser Orte aufrechtzuerhalten.

Also, liebe Globalisierung, liebe Modernisierung, lieber Aufschwung, liebe Neuzeit, was auch immer für Unarten ihr noch mit uns vorhabt, bitte: Niemals Pommes auf der Alm! Auch wenn die Kinder quengeln, sie werden es verstehen, irgendwann.

Weil es das Risihorn gibt

Es gibt höhere Berge, es gibt berühmtere. Es gibt schwierigere und markantere. Der Aufstieg zum 2.876 Meter hohen Risihorn, dem Hausberg der kleinen schweizerischen Gemeinde Bellwald, ist schön, aber auch nicht außergewöhnlich spektakulär. Und dennoch ist das Risihorn einer meiner absoluten Lieblingsgipfel. Ein Berg, an den ich immer denke, wenn ich gefragt werde, wo es mir in meiner bisherigen Wanderkarriere am besten gefallen hat. Umgeben von den mächtigen Viertausendern von Obergoms, einem Bezirk des Wallis, macht das Risihorn eher eine unscheinbare Figur auf dem Parkett der Kaventsmänner, wie zum Beispiel dem berühmten und ausgesprochen markanten Finsteraarhorn. Doch genau das macht

den Gipfel so unvergessen, als Wanderberg. Was das »kleine« Risihorn umgibt, ist eine wunderbare Stille und Einsamkeit, man fühlt sich abgeschieden von der restlichen Welt und hat das Gefühl, so richtig tief in die Bergwelt eingetaucht zu sein, obwohl der Gipfel schon in einem Halbtagesmarsch erreichbar ist. Er ist eher wenig begangen, sodass man oftmals ganz allein mit sich und dem Berg ist. Eine Situation, die in manchen Regionen der Alpen eher eine Rarität ist.

Am Tag meiner Besteigung des schweizerischen Berges waren wir jedenfalls mutterseelenallein unterwegs, vielleicht hat auch dieser Umstand zu den unvergesslichen Erinnerungen beigetragen. Wir hatten kein perfektes Sommerwetter, es war leicht bewölkt und doch immerhin trocken. Über grüne Wiesenlandschaften wanderten wir dem Gipfel entgegen. Die letzten Meter der Besteigung sind steil, etwas ausgesetzt und durch die blau-weiße Markierung als »Alpine Route« ausgewiesen. Trotzdem stellte uns der Aufstieg vor keinerlei Schwierigkeiten. Oben angekommen, hatten wir diesen fantastischen Blick auf die zweite Reihe der Bergkette, die man von unten im Tal aus gar nicht sehen kann und die nur sehr schwer zu erreichen ist. Eingekesselt von mächtigen Gletschern, ist diese hintere Bergwelt den besonders trainierten und erfahrenen Bergsteigern mit Gletscherausbildung vorbehalten. Doch auf dem Risihorn waren wir dieser hochalpinen und völlig abgeschiedenen Welt ganz nah. Man hörte nichts, nur das Rauschen eines gewaltigen Gletscherabflusses begleitete die wohlverdiente Gipfelrast nach dem Aufstieg, der Fiescher Gletscher liegt dem Risihorn direkt zu Füßen. Die Geräuschkulisse des betriebsamen Rhône-Tals und des kleinen Bellwalds war weit, weit weg. Auch ich war weit, weit weg. Irgendwo im Land der Sorglosigkeit. Beim Anblick des Gipfelfotos kann ich selbst heute noch spüren, was damals in mir vorging.

Orte wie das einsame und stille Risihorn sind es, die mir besonders im Gedächtnis hängen bleiben. Es ist eben nicht die

Rekordjagd nach möglichst hohen Bergen, schnellen Aufstiegs-zeiten oder möglichst gefährlichen Routen, die das Wandern und seine Faszination ausmachen. Das sollen die professionellen Berg-steiger und Kletterer schön unter sich ausmachen. Nein, es sind vielmehr die Momente beim Wandern. Kleine Momente an ganz bestimmten, eigentlich unscheinbaren Orten wie dem kleinen Risihorn, die ganz groß im Gedächtnis hängen bleiben. Ich bin mir sicher, dort oben war ich damals nicht zum letzten Mal.

Weil das Finale einer Fußball-WM unwichtig wird

Es ist schon eine komische Diskrepanz. Ein global so wichtiges Er-eignis wie das Finalspiel einer Fußballweltmeisterschaft, das in allen Ecken dieser Welt ungemein reges Interesse auslöst, egal ob in einer der beteiligten Nationen oder nicht, wird unwichtig. Eigentlich guckt doch jeder das Spiel, jeder spricht darüber am nächsten Tag. Jeder fiebert mit, freut sich beim Tor und beim Sieg für die »richtige« Mannschaft. Nicht so in Törbel. Törbel ist ein kleines, malerisches und wunderschönes Walserdorf im schweizerischen Wallis. 1990 wurde ich in Terbil, wie das Dörfchen auf Walliserdeutsch heißt, Zeuge davon, dass es Menschen gibt, die sich nicht die Bohne für ein solches Sportevent interessieren. Meine Familie und ich sind am Abend des Spiels extra rund 30 Minuten von unserer Berghütte aus ins Dorfzentrum abgestiegen, um das Spiel Deutschland gegen Argentinien live im schweizerischen Fernsehen zu schauen. Ob wir wohl noch einen Platz im Gasthaus finden würden? Ja, jede Menge sogar, denn während die Gaststube brechend voll war, führte uns der Wirt auf Anfrage in das absolut menschenleere Nebenzimmer mit Fernseher, die einzige Röhre des Gasthauses. Die Schweizer in der Gaststube tranken munter weiter und genossen die angeregte

Gesellschaft, während das wichtigste Fußballspiel überhaupt angepfiffen wurde. Auch als Andreas Brehme den goldenen Elfmeter verwandelte, juckte das keinen Menschen. Ein volles Gasthaus, und keiner interessiert sich für das WM-Finale? Für mich als fußballbegeisterter Bursche völlig unverständlich, und auch meine Eltern schienen sichtlich überrascht angesichts des Desinteresses der Eidgenossen. Ich schätze, die Menschen in den Bergen denken, oder dachten zumindest damals, einfach noch nicht so global. Es war nicht die Schweiz, die spielte, wieso sollten sie sich das Spiel dann angucken? Die Einwohner von Törbel sind bodenständig, sie haben ihre Natur und ihre Bergwelt um sich herum, und das reicht. Sie haben ihr einfaches Leben. Fußball? Unwichtig.

Daran habe ich auch im Sommer 2014 denken müssen. Als das Endspiel der Deutschen Nationalelf, wieder gegen Argentinien, in die heiße Phase ging, konnte ich es vor Spannung nicht mehr aushalten. Als leidenschaftlicher Fußball-Fan fällt es mir ja schon schwer, ein stinknormales Bundesligaspiel meines 1. FC Köln ohne Nervosität zu schauen. Beim Public Viewing des WM-Finals biss ich mir vor Nervosität die Lippen wund, tippelte aufgeregt hin und her und konnte meinen Körper kaum noch stillhalten. Bis mir irgendwann Törbel in den Sinn kam. Törbel und seine herrlich unbeeindruckten, bodenständigen Einwohner. Ab dieser Minute, es dürften die letzten Minuten der regulären Spielzeit gewesen sein, lenkte ich mich immer wieder vehement mit diesem Gedanken ab. Ich dachte ans Wandern und an die Natur. Und wie viel wichtiger mir das war als dieses, im Grunde völlig belanglose Sportevent, an dem ich noch nicht einmal selbst aktiv teilnahm. Wozu diese Aufregung, diese quälende Nervosität? Und immer, wenn ich so ans Wandern dachte, wurde ich schlagartig ruhig. Ich stellte mir vor, wie ich durch wunderschöne Landschaften wanderte und wie besinnlich und befreiend das jetzt wäre. Währenddessen schaute ich dem Fußballspiel in aller Seelenruhe, mitten in der grölenden Menschenmasse stehend, einfach weiter zu. Herrlich entspannt. All

die Nervosität war allein dem Gedanken an das Wandern und den damit verbundenen positiven Emotionen gewichen.

Das hielt bis zum Siegtreffer von Mario Götze in der 113. Minute des Spiels. Da half dann weder das Wandern noch die Natur noch Törbel und seine herrliche Gelassenheit, da brach alles aus mir heraus, was sich die vorangegangen 112 Minuten angestaut hatte. Rums!

Wann immer ich in Zukunft so derart nervös und unruhig bin, werde ich einfach versuchen, mich wieder geistig in meine wunderbare Wanderwelt zu begeben. Wer die befreiende Wirkung des Wanderns bereits am eigenen Leib erfahren hat, wird wohl verstehen können, was ich meine. All denjenigen sei dies als mentales Beruhigungsmittel an die Hand gegeben. Und wer weiß, vielleicht funktioniert das Denken an schöne Landschaften und traumhafte Wanderungen auch beim Zahnarzt, vor einem operativen Eingriff, bei Lampenfieber oder bei anderen Ängsten ähnlich gut? Wäre doch mal einen Versuch wert.

WANDERN IST NICHT GLEICH WANDERN

Weil es viele erste Male gibt

Wandern ist nicht gleich Wandern. Wandern hat zahlreiche Facetten, für die es jeweils ein erstes Mal gibt. Ich kann stundenweise spazieren gehen oder ganze Tage unterwegs sein. Ich kann mehrere Tage am Stück wandern. Es gibt Rundwandern, Streckenwandern, Schneewandern, Nacktwandern, Themenwandern, Städtewandern, Wasserwandern oder Radwandern. Wanderkreuzfahrten, in der Gruppe oder allein. Mit Freunden, Fremden und Bekannten. Von Hütte zu Hütte, von Pension zu Pension. Oder mit Zelt im Gepäck. Nicht selten sind diese jeweiligen ersten Male von Pleiten, Pech und Pannen geprägt. Man macht Fehler, aus denen man lernt und an denen man reift. Und wichtige Erfahrungen, auf die man im zukünftigen Wanderleben verlässlich bauen kann.

Mein erstes Mal mit Zelt war so ein lehrreicher Fall. Geplant war eine mehrtägige Wandertour. Frank, ein langjähriger Freund von mir ohne Wandererfahrung, und ich hatten vor, die Berge des italienischen Piemonts zu erklimmen und dabei mit dem Zelt in der Wildnis zu kampieren. Die Vorfreude war groß, als erfahrener Wanderer wollte ich Frank für das Wandern begeistern und dabei selbst ein für mich völlig neues Abenteuer in den Bergen erleben. So viel vorweg: Ein Abenteuer wurde es, mit Franks Begeisterung hat es hingegen nicht ganz so geklappt.

Kapitel 1 – Pannen

Bis zur Schweizer Grenze lief alles prima, die Stimmung war gut, und die Zeit auf der Autobahn verging angenehm zügig. Kaum waren wir rund einen Kilometer auf Schweizer Boden unterwegs, schepperte es im Motor von Franks Auto verdächtig laut. Mit stark verringerter Geschwindigkeit rollten wir zum nächsten Rasthof

und entschieden, in diesem Zustand nicht weiterzufahren. Na ja, wozu bezahlt man denn jährlich den ADAC-Beitrag?! Blöd nur, dass Frank, im Gegensatz zu mir, kein Mitglied bei Deutschlands größtem Automobil-Club und das Auto auf ihn zugelassen war. Rund fünf Stunden später, nach endlosem Hin und Her am Telefon, einer kleinen Notlüge, zermürbenden Diskussionen, einer abenteuerlichen Abschleppaktion zurück auf deutsches Staatsgebiet, einigen kleingedruckten Schlupflöchern zu Lasten der gestrandeten Möchtegern-Urlauber (also uns) und weiteren sechs Telefonaten mit ADAC, Audi-Pannenhilfe, einer Werkstatt und einem Autohändler sowie einer nagelneuen Premiummitgliedschaft in den Büchern des ADAC, saßen wir dann endlich in einem Leihwagen und fuhren gen Süden. Wir hätten ahnen müssen, dass diese Tour unter keinem guten Stern stand.

Kapitel 2 – Pech

In Italien angekommen, erwartete uns Regen, Regen und nochmals Regen. Es schüttete aus vollen Rohren, was unserer Motivation nach der abenteuerlichen Hinfahrt, auf der uns übrigens kurz vor dem Ziel fast noch der Sprit ausgegangen wäre, nicht unbedingt Aufschwung verlieh. Nachdem wir eine Nacht auf einem Zeltplatz im Valle Vigezzo verbracht hatten, ging es dann hinauf in die Berge. Begleitet von noch mehr Regen und schon nach wenigen Minuten ordentlich durchnässt, schleppten wir uns mit unseren völlig überladenen Rucksäcken schwankend und wankend über die Pfade hinauf. 21 Kilo pro Rucksack hatten wir zu Hause für durchaus machbar für eine Bergtour befunden, wir waren ja schließlich starke Männer. Die Praxis belehrte uns eines Besseren. »Scheiß Schwerkraft«, fuhr es mehrfach aus mir heraus, die Motivation näherte sich einem bedrohlichen Abgrund. So trotteten wir also schwer atmend durch den italienischen Dauerregen, als wir plötzlich den ohnehin äußerst schlecht ausgetretenen Weg verloren.

Wer schon mal im italienischen Piemont unterwegs war, weiß, wie spärlich Wanderwege dort gepflegt und ausgeschildert sind, mitunter überhaupt nicht. Wir hatten einen der letzteren Kategorie erwischt. Na ja, wir wollten Abenteuer, da hatten wir es. Jetzt war er also weg, der Weg, und wir orientierten uns weiter anhand der Karte querfeldein. Durch nasses Gras balancierten wir am Hang entlang, was wirklich ein abenteuerliches Unterfangen mit 21 Kilo auf dem Rücken war, als plötzlich ein auf uns Schisshasen ziemlich aggressiv wirkendes Wildpferd auftauchte und uns den Weg versperrte. Wir brauchten einen Moment, um die Situation einzuschätzen, und hielten inne. Mitten im italienischen Gebirge, bei strömendem Regen, standen wir uns nun gegenüber. Der Gaul und die Angsthasen – ein filmreifes »Mexican stand-off« auf Italienisch. Noch während wir überlegten, wie wir an diesem Monster vorbeikommen sollten, fing dieses plötzlich aus unerklärlichen Gründen an, auf uns loszumarschieren. Uns packte umgehend eine völlig unerklärliche, aber instinktive Panik, wir stolperten den Hang durchs dichte Gestrüpp hinauf und flohen, immer wieder ängstlich zurückblickend, vor dem vermeintlich wild gewordenen Gaul, welchem wir gerade noch so entkamen. Ein wenig später fanden wir neben unserer Fassung auch den Weg wieder und wanderten bis zur einsetzenden Dämmerung weiter bergauf. Was dem Wildpferd von Anfang an klar gewesen sein musste, dämmerte mir ein wenig später auch: »Ich glaube, wir haben ein bisschen übertrieben, Frank.«

Kapitel 3 – Pleiten

Sechs Stunden waren wir nun unterwegs, und die Beine wurden müder und müder, also entschieden wir uns mit dem letzten Licht der Sonne, das spärlich durch die dichte Wolkendecke drang, unsere Ein-Mann-Zelte, die wir vor der Reise noch kurzfristig erworben und selbstverständlich noch nie zuvor zu Testzwecken aufgebaut

hatten, oberhalb eines alten Schafstalls aufzubauen. Nach etwa einer Stunde intuitiven Werkelns standen die beiden Zelte relativ wind- und regenfest, dachten wir zumindest. Eine kleine, hoffnungsvolle Regenpause nutzten wir, um jeweils eine Dose Chili con Carne über der Gasflamme zu erwärmen und uns ein wohlverdientes Abendessen zu gönnen. Ziemlich fertig vom ereignisreichen und anstrengenden Tag kroch daraufhin jeder, leicht demotiviert und entnervt, in seine enge Röhre. Der nächste Tag konnte kommen und nur besser werden.

Diese Rechnung hatten wir nur leider ganz ohne Petrus gemacht. So kam es, dass sich nach etwa einer Stunde trockenen Erbarmens ein noch nie da gewesener Wolkenbruch über unserem Lager ergoss. Ein Wolkenbruch, der schier unendlich, über mehrere Stunden hinweg, Unmengen an Regenwasser über unseren Zelten ablud. Es dauerte nicht lange, da hallte es am nächtlichen Berg: »Scheiße, Frank, mir tropft's auf den Kopf!« Mittlerweile war es stockdunkel und die Zelte völlig durchnässt. Mitten in der Nacht, im Schein von Taschenlampen und bei prasselndem Regen, sahen wir uns gezwungen, unser Lager abzureißen und mit unserem gesammelten Hab und Gut zum rettenden Schafstall rund 70 Meter unterhalb abzusteigen. Unten angekommen, bauten wir unsere durchnässten Zelte erneut auf, spärlich geschützt von einer löchrigen Decke, aus der es auch noch tropfte. In der Hoffnung, wenigstens ein bisschen zur Ruhe zu kommen. Es ist ein Wunder, wie wir es schafften, in unseren Nasszellen, zwischen all den völlig verstört blökenden Schafen, die paar Stunden bis zum lang ersehnten Sonnenaufgang zu schlafen.

Am Morgen stellte sich heraus, dass wir die Zelte beim Aufbau nicht richtig stramm gezogen und sich kleine Seen darauf gebildet hatten, die langsam durchgesickert waren. Unsere Blödheit gepaart mit Unerfahrenheit, schlechter Planung und nimmersatten Regenmassen – selbst am Folgetag – führte letztlich zum Abbruch der Tour und dem sofortigen Abstieg am nächsten Tag. Wir sind dann Pizza essen gegangen.

Weil es Trekking gibt

Die Königsdisziplin für einen gewöhnlichen Wanderer, der das Klettern an Felswänden oder alpine Hochtouren in Schnee und Eis meidet, ist wohl das Weitwandern beziehungsweise das Trekking. Weitwandern ist eine ganz besondere Form des Wanderns. Im Extremfall ist man tage- oder gar wochenlang in der Wildnis unterwegs, versorgt sich autark, verzichtet auf jedweden Luxus und lebt am absoluten Minimum. Doch wie sehr man sich fernab der Zivilisation bewegt, ist ganz individuell. Trekking ist nicht gleich Trekking.

Es ist ein Unterschied, ob ich in den Norden Norwegens reise, mich dort mit einem 20 Kilo schweren Rucksack für eine längere Zeit ganz von der zivilisierten Welt verabschiede, mich lediglich von den Nahrungsquellen der unmittelbaren Umgebung ernähre (Angeln, Sammeln) und unter freiem Himmel schlafe; oder ob ich eine Mehrtageswanderung auf einem der vielen Weitwanderwege mit stets erreichbarer Infrastruktur innerhalb Deutschlands mache, bei der an jedem Etappenort ein Gasthaus mit wohlverdientem Abendessen und warmem Bett auf mich wartet. Letzteres ist dann zwar kein Trekking nach strenger Definition mehr, erzeugt meinen Erfahrungen nach jedoch ein ähnlich unvergessliches Erlebnis. Denn wer sich auf eine Fernwanderung aufmacht, braucht Mut. Mut, sich ins Unbekannte zu wagen, neue Wege zu gehen. Wege, auf denen man auch sich selbst neu entdeckt. Mut, der ganz sicher belohnt wird.

Es ist einfach ein ganz anderes Wandergefühl, für mehrere Tage unterwegs zu sein, sich weiter und weiter vom Ausgangspunkt zu entfernen, immer an einem neuen Ort zu übernachten und nie zu wissen, wie es am Ziel aussehen mag. Die riesigen Distanzen, die man im Laufe der Tage zurücklegt, vermitteln einen Eindruck von

der gewaltigen Größe unseres Planeten. Mal zu Fuß quer durch Deutschland laufen, von der Quelle bis zur Mündung eines Flusses oder ein komplettes Gebirge überqueren. Distanzen, die man für gewöhnlich nur mit dem Auto oder öffentlichen Verkehrsmitteln zurücklegt, werden über Tage hinweg mit eigener Muskelkraft überwunden. Es war eine überwältigende Erfahrung, als ich nach einer Woche Trekking in Österreich mit dem Bus zurück zum Ausgangspunkt meiner Wanderung fuhr. Es dauerte ewig. Und mit jedem Kilometer, die der Bus zurücklegte, wuchs das Erstaunen über meine Leistung. Diese ganze Strecke, das alles war ich die Tage zuvor gelaufen.

Die Selbstversorgung mit einfachsten Mitteln führt vor Augen, wie simpel das Leben sein kann, und damit auch, wie schön dieses einfache Leben ist. Wie sehr wir auf Luxus verzichten können und dass der heutige Wohlstand an vielen Stellen unseres Lebens die Natur des Menschen verfälscht. Alles, was ich brauche, trage ich auf meinem Rücken. Ich trage es selbst, lasse es weder bringen oder holen, noch lasse ich mir die Arbeit von technischen Helferlein der Neuzeit abnehmen. Ich bin ganz allein für meine spärliche Ausrüstung verantwortlich, und dieses Verantwortungsgefühl ist immer wieder schön. Weitwanderungen sind einfach viel intensiver als Tagestouren. Weit weg vom eigenen Pkw und dem eigenen Zuhause erleben Wanderer am eigenen Leib, wie sehr sie in diese natürliche Umgebung gehören. Wenn ich nach einem Hüttentrekking in den Alpen wieder zurück ins Ausgangstal absteige, fällt mir erst so richtig auf, wie angenehm es hoch oben, abseits des zivilisierten Geschehens, war. Eine ganze Woche kein Autogeräusch, kein Hupen, kein Asphalt. Nur wenige Menschen und ganz viel Natur. Oft schon wurde mir in diesen Momenten der Rückkehr angst und bange, wenn ich an die Stadt denken musste. Eines ist sicher: Der Kulturschock kommt bestimmt.

Neben der körperlichen Kondition ist es vor allem auch die mentale Stärke, auf die es beim Trekking ankommt. Man braucht

Durchhaltewillen und muss wieder lernen, mit einfachsten Mitteln klarzukommen. Sonst wird die Trekkingtour schnell zum Grauen, zu sehr sind wir dem Verzicht entwöhnt. Die raue Natur macht es einem nicht leicht, doch wenn man es schafft, sich mit ihr zu arrangieren, dann wird das Weitwandern zum Traum. Sirdal, eine südnorwegische Gebirgsregion, ist so ein Traum von Freiluftabenteuer. Menschenleere Berge, Ebenen, Fjorde und Seen. Raues Klima, in dem man nichts geschenkt bekommt, außer der ganz eigenen Freiheit des Trekkings. Was waren das für wundervolle Tage auf meiner Wanderschaft mit dem Zelt durch Norwegens einsame Berge.

Natürlich kann man seiner mentalen Stärke ein wenig nachhelfen, indem man Frustfaktoren meidet. Zu schwere Rucksäcke, schlechte Planung oder falsche Ausrüstung setzen dem Wanderer zu. Eine Trekkingtour muss akribisch geplant und die Ausrüstung immer an die entsprechende Tour angepasst werden. Im Internet kann man sich heutzutage umfassend über die Vorbereitungen informieren und sich gut beraten lassen. Aufgrund der Individualität der Bedürfnisse und Tourenvorhaben lassen sich nur schwer konkrete Tipps geben, die immer gelten. Der beste Tipp für jeden Trekkingeinsteiger ist jedoch: Erfahrungen machen! Die waren auch bei mir bitter nötig, was habe ich schon unnütze Ausrüstung mitgeschleppt!? Und wie oft habe ich die wichtigsten und nützlichsten Dinge vergessen!? Egal wie umfassend man sich vorbereitet, die ganz eigenen Bedürfnisse erfährt man erst im Gelände. Und mit der Zeit schafft man es dann, sich genau auf diese einzustellen.

Weil man pilgern kann

Schon in der Antike pilgerten die Menschen zu Wallfahrtsorten und religiösen Stätten, sei es der Tempel der Artemis in Ephesos oder der erste Israelitische Tempel in Jerusalem. Während Pilger damals, besonders während der Spätantike und des Mittelalters, aus streng religiösen Gründen durch Europa pilgerten, zum Beispiel wegen auferlegter Buße, angestrebtem Sündenablass, Erfüllung eines Gelübdes oder der Hoffnung auf Heilung einer Krankheit, sind es heute vermehrt touristisch orientierte Motive von mehr oder weniger gläubigen Wanderern. Besinnlich und traditionsnah ist so eine religiös geprägte Wanderreise, bei der Pilgerwanderer, mit einem Pilgerausweis ausgestattet, auch gern in Klöstern und anderen kirchlichen Herbergen übernachten, trotzdem allemal. Es ist eine Abenteuerreise, die so manch einen Wanderer wieder zurück zum Glauben führt und auf der Suche nach religiöser Lebensdeutung einen großen Teil beiträgt. Da ist es kein Wunder, dass sich Wanderer, vermehrt nach einschneidenden Ereignissen in ihrem Leben, für eine Pilgerwanderung entscheiden.

Nachdem die Tradition der Pilgerfahrt bis zum 17. Jahrhundert fast schon vergessen war, ist seit Mitte des 17. Jahrhunderts ein Aufschwung erkennbar. Heute ist das Pilgern wieder stark im Trend, besonders nach Hape Kerkelings Bestseller *Ich bin dann mal weg*, in dem er seine Pilgerreise auf dem spanischen Camino Francés beschreibt. Der sogenannte »Kerkeling-Effekt« hatte in den Jahren nach der Veröffentlichung (2006) einen rasanten Anstieg der Pilger zur Folge. Ein wahrer Pilger-Boom brach aus.

Stellvertretend für das Pilgerwandern steht heute das Netz der Jakobswege, das in Santiago de Compostela im Nordwesten Spaniens am Grab des Apostels Jakobus seinen Endpunkt findet. Das Grab sowie Jakobus' Existenz selbst konnten übrigens bis zum

heutigen Tag historisch nicht wirklich bewiesen werden. Muss ja auch nicht, hier geht's schließlich um Glauben. Über den Hauptweg Camino Francés, der 1993 zum UNSECO-Weltkulturerbe ernannt wurde, wandern Jahr für Jahr Abertausende Pilger von der spanisch-französischen Grenze in den Pyrenäen nach Compostela. Da ist Stau schnell mal vorprogrammiert.

Zwar wird heute der Camino Francés gern mit dem Begriff »Jakobsweg« gleichgesetzt, doch zieht sich ein weitverzweigtes Netz verschiedenster Jakobswege durch ganz Europa. Es gibt nicht nur den einen Jakobsweg und die eine Route nach Compostela. Pilgern auf dem Jakobsweg kann man im Grunde von jeder Haustür aus, besonders in Deutschland.

Von der Nordsee, der polnischen, tschechischen oder österreichischen Grenze aus. Zahlreiche Routen, mit der berühmten Jakobsmuschel gekennzeichnet, führen quer durch Deutschland über die Schweiz, Niederlande, Belgien oder Luxemburg in Richtung Frankreich. Sie kommen aus ganz Osteuropa und Österreich. Dort verbinden sich die Jakobswege zu den vier großen Wegen, die schon im *Liber Sancti Jacobi,* einem Pilgerführer aus dem 12. Jahrhundert, beschrieben und 1998 ebenfalls zum UNSECO-Weltkulturerbe ernannt worden sind. Diese führen jeweils von Paris, Vézelay, Le Puy und Arles an die spanische Grenze und letztlich zum Camino Francés. Unter *www.deutsche-jakobswege.de* findet man eine gelungene Sammlung der europäischen, aber vor allem der deutschen Jakobswege.

Doch muss es immer Santiago de Compostela sein? Wie wär's mit Rom? Neben den Jakobswegen nach Nordspanien gibt es auch historische Pilgerrouten in die Hauptstadt Italiens. Sie führen zum Beispiel vom deutschen Stade über die »Via Romea« (auf den Spuren des Abtes Albert von Stade) oder dem englischen Canterbury über die »Via Francigena« (auf den Spuren des Bischofs Sigeric von Canterbury) aus in die Ewige Stadt und zu den Gräbern der Apostel Petrus und Paulus.

Oder über den norwegischen Olavsweg, vom Europarat offiziell zu einem der 33 Kulturwege Europas deklariert, von Oslo aus zum Grab des Heiligen Olav in Trondheim? Sogar Buddhisten können auf dem über 6.000 Kilometer langen Jizoweg zu buddhistischen Zentren in ganz Europa pilgern.

Pilgern kann man auch zu den berühmten Marienwallfahrtsorten Fátima in Portugal oder Lourdes in Frankreich. All diese Wege sind deutlich weniger besucht als die Kernetappen der Jakobswege in Frankreich und vor allem dem Camino Francés in Spanien, was der Besinnlichkeit beim Pilgern eindeutig zugutekommt. Und letztlich ist doch eh der Weg das Ziel.

36. GRUND

Weil man durch Städte wandern kann

Wandern und Städte. Was zunächst erst einmal wie ein Widerspruch klingt, kann sich schnell als eine ungeahnte Wanderüberraschung entpuppen. Klar ist, beim Stadtwandern gilt es, Abstriche zu machen, und zum regelmäßigen Vergnügen muss es auch nicht werden. Gerade weil Verkehrslärm und viele bis sehr, sehr, sehr viele Menschen sowie wenig naturbelassene Wege nicht unbedingt die beste Werbung für diese Seitennische des Wanderns sind. Ruhe und Entschleunigung findet man auch eher weniger, je nach Ausprägung des Stadtkindes im Wanderer. Doch je nach Stadt kann so eine Wanderung durch dicht besiedeltes Gebiet auch sehr schön werden, zumal ja kulturelle Einflüsse eine Wanderung erheblich prägen. Und die gibt es zuhauf in Städten. Museen, historische Bauwerke und städtische Geschichte interessieren den einen, Gasthäuser, Cafés und regionaler Lifestyle die anderen. Alle Stadtwanderungen haben eines gemeinsam: Es gibt wirklich viel zu sehen.

Eine tolle Stadtwanderung habe ich mal durch das wunderschöne Salzburg gemacht, vorbei an den Wirkungsstätten Mozarts, entlang der Salzach oder hinauf zur Festung Hohensalzburg, hoch über den Dächern der Stadt. Die kleinen, verwinkelten Gassen, die tolle Architektur und das Alpenpanorama am Horizont haben mich die quälenden Touristen, die zu Tausenden durch die Stadt strömen, schnell vergessen lassen.

Ähnlich gut war die Brauhauswanderung durch Kölle (für den Nicht-Rheinländer: Köln). Die Brauhauswanderung kann man mit oder ohne Führung machen. Und egal, wie man die Stadt findet, gegen Ende der Stadttour werden die Aufenthalte in den historischen Brauhäusern garantiert immer länger und geselliger. So wurde mir auch diese Tour unvergesslich. Und das, obwohl der Alkohol der Vergesslichkeit gerne mal zuträglich ist. Die Besteigung des Kölner Doms über seine 533 Treppenstufen bis zur Spitze sorgt dabei auch für körperliche Herausforderung und einen fantastischen Ausblick. Saufnasen-Tipp: Den Aufstieg zum Dom möglichst am Anfang machen, Stichwort Alkohol und Gleichgewicht!

Um die Stadt herum, statt durch die Stadt, auch das geht. Einen städtisch geprägten Wanderweg, abseits des Trubels der Innenstadt, kann man in Frankfurt begehen. Der »GrünGürtel Rundwanderweg« wurde als Deutschlands schönster Wanderweg 2014 ausgezeichnet (Fokus bei der Wahl waren Wanderwege in oder um Metropolregionen). Er führt einmal rundherum um »Mainhattan« und ist, wie der Name schon vermuten lässt, überraschend grün.

Auch durch die Geschichte Berlins, durch Wien, die Stadt der Klassik, oder durch Lyon, die drittgrößte Stadt Frankreichs mit mediterranen Plätzen und den geheimnisvollen »Traboules« (engen Straßenverbindungen direkt durch Häuser), kann man ausgezeichnet wandern. Viele Innenstädte, wie die von Rothenburg ob der Tauber oder Tübingen, sind allein schon so schön anzusehen, dass sich kleine Wanderungen oder eher Spaziergänge durch die mittelalterlichen Gassen auch ohne spezielles Rahmenprogramm

lohnen. Sogar der Ruhrpott hat mehr Grünflächen, Parks und Wälder zu bieten, als man glaubt, dazu die interessante Kulturgeschichte rund um den Kohleabbau. Und was ist mit Hamburg und der glitzernden Alster in der Abendsonne? Ach, man kann eigentlich durch fast jede Stadt wandern. Gut, vielleicht nicht durch Rüsselsheim, Wolfsburg oder Kaiserslautern. Städte, die sich nicht unbedingt mit Ruhm bekleckern, wenn es um Schönheit geht, kann man als Wanderer dann doch meiden. Nicht bös' gemeint!

37. GRUND

Weil man nachts wandern kann

Eine Nachtwanderung findet man in fast jedem Jugendkrimi. Kein Wunder, besonders für Kinder und Jugendliche ist das Wandern bei Nacht ein Erlebnis, das sie so schnell nicht vergessen. Meine Nachtwanderung auf die Sulzfluh im österreichischen Montafon (Grund 56) habe ich jedenfalls bis heute noch detailgetreu im Kopf. Nachtwandern ist also nur was für Schisshasen und Grünschnäbel? Nein, viele Erwachsene unterschätzen die Wirkung vom Draußensein bei Dunkelheit. Dann, wenn der Sehsinn herunter- und Tast- sowie Hörsinn spürbar heraufgefahren werden, entsteht ein ganz eigenartiges und spannendes Gefühl des Seins, auch bei uns alten Säcken. Es knackt und raschelt plötzlich überall, und das sind endlich mal nicht nur unsere Knochen. Der pechschwarze Wald scheint lebendiger denn je, jetzt, wo man kaum noch etwas sieht. Erst nach rund 40 Minuten gewöhnen sich die Augen maximal an die Dunkelheit, so richtig gut sehen, wie Garfield oder Kater Karlo es können, werden wir bei Dunkelheit aber niemals können. Gut so, denn so bleibt eine Nachtwanderung etwas Besonderes.

Die wenigsten von uns sind richtige Nachtschwärmer. Abgesehen vom Wochenende sind wir nur selten noch bis tief in die Nacht

wach, erst recht treiben wir uns zu später Stunde nicht im Freien herum. Zu gemütlich sind unsere warmen Betten, und zu grausig ist der Gedanke an den Wecker, der in einigen Stunden wieder klingelt. Also findet der Großteil unseres bewussten Lebens tagsüber statt, es sei denn, wir sind Securitybeamte, Türsteher, Barkeeper oder Dracula. Und während wir so schlafen, kriegen wir kaum etwas mit vom nächtlichen Leben in der Natur mit all den nachtaktiven Tieren, die uns fremd und gespenstig vorkommen, weil wir kaum mit ihnen in Kontakt kommen. Wer hat schon Angst vor einem Reh, dem man auch im Hellen begegnet? Hört man dagegen eine Schleiereule im Schatten der Nacht ihre gruseligen Laute rufen, wird einem ganz anders zumute. Die Nacht ist eine unheimliche Zeit, außerhalb von beleuchteten Städten. Nicht zuletzt wegen all der Sagen, Märchen und Horrorgeschichten, die wir uns seit jeher erzählen und die unsere Fantasie anregen.

Am besten lassen sich Nachtwanderungen bei Vollmond unternehmen, dann wenn der Mond nächtliche Schatten in die Landschaft zaubert, sieht man gerade noch wenig genug für eine richtige Nachtwanderung. Das milde Licht des Vollmondes schont die Batterien von Taschenlampen und beugt nächtlichen Fallen wie Wurzeln oder Ästen auf Gesichtshöhe vor. Mit Stirn- und Taschenlampen ausgestattet, kann es dann losgehen. Am besten auf einen Gipfel mit freier Sicht nach Osten, der gegen Sonnenaufgang dann erreicht wird. Doch selbst ohne Sonnenaufgang als finales Spektakel einer Wanderung bei Nacht gibt es genügend Spielereien. Zum Beispiel mal für einen Kilometer schweigen und der Nacht lauschen. Sich eine kleine Horrorgeschichte erzählen und sehen, wer sich zuerst in die Hosen scheißt. Selbst in der Stadt kann ein kleiner Nachtspaziergang eine schöne und ungewöhnliche Erfahrung sein. Oder man geht gleich in einen der vielen Sternenparks in Deutschland, die dank einer natürlichen Nachtlandschaft (durch die Vermeidung von Lichtverschmutzung) besonders spektakuläre Nachthimmel hervorzaubern können. Die Welt mal anders – in der Nacht.

Weil es Nacktwandern gibt

Wer hätte gedacht, dass ausgerechnet in der deutschen Provinz, mitten im eher konservativen Südharz auf dem Boden von Sachsen-Anhalt, der erste offizielle Nacktwanderweg Deutschlands eröffnet wird? Der Anfang eines Trends, der sich, ausgehend von der in der DDR populären FKK-Kultur, nun auch deutschlandweit seit 2009 stetig wachsender Beliebtheit erfreut. Nach dem Mauerfall also auch endgültig der westdeutsche Hüllenfall. »Romantisches Naturverständnis« ist einer der Leitbegriffe dieser Bewegung. Romantisch? Wer einmal Aufnahmen einer dieser FKK-Veranstaltungen gesehen hat oder womöglich direkter Augenzeuge wurde, der denkt an vieles, aber an Romantik? Nein. Meine ersten Gedanken waren da eher Q10-Faltencreme, Gillette Mach 3 oder einfach nur »Wieso?«. Aber gut, die Definition von Ästhetik variiert nun mal von Mensch zu Mensch.

Ich frage mich, was wohl die tierischen Waldbewohner denken mögen, wenn ein 30 Personen starker Tross samt munter schwingendem Gehänge an einem sonnigen Sonntagmorgen durch den Wald marschiert? Reh-Frieden ade. Spannend wäre da doch die Frage, ob der hiesige Jäger seit der Eröffnung des »Naturistensteigs« einen Rückgang seiner Abschüsse zu verzeichnen hat. Wenn ich ein unbescholtenes Reh wäre, würde ich mich jedenfalls für einige Zeit verstört ins Unterholz zurückziehen und warten, bis dieser Spuk vorbei ist. Oder gar direkt aus meiner scheinbar verrückt gewordenen Heimat flüchten. Wenn ich jedoch ein Jäger wäre ... na gut, so weit will ich nicht gehen.

Zum Glück bin ich ein halbwegs durchschnittlicher Zeitgenosse und angezogener Wanderer. Ich kann das Geschehene und vor allem das Gesehene (versuchen zu) reflektieren. Mir erschließt es sich zwar nicht, wie man auf die Idee kommt, splitternackt über Stock

und Stein durch den Harz zu wandern, aber einen gewissen Mut muss ich den Nacktwanderern auf jeden Fall attestieren. Waghalsig stellen sie sich drohenden Gefahren wie penetranten Kiefernadeln, spitzen Kieselsteinen, aggressiven Mückenschwärmen oder zurückschwingenden Ästen entgegen. Auch furztrockener Staub im Hochsommer, der sich selbst dort festsetzt, wo die Sonne niemals hinscheint, schreckt die leidenschaftlichen Pioniere im Adamskleid nicht ab. Romantik im 21. Jahrhundert!

Aber mal im Ernst, spezielle Vorlieben gibt es doch bei jedem Hobby, und auch die FKK-Kultur ist den Deutschen nicht wirklich fremd. Solange die passionierten Nacktwanderer also unter sich bleiben und nur vereinzelt ver(w)irrten Mitwanderern in Wanderkleidung begegnen, gibt es an der Wanderkultur der besonderen Art rein gar nichts auszusetzen. Jedem das Seine. Und den Nacktwanderern eben das Nackte. Nach den Nacktwanderwegen im Harz und der Lüneburger Heide sollte übrigens auch im brandenburgischen Trebbin ein Revier für entblößte Wanderer entstehen, dieses Projekt wurde jedoch aufgrund heftiger Proteste angezogener Menschen bereits wieder verworfen. Ähnlich wie in der Schweiz, wo das Auftauchen von Wanderern in unkeuscher Vollkommenheit shitstormartige Entrüstungsstürme von Eidgenossen entfacht hat. Also, besser zunächst nur in deutschen Wäldern ausziehen.

39. GRUND

Weil es Klettersteige gibt

Klettersteige sind nicht jedermanns Sache. Menschen mit Höhenangst, Schwindel oder Wanderer unsicheren Trittes meiden eine Via Ferrata (ital. für: Eiserner Weg) nur zu gern. Doch kletterbegeisterte Wanderer, zu denen auch ich mich zähle, bauen diese selbstredend in eine Wanderung mit ein, wann immer es möglich ist. Mein Herz

schlägt höher, wenn ich Wanderkarten studiere und irgendwo ganz unverhofft das Symbol für einen Klettersteig entdecke. »Den muss ich machen!«, schießt es mir sofort in den Sinn.

Leider fehlt mir bisher für die richtigen Kletterkracher eine Kletterausbildung. Doch sobald ich diese absolviert und mir eine ordentliche Ausrüstung zugelegt habe – und das werde ich früher oder später –, werde auch ich auf den richtigen Kletterfelsen der Alpen herumkraxeln, so viel steht fest. Dolomiten, ich komme. Irgendwann.

Bis dahin begnüge ich mich weiterhin mit den wanderfreund-lichen Klettersteigen, die nicht weniger aufregend sind. Ein biss-chen vielleicht. Denn Klettersteig ist nicht gleich Klettersteig. Viele der mit Drahtseilen und Eisenbügeln gesicherten Steige sind ein-facher zu bewältigen, als man denkt, und bedürfen nicht einmal einer Kletterausrüstung (das persönliche Risiko muss dabei jeder selbst einzuschätzen wissen). Klettern ist eine feine Abwechslung beziehungsweise Ergänzung zum Wandern. Man arbeitet mit den Händen und bewältigt enorme Höhenunterschiede auf kleinem Raum; nicht selten ist das handfeste Unterfangen auch begleitet von tollen Aussichten als Preis für die Mühen, die ein wenig größer aus-fallen als beim Gehen auf zwei Beinen. Aussichten, die über einen Wanderweg nicht immer zu erreichen sind.

Besonders gut in Erinnerung sind mir der Dr.-Julius-Mayr-Weg am Brünnstein in Bayern sowie der hoch über dem Rhein gelegene Klettersteig in Boppard geblieben. Als besonders einfach und gut für Neulinge geeignet, stellten sich die zwei kleinen Kletter-steige auf dem rheinland-pfälzischen Layensteig Strimmiger-Berg heraus.

Nachdem man Klettersteige früher fast ausnahmslos in den Alpen gefunden hat, wächst die Anzahl von Via Ferratas in den deutschen Mittelgebirgen zunehmend, ganz zu meiner Freude. So kann sich jeder selbst an den im Vergleich zu den alpinen Pendants meist weniger schweren Klettersteigen nach Lust und Laune aus-

probieren. Mittlerweile gibt es Klettersteige in ganz Deutschland südlich des Harzes. Die meisten davon lassen sich auch umgehen, sodass ein Klettersteig kein Ausschlusskriterium für eine größere Wandergruppe sein sollte, in der nicht alle den Kick der gesicherten Kletterei suchen. Unter *www.klettersteig.de* findet man eine schöne Übersicht.

Übrigens sind Klettersteige eine fast ausnahmslos europäische Sache. Das erklärt auch, wieso es keine englische Übersetzung für »Klettersteig« gibt. Na, wie gut, dass Europa meine Heimat ist und ich hier auf Klettersteigen klettern kann.

40. GRUND

Weil man auch im Winter wandern kann

Eiskalter Wind streicht über das Gesicht, das weiße Schneekleid funkelt in der Sonne. Die kalte Jahreszeit hat die Landschaft und ihre üppige Vegetation fest im Griff, unter der dicken Schneedecke schlummert die sonst so blütenreiche Vielfalt bis zum nächsten Frühling. Und es ist still, so unheimlich still. Nur das Knirschen des Wanderschuhs im Schnee, die gleichmäßige Atmung und der Wind, der über die weiten Flächen fegt, bezirzt das entspannte Ohr. An Häusern und Höfen vorbei schnuppert man das frische Kaminholz, dessen wohltuender Duft sich in der winterlichen Luft verbreitet. Ein heißer Glühwein am offenen Feuer macht den Wandertag letztlich perfekt. Ein Winterwandertraum.

Wandern ist nicht nur eine Sache der warmen Jahreszeiten. Im Gegenteil, es gibt kaum etwas Schöneres als eine märchenhafte Winterwanderung im Schnee. Es ist immer wieder ein Erlebnis, die Natur während ihres Winterschlafes zu durchwandern und diese einmalige Stille zu erleben. Die unebene und weiche Oberfläche des Schnees mit ihren vielen Lufteinschlüssen sorgt für die winter-

liche Schalldämpfung, die uns kaum noch ein gewohntes Geräusch wahrnehmen lässt. Wenn es dann schneit, ist der schalldämpfende Effekt großer Flocken sogar noch beeindruckender. Für mich immer wieder ein faszinierendes und anmutiges Gefühl, mitten in dieser Stille zu stehen.

Solange man warm, wasserdicht und dick eingepackt ist, braucht man nicht einmal besondere Ausrüstung für so eine Schneetour. So richtige Schneeschuhe sind für längere Touren und dicht beschneite Regionen zwar von Vorteil, doch viele Forstwege sind gerade hierzulande auch im Winter mit rutschfestem und wasserdichtem Schuhwerk gut begehbar. Noch besser sind die speziellen Winterwanderwege, die man in Deutschland, auch abseits der Alpen, immer öfter findet. Winterwanderwege werden regelmäßig präpariert, sodass man nicht ständig im tiefen Schnee einsinkt. So lässt es sich fast so leicht wie auf sommerlichen Wegen wandern. Albstadt in der Schwäbischen Alb zum Beispiel betreut zwei Winterwanderwege; die mit »Schneewalzer« und »Wintermärchen« wohlklingend getauften Wege sorgen für ein paar traumhafte Stunden winterlichen Wanderns. Und auch in den meisten Mittelgebirgen, wie dem Schwarzwald, dem Bayerischen Wald oder dem Harz, findet man präparierte Winterwanderwege. Abseits der Wege werden kurzerhand Schneemänner gebaut, kleine Hügel zur Rodelpiste umfunktioniert (Plastikunterlagen mitnehmen) oder Schneeballschlachten ausgetragen. Winterwandern wird so schnell nicht langweilig.

Eine fast schon traditionelle Winterwanderung unternimmt meine Familie jedes Jahr während der Weihnachtszeit. Von Rech im Ahrtal aus wandern wir über meist verschneite Wege hinauf zum schönen Steinerberghaus, von dem man eine tolle Sicht über die schneeweißen Berge der Ahreifel bis hin zur Hohen Acht hat. Nach einer heißen Schokolade geht es dann wieder zurück nach Rech, wo wir den schön gestalteten Weihnachtsmarkt besuchen und uns mit Glühwein und roten Bäckchen an einer der offenen Feuerstellen aufwärmen. Immer wieder schön.

Wenn jetzt nur noch auf den Winter und seinen Schnee Verlass wäre, lieber Petrus, dann wäre alles gut. Ich, als Kind der Kölner Bucht, die vor allem für milde Winter und schwül-warme Sommer berühmt ist, sollte vielleicht mal einen Bittbrief an unseren »Wettermacher« adressieren.

Weil auch Hunde gerne wandern

Was für uns Menschen gilt, gilt natürlich auch für des Menschen besten Freund. Hunde lieben Wandern. Und auch für Hunde ist Wandern sehr gesund. Ich weiß zwar nicht, ob ich, als bekennender Nicht-Hund, 111 Gründe für Hunde und deren Wanderleidenschaft finden könnte, aber sicher ist: Eine artgerechte Freizeitgestaltung mit jeder Menge Auslauf heißt jeder bellende Vierbeiner willkommen. Und diese gehört selbstredend zu einer gesunden Mensch-Hund-Beziehung dazu. Da sie vor allem viel Bewegung für Mensch und Tier erfordert, drängt sich das Wandern förmlich auf.

Wandern kann grundsätzlich jeder gesunde und ausgewachsene Hund, sofern Länge und Schwierigkeit der Tour sowie Wetterlage und entsprechender Proviant (vor allem viel Wasser!) an den jeweiligen Hund angepasst werden. Der Hund sollte darüber hinaus gut erzogen sein und perfekt auf Herrchen oder Frauchen hören. Allein schon für die eigene Sicherheit, besonders in schwierigem Terrain oder in den Bergen. Problematisch wird es auch, wenn die Hunde sich allzu leicht für Kühe, Schafe oder andere Tiere am Wegesrand interessieren, diese bedrängen oder ihnen hinterherjagen. Wer möchte den Hund denn schon die ganze Wanderung über an der Leine halten müssen? Abgesehen davon, dass die Tiere selbst auch nicht so gern von wild gewordenen Monsterhunden gefressen werden wollen und panisch reagieren.

Doch auch nach guter Planung können individuelles Gemüt und Konstitution eines Hundes im Gelände für mehr oder weniger unvorhergesehene Komplikationen sorgen. Stazi, die kleine Chihuahua-Dame meiner Exfreundin, konnte aufgrund ihrer Größe natürlich nicht so lange Strecken bewältigen wie Ayla, die stattliche Berner Sennen-Hündin meiner Eltern, so viel ist schon mal klar. Doch selbst eine nur rund zwölf Kilometer lange Wanderung endete für die kleine Stazi einst mit einem waschechten Muskelkater am nächsten Tag. Wer schon mal einen Hund mit Muskelkater gesehen hat, der weiß, wie witzig das aussehen kann. Selbst schuld, mehrere Male hatten wir der kleinen Hundedame Ruhepausen angeboten, die sie lieber zum Apportieren von Hölzern genutzt hat, ohne dass wir diese jemals geworfen hätten. Ein ziemlich frecher Versuch, uns zum Spielen zu zwingen. Und jedes Mal, wenn wir sie unterwegs ein Stück tragen wollten, riss sie sich vehement los und begann wieder damit, vom Vorangehenden der Wandergruppe zum Schlusslicht zu laufen und wieder zurück, immer hin und her. Am Ende des Tages standen bei ihr sicher 30 statt zwölf Kilometer Wegstrecke auf dem Zettel. So was lässt sich wohl einfach nicht vermeiden.

Doch auch Ayla hat ihre Probleme. Denn während sie größere Distanzen locker wegsteckt, leidet sie aufgrund ihres dicken Felles viel mehr unter starker Hitze als ihr winziges Pendant. Trotz eines Wasservorrats von drei Litern, den wir als Proviant für die Sennenhündin eingepackt hatten, musste mein Vater mal eine Tour mit Ayla in den österreichischen Alpen abbrechen. Zu heiß war es an dem Tag und zu sehr litt der Hund unter der Anstrengung bei brütender Hitze, oberhalb der Baumgrenze, so ganz ohne schattiges Plätzchen. Jeder Bach und jeder Wassertrog, der ja eigentlich für weidende Kühe gedacht war, wurde an diesem Tag zum willkommenen Ganzkörperbad. Doch trotz der feuchtfröhlichen Abkühlung musste mein Vater frühzeitig absteigen und meiner Schwester und mir das Gipfelglück alleine überlassen. Beides waren wichtige und

individuelle Erfahrungen für zukünftige Wandertouren mit Hunden, die in den nächsten Planungen berücksichtigt wurden.

Ansonsten liebt Ayla das Wandern; es ist immer wieder herzerwärmend, den Hund glücklich über Wiesen und Felder springen zu sehen. Und wer Ayla mal so richtig schnarchen hören will, der sollte sie nach einer Tageswanderung beobachten, wenn sie sich völlig platt in ihre Ecke zurückzieht und alle viere von sich streckt. Platt, aber glücklich, da bin ich mir sicher.

Ob Ayla auf den aktuell in der Planung befindlichen »Top-Wandergenuss«-Wegen noch glücklicher wäre? Die speziell für Hundewanderungen konzipierten Wanderwege versprechen stressfreien Wanderspaß für Mensch und Tier, möglichst abseits von Verkehrsstraßen. Sie führen durch so gut wie keine Gebiete mit Leinenpflicht und vermeiden schwierige Passagen, die ein Hund nicht ohne Weiteres bewältigen kann. Häufige Trinkgelegenheiten (mindestens alle vier Kilometer) und regelmäßige Spender für Hundesäckchen versprechen zumindest für den Menschen eine Stressentlastung beim Wandern mit Hund. Erfüllt ein Wanderweg diese Kriterien, bekommt er das »Top-Wandergenuss«-Siegel. Bis heute ist die Umsetzung dieses Projektes jedoch nicht offiziell erfolgt. Ob der Hund dadurch noch glücklicher über Stock und Stein springt, werden wir wirklich verlässlich wohl nie erfahren. Es sei denn, ein Hund erbarmt sich, endlich mal mit uns zu sprechen.

42. GRUND

Weil es exotische Wanderziele gibt

Dadurch, dass Wandern an sich überall und immer geht, kommt natürlich der komplette Erdball als potenzielles Wanderziel infrage. Doch es gibt Orte auf der Welt, bei denen die meisten eher an Badeurlaub statt Wandertour denken. Wer nach Hawaii, in die

Karibik oder in andere tropische Regionen fliegt, packt meist Flip-Flops statt Wanderstiefel ein. Badetuch statt Rucksack. Doch es geht auch andersherum. In vielen exotischen Ecken der Welt gibt es gut ausgebaute und markierte Wanderwege und perfekt organisierte Nationalparksysteme. All die Inseln und außergewöhnlichen Wanderziele sind oft mehr als Badestrand. Im Herzen ihrer Hinterländer geht es endlich mal nicht um das hektische Reservieren des Liegestuhls am Pool und das Anstehen am Buffet. Sondern darum, die einzigartige und kaum erahnte Natur und das simple Leben in vollen Zügen zu genießen. Fremde Kulturen und Menschen kennenzulernen, abseits der touristischen Zentren, dort, wo sie noch besonders authentisch sind. Das nenne ich Urlaub.

Stichwort Hawaii. Dort, wo einst der vermeintlich mächtigste Mann der Welt das Licht der Welt erblickte, findet man zahlreiche Nationalparks mit wunderschönen Trails. Hier gibt es sowohl lange als auch kurze Touren, egal, ob man Backpacking machen möchte oder Tageswanderungen auf dem Plan hat. Von dieser einzigartigen und traumhaften Vulkanlandschaft auf den acht hawaiianischen Inseln mit ihren Regenwäldern und Traumstränden am Pazifik können wir Europäer nur träumen, wenn wir morgens die heimischen Fenster öffnen.

Wunderschön ist auch La Réunion mit ihren weißen, feinsandigen Stränden. Auch auf dieser zu Frankreich gehörenden Tropeninsel ist es das fantastische Wechselspiel zwischen dem Feuer der Vulkane und dem Wasser des Indischen Ozeans, das spektakulärer kaum sein könnte. Die Bewohner des südlichsten Punkts der Europäischen Union, vor der Ostküste Madagaskars, haben bis heute ihre Kultur weitestgehend bewahrt, eine Wanderung über La Réunion wird so zum begehbaren Fenster in eine andere Welt. Kreolische Küche in den Tropen statt Eisbein und Sauerkraut in Palma de Mallorca. Naturkino statt *Bildzeitung*. Nur der oft gescholtene Euro, mit dem man hier auf französischem Staatsgebiet bezahlt, ist als letzte Brücke zur Heimat noch übrig.

Ein Stück weiter südwestlich auf dem afrikanischen Festland dann der Otter Trail. Der 41 Kilometer lange Küstenwanderweg im südafrikanischen Tsitsikamma-Nationalpark steht ganz im Zeichen des Wassers und gilt mit seiner Traumküste und Wasserfällen als einer der schönsten seiner Art. Übernachtet wird dabei in Hütten des Nationalparks.

Oder Neuseeland. Wer die Landschaft aus der *Der Herr der Ringe*-Filmadaption bestaunt hat, wird hier mit Sicherheit den Wanderhimmel finden. Es ist ein persönlicher Traum von mir, einmal auf den beiden Inseln Neuseelands zu wandern. Oder durch die Nationalparks in Namibia, zur Wiege der Eisberge auf Grönland oder über das argentinische Feuerland – unser Heimatplanet bietet so viele exotische Wanderziele, die man nur allzu schnell am Badestrand oder im Hotel verpennt.

Zwar ist der Begriff »Exotik« vor allem mit weit entfernten und besonders fremden Destinationen beziehungsweise Kulturen verbunden, doch können wir Europäer auch etwas näher an unserem Festland an so einer außergewöhnlichen Wanderwelt schnuppern. Touren auf europäischen Inseln wie Korsika oder Madeira, ja sogar auf weiten Teilen Mallorcas, haben dank ihrer traumhaften Mischung aus Meer, Bergen sowie unverbauter und wilder Natur einen ähnlichen Flair wie ihre Tausende Kilometer entfernten Pendants. Als Einstimmung auf ein größeres exotisches Wanderabenteuer bieten sie sich perfekt an.

43. GRUND

Weil es mehr Touren als Tage gibt

Selbst wenn ich jeden einzelnen Tag meines Lebens wandern würde, hätte ich am Ende noch längst nicht alles gesehen. Selbst dann gäbe es noch Winkel dieser Erde, die ich nicht erkundet hätte.

Das ist das Gute am Wandern, es gibt mehr Touren als Tage und schier unbegrenzte Möglichkeiten. Oder aber es ist das Schlechte am Wandern, denn man wird einfach nie fertig. Naja, wenn ich schon die Wahl habe, denke ich lieber positiv. Es ist das Gute am Wandern!

Als Vergleich: Beim Klettern reichen die machbaren Felswände irgendwann nicht mehr aus. Für Extrem-Bergsteiger sind die 14 Achttausender dieser Erde auch nur für das halbe Leben Herausforderung genug. Die Anzahl ausgewiesener Radwege ist da schon üppiger, aber auch da stößt man irgendwann an seine Grenzen, wenn man nicht auf die Verkehrsstraßen ausweichen möchte. Doch der Wanderer, der kann in Deutschland allein schon so viele Wanderwege begehen, dass es schwerfällt, überhaupt eine Auswahl zu treffen.

Wenn wir Wanderer doch nur die Zeit hätten, all die Touren zu machen, die wir uns vorstellen. So bleiben uns nur die Qual der Wahl und die Hoffnung, die für uns schönsten Flecken der Erde gesehen zu haben. Und die Träume bleiben uns, die ganz persönlichen Wanderträume.

Einer meiner zugegeben sehr ambitionierten Wanderträume ist, auf jedem der sieben Kontinente mal gewandert zu sein. Ja, auch in der eiskalten Antarktis. Was für richtige Bergsteiger die Herausforderung »Seven Summits« ist (den jeweils höchsten Gipfel jedes Kontinents bestiegen zu haben), ist bei mir der Traum »Sieben Kontinente«. Jede Ecke der Erde mal grob erlebt zu haben, so richtig und hautnah. Die Lebensräume, Menschen und Kulturen kennenzulernen. Auf die schönste Art und Weise, die ich mir vorstellen kann, zu Fuß. Das sah schon der französische Schriftsteller und Philosoph Jean-Jacques Rousseau ähnlich: »Wer ans Ziel kommen will, kann mit der Postkutsche fahren. Aber wer richtig reisen will, soll zu Fuß gehen.«

Besonders reizt mich die weite Wildnis Kanadas. Gleichermaßen fantastisch wie utopisch wäre es, die 23.000 fertigen Kilometer des

Trans Canada Trails, des längsten Wanderwegs der Welt, irgendwann mal komplett zu begehen. 23.000 Kilometer! Das ist doch gefühlt ein halbes Leben. Auch die Anden würde ich gerne irgendwann einmal bewandern. So eine viertägige Wanderung über den Inka-Pfad zum Machu Picchu wäre mehr als traumhaft. Und verrückt wie ich bin, habe ich auch schon einmal darüber nachgedacht, wie grandios es wäre, auf dem Mond zu wandern. Ob ich doch noch Astronaut werden und bei der nächsten Apollo-Mission mit an Bord gehen sollte? Mit Wanderstiefeln und Rucksack im Gepäck? Na ja, auch wenn eine Wanderung auf dem Mond für immer Traum bleibt, habe ich es mir zur Aufgabe gemacht, wenigstens die irdischen meiner Wanderträume möglichst zahlreich in Erfüllung gehen zu lassen. Ich sollte ein Spendenkonto einrichten ...

ERLEBNISSE AUF TOUR

Weil es Frau Müller gibt (gab)

Liebe Frau Müller, falls Sie sich in der nachfolgenden Beschreibung und Beichte wiederfinden, so bitte, nehmen Sie umgehend Kontakt mit mir auf. Gerne würde ich mich noch einmal persönlich für Ihre Gastfreundschaft während unseres äußerst ungewöhnlichen Aufenthaltes bei Ihnen bedanken.

Sie sind eine alte Frau, aufgrund Ihres ziemlich hohen Alters, welches Sie bereits in meinen Kinderjahren hatten, bin ich mir nicht sicher, ob Sie noch unter uns weilen. Sie wohnen beziehungsweise wohnten im pfälzischen St. Martin und betrieben eine Pension in Ihrem kleinen Zuhause. Meine Familie und ich verbrachten einst eine Nacht in Ihrer Pension, während einer mehrtägigen Wanderung durch die Südliche Weinstraße. Sie waren überaus offen, warmherzig, gastfreundlich und lieb. Sogar ich als Kind bemerkte und spürte das. Aufgrund Ihres Alters waren Sie leider aber auch etwas verwirrt, so schien es.

Die Nacht bei Ihnen war erholsam, das weiß ich noch. Doch das Frühstück sollte wahrlich unvergessen bleiben. Sie waren so lieb, dass weder wir Kinder noch meine Eltern Ihnen sagen konnten, dass gekochte Eier etwas länger als eine Minute im Wasser kochen sollten, bevor sie genießbar sind. Und so brachten Sie uns die wabbeligsten Eier, die ich jemals als gekochte Eier serviert bekommen habe. Was Sie nicht wussten: Heimlich schmiedeten wir am Frühstückstisch einen Plan, wie wir Sie nicht verletzen und dennoch drum herumkommen würden, die rohen Eier zu schlürfen. Sie werden sich vielleicht noch daran erinnern, dass wir Sie gebeten haben, aus den Eiern spontan lieber ein leckeres Rührei zu machen. Nett wie Sie waren, nahmen Sie die Eier wieder in die Küche und versprachen uns ein großes Rührei. Yes, unser Plan schien zu funktionieren. Doch Moment mal, schon nach rund zwei Minuten

kamen Sie wieder und servierten uns ein glibberiges, flüssiges Rühr-ei, das fast vom Teller schwappte. Heute glaube ich, Sie haben die rohen Eier einfach nur verrührt, heißt ja schließlich Rührei. Noch immer konnte sich niemand von uns überwinden, die glibberige Masse herunterzuwürgen. Und keiner brachte es übers Herz, Ihnen das zu sagen, Sie meinten es doch nur gut. Es entwickelte sich ein undefinierbares, ulkiges Gefühl, irgendwo zwischen Ekel, Mitleid und immer mehr ungebremster Ironie, angesichts dieser ausweg-losen Situation. Der eine oder andere konnte sich ein verkrampftes Lachen nicht verkneifen. »Was machen wir jetzt?« Da kam mei-nem Vater die zündende Idee, das Rührei musste verschwinden! Er wartete den passenden Moment ab und schlich sich mit dem randvollen Teller Wabbelei hinterm Rücken leise in Richtung Klo. Und als er so schlich, tropfte Schritt für Schritt das Rührei auf den blitzeblanken Teppichboden. Völlig unbemerkt zog er eine nette Schleimspur hinter sich her. Flüsternd »schrien« wir ihm zu: »Papa, Papa, die Eier tropfen!« Doch in all seiner Aufregung hörte er uns nicht und schlich weiter höchstkonzentriert durchs Haus. Meine Mutter sprang geistesgegenwärtig auf und wischte die glibberige Eierspur, die überaus verdächtig bis ins Bad führen sollte, notdürftig hinter ihm auf. Wir Kinder saßen hilflos am Tisch und lachten, bis sich die Balken bogen. Es war aber auch ein Bild für die Götter. Mein Vater schlich mit glibberiger Schleimspur hinterm Rücken durch die Pension, während meine Mutter, kichernd und verzwei-felt zugleich, versuchte, jegliche Beweise zu vernichten. Und all das, weil wir es nicht übers Herz bringen konnten, Ihnen zu sagen, dass Ihre Eier ungenießbar sind. Slapstick pur und eine tolle Idee für den neuen *Mr. Bean*, wenn es die TV-Serie noch geben würde.

Ich weiß nicht, wie wir das alles erklärt hätten, wären Sie in diesem Moment in den Raum gekommen. Doch zum Glück hatte es ge-klappt, nach zwei Minuten kam mein Vater zurück mit einem leeren Teller. Das Rührei, das nicht auf dem Teppich landete, versank im Klo. Die Schleimspur meines Vaters war nur noch zu erahnen, und

Sie, herzensgute und liebe Frau Müller, haben von alldem nichts mitbekommen. Nein, damit nicht genug, Sie boten uns sogar noch »leckere« Ostereier für die weitere Wanderung an. »Wandern macht ja schließlich hungrig«, sagten Sie. »Allerdings überhaupt nicht auf Ihre liebevoll bemalten Eierdrinks, Frau Müller«, dachten wir. Das möchte ich Ihnen auf diesem Wege beichten.

Frau Müller, Sie sind unvergessen. Immer Teil von den Erzählungen meiner Wanderabenteuer und alle Jahre wieder Stoff für lustige Weihnachtsabende mit der Familie. Und wäre diese nicht so wanderverrückt, hätte ich Sie nie kennengelernt.

45. GRUND

Weil das Besteigen eines Gipfels das Größte ist

Was gibt es Tolleres beim Wandern als das Erreichen eines Gipfels? Man ist ganz oben, höher geht es für gewöhnlich nicht mehr, zumindest nicht am gleichen Tag. So ein Gipfel stellt den ultimativen Punkt einer Wanderung dar, von da aus geht es meist nur noch zurück beziehungsweise abwärts. Das Ziel ist erreicht, die Aussicht grandios. Vorausgesetzt das Wetter stimmt, denn bei dichter Wolkendecke verliert so ein Gipfel natürlich immer ein bisschen von seiner Magie. Doch selbst bei verhangenem Horizont spürt man die unverwechselbare Erleichterung während der letzten Schritte den Berg hinauf. Die schwere Atmung lässt Zug um Zug nach und weicht purer Entspannung und einer gehörigen Portion Glücksgefühle ob dieser Heldentat. Die Arme ausgebreitet, die Augen geschlossen, wer will mir jetzt noch was? Ein herrliches Gefühl der Euphorie durchdringt den Körper, man möchte dauerhaft grinsen.

Je höher ein Gipfel und je länger ein Anstieg, desto größer ist das Erfolgserlebnis. Besonders reizen mich daher Dreitausender, die ohne alpinistische Herausforderungen wie Gletscherberührun-

gen oder schwere Felskletterei erreichbar sind. Weil ich das einfach noch nicht verlässlich gelernt habe. Der höchste Wanderdreitausender der Alpen ist der 3.751 Meter hohe Grande Sassière in den Grajischen Alpen (südlich des Mont Blancs). Der steht ganz oben auf meiner Liste, als eine Art Königsdisziplin. Und in die Reichweite dessen bin ich auch schon gekommen; immerhin war mein bisher höchster Gipfel die exakt 3.300 Meter hohe Weißspitze, da fehlen »nicht einmal« mehr 500 Höhenmeter. Obwohl ich mich bei meinem Aufstieg auf die Tschengsler Hochwand auf über 3.300 Metern befand, konnte ich diesen Berg leider nicht in die Liste meiner höchsten Gipfel aufnehmen. Die Tour musste ich damals kurz vor dem Ziel abbrechen (Grund 102), und für mich zählen nur wirklich erreichte Gipfel. Ohne Gipfelfoto keine Besteigung, frei nach dem englischen Spruch »Pictures or it didn't happen« (»Fotos, oder es ist nicht passiert«). Viele Wanderer wollen immer höher hinaus, so weit es geht, ohne dass das eine Bedingung für eine gelungene Wanderung wäre. Eher ein Schmankerl.

So müssen es nicht immer die allerhöchsten Besteigungen sein, selbst in den Mittelgebirgen ist das Erreichen eines Gipfels der wortwörtliche Höhepunkt einer Tour. Der angesichts der Alpenriesen süße, 843 Meter hohe Langenberg zum Beispiel, höchster Berg Nordrhein-Westfalens, ist so unspektakulär, wie ein höchster Berg von irgendwas nicht unspektakulärer sein könnte. Keine besondere Aussicht, keine Steilhänge, kein gar nichts. Einfach nur ein lang gezogener, bewaldeter Buckel. Und trotzdem war es ein befriedigendes Gefühl, nach meinem Aufstieg auf dem Dach von Nordrhein-Westfalen zu stehen. Außerdem gibt's 'ne Hängematte dort oben.

Und wenn der Gipfel so unspektakulär ist, machen manche Wanderer die Gipfelerreichung einfach selbst zum Event. Da werden Gipfelbiere, Weine, Sekt, Schnaps oder andere süffige Belohnungen mit hinaufgeschleppt. So ein Bier am Gipfel ist aber auch wirklich was Feines. Auch ein schönes Gipfelfeuer, dessen hölzernes Futter man all die Zeit hinaufgeschleppt hat, ist da mal als außer-

gewöhnliches Gipfelevent dabei. Dagegen wird das Foto, bei dem das Gipfelkreuz natürlich im Mittelpunkt des Bildes stehen muss, fast schon zur selbstverständlichen Routine. Je größer die Gruppe, desto mehr muss gekuschelt werden, um auch ja alles und alle mit drauf zu kriegen. Bleibt nur noch die Frage zu klären, wer der Idiot ist, der den Selbstauslöser betätigen und in luftiger Höhe zurück zum Gipfelkreuz sprinten darf. Ich habe es mir zum Spaß gemacht, mich für Gipfelfotos ans Gipfelkreuz zu hängen, natürlich ohne religiös motivierte Selbstgeißelung als Hintergedanken. Je nach Abschüssigkeit des Gipfelplateaus und Höhe des Gipfelkreuzes eine gar nicht so einfache und oft sehr luftige Sache. Aber wofür besuche ich sonst alle paar Jahre den Kölner Zoo? Irgendwas muss man sich von den Kletteraffen ja abgucken.

Genauso zur Routine gehört die Eintragung ins Gipfelbuch. Interessant, was die Leute so alles schreiben, da wird hoch über den Tälern gedichtet, philosophiert und gegrüßt. Ich muss zugeben, ich bin bei Eintragungen im Gipfelbuch nicht ganz so einfallsreich und wortgewandt. Eher typisch männlich, karg und stumpf halt. So gestaltete sich meine euphoriegeladene Eintragung auf dem 3.098 Meter hohen Lasörling, auf dem uns eine dichte Wolkendecke nicht mal einen klitzekleinen Blick ins Tal gewähren wollte, besonders »kreativ«. Es war früher August im Jahre des Herrn 2014, und ich hielt folgendes poetisches Wortgestrick für die Osttiroler Ewigkeit fest: »Wolken, Wolken, Wolken – ABER GEIL!!!!!« Lange noch wird man unten im Virgental von dieser historischen und prosaischen Meistertat eines deutschen Bergwanderers sprechen. Okay, mal im Ernst, es wird klar, wieso ich das sonst eigentlich immer meine Schwester machen lasse, oder?

Oben: Die Filzmoosalm im Großarltal (1.710 m).
Unten: Gute Stimmung auf der überaus urigen Weißalm im Großarltal (1.723 m).

Oben: Herbststimmung im Großarltal, rechts ragt der 2.143 m hohe Große Schneibenstein in die Höhe.
Unten: Berner-Sennenhündin Ayla stolz – als Erste auf dem Filzmooshörndl (2.189 m)!

Oben: Freudiges Abhängen auf dem Hochkreuz in Kärnten (2.709 m).
Unten: »Fette Zeiten« (Grund 69).

Oben: Ganz schön heikel – Aufstieg zum 3.246 m hohen Wasenhorn.
Unten: Bilderbuchkulisse im schweizerischen Bellwald.

Oben: Die Seilbahn aufs Eggishorn macht's möglich – Gipfelgewusel auf 2.926 m (Grund 46).
Unten: Schmetterling und Wanderer, gleichermaßen auf der Suche nach Erfrischung.

Der Aletsch: größter und
längster Gletscher der Alpen.

Oben: Wunderschöne Bergwiesen im schweizerischen Rhonetal.
Unten: Unterwegs auf Hüttentour in Osttirol – durch das spektakuläre Dabertal (Grund 18).

Ausblick von der Lasörlingscharte ins Lasnitzental – lecker
(Grund 111, Bericht von Daniel).

Oben: Fast geschafft – das Tagesziel, die Neue Reichenberger Hütte, im Blick, das Weißbier im Kopf (Grund 28). **Unten:** Schottland im April – Blick vom unaussprechlichen Sgùrr a' Mhàim (Bonusgrund 1).

Oben: Das wilde Glen Nevis samt eiskaltem Water of Nevis (Bonusgrund 1).
Unten: Ungezähmte Naturgewalt in Schottland – heftiger Sturm bewegt die Wasseroberfläche.

Eine sogenannte »Brücke« in Schottland, einzige Flussüberquerung kilometerweit (Bonusgrund 1).

Oben: Auf dem Lasörling-Höhenweg – Blick auf den Großvenediger hinten links (Grund 28).
Unten: Unterwegs auf dem Venediger-Höhenweg, hoch über dem Dorfertal.

Oben: Ein Hauch von »Herr der Ringe« und den Höhlen Morias – Steintreppe im Fels auf dem Weg zur Bonn-Matreier-Hütte. **Unten:** Der Eissee auf 2.664 m, bewacht von mächtigen Dreitausendern wie dem Großen Hexenkopf im Hintergrund.

Was zum Anfassen: der Abstieg vom 3.209 m hohen Säulkopf in Osttirol.

Bergstolz in 3.155 m Höhe:
auf dem fantastischen Gipfel
der Kreuzspitze (Virgental).

Weil es Auf- und Abstiegshilfen gibt

Zugegeben, ein nicht unkritischer Grund; gerade für den bewegungsaffinen und naturliebenden Wanderer sind Seilbahnen ein zweischneidiges Schwert. Seit der ersten dem Personentransport dienenden Seilbahn im Jahre 1845 bei den Niagarafällen im Grenzgebiet von Kanada und den USA hat sich vieles getan, zu viel vielleicht. Ohne moderne Liftanlagen, die dank der Erfindung des Stahlseils 1834 ihre Erfolgsgeschichte schreiben konnten, gäbe es wohl kaum richtige Wintersportorte, und auch im Sommer würden die Menschen auf den Komfort, den so eine Aufstiegshilfe mit sich bringt, verzichten müssen. Vielerorts, ob in den Alpen oder den deutschen Mittelgebirgen, findet man heute Auf- beziehungsweise Abstiegshilfen.

Gegen einzelne Bergbahnen oder Lifte ist sicher nichts einzuwenden, doch wer sich mal ein großes Wintersportgebiet im Sommer angesehen hat, der weiß, wie furchtbar verbaut die schöne Landschaft ohne all den Schnee wirkt. Seien es Sessellifte, Seilbahnen oder gar Zahnradbahnen. Sie sehen allesamt nicht besonders schön aus im sonst so jungfräulichen Landschaftsbild, und absolute Einsamkeit kann man in Seilbahnnähe leider auch nicht erwarten. Simple Faustregel: Wo Seilbahnen auf die Berge führen, ist es erfahrungsgemäß ziemlich voll. Doch gerade für ältere oder gehbehinderte Menschen sind die Aufstiegshilfen ein willkommenes Angebot. So können auch sie Höhenluft schnuppern, sich in der alpinen Bergwelt oder auf Gipfeln von Mittelgebirgen bewegen und die Welt einmal von oben betrachten. Eine gute Sache.

Ich persönlich nutze Seilbahnen und Co dennoch nur im Notfall, aus Prinzip; dann aber sind sie ein willkommenes und auch wichtiges Mittel. Falls meine Kraft oder die eines Mitwanderers nicht mehr für den Weitermarsch reicht beispielsweise. Oder wenn

es sich planerisch für eine Tour unbedingt anbietet, weil sie sonst den konditionellen wie zeitlichen Rahmen sprengen würde. Dann sind Seilbahnen ein adäquates Mittel, zu dem man im Fall der Fälle greifen kann. Noch besser sind da Wanderbusse, Almshuttles oder Hüttentaxen; die sind besonders im alpinen Raum groß im Kommen. Umweltfreundlicher als die teils monströsen Seilbahnen, für die jede Menge Vegetation weichen muss, bringen sie die Menschen über bereits bestehende Forstwege auf die Berge und wieder hinab, und das nicht so massenhaft. Eine schöne Alternative für diejenigen, die darauf angewiesen sind.

Seilbahn, Seilbahn … da war doch mal was. Ach ja, die Wanderung vom schweizerischen Fiesch hinauf auf das Eggishorn, nach der ich endgültig beschlossen habe, Seilbahnen, soweit es geht, zu meiden. So hilfreich sie auch für den einen oder anderen Zweck sein mögen. Von Fiesch auf rund 1.000 Meter Seehöhe sollte uns die Königsetappe dieses Wanderurlaubes auf das darüber thronende, 2.926 Meter hohe Eggishorn führen. Schon vor der Tour wussten wir, dass der Aufstieg mit fast 2.000 zu bewältigenden Höhenmetern an sich schon viel Kraft und Zeit fordern würde. So bauten wir die Gipfelbahn kurzerhand als willkommene Abstiegshilfe in unseren Plan mit ein. Topfitte Bergwanderer schaffen sicher auch 2.000 Höhenmeter hinauf und wieder herunter, doch uns war solch ein Unterfangen damals eindeutig zu ambitioniert.

So weit, so gut, eines hatten wir damals jedoch nicht bedacht: Menschenmassen. Ein einsames Gipfelfoto oder die entspannte Gipfelrast sollte an diesem Tag nicht mehr stattfinden. Denn während wir die ersten fünf Stunden mutterseelenallein am Berg waren, füllten sich die Pfade in Gipfelnähe rasant. Unzählige Wanderer oder eher Spaziergänger, bekleidet mit Sandalen und Freizeitkleidung, tänzelten uns auf den letzten Metern quietschfidel entgegen, völlig verdutzt davon, dass wir alle so extrem geschafft aussahen. Liebend gern hätte ich jedem dieser selbstsicheren Seilbahntouristen zugerufen: »Wir kommen von ganz unten, ohne

Seilbahn, da sieht man so aus!« Auf dem Gipfel selbst wurde das obligatorische Erinnerungsfoto dann zum Horror. Trotz mehrerer freundlicher Nachfragen bewegten sich die munter mampfenden Touristen (von was haben die eigentlich einen solchen Hunger?) nicht mal für ein paar Sekunden vom Fleck. So blieb uns nur ein ziemlich unschönes Foto für die Gipfelstatistik, auf dem wir zusammen mit einer anonymen Menschenmenge für die Ewigkeit festgehalten sind. Und nein, es war das schweizerische Eggishorn, nicht der Mount Everest, da wäre man Stau ja mittlerweile gewohnt. Na ja, jetzt habe ich mit diesem unfreiwilligen Gruppenbild eine schöne Spielvorlage für meine zukünftigen Kinder: »Such den Papa!« Lektion gelernt.

47. GRUND

Weil Weg nicht gleich Weg ist

Herrlich, so ein weicher Wiesenweg. Es gibt doch kaum einen schöneren Untergrund, auf dem man wandern möchte. Am liebsten ziehe ich mir auf längeren Wiesenpassagen die Wanderschuhe aus und laufe das grüne Wegstück auf nackten Füßen. Ein tolles Gefühl auf dem weichen Boden und eine Erholung für müde Füße. Weil wir kaum noch auf natürlichem Untergrund laufen, vor allem nicht barfuß, ist das Gefühl der weichen Wiese unterm Fuß besonders angenehm. Ich stelle immer wieder fest: Es ist ein fremdes Gefühl, obwohl es eigentlich unserer Natur entspricht. Was für ein unmissverständliches Zeugnis unserer heutigen Lebensweise innerhalb der von uns geschaffenen Lebensräume. Überall harter und kalter Asphalt, wohin das Auge reicht. Die Versiegelung des Bodens, besonders in städtischen Gebieten, hat extreme Ausmaße angenommen.

Umso schöner ist sie, die grasige Abwechslung. Das ein oder andere stachelige Insekt oder duftende Hinterlassenschaften von

Vierbeinern jeglicher Art, ob Muh, Mäh oder Wuff, machen dieses Unterfangen zwar mancherorts zum Slalomkurs, aber was soll's, das hat mich bisher noch nicht davon abhalten können, die Wiesen dieser Welt zu meinem persönlichen Barfuß-Laufsteg zu machen. Ich weiß sogar, wie das ist, ja, es ist mir schon passiert, dieses Malheur, nackten Fußes in einen frischen Kuhfladen zu treten. Und ich kann jeden Barfuß-Neuling nur besänftigen. So schlimm ist das gar nicht. Es klebt etwas, je nach Frische des Haufens mehr oder weniger, aber das war es auch schon. Gut, es sieht nicht so chic aus und es riecht ein bisschen. Wenn man Pech hat, ist man der Depp der ganzen Wandergruppe; je nach Sadismusgrad kann die Peinigung durch die Wanderfreunde schon mal ein paar Kilometer anhalten, aber da muss man eben durch. Damals war zu meinem Glück eine Wasserquelle in unmittelbarer Nähe, und ich war allein unterwegs. So wurde der kleine Zwischenfall nicht zum Spielverderber. Wer kein Wasser zum Abwaschen vorfindet oder dabeihat, nun ja, der wird vielleicht ein paar Kilometer weiterlaufen müssen, bevor er seine Socken wieder anziehen kann. Aber hey, wir Wanderer sind doch Naturmenschen, nur nicht entmutigen lassen von ein wenig Kuhscheiße. Und so oft sollte das ja sowieso nicht passieren.

Spontan erinnere ich mich an die schöne Iserbachschleife im Westerwald, die gegen Ende viele gräserne Passagen hat, über die ich ganz ohne stinkiges Malheur mit nackten Füßen gewandert bin. Also, keine Angst vorm Scheißhaufen und unbedingt mal ausprobieren.

Noch ein wenig lieber als auf Wiesen wandere ich auf schmalen Pfaden, die sich munter durch ein möglichst markantes Relief schlängeln. Und damit stehe ich nicht allein. Kein Wanderer, den ich kenne, zieht die breite Forstautobahn dem schmalen Pfad vor. Auf und ab, links und rechts herum, von Wurzeln übersät und gerade so breit, dass ich meine beiden Füße nebeneinanderstellen kann. Hinter jeder Ecke wartet eine neue Ansicht, eine neue Überraschung. Der Abgrund und eine tolle Aussicht zu einer Seite,

ein steiler Hang zu der anderen. So stelle ich mir den perfekten Wanderweg vor. Gerade deswegen bin ich auch so gern in alpinem Gelände unterwegs, hier findet man diese Pfade zuhauf.

Doch man sollte sich nicht vertun, denn auch die deutschen Mittelgebirge holen mächtig auf. Die Tourismusverbände von Schwäbischer Alb, Eifel, Schwarzwald, Bayerischem Wald und wie sie alle heißen haben verstanden, wie sie Wanderer anlocken und maximal begeistern können. So erblicken immer mehr Wanderwege mit hohem Pfadanteil das Licht der Welt. Zur Freude der Wanderer. Sie heißen Traufgänge, Traumpfade oder WällerTouren. Wanderwege der neuen, pfadreichen Generation, die zwar in so manch einem Punkt kritisch gesehen werden können, aber hinsichtlich der Abwechslung und Wegebeschaffenheit bei fast jedem Wanderherz punkten können. Wer möchte denn schon auf eintönigen Forstautobahnen unterwegs sein, auf denen man kilometerweit immer die gleiche Ansicht hat und die einzige Abwechslung das Zählen von Schritten oder Bäumen ist? Oder gleich von Schäfchen, gääähn. Kaum einer möchte das, denn so richtig Spaß machen die engen Pfade, auf denen man der Natur noch ein Stückchen näher ist. Man streift Äste und Büsche, steigt (und stolpert) über Wurzeln und herausragende Steine oder trippelt über rutschige Kiesel. Auf Pfaden und Wiesen wandert es sich mit allen Sinnen und erhöhter Aufmerksamkeit für all die schönen Kleinigkeiten der Natur.

Klar ist, wir können die Landschaft in Hinblick auf den Natur- und Artenschutz nicht mit Trampelpfaden übersäen, es gilt einen Kompromiss zwischen den Bedürfnissen der Natur und des Wanderers zu finden, doch ich glaube, die deutsche Wanderwelt ist auf einem guten Weg dahin.

Weil es typische Begegnungen gibt

Auf meinen Wanderungen treffe ich zwangsläufig immer wieder auf andere Wanderer (und Tiere). Ob sie mir entgegenkommen, ich sie überhole oder sie mich überholen (wehe!), mir fallen immer wieder einige ganz spezielle Wandertypen und Gruppen auf. Klar wird dabei: Wir Wanderer und Wald- und Wiesenbewohner sind schon ein eigenwilliges Grüppchen. Aber liebenswürdig.

Der Opa

Der Opa läuft meistens immer die gleichen Strecken. Breite Forstwege, die er schon 101 Mal gelaufen ist, werden für ihn so schnell nicht langweilig. Er ist pünktlich um 8:04 Uhr am Start der Wanderung und ebenso pünktlich um 12:46 Uhr zurück am Ausgangspunkt. Wer nachmittags unterwegs ist, wird ihn wohl niemals treffen, denn er ist ein Phänomen des Vormittags. Man erkennt ihn an traditioneller Wanderkleidung und einem gemächlichen Gang mit den Händen hinterm Rücken. Er ist fast immer allein unterwegs und hat einen geschulten wie leidenschaftlichen Blick für die Natur, für die er sich viel Zeit nimmt. Er ist verwundert, wenn ich ihm, als ein so junger Wanderer, entgegenkomme.

Der Sportler

Der Sportler, mittleres Alter, männlich, ist meistens gegen Nachmittag unterwegs, falls er als Kundenberater oder Bankangestellter früher frei bekommt. Ansonsten trifft man ihn besonders am Wochenende. Er hat einen flotten Schritt drauf, interessiert sich wenig für die Kleinigkeiten der Natur, obwohl er die frische Luft und die natürliche Kulisse genießt. Er ist modern ausgestattet, trägt

halbhohe Outdoorschuhe, hat oft Kopfhörer im Ohr und bemerkt mich erst auf den letzten Metern des Aufeinandertreffens. Er ist fokussiert auf seinen Schritt und nichts anderes. Auch er ist allein unterwegs, als Familienvater ist er froh über das bisschen Ruhe.

Der Techniker

Der Techniker bemerkt mich überhaupt nicht. Ähnlich wie die Kids auf dem Schulhof ins Handy ist er beim Gehen tief ins Display seines GPS-Geräts versunken. Es soll schon vorgekommen sein, dass er unachtsam gegen einen Baumstamm gelaufen ist; das würde ich gern mal sehen. Der Techniker hat alles dabei, was es an Technik so gibt. Digitalen Kompass, GPS-Gerät, eine Puls-Uhr mit integriertem Luftdruckmesser und Höhenanzeige. Er studiert akribisch seinen Tourenverlauf, schon während der Tour. Seine Pausen verbringt er mit dem Kalibrieren seiner Geräte, das Essen und Trinken vergisst er darüber schnell mal. Nach der Tour wird alles ausgewertet, Zweck unklar, einfach der Leidenschaft wegen. Kein Wunder, dass sich unter den Technikern auch überproportional viele Geocacher (Grund 80) finden.

Der Genießer

Der Genießer (oder auch die Genießerin) verbringt mehr Zeit mit dem Einkehren als mit dem Wandern. Am Ende eines Wandertages stehen bei ihm dann deutlich mehr Euros und Promille als Kilometer und verbrauchte Kalorien auf der Rechnung. Er ist gesellig und aufgeschlossen. Statt den Schönheiten der Natur widmet er sich lieber den Schönheiten des Restaurantpersonals. Er läuft nur Paradestrecken, schwieriges Terrain wird gemieden. Gipfel müssen auch nicht sein, so ehrgeizig ist der Genießer nicht. Hauptsache ein bisschen Natur. Pause, wo und wann immer es geht. Vor allem der Genießer erwartet von seinen Mitwanderern eine Menge Rücksicht

auf seine wohlverdienten Ruhepausen, die überproportional häufig notwendig sind. Auch 'ne Zigarette ist da mal drin, man gönnt sich ja sonst nichts.

Die Redselige

Die Redselige (in seltenen Fällen auch *der* Redselige) ist eine erfahrene Wanderin. Sie kennt sich aus in Wald und Flur. Auch sie geht, ähnlich wie der Opa, oftmals die gleichen Strecken. Sie ist eine Expertin, wenn es um die Kostbarkeiten ihrer Region geht. Das teilt sie gern mit anderen, unaufgefordert. Wer auch immer ihr im Wald entgegenkommt, wird angesprochen. Das passiert schneller, als man denkt, bei ihrem strammen und energischen Schritt. Dann enthüllt sie eifrig sämtliche Details ihres Wissens über die Region, ob man das will oder nicht. Das Bedürfnis, ein Gespräch irgendwann wieder zu beenden, kennt sie nicht. Wer die Redselige kommen sieht, versteckt sich entweder im Unterholz oder ist hoffentlich fähig, ein Gespräch einseitig und bestimmt abzubrechen.

Die Familie

Die Familie hört man lange, bevor man sie sieht. Lautes Kindergeschrei hallt den Hang hinunter. Wenig später die Vorhut: Der Familienhund hat mich entdeckt und rast auf mich zu. Dann die Stimme aus dem Hintergrund: »Max, hierher!« Der Spaß-Vater mit großem und einzigem Rucksack kommt und grüßt, während die Mutter, die ihre Jacke um die Hüfte geschnallt hat, ihre Kinder ermahnt, nicht allzu wild zu toben. Sie erwidert den Gruß, sofern sie das mitbekommt. Den Kindern ist der Spaß am Gesicht abzulesen, sie toben spielerisch in der Natur und nehmen mich als Randnotiz wahr. Die Eltern tragen kaum richtige Wanderausrüstung, es ist ein spontaner Ausflug ins Grüne. Gute Wanderschuhe, wenn es hochkommt noch ein Wanderhemd. Die Kinder hingegen wandern in

Freizeitkleidung. Noch minutenlang nach dem Zusammentreffen ist die Geräuschkulisse vom Kindergeschrei geprägt.

Die Frauengruppe

Ähnlich wie die Familie hört man auch die Frauengruppe schon in kilometerweiter Ferne kommen. Lautes Gegacker und Geschnatter kündigt sie schon lange vorher an. Die Frauengruppe, meist bestehend aus mittelalten bis alten Frauen, tratscht und plappert, bis sich die Balken biegen. Entweder sind es flotte Wanderinnen, die stöckeschwingend und hintereinander in einer Reihe durch die Wälder jagen, oder eher gemütliche Zeitgenossinnen, die nebeneinanderlaufend mehr Wörter als Schritte aufs Waldparkett zaubern. Eines ist immer gleich: Sie sind gut drauf. Sie genießen die Zeit ganz ohne Männer und zeigen das gerne und deutlich. Ein flotter Spruch bleibt da nicht aus. Immer mal wieder pausieren, da lässt sich besser reden. Frauengruppen brauchen meist ein bis zwei Stunden länger als geplant. Am Ziel, einem großen Tisch im Gasthof, angekommen, ist der Stolz aufs Geleistete dann umso größer, auch das zeigt und erzählt man gern. Laut.

Die Männergruppe

Die Männergruppe besteht aus verschiedenen Ausführungen des Opas. Sie wandern eher schweigend als redend. Unterwegs tauschen sie ihr Wissen über die Natur aus. Ein kleiner, gut gefüllter Flachmann ist immer dabei. Die Frau sieht's ja nicht. Auf so einer Wanderung wird man gern auch mal nostalgisch und schwärmt von alten Tagen. Unterwegs werden Blätter, Kastanien oder besondere Steine gesammelt, kann ja sein, dass man die in der heimischen Sammlung noch nicht hat.

Doch auch eine junge Variante der Männergruppe gibt es, die quietschfidelen Jungs jagen ehrgeizig den Berg hinauf. Pausen nur

dann, wenn es sein muss. Es gilt die allgemeinen Zeitangaben der Tour zu schlagen, jeder will schneller sein als der andere. Keiner darf schlappmachen, schlecht fürs Ego und den Ruf. In dieser Gruppe ist kein Platz für Emotionales, nüchtern klatscht man sich ab am Ziel. Dann geht's nach Hause, vor den Computer.

Das junge Pärchen

Top ausgestattet mit der aktuellsten Wanderausrüstung, trifft man das junge Pärchen vor allem auf zertifizierten und modernen Wanderwegen. Sie sind bestens belesen, haben mindestens ein Magazin der Wanderfachliteratur abonniert. Sie lesen ständig über die neuesten Wanderwege und kennen sämtliche Facts und Hintergründe. So sind sie oft mehrere Tage auf Rheinsteig und Co unterwegs. Trotz ihrer modernen Ausrüstung sind sie in der Praxis eher unerfahren, was nicht selten zu zaghaften Nachfragen im Gelände führt. Wandern ist für sie ein Event, das nur begrenzt im Jahr zwischen Karrierebeginn und Uni stattfinden kann. Auch die finanziellen Mittel sind begrenzt in ihren jungen Jahren. Auffällig: Beide tragen einen Rucksack, anders als bei der Familie. Wahrscheinlich von den Eltern geschenkt. Wobei die Frau natürlich mit der entsprechenden Lady-Variante ausgestattet ist.

Das Insekt

Das Insekt tritt meistens in Horden auf. Es besticht durch ein einzigartiges Talent, anderen Wanderern heftigst auf die Senkel zu gehen, aus Spaß an der Freude. Wo immer es auch schwirrt, fuchteln Wanderer wild mit ihren Armen, schlagen sich selbst oder laufen panisch los. Das Insekt ist eher unbeliebt, weiß aber selbst nicht genau wieso. Es gilt als depressive Lebensform, wobei die Ursache in einer für das Insekt unerklärlichen Ablehnung beim penetranten Kontaktversuch zum Wanderer liegt. Gefrustete

Bienen, Wespen, Mücken, Fliegen und Co sehen nicht ein, sich ein anderes Flugziel auszusuchen als die Münder, Augen und Ohren von friedlichen Wanderern. Wenn das Insekt mal so richtig sauer ist, verschafft es sich mit dem Stechen unschuldiger Lebewesen Luft und Genugtuung.

Die Kuh

Scheißt alles voll. Macht nie Platz. Ist manchmal laut. Und immer doof.

Weil Wanderer freundlich und hilfsbereit sind

Man kann nicht eine ganze Gruppe von Menschen über einen Kamm scheren. Klar, Verallgemeinerungen funktionieren in der Regel nur, solange man nicht genau genug hinsieht. Und dennoch kann ich sagen, dass ich persönlich selten so freundliche und hilfsbereite Menschen wie die Wanderer kennengelernt habe. Unterwegs wird munter gegrüßt. Je nach Region, in der man wandert, begegnet man stets einem »Grüß Gott«, »Servus«, »Hallo«, »Grüezi«, »Buon giorno« oder »Salut«. Wenn man Wanderern entgegenkommt, kann man sich eines freundlichen Lächelns und eines netten Grußes ziemlich sicher sein. Als ich Daniel, das alte Stadtkind, zum ersten Mal auf Wanderschaft mitnahm, konnte ich in allen Einzelheiten mitverfolgen, wie er sich an diese positive Angewohnheit unter Wanderern anpasste. Zunächst erwiderte er jeden Gruß eines Wanderers überrascht und immer etwas verspätet. Doch im Laufe der Tage war er perfekt auf jede Wandergruppe vorbereitet und grüßte jeden entgegenkommenden Menschen von sich aus. »Die Leute sind echt freundlich hier«, stellte er sichtlich verblüfft

fest. Wie recht er damit hat. Es gibt sicher auch Ausnahmen, aber die bestätigen doch nur die Regel, oder? Dieses freundliche und so positive Umfeld trägt zum guten Gesamtgefühl beim Wandern bei.

Doch mir ist aufgefallen: Je tiefer die Lagen werden, in denen man wandert, desto unfreundlicher werden die Menschen wieder. Oder aber je leichter sich eine abgelegene (Berg-)Region erreichen lässt, zum Beispiel dank eines nahe gelegenen Parkplatzes, eines Gasthauses oder einer Seilbahn. Hier tummeln sich dann nicht mehr nur die leidenschaftlichen Wanderer, sondern auch vermehrt Tagestouristen, die mit Wandern allerhöchstens einen Spaziergang assoziieren. Und das sieht man nicht nur an der unpassenden Ausrüstung, anhand derer man die unfreundlichere Sparte der Naturliebhaber schnell erkennt. Freundliche Grüße werden vom freizeitlichen Sandalenträger zum Teil gar nicht erwidert, und ein nettes Lächeln findet oftmals keine Resonanz beim Gegenüber. Ein wirklich signifikanter Unterschied, der mir an ganz unterschiedlichen Orten schon aufgefallen ist. Erinnert dann immer so ein bisschen an die Stadt.

Doch zurück zur unzugänglichen Natur und zum freundlichen Wanderer. Wer kennt es nicht: Mir nichts, dir nichts verliert man sich in kleine Gespräche mit anderen Wanderern. »Und wo geht's hin?« Zwischen Wiese, Feld und Wald werden Wanderziele ausgetauscht, Wegeinformationen weitergegeben und Tipps und Tricks kommuniziert. Die Wanderer eint die Liebe zur Natur und zum Draußensein, das schafft gute Voraussetzungen für den einen oder anderen Plausch am Wegesrand. Auf Hüttenwanderungen kann es mitunter auch vorkommen, dass man sich gleich mehrere Male begegnet, weil man (zeitweise) die gleiche Route nimmt. Ob auf der Hütte am Abend, unterwegs oder am frühen Morgen bei den Vorbereitungen für den Wandertag. Schnell enden dann die gemütlichen Hüttenabende bei ein, zwei Bieren, Gesellschafts- oder Kartenspielen, und vorher noch fremde Menschen werden rasch lieb gewonnen.

Auch die Hilfsbereitschaft unter Wanderern ist groß. Fragen zur Route, zum technischen Anspruch oder zur Wegbeschaffenheit werden in aller Ruhe und mit entsprechendem Verantwortungsbewusstsein beantwortet. Ausrüstung und Verpflegung, wie Stecknadeln, Blasenpflaster oder Getränke, werden spontan an Bedürftige verschenkt oder mit ihnen geteilt. Als Frank einst seinen Regenschutz für den Rucksack vergessen hatte, baute uns ein erfahrener Wanderer aus einer Mülltüte und zwei biegsamen Metallstücken einen hervorragenden Ersatz. Sah zwar ziemlich komisch aus und erinnerte an einen mobilen Wandermüllmann, aber die Konstruktion hat ihren Zweck erfüllt. Sogar kostbares Überlebensgut, ein Schokoriegel zum Beispiel, wurde mir in der Not schon geschenkt. Als ich mächtig abgekämpft und sichtlich müde auf einem kleinen Felsen rastete und zwei Wanderer vorbeikamen, war dieser kleine Energielieferant meine letzte Rettung. Und als wir vergangenen Sommer den letzten Bus im Tal verpassten, der uns zum Ausgangsort unserer Mehrtageswanderung zurückbringen sollte, nahm uns ein freundliches Wanderpärchen spontan und ungefragt in ihrem Auto mit. So kann's auch gehen.

Es ist die allseits geteilte Leidenschaft des Wanderns. Auch wenn die Wanderer verschiedene Ziele oder Routen, wenn sie unterschiedliche politische Einstellungen, Religionen oder sonstige Vorstellungen vom Leben haben, sind doch alle auf der gleichen, persönlichen Reise durch die Natur. Das verbindet, und das merkt man.

50. GRUND

Weil man eigenartige Menschen kennenlernt

Wie erfrischend es ist, immer mal wieder gleichgesinnte Menschen auf seinen Wanderungen kennenzulernen, sich mit ihnen auszutauschen, sich zu unterhalten oder einfach nur zu lachen, klingt an

vielen Stellen dieses Buches durch. Es gibt aber auch ganz eigenartige Vögel, denen man auf seinen Wanderungen über den Weg läuft. Dann kann so eine Begegnung zwar ähnlich unvergesslich, aber auch ziemlich verstörend verlaufen. Besonders da, wo wenig Betrieb herrscht, menschliche Kontakte eher Mangelware sind und soziale Sonnenfinsternis das ganze Jahr über herrscht, trifft man sie, die richtig eigenartigen Menschen. Tief in den Bergen zum Beispiel wirkt sich die soziale Unterforderung mitunter kurios aus. Dort trifft man manchmal Menschen, die man nicht verstehen kann, weil sie sich nicht den Hauch einer Mühe machen, ein klitzekleines bisschen hochdeutscher zu sprechen. Obwohl sie es könnten. Menschen, die so befremdlich sind, dass man nur noch wegrennen möchte. Menschen wie Familie Wurst, deren Namen ich lieber mal geändert habe.

Familie Wurst lebt hoch über dem Tal auf einer wunderschön gelegenen Almhütte in Osttirol. Sie verbringt den größten Teil des Jahres abgeschieden auf der Alm und geht dort dem gemeinschaftlichen Almbetrieb nach, so stelle ich es mir jedenfalls vor. Es scheinen nicht allzu viele Menschen vorbeizukommen dort oben. So waren wir ein ausgesprochen spektakuläres Ereignis, als uns eine Wanderung vor einigen Jahren zu dieser Hütte führte. Wie das in den Bergen so ist, wird man schon aus der Ferne leicht argwöhnisch betrachtet, schon wenn man sich der Hütte nähert. Wer kommt denn da? Und was wollen die hier? Die kennen wir nicht. Wer auch nur ein wenig Mimik interpretieren kann, konnte in den Gesichtern von Familie Wurst lesen wie in einem offenen Buch. Wir waren die einzigen Gäste, doch die Hütte war geöffnet. Also setzten wir uns auf die Sonnenterrasse und bestellten einige Getränke, als meine Mutter ein handbeschriebenes Holztäfelchen entdeckte, auf dem »selbst gemachte Wurst« beworben wurde. Wurst bei Familie Wurst? Was das wohl für eine wäre? Wir mussten fragen. Wir sahen einen Mann, der aussah, als wäre er der Chef hier. Er schaute urig und irgendwie ein bisschen böse drein, während er Kaminholz

klein hackte. Seine etlichen Zahnlücken, mit denen er grüßte, und seine Fingernägel, die bis nach Meppen wuchsen, machten ihn jetzt nicht unbedingt zum Topmodel unter den Almöhis, aber das war ja egal. Meine Mutter ging zu ihm und fragte: »Entschuldigung, was ist das denn für eine Wurst, die Sie da anbieten?« Er schaute trocken zu ihr auf und schrie die Antwort überraschend laut heraus: »Hausg'macht!!!« Danach widmete er sich sofort wieder dem Hacken des Holzes. Meine Mutter, leicht eingeschüchtert, fragte noch einmal zaghaft: »Ja, aber was denn für eine Art Wurst?« – »Selbstg'macht!!!« Sein lautes Organ hallte erneut das Tal hinab, bevor er sich wiederum dem Holz widmete. Bis heute ist unklar, was für eine Wurst uns erwartet hätte, aber selbst- und hausgemacht wäre sie wohl gewesen.

Meine Mutter gab also lieber auf und setzte sich zurück an den Tisch. Dort saß bereits ein anderes Mitglied der eigenartigen Bergfamilie. Der ebenfalls mächtig ramponiert aussehende Mann hatte sich zuvor ungefragt an den Tisch gesetzt. Das wäre ja an sich nicht schlimm gewesen, wenn er sich nicht so nah an meinen Vater gekuschelt hätte, dass man eine monatelange Sozialabstinenz vermuten musste. Auf tiefstem und unverständlichstem Österreichisch – und ich verstehe den Akzent normalerweise recht gut – plapperte uns der Mann leidenschaftlich voll. Wir alle nickten und lächelten fleißig. Ab und zu zeigte er in die Ferne, irgendetwas wollte er uns zeigen. Wir lächelten weiter verständnisvoll. Und als wir da so saßen und versuchten, die sprachlichen Rätsel dieses Mannes zu entschlüsseln, bemerkten wir zunächst gar nicht, wie sich mittlerweile auch eine Tochter des Mannes zu uns gesellt hatte. Damit nicht genug, nach und nach schlich einer nach dem anderen aus der Hütte und setzte sich zu uns nach draußen. Wie viele von denen hatten die denn noch da drin versteckt? Ehe wir uns versahen, war uns die komplette Familie Wurst auf überaus befremdliche Art und Weise auf die Pelle gerückt. Es dauerte nicht lange, da bildeten sie einen richtigen Sitzkreis um uns herum. Sie

saßen einfach da und schauten uns an. Ich konnte mir nicht helfen, irgendwie erinnerten sie mich mehr an Untote als an Menschen. So oder so ähnlich musste Messners Yeti ausgesehen haben. Und hier saßen gleich sechs von ihnen.

Meine Schwester erntete immer wieder verliebte Blicke von einer der Töchter. Auch meine Mutter und meine damalige Freundin bekamen den einen oder anderen leidenschaftlich brennenden Blick von ihr zugeworfen. Ich dagegen rutschte wiederholt heimlich ein paar Zentimeter weiter auf der Bank, um die unangenehme Berührung der Knie mit einem der Jungen zu vermeiden. Während dieses Schauspiels hackte der Chef im Ring weiter fleißig auf dem Holz herum. Dabei stieß er Hieb für Hieb unverständliche Laute aus und schien auf Österreichisch irgendetwas zu fluchen. Als würde er das Holz hassen und es aus bloßer Wut zerhacken.

Auch wenn wir nichts sagten, wurde hinterher klar, dass jeder in diesem Moment das Gleiche gedacht hatte: »Wir müssen weg hier!« Und so schnell wie damals haben wir noch nie die Gläser ausgetrunken, unsere Sachen zusammengepackt und die Biege gemacht. Was zur Hölle war das? Was es auch immer war, es war unvergesslich komisch. Ich hätte nie gedacht, dass ein paar stinknormale Wanderer wie wir ein solches Ereignis sein könnten. Und nie erträumt, wie eigenartig eigenartige Menschen eigentlich sein können.

Seither ist die »selbstg'machte« Wurst zum Running Gag geworden. Wann immer jemand nach der genauen Herkunft oder Sorte eines Lebensmittels fragt. Die Spätzle? Hausg'macht!!! Der Spinat? Selbstg'macht!!! Selbst der Fisch ist: hausg'macht!!!

Weil man sich verlaufen kann

Ein Wanderer, der mir erzählt, er habe sich noch nie verlaufen, ist entweder der griechische Gott der Orientierung (Navigationis), ein wahrer Glückspilz oder doch nur ein Mensch mit ziemlich langer Nase. Ich bin ja schon ziemlich gut, wenn es ums Navigieren im Gelände geht, ausgestattet mit einem guten Orientierungssinn und räumlichem Vorstellungsvermögen, finde ich fast immer den richtigen und jeden verlorenen Weg wieder, irgendwann. Eines meiner wenigen Talente, darf man ja mal sagen. Aber auch mir ist es schon passiert, mich so richtig klassisch zu verlaufen.

Während die Gefahr, sich zu verlaufen, in Deutschland und in weiten Teilen von Österreich und der Schweiz, den klassischen Wanderländern Mitteleuropas, ziemlich klein ist, kann das in abgelegenen Gebieten schon anders aussehen. Im italienischen Piemont bestechen viele Wanderwege dadurch, dass sie unten im Tal noch leicht auffindbar sind, doch je höher man kommt, desto weniger kann man dem Pfadverlauf noch folgen. Und irgendwann ist er dann einfach weg. Tschüss. Als würden die Wanderer alle nach und nach wieder umkehren und nur noch vereinzelt bis ganz nach oben gehen. Auch italienische Wander- oder ich sage mal lieber Freizeitkarten sind als unterstützende Navigationshilfe teilweise kaum zu gebrauchen. Wenn man Pech hat, sind da Wege von vor 20 Jahren eingezeichnet und neue überhaupt nicht beachtet. So bestand meine mehrtägige Tour durch diese abgelegene Bergregion mehr aus dem Analysieren und Erkennen von Gebirgsformationen und dem entsprechenden Abgleich mit der Karte als mit Wandern. Wege gab es hoch oben schon lange nicht mehr, und so lief ich fast ausschließlich querfeldein und orientierte mich am Gelände sowie an markanten Landschaftsmarken (Flüssen, Felsen, Flanken, Waldlichtungen, Mulden etc.). Der eine oder andere Abstecher zu

weit links, rechts oder geradeaus blieb dabei natürlich nicht aus. So hatte ich immer wieder viel Zeit zum Rasten und Grübeln, wo es denn jetzt weitergehen könnte, ob ich hier überhaupt richtig oder doch zu weit gelaufen war. Klingt abenteuerlich, und das war es auch.

Solche Probleme kennen wir hierzulande kaum. Zu gut sind all die Wanderwege dokumentiert, markiert und ausgeschildert. Doch sogar das birgt Gefahren. Wenn nämlich auf einem sonst perfekt markierten Wanderweg mal eine Markierung fehlt, ist im Zweifelsfall nach ein, zwei Kilometern Ratlosigkeit angesagt. »Moment mal, es gab lange keine Markierung mehr!?« Ein Abgleich mit der Karte (oder dem GPS-Gerät), die man allein deswegen immer dabeihaben sollte, verschafft da für orientierungsfähige Wanderer schnell Abhilfe. Alle anderen können's ja mit lauten Hilferufen probieren. Selbst auf vermeintlich perfekt ausgeschilderten Wanderwegen darf man sich nicht zu sehr und allein auf die Markierungen verlassen und sollte immer mal wieder einen Check vornehmen.

Die Gründe für fehlende Markierungen sind vielfältig, obwohl die Wanderwege gerade in Deutschland vorbildlich gepflegt werden. Der logischste Verlust ist das Herunterfallen der angebrachten Schilder, weil sie zu alt sind oder zu unachtsam angebracht worden sind. Wind und Wetter sei Dank. Auch Markierungen, die auf Bäume gepinselt wurden, verschwinden gerne mal auf mysteriöse Weise. Nicht selten steckt der hiesige Förster dahinter, der mir nichts, dir nichts den Baum samt Markierung absägen und zu Möbelholz verwerten lässt. Ein rot-weiß-rotes Pax-Regal? Ein Rheinsteig-Tisch?

Auch Vandalismus oder Wanderer, die sich ganze Wegweiser oder Markierungsschilder als Souvenir mitnehmen, soll es geben. Ein noch größeres Ärgernis sind erboste Anwohner, die sich über einen Wanderweg durch ihre Region so sehr aufregen, dass sie nichts Besseres zu tun haben, als den Weg immer wieder durch das Abreißen von Markierungsschildchen zu sabotieren. Auf einer Tour

im Oberbergischen, die ich für berufliche Zwecke dokumentieren musste, waren teilweise ganze Etappen eines mehrtägigen Rundwanderweges ohne Markierung. Sie wurden abgerissen, überpinselt, zerkratzt oder anders unkenntlich gemacht. Sogar komplette Wegweiser wurden irreführend verdreht oder gleich ganz abmontiert. Ehrlich, Leute, habt ihr nichts Besseres zu tun? Protest okay, an anderer Stelle gerne, aber so? Dafür habe ich wirklich kein Verständnis.

Weshalb auch immer man sich verläuft, es gehört zum Wandern einfach ab und zu dazu. Und egal, wie viele Kilometer ich in meinem Wanderleben schon in die falsche Richtung gelaufen bin, ich habe es immer wieder nach Hause geschafft. Abgesehen davon, gewinnt eine Wanderung durch solche Ereignisse nicht unerheblich an Dramatik, je nach Grad der Ratlosigkeit. Das Abenteuer Wandern und Natur ist durch unvorhergesehene Situationen noch spannender. Auf sich selbst gestellt zu sein und aus einem solchen Missgeschick aus eigener Hand und Kraft herauszukommen gehört auch zu den eindrucksvollen Erfahrungen beim Wandern. Wie heißt es doch so schön: Manchmal muss man verloren gehen, um sich selbst zu finden.

Weil man Feuer machen kann

Zu einem waschechten Wanderabenteuer gehört hin und wieder auch ein richtiges Feuer. Ganz so, wie das unsere Vorfahren vor vielen Tausend Jahren gemacht haben. Alles, was man dazu braucht, findet man in der Natur. Kleine und große Hölzer, Zunder wie aufgeraute Birkenrinde, Zunderschwamm oder feinste Holzspäne, und schon kann es losgehen. Zugegeben, ich habe aufgrund zweier linker Hände immer ein Feuerzeug dabei, da ich nicht ganz so talentiert bin mit Feuerbohrer und Co. Und neben der künstlichen Feuerquel-

le nehme ich auch ein wenig Papier oder notfalls einige Anzünder mit, sofern ein Feuer unterwegs geplant ist. Wie oft habe ich schon versucht, mit mühselig geraspelten Holzspänen und einem Magnesiumfeuerstab ein Feuer zu entzünden?! Stets vergeblich, ich bin einfach kein besonders guter Steinzeitmensch, und damals wäre ich wohl ziemlich aufgeschmissen gewesen, so viel steht fest.

Für Wärme wäre also gesorgt, doch was ist mit dem Hunger? Damit der Magen nicht leer ausgeht, empfiehlt es sich auch, ein paar Lebensmittel mitzunehmen, die man über das Feuer halten kann. Eine Packung Bratwürstchen, Marshmellows oder vorbereiteter Brotteig zum Beispiel. Egal, ob für das Nachtquartier oder als Höhepunkt einer Tageswanderung, seine Nahrung über offener Flamme und unter freiem Himmel zuzubereiten, ist einfach etwas Besonderes. Auch wenn man seine Beute nicht mehr selbst erlegen muss. Ob es wohl so etwas wie ein Marshmellowtier gibt? Vielleicht hat ja Reinhold Messner eins gesehen.

Wenn jetzt noch eine passende und vorschriftskonforme Feuerstelle gefunden und diese mit großen Steinen ausreichend gesichert ist, steht dem Steinzeitfeeling nichts mehr im Wege. Je weniger Hilfsmittel man verwendet, desto authentischer wird das Feuermachen unter freiem Himmel natürlich. Mit wie wenig man auskommen kann, wenn man sich nur daran gewöhnen würde oder wollte, überrascht immer wieder. An Seen, Flüssen oder anderen feuchten beziehungsweise wenig bewachsenen Stellen findet man schnell einen sicheren Feuerplatz, wo hingegen dichte Wälder besser feuerfrei bleiben sollten. Es sei denn, man findet eine der vielen eigens eingerichteten Feuerstellen. Generell gilt es, jedwedes Brandrisiko zu meiden und die Gesetzeslage zu beachten. Die ist gerade in Deutschland ziemlich streng.

Eine wirklich tolle Erfahrung habe ich einst mit meiner Freundin in den Ötztaler Alpen machen können. Der »Hohle Stein« bezeichnet die Fundstelle eines Jägerlagers aus der Steinzeit, das für Wanderer vom Bergsteigerdorf Vent aus schnell und einfach zu

erreichen ist. Im Schutze eines riesigen und überhängenden Felsblockes schlugen hier einst Jäger, irgendwann zwischen dem achten und vierten Jahrtausend vor Christus, ihr Sommerlager auf. Heute ist diese Fundstelle für Wanderer frei zugänglich und mit einer einfachen, aber authentischen Verkleidung aus verschiedenen Hölzern nachkonstruiert. Die kleine Feuerstelle unter dem Felsvorsprung ist nutzbar, und beim Anblick des gemütlich gestalteten Felslagers kam damals dann die zündende Idee: »Lass uns hier ein Feuer machen!« So entschlossen wir uns, die geplante Tour zur Martin-Busch-Hütte abzublasen, noch einmal abzusteigen und in den nächstbesten Supermarkt zu fahren. Hier kauften wir alles, was wir für ein spontanes Lagerfeuer brauchten, und stiegen wieder zurück zum »Hohlen Stein«. Unterwegs sammelten wir bereits das erste Feuerholz. Noch während die Dämmerung hereinbrach, fanden wir uns, unter dem großen Felsblock gekauert, am flackernden Feuer wieder. Mitten in der einsamen und stillen Bergwelt. Über der Feuerstelle grillten wir kleine Würstchen am Stock und fühlten uns fast wie zwei waschechte Steinzeitmenschen. Wundervolle Stunden später, als das Holz zum wiederholten Male knapp wurde und es zu dunkel war, um neues Futter für die Flammen zu suchen, tasteten wir uns durch die schwarze Nacht hinunter nach Vent. Hätten wir einen Schlafsack dabeigehabt, wären wir gleich da geblieben. Ein unvergessliches Erlebnis.

53. GRUND

Weil man Geschichte besser nachempfinden kann

Geschichte, das ist nicht nur einfach ein Schulfach. Die Auseinandersetzung mit der Geschichte sorgt dafür, dass aus unseren Spiegeln wieder Fenster werden (frei nach Sydney J. Harris). Man kann so vieles aus der Geschichte lernen, völlig egal aus welcher.

Und das Beste ist, über Geschichte kann ich nicht nur in Büchern lesen. Geschichte muss nicht nur Inhalt von Reportagen im Fernsehen sein. Ich kann Geschichte selbst erwandern. Ich kann an den Schauplätzen von historischen Ereignissen stehen und so noch bessere Eindrücke von längst vergangenen Tagen bekommen. Ich kann nachempfinden, wie das Leben einst war, und darüber philosophieren, was die Menschen damals bewegt haben muss.

Die Römer zum Beispiel. Überall in Deutschland und Europa treffen wir auf Zeugnisse des Römischen Reichs, des wohl bekanntesten und größten Imperiums unserer europäischen Geschichte. Viadukte, Festungen, Wachtürme, Tunnel, Kanäle, Kastelle, sogar Gladiatorenarenen und natürlich der Limes, das größte archäologische Bodendenkmal Europas. Es ist etwas anderes, die Überreste dieser Bauwerke zu sehen und sie anzufassen, als in einem Buch darüber zu lesen. Wenn ich so richtig in Stimmung bin, fühle ich mich in dem einen oder anderen Moment gar zurückgesetzt in die Zeit der Römer. Wenn ich mir vorstelle, wie das Leben hier wohl gewesen ist und dass ein Römer vielleicht genau am gleichen Platz saß, den gleichen Ausblick hatte. Unser Land ist voll von Themenwegen rund um die Römer. Der Limeswanderweg, der Römerkanal-Wanderweg von der Eifel bis ins Rheinland, der Römerpfad in Butzweiler oder der Limeserlebnispfad im Taunus sind nur ein paar wenige Beispiele.

Themenwege, das ist das Stichwort. Auf geschichtlichen Themenwegen kann ich nicht nur historische Orte und Schauplätze selbst besuchen, sondern erfahre auch jede Menge über die Hintergründe zu den geschichtlichen Ereignissen einer Region. Schau- und Infotafeln leisten informative Arbeit, die nur selten öde ist. Heutzutage sind viele dieser Wissensstationen sogar mit Audio- und Videomaterial unterlegt, was sie auch für den letzten RTL2-Gucker oder Geschichtsmuffel interessant machen sollte.

Entlang der deutsch-französischen Grenze bin ich dem Ersten und Zweiten Weltkrieg ganz nah. Alte Bastionen, Heldenfriedhöfe,

Forts und Geisterstädte lassen die dunkelsten Kapitel Europas auf den Wanderwegen wieder lebendig werden. Wollseifen in der Eifel ist auch so eine Geisterstadt, die man heute noch in der Nähe der NS-Ordensburg Vogelsang im Nationalpark Eifel findet, ein beeindruckender und irgendwie beklemmender Ort auf der vierten Etappe des Eifelsteigs.

Am Hadrianswall an der heutigen Grenze von England und Schottland bekomme ich einen Eindruck vom Leben am Grenzwall, der die Römer damals von den Pikten schützen sollte. Ein Wanderweg (Hadrian's Wall Path) führt von Anfang bis Ende, von Küste zu Küste, entlang dieser geschichtsträchtigen Schauplätze. Direkt vor Ort entsteht einfach ein ganz anderes Geschichtsempfinden.

In den Alpen erlebe ich am eigenen Leib, wie schwer das Leben der Menschen in vergangenen Tagen war. Alte Saumpfade, von denen heute noch Spuren übrig sind und über die einst mithilfe von Säumern und Saumtieren Unmengen an Gütern über die Berge geschafft worden sind, sind schon ohne diese Lasten anstrengend genug. Man bekommt eine Ahnung vom schweren Leben der Säumer. Keltenwege, Frankenwege, Allemannenwege. Das sind alles nur Beispiele, die einen Eindruck vermitteln von der Vielzahl an Möglichkeiten.

Und was ist mit der deutsch-deutschen Geschichte? Das Naturschutzprojekt *Grünes Band Deutschland* macht den Grenzverlauf entlang des Eisernen Vorhangs, der Deutschland bis 1989 noch zweiteilte, zur spannenden Reise durch die deutsche Geschichte. Mehr noch, es gibt zahlreiche Wanderwege rund um das ehemalige Konfliktthema BRD und DDR im heute wiedervereinigten Deutschland.

Burgen, Schlösser und Festungen. Wälle, Forts und Tunnel. Krieg und Versöhnung. Freundschaft und Feindschaft. Die geschichtlichen Wanderwege sind so vielfältig wie die Geschichte selbst. Eine Liste fiele endlos aus, hat doch jede Region, jeder Ort allein schon seine eigene, bewegte Geschichte. Bergbau im Ruhrgebiet,

die Textilindustrie in Albstadt, Dichter und Literaten in Sachsen und Sachsen-Anhalt, Weberaufstände in der Oberlausitz, Salzbergbau im Berchtesgadener Land und, und, und.

Ganz sicher ist, es gibt unendlich viele Möglichkeiten für geschichtsinteressierte Wanderer, allein in Deutschland. Abends kann man dann ja immer noch *ZDF History* einschalten. Und kann die Hintergrundberichte dank eigener Erfahrungen an Orten des Geschehens noch besser einordnen und nachempfinden.

»Michelangelo – Du wirst alles wissen. Sein Lebenswerk kennst du, seine Ansichten, sein Verhältnis zum Papst, seine sexuellen Neigungen, einfach alles. Aber ich wette, du kannst mir nicht sagen, wonach es in der Sixtinischen Kapelle riecht. Du bist nie da gewesen und hast diese wunderbare Decke gesehen – dort oben.«[*]

54. GRUND

Weil man Ritter, Schlossherr oder Mönch spielen kann

Nur wenige Burgen, die ich kenne, befinden sich innerhalb von heutigen Städten. Wer Burgen sehen will, der muss meist raus in die Natur. Burgen wollen erwandert und anschließend besichtigt werden. Und unserer so bewegten europäischen Geschichte sei Dank, dass wir heute so zahlreiche Burgen und Burgruinen in Deutschland finden können. Höhenburgen, Fliehburgen, Niederungsburgen, Spornburgen, Wohnburgen, Wasserburgen – Deutschland ist das Land der Burgen. Einst von einflussreichen Burgherren zu unterschiedlichsten Zwecken erbaut, sind sie heute touristische Anziehungspunkte und das i-Tüpfelchen einer jeden Wanderung. Spannende Protagonisten in der üppigen Kulturlandschaft unseres Landes.

---

[*] Aus dem Film *Good Will Hunting* (1997).

Die mächtigen Bauten, wie zum Beispiel die weltberühmte Burg Eltz, thronen vielerorts hoch über dem Tal. Wer die im 12. Jahrhundert erbaute Burg in der rheinland-pfälzischen Vordereifel zum ersten Mal sieht, ist hin und weg. Unverfälscht wie damals, weil nie zerstört, taucht die märchenhafte Burg plötzlich auf, wenn man auf dem zum schönsten Wanderweg Deutschlands 2013 erklärten Eltzer Burgpanorama unterwegs ist. Ein sagenhafter Anblick. All die kleinen Türmchen und verwinkelten Anbauten wirken aus der Ferne so surreal, dass man den kalten Stein der Burg erst anfassen muss, um wirklich glauben zu können, dass Menschen hier einst ein solch prachtvolles Bauwerk errichtet haben.

Ähnlich erging es mir bei der Burg Hohenzollern im Kreis Balingen, die, vom Zeller Horn aus betrachtet, wie aus einer anderen Welt wirkt. Ebenso die Burg Rheinstein im oberen Mittelrheintal, Burg Hochosterwitz in Kärnten und, und, und. Die Liste faszinierender Burgen, auf denen der Wanderer Neuzeit-Ritter spielen kann, ist endlos.

Doch wenn es um Burgen und Wandern geht, schießt mir eine Wanderung ganz besonders schnell in den Sinn. Die grenzüberschreitende Sieben-Burgen-Wanderung im südwestpfälzischen Dahner Felsenland ist eine der wenigen Wanderungen, die ich in meinem Leben schon zweimal gemacht habe und auch sogar ein drittes Mal in Angriff nehmen würde. Sieben Burgen auf 22 Kilometern, rekordverdächtig. Als kleiner Junge hat mich die Gegend mit all ihren Sagen, die mir mein Vater unterwegs erzählte, dem felsigen Relief und eben den zahlreichen Burgen (insgesamt gibt es 16 Burgen im Dahner Felsenland) so sehr begeistert, dass ich sie Jahrzehnte später mit der gleichen Begeisterung noch einmal ablief. Auf der Tour, die auch eine Stippvisite ins benachbarte Elsass in Frankreich macht, besuchen Wanderer sowohl kleine Burgruinen, von denen nicht viel mehr als ein grandioser Ausblick und einige Mauerreste übrig sind, als auch große Burganlagen, wie die Burgruine Fleckenstein, die heute von wandernden Rucksackträgern be-

sichtigt werden kann. Besonders für mich als Kind ein aufregendes Unterfangen.

So eine mittelalterliche Burg strahlt einfach eine gewisse Magie aus, egal wie viel von ihr noch übrig ist. Sie regt meine Fantasie an und versetzt mich gedanklich in die längst vergangene Zeit der Könige und Ritter. Und auch wenn Burgen vielleicht nicht bei jedem Wanderer einen solchen Effekt erzielen wie bei mir, steht fest: In puncto Spannung und Dramaturgie profitiert eine Wanderung immer von den steinernen Zeugen unserer bewegten Geschichte.

Neben den Burgen gibt es noch eine Vielzahl weiterer historischer Bauwerke, die Wanderer unvorhergesehen verblüffen können. Der Altenburger Dom im Bergischen Land garantiert so einen Wow-Moment, ähnlich das Kloster Eberbach im Taunus, das Wasserschloss Mespelbrunn, das prächtige Schloss Boitzenburg in der Uckermark oder die wunderschöne, aus Holz erbaute Gustav-Adolf-Stabkirche in Goslar (Harz). Klöster, Kirchen, Schlösser oder Herrenhäuser – allesamt sind diese historischen Bauwerke wunderbare Anlässe, Ziele oder Highlights beim Wandern. Selbst wenn sie nicht immer an erster Stelle der Motivation eines Wanderers stehen, sollte man den berühmten Wow-Moment beim Anblick dieser Schönheiten nicht unterschätzen. Schloss Neuschwanstein zum Beispiel, jeder hat es schon auf Fotos gesehen, doch in echt und hautnah wirkt es noch einmal ganz anders.

55. GRUND

Weil man kleine Wunder der Neuzeit bestaunen kann

So wie die Menschen vor unserer Zeit die Zeugnisse ihrer Existenz der Nachwelt hinterlassen haben, sorgen auch heutige Generationen dafür, dass man unser Tun und Handeln noch lange nach unserem befristeten Auftritt auf diesem Planeten erkennen

kann. Wanderer gucken und staunen einfach gerne, interessieren sich für besondere Stätten. So werden, ähnlich wie historische Bauwerke, auch technische Bauwerke der Neuzeit spannende Anlässe zum Wandern, nicht nur für Kinder. Mehr noch, ihnen werden sogar vereinzelt ganze Wanderwege gewidmet. So wie das schöne Eisenbahnviadukt in Altenbeken durch den Viaduktwanderweg. Und entgegen so manch einer Annahme ist die Wanderung durch das Paderborner Land nicht nur für Eisenbahnfans interessant. Ohnehin haben wandernde Merklin-Junkies einiges zu tun in Deutschland. Auch wenn sie keinen eigenen Wanderweg hat, die Müngstener Brücke, höchste Eisenbahnbrücke Deutschlands, ist auch über verschiedene Wanderwege erreichbar. Und die größte Ziegelsteinbrücke der Welt, die fantastische Göltzschtalbrücke, gehört ebenfalls ganz bestimmt zur Liste imposanter Bauwerke in Deutschland. Das doppelstöckige Viadukt ist gleichermaßen ungewöhnlich wie faszinierend. Auf dem Schwarzwaldbahnerlebnispfad sind Wanderer hautnah dran an der Geschichte der Schwarzwaldbahn, die sich hier durch schwieriges Terrain schlängelt. Schwieriges Terrain? Die genießenden Wanderer unter uns, die sich gern einen solchen schwierigen Teil der Strecke kutschieren lassen, werden wohl die Schmalspurbahn im Harz und in der Oberlausitz bevorzugen; hier fahren noch echte Dampfloks, die sich wunderbar in verschiedene Wanderungen integrieren lassen.

Auch wenn der Bergbau in Deutschland vielerorts verschwunden ist, gibt es noch beeindruckende Überbleibsel. Das Oberharzer Wasserregal zum Beispiel, so was schon mal gesehen? Das weltweit bedeutendste vorindustrielle Wasserwirtschaftssystem des Bergbaus. Der Harzer-Hexen-Stieg führt kurz nach dem Start in Osterode durch dieses eigenartige Denkmal und Weltkulturerbe aus Dutzenden von Teichen, kilometerlangen Wasserkanälen, Wehren und Sammlern. Spannend ist auch die Völklinger Hütte im Saarland, ein ehemaliges Eisenwerk, das von der UNESCO bereits 1994 zum Weltkulturerbe erhoben wurde. Wer sich gern mal dreckig

macht und die Kälte unter Tage nicht scheut: Das Erlebnisbergwerk Merkers an der Werra ist eine schöne Abwechslung beim Wandern. Oder die Grube Fortuna im Lahntal, wo man sogar mit der Gruben-bahn in die Unterwelt einfahren kann.

Und so zieht sich ein dichtes Netz aus eindrucksvollen Industrie-denkmälern, Schaubergwerken und technischen Bauwerken durch ganz Deutschland, die Wanderer allesamt – mal mehr, mal weniger – ins Staunen versetzen. Der Wunsch nach Erlebnis in der Frei-zeit, danach, etwas Neues zu sehen, etwas Pompöses, Seltenes oder besonders Schönes zu bewundern, treibt uns immer wieder an und raus auf die Wanderwege. Gerade in Deutschland, wo diese kleinen Wunder der Neuzeit am Wegesrand besonders gepflegt und in Szene gesetzt werden, geht dieser Wunsch auch immer häufiger in Erfüllung. Es ist schon erstaunlich, wie vielfältig unsere Kultur allein schon hierzulande ist. Wenn man dann noch bedenkt, dass wir ein kleines Völkchen von 80 Millionen auf einem Planeten mit sieben Milliarden Menschen sind, kann man sich ausmalen, was die Jungs und Mädels von der UNESCO jeden Tag zu tun haben müssen, wenn es darum geht, welches Denkmal als Nächstes zum Kulturerbe der Menschheit erhoben werden soll – also ich wäre damit überfordert. Vielleicht bin ich auch einfach viel zu leicht zu begeistern? Sei's drum, ich wandere lieber und stolpere on top über all die beeindruckenden Kulturstätten.

56. GRUND

Weil man den Sonnenaufgang im Freien erlebt

Ich bin ein echter Langschläfer, der Wecker ist schon vor Jahren zum verhassten Erzfeind Nummer eins aufgestiegen, und morgend-liche Rituale, wie sie mein Vater mit seinen Rückenübungen, dem obligatorischen Klo-Gang um Punkt sechs, der Zeitung und dem

Kaffee praktiziert, sind mir so fern wie rhythmische Wassergymnastik. Und was ist mit den sanft gehauchten Sätzen meiner Eltern, wie »Jarli, aufstehen, es ist Zeit!« oder »Guten Morgen, die Sonne lacht!«? Unvergessenes Grauen, das sich ganz tief in meinem Kopf für alle Zeit festgesetzt hat. Gleich neben dem zuständigen Hirnzentrum für Hass. Wenn ich es denn mal schaffe, mich in der Frühe aufzuraffen, dann wanke ich schlaftrunken und stöhnend in die Dusche, wasche mich dort mit immer wieder zufallenden Augen, stolpere in meine Klamotten und brauche mindestens eine weitere Stunde, um den Muffelmodus in mir endgültig zu verlassen. Horrorstorys aus dem Leben eines Morgenmuffels.

Es bedarf schon ganz großer Tage und aufregender Events, um mich aus meinem Bett hüpfen zu lassen wie ein junges Reh, voller Vorfreude auf das Kommende. Ich erinnere mich an einen solchen Tag aus meiner Kindheit. Mein Vater hatte etwas ganz Besonderes geplant: Eine Nachtwanderung bei Vollmond, und als Sahnehäubchen wollten wir zum Sonnenaufgang auf dem Gipfel der 2.818 Meter hohen Sulzfluh sein. So stand ich nach wenigen Stunden Schlaf schon um drei Uhr nachts kerzengrade im Schlafzimmer unserer Berghütte und war, oh Wunder, wenig später als Allererster mit Sack und Pack abmarschbereit. So sehr und so früh haben mich meine Eltern wohl noch nie mit den Hufen scharren sehen. Die Nachtwanderung im Schein des Vollmondes und unserer Stirnlampen sollte ein echtes Abenteuer werden, der Aufstieg über teils mit Stahlseilen gesicherte Felspassagen tat sein Übriges. Ich weiß nicht mehr genau, wie viel Uhr es gewesen ist, als wir den Gipfel erreichten und rund zehn Minuten später der erste Sonnenstrahl des Tages über den Bergketten am Horizont funkelte, aber es war ein echtes Ereignis, den Sonnenaufgang so wahrhaftig und in allen Details mitzuerleben. Schon als Kind war diese Faszination deutlich spürbar. Und so saßen wir bestimmt eine Stunde lang am Gipfelkreuz der Sulzfluh und beobachteten in absoluter Einsamkeit, wie die Sonne die Dunkelheit besiegte und ganz

allmählich den Tag eroberte. Die Natur und ihr verlässlicher Lauf der Dinge, jeden Tag aufs Neue das gleiche Schauspiel, faszinierend. Blöd nur, dass ich 99 Prozent der Sonnenaufgänge verpenne. Die aufgehende Sonne zauberte wundervolle Licht-und-Schatten-Spiele auf die umliegenden Berghänge, die sich im Laufe ihres Aufstiegs immer wieder munter wandelten. Traumhafte Anblicke, traumhafte Erinnerungen. Wenig später, auf dem Abstieg, kamen uns schon die ersten Wanderer entgegen, und ich konnte mir vor lauter Stolz auf das Geleistete und Erlebte eine gewisse Häme nicht verkneifen: »Ihr seid zu spät!« Tja, so früh aufstehen wie ich kann eben nicht jeder. Sagte sich der überhebliche Morgenmuffel einmal im Leben.

Gerne würde ich eine solche Nachtwanderung mit krönendem Sonnenaufgang wiederholen, wenn da nur nicht ebendieser Langschläfer in mir wäre. Doch bin ich mir sicher, irgendwann werde ich das wiederholen, spätestens dann, wenn ich meinem eigenen Kind ein solch unvergessliches Wanderabenteuer ermöglichen werde, wie mein Vater es einst für mich getan hat.

57. GRUND

Weil man den Sonnenuntergang im Freien erlebt

Der Sonnenuntergang ist an und für sich schon ein Erlebnis, ein visueller Festschmaus, der die Menschen kollektiv in seinen Bann zieht. Das farbenfrohe Lichterspiel am Horizont, mal rosaschimmernd, mal knallig-orange ist besser als jeder Kinofilm. Und das obwohl der Ausgang immer der gleiche ist: Der Held des Tages geht unter. Während das Ereignis »Sonnenuntergang« in der Stadt jedoch oft durch hohe Bauten, Smog oder eine lautstarke Geräuschkulisse an Reiz verliert, entfaltet der Untergang unserer Königin des Sonnensystems seine wahre Wirkung in der freien Natur. Wer schon einmal, auf einer Anhöhe sitzend, von der gleichmäßigen

Stille der Natur begleitet, den Sonnenuntergang erlebt hat, der weiß, wovon ich schreibe. Ein unheimlich erhabener Moment, beeindruckend und beruhigend zugleich.

Steinfischbach im hessischen Taunus ist so ein Ort, der sich über atemberaubende Sonnenuntergänge nicht beschweren kann. Oberhalb des idyllischen Ortes, der in einem nach Westen ausgerichteten Talkessel liegt, wurde ich Zeuge eines der schönsten Sonnenuntergänge überhaupt. Auf meiner Wanderung rund um die kleine Ortschaft lag ich lange im weichen Gras und schaute der Sonne auf ihrem gemächlichen Weg hinter den Horizont zu. Ich beobachtete in allen Details, wie der berühmteste aller Himmelskörper den sommerlichen Tag beendete und wie langsam, aber sicher die Dämmerung über das Licht des Tages hereinbrach. Mir war egal, dass ich mein Auto erst wieder im Dunkeln erreichen würde, diesen Moment, diesen einen Sonnenuntergang musste ich genießen und in meinen Erinnerungen konservieren. Außerdem, wozu habe ich denn immer eine Stirnlampe im Rucksack? Das war die Gelegenheit, sie endlich auch mal auszuprobieren.

Auch während einer Wanderung an der Westküste Dänemarks konnte ich einen solchen unvergesslichen Sonnenuntergang erleben. Am Horizont verschwand ein riesiger, orange leuchtender Feuerball, während ich in den windigen Dünen lag und nur dem Rauschen des Meeres und meiner gleichmäßigen Atmung lauschte.

Wunderbar, so ein Sonnenuntergang im Freien, und immer wieder anders. Auch wenn es mit dem erhofften Spektakel nicht immer so klappt wie erwartet. Stichwort »romantischer Abend«. Als meine Freundin und ich den Sonnenuntergang an einem wolkenfreien Sommertag von der Löwenburg im Siebengebirge aus betrachten wollten, stießen wir nach unserem einstündigen Aufstieg nicht nur auf einen schlagartig bewölkten Himmel, sondern auch auf eine Gruppe Jugendlicher. Die hatte es sich auf der Burgruine in bester Westlage und bei lauter Rockmusik bequem gemacht. Romantik mit Metallica und AC/DC im Ohr? Hardcore-Rockfans

können das vielleicht, ich nicht. So blieb uns nichts anderes übrig, als uns auf die nicht ganz so aussichtsreiche Ostseite der Ruine zu verkriechen, und von dort aus, Arm in Arm, in die immer dunkler werdende Dämmerung hinauszublicken. So kann sogar ein Sonnenuntergang ohne richtigen Sonnenuntergang ein schönes Erlebnis werden. Schließlich zählt die Idee dahinter.

WAS WANDERER SPÜREN

Weil man die Dimension des Raumes erfasst

Wir alle kennen sie, die geläufigen Angaben von Distanzen, Höhen oder von Geschwindigkeit. Sowohl in unserem Alltag als auch rund um das Wandern geraten wir immer wieder in Berührung mit Meter und Co. Für alle Menschen aus den USA, aus Myanmar oder Liberia, den einzigen Ländern dieser Erde ohne metrisches System: Ja, okay. Fuß, Zoll, Dha, Zayoot, Kyat sowie eine klassische Längenmaß-Anarchie (Liberia) tun es im Zweifelsfall auch.

Doch was bedeuten die Angaben eigentlich? Ein Kilometer zum Beispiel, wie lange benötige ich zu Fuß für einen Kilometer? Und wie anstrengend ist es für mich, einen Gipfel über eine Differenz von 1.000 Höhenmetern zu erklimmen? Beim Wandern lernt man, diese Distanzen und Dimensionen für sich einzuschätzen und vor allem erst einmal: zu bestaunen. Ein markanter Gipfel samt Gipfelkreuz ist meist schon weit in der Ferne am Horizont zu erblicken, und ein paar Stunden später steht man ganz oben. Das vorher so winzig wirkende Gipfelkreuz ist zwischenzeitlich ziemlich groß geworden. Zurückblickend wirkt die Distanz zum Ausgangspunkt nicht selten wie ein Katzensprung, nur der anstrengende Marsch und die ermüdeten Beine stehen diesem flapsigen Eindruck entgegen. Faszinierend ist auch der Blick von kilometerweiter Ferne auf ein Tal, in dem sich kleine Pünktchen gemächlich auf geraden Linien in verschiedene Richtungen bewegen. Wir wissen, dass es sich um eine Autobahn handelt. Und dennoch ein erstaunlicher Gedanke, wenn man weiß, wie schnell sich die Fahrzeuge dort unten eigentlich bewegen. An jedem belebten Aussichtspunkt sieht man die Menschen, wie sie, fasziniert von der Weite, in die Ferne zeigen und die Welt aus einem ganz neuen Blickwinkel bestaunen. Es ist ein erhabenes Gefühl, die Dimension des Raumes und die eigene Winzigkeit einmal so richtig zu erfassen. Und diesen so riesigen

Raum dann mit eigener Kraft, ohne Hilfs- und Antriebsmittel, zu durchschreiten, sich auf der anderen Seite umzudrehen und zurückzuschauen ist überwältigend. Oftmals kann man gar nicht glauben, welchen Weg man gerade gegangen ist. Wer mal einen sehr steilen Hang heruntergestiegen ist, sich von diesem im Laufe der weiteren Wanderung entfernt und dann zurückgeblickt hat, der weiß, wie surreal so ein Berghang von einer anderen Perspektive aussehen kann. »Da sind wir runter? Niemals!«

Wie schnell Wanderer bestimmte Distanzen überwinden, hängt natürlich von ihrem Fitnesslevel ab. Zwar kann man grobe Angaben machen, doch in der Praxis unterscheidet sich das immens. Vor allem die eigenen Erfahrungen geben einem da die persönlich korrektesten Richtwerte, und die müssen erst mal im Feld erprobt werden. Als grobe Maßstäbe haben sich dennoch ein, zwei Regeln in der Wanderwelt manifestiert, an die sich Neulinge oder langsame Wanderer halten können. Durchschnittswanderer legen in einer Stunde etwa drei bis vier Kilometer zurück oder bewältigen 300 Höhenmeter. Je nach Anforderung der Wegstrecke und deren Beschaffenheit kann aber auch das leicht variieren.

Solche felderprobten Erfahrungen in Sachen Distanzen kann man zwar als Anhaltspunkte an Neulinge oder Nichtwanderer weitergeben, doch wer schon einmal Fotos von einem Bergpanorama oder einem grandiosen Rundum-Blick mit kilometerweiter Fernsicht gemacht und sich hinterher über die fehlende Wirkung gewundert hat, der weiß: Das Erleben von Distanz, Dimension und Raum ist selbst mit modernster Technik kaum konservierbar, man kann es weder auf Fotos noch auf Film so richtig festhalten, man muss es einfach selbst erlebt haben.

Weil man zur Ursprünglichkeit zurückkehrt

Es ist noch nicht allzu lange her, da habe ich einen einwöchigen Trip über den großen Teich gewagt. Mein erster Langstreckenflug und überhaupt mein erstes Mal auf einem anderen Kontinent. Ziel war Las Vegas, ein Ort in den USA, der alles andere als ursprünglich ist. Es war meine Neugier, die mich in die Wüste Nevadas trieb. Ich wollte herausfinden, wie es auf der anderen Seite der Erde ist, und endlich mal die Welt außerhalb Europas bereisen. Ich befand, es war nun an der Zeit mit fast 30 Jahren. Und ja, als mehr oder weniger begnadeter Pokerspieler wollte ich in der Glücksspielmetropole auch mein Glück versuchen, denn sonst gäbe es sicher schönere Ziele in den USA als Las Vegas. Reichtum habe ich im Land der unbegrenzten Möglichkeiten nicht erfahren, denn mit dem Poker-spiel wollte es nie so richtig laufen. Doch dafür habe ich eine ganz andere, viel wichtigere Erfahrung machen und wieder einmal etwas über mich selbst lernen können. Ich habe gelernt und unmissver-ständlich gespürt, wie wichtig mir die Nähe zu einem ursprüng-lichen, natürlichen Umfeld und zur Natur ist.

Las Vegas, das ist eine Stadt, auf zerrinnendem Sand gebaut, eine Stadt, die die Wasservorräte des wasserreichsten und wich-tigsten Stausees der USA, des Lake Meads, Jahr für Jahr auf unbe-greifliche Weise und mit selbstverständlicher, gieriger Dreistigkeit aufsaugt. Ein Kunstgebilde auf Zeit, in dem Verschwendung und Übertreibung keine Grenzen zu haben scheinen. All das Geblinke der Lichter, die gigantischen Hotelbauten, all die Attraktionen sind beeindruckend. Für gewisse Zeit. Doch nach ein paar Tagen wi-chen meine Begeisterung für die gigantische Stadt und der Genuss von Luxus einem ernüchternden Gefühl und einem spürbaren Drang nach Ursprünglichkeit. Ich wollte raus, ich wollte weg von der künstlichen, urbanen Umgebung, die am Tropf ihrer endli-

chen Energieressourcen hängt und den Lake Mead bereits bis auf 40 Prozent Füllmenge heruntergesoffen hat. Ich hatte mich nicht mehr wohlgefühlt. Eine solch gefräßige Stadt, in der jeder noch so kleine Raum auf angenehme Temperaturen herunterklimatisiert wird und in der trotz der anhaltenden Dürreperiode riesige Golfplätze betrieben werden, gehört einfach nicht in eine Wüste. Das kann doch nicht gut gehen!? Wie gut, dass die USA in ihrem unsagbar großen und vielfältigen Land mehr zu bieten haben als Las Vegas.

Rund 80 Kilometer nordöstlich der Casinostadt zum Beispiel liegt das Valley of Fire. Was für ein Kontrast, es ist ruhig hier. Keine Häuser, keine Lichter, kein Trubel. Hier scheint alles irgendwie noch am richtigen Ort, jeder Stein scheint dort zu liegen, wo er liegen soll, jeder Busch in dieser kargen Landschaft scheint am richtigen Platz zu wachsen. Und so habe ich den Tagesausflug in den ältesten und größten Nationalpark Nevadas mehr genossen, als ich mir das erträumt hatte. Über kleine Rundtrails (Rundwanderwege) marschierten meine drei Reisebegleiter und ich in drückender Hitze vorbei an feuerroten Sandsteinformationen, wie dem berühmten »Elephant-Rock« und anderen landschaftlichen Schauspielen, die es in Europa so wohl kaum zu sehen gibt. Hier war es wieder, das wohlige Gefühl, mit dem mich die Natur einhüllte. Trotz der brennenden Hitze fühlte ich mich wohler als in den klimatisierten Hotels. Bloß nicht zurück in die verschwenderische Stadt, wo Reichtum und Oberflächlichkeit einen Siegeszug auf Zeit über das Wesentliche zu führen scheinen. Lieber würde ich mich im Reich der Basketmaker- und Anasazi-Indianer noch ein paar Tage länger aufhalten. Auf einem der vielen, schön gelegenen Campingplätze übernachten, anstatt mich in das viel zu weiche Kingsize-Bett meines 5-Sterne-Hotels zu legen. Viel lieber würde ich nachts dem Wind lauschen, der über diese faszinierende Landschaft fegt, als den Motorengeräuschen der getunten Autos und dem Gelächter der dekadenten Spaßgesellschaft.

Zurück in Deutschland, dauerte es auch nicht lange, bis ich meine Wanderschuhe schnürte und raus in die Natur lief. Ich hatte einige verstörende Eindrücke zu verarbeiten und vieles nachzuholen, was mir auf diesem nur einwöchigen Trip so sehr gefehlt hatte. Etwas, was mir die Natur zuhauf bieten würde: Ursprünglichkeit. Und diese zu erleben, das nenne ich wahren Luxus. Diese Erkenntnis hat mir spätestens meine Reise nach Las Vegas endgültig vor Augen geführt.

Weil es alle Sinne anspricht

In unseren heutigen Kommunikations- und Kunstwelten beanspruchen wir schon längst nicht mehr das volle Spektrum unserer Sinne. Wir haben uns daran gewöhnt, sie nur noch partiell und abgeschwächt zu nutzen. Wann benötigen wir denn schon mal unseren Tastsinn? Also so richtig, nicht etwa im dunklen Grusellabyrinth auf der Kirmes. Wann sind wir so richtig auf das Tasten beziehungsweise Fühlen angewiesen? Geschmack und Geruch sind nur noch Beiwerk, wir unterscheiden zwischen »riecht gut« und »riecht schlecht«, doch wir arbeiten nicht mehr richtig mit diesen Sinnen. Dadurch verlieren sie an Bedeutung und mit der Zeit auch an Funktion. Lediglich die Sinne Sehen und Hören, also die sogenannten Fernsinne, werden im Alltag noch bedient, dafür umso extremer. Die restlichen unserer Sinne drohen zu verkümmern, wir fühlen, riechen, schmecken immer weniger Details. So schnell und hektisch, wie wir durch das Leben rasen, ist das wenig überraschend.

Und da ist es wieder, das Wandern. Wandern spricht alle Sinne an. Es führt durch die Entschleunigung dazu, dass wir wieder Zeit für unsere Sinne haben. Beim Wandern kann ich die richtige Wahr-

nehmung von natürlichen Nuancen und Details wieder üben. Wir sehen und fühlen kleine Dinge, die im Alltag übersehen werden. Der würzige Duft des Waldes. Das Gehen auf verschiedenen Untergründen. Frisches, kühles Wasser. Der Wind, der uns um die Ohren fegt. Nanu, das Körperempfinden, ein weiterer Sinn aus der Physiologie, der vielen Menschen immer mehr abhandenkommt, ist plötzlich wieder da (Grund 71). Auch der Gleichgewichtssinn und die Körperkoordination werden aktiviert, beim Gehen auf unebenem Grund oder beim Balancieren über Baumstämme und Durchqueren von flachen Flussbetten. Ebenso der Sinn für Formen und Distanzen sowie für Wärme und Kälte. Eine Flut an Eindrücken, die unsere Sinne endlich wieder so richtig wachrütteln.

Es fühlt sich gut an, wenn alle Sinne wieder aktiviert sind und wir in aller Ruhe die Kleinigkeiten um uns herum wahrnehmen können. Ein Mensch mit verkümmerten Sinnen wäre doch kein Mensch mehr, das ist einfach nicht unsere Natur. Nein, unsere Sinne sind elementar, und darum fühle ich mich beim Wandern so wohl.

61. GRUND

Weil es eine Herausforderung ist

Wandern ist in der Regel nicht als sportlicher Wettbewerb zu verstehen, bei dem es auf immer neue Höchstleistungen ankommt. Beim Wandern geht es normalerweise nicht um Bestzeiten oder Rekorde. Und dennoch sind Wanderer oft ehrgeizig, sie suchen die persönliche Herausforderung. Sei es ein Gipfel, eine bestimmte Strecke, pures Durchhalten oder eine Zeitvorgabe. Die Herausforderungen, die sich Wanderer als Ziel stecken, ob körperlich oder geistig, sind da ganz individuell und unterschiedlich. Auf den ersten Blick mag das nicht ganz zusammenpassen, doch es gibt ihn, den kleinen, aber

feinen Unterschied. Während es zum Beispiel im (professionellen) Kletter- oder Radsport in erster Linie darum geht, *wie* man etwas geschafft hat, also wie schnell, wie risikoreich, wie innovativ oder mit welchen Hilfsmitteln, geht es beim Wandern lediglich darum, diese Herausforderungen überhaupt zu bewältigen. Sein Ziel zu erreichen, unterwegs zu sein, egal wie viel Zeit und Aufwand man dafür benötigt. Wanderer erreichen ihre Ziele daher meist in aller Gemütlich- und Besinnlichkeit, sie stillen ihren Ehrgeiz auf ganz entspannte und gesunde Weise und kosten das einmalige Gefühl des Schaffens in aller Ruhe aus. Glückliche Gesichter auf Berggipfeln, Parkplätzen, Hütten oder Gasthöfen lassen erahnen, was da gerade in einem Wanderer vorgeht und welche Glückshormone jeden Winkel seines oder ihres Körpers in diesem Moment durchströmen.

Zugegeben, auch mir passiert es hin und wieder mal, dass ich meinem Vater, entgegen aller Vernunft, den Berg hinauf hinterherjage, weil mein Ehrgeiz mir das eigene, etwas langsamere Tempo zu verbieten versucht. Auch eine gewisse Genugtuung beim Erreichen eines Zwischenziels in kürzerer Zeit, als auf den Wegweisern zuvor angegeben, kenne ich und kann ich kaum verbergen. Ich weiß noch, als meine Schwester Lena, mein Vater und ich statt drei Stunden, wie auf dem Wanderwegweiser im Tal angegeben, nur zwei Stunden zur Hugo-Gerbers-Hütte in Oberkärnten gebraucht hatten. Da kann man sich einen kleinen, gesunden Stolz durchaus mal erlauben. Und wenn ich auf meinem Weg einige Gruppen langsamerer Wanderer überhole, erfüllt mich auch das insgeheim mit ein wenig Stolz auf meine Fitness. Diese ehrgeizigen Momente sind das Futter für individuelle Herausforderungen, die ich mir ganz persönlich immer mal wieder als Ziel setze. Da wird dann eine »gegnerische« Wandergruppe gejagt oder die Kraftreserve am letzten Hang vorm Ziel noch schnell verpulvert, um einen besonders schnellen Schritt aufs Wanderparkett zu legen.

Und dennoch bleibt es gerade die Entschleunigung und stete Gemächlichkeit, die das Wandern in seiner Gesamtheit und mit

all seinen Glücksgefühlen ausmacht, bei der die Wanderung an sich die eine, große Herausforderung ist. Das Durchschreiten des Raumes mit eigener Muskelkraft, das Machen von Strecke, das Abschließen der Etappe, das Ziel zu erreichen und sich bei besonders ambitionierten oder extremen Wandervorhaben seiner mentalen Stärke auszusetzen und sich diese selbst zu beweisen.

Das erklärt, wieso Wandern keine professionelle Sportart im eigentlichen Sinne ist, wo es um Bestzeiten geht. Man stelle sich mal Wandern als olympische Disziplin vor und wie Athleten aus aller Welt die Berge hinaufhetzen, Wanderstrecken entlangjagen und einen Rekord nach dem anderen brechen. Das hätte mit Wandern, zumindest nach meiner Definition und Vorstellung, nicht mehr viel zu tun. Das wäre dann wohl ähnlich wie beim olympischen Gehen, bei dem regelmäßig reihenweise Athleten disqualifiziert werden, weil sie der olympischen Definition vom »Gehen« nicht exakt entsprechen. Ich glaube, beim Gehen darf man mit beiden Füßen nicht gleichzeitig vom Boden abheben. Irgendwie so etwas habe ich noch in Erinnerung aus den TV-Übertragungen, so ganz habe ich das aber auch nie verstehen, geschweige denn erkennen können. Dann hätten wir also überall entlang der olympischen Wanderstrecke, hinter jeder Biegung und jeder Kuppe, Schiedsrichter, die mit ihren roten Fähnchen wedeln, sobald ein Wanderer, bekleidet mit einem windschnittigen Ganzkörper-Wanderanzug, seinem technisch bis zum Erbrechen ausgereiften Hightech-Wanderschuh zu früh vom Boden abheben würde. Na, was für eine schöne Vorstellung. Nein, liebes Olympisches Komitee, das Wandern bitte nicht olympisch machen. Wandern muss einfach diese »Halbsportart« für ganz normale Menschen bleiben, die es ist. Zwar gibt es in Österreich schon eine »Wander-Weltmeisterschaft«, doch geht es auch bei dieser Veranstaltung für den Großteil der teilnehmenden Wanderer rein um das Wandern, ganz ohne sportlichen Ehrgeiz.

Auch wenn es kein klassisches Wandern an sich ist: Sport-Events wie der Zugspitzlauf sind besonders extrem. Hierbei erklimmen

Highspeed-Wanderer, oder nenne ich sie eher Bergläufer, Deutschlands höchsten Gipfel in einem Tempo, bei dem mir Hören und Sehen vergeht. Wo bleibt da die Freude an der Natur? Kleine, persönliche Herausforderungen und ein gesunder Ehrgeiz schön und gut. Doch die moderne Rekordjagd der Menschen, oft unter Lebensgefahr und selbst an Orten, die doch eigentlich für genau das Gegenteil gemacht sind (Stichwort Entschleunigung), bleibt für mich völlig unerklärlich und kaum nachvollziehbar. Na ja, wem es Spaß macht.

Weil es romantisch ist

Für mich ist Romantik mehr als rote Rosen und schnulzige Liebesfilme. Im Gegenteil, die herkömmliche Definition von Romantik hat mit der meinigen nur wenig zu tun, und ich sehe mit Sorge einen Verfall von »echter« Romantik, die immer mehr zum Marketinginstrument der Industrie zu verkommen droht. Wahre Romantik ist ein Gefühl. Kein Gegenstand zum Kaufen, kein kalkulierbares oder gar konstruierbares Ereignis. Romantik braucht keine perfekte Kulisse und muss kein perfekt organisiertes Event sein. Nein, Romantik ist das einzigartige Gefühl des gemeinsamen Erlebens von Momenten. Wenn zwei Menschen in einem Moment ein und dasselbe spüren, die Magie eines schönen Sonnenuntergangs zum Beispiel, zusammen mit dem Gefühl der Geborgenheit und der Gewissheit diesen einen Moment, im Hier und Jetzt, mit genau der richtigen Person zu erleben. Dann ist das für mich romantisch.

Wozu der jährliche Valentinstag mit dem obligatorischen Blumenstrauß, wenn ich meine Liebste an einen wundervollen Ausblick führen und mit ihr die Welt von oben, ganz weit weg vom Rest der Welt und in angenehmer Einsamkeit, betrachten kann? Wenn

ich mit ihr an einem stillen See sitzen und ganz private Träume vom Leben austauschen kann? Nichts gegen eine liebevolle Geste, doch muss dafür ein offizieller Tag als künstliche Kulisse ins Leben gerufen werden? Nein, die Natur ist die ideale Kulisse für romantische Momente, denn die Natur ist es, die dieses Gefühl der Wahrhaftigkeit und der Echtheit vermittelt. Ein Gefühl, das im Freien gemeinsam und gleichermaßen spürbar ist. In jedem Moment da draußen. Die Natur als Abenteuer und Erlebnis generiert einzigartige Erinnerungen, die zwei Menschen miteinander teilen. Erinnerungen von beeindruckenden Landschaften und gemeinsamer Zeit, die vor dieser ungekünstelten und echten Kulisse der Natur lang anhaltend verbinden.

Ich kann mir kaum etwas Romantischeres vorstellen, als die Welt zu Fuß mit meiner Partnerin zu durchstreifen, mit ihr beeindruckende Momente im Freien zu erleben, unseren Planeten zu entdecken und unsere gemeinsame Geschichte weiterzuschreiben. Miteinander an die körperlichen Grenzen zu gehen und immer wieder neue Abenteuer und Winkel dieser Erde zu erleben. Ich wünschte, es könnte diese Momente öfter geben, in denen wir stillschweigend und nebeneinander sitzend in die Ferne blicken, beide in die Welt unserer Gedanken abtauchen und uns dennoch näher sind als bei jeder körperlichen Umarmung. Uns dennoch mehr sagen als mit tausend Worten. Romantik kommt ganz ohne irgendeine Geste und ohne ein Wort aus. Ich wünsche mir mehr dieser Momente, in denen wir hintereinander und verträumt über einen schmalen Pfad wandern, jeder mit sich selbst beschäftigt und doch gemeinsam am selben Ort. Auf derselben Wellenlänge, während wir beide das einzigartige Gefühl der Gemeinsamkeit verspüren.

Wandern ist, nach meiner ganz persönlichen Definition, klar und mit großem Abstand, die romantischste Freizeitbeschäftigung der Welt.

WAS WANDERER GENIESSEN

Weil es Rastpausen gibt

Die Sonne knallt, die Atmung wird Schritt um Schritt schwerer, die Kehle trocknet ganz allmählich aus, der Magen grummelt laut, gerade noch den einen Anstieg gepackt, und dann steht sie da, die Sinnesbank, wie sie die Touristiker wohlklingend und marketingwirksam getauft haben. Sie schreit förmlich: Zeit für eine Pause!

Bequem ist sie ja schon, so eine ergonomisch geschwungene Bank aus Holz. Ein echtes Schmankerl, wenn es um eine gute Rastpause geht, vor allem aufgrund der aussichtsreichen Orte, an denen sie meist zu finden sind. Solche Rastinseln mit dazugehörigen Tisch- und Picknickformationen lassen sich heutzutage an fast jedem modern konzipierten Wanderweg in Deutschland finden. Eine schicke, aber doch irgendwie überflüssige Sache. Brauchen wir ergonomisch geformte, perfekt angeordnete Holzbänke, oder reicht uns Wanderern das weiche Gras, in das wir uns zum Luftholen betten? So ganz klassisch, mit den Händen hinterm Kopf und Grashalm im Mund. Und was ist mit der Felskante, an der wir unsere Beine entspannend herunterbaumeln lassen? Dagegen stinkt doch jede Bank ab, so »sinnlich« sie auch sein mag. Ich persönlich finde, je natürlicher und simpler eine Wanderung und damit auch die Rastpausen währenddessen, desto schöner wird der Tag im Grünen.

Doch, ganz egal, ob auf topmodernen Picknickbänken oder im Gras, eines steht fest: Rastpausen gehören zum A und O einer Wanderung und sind mindestens so wichtig wie ein gutes Paar Schuhe. Manche machen eine große Pause, manch anderer fährt mit regelmäßigen Trinkpausen und kleineren Stopps besser. Ich zum Beispiel mache lieber viele kleine Ruhepausen, da ich bei einer zu langen Rast Gefahr laufe, gänzlich aus meinem Tritt zu kommen. Meine Faustregel in den sommerlichen Bergen ist: alle halbe Stunde eine fünfminütige Trinkpause und alle zwei Stunden eine mittel-

lange Rast. Im Mittelgebirge und im Flachland verdopple ich die Zeitangaben in etwa. Wichtig bei einer Rastpause ist vor allem viel Wasser, um der Dehydration entgegenzuwirken. Und kleine, kohlenhydratreiche Nahrungsmittel, wie Energie-Riegel oder Äpfel, Bananen und anderes Obst. Aufgrund ihrer kurzkettigen Kohlenhydrate sind sie ideale Energielieferanten für die weitere Tour.

Ich weiß, wovon ich spreche: Auf einer Wanderung durch die Eifel habe ich mal mein Wasser vergessen. Und wie es das Schicksal wollte, hatte ich auch keinen einzigen Cent in meinen Taschen. So lief ich die kompletten sechs Stunden der heißen Sommertour mit trockener Kehle. In meinem Mund tanzten Sahara, Gobi und Kalahari munter ihren Samba, als ich ausgetrocknet bis zum Gehtnichtmehr endlich wieder den Startpunkt erreichte. Das brütend heiße Wasser aus dem Auto exte ich in bester Saufmanier, als hätte man mir mit »Ex oder Holländer« gedroht. Selbst nach der ganzen Flasche hätte ich noch den Rhein leersaufen können oder gleich eine ganze Brauerei. Wandern ohne Wasser? Immer eine schlechte Idee.

So eine Rast ist aber nicht nur notwendig, sie kann auch unheimlich entspannend sein. Neben der körperlichen Erholung ist es auch die seelische Komponente, von der Wanderer beim Rasten schwärmen. Mit Vogelgezwitscher und Blätterrauschen im Ohr, im Gras liegend oder sitzend, lässt es sich so richtig zur Ruhe und Besinnung kommen. Einfach mal die Augen schließen, langsam die gleichmäßige und ruhige Atmung wiederfinden und einfach nur genießen. Was kann es denn Schöneres geben, als mitten in der Natur zu liegen und alle Systeme auf null zu schalten? Manchmal ist das so verlockend, dass man gar nicht mehr aufstehen möchte und sich insgeheim eines dieser Wandertaxis wünscht, die immer mehr Einzug in die moderne Wanderwelt gefunden haben. Bloß nicht schon wieder den Körper anschmeißen und die Muskeln auf Betrieb bringen. Lieber bis ins heimische Bett getragen werden. Wer hat sich das nicht schon einmal bei einer Rast gewünscht? Bevor ich so ein Ding jedoch tatsächlich bestellen würde, müsste ich

mindestens einen doppelten, nein, einen dreifachen Knochenbruch erlitten haben. Meinem sportlichen Ehrgeiz sei Dank, der treibt mich im Endeffekt nämlich immer wieder auf die Beine. Und wenn ich dann am Ende des Tages mein Bett mit eigener Muskelkraft erreicht habe, fühlt sich das noch ein Stückchen besser an.

Weil Drive-in auch anders geht

Wer unterwegs mal eben essen will, der sucht sich heute einfach ein Fastfoodrestaurant und fährt in den Drive-in. Der Autoschalter, bei dem sich Fastfoodjunkies ihr Essen direkt ins Auto geben lassen, ist Symbol für die körperliche Unterforderung der Menschen. Einfahren, bestellen, essen – und das ohne den Hintern gehoben zu haben. Es geht auch anders. Beim Wandern wird Drive-in nämlich zu Walk-in, der etwas aktiveren Variante. Und die Natur hat eine ganze Menge solcher Walk-in-Schalter, überall findet man Möglichkeiten, sich unterwegs den Bauch vollzuschlagen.

Die Freude ist groß, wenn ich durch die Wälder ziehe und mir am Wegesrand ein üppiger Strauch mit knallroten Himbeeren oder leckeren Brombeeren ins Auge sticht. Hinwandern, pflücken, essen – und das ohne zu bezahlen. Für diesen Fall habe ich immer einen kleinen Beutel dabei, um für die weitere Wanderung einen Vorrat an Vitaminschleudern zu sammeln und diesen spätestens bei der nächsten Rast vollständig zu vernichten. Es gibt nichts Besseres als Beeren! Oft schon habe ich meine Wanderung mit blau verschmiertem Mund beendet, ohne es zu merken, der Blaubeere sei Dank. Unterwegs mal eben essen ist beim Wandern ziemlich gesund und vielfältig. Und eine echte Alternative zu Burger und Co. Lecker sind auch kleine Walderdbeeren, die mein Vater damals immer für mich sammeln musste. Wenn er dann nach einigen

Stunden, unbemerkt, mit einer ganzen Hand voller Walderdbeeren auf mich wartete, leuchteten die Kinderaugen hell und heller. Und wer damals bei der Herausforderung, die größte und dickste Blaubeere zu finden, siegreich war, bekam den ehrenvollen Titel des »Besten Pflückers des Wandertages«. Eine der wenigen Disziplinen, in denen ich mich gegen meine viel älteren, viel stärkeren, viel schlaueren, viel beliebteren, viel mächtigeren und überhaupt in allem viel besseren Schwestern regelmäßig behaupten konnte. Na immerhin.

Damit das Pflücken unterwegs nicht zum (rechtlichen) Desaster wird, muss man natürlich aufpassen, dass man nicht von privatem Grund pflückt. Grundsätzlich gilt die Regelung, dass in deutschen Wäldern für den Eigenbedarf gepflückt werden darf. Wobei die Definition von Eigenbedarf nicht festgeschrieben ist und regional verschieden ausgelegt wird. Man kann davon ausgehen, dass sich ein Wanderer, der mit zwei randvollen Körben Pilzen aus dem Wald läuft, nicht mehr auf den Eigenbedarf berufen kann. Wer hingegen nur einige Pilze oder Beeren fürs Abendessen mitnimmt, wird wohl keine Probleme bekommen. Apropos Pilze. Steinpilz, Pfifferling, Rotkappe oder Brätling – sie alle stehen unter Artenschutz und dürfen eigentlich gar nicht gepflückt werden. Die Betonung liegt auf *eigentlich*, denn in der Bundesartenschutzverordnung ist die Ausnahme geregelt, das auch diese Pilze für den Eigenbedarf gesammelt werden dürfen. Dennoch gibt es einige Pilze, die trotz dieser Ausnahme unter keinen Umständen gesammelt werden dürfen. Genaue Infos findet man im Netz. Wer es jetzt noch schafft, die giftigen von den genießbaren Pilzen zu unterscheiden, dem stehen einige leckere Abendessen und ein langes, gesundes Leben bevor, ganz ohne Pilzvergiftung.

Anders sieht es bei Privatgrund aus. Auf den meisten Streuobstwiesen oder in Privatwäldern zum Beispiel wird es schon komplizierter mit dem Pflücken und Sammeln. Die Versuchung ist groß, einen heruntergefallenen Apfel mir nichts, dir nichts mit-

zunehmen oder das Obst direkt vom Baum zu pflücken. Rechtlich ist das nicht okay, solange der Baum nicht auf öffentlichem Grund steht. In diesem Falle schadet es nicht, falls möglich, den Besitzer um Erlaubnis zu fragen. In den meisten Fällen bekommt man das Einverständnis, eine oder zwei Hände voll zu sammeln und weiter seines Weges zu ziehen. Es schadet allerdings auch dem Besitzer nicht, wenn ganz unbemerkt mal das eine oder andere Äpfelchen verschwindet, solange man nicht auf privaten Boden tritt oder gleich seinen ganzen Rucksack füllt und mit dem Diebesgut von dannen zieht. Aber das ist nur meine ganz bescheidene Meinung und stellt selbstredend keine Aufforderung dar. Bevor ein heruntergefallener Apfel auf dem Boden verdirbt, nehme ich ihn mit. Hätte Adam auch gemacht.

65. GRUND

Weil man einkehren kann

Einkehr, was bedeutet das eigentlich? Einkehr bedeutet Geborgenheit, Gastfreundschaft und Sicherheit. Willkommen sein. Eine Einkehr ist ein sicherer Hafen in Form von Gasthöfen, Almen, kleinen Restaurants, Biergärten oder beschaulichen Ausflugslokalen auf einer Tour, die Wanderer ansteuern, um zu rasten, zu essen oder einfach in Gesellschaft zu sein für gewisse Zeit. Die Motive sind da ganz unterschiedlich. Egal, ob es draußen regnet, stürmt oder schneit, drinnen ist es immer wohlig warm, es flackert im Idealfall ein Feuer im urigen Kamin, und man wird in den meisten Fällen freundlich empfangen und umsorgt. Ein krasser Gegensatz zur rauen Natur, aus der man kommt, in welcher Wörter wie Fürsorge oder Geborgenheit höchstens im übertragenen Sinne existieren. Dieser Gegensatz verstärkt das angenehme Gefühl bei einer gelungenen Einkehr noch zusätzlich.

Klar, nach oder während einer anstrengenden Wanderung wird auch gern eine heiße Suppe geschlürft, und auch das eine oder andere warme Getränk päppelt den Körper wieder auf, doch es steckt mehr dahinter als reine Nahrungs- und Flüssigkeitsaufnahme gegen Entgelt. Davon bin ich überzeugt. Was zunächst vielleicht ein wenig übertrieben oder gar philosophisch klingen mag, ist – so glaube ich – der wahre Grund, wieso Wanderer so unheimlich gerne einkehren. Warum sie so gerne diese sicheren Häfen inmitten des fortdauernden Machtspiels der Natur ansteuern.

Wer seinen Fuß schon einmal bei plötzlichem Wintereinbruch in die rettende Berghütte gesetzt hat, kennt dieses Gefühl garantiert. In der warmen Stube dann ein Stück Brot, etwas Käse und Wurst, während draußen dicke Flocken die Landschaft in ein dichtes Schneetreiben verwandeln. Dazu ein paar wenige Gleichgesinnte, die sich, so wie ich damals, in die sichere Düsseldorfer Hütte hoch über Sulden in Südtirol gerettet hatten. Unter Wanderern hat man sich immer etwas zu erzählen, vor allem aber fühlt man das Gleiche. Diese plötzliche Geborgenheit bei der Einkehr in einer kleinen, aber feinen Hütte mitten in der rauen Bergwelt.

Dabei kommt es immer ganz auf die Einkehr an. Für mich und die meisten Wanderer, mit denen ich so gesprochen habe, muss es urig und gemütlich sein, um überhaupt von einer Einkehr im eigentlichen Sinne zu sprechen. Bei sterilen, futuristisch gestalteten Selbstbedienungsrestaurants und Hotels verpufft die Magie des Einkehrens spätestens an der Türschwelle. Ich erinnere mich an ein großes Berghotel am österreichischen Weißsee, das schon von außen partout nicht in das Landschaftsbild mit seinen wunderschönen gletscherbedeckten Bergen ringsum passen wollte. Klar, dort gab es alles, von Pommes über Lammrücken bis hin zur Mousse au Chocolat, doch eines fehlte: Gemütlichkeit. Und dann erinnere ich mich an die rustikale Weißalm im Großarltal. Das alte Ehepaar, das die traumhaft gelegene Alm noch persönlich bewirtschaftete, bot eine überschaubare Speisekarte, doch dafür Unmengen an warm-

herziger Gastfreundschaft, Behaglichkeit und vertrauter Gespräche. Und natürlich Hefeweizen. So stelle ich mir eine richtige Einkehr vor.

66. GRUND

Weil Gulaschsuppe und Semmelknödel zur Delikatesse werden

Zugegeben, ich bin sowieso schon ein eher rustikaler Typ, zumindest, wenn es ums Essen geht. Ich liebe die einfache Küche nach hausmännischer Art, vor allem die gute alte Küche »à la Mutti«. Umso mehr wundere ich mich immer wieder über die dubiosen Eigenarten der sogenannten »gehobenen« Küche. Die Portionen der zahllosen Gänge sind so groß wie für gewöhnlich mein Dessert, wenn überhaupt. Und Desserts so groß wie mein Löffel, wenn überhaupt. Ich meine, jedem das Seine, aber haben die denn alle keinen Hunger? Oder pfeifen sich die edlen Leute nach dem Galaauftritt im Sternerestaurant alle schnell 'ne Pizza um die Ecke rein? Wie man sieht, verstehe ich wirklich wenig von sogenannten Delikatessen, zumindest wenn man nach der heute gebräuchlichen Definition einer Delikatesse als Feinkost geht. Und schmecken tun sie mir auch nur selten.

Doch was ich weiß, ist, dass weder ein mit Michelinstern gekrönter Koch noch ein 5-Sterne-Restaurant dieser Erde mir etwas Besseres nach einer ganztägigen Wanderung zaubern kann als eine deftige Gulaschsuppe, wie ich sie auf der Breslauer Hütte im Ötztal gegessen habe. Ein Haufen Zwiebeln, leckeres Fleisch und ein paar Gewürze später war ich der glücklichste Mensch auf der Welt. Mithalten kann da nur die wunderschön gelegene Hugo-Gerbers-Hütte in Kärnten, die meinem Vater, meiner Schwester und mir (mal wieder besonders hungrig) auf halbem Rückweg unserer anstrengen-

den Tour zum Hochkreuz eine hauseigene und spontane Kreation aus Semmelknödeln, Ei, Zwiebeln und Kürbisöl in einer großen, gusseisernen Pfanne auf den Holztisch zauberte. Himmlisch, einfach himmlisch und unvergesslich lecker.

Man stelle sich nur mal vor, ausgelaugte Wanderer bekämen bei ihrer Einkehr »Steinbutt mit Hummerkruste auf Fenchel und Topinamburpüree« oder »Im Lardomantel gebratenes Perlhuhnbrüstchen auf Rotweinrisotto mit sautierten Apfelspalten« vorgesetzt!? Was zur Hölle sind überhaupt Topinamburpüree und Lardomantel? Und was bedeutet »sautiert«? Na ja, ich glaube, ich will es auch gar nicht wissen.

Hunger ist der beste Koch, daran erinnert mich meine Mutter, seit ich klein war. Wo sie recht hat, hat sie recht, und Wandern macht eben ausgesprochen hungrig. Da werden simple Speisen schnell zur unvergesslichen Delikatesse, auch wenn diese niemals Einzug in die etablierte Welt der Feinkost erhielten.

Für alle, die jetzt Hunger auf etwas Einfaches und Deftiges bekommen haben, präsentiere ich hier das über Generationen hinweg weitergegebene, unschlagbar leckere Gulaschrezept meiner Mutter. Da sie das Gericht seit Jahrzehnten nach freiem Ermessen kocht, war es etwas schwierig, die genauen Angaben herauszufinden, doch das macht's irgendwie noch »uriger«. Sterneköche bitte weggucken.

Gulasch »à la Mutti« für vier hungrige Wanderer. Man nehme in etwa:

- 800 Gramm Rindergulasch
- 400 Gramm Schweinegulasch
- 3 große Gemüsezwiebeln
- Salz, Pfeffer, Paprikagewürz (edelsüß, wer mag auch rosenscharf)
- Butterschmalz

Zwiebeln schälen und klein schneiden. In zwei Töpfen verteilt, mit ordentlich (!) Butterschmalz glasig dünsten. Das gemischte Fleisch jeweils auf die Töpfe verteilen und scharf anbraten. Sobald

das Fleisch die rote Farbe verloren hat und gräulich wird, mit Salz, Pfeffer und ordentlich (!) Paprikagewürz würzen. Nun das Ganze immer wieder anbraten lassen und mit kochend heißem Wasser nur ein klitzekleines bisschen aufgießen, dabei den angebratenen Ansatz vom Topfboden kratzen. Das Ganze mindestens drei, vier Mal wiederholen, bis eine schöne braune Farbe und sämige Konsistenz entsteht. Die Töpfe können nun zusammengelegt werden. Nun heißes Wasser aufgießen, sodass das Fleisch vollständig bedeckt ist. Das Ganze für zwei Stunden bei gedeckeltem Topf köcheln lassen, immer mal wieder nachsehen, rühren und gegebenenfalls Wasser nachgießen. Wenn das Fleisch schön zart ist und leicht zerfällt, lediglich noch ein wenig Flüssigkeit auffüllen, abschmecken und bei Bedarf andicken.

Einfach, aber einfach lecker. So weit, so gut. Jetzt, am besten am darauffolgenden Tag, den ganzen Tag lang wandern. Hungrig wiederkommen, Knödel oder Spätzle zum vorbereiteten Gulasch servieren und in den siebten Gulaschhimmel abheben.

67. GRUND

Weil es die Stunde des Ankommens gibt

Es ist die emotionale Krönung einer jeden Wanderung. Das Ankommen. Es gibt kaum etwas Befriedigenderes als die Gewissheit: »Es ist geschafft.« Der Körper hat seine Arbeit getan, man hat sein Ziel erreicht. Nach dem Auspowern folgt nun endlich das Ausstrecken und Ausruhen. Und obwohl jeder Wanderer seine ganz eigenen kleinen Rituale in der Stunde des Ankommens pflegt, haben alle eines gemeinsam: das ultimativ entspannende Gefühl beim Ausziehen der Wanderschuhe, die man im Zweifelsfall seit acht, neun oder gar zehn Stunden an den leicht geschwollenen Füßen trägt. Die Socken ausgezogen, die Füße an die frische Luft gehalten, und

schon sagen ein leichter Windzug und die kühle Luft dem Käse den Kampf an. Zwangsläufig kann man jeden Wanderer bei diesem besonders erquickenden Ritual beobachten, welches er mehr oder weniger ausgiebig zelebriert, aber immer sichtlich genießt. Die Zehen ein wenig gestreckt, gebogen und gedreht, und schon fühlt man sich wie ein neuer Mensch. Wer eine Wasserquelle, wie einen Bach oder einen See, zur Verfügung hat, hält seine traktierten Gehwerkzeuge kurzerhand ins Wasser und erlebt eine wahre Wiedergeburt totgeglaubter Gliedmaßen. Und falls man nach der Wanderung mit dem Auto unterwegs ist, hält man während der Fahrt einfach mal den nackten Fuß in den Fahrtwind, sofern man das Glück hat, nicht fahren zu müssen. Gut, die Automatik-Fahrer können ihren linken ja heraushalten. Wie Wanderer ihre gequälten Quadratlatschen wieder auf Trab bringen, ist da ganz individuell und mitunter von echtem Pioniergeist und Innovation geprägt.

Wiederbelebten Fußes scheiden sich dann die Geister, wenn es um die verschiedenen Rituale des Ankommens geht. In unserer Familie gibt es einen immer ähnlichen Ablauf der Dinge, auf den man sich fast schon verlassen kann. Meine Mutter rennt zuallererst in die Küche, schwingt die Tür des Kühlschranks auf und »zapft« sich ein eiskaltes Hefeweizen, welches sie in weiser Voraussicht vorher extra kaltgestellt hat. Mein Vater? Der sitzt mit hundertprozentiger Sicherheit im Garten und wartet darauf, dass er sein Bier gebracht bekommt. Dreistigkeit zahlt sich aus, und durstig bleibt er mit dieser Taktik nie lange. Währenddessen springe ich als Allererster unter die Dusche, schlüpfe danach in meine gemütlichsten Klamotten und versacke von da an auf der nächstbesten Sitzgelegenheit. Es gibt einfach nichts Besseres als frische und gemütliche Klamotten nach einer langen Wanderung. Lena, die jüngere meiner beiden älteren Schwestern, ist zu diesem Zeitpunkt längst wieder vertieft in eines ihrer Bücher, das sie im Garten verschlingt, noch ehe ich mit dem Duschen fertig bin. Und Katrin, meine älteste Schwester, wartet meistens schon ungeduldig an der

Badezimmertür. Tja, wer zu spät kommt, den bestraft das Leben. Oder der Bruder.

Es dauert etwa eine Stunde, bis dann die komplette Familie instinktiv an einem Ort zusammentrifft, manchmal im Garten oder im Wohnzimmer, doch meistens in der Küche. Wieso? Der Hunger und die quälende Frage nach dem Koch treiben uns kollektiv um und sorgen ab diesem Zeitpunkt meistens für eine gemeinsame Abendplanung.

Die Stunde des Ankommens – für jeden anders und doch für alle gleich schön.

68. GRUND

Weil es Weizenbier gibt

Das Weizenbier oder auch Weißbier (wir wollen ja politisch korrekt bleiben) ist die wohl leckerste Belohnung für einen Wanderer. Was gibt es nach einem anstrengenden Wandertag auch Schöneres als ein eiskaltes Hefeweizen mit einer perfekten Schaumkrone, die am oberen Glasrand ein paar Millimeter übersteht, ganz so wie in der Werbung? Am besten noch serviert auf der Gartenterrasse eines gemütlichen Biergartens bei netter Gesellschaft und warmer Abendsonne, die sich mit jedem Schluck allmählich hinter den Horizont verkriecht. Besser kann der Tag nicht enden, oder? Wie das kühle Gebräu die ausgetrocknete Kehle hinunterfließt und schlagartig ein Gefühl der ganzkörperlichen Befriedigung versprüht, einfach herrlich!

Selbst für mich, der vor, während und nach den Wanderungen eigentlich wenig Alkohol trinkt (mehr Gewohnheit als Prinzip), hat ein kühles Hefeweizen nach einer Wanderung seinen verlockenden Charme, der mich nicht selten schon hat schwach werden lassen. Manchmal so schnell, dass ich schon lange vor dem Erreichen

des Tagesziels, bei einer Einkehr unterwegs, das eine oder andere Weizenbier intus hatte. Solange man es hinsichtlich der Schwerkraft und der Auswirkungen des Alkohols auf den Gleichgewichtssinn nicht übertreibt, geht das ja. Na kommt schon, ein Bier geht immer. Oder zwei, oder drei.

Es ist kein Wunder, dass man selbst auf den abgelegensten Berghöfen und Almen ein kühles Blondes findet, denn mit ziemlicher Sicherheit handelt es sich um das beliebteste Getränk unter Wanderern überhaupt. Und das wissen die Gastwirte. Eine klassische Win-win-Situation, zumindest bis zum nächsten Morgen. Des Wirts Kasse wird voller und der Wanderer betrunken. Am nächsten Tag verschieben sich die Gewinnverhältnisse allerdings zugunsten des Gastwirtes. Während der Wanderer mit leichten Kopfschmerzen, Abgeschlagenheit und einem leeren Portemonnaie zu kämpfen hat, zählt der Wirt noch munter seine Scheine. Aber was soll's, eine gesellige Après-Wander-Runde bei leckerem Weizenbier lohnt sich immer wieder. Es ist der Moment, der zählt, und der Wanderer, der nie dazulernt. In diesem Sinne: Prost!

GESUNDHEIT FÜR KÖRPER UND GEIST

Weil es fit und schlank macht

Wer hätte das gedacht? Beim Wandern in der Ebene verbraucht man mit 300 bis 350 Kalorien in etwa gleich viel in der Stunde wie beim allseits beliebten und bekannten Jogging, zumindest solange man sich auf unebenem Untergrund bewegt. Durch den unebenen Grund ist der Körper gezwungen, mit all seinen Muskeln, die ihm zur Verfügung stehen, das Gleichgewicht zu halten und entsprechend auszugleichen, das trägt zum hohen Kalorienbedarf bei. Wenn es dann noch kräftig bergauf geht, schmelzen die Kalorien nur so dahin. Entspannter als beim Wandern, bei dem man stets sein eigenes, gemütliches Tempo gehen kann, kann man Kalorien nur noch mit den skurrilen Fitnessgeräten der diversen Shoppingsender verbrennen. Oder auch nicht.

Heutzutage ist die eigene Gesundheit ein Trendthema und der Fitnessgedanke wieder hoch im Kurs. Die Menschen jagen den Schönheitsidealen nach wie nie zuvor. Light-Produkte, wohin das Auge sieht, die abgefahrensten Diätprogramme in den Zeitschriften, und die Fitnessstudios des Landes erhalten rekordverdächtigen Zulauf. Bei diesem Zeitgeist erscheint eine Wanderung an der frischen Luft als Alternative zum Laufband im stickigen und überfüllten Studio als weitaus bessere Wahl, wie ich finde. Dabei ist es völlig egal, wie schnell und wie lange ich wandere. Schon ab einer Stunde Spazierengehen auf normalen Waldwegen habe ich viel für meine Fitness, für die Figur und letztlich vor allem für meine Gesundheit getan. Je regelmäßiger, desto besser natürlich.

Und das Beste? Nach dem Wandern gilt unter guten Umständen: Schlemmen nach Lust und Laune. Nach einer Ganztageswanderung in den Bergen zum Beispiel und einem Bedarf von bis zu 6.000 Kalorien am Tag (variiert natürlich von Typ zu Typ und je nach Wanderung) kann ein jeder schlemmen, was und so viel er will.

Diese Menge kriegt man niemals vertilgt, nicht mal ich schaffe das. Und ich kann mir den Bauch schon astronomisch vollschlagen; wer's nicht glaubt, sollte mal meine Freundin fragen. Solange man in einem täglichen Kaloriendefizit bleibt, nimmt man ab. Diese goldene Regel lässt sich beim Wandern wunderbar einfach befolgen. All die exotischen Diäten mögen mitunter ja funktionieren und an der einen oder anderen Ecke den Prozess des Abnehmens schneller oder effektiver gestalten, doch wer sich an die einfachste Regel aller Regeln hält, das Kaloriendefizit, der nimmt einfach ab. Darauf ist Verlass. Und dank der Bewegung beim Wandern lässt sich die Messlatte um ein gutes Stück nach oben schrauben, Schleckermäuler freut's.

Auch ich hatte mal eine Zeit, in der ich mit rund 100 Kilo bei 186 Zentimeter Körpergröße ein beträchtliches Gewicht auf die Waage gehievt habe. Und damit gehörte ich nach neuesten Studien zu etwa der Hälfte der deutschen Bevölkerung, die unter Übergewicht leidet. Obwohl ich in meinem Leben fast ausschließlich immer wanderte, gab es ein kleines Fenster von drei, vier Jahren, in dem ich mich nur sehr wenig in der Natur bewegt habe. Durch viel Sport, vor allem viel Wandern, und eine darauf angepasste Ernährung habe ich es geschafft, diese tristen Zeiten in meinen persönlichen Geschichtsbüchern zu archivieren. Damals konnte ich zwar auch schon einige Höhenmeter im Gelände und einige Kilometer Strecke bewältigen, doch war ich danach meist völlig platt. Es war ein eher erlösendes als schönes Gefühl anzukommen, wenn der Körper derart schlappmachte. Daran musste ich etwas ändern. Ich wollte einfach nicht gleich keuchen und schwer atmen, sobald es eine längere Steigung zu bewältigen gab. Ich wollte Treppen wieder problemlos hinaufspringen und Wanderungen mit einem gesunden Gefühl beenden können.

Das Gute ist: Wenn einmal die Motivation so richtig greift, fällt es mit so wunderbaren Aktivitäten wie dem Wandern leicht, an seiner pfundigen Baustelle zu arbeiten. Und so bin ich heute fitter

denn je und springe die Berge dieser Welt hinauf wie ein junges Reh. Zumindest verglichen mit damals.

Weil plötzlich auch ein Apfel schmeckt

Was so gesund ist wie der Apfel, das schmeckt den wenigsten so richtig gut. Obwohl ein Apfel, je nach Sorte, durchaus sehr süß schmeckt, ist es schwer, vor allem Kinder und junge Menschen für die gesunde Frucht nachhaltig zu begeistern. Viel zu verlockend wirkt dagegen das mit Geschmacksverstärkern vollgepumpte Fastfood. Burger, Döner oder Pizza manipulieren leider immer mehr unseren Geschmackssinn und verfälschen damit die Wahrnehmung von natürlichen Lebensmitteln langfristig. Es ist kein Zufall, dass Fastfood-Restaurants mittlerweile in jeder Kleinstadt zu finden sind. Schnelles, ungesundes Essen ist verlockend, gerade in der heutigen Zeit, wo alles schnell gehen muss.

Doch wie sieht das unterwegs während einer Wanderung aus? Ich wage zu behaupten, Wandern macht auch aus den letzten Junkfood-Liebhabern gesunde Esser. Vielleicht nicht für immer, aber garantiert für gewisse Zeit. Denn spätestens gegen Ende eines Wandertages, wenn alle Vorräte aufgebraucht sind und der Körper nach frischer Energie lechzt, greift auch der letzte Glutamat-Fan freiwillig zum gesunden Apfel. Dann spürt er seine belebende Wirkung am eigenen Leib. Wetten?

Ich selbst habe einen solchen Wandel erlebt. Während meiner Jugendzeit packte jedes Mitglied meiner Familie zwei, drei Äpfel in seinen Wanderrucksack. Nur ich nicht. Bei mir kamen lediglich Brot und Wurst in die Rückentüte. Ein sogenannter Müsliriegel, der mit einem richtigen Müsli meist nicht viel zu tun hat, war das höchste der Gefühle. Das hörte sich ja schon viel zu gesund an.

Hätte ich gekonnt, hätte ich einen *Big Mac* mit auf die Berge geschleppt.

Doch auf einer ziemlich kräftezehrenden Wanderung, ich war damals noch leicht übergewichtig und überhaupt nicht in Form, passierte es dann: Nachdem ich all meine Brote, Würste und Riegel unterwegs vertilgt hatte, meine Energiereserven gen Nullpunkt wanderten und das Ende der Tour noch in weiter Ferne lag, war lediglich der letzte Apfel meines Vaters übrig. Der goldene Apfel, den er mir damals in meiner Not gleich anbot. Was ich vorher kategorisch ausgeschlossen hätte, war für mich plötzlich kein Thema mehr: Der Apfel wird gegessen! Wie heißt es doch so schön: In der Not frisst der Teufel Fliegen. Oder eben Äpfel. Meine Verblüffung beim herzhaften Biss in diesen einen Apfel werde ich bis heute nicht vergessen. Das Ding schmeckte, aber hallo! Und hatte einen unheimlich vitalisierenden Effekt, den ich so noch gar nicht kannte. Bis dahin hatte mich Essen eigentlich immer träge gemacht. Seit diesem einschneidenden Erlebnis in meinem kulinarischen Leben, packe auch ich mir für jede längere Wanderung mindestens einen Apfel ein, wirklich wahr. Außerdem leuchtet mir seitdem auch endlich Adams fatale Entscheidung aus der Bibel ein, wieso er diesen blöden Apfel unbedingt essen musste. Wollte mir damals einfach nicht einleuchten; bei 'nem Double Whopper von *Burger King,* da hätte ich es ja verstanden. Aber mal ehrlich, auch ich esse heute noch ab und zu Fastfood, aber es ist weniger geworden. Den Unterschied merke ich. Ich werde seltener krank als früher, bin generell einfach fitter und fühle mich rundum gesünder. Danke, Apfel!

Der Apfel ist aber auch der ideale essbare Begleiter eines Wanderers. Mit seinen über 30 Vitaminen und Spurenelementen und jeder Menge Kalium, Kalzium, Magnesium sowie anderen wertvollen Mineralstoffen ist er in erster Linie ein überaus gesundes Lebensmittel. Ein »Must-have« speziell für Wanderer, da die Frucht des Apfelbaumes insbesondere durch den Frucht- und Traubenzucker wirkt. Dadurch ist der Apfel ein idealer Lieferant blitz-

schneller Energie für müde Beine und spielt in der gleichen Liga wie die Banane, nur dass der Apfel länger knackig bleibt. Eine Bewerbung für jeden Wanderrucksack, würde ich sagen.

71. GRUND

Weil man seinen Körper (wieder) spüren kann

Endlich mal wieder jede Faser des Körpers spüren können, ihn bei seiner faszinierenden Arbeit genau beobachten und ihn als das erkennen, was er ist: ein unglaublich faszinierendes System. Eine Meisterleistung der Natur, so ein menschlicher Körper. Und auch wenn ich persönlich nur einen Bruchteil der Prozesse begreife – ich war nie besonders gut in Biologie –, ist es ein unheimlich gutes Gefühl, meinen eigenen Körper bei seiner Arbeit zu erleben. Zu Hause auf der Couch vegetiert er vor sich hin, im Büro sind nervöses Umherwippen und der Klo-Gang die einzigen Momente, in denen der Körper zu ein wenig Bewegung animiert wird. Im Auto, Restaurant oder Kino passiert ähnlich wenig.

Beim Wandern ist das anders. Es ist fast so, als würde dieses komplexe System so erst den Sinn wiedererlangen, der uns in der heutigen Zeit kaum noch bewusst ist. Der Körper wird aktiviert, die Systeme wieder hochgefahren. Er dampft, schwitzt und keucht. Nahezu alle Muskeln des Körpers sind in Bewegung, Bänder und Sehnen werden beansprucht, das Herz pumpt, die Lunge läuft auf Hochbetrieb. Die Sinne werden aktiviert und geschärft. Schritt für Schritt. Der Körper, er funktioniert, und das spürt man. Dafür ist er da. Beim Wandern achte ich ganz automatisch und gezielt auf meinen Körper und entwickele so ein anderes, neues Körpergefühl. Wandern schafft mit der Zeit eine ganz neue Identität von mir und meinem Körper, als mein einziges, wirkliches Eigentum auf dieser Welt.

Hunger und Durst werden beim Wandern wieder zu den schmucklosen Bedürfnissen, die sie sind. Ich kann nicht eben zum Imbiss um die Ecke fahren, kein Lieferservice der Welt bringt mir meine Pizza auf den Berg. Nein, ich bin selbst für mich und meinen Körper verantwortlich. Ich schleppe meine Nahrung selbst und erlebe eine ganz neue Wertschätzung für einfachste Lebensmittel und für die Bedürfnisse meines Körpers. Draußen ist Wasser nicht länger ein Nebendarsteller meines Alltags, Wasser wird zum elementaren Bestandteil meines Tuns. Weil ich spätestens nach zwei, drei Stunden Wandern spüre, wie sehr ich es brauche. Wie sehr mein Körper es braucht.

Unterwegs nehme ich Kälte und Wärme völlig anders wahr. Zu Hause drehe ich einfach die Heizung auf oder knipse den Ventilator an. Nicht so in der Natur, hier bin ich den Bedingungen ausgesetzt, spüre ihre Effekte auf mich und meinen Körper in allen Details und lerne damit umzugehen. Ich lerne, mich den Bedingungen anzupassen. Der menschliche Körper ist in der Lage dazu. Ohnehin ist es einfach nur beeindruckend, was unser Körper in Extremsituationen alles leisten kann. Ich spüre am eigenen Leib, wie die Naturgewalten auf mich wirken und wie fest mich Mutter Natur in der Hand hat, das schafft gehörigen Respekt und Demut. Als kleiner Organismus auf diesem großen Planeten, in diesem riesigen Universum, erkenne ich in so manch einem Moment im Freien meinen Platz auf dieser Welt.

Wir sind angesichts der Natur eben doch nur ein fragiles System, auf das es umso mehr zu achten gilt. Erst seitdem ich wirklich bewusst wandere, also etwa seit dem Ende meiner Jugendzeit, ist mir meine Gesundheit wichtiger als je zuvor. Ich möchte meinen Körper nicht zerstören, mit schlechtem Essen, wenig Bewegung und einer ungesunden Lebensweise. Das System Körper gehört geschützt. Jeder ist für sich verantwortlich, und wenn man seinem eigenen Körper auf einer Wanderung mal wieder richtig zuhört, dann wird man sich dessen auch wieder bewusst. Viel zu schnell

vergisst man diese Verantwortung im Alltag, wenn die Signale des Körpers überdeckt werden mit all dem Stress und der Ablenkung. Man lebt nur einmal. Wahrscheinlich.

Weil es gesundheitliche Prävention ist

Oma sagte immer: »Wandern ist gesund, Junge!« Wie sehr meine wanderbegeisterte Großmutter damit recht hatte, beweisen nicht nur ihr hohes Alter, das sie mit 90 Jahren und sechs Monaten erreicht hat, sondern auch unzählige Studien zum Thema »Wandern und Gesundheit«, die seit Mitte der 90er-Jahre immer mehr wissenschaftliches Gehör finden. Lange Zeit galten nur intensive Sportarten wie Jogging oder Nordic Walking als besonders gesundheitsfördernd, zumindest nach Auffassung der damaligen Sportmedizin. Inzwischen ist sich die Medizin größtenteils darüber einig, dass Wandern eine der, wenn nicht *die* gesundheitsförderndste Sportart beziehungsweise Freizeitbeschäftigung der Welt ist. Und das über 50 Jahre nach der »Postbotenstudie« der Universität Köln, in der erstmals nachgewiesen wurde, dass unter Schalterbeamten dreimal mehr Herzinfarkte auftraten als unter den Postboten, die täglich mehrere Kilometer zu Fuß unterwegs waren.

Zufall? Eher nicht, denn wie Rainer Brämer, Mitbegründer und Vorsitzender des Deutschen Wanderinstituts, in seiner Gesundheitsstudie Wandern feststellte, kommt es weniger auf die Intensität an. Vielmehr ist eine ausdauernde, regelmäßige Bewegung von besonderem gesundheitlichen Vorteil. Wandern stärkt Immunsystem, Herz und Kreislauf, Muskeln und Skelett. Studien, vor allem aus den USA, aber auch seit dieser Dekade vermehrt aus Deutschland, wiesen außerdem nach: Wandern beugt Brust- und Dickdarmkrebs, Diabetes, Übergewicht, Bluthochdruck und Demenz vor.

Darüber hinaus fördert es die geistige Leistungsfähigkeit, mindert den Augeninnendruck und hilft bei Neurosen und Depression.

Damit nicht genug: Der Zusatzfaktor Natur, wie ihn Rainer Brämer beschreibt, spielt ebenfalls eine große Rolle, wenn es um die positiven Wirkungen auf die Psyche geht. Diesen Zusatzfaktor Natur kennen Wanderer nur zu gut. Gemeint sind die unvergleichliche Entspannung beim Blick über ästhetische Landschaften oder die lang ersehnte Stressentlastung fernab vom Alltag. Nachgewiesen sind auch eine Stärkung der positiven Stimmung beim Anblick von grünen Wiesen und Wäldern sowie eine gesteigerte Arbeitsfähigkeit bei einem Arbeitsplatz in grünem Umfeld. Die Liste geht noch weiter, sowohl Kreativität als auch Konzentrationsfähigkeit werden beim regelmäßigen Aufenthalt in der Natur gefördert. Das nenne ich mal ein Breitband-Therapeutikum, so ganz ohne die gierigen Pharmakonzerne im Hintergrund.

Viele dieser gesundheitsfördernden Aspekte, etwa die Stressentlastung sowie die körperliche und geistige Entspannung, auch noch lange nach dem Wandern, kenne ich von mir selbst. Das war es wohl auch, was meine Oma damals meinte: dieses rundum gesunde und gute Gefühl beim Wandern. So fördert des Deutschen liebste Freizeitbeschäftigung nicht nur die Gesundheit des Körpers, sondern therapiert präventiv und nachhaltig die Seele, es macht glücklich. Und Glück ist ein nicht zu unterschätzender Faktor im Leben eines Menschen.

Als ich diese Liste der gesundheitsfördernden Faktoren des Wanderns das erste Mal vor mir liegen sah, konnte ich mir neben einer gehörigen Portion Staunen auch einen gewissen Stolz nicht verkneifen. Ich bin stolz, ein Wanderer zu sein, weil ich damit so viel Gutes für mich und meine Gesundheit tue. Und erst recht bin ich stolz darauf, dass es mein Job ist, die Menschen mit meinen Texten auf die Wanderwege Deutschlands und Europas zu bringen. Seit ich weiß, wie gesund das Wandern wirklich ist und wie Wandern als Mittel der Prävention und begleitenden Therapie eingesetzt werden

kann, bin ich mit noch mehr Leidenschaft dabei als je zuvor, sowohl beim Schreiben als auch beim Wandern. Gesundheit, die Spaß macht und so gut wie keine Nebenwirkungen kennt – bitte schön!

Weil es gesundheitliche Therapie ist

Wie hervorragend das Wandern als präventive Maßnahme für eine nachhaltige Gesundheit taugt, habe ich schon erläutert. Wandern kann aber noch mehr. Denn wenn doch mal was ist und der Worst Case eintritt, ist Wandern für viele Krankheiten eine äußerst effektive Therapie, an die so schnell keiner denkt. Oft unterschätzt als eine Alternative, mindestens aber eine Ergänzung zu herkömmlichen Medikamenten. Vor allem für psychosomatische Krankheiten, wie zum Beispiel Depression, Angst- und Schlafstörungen oder dem Burn-out-Syndrom, ist therapeutisches Wandern ein echter Trumpf im Ärmel der Genesung. Aber auch körperlich hilft die sanfte Bewegung beim Wandern. Man mag sich vielleicht fragen: Wie soll Wandern bei Brust-, Lungen-, Prostata- oder Blasenkrebs helfen? Oder bei ADHS? Und wie soll das bei Alzheimer oder Tinnitus funktionieren? Regelmäßige Naturkontakte, frische Luft und die sanfte Bewegung machen es möglich. Moderate Bewegung und leichter Sport haben positive Einflüsse auf Linderung und Heilung von Krebserkrankungen nach der Chemotherapie, das ist mittlerweile gesichert. Körperliche Aktivitäten wie das Wandern können die Schwere von Krankheiten wie ADHS oder Alzheimer zum Teil in ähnlichem Ausmaß mindern wie einschlägige Medikamente, mindestens aber können sie das Fortschreiten der Krankheit verlangsamen.

Patienten, die eine langwierige Therapie und eine Odyssee aus Krankenhausaufenthalten mit zahllosen Eingriffen hinter sich ha-

ben, sind oft am Boden zerstört und völlig aus dem Leben gerissen. Ein Herzinfarkt oder eine Krebserkrankung sind schwerwiegende Einschnitte im Leben eines Menschen. Das Wandern hilft, wieder neuen Mut zu fassen, wenn Patienten in ein tiefes Loch aus Depression und Antriebslosigkeit fallen. Das Gefühl, etwas zu schaffen, wieder aktiv zu sein, kann sie mental und psychisch erneut aufrichten. Da wundert es doch sehr, dass Wandern auf dem Rezeptzettel der Ärzte noch viel zu selten auftaucht. Obwohl man mittlerweile feststellen kann, dass die immer neuen Studien, die die therapeutische Wirksamkeit des Wanderns attestieren, und zahlreiche Projekte und Vereine das festgefahren wirkende System aus Kliniken und Ärzten langsam, aber sicher zum Umdenken anstoßen.

So zum Beispiel der Über den Berg e.V., ein gemeinnütziger Verein mit Sitz in Köln. Im Rahmen dieses Projekts gehen an Brustkrebs erkrankte Frauen (oder andere Krebspatienten) in einer großen Gruppe auf eine gemeinsame Wanderung in Belgien, in den Alpen oder auf den Jakobsweg. Sie sollen die Kontrolle über ihr Leben nach der Chemotherapie wiedererlangen, auf allen Ebenen. Durch die Macht der Bewegung an frischer Luft. So können sie nach einem psychischen Ohnmachtszustand wieder aktiv werden und ihr Leben erneut ankurbeln. Und sie beweisen sich und der Welt, dass sie niemals aufgeben. Ähnliche Projekte mit Vorzeigecharakter gibt es vielerorts in Deutschland.

Auch in Rehabilitations-Programmen und Kurorten spielen die frische Luft und eine sanfte Bewegung eine große Rolle. Besser vereinen als beim Wandern kann man diese beiden Faktoren kaum. Moderne Terrainkurwege, ursprünglich die Erfindung eines Münchner Klinikarztes im Jahr 1886, oder Heilklimatische Wege zeichnen sich durch leichte Begehbarkeit, schattige und ansprechende Landschaften und Zugänglichkeit für Fahrzeuge im Notfall aus. Ein gutes Umfeld für therapeutisches Wandern, das so viel Gutes bewirken kann. Immer wieder beeindruckend, was das Wandern mit uns Menschen macht.

Weil man abends so schön einschlafen kann

Rein ins kuschelig-warme Bett, ein, zwei Zeilen in einem Buch gelesen, das letzte Licht ausgeknipst, die schweren Augen geschlossen und zack: weg, weit weg. Wanderer dieser Welt, ihr kennt dieses Gefühl doch auch. Den ganzen Tag an der frischen Luft unterwegs gewesen, um zahlreiche Eindrücke reicher und einige Kalorien ärmer, lässt es sich so herrlich leicht einschlafen. Keine Grübeleien, kein Kopfzerbrechen. Der ausgelaugte Körper mit seinen strapazierten Muskeln kriegt, ganz ohne Umweg und Bedingungen, genau das, was er verdient – nämlich seine wohlverdiente Regeneration. Und wir alle wissen, wie wichtig eine nachhaltige Erholung und ein guter, gesunder Schlaf für uns sind.

Dabei muss es noch nicht einmal ein kompletter, intensiver Bergwandertag sein, um besser schlafen zu können. Es reichen schon ein weniger intensiver Ausdauersport, wie zum Beispiel Jogging, eine gemütliche Halbtageswanderung im Flachland oder ein ausgedehnter Waldspaziergang, die, regelmäßig betrieben, zu einem erholsameren Schlaf führen. Das ist in mehreren Studien belegt und kann von fast jedem Wanderer beziehungsweise Sportler in der Praxis bestätigt werden.

Für mich ist dieser ein besonders wichtiger Grund, wandern zu gehen. Was den Schlaf betrifft, bin ich nämlich ein trauriger Sonderfall. Denn ich schlafe schlecht, mitunter sehr schlecht. Ich brauche oftmals mehrere Stunden zum Einschlafen, um dann eine Stunde später wieder aufzuwachen. Mal grübele ich über Gott und die Welt, mal bin ich einfach unruhig und wälze mich von der einen auf die andere Seite. Kleinste Geräusche, zum Beispiel die meiner Schlafnachbarn (kleiner Wink mit dem Zaunpfahl), lassen mich aufschrecken oder hindern mich von vornherein daran, überhaupt in den Dämmerzustand zu gelangen. Ein echtes Problem, welches

ich bereits mit verschiedensten Mitteln zu bekämpfen versucht habe. Bisher vergeblich. Noch nicht einmal das Mittel des regelmäßigen Sports, das bei vielen Menschen Erfolg versprechend ist, schlägt bei mir an. Nur sehr anstrengendes und kräfteraubendes Wandern, am besten von morgens bis abends in schwierigem Terrain, hilft mir wirklich immer verlässlich und lässt mich in mein Bett fallen wie ein Stein. Dieses Gefühl, die Augen einfach zu schließen, nein, die Augen einfach zufallen zu lassen und ganz allmählich ins Reich der Träume zu gleiten, erlebe ich extrem selten. Umso schöner ist es dann, so einzuschlafen, wie ich es sonst nur mittags kann, wenn ich wieder einmal völlig übermüdet durch den Tag schlafwandle. Anstrengendes Wandern ist sicher keine Therapie für jeden Tag, aber eine willkommene Abwechslung für jeden Schlafgepeinigten unter uns. Na dann, gute Nacht.

9. KAPITEL

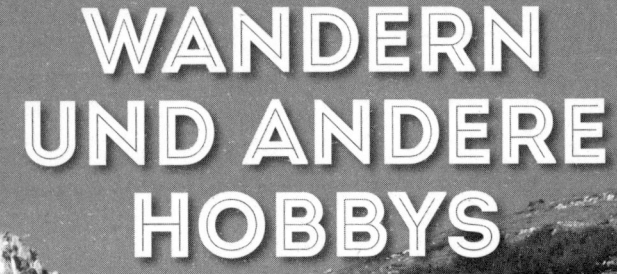

WANDERN UND ANDERE HOBBYS

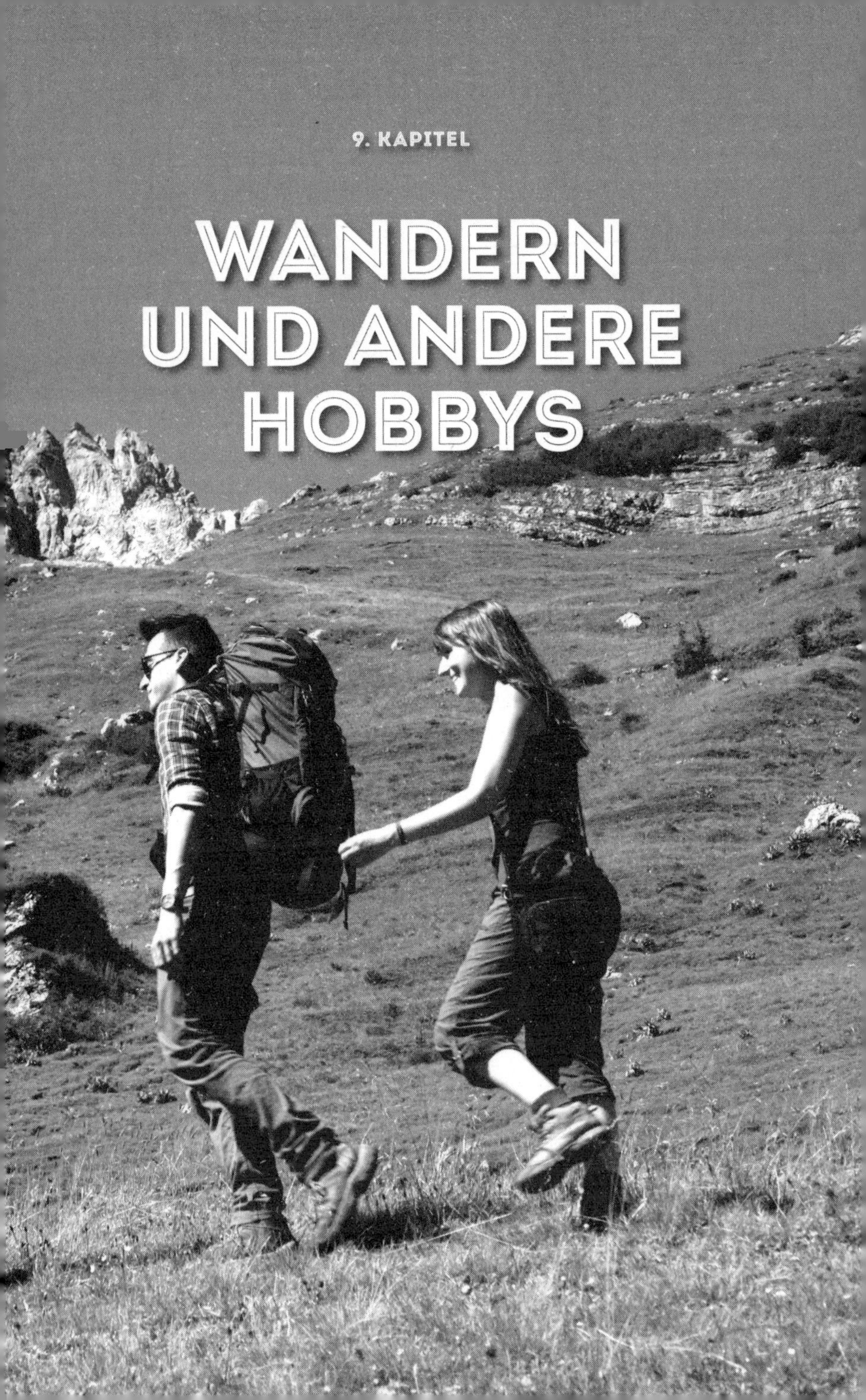

Weil schon die Planung Freude macht

»Gib mir mal die Karte!« So in etwa klingt es, wenn ich mich in der Planungsphase für eine Tageswanderung oder gleich einen ganzen Wanderurlaub befinde. Ich will, nein, ich *muss* alles planen, und das am besten auf einmal. Schon Wochen vorher muss ich einfach geklärt haben, welche Gipfel in Angriff genommen werden können und wie lange wir wo und wann unterwegs sind. Einkehr möglich? Wenn ja, zu welchem Zeitpunkt? Höhepunkte wie schöne Seen, Wasserfälle oder Klettersteige müssen dabei sein. Und am besten nicht den gleichen Rückweg nehmen, das wäre ja langweilig. So ein Blick auf die Wanderkarte reizt mich jedes Mal aufs Neue und spornt meine Fantasie an. Überall dort, wo es Karten oder Übersichtspläne gibt, stehe ich und schaue, analysiere, plane. Diese Leidenschaft für Karten habe ich von meinem Vater, der sich ähnlich wenig zügeln kann, wenn er eine solche in die Hand bekommt.

Die Herausforderung, eine spannende Wanderung für mich alleine oder, wenn ich in der Gruppe unterwegs bin, für meine Mitwanderer zu finden, ist gar nicht so einfach. Zumal gerade bei einer größeren Wandergruppe auf den Schwierigkeitsgrad der Tour sowie auf Technik und Ausdauer der Begleiter zu achten ist. Allein um unvorhergesehene Dramen zu verhindern (Grund 104). So studiere ich oft stundenlang im Voraus Freizeit- und Wanderkarten, wälze faustdicke Tourenführer und lese mich im Internet umfangreich über die entsprechende Region und Gegend ein. Was sich für einige Menschen wie die reinste Qual anhört, ist für viele Wanderer ein Riesenspaß. Bis es so weit ist, kenne ich bereits die komplette Region aus der Kartensicht. Heraus kommt bei der akribischen Tourensuche meist ein völlig überdimensioniertes Sammelsurium an möglichen Touren, das nicht mal in fünf Wochen Wanderurlaub machbar wäre. Es hört sich einfach alles so gut an. Eine kleine Qual,

nämlich die Qual der Wahl, bleibt dem leidenschaftlichen Wanderplaner dann also doch noch. Besonders dann, wenn man die geplante Wanderung (zu) erlebnisreich gestalten will.

Doch ich habe mit der Zeit dazugelernt und weiß mittlerweile: So richtig unvergesslich werden die Touren erst durch all das Unvorhergesehene, das einem während der Wanderschaft durch die Landschaft begegnet, und durch die tatsächliche Schönheit der Natur, die einem keine Karte und kein Tourenführer vorher so richtig vermitteln kann. Es ist zwar faszinierend, wie sich unterwegs das vorher akribisch studierte Landschaftsbild in der Realität zeigt, mal völlig anders, als man es sich vorgestellt hat, mal genauso, wie vorausgesagt – doch niemals lässt sich die Wirkung eines grandiosen Ausblickes oder die besinnliche Idylle eines Tales vorher so richtig einkalkulieren. Auf der Karte ist es, trotz erkennbarer geomorphologischer Unterschiede, eben nur ein Tal wie jedes andere, nur mit eigenem Namen versehen. Doch in der Realität entpuppt sich so mancher Ort als ein wahres Landschaftsparadies auf Erden. So gern manche auch möchten, alles lässt sich eben nicht planen. Und das ist auch gut so. Was wäre denn das Wandern ohne all die schönen Überraschungen?

76. GRUND

Weil man tolle Fotos schießen kann

Ich bin kein besonders begnadeter Fotograf, so viel vorweg. Ich weiß zwar etwas mit den Begriffen ISO, Tiefenschärfe, Blendenzahl, DSRL, Lichtstärke, Weißabgleich oder Bewegungsunschärfe anzufangen, doch das macht einen nun längst noch nicht zum Profi-Fotografen. Muss ja auch nicht sein, ich schieße einfach gerne Fotos. Ich halte meine Erlebnisse fest, um mich hinterher, viele Jahre später, bei Fotoabenden mit der Familie oder mit Freunden

in Erinnerungen schwelgend, in einem abstrakten Traum irgendwo zwischen Vergangenheit und Gegenwart wiederzufinden. In mir steckt sowieso ein kleiner Nostalgiker, und beim Betrachten von Bildern aus vergangenen Tagen überkommt mich immer wieder dieses melancholische Gefühl der Sehnsucht.

Nicht selten aktivieren alte Fotos in mir auch den Drang nach neuen Abenteuern. Ein Drang, der immer öfter in den Hintergrund zu rücken droht. Besonders Naturfotografien und Aufnahmen von schönen Berglandschaften locken mich ins Freie und zurück in meine Wanderstiefel. Ohnehin sind es vor allem Landschaftsfotografien, die uns Menschen beeindrucken. All die Farben und Formen der Natur ergeben immer wieder neue Motive. Jeder Berg, jeder See, jeder Fluss und jede Almwiese ist unterschiedlich. Und so fotografiere ich mit meiner schon etwas in die Jahre gekommenen Kamera, meiner treuen Begleiterin, immer und überall, wenn ich durch die Welt marschiere. Ich halte beeindruckende Orte fest, an denen ich vorbeiwandere, oder einzigartige Menschen, denen ich begegne. Wanderurlaube werden mit all ihren Emotionen von An- bis Abreise dokumentiert und festgehalten für die Ewigkeit. Was sich zwanghaft anhört, macht mir einfach großen Spaß. Auch die obligatorischen Gipfelfotos eines jeden erklommenen Berges für meine persönliche Wanderstatistik, beeindruckende Aussichten sowie einige Schnappschüsse von seltenen Tieren in freier Wildbahn finden sich in meiner Sammlung. Manchmal fotografiere ich auch weniger spektakuläre Landschaften oder einfach kleine Details, mit denen ich besonders schöne Erinnerungen verbinde. Erinnerungen, die dank der Fotos auch Jahre später noch aufflackern können und bei meiner nostalgischen Veranlagung auch garantiert aufflackern werden.

Mein Vater, der mich Stück für Stück an die professionellere Fotografie heranführt, ist von ganz anderem Kaliber: Wer unterwegs im Wald mal einem groß gewachsenen Mann mit randvoll gepacktem Wanderrucksack auf dem Rücken, großem Stativ auf der

Schulter und zwei topmodernen Spiegelreflexkameras, die Schritt für Schritt vor der Brust baumeln, begegnet, der kann davon ausgehen, dass es sich um Michael Sänger handelt. Lieben Gruß von mir an den alten Herrn.

Doch auch der Junior hat mit der Zeit ein beträchtliches Archiv mit Bildern aus seinem Wanderleben angesammelt, auf das er schon ein bisschen stolz ist und das er sich in regelmäßigen Abständen immer wieder ansieht. Der alte Nostalgiker.

Weil man Schönheiten der Natur bewundern und sammeln kann

Um ehrlich zu sein, bin ich kein besonders talentierter Pflanzenkundler und auch kein belesener Kenner der Flora. Ich werde also nicht mit lateinischen Bezeichnungen von Gattungen, Familien, Unterfamilien, Ordnungen und Arten beeindrucken können. Doch ich weiß die Schönheit und unheimliche Vielfalt der Pflanzenwelt zu schätzen. Die Farbenpracht der Blüten, die mir auf meinen Wanderungen von Frühling bis Herbst begegnet, ist fantastisch. Nicht zuletzt macht sie das Landschaftsbild mit ihren vielen bunten Farbtupfern zu dem, was es ist. Wilde Orchideen, Roter Fingerhut, Waldveilchen, Schöllkraut oder Windröschen – ein paar von ihnen könnte ich vielleicht doch noch bestimmen, aber im Bewundern bin ich eindeutig besser. Und all die Düfte. Die würzigen Noten von Bärlauch, Salbei, Nieswurz oder Johanniskraut machen den Wald zu einem gut riechenden Paradies. Eicheln, Nüsse, Blätter, der ganze Wald duftet, und die Nase wandert eifrig mit. Auch in der Höhe, dort, wo längst kein Baum mehr wächst, sind es immer wieder die würzigen Duftnoten der artenreichen Alpinrasen, die man erschnuppert.

Andere sind da besser im Bestimmen von Pflanzen. Kaum verwunderlich, mag man denken, wenn man Wanderer sieht, die mit ihren Nasen tief in Pflanzenbestimmungsbüchern stecken und dabei durch den Wald irren – und das mehrmals die Woche. Auch mein Vater ist einer von ihnen, wenngleich er nicht ganz so oft in seinen Pflanzenbüchern versunken ist. Er ist noch ein junger Padawan und Lehrling unter den Pflanzenkundlern, doch er trainiert fleißig, um es irgendwann seinem besten Freund Konrad gleichtun zu können. Der nämlich kann so gut wie jede Pflanze im Schlaf bestimmen. Also immer weiter fleißig üben, Papa! Wanderer, die sich bestens mit der Pflanzenwelt auskennen und mit einem solchen Bestimmungsbuch durch die Gegend wandern, um noch besser zu werden, begegnen mir oft. Und das ist gar nicht so erstaunlich bei der ausgesprochenen Naturnähe, die wandernde Menschen charakterisiert.

Wenn wir schon bei Pflanzen sind, möchte ich auch eine Lanze für meine Lieblingsblume brechen. Schon mal von der Trollblume gehört? Die kleinen, gelben und knollenartigen Blümchen, die hauptsächlich im Gebirge wachsen, haben es mir einfach angetan. Während einer Wanderung hoch über dem schweizerischen La Fouly habe ich mich in die kleine, simple Blume verliebt – es war Liebe auf den ersten Blick. Zu schade nur, dass ich sie in meinen rheinischen Wäldern wohl niemals finden werde und mir meine Freundin keinen Blumenstrauß zum Geburtstag pflücken kann. Ich bräuchte jedenfalls nichts anderes. Keine grünen Akzente, keine anderen Farb- und Blumenkombinationen – nur gelbe Trollblumen im Strauß.

Apropos Pflücken und Sammeln. Menschen lieben es zu sammeln. Von benutzter Unterwäsche über Nasenhaarschneider, Einkaufszettel fremder Menschen, Straßenschilder, Taschenkalender bis hin zu leeren Milchflaschen, Gartenzwergen und sogar Kotztüten aus dem Flugzeug ist alles dabei. Sei es aus Jagdtrieb, als Wertanlage, als Statussymbol (Kotztüten?) oder einfach aus Liebe

zu den gesammelten Objekten. In letztere Kategorie fallen die meisten Wanderer, die unterwegs auf ihren Wanderungen kleine Schätze der Natur sammeln. Alles, was nicht niet- und nagelfest ist, kommt in den Rucksack. Darunter alle Blätter, die der Wald so hat, Blüten und Pflanzen, skurrile Steine, Federn, Kastanien, Eicheln oder Muscheln in Küstenregionen. Zu Hause in der Vitrine werden diese kleinen Schönheiten der Natur dann gebührend bewundert und selbstredend den Mitmenschen präsentiert. Ein Stück Natur daheim, das man gerne zeigt.

»Nature watching« könnte man den Grund hier auch neumodisch und anglizistisch korrekt nennen. Die Natur beobachten, analysieren, bewundern. »Watchen« eben. Wer sich überwiegend innerhalb seiner vier Wände bewegt, bemerkt nicht, wie faszinierend all die Naturschauspiele sind. Nicht nur die Pflanzen machen auf sich aufmerksam. Auch die tierischen Schönheiten der Natur sind spannend zu beobachten. Der Vogelzug gleich zweimal im Jahr, die Hirschbrunft, Lachsschwärme, die sich flussaufwärts kämpfen, der herbstliche Almabtrieb in den Bergen, Ebbe und Flut an den Küsten, Tiere bei ihrer Jagd und Tausende Insekten im Unterholz – das nenne ich echtes Naturkino zum Bestaunen. Viel besser als die berühmten BBC-Reportagen über unseren Planeten. Auch wenn diese wirklich sehr gut gemacht sind, am eigenen Leib erlebt sich die Natur um einiges intensiver. Also, liebe Stubenhocker, hinaus mit euch!

Weil man Hobbymeteorologe wird

Ein Wanderer von Welt sollte stets auf das Wetter achten. Und das sowohl vor als auch während einer Tour, ganz zum eigenen Wohl. Besonders bei Tagestouren gilt es, die Wetterlage in die

Planungen bezüglich Länge, Ausrüstung oder Erlebniserwartung zu integrieren. Wer will schon unterwegs, lediglich mit einem sommerlichen T-Shirt bekleidet, bis auf die Unterhose durchnässt sein? Wer kennt es nicht, das unangenehme Gefühl von nassen Hosen, die Schritt für Schritt daran erinnern, dass man doch lieber in der warmen Stube am Kamin geblieben wäre, anstatt sich kilometerlang durch hohes, nasses Gras zu kämpfen? Auch der tollste Aussichtsfelsen lässt nicht weit blicken, wenn sich eine dichte Wolkendecke über dem Tal breitgemacht hat. Und an eine gemütliche Rast im Gras denkt spätestens beim dritten Wolkenbruch keiner mehr. Bei Mehrtagestouren hilft oft nur das Hoffen auf Petrus und sein Wohlwollen. Eine grobe Übersicht über die Voraussagen der nächsten Tage ist im Grunde schon alles, was einem da bleibt.

Schlechtes Wetter birgt Frustgefahr, wenngleich so ein mieser Tag auch besonders schön sein kann (Bonusgrund 3). Der Wetterbericht gehört unmittelbar vor einer Tagestour fest in das Abendprogramm eines Wanderers. Hoch- und Tiefdruck, Graupel oder das berühmte Azoren-Hoch – das sind alles keine Fremdwörter für einen Wanderer. In diesem Zuge noch ein hilfreicher Hinweis an die nicht wandernde Minderheit in Deutschland: Wann immer man nicht genau weiß, wie das Wetter die nächsten Tage wird, am besten einen passionierten Wanderer fragen, denn die wissen so was immer.

Doch zum eigentlichen Hobbymeteorologen im Wanderschuh wird man unterwegs. Wetterbeobachtungen werden, so wie Naturbeobachtungen, ganz automatisch Bestandteil einer Wanderung. Besonders in den Bergen sind ein regelmäßiger Blick auf das Geschehen am Himmel und die Umgebung sowie erhöhte Aufmerksamkeit unerlässlich. Es gibt kaum einen Ort, an dem das Wetter schneller umschlagen kann als im Gebirge. Das bringt jede Menge Gefahren mit sich. Plötzliche Kaltfronten und aus dem Nichts aufziehende Gewitter haben schon einige überraschte und schlecht ausgerüstete Wanderer auf dem Gewissen. Und so schaut

der erfahrene Bergwanderer mindestens alle halbe Stunde in den Himmel, sieht Wolkenformationen kommen und gehen und lernt allmählich … ja, ganz allmählich, wie das Wetter funktioniert. Das alles ersetzt natürlich keineswegs entsprechend warme Ausrüstung, die Bergwanderer selbst an sommerlichen Tagen immer im Rucksack haben sollten.

»Sohn, das ist keine Gewitterwolke«, »Nein, das auch nicht … immer noch nicht«, »Ich habe doch gesagt, wenn sich die Wolkenformation kilometerweit in die Höhe erstreckt, dann …« – zugegeben, es bedarf einiger Fehlinterpretationen, bis man so ein richtiger Hobbymeteorologe ist, das erlebe ich zurzeit am eigenen Leib. Dank meines wandererfahrenen Vaters bin ich zum Glück nicht allein auf meine eigenen Erfahrungen im Freien angewiesen, getreu dem Motto »trial and error«. Er zeigte mir, was eine Cumulus-Wolke ist, und erklärte mir, dass diese Gewittergefahr bedeuten kann. Dank ihm weiß ich, dass ein sonniger Tag auf mich wartet, wenn die Schwalben in der Dämmerung am Tag zuvor weit oben fliegen. Auch klassische Merksprüche wie »Morgenrot mit Regen droht« kenne ich dank meines Vaters. Kleine Wetterbeobachtungen und Regeln, die einem helfen, das Wetter zumindest ein wenig zu verstehen und im Gelände einzuschätzen. Jahrelang habe ich meinen Dad so auf unzähligen Wanderungen als »Wetterbericht to go«, quasi als lebendiges Smartphone, missbraucht und nicht selten sichtlich genervt. Danke, Papa!

Übrigens: Wer nicht so viel Glück mit der Wander-Genetik und keinen Hobbymeteorologen als Mentor in der Familie hat, der kann immer noch auf vielfältige Literatur zu dem Thema zurückgreifen. Man lernt nie aus. Dazu kommen Helferlein aus der Welt der Technik. Ein barometrischer Höhenmesser zum Beispiel kann dabei helfen, drohende Gewitter früh genug und verlässlich zu erkennen. Sobald der Luftdruck rapide absinkt, weiß man, es ist Gefahr im Verzug. Will man jetzt nicht gegrillt werden, sollte man in solch einem Falle möglichst rasch exponierte Stellen verlassen, sich zum

Beispiel in eine Mulde begeben und in der Hocke mit geschlossenen Füßen abwarten, bis der Spuk vorbei ist. Ist das Gewitter abgezogen, ist man um eine lebensbedrohliche Erfahrung und eine Portion Schrecken reicher. So eine extreme Wettersituation passiert zum Glück nur sehr selten. Ich selbst lag jedenfalls zum Glück noch nie servierfertig auf dem Grill der Natur.

Weil man Hobbygeologe wird

Es reicht bestimmt nicht immer für ein Geologie-Studium mit Bestnote, aber Wanderer kommen öfter in Kontakt mit der Erdgeschichte und der Wissenschaft ihrer Entstehung, als manch einer so denkt. Wobei sich das bei den meisten wohl eher auf den praktischen Bereich, fernab von trockener Theorie beschränkt. Theoretisch, aber meist überhaupt nicht trocken wird es eigentlich nur auf den zahllosen geologischen Lehrpfaden, die man mittlerweile in jeder Ecke Deutschlands findet. Zu Recht, wie ich finde, denn irgendwie hat ja jedes Mittelgebirge und jede Region ihre ganz eigene, spannende Entstehungsgeschichte. Sie sind allesamt verschiedene Kapitel und Abschnitte, die man im großen Bilderbuch der Erdgeschichte aufschlagen und mit Freude lesen kann. Welcher Wanderer kennt sie nicht? Mithilfe von Schau- und Infotafeln führen kurze Wanderwege durch die Entstehung der entsprechenden Regionen und sind dabei vor allem an wissbegierige Kinder gerichtet. Aber auch erwachsene Wanderer oder solche, die sich dafür halten, können dabei meist noch etwas lernen.

Ansonsten herrscht beim Wandern vor allem Geologie zum Anfassen. Kleine und große Höhlen haben mir schon oft interessante Einblicke in den Aufbau unseres Planeten gegeben. Ob als Kind oder heute als (mehr oder weniger) Erwachsener, Höhlen sind im-

mer spannend. Ich weiß, wie kalt und nass sich so eine Höhlenwand anfühlt und wie trostlos es unter der Erde, so ganz ohne Sonnenlicht, ist. Respekt an die Steinzeitmenschen, die es in solchen Höhlen lange Zeit aushalten mussten. Und ich kenne den Unterschied zwischen Stalagtiten, Stalagmiten und Stalagnaten. Meine etwas frivole Eselsbrücke: Die Stalag*titen* hängen herunter, wie die weibliche Brust. Stalagmiten hingegen wachsen gen Himmel, wie ein Pimmel. Und wenn beide zusammenwachsen, entsteht ein Stalagnat. Recht einfach zu merken, oder?

Auch über Tage stößt man auf jede Menge geologische Vorgänge. Erosion zum Beispiel. Die Hinterlassenschaften der Abtragung des Bodens durch Wind und Wasser sind allgegenwertig in der Natur. Spätestens dann, wenn ganze Hänge in Bewegung geraten und Wanderwege und Pfade umgeleitet werden müssen, wird einem das Ausmaß der Kräfte bewusst. Spuren von einstigen Gebirgsgletschern, die typische V- oder U-förmige Täler hinterlassen, sind für das erfahrene Auge sofort erkennbar. Und wer schon einmal eine Berglawine in unmittelbarer Nähe gehört und gesehen hat, der kann behaupten, Geologie so richtig live erlebt zu haben. Zum Glück rauschte die Steinlawine in einem großen Talkessel bei Sulden in Südtriol auf der mir gegenüberliegenden Seite hinunter. Dennoch war es ein beängstigendes Erlebnis, der Natur bei ihrer täglichen Arbeit so nah und schutzlos ausgeliefert zu sein.

Wanderer begegnen Mooren, Trockenböden, Matsch. Moränen mit roten, blauen und weißen Felsen. Vulkanen und Maaren in Westdeutschland. Kometenkratern im Süden, Kreidefelsen auf Rügen und dem bizarren Elbsandsteingebirge im Osten. Wo heute Berg und Wald zu Hause sind, finden sich sogar Überreste längst vergessener Ozeane. Versteinerte Meeresböden, Korallenriffe und Meerestiere. Die Natur ist voller geologischer Schauspiele, die beim Wandern sichtbar, hörbar, gar fühlbar sind. Die Flyschberge im Allgäu, die Binnendünen im Nürnberger Land oder die Dolinen auf

der Schwäbischen Alb sind weitere Beispiele einer ellenlangen Liste, die jeder am besten live erlebt.

Es ist auch diese Nähe zur Erdgeschichte mit all ihren Einblicken, die Wanderer noch ein Stück mehr an die Natur und den Lauf ihrer Dinge bindet. Diese Nähe schafft ein ganz anderes Erleben der Erde und ein Bewusstsein für die natürlichen Abläufe unseres Planeten. Auch wenn man mit seinem erwanderten Wissen lediglich an der Oberfläche der so komplexen und tiefgründigen Geologie fischt.

80. GRUND

Weil es Geocaching gibt

Geo… was? Obwohl »Geocaching« in Deutschland immer mehr Beliebtheit genießt, wissen viele Menschen noch nicht wirklich etwas mit dem Begriff anzufangen. Gemeint ist damit eine moderne Schnitzeljagd mithilfe von GPS-Geräten. Und die ist voll im Trend, nicht nur unter Technikfreaks.

Aus den USA stammend, hat sich die moderne Schatzsuche seit dem Jahr 2000 bis nach Europa und Deutschland ausgebreitet. Dabei werden wasserdichte Behälter (Caches) in der Landschaft beziehungsweise auch in Städten versteckt, welche anschließend auf einer der vielen Datenbanken im Internet mitsamt ihren Koordinaten veröffentlicht werden. In den Behältern befinden sich kleine Tauschgegenstände (»Schätze«) und ein Logbuch, in dem sich der stolze Finder verewigen kann. Bevor der Finder aber ein Finder wird, muss er anhand der Koordinaten und mithilfe eines GPS-Gerätes oder Smartphones samt passender App die entsprechende Stelle finden und dort nach dem Cache suchen. Diese sind gerne mal knifflig in Felsspalten oder im Unterholz versteckt und mitunter kleiner als eine 1-Euro-Münze. Wer weiß, wie oft ich schon neben einem Cache stand und nichts davon wusste?

Noch besser als die traditionellen Caches sind Rätsel-Caches und Multi-Caches. Beim Rätsel-Cache reicht es nicht aus, nur den Ort der herausgegebenen Koordinaten abzusuchen, hier müssen zunächst ein oder gar mehrere knifflige Rätsel gelöst werden, um an die richtigen Koordinaten heranzukommen. Beim Multi-Cache hingegen muss der Suchende zunächst viele kleine Caches finden, in denen jeweils weitere Hinweise für den Hauptgewinn versteckt sind. Daneben gibt es noch zahllose weitere Formen von Caches, von Gruppen-Caches über Nacht-Caches (zum Beispiel mit Reflektoren ausgestattet, die im Taschenlampenlicht erkennbar werden) bis hin zu virtuellen Caches (Caches ohne Behälter, in Form von Landschaftsformationen beispielsweise). Der Fantasie der Schatzsucher sind da keine Grenzen gesetzt. Je nach Schwierigkeit des Caches kann es schon mal vorkommen, dass man mehrere Tage im Gelände unterwegs ist. Auch in schwieriges Terrain, in Höhlen oder gar unter Wasser kann einen die Schatzsuche führen, weswegen eine genaue Angabe des Schwierigkeitsgrades und der benötigten Kondition beziehungsweise Technik unerlässlich und mittlerweile durchaus die Regel ist. Wir wollen ja nicht, dass der übereifrige Schatzsucher mal eben auf den Mount Everest steigt, ohne vorher über die Risiken informiert worden zu sein. Auf dem Gipfel des höchsten Bergs der Erde liegt übrigens tatsächlich ein Cache versteckt. Auch auf der internationalen Raumstation ISS darf gesucht werden, falls da oben mal Langeweile aufkommen sollte.

Schatzsuche, na klar, da werden besonders Kinderaugen größer. Und das Gute ist, heute kann man das Geocaching eigentlich in jeder Region Deutschlands unternehmen, man muss nicht gleich ins All fliegen. Immerhin sind etwa 320.000 Caches von den rund 2,3 Millionen weltweit auf deutschem Boden versteckt. Auf *www.geocaching.com*, der weltweit größten Datenbank für Geocaching, findet man fast vor jeder Haustür einen passenden Schatz, den man jagen kann. Mit GPS-Gerät (oder Smartphone), einem Tauschgegenstand, Rätselfreude, der passenden Outdoor-Kleidung

und einer kleinen Portion Abenteuerlust im Gepäck kann's losgehen. Zugegeben, auch ich habe an der Schnitzeljagd so meine Freude. Bin ich etwa derart jung geblieben? Oder steckt nicht in jedem von uns ein kleiner Indiana Jones? Ich als »Jäger der verlorenen Schätze« und ambitionierter Nachwuchsabenteurer habe immerhin zwei Caches im Siebengebirge ausfindig machen können. Ein bisschen stolz bin ich schon, und eine Fortsetzung folgt garantiert.

Übrigens hat das Geocaching bereits an so manchem Ort für Bombenalarm und großflächige Polizeiaktionen geführt. Mal wurde der versteckte Cache für eine »unbekannte Vorrichtung« gehalten, mal wurde der Finder, der den Schatz wieder an Ort und Stelle versteckte, des Drogenhandels verdächtigt. Nur keine Panik, die wollen nur spielen.

81. GRUND

Weil man zu musikalischem Ruhm gelangt

Ich bin wohl der unmusikalischste Mensch, den die nördliche Hemisphäre je hervorgebracht hat. Bekomme ich das Mikrofon einer Karaoke-Bar in die Hand, leert sich die Bar garantiert binnen weniger Minuten, zu Recht. Und das, was ich aus Musikinstrumenten jeglicher Art herausbekomme, lässt allerhöchstens Glas zerspringen und Trommelfälle platzen. Ich höre lieber Musik, als sie zu machen, und das ganz zur Freude meiner Mitmenschen.

Doch ich hatte sie einst. Meine Stunde musikalischen Ruhms. Aus anfänglich zwei, drei Zuhörern wurden im Laufe meines spontanen Gitarrenkonzerts auf der bayerischen Himmelmoosalm 40 bis 50 begeisterte Zuhörer. Alle versammelten sie sich vor mir und lauschten gespannt meinen Klängen auf der Gitarre, die ich in der Wohnstube unserer Almhütte gefunden hatte. Und alle hatten sie vier Beine. Alle waren sie Kühe.

Ja, richtig gelesen. Ich gab ein Freiluftkonzert für eine große Kuhherde, die sich aus unerklärlichen Gründen für meine »Gitarrenmusik« (wenn man das so nennen darf) interessierte und sich mit der Zeit immer enger um mich herum versammelte. Welcher Rockstar kann das schon von sich behaupten? Einen erfolgreichen Gig vor begeisterten Wiederkäuern gespielt zu haben? Ich behaupte: Keiner! Muh-Rufe statt Buh-Rufe. Ich muss etwa zehn oder elf Jahre alt gewesen sein, ich hatte und habe bis heute absolut keine Ahnung von Gitarren. Meine Musik bestand darin, völlig wahllos über die Saiten zu streichen und dabei verschiedene Rhythmen zusammenhanglos aneinanderzureihen. Jimi Hendrix hätte sich wahrscheinlich im Grab umgedreht, aber was soll's, den Kühen hat's gefallen. Sie kamen bis auf einen Meter an mich heran, sogar von Hunderten Metern Entfernung machten sich die Wiederkäuer zu mir auf und scharten sich um mich. Von so viel vierbeiniger Resonanz überrascht und begeistert, spielte ich rund 30 Minuten mitten auf der bayerischen Almwiese. Meine Eltern und Schwestern standen völlig verblüfft abseits des Geschehens und schauten sich dieses wahrlich ungewöhnliche Spektakel an. Da steht der kleine Sohnemann inmitten einer begeisterten Kuhherde und spielt Gitarre. So was gibt's auch nur in den Bergen.

Ich hätte ewig weiterspielen und die staunende Menge bespaßen können. Doch wie fast alles, was schön ist, fand auch dieses Konzert ein jähes Ende. Es kam, wie es kommen musste, und meine Schwester entschloss sich zu meinem Unmut dazu, ebenfalls für die Rinder spielen zu wollen. Ruhm macht eben neidisch, und immer wollen alle etwas abhaben. Ich übergab ihr das Instrument meines glanzvollen Auftrittes nur widerwillig, bevor sie anfing (völlig amateurhaft!) zu klimpern ... und es tatsächlich schaffte, binnen weniger Minuten ausnahmslos alle Kühe zu vergraulen, kein Witz. Obwohl meine Schwester – heute kann ich es ja zugeben – nichts anderes machte als ich, wollten die Vierbeiner ausschließlich meinen Künsten lauschen. Und da sag noch mal jemand, Kühe hätten keinen Geschmack!?

Eine wirklich ungewöhnliche Geschichte, die, so wette ich, nur die Welt des Wanderns und der Berge schreibt. Eine Geschichte, auf deren Spur ich mich nach langer Zeit noch einmal begeben habe (Bonusgrund 11). Wunderschöne Erinnerungen kamen auf, als ich die Himmelmoosalm vom südbayrischen Oberaudorf aus nach all den Jahren wieder erklommen hatte. Nur eine Gitarre hatte ich diesmal leider nicht dabei, schade eigentlich. Vielleicht beim nächsten Mal? Eine kleine Ukulele als leichtgewichtige Alternative passt schließlich in jeden Rucksack.

Weil es Wanderlieder gibt

Warum die Menschen singen, ist unter Forschern bis heute umstritten. Die einen sagen, die frühen Menschen hätten mit ihrem Gesang Raubtiere vertrieben. Charles Darwin hingegen war sich sicher, wir hätten den Gesang vom Vogel abgeschaut, um uns bei der Partnersuche einen Vorteil gegenüber Mitkonkurrenten zu verschaffen. Man stelle sich mal vor, Männer würden heute noch auf die Knie fallen und ihrer Herzensdame ein Ständchen trällern, mitten in der U-Bahn. Anstatt, wie es heute üblich ist, einfach nach ihrer Handynummer zu fragen. Hätte was, Minnegesang in den überfüllten U-Bahnen der Metropolen.

Wiederum andere, zum Beispiel der US-amerikanische Forscher David Huron, gehen davon aus, dass sich der menschliche Gesang zur Stärkung des Gemeinschaftsgefühls und aus rein sozialen Gründen entwickelt habe. Diese These kann ich, so fern mir die Steinzeit und unsere frühen Vorfahren auch sind, noch am ehesten nachempfinden. Singen ist tatsächlich gesellig. Und nein, mein Nachname ist kein Ausdruck irgendeiner Profession oder Leidenschaft, ganz im Gegenteil. Auch wenn ich als ein Sänger

kein Sänger bin, kann ich nachvollziehen, wie gemeinsames Singen verbindet.

Volks- beziehungsweise Fahrtenlieder fanden besonders im ersten Drittel des 20. Jahrhunderts Einzug in die Jugendbewegung, die mit der Wandervogel-Bewegung ihren Ausgang fand. Das Singen von Wanderliedern gehört daher vor allem zum klassischen Bild vom Wandern. So wie das klassische deutsche Liedgut an sich in den Hintergrund gerückt ist, ist auch das Singen beim Wandern heute nur noch wenig ausgeprägt. Man könnte gar sagen, es stirbt aus. Nur noch wenige Wanderer singen zusammen; sie gehören wie die Wandervereine (Grund 92) zu einer Zeit, die langsam, aber sicher im modernen Alltag des Wanderns verschwindet. Wer in der Öffentlichkeit oder an der frischen Luft singt, wirkt heute komisch und fremd, sogar auf mich. Und das, obwohl ich tief drinstecke, in der Wandermaterie. Ich bin einfach zu jung und mit dieser gelebten Tradition nicht aufgewachsen. Große Lyriker wie Joseph von Eichendorff, der mit seinen Gedichten und Vorlagen zu Liedtexten seinen Beitrag zur lebendigen Singkultur unter Wanderern leistete, weichen Rihanna und David Guetta. Da sind Wandervereine und Pfadfindervereinigungen die letzten Horte klassischen deutschen Liedguts, das draußen in der Natur noch gelebt und vor allem gesungen wird. Mir ist jedenfalls bis dato kein junger Wanderer in Hightech-Ausrüstung am Berg entgegengekommen, der das ursprünglich schwedische Volkslied *Im Frühtau zu Berge* oder *Kein schöner Land* von Zuccalmaglio geträllert hätte. Wenn ich alte Wanderlieder noch einmal live erklingen höre, dann ist es höchstens abends in einem Gasthof, wenn die Mitglieder des hiesigen Wandervereins nach zwei, drei Weizenbieren ihrer Leidenschaft freien und vor allem sehr, sehr lauten Lauf lassen. Auch wenn sie kaum noch gesungen werden, Wanderlieder gehören einfach zum Wandern dazu, allein ihres Ursprungs, ihrer Geschichte und ihrer Tradition wegen.

Und es gibt sie vereinzelt: jene Versuche, die Kultur lebendig und jung zu erhalten. Im Siegerland zum Beispiel hörte ich einen

jungen Chor, der im Rahmen einer Wanderveranstaltung versuchte, moderne und neue Lieder mit der traditionellen Wanderkultur zu verbinden. Doch ob das reicht? Vielleicht hilft es da ja, dass Singen sogar gesund ist. Beim heutigen Trend hin zur Gesundheit und Fitness ließe sich bestimmt der ein oder andere davon überzeugen, dass Singen schon nach zehn bis 15 Minuten das Herz-Kreislauf-System auf Trab bringt und regelmäßiges Trällern zu einer besseren Herzratenvariabilität führt. Singen soll lebensverlängernd wirken. Außerdem befreit es und muntert auf. Passt ja wunderbar zum ohnehin gesundheitsfördernden Wandern. Ich sehe sie schon vor mir, die Gruppe von Gesundheitsbewussten im »Sing & Wander-Kurs« des örtlichen Fitnessstudios, wie sie trällernd und fröhlich durch den Wald marschiert. Alles im Namen der Gesundheit.

Um die vom Aussterben bedrohte Wanderliedtradition noch einmal aufflackern zu lassen, hier das 1818 von Wilhelm Müller geschriebene und 1844 von Carl Friedrich Zöllner vertonte und mit seiner Melodie letztlich berühmt gewordene Wanderlied, das jeder kennt: *Das Wandern ist des Müllers Lust* zum Mitsingen:

Das Wandern ist des Müllers Lust,
das Wandern!
Das muss ein schlechter Müller sein,
dem niemals fiel das Wandern ein,
das Wandern, Wandern
das Wandern, das Wandern.

Vom Wasser haben wir's gelernt,
vom Wasser!
Das hat nicht Ruh' bei Tag und Nacht,
ist stets auf Wanderschaft bedacht,
das Wasser, Wasser,
das Wasser, das Wasser.

Das sehn wir auch den Rädern ab,
den Rädern!
Die gar nicht gerne stille stehn,
die sich bei Tag nicht müde drehn,
die Räder, Räder,
die Räder, die Räder.

Die Steine selbst, so schwer sie sind,
die Steine!
Sie tanzen mit den muntern Reihn
und wollen gar noch schneller sein,
die Steine, Steine,
die Steine, die Steine.

O Wandern, Wandern, meine Lust,
o Wandern!
Herr Meister und Frau Meisterin,
lasst mich in Frieden weiterziehn
und wandern, wandern
und wandern und wandern.

83. GRUND

Weil man nicht nur in der Post stempelt

Nicht nur Mitarbeiter der Post dürfen es, um die Gültigkeit von Brief- und Paketfrankierungen anzuerkennen. Auch ist es nicht nur die teuflische Passion von Beamten in öffentlichen Ämtern, die zuvor gestellte Anträge mit einem süffisanten Grinsen im Gesicht und einem großen roten »Abgelehnt«-Stempel quittieren. Natürlich aus bloßer Schikane. Nein, Wanderer stempeln ebenso und das mitunter leidenschaftlich gern. Im Menschen steckt eben

immer noch ein Jäger und Sammler. So jagen Wanderer vor allem nach Wanderabzeichen, die aller Welt zeigen sollen: »Schaut her, welch eifrig Wanderer ich bin!« Ähnlich wie der Trophäenkult der meisten Jäger. Öffentlichkeitswirksam wird diese Trophäe dann nach den Regeln der alten Schule und in Form von Ansteckern, Broschen oder Plaketten an Hut, Wanderhemd oder Wanderstock geklemmt und so oft wie möglich in Szene gesetzt. Man zeigt eben gern, was man hat.

Doch bevor man ein solches Wanderabzeichen sein Eigen nennen kann, braucht man in den meisten Fällen den Wanderpass einer entsprechenden Region. Dann kommt der Stempel ins Spiel. In den Wanderpass nämlich stempeln sammelwütige Wanderer an entsprechenden Stempelstellen auf verschiedenen Wanderwegen oder entlang eines langen Wanderweges ihre Erfolge ab. Die Stempelstellen befinden sich dabei meist an für den Wanderer besonders attraktiven Orten, wie Ausblicken, botanischen und geologischen Sehenswürdigkeiten oder Gasthäusern. Ist der Wanderpass voll, gibt's die Auszeichnung. Diese wird meist von der örtlichen Tourist-Information in einer mehr bürokratischen als feierlichen Zeremonie ausgegeben. Egal, damit der Wanderer unterwegs auf dem langen Weg zu Ruhm und Ehre sowie dem Goldabzeichen nicht die Motivation verliert, halten ihn zuvor entsprechende Zwischenauszeichnungen, wie zum Beispiel Bronze- oder Silber-Abzeichen, bei Laune. Auch Kinder werden mit speziellen Abzeichen zum Wandern animiert.

Immer mehr deutsche Regionen und Wanderwege ermöglichen eine solche Jagd auf Wandertrophäen und beleben damit eine lange Tradition beim Wandern. Ist es der Ersatz für Siegerehrungen, Medaillen und Leistungsabzeichen einer per Definition anspruchslosen Aktivität? Was auch immer, es ist in. Überregional und deutschlandweit kann man das Deutsche Wanderabzeichen des Deutschen Wanderverbandes in Angriff nehmen. Auch auf Hochkarätern wie Rheinsteig, Westweg oder Frankenweg wird

fleißig gestempelt. Die Anfang der 2000er-Jahre vergessen geglaubte »Wandernadelmania« der 70er und 80er konnte seit 2006 durch die Harzer Wandernadel wieder überregionale Aufmerksamkeit und neuen Schwung erlangen. An sage und schreibe 222 Stempelstellen muss ein Wanderer gewesen sein, um sich »Harzer Wanderkaiser« nennen zu dürfen. Der Otto Normalwanderer auf den Spuren von Augustus, Otto dem Großen oder Napoleon Bonaparte. Möglich im Harz!

Dagegen sind in den Alpen Stempel an Scharten, Törls, Satteln oder Jochs gern gesehen, wie man sie auch nennen mag. Oder auf Gipfeln. Neben dem Gipfelbuch befindet sich oft auch ein kleiner Stempel am Gipfelkreuz eines Berges, der ähnlich wie das Siegerfoto dann in die Chronik eines Wanderers eingeht.

Doch nicht alle Wanderer sind in ihrem Stempelwahn auf schillernde Abzeichen oder den Wettbewerb mit anderen Kollegen aus. Manche dokumentieren ihre Wanderkarriere einfach gern in einer Art Sammelalbum, ganz für sie persönlich. Jeder Gipfel, jede Tour wird akribisch festgehalten, damit der Wanderer auf dem Sterbebett noch ein letztes Mal darin blättern und mit dem letzten Atemzug noch von längst vergangenen Abenteuern schwärmen kann. Irgendwas muss man halt sammeln. Vielleicht auch, um mal ein bisschen anzugeben, ob der Menge an Wandertouren, die man hinter sich gebracht hat. Man munkelt, der ein oder andere romantische Stempelkavalier hätte damit schon die Dame seines Herzens erobern können. Einfach ein paar Stempel vorzeigen statt brandgefährliche Komplimente und Schleimereien, das klingt vielversprechend für uns Männer.

Man kann sich ausmalen, was los ist, sollte so ein lange Jahre gepflegter und gehegter Schatz mal abhandenkommen. Als der beste Freund meines Vaters einst sein geliebtes Tourenbuch verloren glaubte, brach für ihn die Wanderwelt zusammen. Die aufkommenden Suizid-Gedanken keimten glücklicherweise lange genug, um das Buch noch rechtzeitig vor einem selbst herbei-

geführten Ableben finden zu können. Dramen aus dem Wanderleben. Mein aus Spionagethrillern geklauter Tipp: Immer mal
wieder eine Kopie anfertigen.

Oder gleich auf den Schnellzug der digitalen Stempelei auf-
springen. So wie alles digital wird, wird auch die Wanderjagd nach
Ruhm und Glanz zunehmend digitaler. Die Stempel heißen jetzt
zum Beispiel Pins oder Punkte und werden mittels Smartphone und
GPS ganz automatisch gewonnen, indem man bestimmte Strecken
und Wanderwege läuft. Mit der App *MAPtoHIKE* kann man sich
dann mit Wanderern aus ganz Europa messen. Oder mit regionalen Apps, wie zum Beispiel *Foursquare* in Saalbach-Hinterglemm.
Bei regionalen Wettbewerben gibt's auch mal was zu gewinnen,
das sollte auch die letzten gierigen Schatzpiraten aus den Löchern
locken. Gut fürs Wandern ist: Die moderne Technik lässt vermehrt
auch die jungen Leute in den neu entfachten Wettstreit um die einzig wahre Poleposition im Wanderland ziehen. So sei es, der Kampf
ist eröffnet, Freunde.

84. GRUND

Weil man endlich ein Hobby hat

Ich weiß gar nicht mehr genau, fing es im Kindergarten schon
an? Diese Frage, die mich umtrieb. Was trage ich in den Freund-
schaftsbüchern unter Hobbys nur ein? Spielen? Hat man als Kind
überhaupt ein Hobby im klassischen Sinn, oder geht man lediglich
seinem Spieltrieb nach? Erzieher und Eltern werden's wissen. In
der Schule immer wieder die gleiche Herausforderung, ständig
wird man nach Hobbys gefragt. Ob von Schulfreunden oder im
Rahmen von Aufsätzen für den Lehrer. Hobbys? Hmm, Freunde
treffen. Ins Kino gehen. Mitte der 90er dann der Siegeszug des
Internets und mit ihm die unzähligen Chatrooms, in denen ich

mich zum zaghaften Kennenlernen des weiblichen Geschlechts regelmäßig rumtrieb. Und da war sie wieder, diese eine Frage: »Welche Hobbys hast du?« Freunde treffen, ins Kino gehen und jetzt neu: Chatten.

Solange ich denken kann, war ich überfordert mit dieser Frage. Entweder war ich wirklich ein langweiliger, untalentierter Mensch, oder ich war mir meiner individuellen Hobbys einfach nicht bewusst. Kino und Freunde empfand ich zwar als treffende, aber viel zu allgemeingültige und rudimentäre Freizeitbeschäftigungen, als dass sie mich wirklich passend beschrieben oder als Persönlichkeit definiert hätten. Andere spielten Klavier, waren in Fußballvereinen oder engagierten sich im Theater. Ich dagegen war bloß langweilig. Ich denke, es ging vielen Menschen ähnlich in ihren jugendlichen Jahren, auf dem Weg der chaotischen Selbstfindung.

Ich brauchte ein richtiges Hobby. Etwas Aktives, was ich – frei nach Definition – regelmäßig, freiwillig und zum eigenen Lustgewinn machte. Eine Freizeitbeschäftigung, die zum eigenen Selbstbild und zur Entwicklung der eigenen Identität beiträgt. Eine Leidenschaft. Und siehe da, mit der Zeit kristallisierte sich dann endlich ein solches Etwas heraus, mein erstes richtiges Hobby: Wandern.

Es brauchte womöglich einfach ein wenig Reifezeit. Und bis heute fällt mir kein Hobby ein, das mehr meiner Persönlichkeit entspricht als das Wandern. Ich bin Wanderer mit Leib und Seele. In meinem Freundeskreis heißt es schon scherzhaft: »Das Wandern ist des Sängers Lust.« Ich bin Ansprechpartner für alle erdenklichen Fragen rund um das Wandern, ich bin Ratgeber, Antreiber und Ausrüstungsverleiher zugleich. Ich habe mein Hobby sogar zum Beruf gemacht. Wandern gehört einfach zu mir wie keine andere Freizeitbeschäftigung. Nähme man mir das Wandern, dann nähme man mir ein großes Stück meiner selbst.

Schade, dass man in meinem Alter keine Freundschaftsbücher mehr austauscht. Jetzt, wo ich wüsste, was ich schreiben könnte.

Ich heiße: Jarle
Mein Geburtstag: 26.11.1984
Meine Lieblingsfarbe: Grün
Ich esse am liebsten: Gulasch »à la Mutti«
Ich höre am liebsten: *Das Wandern ist des Sängers Lust*
Mein Lieblingsbuch: *111 Gründe, wandern zu gehen*
Das mag ich überhaupt nicht: Das Insekt
Das mache ich am liebsten: Wandern!!!
Wenn ich groß bin, werde ich: Wanderer!!!

Das Debanttal am Morgen:
auf dem Weg zum Hochschober.

Oben: Glasklares Wasser – das kühle Nass des Lamnitzsees in Kärnten.
Unten: Zusammen unterwegs; und doch jeder für sich.

Orangeroter Sonnenuntergang über den Lienzer Dolomiten.

Oben: Meckerlieschen – Gipfelgesellschaft auf dem 2.657 m hohen Scharnik in Kärnten.
Unten: Ein Visionär ganz oben. Mein Vater auf dem Hochschober (3.240 m).

Witzfiguren auf Tour:
auf der Pallspitze in den
Kitzbüheler Alpen.

Oben: Gewusst wie – improvisierter Kühlschrank vor unserer Hütte.
Unten: Lagerfeuer im eiskalten Winter Norwegens.

Lange bleibt die Wintersonne in Skandinavien nicht am Himmel.

Der Lünersee in Vorarlberg: beeindruckender Stausee zu Füßen der Schesaplana (nicht im Bild).

Oben: Wandertaxi – meine Nichte Elin und ihr Sherpa (na klar, ich) in der Kraxe unterwegs.
Unten: Weite Ebene auf einem gefrorenen See im Süden Norwegens (Grund 22).

Oben: Kein Durchkommen – Angriff der Bergziegen im Piemont!
Unten: Winterwonderland in Norwegen – beim Erkunden der Gegend.

Oben: Bilderrätsel: Wer entdeckt den Menschen auf dem Bild? Die beeindruckende Dimension des Raumes... (Grund 58). **Unten:** Inselwandern – unterwegs auf Langeoog bei bestem Wetter.

Oben: Nachtlager im italienischen Piemont, unterhalb der Alpe Cortevecchia.
Unten: Über den Wolken – das Virgental am Morgen.

Oben: September im Ötztal. Früh kommt der Winter in den Bergen.
Unten: Naturparadies in Bayerns Norden – der idyllische Fichtelsee im gleichnamigen Gebirge.

Glücklich nach 1.600 m
Aufstieg: auf dem Gipfel des
Hochschobers (3.240 m).

Ganz nah an der Heimat: in der herbstlichen Eifel unterwegs.

GUT AUSGERÜSTET

Weil es Kniebundhosen und rot-weiß karierte Hemden gibt

Es wird Zeit. Zeit, einmal das klassische Klischee eines Wanderers hervorzukramen. Ganz tief unten in der Kiste für Vorurteile und Schablonen findet man ihn, den Wanderer mit Kniebundhosen und rot-weiß kariertem Hemd. Dazu noch ein schmucker Filzhut, ausgelatschte Ledertreter, Tropfenrucksack und kniehohe Wollsocken. Oh, den selbst geschnitzten Wanderstock aus Eichenholz hätte ich fast vergessen. Fertig ist der Paradewanderer aus einer anderen Zeit. Genau, aus einer *anderen* Zeit nämlich, irgendwo zwischen Tyrannosaurus rex und GPS, stammt dieses Bild eines Wanderers, das längst nicht mehr aktuell ist. Nur noch ganz vereinzelt sieht man solche waschechten Oldschool-Wanderer, die Wert auf traditionelle Wanderkultur am ganzen Körper legen und strammen Schrittes durch den Wald marschieren. Dennoch kämpft das Wandern mit genau dieser altbackenen Vorstellung bis heute, besonders unter jungen Leuten. Das habe ich selbst lange Zeit am eigenen Leib erlebt. Wie oft wurde ich fürs Wandern ausgelacht? Erstaunlich, wenn man die Modernisierung des Wanderns des letzten Jahrzehnts bedenkt. Na ja, vielleicht dauert es mit der Erkenntnis noch ein wenig. Spätestens wenn die fortschreitende Anglifizierung auch das Wandern erreicht und man »hiken« oder »walken« statt »wandern« sagt, wird das Wandern einen cooleren Anstrich erhalten. Und cool muss es heute für den Nachwuchs schon sein, damit sich dieser überhaupt mit einer Sache länger beschäftigen will.

Schon mal gefragt, wieso eigentlich immer kariert? Ich schon. In einer Ausgabe des *Wandermagazins* habe ich zwar keine Antwort, aber einige Thesen ausfindig machen können, wieso Wanderhemden fast immer kariert sind. Ist es das kleinkarierte Denkschema von Wanderern, die bis in die 90er-Jahre noch als eher spießig galten? Ein farben- und mustervolles Gegenstück zu den

uniformen Kleiderzwängen im Berufsleben? Der Wunsch nach ein wenig Geradlinigkeit in der Natur, die sonst kaum eine Form aus der Geometrie zu repräsentieren scheint? Oder lässt sich ein kariertes Hemd viel länger tragen und schmutzig machen, weil man kleinere Flecken darauf nicht so schnell erkennen kann? Man wird es wohl nie erfahren.

Die Kniebundhose hingegen hat einen ganz offensichtlichen Vorteil: Die Knie haben die Bewegungsfreiheit, die sie beim Wandern brauchen. Abgesehen davon, war sie damals, im Reich der Dinosaurier, der letzte Schrei. Die hohen Strümpfe schützten vor Reibungen, Stichen und Kratzern. Und auch der Stock war nicht nur Accessoire, sondern entlastendes Hilfsmittel. Heute haben wir zwar eine modernere Ausrüstung, der Nutzen bleibt jedoch jeweils der gleiche, etwas optimiert und bequemer natürlich. Auch das Karomuster ist uns erhalten geblieben, in diesem Falle aber wohl eher aus Liebe zur Tradition. Es ist nur eine Frage der Zeit, bis die knallbunte Wanderausrüstung der heutigen Zeit einen optischen Retroanstrich bekommt – die hochwertige Qualität und komplexe Funktionalität gepaart mit dem Retrolook aus alten Wandertagen, das stelle ich mir klasse vor. Und wie ich die findigen Ausrüster kenne, kommen die irgendwann auch auf so eine Idee. Man muss ja schließlich immer in Bewegung bleiben; was beim Wandern gilt, gilt auch in der Produktentwicklung.

Ohnehin sind vereinzelte Dauerbrenner der Wanderausrüstung ständig im Programm der Ausrüsterbranche geblieben; die hat nämlich erkannt, dass selbst moderne Wanderer auch oft ein bisschen traditionell denken. Amphibienwanderer irgendwo zwischen früher und heute quasi. Die Kniebundhose von Schöffel zum Beispiel kann man schon seit ewig und drei Tagen kaufen. So wird der klassische Wanderlook auch in der heutigen Wanderwelt hoffentlich nie ganz aussterben und nach und nach mit ihr verschmelzen. Schön wär's doch, für alle alten und jungen Wanderer. Und Hiker. Und Walker.

Weil es (gute) Wanderausrüstung gibt

Eine gelungene Wanderung steht und fällt mit der Ausrüstung. Keiner will sich auf dem Weg rutschend, bis auf die Unterhose durchnässt oder fast erfroren in der Landschaft wiederfinden. Wanderspaß ade. Abgesehen davon, dass eine gute Ausrüstung ein nicht zu unterschätzender Sicherheitsaspekt ist. Gute Ausrüstung ist einfach das A und O, und in der heutigen Zeit sind wir mit dieser wahrlich gesegnet. Vom Wanderschuh über Softshells bis hin zum wasserabweisenden Wanderhut werden Wanderer von der Auswahl förmlich erschlagen. Doch der, der weiß, was in seinen Rucksack und an seinen Körper gehört, der lernt bei der grenzenlosen Auswahl schnell, welche Ausrüstung wirklich wichtig und welche »Innovation« lediglich ein Marketing-Gag ist.

Generell gibt es Wanderausrüstung, die immer dabei sein sollte, ganz egal, wo und wie lange gewandert wird, Spaziergänge mal außen vor. Eine hohe Qualität dieser Ausrüstungsgegenstände ist daher besonders wichtig:

- Gutes Schuhwerk
- Outdoorhose
- Rucksack
- Regenjacke
- Softshell/Fleece/Pullover
- Verpflegung (ausreichend Wasser, Energiefutter)
- Erste-Hilfe-Set
- Handy
- Wanderkarte

Doch worauf kommt es noch an? Ich persönlich mache meine Packliste von den im Folgenden beschriebenen Kriterien abhängig.

Eine genaue Aufstellung der Ausrüstungsteile würde den Rahmen sprengen, im Internet findet man gute und detaillierte Übersichten.

Die Tourenlänge und -art

Ganz klar, das wichtigste Kriterium. Es macht einen Unterschied aus, ob ich einen halben Tag, ein Wochenende oder gleich mehrere Wochen unterwegs bin. Auch macht es einen Unterschied aus, ob ich während einer Mehrtageswanderung im Zelt übernachten möchte oder nicht.

Die Region

Fast genauso wichtig ist es, meine Ausrüstung der Region anzupassen, in der ich unterwegs bin. In den Bergen benötige ich auch im Hochsommer warme Kleidung. In abgelegenen Regionen treffe ich besondere Vorsichtsmaßnahmen, während im deutschen Mittelgebirge vieles etwas lockerer gehandhabt werden kann.

Die Jahreszeit

Während ich bei stabilem Sonnenschein im Hochsommer keine dicke Jacke benötige, sieht das im Herbst mitunter schon anders aus. Ein plötzlicher Wintereinbruch in den Bergen, und das bereits im August, hat mich das gelehrt. Auch im Winter sind besonders warme Kleidung und gegebenenfalls Schneeschuhe unerlässlich.

Die persönlichen Bedürfnisse

Ob Fotoapparat, GPS-Gerät, spezielle Süßigkeiten, das Gipfelbier oder andere Spielereien, die Liste persönlicher Gegenstände ist vielfältig. Dabei muss jeder selbst wissen, was er mitnehmen und entsprechend schleppen möchte.

Die Gruppe

Ein weiterer Aspekt ist die Größe der Gruppe und deren Zusammensetzung. Gerade dann, wenn man als erfahrenster Wanderer eine Gruppe anführt, sollte man Dinge wie eine Taschenlampe oder ein extragroßes Erste-Hilfe-Set mitführen sowie Notfallnummern und -adressen parat haben.

Weil es für jeden Fuß den passenden Wanderschuh gibt

Es ist nicht so, dass es bei dem richtigen Wanderschuh nur auf die passende Schuhgröße ankommt. So einfach ist es nicht. Auch der Anspruch der Tour, die Passform und persönlichen Vorlieben spielen eine Rolle bei der Auswahl des Wanderschuhs, mit dem man ein paar Jahre bis Jahrzehnte glücklich werden möchte. Es soll Wanderer geben, die kriegen bei Schuhen einer bestimmten Marke partout Fußschmerzen, egal welches Modell und welche Größe sie ausprobieren. Das liegt dann meistens daran, dass der vom Hersteller verwendete Leisten einfach nicht mit dem Fuß harmonieren will. Da hilft nur ein Markenwechsel. Und danach ein konsequenter Verbleib bei dem Schuhhersteller, bei dem es besser klappt. So ergeben sich in der Wanderwelt gern auch mal verschiedene Lager, die jeweils auf den einen oder anderen Hersteller schwören. Und das obwohl es in Deutschland kaum noch qualitative Unterschiede zwischen Top-Herstellern wie Lowa, Meindl oder Hanwag gibt. Der perfekte Wanderschuh ist reiner Gusto und fast immer vom jeweiligen Fuß abhängig, nicht vom Schuh oder vom Hersteller. Jeder Hersteller hat seinen Leisten, der passt oder eben nicht.

Wenn der richtige Hersteller gefunden ist, scheiden sich dann schon wieder die Geister. Welches Modell? Kategorie A, B, C, D?

Moment mal, Kategorien? Ja, auch Wanderschuhe unterscheiden sich hinsichtlich ihrer Einsatzgebiete. Während zum Beispiel Schuhe der Kategorie A von Meindl für leichte Spaziergänge konzipiert sind, kommen die High-End-Treter der Kategorie D ausschließlich im eisigen Hochgebirge zu ihrem richtigen Einsatz. Steigeisenfeste D-Schuhe kann ich natürlich auch im Flachland tragen, allerdings sind die sehr starren und schweren Treter da eher ein unangenehmes Übel gegenüber den leichten A-Tretern, die an die robustere Variante von Joggingschuhen erinnern. D-Schuhe im Flachland-Sommer sind dann doch eher was für eine Fuß-Sauna und A-Schuhe eine völlig undenkbare Option für das Hochgebirge. Denn dort kommt es auf ein starkes Sohlenprofil, festen Halt, eine knöchelhohe Schuhform und einen möglichst geringen Bewegungsspielraum des Fußes an, und das bieten nur die höher angesiedelten Modelle.

Es kommt also darauf an, was ich vorhabe und in welchem Terrain ich mich bewegen will. Ob Alpin, Trekking, Mittelgebirge, leichte Waldspaziergänge oder eben die Unterteilung in A, B, C und D – die führenden Hersteller haben jeweils ihre eigene Kategorisierung. Dazu besonders »coole« Modellnamen, entsprechend den verschiedenen Anwendungsgebieten. Man muss sich ja von der Konkurrenz unterscheiden, nicht wahr? Heute kauft man keinen Wanderschuh mehr, man kauft ein Gerät. Statt Lederschuh gibt's den Ice-Master GTX Turbo 3000 – Deluxe Edition. Ob diese modernen Modellbezeichnungen nun sein müssen, darüber lässt sich streiten. Eine Einteilung in Anwendungsgebiete macht jedoch durchaus Sinn.

Dennoch werde ich das Gefühl nicht los, dass es den Schuhherstellern am liebsten wäre, wenn ich gleich von jeder Kategorie ein Paar in meinem Schrank daheim hätte, nein am besten gleich zwei. Ich denke, das wäre hinsichtlich der vielen verschiedenen Kategorien ein wenig übertrieben. Und so laufe ich mit meinem C-Schuh, der auch weglosen und alpinen Geländeansprüchen ge-

recht wird, im Endeffekt einfach jede Tour, egal wo. Als eine Art Kompromiss. Ich hab's gerne simpel.

Und ich habe meine persönliche Schuh-Marke gefunden, mit der ich keinerlei Probleme habe. Nicht mal beim Einlaufen neuer Schuhe bekomme ich Blasen oder klage über Schmerzen. Das war nicht immer so. Lange Zeit hatte ich Fußschmerzen bei Touren, die über 20 Kilometer hinausgingen. Obwohl ich körperlich topfit war, waren die Schmerzen am Ende der Wanderungen teils unerträglich. Was war los? Die Lösung des Problems war kein neuer Schuh und auch kein neuer Hersteller, sondern der Besuch beim Orthopäden. Der diagnostizierte nämlich einen Knick-Senk-Fuß und verschrieb mir prompt Einlagen für meine Wanderschuhe. Seitdem habe ich keinerlei Probleme mehr mit langen Touren und kann schmerzfrei durch die Lande wandern.

Problematisch kann manchmal auch so etwas Simples wie die Schnürung des Schuhs werden. Es ist zwar keine Wissenschaft, aber dennoch ist das Verschnüren eines Wanderschuhs komplexer als die eines Freizeitschuhs. Wenn ich den Tiefzughaken meines Wanderschuhs zum Beispiel nicht fest genug schnüre, bekomme ich beim Bergaufgehen schnell Schmerzen an der Ferse, der Fersenschlupf lässt grüßen. Wird der Tiefzughaken jedoch richtig fest verschnürt, sitzt die Ferse perfekt im Schuh und reibt nicht. Beim Bergabgehen gilt es dagegen, den Schuh auf Höhe des Spanns fester zu verschnüren, damit der Fuß im vorderen Bereich wenig bis gar keinen Spielraum mehr hat und nicht ständig vorne anstößt. So manch einer kann da noch einmal lernen, wie man Schuhe bindet. Statt im Kindergarten diesmal im Outdoor-Geschäft. Auch spezielle Wandersocken können darüber hinaus das Reiben der Füße am Schuh verhindern. Doppellagige Wandersocken fangen die Reibung zwischen der inneren und äußeren Lage auf und sind dadurch eine wirklich sinnvolle Sache, gerade bei längeren Touren.

Auch wenn die Suche nach dem perfekten Schuh und dem perfekten Sitz mitunter länger dauert und einige schmerzvolle Er-

fahrungen (wofür gibt's denn Blasenpflaster?) voraussetzt, so gibt es doch für jeden Fuß den passenden Wanderschuh, der einem lange erhalten bleibt. Und wenn gar nichts mehr hilft, bleiben nur noch Barfußpfade. Oder meterdicke Panzer-Hornhaut.

Weil es für jeden Rücken einen Rucksack gibt

Was habe ich mich schon mit schlecht eingestellten Wanderrucksäcken durch die Landschaft geplagt?! Entweder war ich zu faul oder zu ungeduldig. Oder schlichtweg zu überfordert beim richtigen Einstellen der zahllosen Verstellmöglichkeiten an einem guten Rucksack, die einen auf den ersten Blick förmlich erschlagen. Wer sich das erste Mal einem Rucksack so richtig widmet, der staunt über all die Funktionen, die erst beim genauen Hinsehen auffallen. Hier ein Riemen, dort ein Gurt, da hinten noch Verschlüsse und dann noch ein paar Schlaufen. Eine Wissenschaft für sich, denkt man. Folge meiner Nachlässigkeit waren dann schnell schmerzende Schultern oder abgeschürfte Haut an der Hüfte beziehungsweise dem Schlüsselbein. Ich, als selbst ernannter starker Mann, habe das in der Vergangenheit immer einfach so hingenommen und die Schmerzen als eine Art Kollateralschaden angesehen. Nach dem Motto »Wer wandert, der leidet«.

Bis mich dann irgendwann mal die Neugier gepackt hat: »Hab ich eigentlich einen falschen Rucksack? Muss das so wehtun?« Heute kann ich nur herzlich darüber lachen, mit welch schlecht eingestellten Rucksäcken ich da die Berge hinaufgekraxelt bin, und ich kann sagen: Es ist keine undurchsichtige Wissenschaft, wenn man sich einmal damit beschäftigt. Mittlerweile weiß ich mit Begriffen wie Lastkontrollriemen, Stabilisierungsriemen, Lageverstellriemen, Leiterschnalle, Kompressionsriemen oder

Rückenlängenanpassung etwas anzufangen. Und ich weiß, wie unbemerkt und schmerzfrei selbst ein 15 Kilo schwerer Rucksack über Stunden intensiver Wanderung an meiner Rückseite haften kann. Wenn nur die Einstellung stimmt.

Da ich heute nur noch einen einzigen Wanderrucksack besitze, laufe ich jede noch so kleine Tour mit diesem großen Trekkingrucksack, der, egal wie lange ich unterwegs bin, randvoll bepackt ist. Aufgrund der Menge an optionalem Krimskrams, wie Taschenmesser, Batterien, Fernglas, Taschenlampe und einigem mehr, sammelt sich ein beträchtliches Gewicht an. Ich mag es, immer und überall meine gesammelte Wanderausrüstung dabeizuhaben, und habe ein kleines Faible für Survival-Ausrüstung, die auch immer mitwandert. Man weiß ja nie, ob nicht doch mal ein paar Ufos gen Erde fliegen. Mit meinem Magnesium-Feuerstab, meinem Allzweckmesser und dem Monatsvorrat an Batterien in meinem Rucksack wäre ich jedenfalls für den Fall einer E.T.-Invasion gewappnet. Bei so viel Gewicht ist die richtige Einstellung des Rucksacks einfach wichtig. Vor jeder längeren Tour führe ich das Einstellen nach folgendem Muster erneut durch (im Netz gibt es gute Anleitungen):

- Alle Riemen am gepackten Rucksack lockern.
- Die Rückenlängenanpassung so ausrichten, dass der Hüftgurt mittig auf dem Hüftknochen liegt – diesen dann verschließen und anziehen.
- Schulterriemen anziehen, dabei sollte die Hauptlast aber weiter auf der Hüfte bleiben.
- Lageverstellriemen (oben auf den Schulterriemen) und Kompressionsriemen (am Hüftgurt) entsprechend dem Gewicht und dem eigenen Gusto (gegebenenfalls auch dem Terrain) anpassen.
- Brustgurt schließen und anziehen, nicht zu fest. Dieser dient nur zur Fixierung der Schulterträger.

Anhand dieses Leitfadens kann ich den Rucksack für mich hervorragend anpassen. Viele der Funktionen sind allerdings einem größeren Trekkingrucksack vorbehalten und nicht an kleinen Tagesrucksäcken zu finden. Bei den Tagesrucksäcken gibt es deutlich weniger Verstellmöglichkeiten, sodass diese schon beim Kauf so ausgewählt sein müssen, dass sie perfekt passen. Auch für Frauen und besonders kleine Männer gibt es heutzutage von fast jedem Rucksackmodell eine entsprechende Variante mit kürzerer Rückenlänge; dadurch gibt es praktisch für jeden Rücken den passenden Rucksack. Und wenn es trotz intensiver Kaufberatung doch mal ziept, juckt, scheuert oder schmerzt, ist es vielleicht ja nur die falsche Rucksackeinstellung.

89. GRUND

Weil es Wanderstöcke gibt

Obwohl Wandern eine der sanftesten Bewegungsformen überhaupt ist, gibt es sie, die kleinen Leiden, die proportional zur Länge der Tour zunehmen. Erstbetroffene sind neben den Füßen auch oft die Knie. Insbesondere bei langem Bergabwandern lasten ungeheure Kräfte auf unseren Kniegelenken. Untrainierte Knie schmerzen da bereits nach wenigen Höhenmetern, die es steil bergab geht. Weswegen Anfänger auch nicht gleich 2.000 Höhenmeter bergab wandern sollten. Kein Wunder, etliche Tonnen Gewicht sind es, die während einer längeren Wanderung unsere Scharniere traktieren. Auch ich litt, besonders in meiner leicht übergewichtigen Zeit, unter starken Knieschmerzen beim Abwärtsgehen. Geholfen haben da drei Dinge. Langfristig eine Gewichtsreduktion. Mittelfristig das Ausführen von Kniebeugen und anderem Beintraining, das nämlich stärkt den Muskelapparat und sorgt für besseren Schutz der Gelenke. Was jedoch direkt und unmittelbar helfen kann,

sind möglichst kleine Schritte und Teleskopstöcke. Sie entlasten die Knie merklich und das nicht nur beim Abwärtswandern. Eine von Komperdell in Auftrag gegebene Studie hat ergeben, dass die Nutzung von Stöcken beim Wandern die Gewichtsbelastung auf der Gelenkfläche zwischen Ober- und Unterschenkel um etwa 36 Prozent reduziert. Gewitzte Kritiker merken zu Recht an, dass Komperdell selbst Hersteller von Wanderstöcken ist; dennoch ist diese Entlastung in der Praxis definitiv vorhanden, wie hoch sie auch genau sein mag. Grund genug, es mal auszuprobieren, denn viele Wanderer sträuben sich heute noch gegen Wanderstöcke, die damals in den 70er-Jahren von Leki erstmalig auf den Markt gebracht und zunächst belächelt worden sind. Es ist ungewohnt, doch der Mensch ist schließlich ein Gewohnheitstier. Nichts ist unmöglich, sagte schon Toyota und so ist es auch mit den Wanderstöcken.

Abgesehen davon, helfen Stöcke beim Aufwärtswandern fast genauso gut, zumindest mir. Dadurch, dass die Arme ordentlich mitarbeiten, kann ich einiges an Belastung von den Beinen an den Oberkörper abgeben. Ich stütze mich bei steilen Anstiegen auf die Stöcke und kann so jeden Teil meines Körpers beim Hinaufgehen sinnvoll nutzen. Darüber hinaus sind Wanderstöcke auch beim Halten des Gleichgewichts auf unebenen Passagen hilfreich, obwohl das auch (angeblich) dazu führen soll, dass das ohne Stöcke irgendwann gar nicht mehr geht. Selbst wenn ich über grobes Blockgestein balanciere, habe ich meine Stöcke im Einsatz. Dann allerdings ohne die Schlaufe um das Handgelenk, um im Fall einer Unachtsamkeit meine Hände frei bewegen zu können. Ganz zum Unverständnis meiner Mitwanderer, die bei einem solchen Unterfangen ihre Hände partout völlig frei zur Verfügung haben müssen, ganz instinktiv. Erst wenn es längere Zeit durch Terrain geht, in dem ich meine Hände mitbenutzen muss, falte ich meine Stöcke zusammen und stecke sie in das Seitenfach meines Rucksacks.

Auch auf ausgesetzten Pfaden an steilen Berghängen kann ein Stock helfen. Um sich noch sicherer an solch einem Hang zu be-

wegen, lehnt man sich am besten mit seinem Körper immer leicht zur Hangseite und sichert sich mit einem Stock auf Talseite ab, wenn es nötig ist Schritt für Schritt. Genauso gut funktioniert das auf Schneefeldern, die zum Teil auch noch im Hochsommer passiert werden müssen und mitunter an ziemlich steilen Stellen liegen können. Den Stock auf Talseite und den Körper zur Hangseite gelehnt, das schafft einen sicheren Stand und Gang.

So oder so, ich kann mir meine Wanderstöcke überhaupt nicht mehr wegdenken. Damit bin ich der Einzige in meiner Familie, alle anderen empfinden das Mitschwingen von Stöcken als unangenehmes und nerviges Übel. Kann ich wirklich nicht verstehen. Zumal Wanderstöcke heutzutage ultraleicht und supereinfach zu handhaben sind. Faltstöcke lassen sich auf ein Minimum zusammenfalten und somit leicht verstauen. Wann immer man sie braucht, zum Beispiel zum Abstieg, sind sie im Nu aufgeklappt und eingestellt. Wer dann noch Vertrauen in seine Stöcke entwickelt und in der Praxis erlebt, wie gut und verlässlich sie selbst bei hoher Belastung an nacktem Gestein haften, der kommt vielleicht auch irgendwann zu dem Punkt, an dem er sagt: »Wandern? Nicht ohne meine Stöcke!«

Bei Wanderstöcken gilt es, auf hochwertige Modelle zurückzugreifen. Ein falscher Griff, zum Beispiel aus Kunststoff, sorgt schnell für Blasen und schmerzende Handflächen. Am besten Stöcke mit EVA-Schaum als Griff wählen, die halten lange und sind immer angenehm zu greifen. Aufgepasst auch beim Klemmsystem: Ein minderwertiges Klemmsystem lässt den Stock bei zu hoher Belastung durchrutschen, daher sind Klemmsysteme mit Drehverschluss mittlerweile überholt. Faltsysteme oder Außenklemmsysteme leisten da verlässlichere Arbeit. Doch egal, welcher Wanderstock es wird, vor allem das Knie wird's freuen und es schmerzfrei danken.

Weil es treue Begleiter gibt

Jeder Wanderer hat sie doch. Die treuen Begleiter, von denen man sich einfach nicht trennen kann, seien sie noch so überholt. Jahrzehntealte Wandertreter, die Lieblingsjacke oder den besonders gemütlichen Fleece-Pullover ersetzt man einfach ungern durch neue Ausrüstung. Selbst wenn diese in allen objektiven Belangen von Vorteil wäre. Es ist die mentale Bindung, die man zu einem Teil seiner Wanderausrüstung über all die Jahre und Wanderungen hinweg aufbaut, die eine Trennung so schwer macht. Klar, der neue Wanderschuh ist ergonomischer, oft auch bequemer. Er hält länger, gibt besseren Halt, und überhaupt überzeugen die neueste Technologie und das hochwertige Material, das verarbeitet wurde. Aber nö, ich behalte meine alten Ledertreter! Die Jacke? Die neue ist sicher wind- und regenfester, sie wird den hohen modischen Ansprüchen der Neuzeit gerecht und überhaupt ist sie viel passgenauer, zwickt nicht und engt nicht ein. Aber nö, ich behalte meinen alten Fetzen, dann sehe ich eben aus wie ein nasser Sack! Und der Fleece-Pullover? Ein Relikt aus alten Tagen, heute trägt man Softshell. Aber nö, auf diesen Zug springe ich erst auf, wenn der alte Lumpen auseinanderfällt! Wer kennt das nicht?

Ich zum Beispiel laufe bei sonnigem Wetter stets mit meinem alten Wanderhut, an dem die Kordel längst durchgerissen ist, extrem nervig an der Seite herunterhängt und mir in regelmäßigen Abständen an Ohren und Wangen kitzelt. Auch wenn mich das oftmals zur Weißglut bringt, zu viele Touren habe ich mit diesem Hut schon bewältigt, zu viele Kämpfe mit Naturgewalten und mir selbst habe ich ausgefochten, als dass ich diesen Hut so einfach ersetzen könnte. Ja, ich liebe meinen Wanderhut, obwohl er furchtbar grässlich und mitgenommen aussieht und ich damit ganz sicher keinen Modewettbewerb gewinnen würde. Nicht ein Secondhand-

Geschäft der Welt würde sich für dieses Stück noch interessieren, jede Wette. Aber das ist mir egal, ich bin einfach verliebt. Nur für Fotos wird das schrumpelige alte Ding hin und wieder abgenommen, ich will ja nicht das Bild verunstalten.

Und nein, die letzten vier Sätze beschreiben nicht meine Freundin. Was für so manch einen Wanderer vielleicht der oder die Partner(in) sein könnte, beschreibt bei mir wirklich nur den Hut, versprochen!

Ich weiß noch, wie schlimm der Moment für mich war, als vor zwei Jahren meine so geliebten Wanderstöcke ihren Geist aufgaben und ich gezwungenermaßen zu modernen Faltstöcken greifen musste. Heute ist die Erinnerung daran nur noch ein kleiner Wermutstropfen, denn ich bin hochzufrieden mit den neuen Stöcken. Die Zeit heilt alle Wunden. Es gibt also noch Hoffnung, für den Tag, an dem mein Hut aus seinem und meinem Wanderleben scheidet und ich mich nach einem neuen treuen Kopfbedecker umsehen muss. Dann gibt's immerhin mal Fotos ohne Umziehpause.

Doch es muss nicht immer der Verschleiß des Materials sein, der die innige Liebesbeziehung zwischen Wanderer und einem Ausrüstungsgegenstand zerstört. Aus meiner angetrauten Lieblingswanderhose bin ich aufgrund einer Gewichtsabnahme von rund 15 Kilo einfach herausgeschmolzen. Wie sagt man so schön? Wir haben uns auseinandergelebt.

HINTER DEN KULISSEN

Weil Deutschland das Wanderland Nummer eins ist

Lehne ich mich zu weit aus dem Fenster, wenn ich behaupte, dass es nirgends so leicht, so vielfältig, so abwechslungsreich und so sicher ist, auf Wanderschaft zu gehen, wie in Deutschland? Wenn man bedenkt, dass es nach Schätzungen des Deutschen Wanderinstituts mehr als 400.000 Kilometer markierter Wanderwege in ganz Deutschland gibt, klingt das gar nicht mehr so patriotisch. Deutschland hat das Meer, die Mittel- und Hochgebirge sowie die grünen Ebenen. Deutschland hat Flüsse, Seen, Wälder, Maare, Felsen und Vulkane, gern wird die landschaftliche Vielfalt Deutschlands unterschätzt. Das ganze Land ist mit markierten Wanderwegen durchzogen, ob für Tagestouren oder Fernwanderungen konzipiert.

Da fragt man sich, wer das alles bewandern soll? Na, die 40 Millionen Wanderer in Deutschland. 40 Millionen! Nach einer Studie des Deutschen Wanderverbands aus dem Jahre 2010 wandert fast die Hälfte aller Deutschen. Wer will Deutschland da den Titel als Wanderweltmeister noch streitig machen, frage ich? Okay, die Studie fasst unter Wandern jeden fußläufigen Ausflug ins Freie zusammen, der länger als eine Stunde beträgt (also auch Kletter- oder Walkingtouren). Aber dennoch sind die 40 Millionen eine Klasse für sich. Und nein, die fahren nicht alle ins Ausland, nach Österreich, Italien oder in die Schweiz. Jährlich rund 370 Millionen Tagesausflüge innerhalb Deutschlands zeigen, wie sehr die Deutschen ihr Wanderland schätzen. Auch berühmte Deutsche wie Goethe, Schiller und Heine waren leidenschaftliche Wanderer und bekennende Heimatverliebte.

Mit ein Grund für den heutigen Wanderboom ist die hohe Qualität der deutschen Wanderinfrastruktur, die ihresgleichen sucht. Ähnlich wie in den Alpenländern Österreich und der Schweiz, können wir uns fast überall auf lückenlose Markierungen

verlassen. Wanderwege werden regelmäßig und meist ehrenamtlich gepflegt; verwachsene Wege sind eine Rarität. Und sollte doch mal ein Weg aufgegeben, gesperrt oder verändert werden, kann man sich einer entsprechenden Kommunikation sicher sein. Die gut organisierten Wandervereine leisten ganze Arbeit. Das macht es gerade Anfängern leicht, mir nichts, dir nicht mit dem Wandern zu beginnen und erste Erfahrungen zu sammeln. Orientierung im Gelände wird zweitrangig, nicht mal mehr Karten müsste man auf den vom Deutschen Wanderverband und Deutschen Wanderinstitut zertifizierten Wanderwegen können. Obwohl es immer ratsam ist, eine Karte mitzuführen. Wanderparkplätze und ein weit verzweigtes Netzwerk öffentlicher Verkehrsmittel sorgen für gute Erreichbarkeit, besonders in der Nähe von Ballungsgebieten. Und noch immer findet man fast überall eine Bleibe für die Nacht. Vorab lassen sich Informationen rund um das Wandern, die Wanderwege und Angebote im Internet bestens suchen und finden. Nie war Wandern leichter.

Kein Wunder, dass da so manch ein Tourismusverband aus dem Nachbarland deutsche Wanderexperten zurate zieht, wenn es um die Konzeption eines neuen Wanderweges geht. Die Deutschen sind eben nicht nur gute Ingenieure, sondern auch ziemlich gute Wanderer. Zwar sind wir nicht mehr amtierender Fußballweltmeister, dafür aber eben stolzer und verdienter Wanderweltmeister. Nur einen Pokal haben wir noch nicht.

92. GRUND

Weil es (noch) Wandervereine gibt

Chapeau für die deutschen Wandervereine. Ohne sie wäre Deutschland sicher nicht zum Wanderland Nummer eins geworden. All die ehrenamtlichen Helfer und Organisatoren pflegen und hegen die

langsam in die Jahre gekommene Wanderkultur und vor allem das Wanderwegenetz auf deutschem Boden seit Mitte des 19. Jahrhunderts. Damals, mit dem Siegeszug der Eisenbahn, galt es, den aufkommenden Tourismus im ländlichen Raum nachhaltig zu fördern. Die Menschen sehnten sich immer mehr nach einem Ausbruch aus dem städtischen Leben, und mit der Eisenbahn war das endlich und einfach möglich. So entstanden zahllose Naherholungsgebiete und Wanderreviere in ganz Deutschland, um die sich die entsprechenden Vereine kümmerten. Wobei es sich bei Wandervereinen fast ausschließlich um Mittelgebirgsphänomene handelte. Im Alpenbundesland Bayern zum Beispiel klafft, entgegen der allgemeinen Vermutung, auch heute noch eine sichtbare Lücke auf der Karte der Vereine und Ortsgruppen Deutschlands. Nicht zuletzt aufgrund des Deutschen Alpenvereins, der den alpinen Raum für sich in Beschlag nahm.

So galt es damals für die hiesigen Wandervereine, der erste von ihnen war der 1864 gegründete Schwarzwaldverein, die Wahrung der regionalen Identität und die Pflege der Kultur sicherzustellen. Zur Freude der Wanderer, die das Erleben dieser einzigartigen Trümpfe einer Region besonders zu schätzen wissen. Man könnte sagen, die Vereine haben ihre Aufgabe all die Zeit gut gemeistert. Bestens organisiert unter dem Deutschen Wanderverband (DWV), dem deutschen Dachverband, und mittlerweile sogar unter dem Europäischen Wanderverein (EWV), dem Dach-Dachverband also, wurde die Wanderkultur bis heute gut gepflegt.

Gipfel der organisierten Wanderlust ist der jährlich stattfindende Deutsche Wandertag. Im Jahr 2018 fand bereits der 118. Wandertag des DWV statt. Die Feierlichkeiten in Lippe-Detmold wurden wieder mal zu einem großen und bunten Fest von leidenschaftlichen Wanderern. Klassische Paraden, Konzerte, Wanderungen, Vorträge, Führungen, Musik und Lieder prägen jedes Jahr aufs Neue das große Zusammentreffen. Tausende Wanderer mit ihren Wandervereinen unter sich, ein wahrlich kurioses Schauspiel für

Unbeteiligte. Auch ich kann wenig mit dieser so intensiv gelebten Wanderkultur anfangen, weil ich einfach nie in Berührung damit gekommen bin. Doch ich finde es schön, dass sie sich all die Jahre so gehalten hat.

Wer so einen Wandertag eher als Beobachter statt als Beteiligter besucht, stellt jedoch auch eines schlagartig fest: Die Veranstaltung ist mittlerweile ein Fest der Oldies geworden. Zum Spiegelbild der verschlafenen Verjüngung, die innerhalb der Vereine so gut wie gar nicht stattfindet. Und genau das ist das Problem. Die Wanderkultur rund um die Vereine stirbt aus, die Basis des DWV bricht weg. Offiziell zählt der DWV noch 600.000 Mitglieder, andere Angaben belaufen sich allerdings nur noch auf etwa 430.000 registrierte Mitglieder. Und das Durchschnittalter? Will ich lieber nicht wissen, der DWV sicher auch nicht.

Der Gesellschaftswandel hinterlässt seine Spuren, und so wird es die Wandervereine zukünftig in dieser Form wohl nicht mehr geben. Nur wenige junge Leute schließen sich heute noch Vereinen an. Wenige werden es unter diesen Voraussetzungen schaffen, eine nachhaltige Verjüngung durchzuführen, so zumindest meine Prognose. Die Konsequenzen sind klar, bereits heute werden immer häufiger Agenturen beauftragt, um die Pflege und Wartung von Wanderwegen zu übernehmen. Ohnehin gibt es mittlerweile immer mehr Dienstleistungsverträge zwischen Kommunen und Wandervereinen. Die ehrenamtliche Arbeit der Wandervereine könnte in ferner Zukunft zum Relikt vergangener Tage werden.

Aber so ist der Lauf der Zeit. Die Dinge ändern sich, und so ist auch das Wandern moderner geworden. Den 57 Gebietsvereinen des DWV mit ihren über 3.000 Ortsgruppen wird nichts anderes übrig bleiben, als sich mächtig anzustrengen, um dieser Entwicklung hinterherzueilen und sich anzupassen. Es wäre schade, wenn dieses große Stück traditioneller Wanderkultur in Deutschland gänzlich untergehen würde. Trösten kann man sich mit dem Gedanken, dass das Wandern selbst wohl niemals aussterben wird.

Anstelle der traditionellen Vereinsstruktur entsteht vielleicht etwas Neues, wie auch immer das aussehen mag.

Weil der Mensch zu allem Studien braucht

Der Mensch und seine Studien, alles muss untersucht werden. Wir müssen aus allem Schlüsse ziehen und hinsichtlich dieser Dinge Abläufe und Prozesse optimieren, sie effizienter gestalten. Die menschliche Neugier führte letztlich dazu, dass seit 1998 auch das Wandern in all seinen Facetten studiert wurde. Urheber und Initiator war Rainer Brämer, damals Dozent an der Uni Marburg und erster erklärter Wanderpapst in Deutschland. Er hat dem Wandern mit seinen Studien ein Profil und den Wanderern ein Gesicht gegeben. Lange Zeit war gar nicht klar, wer da überhaupt wandert. Warum er wandert. Wo er wandert. Und wie oft er wandert. Er versuchte, die Frage zu klären, was das Wandern im Menschen auslöst und welche gesundheitlichen Konsequenzen es mit sich bringt.

Herausgekommen ist vor allem die Erkenntnis, dass es sich beim Wanderer um eine interessante und umsatzstarke Zielgruppe handelt, sowohl im Tourismus als auch im Ausrüstungsbereich. Der Wanderer ist nicht länger der spartanische Einsiedler, der gerne einsam und spärlich ausgerüstet durch die Wälder zieht. Wanderer sind Menschen mit höherem Bildungsniveau, die bereit sind, Geld auszugeben. Sie möchten sich leiten lassen, wenig planen und sind gut ausgerüstet. Da reiben sich Ausrüster und Touristiker natürlich gleichermaßen die Hände. »Kundenorientierte Modernisierung entsprechend der Markttrends«, nennt sich das dann. Ein ökonomischer Weckruf. Die Studien waren Anstoß für die »Qualitätsoffensive Wandern«, bei der immer neue Initiativen, Angebote und

Ideen entstehen, um auf das wandernde Kernpublikum einzugehen und ihre Herzen mit Zertifikaten und Siegeln zu gewinnen.

Die Profil-Studien des Deutschen Wanderinstituts, für das Rainer Brämer als Gründer und Vorsitzender tätig ist, entstanden direkt beim Wanderer. Jahrelang wurden über mehrere Hundert Wanderer bei der Ausübung ihrer Leidenschaft nach Gewohnheiten, Erfahrungen und Wünschen befragt. Für den Wanderer selbst sind die Ergebnisse der Studien eher uninteressant, zumindest direkt. Ob nun das Geschlechterverhältnis unter Wanderern ausgewogen ist oder nicht, interessiert allerhöchstens wandernde Single-Männer, die ihr Wanderrevier mit einem Jagdrevier verwechseln. Und ob mehr alte als junge Menschen wandern, kann einem unterwegs auf den Wanderwegen Deutschlands herzlich egal sein. Auch welche Motive der durchschnittliche Wanderer hat, ist für mich persönlich unwichtig, solange ich meine ganz eigenen habe.

Man spürt jedoch indirekt die Auswirkungen dieser Entwicklung. Die Modernisierung des Wanderns bleibt kaum jemandem verborgen. Spätestens nach den groß angelegten Studien des Deutschen Wanderverbandes von 2009, 2010 und 2014, die von einem Wanderpotenzial von fast 40 Millionen Deutschen sprechen. Bleibt die Frage: Gefällt mir das oder nicht? Vielleicht dazu mal 'ne Studie? Wäre doch interessant zu wissen, ob Wanderer diese Entwicklung hin zur modernen Wanderinfrastruktur und zum Hightech-Wanderer wirklich gutheißen. Herr Brämer? Sie sind gefragt!

Es fragt zwar keiner, aber dennoch: Wenn man mich fragt, ich persönlich sehe diese Entwicklung eher positiv. Wandern wird gesellschaftsfähiger und schüttelt das altbackene Image ab. Mehr Leute wandern, und das ist gut so. Die Wege werden schöner, die Ausrüstung besser und der Frust dadurch geringer. Dennoch ist es eine Gratwanderung, denn die natürlichen Facetten des Wanderns müssen dabei unberührt bleiben. Wandern soll im Prinzip und grundlegend das bleiben, was es schon immer war: die natürlichste und simpelste Bewegungsform, die es gibt. Mit all ihren psychischen

und physischen Effekten, die uns so guttun. Wandern ist keine Wissenschaft, sondern genau das Gegenteil. Wandern lebt von der Abkehr von künstlichen Strukturen, effizienten Organisationen oder streng geregelten Abläufen. Wandern ermöglicht ein kaum definierbares Gefühl des Ich-Erlebens. Und das soll auch so bleiben.

94. GRUND

Weil die Deutschen deutsch sein können

Was wären die Deutschen nur ohne ihre Akribie. Alles muss vermessen, gemessen, bewertet und geordnet werden. Das ist in diesem Ausmaß vermutlich einmalig auf der Welt. Wen wundert's da, dass wir in Deutschland so etwas wie zertifizierte Wanderwege haben, die nach haarkleiner Berechnung ein entsprechend ausgewertetes und objektiviertes Erlebnispotenzial aufweisen. So entsteht eine Art Rangliste der getesteten und zertifizierten Prädikatswanderwege Deutschlands, ganz nüchtern und sachlich betrachtet. Das Wandererlebnis und die Attraktivität eines Wanderweges wissenschaftlich analysieren, errechnen und auswerten? Wer eine gewisse Punktzahl dabei erreicht, darf sich mit dem entsprechenden Siegel schmücken. Da sind sie wieder, die Deutschen, wie sie deutscher nicht sein könnten. Wie sie versuchen, Schönheit und subjektives Erleben zu messen.

Hierzulande gibt es zurzeit zwei Wandersiegel, die zu allem Übel auch noch in Konkurrenz zueinander stehen. Der Deutsche Wanderverband vergibt das Siegel »Qualitätsweg Wanderbares Deutschland«, das Deutsche Wanderinstitut dagegen erteilt den Titel »Premiumweg«. Beide Institutionen besiegeln nach eigenen Aussagen dabei natürlich die schöneren, tolleren und überhaupt viel besseren Wanderwege als die Konkurrenz. Zickenkrieg im Wanderbusiness, voilà. Kaum einem Wanderer dürften diese Wegesiegel

verborgen geblieben sein, zu offensiv werben die entsprechenden Wanderdestinationen mit ihren zertifizierten Wanderwegen.

Um zu einem zertifizierten Prädikatsweg zu werden, müssen Routen bestimmte Kernkriterien aufweisen. So muss ein Wanderweg über einen bestimmten Anteil naturbelassener Wege verfügen, er muss Abwechslung in Form von Formationswechseln auf einer vordefinierten Streckenlänge bieten, oder er darf nur zu gewissem Anteil auf schlecht begehbaren Wegen verlaufen. Die Liste ist weitaus länger und würde mit hoher Wahrscheinlichkeit jeden Leser mit sofortiger Wirkung langweilen. Wer es dennoch genau wissen will, der findet auf den Webseiten der entsprechenden Organisationen eine ausführliche Auflistung.

Wie hoch dann die Bewertung (Punktzahl) ausfällt, wird anhand des Erlebnispotenzials beziehungsweise der Wahlkriterien bemessen. Kriterien, die auf den Wünschen und Vorlieben der Wanderer basieren und die Otto Normalwanderer vielleicht noch nachvollziehen können, sind die Geräuschkulisse und die Häufigkeit von Berührungen mit Verkehrsstraßen. Natürlich sind auch spannende und häufige Vegetationswechsel gern gesehen und fließen in die Bewertung ein. Auch Berührungen mit Gewässern sowie die Wegbeschaffenheit werden bei der Bewertung berücksichtigt. Selbst die Anzahl der Sitzgelegenheiten und der Anteil von Wegpassagen, die nur geradeaus verlaufen, sind Kennzahlen für die Erlebnisberechnung. Bei der Größe der Körnung von Kieselsteinen auf einem Weg hört es dann aber so langsam auf. Muss wirklich nachgemessen werden, wie groß die Steine auf meinem Wanderweg sind? Trägt etwa eine kleinere Körnung zu einem besseren Wandererlebnis bei? Ich bezweifle das. Völlig abwegig wird der Bewertungsprozess für mich dann bei einem Ausblick. Ja, wir alle lieben Ausblicke und solche Weitsichten gehören zum Wandern dazu, völlig klar. Daher gehören auch Ausblicke in so eine Bewertung. Doch untersucht werden bei potenziellen Prädikatswegen sogar die genauen Ein- beziehungsweise Ausfalls-Winkel

der Aussicht. Die exakte Tiefe, die Staffelung der Aussicht und die sogenannten Fixierungspunkte des Blickes. Wen bitte interessiert das denn? Da wird selbst eine Aussicht auseinandergenommen wie eine mathematische Formel. Irgendwie absurd.

Seit 2002, als der Rothaarsteig als erster Wanderweg Deutschlands mit dem Premiumsiegel ausgezeichnet worden ist, hat sich viel getan. Heute würde der Rothaarsteig , dessen Siegel mittlerweile ausgelaufen ist, nur noch mit Ach und Krach ein solches erhalten; zu sehr haben sich die Anforderungen gewandelt. Ganz sicher ein Grund dafür, dass die Macher zum jetzigen Stand keine Rezertifizierung mehr anstreben. Im Grunde kann es uns Wanderer ja freuen, denn die meisten Kriterien der beiden siegelgebenden Institutionen entsprechen tatsächlich den Vorlieben der Wanderer, und die Wege werden dadurch im Schnitt tatsächlich schöner, zumindest in meinen Augen. Vorbei ist die Zeit der Forstautobahnen, der Siegeszug von vielfältigen Pfaden und inszenierten Wegpunkten ist in vollem Gange. So werden heutzutage fast nur noch Wege ins Leben gerufen, die diesen teils absurden, aber wohl notwendigen Anforderungen gerecht werden. Von der Idee über die Planung bis hin zur Umsetzung geschieht das oft direkt mit den entsprechenden Institutionen zusammen. Sie sind dann beratend oder sogar federführend an einem Wanderwegprojekt beteiligt. Das Siegel gibt's dann am Ende oben drauf. Als Komplettpaket und Erlebnisbeweis vom Wander-TÜV quasi. So weit, so gut. Wenn da nicht die ganze Zeit dieser eine Gedanke mitschwirren würde: Muss das alles eigentlich sein oder will ich als Wanderer nicht einfach nur wandern? Ich bin hin- und hergerissen.

Mit dem »Leading Quality Trails – Best of Europe«-Siegel für europäische Wanderwege entwickelt sich diese deutsche Tugend übrigens ganz allmählich auch zum Exportschlager in Sachen Wandern. War ja klar, oder? Die Deutschen und ihr Export.

Weil Touristiker beschäftigt werden müssen

Touristiker, so bezeichnet man sich gegenseitig und kollektiv, wenn man in der Tourismusbranche tätig ist. Ein sonst eher seltener Begriff, der im Duden dem Jargon zugeordnet ist. Touristiker sind die Menschen, die für den jeweiligen Tourismus der Regionen zuständig sind, für die touristische Vermarktung, die Infrastruktur und die Botschaft, die eine Region übermitteln soll. Ein Tourismusmanager quasi. Sie sind die Urheber von knallbunten Werbebroschüren, von absurd ausgeschmückten Werbetexten und immer neuen Ideen, die potenzielle Urlauber locken sollen. In diesem Fall natürlich den Wanderer. Man muss sich unterscheiden, Alleinstellungsmerkmale finden und dem unentschiedenen Wanderer beweisen, dass man eben doch nicht überall wandern kann, sondern nur bei ihnen. Dass man die schönsten, tollsten und spannendsten Wege hat. Das lässt das Angebot für Wanderer zu einer unüberschaubaren Flut an Informationen anschwellen, die man erst mal sortieren muss. Beim hart umkämpften Markt der Wanderbranche kommen dabei nicht selten echte Kuriositäten ans Licht der Werbung.

Ein bisschen kann man sie ja schon verstehen, die Touristiker. Keine leichte Aufgabe, da sind Kreativität und Innovation gefragt. Sie haben endlich erkannt, dass Wanderer nicht von Golfplätzen, Sommerrodelbahnen oder anderen Attraktionen angezogen werden. Vielmehr sind es die natürlichen Wanderqualitäten einer Region, die Natur und ihre Landschaft, die marketingwirksam in Szene gesetzt werden müssen, um Wanderer zu überzeugen – ob man sie nun hat oder nicht. Mithilfe der Hardware, also der Wanderinfrastruktur, werden diese Attraktionen dann erreichbar gemacht. Die Eifel hat ihre Vulkane, das Elbsandsteingebirge seine Felsformationen, der Spessart seinen Wald, die Bayern ihre Alpen und die Rhön ihre baumlosen Höhen samt Fernblick. Die

Regionen brauchen Hardware, um ihre landschaftlichen Trümpfe mit regionaler Tradition und ihrer speziellen Kultur zu vermengen. So entstehen immer neue Wanderwege: Liebeswanderwege, Skulpturen- oder Kunstwanderwege und die absurdesten Themenwanderwege sollen die Menschen nah an die regionalen Schätze führen und entsprechende Identifikation schaffen.

Was als besonders penetrante Variable bleibt, ist die Software, mit der Touristiker diese Hardware bespielen können, also alles rund um den Service. Und genau diese Software ist das i-Tüpfelchen bei der Überzeugungsarbeit. Ein i-Tüpfelchen, das vielfältiger nicht ausfallen könnte. Die »Siegelmania«, bei der alles zertifiziert und ausgezeichnet sein muss, ist so ein Produkt dieser ziemlich kreativen Software. Alles wird besiegelt. Wege mit den Wanderwegesiegeln, Gasthöfe, Restaurants und Übernachtungsbetriebe mit dem Qualitätssiegel des Deutschen Wanderverbandes, sogar Tourist-Informationen werden mit dem Siegel für »ServiceQualität« ausgezeichnet. Mit den Sauerland-Wanderdörfern, dem Frankenwald, dem ZweiTälerLand in Baden-Württemberg sowie dem Räuberland im Spessart gibt es jetzt sogar komplette Qualitätsregionen mit Wanderzertifikat. Mit einer solchen Qualitätsoffensive wird dann natürlich kräftig geworben. Wo gibt's die meisten zertifizierten Wandergastgeber auf einem Haufen? Wer hat die punkthöchsten Wanderwege Deutschlands? Und welche TI (Tourist-Information) hat den besten Service? Man kann sich sicher sein, beim Studium der zahllosen Werbemittel wird man die Antworten ganz groß und plakativ finden. Es gibt Wanderführerscheine (Grund 96), Wanderhotels und Wanderpauschalen. Gepäcktransport, Erlebnisreisen oder Wandern mit Tieren. Geführte Kräuterwanderungen, Nachtwanderungen, Stadtwanderungen, Bierwanderungen. Man ist gewillt, festzustellen: Die Touristiker und Wandermacher übertreffen sich regelmäßig selbst.

Die Hard- und Software in der Wanderbranche, deren Innovationskraft anscheinend keine Grenzen gesetzt sind, hält Touristiker beschäftigt und sorgt dafür, dass sich der Wanderer über immer

neue Möglichkeiten freuen kann. Besonders bei Einsteigern und Wanderern, die gern in verlässlicher Infrastruktur und sicherem Terrain unterwegs sind, ist diese Neuzeit des Wanderns mit all den kleinen Helferlein und der perfekten Organisation der Tourismusverbände willkommen. Wandern ist zu einem umsatzstarken Markt geworden, »Fußtourismus« ist in. Diese Erkenntnis mag so manchen alteingesessenen Wanderer verschrecken, doch führt genau diese Entwicklung zur längst überfälligen Renaissance des Wanderns. Weg von der starren Wanderinfrastruktur, die bis spät in die 90er-Jahre noch vorherrschte.

Man muss ja nicht alles mitmachen. Ich selbst habe beruflich viel mit all diesen teils skurrilen Möglichkeiten, Angeboten und Werbemaßnahmen der Tourismusbranche zu tun, und dennoch komme ich privat und freiwillig kaum damit in Berührung. Jeder hat die Wahl: Wer ganz klassisch einfach nur loswandern will, der kann das ja immer noch tun.

Weil es (zu) einsteigerfreundlich ist

Es gibt für fast alles einen Kurs, irgendetwas kann man immer lernen, irgendetwas will irgendwer immer irgendwem beibringen. Heraus kommen Lizenzen, Urkunden oder Scheine, mit denen sich Absolventen dann stolz schmücken. Vieles davon ist sinnvoll, Autofahren zum Beispiel sollte man schon lernen. Auch ein Erste-Hilfe-Kurs ist mehr als sinnvoll. Ein Kletterkurs, die Einweisung im Fitnessstudio oder der Pilotenschein, ja, alles gute Sachen.

Als ich allerdings vom Wanderführerschein las, wurde ich neugierig, neugierig auf eine sehr skeptische Art und Weise. Ein Wanderführerschein? Die Menschheit war schon immer innovativ, das ist einer ihrer großen Trümpfe in der Evolution. Große Er-

findungen haben uns zu dem gemacht, was wir heute sind. Aber ein Wanderführerschein? Was bitte lernt der Anwärter auf diesen Schein? Gehen? Haben wir den Gehführerschein nicht schon alle von unseren Eltern ausgestellt bekommen? Rechts vor links am Hang? Vorfahrtspfade im Gelände? Gefahrentransport im Wald? Bekommt man einen Wanderführerschein der Klasse C für das Tragen eines 40-Kilo-Rucksacks? Was zum Teufel ist also ein Wanderführerschein? Die Antwort liefern die »best alpine« Wanderhotels, die einen solchen Schein in ihren Wanderhotels anbieten. Da ist die Rede von der »Kunst der Entschleunigung«, »der Wahrnehmung des Augenblicks« und der »Muße beim Wandern« und davon, dass man das Ganze erst einmal erlernen müsse. Klar, es gibt Menschen, die haben Probleme, im Alltag so richtig abzuschalten, aber muss man die Entschleunigung beim Wandern lernen, oder ist Wandern an sich nicht schon die Therapie für genau dieses Problem? Dieser Lernprozess, die Auseinandersetzung mit sich selbst? Wollen wir selbst beim Wandern noch künstlich initiiert lernen müssen? Informationen aufsaugen? Systematisieren und optimieren? Das ist doch gerade das, was beim Wandern wegfällt. Kopf aus, dachte ich.

Ansonsten gefällt mir die Idee des Scheins ja ganz gut, es geht nämlich auch um Sicherheit am Berg, Wetterkunde und Orientierung. Als eine Art Wandersicherheitstraining oder Wanderkurs für Anfänger – analog zum Fahrsicherheitstraining des ADAC – ist diese Idee sicher eine gute Sache. Aber als Wanderlappen, der die Fähigkeit attestiert, besonders viel Muße beim Wandern entwickeln zu können? Ich weiß ja nicht.

Fakt ist, Einsteiger können sich heutzutage wirklich überall gut und umfassend beraten lassen, wenn es um Regionen, Ausrüstung, Tourenauswahl oder -länge geht. Ob in Ausrüstungsgeschäften, in den Tourist-Informationen vor Ort, in Magazinen, Büchern, bei Wandervereinen, in Kursen oder im Internet. Informationen rund um das Wandern so weit das Auge reicht. Vor allem im Web findet man heutzutage zahllose gute und schlechte Webseiten mit

Wanderinfos und Foren samt Tipps und Tricks von Usern für User. Vieles davon können Einsteiger und auch Fortgeschrittene wirklich gebrauchen. Manches aber auch nicht, so ist das World Wide Web eben. Da wird im Internet haarklein vorgerechnet, wie lange es dauert, einen 13,2 Kilometer langen Wanderweg mit 475 Höhenmetern und vermehrt engen Pfaden als Einsteiger mitsamt einer großen Gruppe zu bewältigen. Die Internetseite verrät: Es sind genau 311 Minuten. Na, dann kann ja nichts mehr schiefgehen.

Bei all dem Überangebot von teils wirklich nutzlosen Informationen über eine im Kern simple Sache brauchen wir eher einen Informationsfilter-Schein, bei dessen Erwerb wir lernen, wo und wie wir die jeweils sinnvollsten Informationen aus dem Wirrwarr der Informationsflut herausfiltern können. Und vor allem, auf was es wirklich ankommt. Das ist gerade dann wichtig, wenn man sich als Einsteiger an eine neue Sache herantraut und nicht gleich von der Masse an Hinweisen erschlagen werden möchte.

97. GRUND

Weil Ausrüster Geld verdienen wollen

»Ausrüster« ist wieder so ein Begriff aus dem Fachjargon. Gemeint sind natürlich die Hersteller von Wanderausrüstung, die heutzutage wirklich jeden noch so kleinen Millimeter des Körpers bedeckt. Da gibt es verschiedene Kleidungsschichten, Hightech-Stoffe und topmoderne Helferlein aus der Welt der Technik, Chemie und Mechanik. Ein gut ausgestatteter Wanderer erinnert mittlerweile mehr an den Terminator als an einen traditionsliebenden Wanderer mit Kniebundhose und rot-weiß kariertem Hemd. Und so eine Terminator- beziehungsweise Wanderausrüstung ist teuer. Sehr teuer, das kann auch Arnold Schwarzenegger bestätigen. Auffällig in der Ausrüsterbranche ist vor allem, dass sie eines suggerieren

möchte: »Mehr bringt mehr.« Doch ob meine Bekleidung nun 20.000 Millimeter Wassersäule oder 8.000 Millimeter aushält, ist für mich, als ein relativ normaler Wanderer, völlig unerheblich. Es sei denn, ich habe vor, unter Wasser zu wandern. So sind viele der Produkte überdimensioniert in ihrer Funktion. Mit entsprechenden Bergsport-Ikonen wie Kammerlander, Kaltenbrunner, Huber und Co wird dann fleißig für diese überdimensionierte Ausrüstung geworben und der Eindruck erweckt, man bräuchte das als stinknormaler Wanderer auch. Wer Geld hat bis zum Umfallen, den interessiert das natürlich nicht, der kauft einfach von allem das Beste und Teuerste. Wer allerdings mit seinen Groschen haushalten muss, der sollte erst mal herausfinden, was er wirklich braucht. Und auch, was gerade »in« ist, das ändert sich nämlich ziemlich rasant. Ein Beispiel: Wo gestern noch reine Kunstfaser auf der Haut »in« war, ist heute die Mischung aus feinster Merinowolle und Kunstfaser »state of the art«.

Keine Frage, gute Ausrüstung verhindert unnötigen Frust, es lohnt sich, ein wenig Geld dafür auszugeben. Man muss nicht mehr nass bis auf die Haut werden, man muss nicht frieren und man muss nicht im Schweiß ersticken. Atmungsaktive, extrem gut wasserabweisende und schnell trocknende Materialien, die darüber hinaus immer leichter werden, sind Standard geworden. Gore-Tex und Co sind jedem Wanderer von Welt ein Begriff. Eine leichte Regenjacke, ein windabweisendes Softshell, eine robuste und elastische Wanderhose mit entsprechender Kniefreiheit sowie bequeme Treter mit Profil gehören mittlerweile zur Standardausrüstung eines Wanderers. Sie schützen grundlegend vor Wind und Wetter.

Funktionsunterwäsche, Funktionshemden oder Shirts, Handschuhe, Mützen beziehungsweise Hüte, Westen, Hardshells, Übergangsjacken, Doppeljacken gehen dann in die Richtung Gusto. Es ist angenehm, wenn der Feuchtigkeitstransport durch moderne Funktionskleidung gewährleistet ist und meine alten, schnell durchnässten Baumwoll-Shirts nicht länger gebraucht werden. Doch un-

bedingt notwendig ist ein solcher Komfort natürlich nicht. Lange habe ich solche alten, ausgedienten Baumwoll-Shirts zum Wandern getragen, bis ich irgendwann einmal ein Funktionsshirt geschenkt bekommen habe. Was soll ich sagen, auf meinem Wunschzettel für Weihnachten stehen jetzt weitere dieser Dinger. Ich finde sie wirklich praktisch und angenehm zu tragen. Auch einen wasserabweisenden Outdoor-Hut bei Regen und knallender Sonne sowie Handschuhe bei extremen Temperaturen und kaltem Wind kann ich mir nicht mehr aus meinem Rucksack wegdenken. Dennoch, diese Dinge bleiben optional.

Ginge es nach den Ausrüstern, wäre ein Wanderer nach dem bewährten Zwiebelschalenprinzip von Kopf bis Fuß ausgestattet. Das Zwiebelschalenprinzip beschreibt die Aufteilung der Kleidung auf meist drei Schichten, die je nach Wetterlage miteinander kombiniert werden können und einen guten Schutz vor Kälte sowie einen optimierten Feuchtigkeitstransport nach außen gewährleisten. An sich eine gute, aber eben kostspielige und dadurch für mich optionale Sache. Ein solcher, in diesem Beispiel männlicher Hightech-Wanderer aus einem Ausrüsterparadies, in dem der Goldbrunnen nur so sprudelt, hätte mindestens folgende modische und funktionelle Ausrüstung daheim:

1. Bekleidungsschicht

☑ Funktions-Boxershorts aus Merinowolle/Kunstfaser
☑ Lange Unterhose aus Merinowolle/Kunstfaser
☑ Funktionshemd aus Merinowolle/Kunstfaser
☑ Funktions-Tanktop aus Merinowolle/Kunstfaser
☑ Insektenschutz-Nachtwäsche (Seiden-Baumwoll-Mischung)

2. Bekleidungsschicht

☑ Outdoor-Hemd (atmungsaktiv, schnelltrocknend, UV-Schutz)

☑ Outdoor-Hose (reißfest, robust, dehnbar, schnelltrocknend, UV-Schutz)

☑ Fleece (für den Winter oder die Übergangsjahreszeiten)

☑ Mückenschutz-Hemd

3. Bekleidungsschicht

☑ Softshell (winddicht, wetterfest, elastisch)

☑ Hut (winddicht, wasserabweisend)

☑ Handschuhe (winddicht, wasserabweisend)

☑ Regenjacke (atmungsaktiv, wasserabweisend, ultraleicht, mit Kapuze)

☑ Winterjacke (atmungsaktiv, leicht)

Voilà, der Wanderer ist angezogen. Doch der High-End-Roboter ist längst noch nicht ausgestattet genug. Dazu kämen jetzt noch ultraleichte Messer und Werkzeuge, GPS-Gerät, Taschen- und Stirnlampe, Action-Cam, Erste-Hilfe-Set, Kompass, outdoortaugliche Pflege- und Kochmittel, Rucksäcke für jede Tour und Taschen für jede Tour, Sonnenbrillen, Wanderstöcke, Wandersocken und natürlich Schuhe, auch für jede denkbare Tour. Jetzt kann's losgehen – zwei Stunden spazieren gehen mit Oma.

Besonders faszinierend finde ich bionische Outdoor-Ausrüstung. Eine solche bionische Jacke, die klingt, als wäre sie ein Accessoire von Captain Kirk vom Raumschiff Enterprise, passt sich ganz automatisch der Temperatur des Körpers an. Wird es unter der Jacke zu warm und schwitzt der Wanderer, öffnen sich die »Poren« der Jacke und lassen Luft durch. Kühlt der Körper dagegen ab und schwitzt er nicht mehr, schließen sich diese wieder und schützen vor weiteren Kälteeinflüssen. Abgeguckt haben sich die Hersteller dieses System aus der Natur. Tannenzapfen öffnen und schließen ihre Schuppen auf gleiche Weise, je nach Temperatur. Wer mal eben ein paar Hundert Euro zur Verfügung hat, kann sich so einen

tragbaren Zapfen zulegen. Verrückt, was da in der Zukunft wohl noch kommen mag?

Eines muss ich aber auch festhalten. Bei all den überdimensionierten und optionalen Ausrüstungsteilen bleiben die Hersteller dennoch sympathisch. Denn die meisten der Chefs und Chefinnen von großen Herstellern wandern selbst, das macht sie glaubwürdig und authentisch. Antje von Dewitz (Vaude), Lukas Meindl (Meindl), Peter Schöffel (Schöffel), Waltraud Lenhart (Leki), Rolf Schmid (Mammut) und wie sie alle heißen sind alle leidenschaftliche Wanderer, die eben versuchen, ein wenig Geld zu verdienen. Wer könnte es ihnen verdenken? Abgesehen davon, bin ich für den heutigen, hohen Standard in der Wanderausrüstung wirklich dankbar, wenngleich mich die unüberschaubare Masse an Möglichkeiten überfordert.

98. GRUND

Weil es was umsonst gibt

Da gibt's was umsonst? Los, hin da! Wir Menschen sind schon eine gierige kleine Spezies. Überall dort, wo es etwas günstig oder gar kostenlos gibt, findet man uns zuhauf. In Mengen. Nein, in Massen. Anlässe vor dem Hintergrund des Wanderns sind all die vielen Veranstaltungen, bei denen es für Schnäppchenjäger, Esser, Trinker, Stibitzer und ja, auch Wanderer, jede Menge zu tun gibt. Der Kalender von besonders gut organisierten Abgreifern ist prall gefüllt. Mit Events in ganz Deutschland, fast das ganze Jahr über.

Im Frühling geht's zu den sogenannten Wanderopenings. Fast jede Region, die wandertechnisch etwas auf sich hält, veranstaltet ein groß angekündigtes, in der Praxis eher überschaubares Wanderopening, mit dem die neue Wandersaison feierlich eröffnet wird. Ein paar Zelte und Stände, ein wenig Musik, eine lockere Ansprache

von der örtlichen Politprominenz, und das Opening nimmt seinen Lauf. Nach einer kleinen, gemeinsamen Wanderung werden dann endlich die Fressstände zur Freude aller eröffnet. Großes Gedränge an der Essensausgabe, jeder will ein Würstchen haben, und die rennen heute ganz bestimmt weg, so könnte man es bei den tumultartigen Szenen zumindest vermuten.

Wanderopenings sind regionale Events, die Einheimische wie Gäste aus dem näheren Einzugsgebiet auf die Wandersaison einstimmen sollen. Touristiker wollen mit den Feierlichkeiten sicherstellen, dass Wanderer nach dem langen Winter nicht vergessen haben, dass man in ihrer Region hervorragend wandern kann. Angst vor Alzheimer? Die haben doch nicht etwa in der Altersstatistik des Deutschen Wanderverbandes gestöbert?

Den Sommer über finden dann zahlreiche Neueröffnungen von Wanderwegen statt. Auch hier wieder ein paar Stände und Zelte, Musik, die obligatorische Ansprache des Bürgermeisters, die nicht selten wie ein Loblied auf die eigene gewinnbringende Persönlichkeit klingt, und eine kurze Wanderung über ein Teilstück des Weges. Für die Lokalpresse, die den neuen Weg am nächsten Tag hoffentlich sensationell in Szene setzt, hofft der zuständige Touristiker zumindest. Alles wie gehabt, die Wurstbuden sind belebt wie eh und je, nur der Bierstand kann das noch toppen. Auch die besonders geselligen Abgreifer sind wieder im Getümmel und haben Glück, dass der volksnahe OB heute ein paar Würstchen springen lässt. Ihre Stimmen bei der nächsten Wahl sind ihm schon mal sicher.

24-Stunden-Wanderung, Wandermarathon, Volkswandertag. Der Sommer ist voll von Wanderevents. Jede große Mittelgebirgs- und Wanderregion veranstaltet heutzutage irgendwas mit Wandern. Man muss sich ja auch von der aktiven Seite zeigen und auf der Welle des Trends reiten, nicht wahr?

Im Herbst findet dann endlich *das* Event der Wanderbranche statt. Die einzige reine Wander- und Trekkingmesse Deutschlands, die TourNatur in Düsseldorf, öffnet ihre Pforten für alle Wander-

und Outdoorbegeisterten im Lande. Die kommen zahlreich, bis zu 40.000 Wanderer und welche, die es werden wollen, besuchen die Messe Jahr für Jahr am ersten Septemberwochenende. Und im Gepäck haben sie das, was sie zu jeder Messe mitbringen. Taschen, jede Menge Taschen. Und Rucksäcke, jede Menge Rucksäcke. Es wird eingesteckt, was eingesteckt werden kann. Kiloweise Infobroschüren, tonnenweise Merchandise-Artikel. Die Taschen und Rucksäcke der Besucher quellen über, man könnte vermuten, an diesem Tag werden zahllose Bandscheibenvorfälle geboren. Kugelschreiber, Anstecker und Sticker – braucht man zwar alles nicht, aber hey, es ist umsonst. Vor allem die Stände, die mit kostenlosen Gewinnspielen oder Aktionen auf sich aufmerksam machen, sind die großen Gewinner des langen Wochenendes. Bei einer Weinverkostung drängen sich die Menschen auf kleinstem Raum, nur um einen Schluck des kostbaren Tropfens zu probieren. Ganz ehrlich, da stelle ich mich lieber in die Schlange von Aldi und hab direkt 'ne ganze Pulle. Doch eigentlich sind diese Stände die Verlierer, denn kaum ein durstiger Besucher hat sich am Ende des Tages über die Wanderregion informiert, viel zu beschäftigt war er mit dem Anstehen sowie dem Hoffen auf kostenlosen Stoff.

Aber mal ernsthaft, die TourNatur ist der wichtigste Termin im Jahr. Jedes Jahr präsentieren Deutschlands Wanderreviere ihre Neuheiten und zeigen sich von ihrer besten Seite. Ausrüster führen ihre neuesten Kollektionen und Innovationen vor. All die wanderaffinen Besucher können sich umfassend informieren und beraten lassen. So viel Wanderkompetenz gibt's selten auf einem Haufen. Und hinter den Kulissen finden Seminare, Vorträge und Workshops statt. Wenn sich Touris, Presse und Strippenzieher der deutschen Wanderwelt schon mal alle zusammenfinden, wird das auch genutzt. Es wird vernetzt, ausgetauscht und abgeschaut. So wird ein Großteil von Kooperationen im Wanderbusiness in Düsseldorf angestoßen. Damit das Wandern in Deutschland niemals langweilig wird.

Und im Winter? Da gibt es nur wenige Veranstaltungen, die wanderinteressierte Würstchenjäger ins Freie locken. Wenn, sind es vereinzelt Winterwanderwege, die eröffnet werden. Ansonsten ist es ruhig. Wie schön.

Weil Manuel Andrack einen neuen Job brauchte

Der in Köln geborene Redakteur, Moderator, Comedian, Autor und Journalist ist den meisten noch aus der in der Steinzeit so beliebten *Harald-Schmidt-Show* bekannt, mit der er gleich zweimal den mittlerweile abgeschafften Deutschen Fernsehpreis gewann. Auch wenn nach diesem Preis nicht einmal der hyperaktivste Hahn kräht, mit der Show, in der er neben dem Redaktionsleiter hinter den Kulissen auch den sogenannten »sidekick« nach amerikanischem Vorbild gab, hat sich Andrack einen echten Namen in der Öffentlichkeit machen können. Doch die Blütezeit der *Harald-Schmidt-Show* währte nicht ewig. 2014 ist das Format, nach qualvollem und langjährigem Todeskampf sowie wiederholten Relaunch-Versuchen auf verschiedenen Sendern, gänzlich abgesetzt worden.

Andrack war also arbeitslos. Und was macht man, wenn man nicht länger als Redakteur und »sidekick« der Harald-Schmidt-Show auftritt und auch keinen Bock auf den Bezug von Hartz IV oder ein Leben als Straßenmusikant in der Kölner Innenstadt hat? Richtig, man wird Wanderpapst und kehrt so auf die Bühne der Öffentlichkeit zurück. Blöd nur, dass damals mit Rainer Brämer vom Deutschen Wanderinstitut schon ein Papst in der Wanderbranche existierte. Egal, denn was lehrt uns ein Blick in die Geschichtsbücher? Selbst in der Kirche gab es einst mehrere Päpste zur gleichen Zeit, im Jahr 1045 sogar ganze drei. Und was die Kirche kann, kann Andrack schon lange. Heute ist der bekennende Wanderer ein

wahrer Botschafter seiner Leidenschaft und mit dem inoffiziellen Papsttitel in der Szene gebührend geehrt worden. Mit zahlreichen Beiträgen in der Wanderliteratur, eigenen Wanderbüchern, Kolumnen und Reportagen im *Stern,* in der *Zeit* oder im *Wandermagazin,* mit TV-Auftritten und einer eigenen Wander-Comedyshow gilt er mittlerweile als *das* prominente Gesicht des Wanderns. Ganz so, wie der Papst für seine Kirche. Nur, dass der Wanderpapst ohne Skandale auskommt. Noch. Lange Zeit fehlte so ein Gesicht, so wurde das Wandern viel zu oft als eine Art Opa-und-Oma-Sport abgetan. Mithilfe von Aushängeschildern und Wanderoberhäuptern wie Andrack oder auch dem Bestseller-Autor Hape Kerkeling scheint eine Abkehr von diesem veralteten Image gelungen zu sein. Papst statt Hartz – eine gute Wahl, Manuel.

Natürlich war Andrack nie wirklich arbeitslos und weg vom Fenster. Zwischen seinen Auftritten in der *Harald-Schmidt-Show* und seiner Zeit als Wanderpapst war er bis 2008 weiterhin als Redaktionsleiter für die Show, als Dramaturg für Kabaretts, Förderer von Wanderprojekten und als Autor von verschiedenen Büchern, Blogs und Wanderführern tätig und ist das noch weiterhin. Als bekennender 1.-FC-Köln-Fan, Botschafter des Bieres, heldenhafter Bekämpfer der »drohenden Unterhopfung« und Symbol der Wanderleidenschaft ist er eine gleichermaßen schillernde wie sympathische Figur, die dem Wandern in Deutschland guttut. Mit Witz, Charme und jeder Menge Gerstensaft – nicht umsonst wurde er in einem Saarbrücker *Tatort* für die Rolle des Kneipenwirts besetzt – durchleuchtet er die Faszination Wandern auf seine ganz eigene Weise und verschafft der besten Freizeitbeschäftigung der Welt damit die Aufmerksamkeit, die sie verdient. Na wie gut, dass Harald Schmidt mit seiner Show in Rente ist und Manuel Andrack einen neuen Job brauchte.

WAS WANDERER LERNEN

Weil man seinen eigenen Rhythmus findet

Der eigene Rhythmus beim Wandern ist ein wichtiger Faktor für gelungene Touren. Gehe ich zu schnell, bin ich nach einigen Kilometern mit ziemlicher Sicherheit nicht mehr an der schönen Landschaft um mich herum interessiert, sondern bin einzig und allein damit beschäftigt, mich über Stock und Stein zu quälen. Und nach einem Beatmungszelt zu schreien. Nicht ratsam. Gehe ich zu langsam, kann ich zwar die Schönheiten links und rechts des Weges in all ihren Details bewundern, laufe aber je nach Länge der Tour Gefahr, nicht rechtzeitig mein Ziel zu erreichen und bei Einbruch der Dunkelheit noch immer im Wald herumzugeistern. Auch nicht so ratsam. Die gleichmäßige Mischung macht's. Wenn das eigene Tempo und der richtige Rhythmus erst einmal gefunden sind, wandert es sich wesentlich entspannter. Es braucht einige Erfahrungen in den unterschiedlichen Geländeformen, bis man seinen ganz eigenen Rhythmus letztlich findet. Es soll erfahrene Wanderhasen geben, die bis heute noch nicht wirklich ihre passende Schrittfrequenz gefunden haben. Manche schaffen das nie so richtig.

Ich erinnere mich an meine »Testwanderung« mit Daniel, bei der ich herausfinden wollte, ob er konditionell in der Verfassung ist, mit mir auf eine einwöchige Hüttenwanderung in den Bergen zu gehen. Ich erstellte eine schwere Siebengebirgstour mit zehn Gipfeln, knapp 28 Kilometer Länge und 1.600 zu bewältigenden Höhenmetern. Was soll ich sagen, Daniel, fit, wie er ist, hat mich damals ganz schön durchs Gelände gejagt. Eigentlich hatte ich gedacht, *ich* würde ihm als erfahrener Wanderfuchs zeigen, wo der Hase langläuft. Denkste, Daniel flog mit einem Tempo die Berge hoch, dass mir Sehen und Hören verging, ich kämpfte mich hinterher und versuchte, mir nichts anmerken zu lassen. Da war er

wieder, falscher Männerstolz – die wohl unnützeste Erfindung der Welt. Nachdem ich anfänglich noch dachte, Daniel verausgabt sich aufgrund seiner Unerfahrenheit an den ersten Steilhängen und ich würde ihn am Ende der Tour locker noch abhängen, musste ich schließlich einräumen: »Okay, du hast echt was drauf!« Die Hütten- tour konnte also in Angriff genommen werden. Im Hochgebirge jedoch merkte Daniel dann schnell, dass die dünne Luft und die viel längeren Steigungen jede Menge mehr an Schweiß und Kraft erfordern als die Hügelchen des Siebengebirges. Er hatte sichtlich Schwierigkeiten, einen richtigen Tritt zu bekommen, und flog längst nicht mehr so leicht die Berge hinauf wie im Mittelgebirge. Das machte mir deutlich, wie unterschiedlich die Erfahrungen aus- fallen müssen, bevor man irgendwann seinen richtigen Rhythmus in jedem Terrain finden kann. Und natürlich zeigte es mir, wer hier der Chef am Berg ist.

Noch schwieriger wird das Thema Tempo und Rhythmus in einer größeren Wandergruppe. Der eine mag's schneller, der andere eher langsamer. Aufgrund eigener Erfahrungen weiß ich, dass dies einiges an Konfliktpotenzial mit sich bringt. Schnell fühlen sich die Wanderer der zügigen Zunft ausgebremst und die Langsamen überfordert und gehetzt. Die goldene Kompromiss-Regel für eine Gruppenwanderung sollte dennoch immer lauten: Das langsamste Mitglied der Gruppe geht vorweg beziehungsweise bestimmt das Tempo (Taschenlampen nicht vergessen, es könnte dunkel werden!). So ist zumindest dafür gesorgt, dass sich kein Mitwanderer ver- ausgabt und über seine körperlichen Grenzen geht. Daher sollte die Planung der Tour hinsichtlich der Länge auf den langsamsten Wanderer ausgelegt sein. Spontane Abstecher für die besonders schnellen und fitten Wanderer zu kleinen Zwischenzielen, wie zum Beispiel einem nahe gelegenen Gipfel, Aussichtspunkten oder anderen Sehenswürdigkeiten, tragen zum guten Klima der Gruppe bei. Die Unterforderten bekommen eine Herausforderung on top und die tempoangebenden Schleicher eine kleine Pause. So hat es

bei mir bisher immer wunderbar geklappt. Meine Mutter und meine ehemalige Freundin schlugen sich den Bauch mit den gemeinschaftlichen Vorräten voll, während mein Vater, meine Schwestern und ich auf den umliegenden Felsen herumkraxelten. Doch Achtung, wer zu lang kraxelt, den bestrafen die Faulen. Selbstverständlich waren die leckersten Lebensmittel bei unserer Rückkehr immer schon weggemampft. Was fragt man da überhaupt noch nach den Keksen? Die sind weg! Längst über alle Berge.

101. GRUND

Weil Sonnencreme einen ganz neuen Stellenwert erhält

Ich werde nie wieder in meinem Leben etwas so Essenzielles wie Sonnencreme beim Bergwandern vergessen. Versprochen, denn was mir einst in den Allgäuer Bergen passierte, möchte ich nicht noch einmal erleben. Es war Frühling, und meine damalige Freundin und ich machten uns auf zu einem einwöchigen Trip in das wunderschöne Allgäu. Auf dem Plan standen viel Relaxen und ein wenig Sightseeing, Skifahren und Wandern. So weit, so gut, das alles klappte auch hervorragend bis zum letzten Tag vor der Abreise, als wir mit der Seilbahn hoch hinaus auf das Nebelhorn fuhren und auf den noch ordentlich schneebedeckten Hängen ringsherum eine kleine Schneetour per pedes machten. Der Himmel war herrlich wolkenfrei und tiefblau. Die Sonne knallte nur so auf unser Haupt. Durch den grell reflektierenden Schnee war es zwar nicht leicht, in die Ferne zu sehen, doch es wurde trotz der schwierigen Sichtverhältnisse eine überaus schöne Tour bei sprichwörtlich perfektem Frühlingswetter. Was will ein Wanderer mehr? Genau, Sonnencreme.

Die hatte ich nämlich völlig vergessen, und so brannte mir die erbarmungslose Sonne, auch dank der reflektierenden Schneedecke,

den halben Tag lang einen ziemlich schmerzvollen und ziemlich roten Teint auf meine Haut. Zuerst, während der Talabfahrt, habe ich mich noch darüber gewundert, wieso mir so heiß um die Ohren wurde. Als mir meine Freundin dann eine immer röter werdende Haut im Gesichtsbereich attestierte, dämmerte es mir langsam: »Du Vollidiot, du verdammter Vollidiot!« Bis zum Abend schwoll mein Gesicht fußballartig an und schmerzte höllisch. Meine Freundin konnte sich hin und wieder nicht verkneifen, mich für meine zugegeben unheimlich ulkige Transformation im Gesicht hemmungslos auszulachen. Auch der eine oder andere Autofahrer auf der Rückfahrt am nächsten Tag schien es überaus amüsant zu finden, einen fahrenden Medizinball zu überholen. So wurde die Heimfahrt, nach einer schlaflosen und schmerzhaften Nacht, zu einer Fahrt der Schande, auf der ich mich mit jedem Fahrzeugkontakt ein wenig mehr hinter der B-Säule meines Autos zu verstecken versuchte. Muss ich erwähnen, wie meine geschätzten Freunde in der Heimat reagierten, als sie mich sahen? Wie die Paparazzi. Das gellende Gelächter habe ich noch heute im Ohr, als sie unzählige Fotos für die Ewigkeit und Nachwelt knipsten – ich als unfreiwilliger Star und fürchterliches Fotomotiv. Heute kann und muss ich ziemlich laut mitlachen, wenn ich meinen aufgedunsenen Tomatenkopf von damals sehe.

Was damals so überaus schmerzhaft war und so lustig aussah, stellte sich übrigens als Verbrennung ersten Grades heraus, mit der ich laut Ärztin noch glimpflich davongekommen sei. Nächtelang blieb mir nichts anderes übrig, als stur auf dem Rücken zu liegen, und noch Wochen später zog ich letzte Hautlappen von meinem verbrannten Gesicht ab; peu à peu kam mein altes, doch etwas schöneres Antlitz zum Vorschein. Was bleibt, ist die schmerzvolle, wenngleich lehrreiche Erfahrung und die Pole-Position für Sonnenschutz auf jeder Packliste fürs Wandern.

Denn Restschnee, der sich im Hochgebirge mancherorts den ganzen Sommer über hält, reflektiert die UV-Strahlen fast zu 100

Prozent und erhöht damit das Sonnenbrandrisiko deutlich. Gerade in höheren Lagen, wo es selbst im Hochsommer bei strahlend blauem Himmel sehr kühl sein kann, vergisst man dann schnell mal den so wichtigen Sonnenschutz. Ich? Nie wieder.

Weil man lernt, Niederlagen einzustecken

Wo man Erfolge ernten kann, da gibt es auch hin und wieder bittere Niederlagen zu kassieren. Gut, denn so bekommen sowohl die bisherigen als auch die zukünftigen Erfolge einen ganz neuen Stellenwert. Niederlagen stärken mehr noch als Erfolge, davon bin ich überzeugt.

Eine solche, bis heute unvergessene Niederlage erfuhr ich das erste Mal als kleiner Bursche. Zusammen mit meinen Eltern stiegen wir das 3.257 Meter hohe Hasenöhrl in Südtirol hinauf. Was mir als junger Spund damals nicht im Entferntesten bewusst war, ließ mir bei meiner Recherche für dieses Buch glatt die Kinnlade heruntersausen: Fast 2.000 Höhenmeter Aufstieg hatten wir während dieser Wanderung bewältigt, ich muss ganz schön fit gewesen sein. Umso bitterer erscheint dann im Nachhinein der eintretende Regenguss kurz vor Erreichen des Gipfels. Das massive Gipfelkreuz bereits in Sicht, waren wir auf dem glatten und bald schon ziemlich rutschigen Blockgestein rund 100 Meter unterhalb des Gipfels gezwungen, die Tour abzubrechen. Zu gefährlich wäre der weitere Aufstieg und erst recht der darauffolgende Abstieg gewesen. Ich weiß noch genau, wie bitter sich die Enttäuschung anfühlte und wie zahlreich die Tränen waren, denn schon damals jagten mich mein unstillbarer Ehrgeiz und der Wille nach möglichst vielen Gipfelbesteigungen die Berge hinauf. Meines Vaters weisen Machtwortes konnte ich mich jedoch, trotz verzweifelter Versuche, ihn umzustimmen, nicht entziehen.

Und so musste ich lernen, dass die Naturgewalten stets das letzte Wort behalten.

Vielleicht war es genau diese Erfahrung im Kindesalter, die mich im September 2011 an der Tschengsler Hochwand in Südtirol, bei plötzlichem Wintereinbruch mit zentimeterdicken Schneeflocken, vor größeren Gefahren bewahrte. Auch hier war ich rund 15 Minuten vom lang ersehnten Gipfel entfernt, als die Schneedecke sich bedrohlich tückisch über das Gestein legte und weit und breit kein Ende des Schneefalls in Sicht war. Alleine unterwegs, entschloss ich mich in 3.000 Meter Höhe zähneknirschend dazu, meine Tour kurz vor Erreichen des Ziels abzubrechen. Es wäre mein erster Solo-3.000er gewesen.

Es muss allerdings nicht immer das Wetter sein, das den sportlichen Ehrgeiz eines Wanderers besiegt. Am La Tsavre im schweizerischen Val Ferret (einem wirklich traumhaften Tal für Bergwanderer) war es die vernünftige Einschätzung der eigenen Fähigkeiten, die siegte. Einen Tag zuvor hatten wir uns den markanten Berg genauestens auf der Karte angesehen und den Aufstieg trotz fehlenden Weges in Gipfelnähe für machbar befunden. Im Gelände erwies sich der felsige Tsavre jedoch als weitaus abschüssiger als angenommen, so ganz ohne Kletterausrüstung ein unkalkulierbares Risiko. Und siehe da, es war der Sohn, der den davonkraxelnden Vater zur Vernunft aufrief und den Schlussakt dieser Wanderung für zu gefährlich erklärte. Der Filius hatte was gelernt. Nämlich, dass die Vernunft beim Wandern immer über Ehrgeiz und Verlockung siegen muss, selbst wenn der Erfolg zum Greifen nahe ist.

Manchmal, da hilft weder Vernunft noch eine sorgfältige Einschätzung zur Wetterlage, da hat man einfach Pech. So wie ich auf einer Tour im Bergischen Land, die ich kurz vor Erreichen von Eckenhagen abbrechen musste, weil sich die Sohle meines rechten Wanderschuhs löste. Die nach einigen Schritten schon fast vollständig abgelöste Sohle neigte sich an der Fußspitze mit jedem

weiteren Schritt so weit nach unten, dass ich den Fuß extrem anheben musste, um nicht über die herunterhängende Sohle zu stolpern. So lief ich rund einen Kilometer wie ein klassischer Clown aus Kinderbüchern mit übergroß wirkendem Schuh und einer leicht roten Nase aus Scham zur nächsten Bushaltestelle. Ein Bild für die Götter.

103. GRUND

Weil man Erfolge feiern kann

Ach, wie herrlich wäre es, wenn das Leben nur aus Erfolgen bestünde? Wer gerade eine Reihe von Niederlagen und Rückschlägen hinter sich hat, würde eine solch verführerische Petition sicher sofort unterschreiben. Doch dieser Wunsch bleibt wohl auf ewig ein solcher. Und nüchtern betrachtet, lässt sich feststellen: Das ist auch gar nicht schlecht so, denn ein Leben ausschließlich aus Erfolgen wäre kein schönes, jegliche Relationen fielen weg und Erfolge hätten keinen Wert mehr. Viel besser eignet sich da das Wandern als eine erquickende Mischung aus Anstrengungen, Niederlagen, Fehlern und eben den belohnenden Erfolgserlebnissen.

Messbare Erfolge findet und feiert man beim Wandern nämlich in angenehm regelmäßigen Abständen, ganz ohne groß danach suchen zu müssen. Sei es der biestig steile Hügel, der mit letzter Kraft erklommen wird, oder ein dominanter Aussichtsgipfel, der während der ganzen Wanderung schon am Horizont thront und den Wanderer kontinuierlich herausfordert. Sei es eine erfolgreiche Alpenüberquerung, das Abschließen der Schlussetappe einer mehrtägigen Rund- oder Streckenwanderung oder die letzten Meter zum Nachtquartier nach der schweren Königsetappe. Auch das Erreichen diverser Etappenpunkte und Sehenswürdigkeiten kann als Zwischenerfolg im Album des Wanderers verbucht werden.

Wer auch nur ein einziges Mal gewandert ist, weiß, wie wunderbar es sich anfühlt, eines dieser kleinen und großen Ziele, die lange Zeit schon vor dem geistigen Auge spuken, endlich aus eigener und nicht selten auch letzter Kraft zu erreichen. Die körperliche Anstrengung, die mit dem Erreichen zunächst einmal ein Ende findet, lässt die Hormone im Körper Samba tanzen und der Euphorie freien Lauf. Und obwohl Wanderer diesen Moment so sehr herbeisehnen, wird kaum ausgelassen gefeiert, gejubelt oder getanzt. Ein Wanderer genießt still und schweigend. So wie er auch überwiegend schweigend wandert und mit sich selbst beschäftigt ist, macht er auch den Erfolg meistens ganz mit sich aus. Zum Tanzen wären eh keine Kräfte mehr da; abgesehen davon machen das die Hormone schon. Ein kleines Lächeln, ein Handschlag oder ein zufriedenes Nicken ist da meist alles, was zwischen Wanderern bei ihren Erfolgserlebnissen im Gelände ausgetauscht wird. Doch wer genau hinsieht, entdeckt das Funkeln in den Augen seiner Mitwanderer. Als Beweis für seine Emotionen angesichts des Geleisteten.

Hinterher sieht das natürlich anders aus, da wird nicht nur munter über das Geleistete geplaudert, sondern gern auch mal an der einen oder anderen Stelle übertrieben. Ein Gipfel wird gegenüber Nichtbeteiligten kurzerhand um 300 Meter höher gemacht. So schnell wie flunkernde Wanderer schafft das keine tektonische Platte der Erde. Oder die Strecke wird um drei, vier Kilometer gestreckt. Man muss ja schließlich Eindruck bei den Freunden schinden.

Aber mal im Ernst und ganz ungelogen: Als ich die 246 Kilometer des Bergischen Panoramasteigs bewältigt und den Ausgangsort Ründeroth wieder erreicht hatte, an dem ich zwölf Tage zuvor gestartet war, überkam mich ein von unermesslichem Stolz geprägtes und unglaublich befriedigendes Erfolgsgefühl. Ein Erfolgsgefühl, das ich, eine geschlagene Stunde schweigend und verträumt auf einer gemütlichen Parkbank sitzend, genießen musste, bevor meine Gedanken um die bevorstehende Heimreise kreisen konnten. Was ich unterwegs, dem Ziel so fern, womöglich noch kategorisch

ausgeschlossen hätte, wurde mir in diesem Moment auf der Parkbank klar, und ich wusste wieder, wofür ich meinen Körper so geschunden hatte. Und wofür ich es immer wieder tun würde. Solche Erfolge machen süchtig.

104. GRUND

Weil man sich seiner Höhenangst (nicht) stellen kann

Wer unter Akrophobie leidet, besser bekannt als Höhenangst, hat schon ein schweres Wanderleben. Lebt doch das Wandern zu großen Teilen vom Erleben der Höhe, zumindest in Gebirgsregionen. Wenn sich nicht ganz schwindelfreie Wanderer (Mama) ins Gebirge trauen, weil ihnen der Wanderführer (Papa) versprochen hat, dass es auf der heutigen Wanderung wirklich gar keine ausgesetzten oder engen Stellen am Hang geben wird, bei denen spontane Panik ausbrechen könnte, kann das schon mal zu echten Dramen am Berg führen. Dann nämlich, wenn doch eine kleine, auf der Karte nicht einsehbare Stelle unvorhergesehen am Weg auftritt, an der man für zwei, drei kleine Stufen seine Hände mitnutzen muss. Dann gibt's mächtig Ärger. Bevor überhaupt daran gedacht wird, das Hindernis zu bewältigen, wird erst mal gemeckert: »Du hast doch gesagt, dass …!!!«, »Hier gehe ich niemals hoch!!!«, »Immer wieder das Gleiche mit dir!!!« Regel Nummer eins: Ohren zuhalten, abschalten und in die Ferne schauen. Das können die zwei schön unter sich ausmachen. Spätestens wenn dann, nach einem eigentlich immer gleichen Wortwechsel, die ersten zaghaften Versuche stattfinden, den kleinen Felsvorsprung hinaufzuklettern, hilft auch das Ohrenzuhalten nichts mehr. Da muss schon *Ohropax* her. Denn panische Urschreie und ohrenbetäubende Flüche brettern ins Tal hinunter beim Versuch, die kleine Felspassage zu meistern, die alle anderen zuvor innerhalb von wenigen Sekunden problemlos überwunden

haben. Klitschnasser Angstschweiß auf der Stirn. Man möchte den höhenängstlichen Wanderern zuflüstern und sie beruhigen. Es ist doch wirklich nur ein kleiner, gesicherter Felsvorsprung, nicht umsonst ist der Weg als einfacher Bergwanderpfad markiert und nicht als alpiner Steig. Die (meisten) Leute wissen schon, was sie tun beim Markieren der Wege. Aber gegen so eine instinktive Angst kommt man nicht so einfach an. Also steht einer oben und gibt detaillierte Anweisungen, wohin der linke und wo der rechte Fuß platziert werden sollte. Ein anderer steht unten und sichert dem akrophobischen »Kletterer« zu, ihn im Falle eines dramatischen Absturzes (etwa einen Meter tief) aufzufangen, quasi als mentales Sicherungsseil. Vor allem aber feuert er den Schisshasen an. Der Rest hofft einfach, dass der Spuk bald vorbei ist und es weitergehen kann. Verblüffend: Hinterher war meist alles gar nicht so schlimm, und der Stolz auf das Geleistete ist riesig.

Man möchte ja meinen, dass insbesondere die Konfrontation mit der Angst und das erfolgreiche Meistern von kritischen Situationen irgendwann einmal Milderung bringen würde, aber irgendwie wird's zumindest bei den mir bekannten Fällen (Mama) immer schlimmer. Vielleicht kam die sogenannte Wagniserziehung einfach zu spät oder zu unregelmäßig. So bleiben für viele extrem höhenängstliche Wanderer am Ende nur talnahe Wege oder leichte Höhenwanderwege, die beispielsweise auch von Familien mit Kleinkindern problemlos begangen werden können und garantiert keinerlei ausgesetzte oder schmale Pfade an Steilhängen vorweisen. Das kann genauso schön sein, wenngleich mir persönlich dabei schon ein erheblicher Teil des Wandererlebnisses fehlen würde. Doch zu unvorhergesehen treten auf alpinen Bergwanderwegen Hindernisse und kniffligere Passagen auf, die man während der Vorbereitung kaum einplanen kann, außer man ist den Weg selbst schon einmal gelaufen und kennt seine Beschaffenheit ganz genau.

Obwohl ich die Angst vor der Höhe nicht nachempfinden kann, finde ich es wichtig, dass man auf ängstliche Wanderer Rücksicht

nimmt. Wer angesichts einer persönlich nicht machbaren Passage trotz guten Zuredens und Hilfestellung seiner Mitwanderer lieber umkehren will, dem sollte das niemals verwehrt werden. Zu stark ausgeübter Druck ist ein klares Sicherheitsrisiko; abgesehen davon, dass so etwas der Stimmung einer Gruppe nicht besonders zuträglich ist. So bitter das manchmal für den Rest auch ist, Umkehren ist im Zweifelsfall immer die bessere Wahl. Saufnasen können eine verfrühte Rückkehr ins Tal außerdem ganz pragmatisch sehen: mehr Zeit für mehr Bier.

Abgesehen davon, hat doch jeder Angst vor irgendetwas: Spinnen zum Beispiel darf meine Freundin immer schön für mich aus der Wohnung befördern, allein beim Anblick der achtbeinigen Monster aus der Hölle stellen sich alle meine Nackenhaare auf. Ich kann also verstehen, wie irrational sich Ängste in eigentlich harmlosen Situationen auswirken können. Blöde Angst aber auch.

105. GRUND

Weil man negative und positive Grenzerfahrungen macht

Mehr oder weniger extreme Grenzerfahrungen hat fast jeder Wanderer mal gemacht. Klar ist, vor allem eine Grenzüberschreitung bleibt unvergessen und prägt für das weitere Leben. Ob aus einer Notsituation heraus geboren oder aus simpler Selbstüberschätzung. Vielleicht hat man auch unterwegs ganz unachtsam ein zu hohes Tempo angesetzt und die Energie reicht zum Ende hin nicht mehr aus. Auch übertriebener Ehrgeiz kann schuld sein.

So etwas ist mir mal passiert. Im schweizerischen La Tzoumaz haben sich meine Eltern, meine damalige Freundin und ich auf eine eigentlich gar nicht so ambitionierte Wanderung hinauf auf den Mont Foux gemacht. Ich war noch viel jünger und ehrgeiziger, als ich es heute bin, nicht zuletzt aufgrund der Erfahrung, die an

diesem Tag noch folgen sollte. Mein Vater legte wie immer ein extrem hohes Tempo vor, doch anstatt ihn bis zur nächsten Rast davonziehen zu lassen, wie sonst, entschied ich mich dafür, ihm auf Schritt und Tritt den Berg hinauf zu folgen.

Nach den rund 1.000 Höhenmetern hinauf auf den Gipfel des Mont Foux merkte ich dann schon langsam, dass ich es, trotz mehrfacher, besorgter Nachfragen meines Vaters, eindeutig übertrieben hatte. Die Kopfschmerzen begannen, höllisch zu werden, der Schritt unachtsam. Ich sah nur noch leicht verschwommen und geriet während des Abstiegs schnell ans Ende der Gruppe. Immer wieder Pausen. Ich dachte zu diesem Zeitpunkt, ich würde es nicht mehr zurück zur Ferienhütte schaffen. Meinen Mitwanderern spielte ich dabei aus falschem Stolz lange etwas vor: »Ach was, ist alles in Ordnung!« So wankte ich wie angetrunken den Berg hinunter, meine Arme schlingerten kraftlos neben meinem Körper, der Schritt wurde immer schwammiger. Glück gehabt, denn irgendwie hatte ich es nach fünf bis sechs Stunden Plagerei geschafft, fiel völlig fertig in die Couch und rührte mich von da an keinen Zentimeter mehr. Erst jetzt beichtete ich meiner Familie, was los gewesen war, und erst jetzt wurde mir klar, was für Konsequenzen mein Verhalten hätte haben können. Nach diesem Tag brauchte es zwei Ruhetage, bevor ich überhaupt wieder ans Wandern denken wollte.

Die Kluft zwischen menschlichem Streben und menschlichen Grenzen ist schmerz- und qualvoll. Sie ist extrem gefährlich, auch weil sie fließend und besonders für Unerfahrene schwer abzuschätzen ist. So spielt auch immer der Faktor Mensch bei Unfällen im Gelände eine Rolle.

Sicher ist, eine solche Grenzüberschreitung wie am Mont Foux will ich nie wieder erleben. Doch so schlimm das Ganze auch war, heute weiß ich die Signale meines Körpers besser einzuschätzen. Ich erkenne auch die kleinsten Botschaften und passe mich an. Die Wanderung war eine wichtige Erfahrung, die mich gut vor bösen Überraschungen in der Zukunft schützt. Ich weiß nicht, ob jeder

eine solch einschneidende Erfahrung braucht, um sich verlässlich vor so einer Grenzüberschreitung bewahren zu können, doch ich habe sie gebraucht. Ich weiß jetzt, nach so vielen kleinen und großen Wanderungen – vor allem aber nach dem Mont Foux –, genau, wo meine Grenzen liegen, und kann diese punktgenau erreichen, ohne sie dabei zu überschreiten. So eröffnen sich völlig neue, sogar sehr angenehme Erfahrungen im eigenen Grenzbereich voller Euphorie und voller Glücksmomente. Vor allem aber voller Lebendigkeit. Die Kunst, nach einer Wanderung genau richtig und auf den Punkt genau kaputt zu sein, bedarf eines akribischen Studiums der eigenen Körpersignale. Und wenn man das einmal draufhat, ist Wandern im gesunden Grenzbereich umso schöner und so eine positive Grenzerfahrung in der Nähe des eigenen Limits umso unvergesslicher. Nur nicht das Limit überschreiten, dann wird's unschön und gefährlich.

Das sagt mir der Mont Foux bis heute. Damals war es die allererste Wanderung in diesem Urlaub. Und für gewöhnlich bin ich genau dann immer besonders heiß darauf, körperlich einiges zu geben. Als müsste ich den Rost der vergangenen Monate, in denen ich nur wenig zum Wandern gekommen bin, möglichst aggressiv abschütteln. Wenn ich es mal übertrieben habe, dann eigentlich immer an einem ersten Wandertag. Schlechte Angewohnheiten wird man leider nur schwer los, und so ist die erste Wanderung auch heute noch sehr oft total überdimensioniert, seit dem Mont Foux zum Glück nicht mehr körperlich, sondern zeitlich. Was ein kleiner Erkundungstrip am Hausberg werden soll, endet nicht selten in einer ausgedehnten Wanderung bis tief in die Dunkelheit hinein. Und noch während man sich auf dem Rückweg im Mondschein gegenseitig Besserung schwört, weiß man insgeheim, es wird immer wieder passieren. Na ja, solange man nur Taschenlampen und keinen Rettungswagen braucht, ist alles gut.

Weil es pädagogisches Mittel ist

Dass therapeutisches Wandern als Mittel bei verschiedenen Krankheiten und zur Prävention überraschend gut abschneidet, habe ich bereits im 8. Kapitel beschrieben – Wandern ist ein überaus hilfreiches Mittel bei gesundheitlichen oder psychischen Problemen. Doch auch pädagogisch kann Wandern jede Menge Wundersames bewirken. »Erlebnispädagogik« ist das Stichwort. Viele Jugendhelfer und soziale Einrichtungen haben die Kraft und den Erfolg der Erlebnispädagogik, vor allem im Umfeld der Natur, für sich und ihre Arbeit mit Kindern und Jugendlichen entdeckt.

Gewalttätige, drogenabhängige und problembehaftete Jugendliche erfahren beim Wandern in kleinen Gruppen oder allein mit einem Sozialhelfer unterwegs (in besonders schweren Fällen) ihren Körper auf eine völlig neue Art und Weise. Sie sind auf ihren eigenen Füßen unterwegs und gehen an körperliche Grenzen. Sie tragen Verantwortung für Ausrüstung und Verpflegung und lernen Existenzbedürfnisse wie Nahrung und warme Kleidung am eigenen Leib kennen. Sie können Ziele erreichen und erleben das Gefühl des Schaffens. Das alles sind Erfahrungen, die sie in ihrem schwierigen Alltag oftmals vermissen oder, noch schlimmer, niemals kennengelernt haben. Alltag, das bedeutet bei vielen Problemkindern Frustration und Misserfolg. Enttäuschung, Wut und Depression begleiten sie in der Schule, zu Hause oder im Freundeskreis. Dadurch, dass sie wandernd Herausforderungen meistern, stärken sie ihr Selbstbewusstsein und gelangen nicht selten zu einem neuen, positiven Selbstbild. Darüber hinaus werden ihre sozialen Fähigkeiten sowie ihre Kommunikationsfähigkeiten, in Form von Hilfsbereitschaft und Rücksicht innerhalb der Gruppe, nachhaltig gestärkt. Jeder achtet auf den anderen, und jeder ist ein vollwertiges Mitglied der Gruppe.

Bei der Langsamkeit und Stille des Wanderns in reizarmer, natürlicher Umgebung ist Zeit für sich, ganz ohne Ablenkung durch Freunde oder den Fernseher. Sie lernen, sich und ihre Taten, ihre Ansichten und Einstellungen zu reflektieren.

Viele Einrichtungen der Jugendhilfe bieten Pilgerwanderungen auf dem Jakobsweg oder sogar ambitionierte Alpenüberquerungen an. Große Herausforderungen, bei denen die Wandergruppen oft über mehrere Wochen unterwegs sind. So kommen sie für eine längere Zeit aus ihrem schwierigen Leben heraus und lernen während ihrer Auszeit vom kriselnden Alltag neue Winkel und Flecken dieser Erde kennen. Sie können ihren Horizont erweitern. Der geregelte Tagesablauf mit festen Strukturen, der allein vom Lauf der Natur und von Tag und Nacht bestimmt wird, gibt den Jugendlichen den entsprechenden Rahmen auf ihrem Wanderabenteuer vor.

Unterwegs ist Zeit, sich ausgiebig den Bedürfnissen der jungen Menschen zu widmen. Kleine, pädagogisch orientierte Spiele am Wegesrand bringen dabei Unterhaltung und Abwechslung in das Tagesgeschehen. Erfolgreiches Teamwork, wie zum Beispiel auf Klettertouren in größeren Gruppen, prägt viele Jugendliche ein Leben lang. Nachtwanderungen helfen bei Angstbewältigung. Die Palette beim erlebnispädagogischen Wandern ist vielfältig. Und die pädagogische Kraft des Wanderns ungeahnt groß.

107. GRUND

Weil es die Völkerverständigung fördert

Der Blick hinüber in Nachbars Garten ist schon in vielen Haushalten Deutschlands ein heikles Thema. Mal eben flüchtig über die Hecke geschaut und den Menschen nebenan begutachtet, wer ist das überhaupt? Wen man nicht hasst, den kennt man nicht. Besonders in der Stadt ist man unter Nachbarn kaum noch bekannt.

Was auf den ersten Blick auch nicht zwingend sein muss, stellt sich beim näheren Überlegen als sehr sinnvoll heraus. Denn sollte trotz Anonymität doch mal ein Konflikt entstehen, lässt sich dieser um ein Vielfaches leichter und friedlicher klären, wenn man die Gegenpartei zumindest ein bisschen kennt. Wenn man sie einschätzen kann und weiß, was sie denkt und bewegt. Der Dialog als Option fällt unter Bekannten leichter als unter Fremden, so sind wir Menschen einfach.

Wie ist das erst in der großen, weiten Welt? Was im Kleinen gilt, gilt im Großen mindestens genauso. Auf der weltpolitischen Bühne mit Abertausenden großen und kleinen Akteuren rund um den Globus ist das mehr oder weniger friedliche Zusammenspiel umso brisanter. Die Geschichte mit all ihren Kriegen und Konflikten zwischen Völkern, Kulturen, Religionen und Ethnien lehrt uns vor allem eines: Freundschaft und Versöhnung sind die Wege zum nachhaltigen Frieden. Und Frieden der Weg zu einer positiven Zukunft von Mensch und Natur.

Also lasst uns wandern und unsere Nachbarn kennenlernen. Auf dass uns kein Krieg mehr in Europa heimsuchen kann, weil die Völker sich weigern, gegen ihre Nachbarn und Freunde in den Krieg zu ziehen. Wanderwege in ganz Europa überschreiten Ländergrenzen und kommen dabei ganz ohne Grenzübergänge, Schranken und Wachposten aus. Europäische Fernwanderwege durchziehen den ganzen Kontinent. Vom Nordkap nach Sizilien, von Portugal nach Estland oder in die Türkei. Beim Wandern wird klar: Staatsgebiete sind eben doch nur auf Papier gemalte Kunstgebilde, die wir Menschen uns irgendwann geschaffen haben. In der Natur gibt es keine Grenzen, keine Trennlinien zwischen Lebewesen. Die Natur separiert nicht wie wir Menschen. Wandernd merkt man oft noch nicht einmal, dass man gerade das Staatsgebiet gewechselt hat. Die Natur ist eins und wir eigentlich auch. Ein längst vergessenes Ideal?

Wir Deutschen haben ganze neun Nachbarn, damit sind wir Spitzenreiter in Europa. Und dementsprechend viele grenzüber-

schreitende Wanderwege haben wir. Also, Wanderschuhe an und rüber zum Nachbarn, mal eben Hallo sagen. Mal auf die andere Seite spinksen und schauen, wer die Menschen da drüben eigentlich sind. Wie sie ticken. Miteinander statt übereinander sprechen. Schnell wird man merken, die da drüben sind gar nicht so anders. Völlig egal, ob Dänen, Polen, Tschechen, Österreicher, Schweizer, Franzosen, Luxemburger, Belgier oder Niederländer. Wandern ist multikulti, weil es mit unseren individuellen Erlebnissen universelle, völkerübergreifende und verbindende Effekte erzielt. Völkerverständigung beginnt im Kopf und wird beim Wandern zu gelebter Diplomatie auf persönlicher Ebene.

Friedenswege, wie der österreichisch-italienische *Sentiero della Pace*, erinnern uns daran, dass wir als Menschen alle Freunde sind. Und dass kein Krieg der Welt es irgendwann mal wert gewesen wäre, diese Freundschaft zu vergessen. Der wohl bedeutendste Weitwanderweg im nördlichen Italien verbindet zahlreiche Grenzbefestigungen und Militäranlagen aus dem Ersten Weltkrieg, der hier im sogenannten *Alpenkrieg* zwischen österreichisch-deutschen und italienischen Truppen besonders heftig tobte. Ein wegweisendes und gleichermaßen mahnendes Versöhnungsprojekt zweier Länder.

Und es gibt noch mehr Friedenswege. In Alfter bei Bonn, am ehemals deutsch-deutschen Grenzübergang Eußenhausen-Meiningen, das Grüne Band entlang des ehemaligen Eisernen Vorhangs oder im Naturpark Raab-Őrség-Goričko im Dreiländereck von Österreich, Ungarn und Slowenien. Mit in die Liste gehören auch der bayerisch-böhmische und der polnisch-tschechische Freundschaftsweg. Allesamt zeigen sie mir, dass die Menschen doch noch irgendwas aus der Geschichte zu lernen versuchen. Auch wenn wir als Kollektiv noch weit davon entfernt sind, konsequente und nachhaltige Schlüsse aus unser kriegerischen Vergangenheit und der krisengeschüttelten Gegenwart zu ziehen. Immerhin, Europa geht weitestgehend geschlossen voran und zeigt, wie kontinentale

Völkerverständigung aussehen kann. Ich hoffe, der Rest der Welt zieht irgendwann einmal nach – und die Hoffnung stirbt bekanntlich zuletzt.

108. GRUND

Weil man Neues erfährt

Nein, ich meine damit nicht die Neuigkeiten, die man sich unter Tratschtanten, Waschweibern oder im Kegelklub erzählt. Ob Helga nun einen neuen Mann kennengelernt hat (und das in ihrem Alter!) oder ob sich Heinrich ein neues Auto gekauft hat (und das in seinem Alter!), darum geht es nicht. Auch Klatsch und Tratsch rund um Prominente und welche, die es gerne wären, ist nicht gemeint. Dafür gibt's die *Bunte* und andere Blätter, die Woche für Woche die immergleichen Geschichten von auswechselbaren Stars und Sternchen ausbrüten.

Nein, ganz im Gegenteil. Es geht nicht darum, Neues zu lesen, sondern darum, Neues zu erleben. Aktiv statt passiv. Ich meine, die eigene kleine Welt immer mal wieder zu verlassen und einzutauchen in die große, unbekannte Weite, die mehr spannende Dinge zu bieten hat, als man ahnt.

Wir alle haben unser Leben, als mehr oder weniger festgefahrenes Konstrukt aus Verpflichtungen und Gewohnheiten. Wir haben unsere Heimat, unsere vertraute Umgebung und fühlen uns entsprechend wohl oder unwohl darin, je nachdem. Oft vergisst man darüber die einzigartige Erfahrung, etwas Neues zu erleben. Eine neue Region kennenzulernen, neuen Menschen zu begegnen. Neue Träume und Visionen zu entwickeln, durch neue Impulse in einer neuen Umgebung. Den Wall der Gewohnheit mit Ungewöhnlichem einzureißen. Man muss ja nicht gleich eine Weltreise machen, aber wer durch immer neue Orte, Regionen oder Länder

wandert, der ist ständig in Bewegung, nicht nur körperlich. Man verhindert, dass sich das Leben irgendwann an einem festen Punkt einpendelt. Viele Wanderer kennen diesen Drang und vor allem die positive Erfahrung, die dem nötigen Mut dazu als unvergleichliche Belohnung gegenübersteht.

Auch ich war bisher fast noch nie an ein und demselben Ort zum Wandern, abgesehen von den naheliegenden Wanderrevieren, in die ich aus Zeitgründen spontan und regelmäßig fahre. Ich möchte die Chance nicht verpassen, möglichst viele Winkel der Erde mit all ihren Eigenarten zu erleben und mich und meine Persönlichkeit mithilfe dieser neuen Eindrücke weiter zu formen. Und ich finde, wandernd gelingt das besonders gut. Beim Wandern wechseln das Licht, das Wetter und die Jahreszeiten. Ständig und stetig. Ganz automatisch erlebt man so immer neue Facetten an neuen Orten. Auch wenn der Mut, sich Neuem immer wieder entgegenzuwerfen, nicht direkt nur eine Sache des Wanderns ist. Vielmehr ist es eine generelle Lebenseinstellung, die sich auf wunderbare Weise mit der Wanderleidenschaft vereinen lässt. Das habe ich auf all meinen Wanderungen gelernt. Eine Lebenseinstellung, die sich durch das positive Erleben beim Wandern verfestigen und auf ganz andere Lebensbereiche überspringen kann. Sofern man das denn möchte.

Ich kenne Menschen, die sind ihr Leben lang an ein und denselben Ort gefahren, um Urlaub zu machen. Ich möchte diesen Menschen die Liebe zu ihrem Urlaubsort nun wirklich nicht nehmen, und dennoch frage ich mich, was sie daran hindert, nach 40 Jahren mal einen Schritt ins Unbekannte zu wagen. Dorthin, wo man nicht jede Ecke auswendig kennt. Dort, wo der Spiegel nicht das immer gleiche Ich zeigt. Ich möchte ihnen zurufen, dass sie niemals aufhören sollten, Neues zu erleben. Raus aus der Sicherheit, rein ins Unbekannte. Um dann ein Stück reifer zurückzukehren. Das im Spiegel bin dann zwar immer noch ich, aber anders. Neu eben.

Weil es Christopher McCandless gab

Christopher McCandless, auch Alexander Supertramp genannt, war ein US-amerikanischer Abenteurer, der kurz nach seinem Studium der Geschichte und Anthropologie, welches er auf Druck seines wohlhabenden Vaters begonnen hatte und mit gutem Ergebnis abschloss, ein Aussteigerleben führte. Er reiste allein durch die USA, ohne Geld und Ersparnisse. Alles, was er zuvor besaß, spendete er einer gemeinnützigen Organisation (Oxfam). Immerhin rund 24.000 Dollar. Er wollte ein Leben nahe an der Natur führen, möglichst zivilisationsfrei, fernab vom Wohlstand der westlichen Gesellschaft. »Back to the roots«, also zurück zu den Wurzeln. Nachdem er zwei Jahre per Anhalter und jobbend durch das Land reiste, brach er nach Alaska auf, um dort seinen Traum vom Leben mit der Natur zu verwirklichen. Spärlich ausgerüstet, ohne Karte, Kompass oder andere lebenswichtige Werkzeuge, lebte er in einem ausgedienten Bus, den er zufällig in der Wildnis fand. Er ernährte sich durch das Sammeln von Beeren, Pilzen und Wildkartoffeln sowie durch das Jagen von Wildtieren. Als er nach mehreren Monaten zurückkehren wollte, war der Fluss, den er zuvor auf dem Hinweg überquert hatte, aufgrund der sommerlichen Schneeschmelze zum reißenden Strom geworden. Ganz ohne Karte sah er keinen Ausweg und kehrte verzweifelt zum Bus zurück, in dem er nach 113 Tagen in der Wildnis vermutlich an Unterernährung den Tod fand. Hätte er eine Karte dabeigehabt, hätte er die Schwebefähre über den Fluss nur wenige Kilometer stromabwärts finden können. Auch den einen Tagesmarsch entfernten Highway auf seiner Seite des Flusses hätte er gesehen. Ohnehin wäre ihm klar geworden, dass er der Zivilisation deutlich näher war, als er all die Zeit geglaubt hatte. So kosteten ihn seine schlechte Vorbereitung und seine Naivität letztlich auf tragische Weise das Leben, von dem nur noch sein Tagebuch übrig blieb.

Manche bezeichnen ihn als dumm und naiv. Manche feiern ihn als Helden und Vorbild. Bei Christopher McCandless scheiden sich die Geister. Für mich ist er all dies zusammen. Vor allem aber ist er eines: Inspiration. Inspiration für mehr Nähe zur Natur. Mehr Respekt für die Natur, der Wiege unseres Seins. Inspiration für mehr Mut und dafür, dass man alles erreichen kann, wenn man nur stark genug daran glaubt. Dass man nicht an die Zwänge und Regeln der Gesellschaft gebunden und ihrer Obrigkeit ergeben sein muss. Dass es keinen Reichtum braucht, um seine Träume zu verwirklichen. Er zeigte, dass man durch Aufgabe von Wohlstand an Lebensqualität gewinnen kann. Christopher McCandless war ein Mensch mit Visionen, das beeindruckt mich. Und auch, wenn ich niemals fähig und mutig genug wäre, ein Aussteiger zu werden, träume ich immer mal wieder von einem autarken Leben in der Wildnis, weit weg vom Trubel unserer Zeit. Einem Leben, dem ich beim Wandern immerhin für begrenzte Zeit ein wenig näher komme.

Chrisptoher McCandless' Geschichte wurde mit *Into the Wild* von Sean Penn verfilmt. Herausgekommen ist ein sehenswertes Porträt des Mannes, der viele Menschen mit seinen Visionen und dem Versuch eines alternativen Lebensplans posthum inspiriert. Inklusive eines starken Soundtracks von Eddie Vedder.

110. GRUND

Weil es mein Lebensgefühl verkörpert

Wandern ist meine Leidenschaft, es gehört einfach zu mir. Mit kaum etwas anderem schreibe ich meine persönliche Geschichte so kontinuierlich und beständig fort. »Persönliche Geschichte?«, mag sich so manch einer jetzt vielleicht fragen. Schreibt ja jeder irgendwie fort, egal was er macht. Sei sie noch so interessant oder

langweilig für andere oder sich selbst, jeder hat sie, die eigene Geschichte. So weit, so gewöhnlich. Doch die Frage für mich ist, ob man rückblickend – irgendwann im hohen Alter – zufrieden mit seiner eigenen Geschichte sein wird. Kann man seinen Enkeln spannende Geschichten aus seinem Leben erzählen, die nicht aus Film und Fernsehen stammen, sondern aus eigenen Erfahrungen? Kann man seinen engsten Mitmenschen etwas weitergeben? Ihnen den Mut zur Neugier vermitteln? Ich finde, soweit ich das aus meiner Haut heraus beurteilen kann, dass mir meine Wanderleidenschaft ein bisher äußerst abwechslungsreiches und spannendes Leben ermöglicht hat. Ein Leben oft außerhalb der eigenen vier Wände, immer irgendwo auf unserem Planeten unterwegs. Wandern verkörpert mein Lebensgefühl, das weit darüber hinausgeht, mich einfach nur zu bewegen. Die immer neuen Horizonte in der Landschaft eröffnen sich letztlich auch immer wieder in mir selbst. So habe ich stets etwas zu erzählen, von dem, was ich auf meinen Wanderungen erlebt habe, und von dem, was mit mir geschehen ist. Was die Begegnung mit der Natur in mir auslöst. Vor, während und noch lange nach meinen Touren. Ich kann immer mal wieder stolz auf mich sein, an meine Grenzen gehen und in körperlicher wie geistiger Euphorie baden. Und ich habe etwas zum Träumen, von vergangenen und zukünftigen Wanderabenteuern. Was für andere das Reisen in ferne Länder oder die Jagd nach persönlichen Rekorden sein mag, ist für mich das Wandern.

Dieser Traum von einem Leben auf Wanderschaft drohte mal zu platzen. Im Jahr 2011 hatte ich die bisher schwerste Zeit meines Lebens. Eine bis heute nicht diagnostizierte Krankheit hat mich nicht nur meinen Job in einer Redaktion gekostet, sondern auch zeitweise meinen ganzen Mut und meine positive Perspektive. Auch wenn ich bis heute nicht weiß, wieso ich damals immer wieder zusammengebrochen bin und bei der kleinsten Bewegung kurz vor einer Ohnmacht stand, stellte man bei mir nach Hunderten von Arzt- und Klinikbesuchen einen Herzfehler fest. Mit dieser

Diagnose stand ich kurz davor, einen Herzschrittmacher implantiert zu bekommen. Und das mit damals 26 Jahren. Meine Erschütterung bei der Diagnose kann man vielleicht nachfühlen. Mindestens genauso groß war meine Panik vor der Zukunft. Würde ich jemals wieder wandern können? Eine unbeschreibliche Leere erfüllte mich jedes Mal, wenn ich darüber nachdachte, was meine Optionen waren. Was würde ich nur tun, wenn ich nicht mehr wandern kann? Wenn ich nie wieder in meine geliebten Berge reisen könnte? Fast ein halbes Jahr lang war unklar, was mit mir und meinem Körper geschah und wie es weitergehen sollte. Heute weiß man zwar immer noch nicht, was mit mir los war, doch stellte sich heraus, dass mein Herzfehler wohl nur ein zufälliger Nebenbefund und nicht die Ursache meiner Beschwerden war. Und vor allem, dass ein Herzschrittmacher nicht unabdingbar angezeigt war. Aufatmen, ich traute mich wieder langsam an das Wandern. Zuerst kleine Touren, dann immer längere. Immer in Sorge um mich und meinen Zustand. Wenn man von solch einem Defekt im eigenen Körper weiß und einmal anfängt, ängstlich auf jedes noch so kleine Körpergefühl und Signal zu achten, fällt es schwer, wieder Vertrauen zu seinem Körper zu gewinnen. Irgendwie habe ich es irgendwann geschafft.

Heute sind die Probleme von damals Vergangenheit. Was es auch immer war, es hat mir gezeigt, dass ich ohne das Wandern nur noch ein halber Mensch wäre. Zu viel gibt mir die wohl beste Freizeitbeschäftigung der Welt, als dass ich auf sie verzichten könnte. Seit diesen Tagen verkörpert das Wandern mit all seinen gesunden, wunderschönen und einzigartigen Aspekten mein Lebensgefühl noch extremer. So ist es doch mit allem, was einem lieb ist. Droht ein Verlust, wird es umso wertvoller. Und das Wandern möchte ich niemals verlieren.

Weil es nichts Schöneres gibt

Die meisten der 110 vorherigen Gründe waren ziemlich subjektiv geprägt. Ich habe versucht, das Wandern anhand meiner Erlebnisse und meiner Sichtweisen zu beschreiben, zu erklären und zu durchleuchten. Dabei wird klar: Die Faszination Wandern ist das ganz persönliche Erleben der Natur und vor allem von sich selbst. Und so hat jeder seine individuellen Erlebnisse, die besonders geprägt und ihren unvergesslichen Eindruck hinterlassen haben. Jeder Wanderer hat seine ganz eigenen 111 Gründe, wandern zu gehen. Seine 111 Geschichten. Den letzten meiner 111 Gründe widme ich daher meinen treuesten Mitwanderern und ihren jeweils schönsten Wandererlebnissen.

Die nachfolgenden Texte sind von den jeweiligen Personen verfasst worden.

Mein Vater Michael, 67

Wir kamen von Irland mit der Fähre rüber. Was für ein Klotz, der Snowdon war schon vom Fährhafen in Holyhead als Blaue Mauer am Horizont auszumachen. »Da will ich heute noch rauf«, beschied ich meinem Redaktionskollegen. 1.085 Meter hoch, der höchste Berg in Wales und Zentrum des Snowdonia Nationalparks im Nordwesten des zweisprachigen Landes (walisisch, englisch). Am Pass of Llanberis setzte mich Andreas Vierkötter ab. Irgendwo zwischen den Seen Llyn Dinas und Llyn Gwynant, an der A498, würde er am Abend auf mich warten. Es sollte meine Traumtour werden. Über den Miners Track stieg ich erst zum Llyn Llydaw und dann zum Glaslyn auf. Der Himmel zog sich zu, es begann zu stürmen und zu regnen. Unterhalb des Gipfels, an der Bergstation der Snowdon Mountain Railway (Zahnradbahn), begann es zu schneien. Ein

Schneesturm im Sommer fegte über den Yr Wyddfa (der walisische Name für den Snowdon). Ich wurde förmlich weggefegt. Durch eine unbeschreiblich bizarre Landschaft, der Schnee wich traumhaften Wolken- und Sonnen-Lichtspielen, wanderte ich auf dem Watkin Path über den Gladstone Rock meinem Ziel entgegen. Wahnsinn!

Meine Mutter Andrea, 61

Mit Stirnlampen ausgerüstet und dem Mond als zusätzlicher Lichtquelle und treuem Begleiter, machten wir uns nach Mitternacht auf, den Gipfel der Sulzfluh noch in der Nacht zu erstürmen und den Sonnenaufgang zu erleben. Ein langer, mühsamer Aufstieg stand uns bevor. Oben angekommen, nahm mich die Erhabenheit des Gipfels und die unberührte Natur gänzlich in ihren Bann. Absolute Stille umschloss uns, und wir durften einen wunderschönen, unvergesslichen Sonnenaufgang erleben.

Beschwipst von wunderschönen Eindrücken und Bildern machten wir uns stolz auf unseren Rückweg. Unterwegs begegneten wir einigen Wanderern, die sich ebenfalls auf den Weg zum Gipfel machten. Wir hatten es bereits geschafft! Stolz kehrten wir in einer Hütte ein, belohnten uns mit einem kühlen Weizenbier. Ein Weizenbier so früh am Morgen, auf die frühstückenden Übernachtungsgäste der Hütte wirkte das sichtlich befremdlich. Uns aber störte das nach einem so schönen Wandererlebnis nicht weiter. Denn wir selbst wussten, was wir erlebt und welche Strapazen wir hinter uns gelassen hatten. Wir waren satt, zufrieden und voller Glückshormone. Was oder wer konnte uns das noch nehmen?

Meine Schwester Katrin, 38

Ein einwöchiger Aufenthalt auf der Roßwildjagdhütte in den Kitzbüheler Alpen. Die Hütte liegt abgeschieden auf knapp 1.800 Meter. Um zu ihr zu gelangen, mussten wir zwei Stunden aufsteigen, kein

Auto, so wenig Gepäck wie möglich. Die Umgebung ist rau, kantig und etwas düster. Neben der Hütte ein rauschender, klarer Bach. Die Hütte selbst ist sehr alt und einfach. Diese Schlichtheit und Abgeschiedenheit, mit so wenig Dingen auszukommen und trotzdem oder gerade deswegen so glücklich und zufrieden zu sein – das hat mich unglaublich beeindruckt. Auch heute, vier Jahre nach diesem Urlaub, erinnere ich mich gerne daran, in meinem stressigen und hektischen Alltag in der großen Stadt, die niemals schläft mit all diesem eigentlich so überflüssigen Zeug um mich herum.

Meine Schwester Lena, 36

Das erste Mal mit Papa alleine wandern. Sechs Uhr aufstehen, der Rest der Familie schläft selig, und wir machen uns fertig für den Aufstieg auf den Gölbner. Der Nebel hängt im Tal, und wir wandern schweigend los. Papa legt ein strammes Tempo vor. Ich genieße jede Sekunde. Steter Tritt und Atmung, immer weiter hoch. Der Gipfel ist die Belohnung. Die Aussicht perfekt. Es gibt keinen Platz, an dem ich glücklicher bin.

Meine Freundin Helen, 28

Viele Gedanken habe ich mir darüber gemacht, was wohl mein schönstes Wandererlebnis war. Dabei habe ich festgestellt, es gibt einfach zu viele schöne Erlebnisse, um mich für ein einziges zu entscheiden. Dadurch, dass mir mein Freund das Wandern gezeigt hat, hat sich für mich eine ganz neue, mir vorher völlig unbekannte Welt eröffnet. Eine Welt mit Gipfelkreuzen, Gipfelbüchern, aufgerissenen Hosen, Speckknödelsuppe (samt authentischer Aussprache), urigen Hütten, Stille und viel Zeit für mich. Gerade das Erlebnis des Zurückfindens zu mir selbst und die Auseinandersetzung mit meinen Gedanken und meinem Körper haben mich ganz neue Erfahrungen machen lassen, nach denen ich mich nun immer wieder

sehne. Nach einem Weg aus dem Alltag, nach der Auseinandersetzung mit mir selbst, stets im Kreise meiner Liebsten.

Meine beste Freundin Nisi, 29

Natur, die sich ständig wandelt und sich mir in so unberührtem und zauberhaftem Antlitz präsentiert, begleitet mich auf dem Weg nach oben. Der bezirzende Duft des Waldes und die Luft werden mit jedem Höhenmeter noch reiner, noch ursprünglicher. Der matschige Boden unter meinen Füßen, der bei jedem Auftritt Steine kullern und Hölzer knacken lässt, setzt mich mit jedem Schritt mehr unter Spannung. Nun gilt es, meinen Körper vor dieser atemberaubenden Kulisse an seine Grenzen zu treiben. Ich tobe und fluche, bin verzweifelt und angestrengt. Kurz vorm Ziel ist jeder weitere Schritt eine Qual, Schweiß und Tränen fließen. Endlich oben angekommen, bin ich losgelöst. Tosend fährt der Wind mir durch die Kleidung, schlägt mir eiskalt um die Ohren. Die Schmerzen sind vergessen, die Qualen ergeben einen Sinn. Auf dem Berg spüre ich das Leben. Hier nehme ich auf einmal mich selbst wahr, so wie die Natur zuvor: in meiner reinsten und ursprünglichsten Form. Und irgendwie schafft es dieses große, steinerne Monster, im Zusammenspiel mit Himmel und Wind, dass sich mir jede weitere Frage erübrigt.

Mein Freund Frank, 33

Wandern steckt mir nicht im Blut, es wurde mir nicht von klein auf mitgegeben. Das merke ich immer dann besonders, wenn ich der dünnen Luft der Berge ausgesetzt bin, obwohl ich im Grunde ein sportlicher Mensch bin. Trotzdem ist es ein kaum erklärbares Gefühl, ein unbeschreibliches Erlebnis, nach einem dreitägigen Aufstieg, mit Zelt, Proviant und nur einem Wanderfreund bewaffnet, ohne auch nur einem einzigen Zeichen von Zivilisation zu begegnen, einen Gipfel zu erklimmen. Etwas geschafft zu haben und

sich dafür zu belohnen. Drei Tage und zwei Nächte lang sind wir diesem Moment entgegengewandert. Herausgekommen ist dabei ein von mir kreierter und unvergesslicher Film aus unschlagbaren Aussichten auf die Natur, der für immer in meinen Erinnerungen bleiben wird.

Mein Freund Daniel, 33

Mir wird immer in Erinnerung bleiben, wie ich mit vollbepacktem Rucksack und unter größter Anstrengung den südwestlichen Steilhang des Lasörlings erklomm. Während des kräftezehrenden Aufstiegs fragte ich mich immer wieder, wofür ich mir diese Plackerei eigentlich antue. Mit Blick auf das beeindruckende Lasnitzental, das sich erstmalig und völlig überraschend hinter der Lasörlingscharte in all seiner Pracht auftat, bekam ich postwendend die Antwort. Das Zusammenspiel aus üppigen Bergwiesen, herabstürzenden Wasserfällen, kargem Gestein und den schneeverhangenen Gipfeln der dahinter liegenden Bergkette war ein schlichtweg atemberaubender Anblick. In diesem Moment wusste ich: Solch belohnende Aussichten werden es immer wieder wert sein, in meine Wanderschuhe zu steigen und meinen Körper bis an seine Grenzen zu bringen.

DIE BONUS-
GRÜNDE

Weil es die Highlands gibt

Die schottischen Highlands haben mich seit jeher fasziniert. Es sind die weiten, unberührten Graslandschaften, die schroffen Berghänge, die mystischen Glens (Täler) und Lochs (Seen) sowie die klaren Gebirgsgewässer, die für mich genau diese wilde, raue und »echte« Kulisse malen, die ich mir fürs Wandern wünsche. Es ist dieses Unzivilisierte, Unbändige, das man in Deutschland eigentlich nicht mehr finden kann. Kein Wunder ist es da, dass ich *Braveheart*, den legendären Streifen mit Mel Gibson als William Wallace, nicht nur wegen meiner Affinität zu historischen Geschehnissen, sondern auch wegen der tollen Landschaftsaufnahmen gefühlte einhundertmal angesehen habe. 2015 war es endlich so weit, und auch ich konnte eine Woche lang das Revier von schottischen Freiheitskämpfern oder den unbeugsamen Pikten unsicher machen.

Die Highlands sind ein kleines Stück Abenteuer mitten in Europa, so darf im Reich von Dudelsack und Männerrock noch nach Herzenslust wild kampiert werden. Wanderpfade in den Highlands führen fast ausnahmslos unmarkiert durch die wilde Bergwelt, die mit bis zu 1.300 m hohen Bergen auch für ambitionierte Wanderer zur Alpenkonkurrenz wird. Denn immerhin beginnen die meisten Touren auf ca. 0 bis 100 m über Meereshöhe, das ermöglicht auch anspruchsvolle Routen. Viele dieser Berge sind noch überhaupt nicht mit Wanderwegen erschlossen, zumindest solchen, die auf Wanderkarten eingezeichnet sind. Markiert ist in den Highlands, abseits der in der Regel lediglich mittelschweren Fernwanderwege (z.B. der wunderschöne West Highland Way), eigentlich nichts. Mit etwas Glück findet man einen ausgetretenen Pfad im Gelände, ansonsten geht es querfeldein zum Gipfel, sofern es das Terrain zulässt. Das ist der Stoff, den Outdoorfans lieben. Eine Ausnahme stellt der Ben Nevis dar, mit 1.345 m der höchste Berg Großbritan-

niens. Über die bestens ausgewiesene und erschlossene Normal-
route, auch sehr passend »Touristenroute« genannt, pilgern ganze
Heerscharen jedes Jahr hinauf aufs Dach der Briten, ein krasser
Kontrast zu den sonst so einsamen Highlands. Wer es etwas ruhiger
mag, geht besser eine der etwas schwierigeren, dafür aber deutlich
einsameren Routen auf den Höchsten Ihrer Majestät.

Am schönsten war meine Tour auf den 1.130 m hohen pyra-
midenförmigen Binnein Mòr, dessen Besteigung ich ganz spontan
in Angriff nahm, nachdem ich mir an diesem Tag vorgenommen
hatte, den ersten Berg zu erobern, der mich mit seinem Antlitz herausfordert. Geplant, getan. Ich verließ den gut ausgetretenen Pfad
am Talboden des Glen Nevis, dem ich zuvor für eine gute Stunde
folgte, überquerte den gleichnamigen Gebirgsfluss und kämpfte
mich weglos und mit ziemlich nassen Füßen etwa 800 Höhenmeter den eindrucksvollen Nordhang hinauf, ehe ich den im April
noch schneebedeckten Gipfel erreichte. Der Wind fegte mir um
die Ohren, es war eiskalt und in dem einen oder anderen Moment
konnte ich angesichts der Naturgewalten um mich herum die Demut in mir deutlich spüren. Weiter ging es, immer über den teils
luftigen und kraxeligen Grat, in einer Halbrunde über die unaus-
sprechliche Gipfelkette mit dem Na Gruagaichean und dem Stob
Coire a' Chàirn bis hin zum An Gearanach, hoch über dem Glen
Nevis. Grandiose Ausblicke bis hin zum Meer, schottisches Wetter,
düstere Stimmung und eine traumhafte Runde, die ich an diesem
Tag ganz für mich alleine hatte. Satt gesehen ging es dann steil hinab
ins Tal, wo mir der an dieser Stelle doch recht tiefe Water of Nevis
den Weg auf die andere Seite versperrte. Einfach so durchwaten
wie zuvor war hier ausgeschlossen, es sei denn, ich wollte bis zur
Hüfte baden gehen. Eine Brücke musste her, doch woher nehmen
in den Highlands? Auf der Suche nach einer solchen bediente ich
mich der Wanderkarte und fand tatsächlich die eine, einzige Über-
querung weit und breit. Nichts wie hin da, durch einige flachere
Gewässer und ziemlich matschigen Untergrund watete ich, erneut

mit klatschnassen Füßen, zur besagten »Brücke« und fand nach ca. einem Kilometer zu meinem Erstaunen etwas – nun ja – bisschen anderes vor. Denn die Brücke, die mir die Karte zuvor noch verheißungsvoll versprochen hatte, war in Wirklichkeit eine Konstruktion aus drei dünnen Stahlseilen, die in luftiger Höhe über den Fluss gespannt waren. Reichlich verunsichert, hatte ich noch mithilfe von Händen und Füßen mit dem auf der anderen Flussseite kampierenden Schotten, der erste Mensch, dem ich an dem Tag begegnete, zu kommunizieren. Um zu erfahren, ob das hier – diese Zirkusnummer – tatsächlich die einzige Möglichkeit und die eingezeichnete Brücke aus der Karte sei. Das Rauschen des Flusses und des nahe gelegenen Wasserfalls sowie das Pfeifen des Windes gestalteten die Kommunikation zwischen den zwei Uferseiten äußerst schwierig. Doch nachdem mir der Schotte die »schlechte« Botschaft wild gestikulierend verkündete, nahm ich allen Mut zusammen, verstaute alle elektronischen Geräte tief im Rucksack und wandelte in luftiger Höhe mit Sack und Pack über den Fluss. Schritt für Schritt auf einem Stahlseil über den Water of Nevis, eine ganz schön aufregende und wackelige Aktion. Aber hey: Ich wollte ein Abenteuer, spätestens hier hatte ich es! Wenn mich der Schotte auf der anderen Seite nur nicht so argwöhnisch beobachtet hätte, als hoffte er, ich würde mich doch endlich ins Wasser verabschieden, hätte das Ganze sogar richtig Spaß gemacht. Nach einer knappen Minute war es dann geschafft, und am Ende war die Seiltanzaktion unspektakulärer als gedacht und trockener als befürchtet. Ein paar Worte mit dem einzigen Zuschauer meiner Zirkusnummer gewechselt – wobei ich vergeblich versuchte, die von mir zuvor eroberten gälischen Gipfel auszusprechen –, und schon marschierte ich hinab zum Auto, noch immer voller Adrenalin im Körper. Am nächsten Tag stieg ich mit meiner Freundin noch einmal hinauf, um ein paar artistische Fotos zu schießen (siehe Bildteil 1).

Die Highlands – eine echte Abenteuerlandschaft; und das gar nicht so weit weg von der Heimat.

Weil es Berghütten nicht nur in den Alpen gibt

Dass ich ein bekennender Fan der Alpen bin, sollte an vielen Stellen dieses Buches deutlich werden. Und diese Liebe zu den höchsten Bergen Mitteleuropas wurzelt nicht nur in den herausfordernden Touren dort, in dem Frieden, der Ruhe, in der Abgeschiedenheit der verwinkelten Täler oder der beeindruckend schönen und ursprünglichen Landschaft. Auch wurzelt diese Leidenschaft in den Berghütten, die in fast jeder Alpenregion hoch über dem Meeresspiegel thronen. Lange Zeit dachte ich, diese Berghütten sind ausschließlich ein Phänomen der Alpen, doch im Laufe meiner Wanderkarriere durfte ich zu meiner Freude feststellen, dass auch außerhalb des mitteleuropäischen Hochgebirges solche Einkehrhütten zu finden sind. Was gibt es denn Schöneres, als einen Gipfel zu erobern und dort, ganz oben, bei bester Aussicht ein kühles Blondes zu genießen? So erlebt auf der Kösseine, dem vierthöchsten Berg des bayerischen Fichtelgebirges, ganz im Norden des Freistaats. In rund 939 m Höhe steht das urige Kösseinehaus, das das ganze Jahr für seine Gäste geöffnet hat und mit einer fantastischen Aussichtsterrasse jegliche Aufstiegsmühe vergessen macht. Auch im Bayerischen Wald, der, streng genommen, lediglich den bayerischen Teil des sonst tschechischen Böhmerwaldes bezeichnet, finden Wanderer gemütliche Berghütten ganz nah am Himmel. In den Sinn kommen mir einladende Stützpunkte wie das 1.315 m hoch gelegene Falkenstein-Schutzhaus oder das Lusenschutzhaus, auf denen natürlich auch stil- und hüttenecht übernachtet werden kann.

Aber nein, es muss nicht immer Bayern sein, um eine Wanderung deftig und in großer Höhe abzurunden. Selbst in der westdeutschen Eifel findet sich mit dem Steinerberghaus eine Einkehr in 525 m Höhe (das ist ziemlich hoch für das Ahrtal), die sich ideal als

Wanderziel sowie zum Weitblicken eignet. Auch fällt mir die Neue Gehlberger Hütte ein, die mitten im Thüringer Wald in Gipfelnähe des Schneekopfs zu finden ist und so richtige Hüttenromantik samt Übernachtungsmöglichkeit verspricht. Selbst im Eichsfeld habe ich auf einer Tour in der Nähe von Bad Sooden-Allendorf mit der Burg Hanstein nicht nur die schönste Burgruine Mitteldeutschlands, sondern mit dem Wirtshaus Teufelskanzel auch die vielleicht urigste Einkehrhütte gefunden, die ich jemals betreten durfte. Auch wenn die Hütte auf nur rund 452 m und damit, verglichen mit den Alpen, ziemlich tief liegt, für das bis zu 569 m hohe Eichsfeld liegt das Wirtshaus hoch über dem Tal. Mitten im Wald tauchte die gemütlich beleuchtete Hütte nahe dem gleichnamigen Aussichtspunkt, der übrigens einen tollen Blick über die darunterliegende Werraschleife freigibt, plötzlich auf. Seit 1882 kehren hier bereits Wanderer ein und genießen das schattige Plätzchen im wunderschönen Biergarten unter riesigen Eichen. Innen duftet es nach Kesselgulasch und anderen hausgemachten Köstlichkeiten, das Licht ist angenehm gedimmt, und der Kamin flackert in der Stube, in der dunkles, altes Eichenholz und toll restaurierte Bruchsteinwände nichts als Gemütlichkeit ausstrahlen. Das ganze urige Ambiente lässt den Geist vergangener Tage aufflackern wie das wärmende Feuer die Flammen im Kamin, ein wirklich beeindruckend schönes Haus, und das obwohl, oder gerade weil, ich eine solch schöne Einkehr mitten im Wald und hoch über der Werra so nicht erwartet hätte. Ich lege mich fest: Das Wirts- und Berghaus Teufelskanzel ist für mich ein Muss für alle Wanderer, die gerne im Mittelgebirge unterwegs sind und für die eine urige Einkehr auf Wanderungen nicht fehlen darf.

Weil es schlechtes Wetter gibt

Sonne, blauer Himmel und eine leichte Brise, jetzt die Wanderschuhe raus und ab in die Natur – das kann doch jeder. Klar, so eine richtige Schönwetterwanderung aus dem Bilderbuch ist eine tolle und vor allem angenehme Sache. Doch so richtig unvergesslich wird das Wandern erst in richtigem Sauwetter. Sich durchnässt bis ans Ziel kämpfen, völlig zerzaust vom Sturm in der Hütte ankommen oder die halb erfrorenen Finger an den Kamin halten – all das sind die Erlebnisse und Erfahrungen, die eine Wanderung in meinem Gedächtnis auf immer verankern. Der Kampf gegen die Naturgewalten. Sich den Kräften der Natur stellen. Zu lernen, sich dem zu widersetzen, was das Wetter einem entgegenschleudert. Ich liebe schlechtes Wetter! Okay, sagen wir mittelschlechtes Wetter. Eine ganze Woche Dauerregen sorgt spätestens am dritten Tag für Depression, sogar bei mir. Und klitschnasse Zelte, die eher an Swimmingpool als an eine mobile Herberge erinnern, sind auf einer Trekkingtour ebenfalls wenig motivierend. Aber der eine oder andere Gewitterschauer, der über mich hinwegjagt, dichter Nebel der sich über die Gipfel legt, selbst wenn er die eine oder andere Aussicht verdeckt, oder Kälte, die kontinuierlich an meinem Körper nagt, das sind die Zutaten für so richtiges Outdoorfeeling.

Kein Wunder mag es da sein, dass meine Traumwanderung, könnte ich sie mir zusammenstellen, nicht an einem klaren Sommertag stattfinden würde. Denn wenn ich zurückdenke an die schönsten Touren, die ich in meiner Wanderkarriere bestritten habe, sind es fast immer Touren, bei denen kühle, düstere und ungemütliche Atmosphäre herrschte. Touren, bei denen man sich als kleines und unbedeutsames Wesen in diesem Universum ganz besonders wahrnehmen kann. Sei es meine Wanderung auf Juist (Bonusgrund 7), meine Abenteuer in den Highlands (Bonusgrund 2) oder

die Besteigung des Risihorns (Grund 31). Das alles sind nur ein paar Beispiele, von denen man in diesem Buch lesen kann.

Je schlechter das Wetter, desto wichtiger ist natürlich die entsprechende Ausrüstung. Klar ist, wer dem Schlechtwetter etwas abgewinnen möchte, der braucht zumindest eine hochqualitative Regenjacke, Schuhe mit gutem Profil, die dem rutschigen Grund den Kampf ansagen, und schnell trocknende Hosen. Es gibt wirklich kaum etwas Unangenehmeres als nasse Hosen, die den Oberschenkel über Stunden hinweg mit jedem Schritt an die Launen des Wettergotts erinnern. Doch heutzutage gibt es hochwertige Outdoorkleidung in Hülle und Fülle, auch für das schmale Portemonnaie, sodass man beim Wandern zum Glück nicht mehr an Petrus' Gunst gebunden ist und sich unter dicken Schichten aus unangenehmem Plastik zu Tode schwitzen muss. Und für die Hochglanzfotos? Da kann man sich ja immer noch den einen oder anderen Sommertag heraussuchen, die sind – natürlich – ebenfalls wunderschön, aber eben nicht ganz so unvergesslich wie die Launen unserer Natur, denen ich mich so gerne aussetze.

BONUSGRUND 4

Weil die Freilufttoilette die schönste Toilette ist

Besonders Frauen dürften es kennen. Und vor allem hassen: die Warteschlange vor der Toilette. Egal, ob auf einer Großveranstaltung, in der Diskothek oder dann, wenn ein ganzer Kaffeefahrten-Bus zufällig halt in der Einkehrhütte macht, in der man sich gerade nach einer langen Wanderung niedergelassen hat. Endlich, nach so langer Zeit des Einhaltens, auf Toilette gehen ist jetzt für die nächsten 30 Minuten erst mal nicht mehr. Und so wirklich sauber sind auch nur die wenigsten Toiletten im öffentlichen Raum. Wie schön, wenn man das geliebte Geschäft, ob groß oder klein, ob AA oder

Pipi, bereits vorher gemacht hat. Zum Beispiel im Freien, unweit des Wanderweges. Die Natur bietet nicht nur eine hervorragende Entspannungskulisse für den Schließmuskel, sondern auch ziemlich gemütliche stille Örtchen. Umgefallene Bäume, kleine Mulden oder üppiges Dickicht scheinen dann, wenn der braune Stift schon fast das Malen beginnt, nur für einen Zweck von Mutter Natur in die Welt gesetzt worden zu sein: die dringende Freilufttoilette. Begleitet vom Gesang der Natur könnte sie so schön sein, wenn sich dabei nicht auch hin und wieder das eine oder andere Malheur ins lange Gesichtsbuch vom Wander-AA einschleichen würde.

Malheur? Unvergessen wird mir auf ewig eine dieser Freilufttoiletten auf dem Weg zum Bösen Weible sein, in Sichtweite zum Großglockner, dem höchsten Berg in Österreich. Längst oberhalb der Baumgrenze zog ich eines Morgens mutterseelenallein meine Bahnen durch die alpine Landschaft, der Nebel legte seinen lichten Schleier über die Berghänge und die Sonne blinzelte mit ihren ersten Strahlen gen Erde. Was für ein schöner Tagesbeginn, einige Vögel rauschten über mich hinweg, der Wind fegte angenehm um meine Ohren und der beeindruckende Aufstieg über den teils spektakulären Pfad tat den Rest. Alles war perfekt. Bis, ja, bis ganz plötzlich, aus heiterem Himmel und mit ungeheurem Nachdruck, der Schokobus in meiner Unterhose hupte, als gäbe es kein Morgen mehr. Ich war umgeben von Gras und Wiese, in einer Talsenke, in der sich gleich vier Wanderwege aus jeder Himmelsrichtung trafen, und umgeben von steil aufragenden Bergflanken. Ich ging noch ein paar Schritte in der Hoffnung, es handele sich lediglich um Phantomwehen und ich könne eine geeignetere Stelle für meine Notdurft finden als völlig offenes Gelände, doch das Hupen wurde lauter. Der verflixte Schokobus, er hupte mit jeder Umdrehung noch ein wenig stärker; und nach einigen Metern war er so laut, dass ich das Abendessen vom Vortag partout nicht mehr im Verdauungstrakt behalten wollte, geschweige denn noch viel länger konnte. Also riss ich mir stürmisch den Rucksack vom Rücken, packte das Toilet-

tenpapier aus dem Deckelfach, verließ den Wanderpfad ein paar Meter, rupfte hastig den Knopf meiner Hose auf und ließ den Popo leichtfertig zur Erde sinken. Ein letzter Blick, weit und breit kein Mensch zu sehen. Es kann losgehen! Doch wie sollte es anders sein, just in diesem Moment erschienen drei Wanderer am Horizont, ein paar Hundert Meter entfernt, die recht schnellen Schrittes den mir gegenüberliegenden Bergrücken mit bester Sicht auf mein Gesäß hinunterstiegen. Ach du Schreck. Also, alles wieder anspannen. Kaka-Kommando zurück. Aus der Hocke erhoben, Hose wieder raufgezogen und hektisch nachgedacht. Was tun? Getrieben vom enormen Druck auf dem Gesäßventil entdeckte ich mit meinem Adlerauge das Relief einer kleinen Mulde, etwa 25 m oberhalb von mir und dem Pfad, in die entgegengesetzte Richtung der drohenden Wanderer. Perfekt, dort würden die mich nicht sehen. Also sprintete ich den Hang hinauf, den Rucksack ließ ich am Weg stehen, und fand mich wenig später im österreichischen Gebirgsklo wieder. Irgendwie gemütlich und so sichtgeschützt hier, dachte ich noch überstürzt, dann zog ich erneut die Hose Hals über Kopf hinunter und entspannte endlich alle nötigen Körperteile. Was für ein Geschäft! Ein wohltuendes Brettern hallte den Hang hinunter und erfüllte mit Wucht die Leere des Morgens. Das Gefühl des Loslassens, selten fühlte es sich so gut an. Freudentrunken flatterte der Schließmuskel im Wind, also wollte er der Natur ein Ständchen singen. Und als ich meinen durchaus imposanten Geräuschen so lauschte und großen Gefallen daran fand, mischten sich, ganz plötzlich und völlig aus dem Nichts, menschliche Stimmen zwischen meine Laute. Schlagartig zog sich alles in mir zusammen, erlosch jeglicher Toilettengenuss im Keime. Ich drehte mich schockiert um und erblickte zu meinem Schreck, noch immer mit blankem Gesäß in der Hocke verharrend, zwei Wanderer, die etwa fünf Meter entfernt von mir ihres Weges gingen. Ihre Blickrichtung? Volle Breitseite auf mich. Ihr Gesicht? Sichtlich amüsiert. Au Backe. Und wieder beschlich mich diese Frage: Was tun? Ich beschloss, voller Scham

zu lächeln und in der Position zu verharren, bis die zwei wahrscheinlich ebenso peinlich berührten Wandergenossen sich wieder entfernten. Was sonst hätte ich tun sollen?! Hochrot und mit dem unvergesslichen Drang, mich für immer zu vergraben, erledigte ich den Rest in aller Eile. Der Freilufttoilettengenuss war weit weg. Jegliche Stuhlromantik verflogen. Wie konnte das nur passieren? Nun ja. Ich hatte nicht realisiert, dass der gleiche Wanderpfad, den ich zuvor gegangen war, sich im weiteren Verlauf und für mich nicht einsehbar ein paar Meter weiter neben mir hinaufschlängelte und direkt oberhalb meines ach so sicheren Muldenklos entlangführte. Oh Gott, war das peinlich.

Trotzdem, ich bleibe dabei: Die Freilufttoilette ist die schönste Toilette; und wenn man nicht gerade so ein Pech hat wie ich am Bösen Weible, dann ist man meist auch mutterseelenallein dabei.

Weil es den Wald gibt

Wie sehr das liebliche Konzert des Waldes mit all seinen kleinen und großen Akteuren zu beruhigen vermag, dieses Gefühl kennt wohl jeder Wanderer. Das Trällern der Vögel im Ohr, die hölzernen Zeitzeugen in der Höhe, die sich sanft im Wind zur Seite neigen, das Rascheln der Blätter, das Knacken der Hölzer und der würzige Duft, den allerhand Kräuter und ätherische Öle in die wohltuende Waldluft abgeben – ein wahrgewordener Wandertraum. Kaum ein Naturraum lässt mich so bewusst die Entspannung beim Wandern wahrnehmen. Sobald ich mich unter sein schützendes Dach begebe, fühle ich mich heimisch, irgendwie zu Hause. Als würde sich beim Eintritt in das Blättermeer der Stress des Alltags einfach und von ganz alleine abstreifen. Wen wundert es da, bei all den angenehmen Empfindungen, dass dem Aufenthalt im grünen Wald so viele posi-

tive gesundheitliche Effekte nachgesagt werden. Ein niedriger Blutdruck, ein verlangsamter Herzschlag, erhöhte Lungenkapazität sowie Elastizität der Arterien, all das sind Effekte, die, der Vermutung von Forschern nach, auf sog. Phytozyden zurückzuführen sind, die die Pflanzen zum Schutz vor Krankheitserregern bilden und von uns eingeatmet werden. Oder aber dem erhöhten Sauerstoff, der Ruhe und den ätherischen Duftstoffen der Gewächse. Außerdem befindet sich im Wald so staubarme, reine Luft, wie sie sonst nur am Meer oder in den Bergen zu finden ist. Der Wald als Seelentröster und Bestärker, schon fünf Minuten reichen aus, um die positiven psychischen Effekte der Baumreiche zu spüren.

Wie schön, dass wir Deutschen es so gut mit dem Wald getroffen haben. Immerhin ist noch rund ein Drittel unserer Landesfläche vom Wald bedeckt. Das sind rund 11,4 Millionen Hektar, auf denen sich über 90 Milliarden Bäume in die Höhe recken. Dabei ist Wald jedoch nicht gleich Wald, was beim Blick auf die verschiedenen Waldarten schnell klar wird. Mit Hochwald, Niederwald, Laubwald, Mischwald, Nadelwald, Bannwald, Plenterwald, Bergwald, Bruchwald, Auwald, Urwald und jeder Menge mehr ziehen so viele Waldworte in unser Wörterbuch ein wie Schneeworte in das Vokabular der Eskimos (Dass die Eskimos jedoch deutlich mehr Worte für Schnee als beispielsweise die Deutschen haben, hat sich mittlerweile als Mythos herausgestellt). Insbesondere von den letzteren, den Urwäldern, gibt es leider, trotz des hohen Waldanteils in Deutschland, fast kaum noch welche. Zu groß ist der ökologische Fußabdruck des Homo sapiens, zu intensiv der menschliche Einfluss auf unsere Natur, der die befreite Entwicklung von Wald und Flur beeinträchtigt. Und auch wenn wir seit 1970 mit mittlerweile 16 Nationalparks hierzulande den Versuch gestartet haben, die Natur wieder mehr Natur sein zu lassen, ist es noch ein langer Weg, bis wieder so richtige Urwälder in den Nationalparks entstehen. Bis dahin begnügen wir Wanderer uns aber gerne mit waldgewordenen Schönheiten wie den hiesigen Buchenwäldern, die für mich

zu den beeindruckendsten Wäldern überhaupt gehören. Im Herbst erstrahlen die Waldmeere aus schier endlos vielen Baumgestalten, wie sie z.B. am hessischen Edersee oder im thüringischen Hainich zu finden sind, zu spektakulären Farbenspielen aus allen erdenkbaren Spektren zwischen Gold und Rot und Gelb und Braun. Und auch im Frühling und Frühsommer, wenn die Buchenwälder in einem fast schon grellen, betörendem Sattgrün erleuchten, geben sie ein fantastisches Wanderrevier und Fotomotiv ab. Kaum eine heimische Baumart weiß besser mit ihren Farben zu entzücken.

Mit all seinen entspannenden und wunderschönen Facetten ist der Wald aus unserem Wanderleben nicht wegzudenken, ganz egal, um welche Art es sich handelt. Im Gegenteil, der Wald gehört zum Wandern wie der Wanderschuh selbst. Und ohne Wald würde sich das Wandern nur halb so gut anfühlen.

Das wusste auch schon Helmut Dagenbach, als er 1986 das Loblied auf den Doktor Wald geschrieben hatte, in dem er den Wald als Orthopäden, Psychiater und Augenarzt zugleich symbolisiert und in dem er schwärmt von der Praxis des Waldes, die uns zurückholt ins seelische Gleichgewicht und uns heilt von jedem Kater, ganz gleich ob dieser von Kummer oder Cognac ist. Ganz ohne Pillen und Pülverchen, allein mit seiner frischen Luft und Sonnenschein, sind selbst Kreislaufkranke bald schon ohne klinischen Befund oder Fettansatz und Gallensteine lediglich ein Schreckgespenst. Mit einer klangvollen Strophe des Gedichtes endet dieser Grund:

Wenn ich an Kopfweh leide und Neurosen,
mich unverstanden fühle oder alt,
und mich die holden Musen nicht liebkosen,
dann konsultiere ich den Doktor Wald.

Weil es Spazierwanderwege gibt

Spazieren ist das neue Wandern. Klingt komisch? Ist aber eine neue und durchaus ernst zu nehmende Strömung in der deutschen Wanderwelt. »Premium-Spazierwanderwege« nennt sich die neueste Sparte der zertifizierten Wanderrouten des Deutschen Wanderinstituts, die den Trend beim Wandern hin zu immer kürzeren Routen und einer immer komprimierteren Fülle an Erlebnismomenten weiter vorantreibt. Angefangen hat es mit sogenannten Halbtagestouren, bei denen Wanderer im Schnitt nur noch ca. drei Stunden für eine Route brauchen, beim klassischen Tagestouren-Wandern sind bzw. waren es im Schnitt immerhin noch rund fünf bis sechs Stunden. Ein Spazierwanderweg ist etwa drei bis sieben Kilometer lang, kann also in ein- bis zweistündiger Bummelei bewältigt werden, und bietet die Möglichkeit, den etwas in Vergessenheit geratenen Volkssport der Deutschen, das Spazieren und Flanieren, mit den Vorzügen des Wanderns, nämlich herausragende Erlebnismomente (z.B. Ausblicke, Burgen, schöne Landschaft), erfolgversprechend zu verbinden.

Natürlich unterliegen die Premium-Spazierwanderwege ähnlichen Kriterien wie die herkömmlichen zertifizierten Prädikatswege, so vermeiden sie vermehrt die sog. »Frustpassagen«, führen auf naturnahen Wegen, haben wenig Berührung mit Verkehr und Straßen und sind dafür mit vielen Erlebnispunkten auf kleinem Raum gespickt. Begründet liegt diese Entwicklung zu immer kürzeren Strecken unverkennbar in der stetig kostbarer werdenden Zeit. Immer weniger Menschen finden noch Platz in ihrem Kalender, um den ganzen Tag über zu wandern. In Zeiten von Micro-Adventures und Mini-Fluchten wird die Freizeit komprimiert und gekonnt mit dem Erleben von einmaligen Momenten verflochten – auch beim Wandern.

Einen positiven Effekt haben die Spazier-Wanderwege auch für Wanderanfänger, die sich dank der kurzen Wege ganz sorgenfrei und in der Regel ohne technische Schwierigkeiten dem Wandern nähern können; und auch übergewichtigen oder kranken Menschen, Senioren und Kindern wird das Wandern auf markierten Wanderwegen, die nicht auf Anhieb überfordern, damit leicht gemacht. Wandern in der Mittagspause? Zwischen Tür und Angel durch den Wald flanieren und dabei wunderschöne Flecken entdecken? Spazierwandern macht es möglich. Zu finden sind die Spazierwanderwege dabei vielerorts in Deutschland. Es gibt die sog. Traumpfädchen in der Eifel, verschiedene Spazierwegle auf der Schwäbischen Alb, die Traumschleifchen im Saarland und andere »Wanderwegelchen« in Deutschland. Auf der Webseite des Deutschen Wanderinstitutes kann man sich schlaumachen. Übrigens: Bald sollen auch schon die ersten Teutoschleifchen im Teutoburger Wald eröffnet werden, und ich bin mir sicher, das werden nicht die letzten sein. Na dann, frohes Spazieren!

BONUSGRUND 7

Weil es Juist gibt

Das Meer zum Wandern? Inseln? Was für viele eingefleischte Wanderer so gar nicht zusammenpassen mag, hörte sich auch in meinem Ohr ganz lange befremdlich an. Für mich brauchte es eigentlich immer Berge. Möglichst hohe Berge. Doch wie schön das Wandern auch im Reich des Meeres sein kann, durfte ich auf den Ostfriesischen Inseln erfahren, die mir seither nicht mehr aus dem Kopf gehen wollen.

Meine schönste Inseltour war mit großem Abstand die Wanderung auf Juist, der man ohnehin schon nachsagt, eine der schönsten Inseln weltweit zu sein. An diesem Tag war es mal wieder besonders

windig an der Nordsee. Heftiger Sturm blies mir gleich zu Beginn meiner Tour am Hafen frontal ins Gesicht und hieß mich auf der 17 km langen, schmalen und autofreien Insel auf ziemlich norddeutsche Art willkommen. Über den Damm und dann am Rande des quirligen Urlaubsdorfes Juist entlang, in dem die Insulaner mit ihren Fahrrädern samt Anhängern ein buntes Treiben abgaben, machte ich meine ersten Schritte. Der wolkenverhangene Himmel stimmte mich perfekt auf diesen Wandertag ein, ein schöner Sommertag hätte irgendwie auch nicht gepasst. Ich erreichte die letzten Häuser des Dorfes und tauchte wenig später ein in die unberührte Landschaft von Juist, die vor allem aus sanft geschwungenen Dünen besteht. Links und rechts und auf und ab führte mich kurz darauf ein quirliger und sandiger Wanderpfad vorbei am Hammersee, auf den ich ab und zu einen Blick erhaschen konnte. Immer wieder duckte ich mich dabei unter knorrigen Baumgesellen hinweg, die ihr Haupt dicht über den Weg neigten, als wollten sie sich vor mir verbeugen. Spätestens auf einer der Aussichtsplattformen hoch über den Dünen, von denen eine auch den Blick auf die stürmende See ermöglichte, stellte ich fest: Wow, das hat was. Nicht wissend, dass ich meinen Lieblingsplatz noch gar nicht erreicht hatte, zog ich wenig später auf einem schmalen Pfad durch ein verwunschenes Wäldchen, das ein Biologe namens Dr. Otto Leege hier einst anpflanzte und das auf einer norddeutschen Insel in dieser Form eine echte Seltenheit ist, ehe ich die Südseite der Insel erreichte. So richtige Wanderpfade? Die hatte ich auf einer norddeutschen Insel nicht erwartet. Zu dominant schienen mir die Bilder von überlaufenen Strandpromenaden und Badeurlaub zuvor in meinem Kopf.

Vorbei an der Domäne Bill, einem einladenden Bauernhof samt Restaurant, der an diesem wilden Nordseetag wie eine rettende Zuflucht in der Landschaft lag, bot ich dem immer heftiger werdenden Sturm, der mich fast von den Beinen fegte, meine Stirn. Bis ich das Billriff, das westliche Ende von Juist, erreichte. Spätestens hier hatten mich die Kräfte der Natur, die Schritt zu Schritt unbändiger

zu werden schien, ganz fest im Griff. Wo sonst mit etwas Glück die Seehunde in der Sonne baden, konnte ich an diesem unvergesslichen Tag nur wenige Hundert Meter weit sehen. Wind und Sand peitschten mir ins Gesicht, während ich mich Meter für Meter über den feinen Sandstrand des Riffs kämpfte. Was für ein Wetter, was für ein Moment! Ich fühlte mich wie am Ende der Welt, mutterseelenallein – nur die gewaltigen Hiebe der Natur und ich. Klein, unbedeutend. Völlig alleine. Oh ja, der Lieblingsplatz meiner Reise war gefunden, hier am Riff, hier am Ende der Welt. Auch wenn ich mir nicht sicher bin, ob nicht das alles drum herum – das Wetter, die Einsamkeit, der Sturm und dieses Gefühl der Echtheit – für die Magie dieses Ortes verantwortlich war. Wenig später war es geschafft, das Billriff war umrundet und ich erreichte zum ersten Mal die Nordseite der Insel. Hier türmten sich die gewaltigen Wellen der Nordsee auf und schlugen wuchtig auf den Strand. Ich hielt einen Moment inne, dachte über den Kreislauf des Lebens nach, über die endlose Geschichte vom Werden und Vergehen. Dann schwebte ich voller Demut und mit dem Sturm im Rücken über den Strand bis hin zum Dorf, von wo ich mit dem Schiff zurück nach Norddeich fuhr. Bis heute zehre ich von dieser Tour, einer der intensivsten Wanderungen meines Wanderlebens – und das auf einer Insel ohne Berge.

BONUSGRUND 8

Weil es Bier- und Weinwanderungen gibt

Na klar, das Aufrechterhalten des leiblichen Wohls gehört zu jeder Wanderung dazu. Paradebeispiele sind ein schönes Picknick inmitten einer grünen Wiese, die Einkehr in einer Hütte oder der wohlverdiente Gipfelsnack. Nicht selten wird da das eine oder andere hochprozentige Schätzchen aus den Rucksäcken der

Wanderer gegraben. Wie wäre es nur, wenn man die promille-
gewordenen Leckereien direkt mit dem Wandern verbinden
könnte? Das Wandern quasi unter das thematische Dach der
Hochprozenter stellen könnte? Das haben sich wohl die einen oder
anderen Schnapsdrosseln gedacht, als sie wohlklingende Projekte
wie Bier- und Weinwanderungen oder entsprechende Themenwege
ins Leben gerufen haben.

Weinwandern steht natürlich besonders in den 13 deutschen
Weinanbaugebieten hoch im Kurs, ob als geführte Wanderung, als
Großveranstaltung, als Weinfest oder auf einem Weinwanderweg
auf eigene Faust. Hier wird gekostet, was das Zeug hält, direkt beim
Erzeuger. Den Wein dort genießen, wo er wächst – was könnte es
denn Vielversprechenderes geben?

Von Weinkeller zum Weinberg, von Straußenwirtschaft zur Be-
senwirtschaft, zum Rädle, zur Heckenwirtschaft und bis hin zur
Maienwirtschaft. Egal wie auch immer man die saisonal geöffneten
Gastbetriebe der Winzer nennen mag, es bleibt zu hoffen, dass der
Wanderer das Tänzeln über Stock und Stein auch nach dem einen
oder anderen Gläschen noch sicher beherrscht. Das Weinwandern
ist eine sich immer größerer Beliebtheit erfreuende Wanderfacet-
te, der sich mittlerweile auch Profischluckspecht und Wanderpapst Manuel Andrack angeschlossen hat. Zu Recht, wie ich finde.
Schließlich muss der edle Tropfen aus Pfalz, Baden und Co. auch
den Qualitätstest der Wanderer bestehen, bevor er deutschlandweit
vertrieben wird.

Wer es eher mit Bier hält, findet in Deutschland einige Bierwan-
derwege, die zum Beispiel von Brauerei zu Brauerei führen oder
sich mit Hopfenmuseen und/oder Infostationen thematisch ganz
und gar dem leckersten aller Gebräue widmen. Ein wahr gewor-
dener Männerwandertraum!? Der zweitägige 13-Brauereien-Weg
in Franken, der Bierkulturweg Ehingen, der Tettnanger Hopfen-
pfad und wie sie alle heißen versprechen jedenfalls feuchtfröhliche
Wanderstunden! Insbesondere in der Bierhochburg der Nation, in

Bayern, vor allem aber in Franken, findet man zahlreiche Wander-angebote rund ums Bier.

Egal, ob Wein oder Bier oder Schnaps – das Wandern direkt mit dem leiblichen Wohl zu verknüpfen, das war eine gute Wander-idee, der sich in Deutschland mittlerweile an zahlreichen Orten nachgehen lässt. Hätte von mir kommen können. Na dann, Prost!

Weil es noch immer Geheimtipps gibt

Das Schöne am Wanderland Deutschland ist doch, dass es immer etwas Neues zu erwandern gibt. Wer kann denn von sich behaup-ten, dass er schon in jeder Region zu Fuß unterwegs gewesen ist? Ich wage zu behaupten: keiner! Denn irgendwo gibt es immer un-erforschten Grund für hungrige Wanderstiefel; und oftmals sind da noch waschechte Geheimtipps dabei, von denen nur wenige Wanderer zuvor überhaupt gehört haben. Den Harz? Kennt jeder. Den Schwarzwald? Auch. Eifel? Auch hier war zumindest jeder im Westen schon einmal unterwegs.

Aber was ist mit der Hessischen Bergstraße? Ein schmaler, auf der Deutschlandkarte kaum wahrzunehmender Streifen am Rande des Odenwaldes, zwischen Darmstadt und Heidelberg. Hier be-findet sich nicht nur das kleinste der 13 deutschen Weinbaugebiete, sondern auch eine ziemlich gut verstecke Wanderlandschaft, die in Sachen spektakulärer Ausblicke und sehenswerter Landschaft mit den ganz Großen locker mithalten kann. Die Toskana Deutschlands wird die Region auch genannt, weil die Sonne es mit der Hessi-schen Bergstraße besonders gut meint. Das bemerkte schon Kaiser Joseph II., der kurz nach seiner Krönung in Frankfurt begeistert feststelle: »Hier fängt Deutschland an, Italien zu werden!« Tatsäch-lich beginnen die warmen Jahreszeiten rund um Heppenheim, der

Heimat von Formel-1-Profi Sebastian Vettel, überdurchschnittlich früh im Jahr. Der Frühlingsgarten des Landes, hier blüht er bereits zwischen März und April; zur Zeit der rosa Mandelblüte ist die sympathische kleine Region ein ganz besonders schöner Geheimtipp für Frühlingswanderer, die es gar nicht erwarten können, dem Winter *Lebe wohl* zu sagen. Doch auch im Herbst, inmitten der Weinzeit, lässt sich auf der aussichtsreichen Höhe hoch über dem Rheintal hervorragend wandern, dann, wenn sich die überraschend schöne Landschaft in ein einziges Farbenmeer verwandelt. Und was für Ausblicke: Der Rand des Odenwaldes bietet teils spektakuläre Fernsicht in die Ebene von Vater Rhein, z.B. vom Schloss Auerbach oder der Burgruine Frankenstein aus, die sich wie die anderen historischen Bauwerke hier und wie an einer Perlenschnur aufgezogen aneinanderreihen.

Ähnlich wenige Wanderer dürften das Eichsfeld im Dreiländereck von Hessen, Niedersachsen und Thüringen kennen. Kaum eine andere Region hat mich mit ihrer bewegten Geschichte so begeistert wie die katholische Exklave in der Mitte Deutschlands. Überall gibt es Klöster, Burgen, Ruinen und Schlösser in der wunderschönen Landschaft, die eindeutig viel zu wenig Aufmerksamkeit erfährt. Auch die deutsch-deutsche Geschichte ist hier nach wie vor lebendig, zog sich die innerdeutsche Grenze damals doch quer durch das Eichsfeld, das man übrigens entgegen des Instinkts »Eiksfeld« ausspricht. Das erinnert mich immer ein bisschen an Berlin, wo einst genauso Freunde, Familien und Nachbarn mir nichts, dir nichts von Grenzzäunen getrennt worden waren. Im Eichsfeld lässt sich diese düstere Zeit auf einmalige Weise erwandern, zum Beispiel auf dem Grünen Band, dem ehemaligen Grenzstreifen beider Länder, den sich die Natur im Laufe der Zeit mit einer vielfältigen Flora und Fauna zunutze gemacht hat. Oder auf dem Grenzlandweg des Grenzlandmuseums Eichsfeld, der zum Teil direkt zwischen den alten Zaunanlagen entlangführt und mitunter ein beklemmendes Gefühl in mir auszulösen wusste.

Heute trennen die Eichsfelder, die sich als eigenes kleines Völkchen verstehen, keine hässlichen Zäune und Grenzen mehr. Das sanft geschwungene Terrain mit seinen weiten Wiesen und Feldern und den bewaldeten Höhenzügen kann glänzen, frei und unbedarft. Losgelöst vom hässlichen Schleier von so manch einem Kapitel der Geschichte. Idyllische Seen wie der Seeburger See und Flüsse wie die Werra, die gemütlich ihre Bahnen entlang der ehemaligen Grenze führt, schmiegen sich in das so unbekannte Naturgemälde ein. Keine Frage, Wanderer finden im Eichsfeld fantastische Wandermöglichkeiten; und das ganz in der Nähe des Harzes, den nun wirklich jeder kennt. Nur allzu viele gut markierte Wanderwege haben leider noch nicht flächendeckend Einzug in diese Geheimtipp-Region gefunden, die ich dennoch ausdrücklich jedem Wanderer empfehlen kann, der Lust auf etwas Neues hat.

BONUSGRUND 10

Weil es immer neue Ziele gibt

Neue Ziele. Wie generell im Leben, so auch beim Wandern: Ihnen sind keine Grenzen gesetzt, sie spornen an und treiben vorwärts. Neue Ziele und ganz besonders deren Erreichen machen selbstbewusst, zufrieden und gesund. Ich finde es wichtig, mir stets ein Ziel zu setzen, etwas, worauf ich hinarbeiten kann, etwas, was mich beschäftigt und bei Laune hält. Um der eigenen Trägheit ein Schnippchen zu schlagen und der drohenden Faulheit (bei mir besonders akut!) entgegenzuwirken.

So ein neues Ziel zu finden, das ist mir erst kürzlich wieder gelungen. Denn es ist gerade mal ein paar Wochen her, da durfte ich mit Peter Schlickenrieder auf seinen Hausberg wandern, die Brecherspitze am bayerischen Schliersee. Peter Schlickenrieder, das ist der deutsche Silbermedaillen-Gewinner im Langlauf-Sprint der

Olympischen Spiele 2002. Das ist der ARD-Experte, Extrem- und Leistungssportler sowie seit April 2018 der neue Bundestrainer der deutschen Ski-Langläufer. Kurzum: eine echte Sportskanone. Nicht nur deswegen bleibt mir diese Wanderung, mag man sie denn so nennen, unwiderruflich im Gedächtnis. Selten bin ich den Berg so hinaufgeschunden worden, nie zuvor wurden mir meine persönlichen Grenzen so derart spielerisch vorgeführt. Eine Wanderung war das wirklich nicht mehr, zumindest nicht für mich. Während Peter gleich zu Beginn der Runde, auf der wir rund 950 Höhenmeter bergauf bewältigen sollten, ein derart hohes Tempo vorgab und mich nach nur wenigen Minuten zurückfallen ließ, wurde mir klar, worauf ich mich da eingelassen hatte. Immer wieder musste er gelangweilt auf mich warten, klagte scherzhaft über einen Puls von nur 75, während ich keuchend versuchte, mir die Anstrengung nicht allzu sehr anmerken zu lassen. Fehlanzeige, mein hochroter Kopf sprach Bände. Dazu durfte ich mir immer wieder Peters zwar nicht böse gemeinte, aber durchaus stechende Spitzen anhören, wie diese, dass mein Fitnesszustand nicht meinem biologischen Alter entspräche. So etwas von einem Bundestrainer? Das sitzt. Und noch bevor wir, nein … bevor *ich* den Gipfel erreichte (Peter war längst oben), schwor ich mir, fitter zu werden. Schluss mit dem Übermaß, der Faulheit und Trägheit. Ich will zwar nicht ganz so absurd schnell wie das Langlauf-Ass, aber dennoch ein bisschen leichter den Berg hinaufspringen, als ich an diesem Tage in der Lage war. Zum Verständnis: Ja, ich hatte die 950 Höhenmeter, für die der Silbermedaillengewinner in der Regel nur ca. 50 Minuten braucht (!), in rund anderthalb Stunden bewältigt, das ist ein Spitzenwert. Und dennoch war mir der Preis, meine Anstrengung und Schinderei, dafür zu hoch. Obwohl ich wusste, dass übertriebener Ehrgeiz nicht unbedingt auf eine Wanderung gehört, konnte ich diesen Gedanken nicht so recht abschütteln. Ich musste schneller und fitter werden. Ich hätte auch ganz einfach mein eigenes langsames Tempo machen und dafür den Blick auf den Schliersee noch etwas inten-

siver genießen können, aber dafür bin ich einfach nicht der Typ. Dafür habe ich mich an diesem Tag einfach zu sehr herausgefordert gefühlt, auch wenn das dem Grundgedanken des Wanderns, per definitionem eine Betätigung ohne sportlichen Anspruch, irgendwie widerspricht.

Bei der anschließenden Hütteneinkehr, bei der ich ausnahmsweise mal schneller war als er (im Radlertrinken), erzählte ich Peter von meinem soeben neu gewonnenen Ziel, ehe auch er davon schwärmte, wie wichtig ihm sei, immer eine neue Aufgabe vor Augen zu haben, nicht nur sportlich. Um den Anschluss an seine Träume und Vorhaben nicht zu verlieren, schließlich sei das sein Rezept zur Profikarriere gewesen; und das als Asthmatiker. Auch das bestärkte mich in meinem neuen Ziel. Prompt gab er mir die Trainingsvorgabe, fortan jede Woche 2.000 Höhenmeter im Aufstieg auf meinen Hausberg in der Osteifel zu laufen. Gehört, notiert, getan! Ich laufe. Auf dass ich dieses Ziel erreiche, mich steigere und diesen demütigenden Tag am Schliersee zumindest im Gedächtnis mit einem geistigen Haken versehen kann.

Schön ist doch, dass Ziele beim Wandern ganz individuell sind. Jeder hat seine eigenen Grenzerfahrungen gemacht und kann sich anhand derer neue Ziele setzen. Seien es zeitliche Ziele, das Erreichen eines bestimmten Punktes, das Bewältigen eines Weges, eine Alpenüberquerung oder einfach nur die regelmäßige Bewegung im Freien. Damit wird das Wandern, egal in welcher Fitnessliga man spielt und egal wie ehrgeizig man sein mag, zum idealen Begleiter, der einen immer mal wieder kitzelt, anspornt und vielleicht auch herausfordert. Das hält fit, geistig wie körperlich, und lässt uns, hoffentlich, ein langes Leben leben. Also: Was wollte ich schon immer mal sehen? Wo wollte ich schon immer mal wandern? Wozu wollte ich schon immer mal in der Lage sein? Und wie möchte ich mich bei körperlichen Aktivitäten fühlen? Auf geht's, raus, zum Wandern und zu neuen Zielen!

Weil man die eigene Geschichte erwandern kann

Es war auf dem Schloss Auerbach an der schönen Hessischen Bergstraße. Gerade als ich auf einem der Türme der Burganlage stand
und mich sattsah an dem traumhaften Panorama des Rheintals,
das sich weit unten vor meinen Füßen ausbreitete wie ein Gemälde,
wurde ich Zeuge eines inspirierenden Gespräches. Zwei alte Damen
hatten sich genauso wie ich hier oben auf den Turm gemüht. Sie
unterhielten sich, darüber, wie sie vor über 20 Jahren das letzte Mal
hier oben waren. Sie tauschten sich aus über Erinnerungen. Wie
sie als Kinder spielten, hier auf ihrem Abenteuerspielplatz, inmitten der Natur. Und darüber, wie lange sie wohl noch in der Lage
wären, auf die Burg und ihren Turm zu wandern, um noch einmal
zu schwelgen in den Geschichten von damals. Das ist er. Der Stoff,
der mich als alten Nostalgiker ganz besonders nachdenklich macht;
und während ich so in die Ferne blickte und darüber fantasierte, wie
schön die lebhaften Rückblicke und der Besuch auf dem Schloss für
die zwei alten Frauen wohl sein müssen, schlichen sich immer mehr
meiner eigenen Kindheitserinnerungen in das Gedankenpotpourri
meines Kopfes ein. Schon bald hatte ich sie vor mir, die Erinnerungen von damals in den Bergen. Das Glück des Kindseins, die
Unbeschwertheit und die Lebensfreude, für einen Moment konnte
ich sie noch einmal richtig spüren. Es war in diesem Moment, als
ich mir vornahm, auch meine Geschichte noch einmal zu erwandern. Zurückzukehren an die Orte, an die ich mit einem besonders
großen Lächeln zurückdenken kann. An Orte meines Glücks.
Die Himmelmoosalm, im Schatten des Brünnsteins, dort, wo
ich einst mein legendäres Gitarrenkonzert für weidende Kühe gab
(Grund 81), war dann bald darauf auch schon mein erstes Ziel.
Mit diffuser Aufregung und Vorfreude im Gepäck machte ich mich
auf, um den 1634 m hohen Brünnstein zu erobern. Zunächst zum

Brünnsteinhaus, dann weiter zum Gipfel. Dieser ist von der Alpen-vereinshütte über einen Klettersteig zu erreichen, der mich als Kind schon fasziniert hatte. Noch heute habe ich meine Stimme im Ohr, wie begeistert ich von der spannenden Tour auf den Brünnstein erzählte, auch noch lange Zeit danach. Würde ich den Weg wieder-erkennen? Während ich mich über die Trittleitern und Eisensteige hinaufarbeitete, hielt ich immer wieder inne, sah mich um und versuchte mir vorzustellen, wie ich einst als kleiner Bub hier den Berg hinaufgetänzelt bin. Obwohl ich Schwierigkeiten hatte, mich an konkrete Wegpassagen zu erinnern, war die Aufregung beim Begehen des Klettersteigs präsent wie eh und je. Ein toller Aufstieg, der letztlich an der Gipfelkapelle auf dem Brünnstein endet. Und an die Gipfelkapelle, oben auf dem schmalen Kalkriff, erinnerte ich mich dann tatsächlich. Schon damals wirkte sie hier, ganz oben auf dem Gipfel, so fehl am Platze. Doch all die Zeit, in der ich mein Leben lebte, hatte sie den Widrigkeiten und dem Wetter getrotzt. Hier stand sie, wie damals. Und hier stand ich, wie damals. Nach einer langen, nachdenklichen Gipfelrast trug ich mich, meine kleine Geschichte und die Kindheitserinnerungen in das Gipfelbuch ein und machte mich dann auf zur Himmelmoosalm, wo wir damals in einer Ferienhütte inmitten der Berge gewohnt hatten. Auch hier hatte ich Probleme, konkrete Stellen zu erkennen, mich als kleinen Jungen an bestimmten Orten zu sehen. Die Erinnerungen an die Alm, die man als Übernachtungsgast nur in einem mehrstündigen Marsch zu Fuß erreichen konnte, wollten sich nicht so recht mit dem vereinen, was ich an diesem Tag hier oben sah. Umso mehr konzentrierte ich mich darauf, mir vorzustellen, wie ich hier auf einem der kleineren Hügel gestanden haben muss. Wie ich hier mit meinen Schwestern spielte. Im Freien, glücklich und unbeschwert. Zwei Wochen hatten wir damals hier oben verbracht, und auch heu-te verweilte ich eine Zeit lang im Gras und sinnierte über die gute, alte Zeit, ehe ich mich aufmachte, den Rest meiner Wandertour in Angriff zu nehmen. Schöne, wiedererweckte Erinnerungen trugen

mich auch noch zwei weitere Stunden durch die Bergwelt, in der ich mich lange nicht mehr so wohlgefühlt hatte wie an diesem Tag.

Manche Menschen sagen, man solle die Erinnerungen ruhen lassen. Die Magie und den Glanz der eigenen Geschichten, an die man sich gerne erinnert, unangetastet für die Ewigkeit belassen. Zu groß sei die Gefahr, den Zauber von damals in der Realität zu verlieren. Doch ich finde, es hat sich gelohnt, noch einmal zurückzuwandern in die eigene Geschichte. Und ganz bestimmt werde ich das wiederholen. Werde ich Orte aufsuchen, mit denen ich so viel verbinde. Um noch einmal zu spüren, wie grenzenlos sich die Freiheit doch damals noch anfühlte.

Quellenverzeichnis

Grund 4:   www.spiegel.de/kultur/gesellschaft/mass-und-masslosigkeit-wir-geniessen-trotzig-a-766210.html

Grund 6:   www.wanderforschung.de/files/wantextpsych-heute_1407221456.pdf

Grund 7:   www.outdoor-magazin.com/service/abenteurer-szene/nonstop-wanderer-thorsten-hoyer-im-interview.805696.3.htm#1

Grund 9:   www.stuttgarter-zeitung.de/inhalt.interview-mit-winfried-kretschmann-wandern-ist-eine-form-des-denkens.a6bf2d02-24e4-4391-a610-2172bccd6e75.html: www.trax.de/wandern-steigert-die-kreativitaet/id_61316346/index

Grund 13:   www.wanderforschung.de/files/wanstudpsychheute1227543922.pdf: www.wanderforschung.de/files/gruentutgut1258032289.pdf

Grund 21:   www.ksta.de/pulheim/regio-gruen-aussichtsplattform-mit-nur-vier-stufen,15189190,24359834.html

Grund 26:   www.stern.de/wissen/natur/treibhauseffekt-die-maer-vom-klimakiller-kuh-578933.html

Grund 27:   Freemen's World 1/2014, TV SPIELFILM Verlag GmbH

Grund 37:   www.talkteria.de/forum/topic-232632.html

Grund 43:   www.aphorismen.de/zitat/15234

Grund 53:   www.twago.de/blog/19337/: www.filmzitate.info/index-link.php?link=www.filmzitate.info/suche/film-zitate.php?film_id=112

Grund 64:   www.br.de/themen/ratgeber/inhalt/ernaehrung/pilze-sammeln-rechtliches-erlaubtes-100.html: www.mopo.de/recht/-pilze-ernten-wald-sammeln-sammler-bussgeld-verboten-kilo-beeren,21580442,24576710.html

Grund 69:   www.focus.de/gesundheit/diverses/gesundheit-
              wanderer-verbrauchen-etwa-so-viele-kalorien-
              wie-jogger_id_4058009.html
Grund 72/73: www.wanderforschung.de/WF/gesundwandern/
              wohlfuehlsport.html: www.wanderforschung.de/files/
              wantextwanneu1227545736.pdf
Grund 82:   www.zeit.de/kultur/musik/2010-09/volkslieder-
              folge-3
Grund 85:   *Wandermagazin* Nr. 179, W&A Marketing &
              Verlag GmbH
Grund 89:   www.bergzeit.de/wanderstoecke/
Grund 91:   www.wanderverband.de/conpresso/_data/Dokumen-
              tation_Grundlagenuntersuchung_Wandern.pdf
Grund 92:   Pressekonferenz Wandermarkt 2014, Kassel, den
              02.04.2014: www.wanderverband.de
Grund 93:   www.wanderforschung.de/WF/
Grund 99:   de.wikipedia.org/wiki/Manuel_Andrack
Grund 109:   de.wikipedia.org/wiki/Christopher_McCandless

Danksagung

Danke an meinen Vater, der mich bei der Umsetzung dieses Buches von Anfang bis Ende unterstützt hat.

Danke an meine Freundin Helen, die mich immer wieder erfolgreich zum Weiterschreiben animieren konnte.

Danke an Konstantin »HazmaT« Wolfinger, der mich zu dem Grund »Weil man vor Frauen flüchten kann« inspiriert hat.

Danke an Ursula aus dem »Carpe Noctem«, die mich zu dem Grund »Weil es die Stunde des Ankommens gibt« inspiriert hat.

111 GRÜNDE, WANDERN ZU GEHEN

AF289350

not me?", on the other hand, broadens the personal experience and has an air of victory to it. God is quite meticulous and rather intentional in his dealings with his children. I would hate to sit across from him on the opposing side of a chessboard.

Perhaps you are dealing with a lot of different problems—death, desertion, divorce, financial, marriage, man problems, women problems, teen problems, adult problems, mid-life problems—but no matter how big or little they are, your problems are not unique. 1corinthians 10:13–14 tells us that "there hath no temptation taken you but such as is common to man; but God is faithful who will not suffer you to be tempted above that you are able; but will with the temptation also make a way to escape, that ye may be able to bare it." In other words, God has seen a case like yours many times before, and he's got the solution. The road upon which you travel is a beaten path that all who are in God must take. God is eternal and has been a witness to every passing generation.

Deal With It

Oftentimes, we have trouble operating in or even getting tomorrow's promise because we have yet to deal with past and present pains and disappointments that reverberate in us on occasion. The Bible cautions us against the leaven of the Pharisees, for "a little leaven, leaveneth the whole lump" (Galatians 5:9). It only takes a bit of bitterness, unforgivingness, or resentment to spoil the whole purpose of God in your life. No matter where you are in life or what has taken place, don't run from it. Realize that it's you more than anyone else in life who hurts and or hinders you, not the perpetrator of the experience or the incident. Living with those personal contradictions can prove to be fatal to abundant living. Let me adjure you, deal with it, heal, and move on in God. As you read on in the next chapters, I will give you what you need so you may be healed in the appropriate places.

Get Better, Not Bitter

Quite certainly, we are all familiar with bitterness, in one respect or another. Bitterness has the tendency to slow you down in the flow of life. It stunts your growth and halts your development. People at all ages and stages of life jeopardize their ability to build and expand when a root of bitterness springs up. You must understand that bitterness, if not dealt with, will drain the life (intended for you to live) from you and use it to strengthen itself against you.

Have you ever gotten so bitter it even surprised you? unforgivingness and the inability to heal are two major factors on which bitterness thrives. Forgive and be forgiven. Remember that you have not always had a choirboy existence either. We all make mistakes; in fact, it is in the soil of error from which we grow. The Bible teaches us that if we want God to forgive us our debts, then we must forgive those who are indebted to us. Forgiveness flirts with the notion of healing, but an intimate understanding of forgiveness gives birth to a character intrinsically interwoven with threads of restoration. Be healed; do not lend your vigor to bitterness, which ultimately undermines your success.

In my personal life, there were different points at which I was challenged with the decision of getting bitter or getting better. And as long as you're living, life will confront you with issues that cause you to come to terms with yourself; thus, forcing you to make the pivotal choice. One thing we must all understand is that none of us are able to stop life from happening, but that the happenings in life can stop us from living. I am not referring to the cessation of life, but rather the multiplicity of things that come to rape and pillage, ultimately leaving us bereft of all peace, joy, dreams, and vitality.

Life, my friend, is not a terminal illness, though some are sick to death with it. To yield to the ills of time is to subconsciously compose your last will and testament. To leave all of your unfulfilled aspirations and dreams in the questionably feeble and uncertain hands of your posterity—is that what you want? Or do you have the wherewithal to upset your sense of victimhood, grab life by the lapel and wrestle it into submission to the degree that it yields the expected fruit? The only way for that to happen is to decide that you will or can do, as opposed to won't, can't or don't.

In dealing with the aftermath of adverse circumstances, you have to make a conscious decision and an earnest endeavor to get better. It seems that it is a lot easier to be bitter than it is to get better. One writer said something that really resonated with me both then and now; "eat the chicken and leave the bones." That statement altered my perspective on life, relationships, difficulties, and education. The statement simply means that you take what you can use, and leave what you can't. I pray you adopt as your own that same perspective. In doing so, you will relieve yourself of the burden of trying to make sense out of the wealth of unfortunate circumstances life will afford you. Find the silver lining in the cloud and then wait until it passes, you'll not be bitter because of it but become better by it instead.

Walls N Bridges

When you think of the word "wall", what are the first ideas that pop into your mind? What are some of the purposes that walls serve? The word, by definition, is a high and thick masonry structure forming a long rampart or an enclosure chiefly for defense, much like what the Israelites encountered while attempting to take the city Jericho. The wall was a massive partition that did not only give protective boundaries to the resident of the city but also to the external attacks. It was a sort of fortification to the city as a whole. Walled cities became the norm for larger and more established cities of antiquity. The walls were to govern the world outside of them more than the city within them. Without a daunting city wall, would-be captors could have their way without oppositional resistance, robbers and rapists would have relatively easy access to their victims. There would be such a sense of vulnerability that the city, without question, would eventually fall. The civilization would be ruined, the culture lost, and a nation's liberty left in the hands of vandals.

Now I want you to envision a bridge. What do you think is the purpose it serves? Take a little time to think about it. Once I was travelling through Bothell, Washington, I was traveling over what the locals referred to as the floating bridge. I spent very little mental energy trying to wrap my mind around a concept that would only deepen the sense of uneasiness that I already felt by being on a bridge with nothing but water in every direction beneath me. The reality was that the bridge was what connected one city to another, and without the bridge we would indubitably have to find another way to get from one side to the other. It was a quicker, more convenient route of travel well worth the apprehension. Not only did it join the neighboring cities but it also provided safe travel over a vast expanse of water. It sure got me over.

Taking what we have discussed here briefly about walls and bridges, dedicate some amount of thought to practical application. Find yourself and feel free to draw some parallels. Walls and bridges are as useful today as they were in antiquity, both are worth their weight in gold. The tricky thing about them both is knowing when and where to construct them. Have you ever intended to build a wall but instead constructed a bridge, or found it extremely difficult to build a needed bridge because you were surrounded by old walls erected from necessity of another time that only seem to interfere with new expansions of self-development?

Relationship is the currency of the world which we live in today. You know how the axiom goes: it's not what you know, but who you know that helps you get ahead. Most opportunities in life occur primarily because of whom, not of what you know. The concept of building walls and bridges has a multiplicity of applications in reaching your destiny. I urge you to be conscious and intentional when constructing either of them. Make sure you don't build bridges to meaningless endeavors and walls against fruitful relationships, but rather build bridges to meaningful relationships and walls against fruitless endeavors. It is imperative to safeguard yourself against anything that hinders or halts your growth spiritually, emotionally, personally, or mentally. connect yourself to things and people that are conducive to your life's trajectory. Relationship provides access to places that your checkbook can't. Apply these principles, skillfully master with priority the art of relationship. Your vertical relationship (with Christ) will set the tone of all other horizontal relationships.

The Grace of God

—— ❧ ——

Have you ever been late on a car, mortgage, insurance, or rental payment? If so, you may already have an educated guess as to the trajectory of our conversation. I know there have been plenty of times where I needed a little extra time to make certain payments are in order to avoid evictions, lapses, or repossessions. Without the extended courtesy of a grace period, my life and perhaps the lives of many others may be a tad bit more hectic.

The Significance of Grace

Scripture teaches us that we are saved by grace through faith, not of works lest any man should boast. So in no uncertain terms, there isn't anything you could possibly do to be saved from your history. Grace is not issued by merit; rather, it's the perpetual benevolence of God the Father that preserves us for our destiny despite our history. That fact alone renders the morally excellent incapable of boasting abstaining achievements alone, which God finds completely underwhelming. Without grace, faith would be void, and without faith, grace becomes abused, naturalizing permanent use of a support system. The beauty of grace is that it's the re-qualifying factor to those of us who have ever been disqualified due to our deeds or dispositions.

It is because of grace periods that we are allowed to retain possession of things that would have otherwise been forfeited. Personally, I like to think of grace as additional space or room afforded to me to satisfy an obligation. This period typically enables me to maneuver some things around so that I can fulfill an obligation. One thing needs to be understood about grace though: the nature of grace is forgiving, we must not fail to realize that grace is a temporary means to a permanent end. Grace is sort of like government assistance—a temporary supplement during hard times. You are not to live on grace from day to day as if you don't ever desire a change. To be honest, I know people who live on and or abuse the system. There is nothing wrong with getting the help you need, but there is something wrong with abusing the aid that you receive. If I weren't such an avid supporter of grace and did not know its significance, I might be tempted to think that it is an enabler; the reality is we all need a support system of some kind to help us get through life. Although neither grace nor the system were designed with abuse in mind, there are those individuals who are content with a hand-to-mouth existence that posses an impoverished state of mind. At the other end of the spectrum, we have individuals and families that use support systems properly and perceive them as launch pads to greater purposes.

Grace Has Got You

Grace is such an interesting piece to me because I can say beyond the shadow of a doubt that without the grace of God I would not be here right now. Again, grace is the given space, room, or time allotted to us to fulfill the obligations of living. It is a terrible thing to be at the mercy of the merciless, to not be afforded the time you need to navigate your way through circumstances and find a solution.

I'm so glad that Jesus is full of grace and truth, albeit paradoxically. God takes who you really are, along with the penalties associated with how you really live (truth) and gives you time and space unmerited (grace) to find the solution (which is in him). Josephus, a contemporary historian in the days of Jesus, said, "God communicates his benevolence not in destroying those worthy of destruction, but in giving grace to the guilty." The bible teaches us that he who is forgiven much, the same loveth much. This gives us insight to the mind of God. God extends grace with an agenda in mind. If our debt and penalties were equated into miles (the distance between your present and your purpose), God then considers the distance and issues grace commensurate to the distance. To put it in Biblical vernacular, his grace is sufficient (2 Corinthians 12:9).

To a degree, grace suspends judgment and keeps you from falling under the enormous weight of consequences. Grace gives you the time needed to find the answer in God and ultimately to find yourself. And when you begin to understand who God really is and what he really isn't, the process of self-discovery is initiated and you bow your knee to the inevitable, succumbing to the intentional, relentless, overwhelming love of Christ. Should we sin that grace may abound (Romans 6:1)? God forbid. Staying true to form, this text in particular addresses the heart's intent, bearing in mind that the bible already assures us that where sin did abound, grace did much more abound. Willful sin must be safeguarded against.

Presumptuous sin entails the two wills, which can become ambiguous. Temptation is the prelude to sin, so we cannot wage an effective war against sin without dealing with temptation. The Bible says, "Blessed is the man that endureth temptation: for when he is tried, he shall receive the crown of life…" (James 1:12). So temptation then becomes not the battle of the wills but rather the examination of the wills. Whatever will you are operating in determines your response to temptation. No matter how much you don't desire to engage in a particular action, if your operation is outside God's will, then your response to temptation will also be outside his will. Our fight is not directly against sin but in the perpetual will of the Father. In accomplishing this feat, you will indirectly overcome sin. Grace gives you the ability to juxtapose the wills in question and adjust accordingly. When we are able to abide in the Father, sin loses its dominion over us, and proof of this is found when we are able to endure the temptations of life instead of indulge in them.

Give Up

I know this may seem as a misprint of sorts but I assure it is no misprint. The two-worded phrase will prove to be a pivotal point in your life if you can glean enough courage to just give up. Believe it or not, it takes more courage to give up than it does to continue in the mundane pursuit of vanities. Over the course of this chapter, I will tell you just what I mean when I say, "give up". Jesus, though he was sanctified as savior and high priest on calvary's cross, was presented with the choice to either give up or give in.

Mark 15:37 states, "And Jesus cried with a loud voice, and gave up the ghost." I pose this question to you, the same question that I often ask God when I'm unclear on something pertaining to his word in my personal study time: So what's the significance? The text in Mark 15:37 becomes the culmination of events with respect to the life and ministry of Jesus Christ. Personally, I believe that beyond his enigmatic doctrine and the sheer marvel of his miracles, the one thing paramount to his assignment that would make or break him was his ability to give up.

Never mind the routine contextual implications of the phrase, but let us put it into proper context. We all know that Jesus was a great contrarian who was, without regard, countercultural. He fought feverishly to sidestep the deadening religious mores of the time. eradicating dominating dogma and doctrines, he was the brightest light to ever shine in and through institutional religion. The miracle worker epitomized moral excellence. He was a just balance, his own delight. He commanded the winds and waters, made the wise foolish, raised the dead, restored the broken, loosened the bound, and bound the captors. He fought religion, he fought culture, and he fought sin and its source, he fought pain, and boxed death with a vigor that was Muhammad Ali-esque. As he performed the infamous rope-a-dope on calvary, this was the only place we ever see Christ's direct resignation to acceptance.

Christ's purpose and assignment would have been at best frustrated and incomplete if he hadn't given up. every miracle quickly forgotten, his very remembrance purged from papyrus through the ages—the incorruptible corrupted, the church aborted, the twelve surrogates scattered or slain, indubitably altering the course of history itself. Let's not just assume that Jesus traversed through ridicule, castigation, rejection, agony and death with that of the swagger of Kanye, and never contemplated an alternate ending as depicted in Gethsemane. Because his deity and humanity were commensurate, he could have in a very human moment chosen to fail, but being persuaded through his deity failure was not an option. The most important thing Jesus ever did was give up. I strongly urge you to take all of your cues from Jesus Christ; don't give in, but do give up! You will have a subpar spiritual experience until you are able to give up in the appropriate places. We cannot operate in the fullness of God's design and be raised in power until we give up. Give up on the guise of prosperity, success, and spirituality. Give up on self-glorifying pursuits and everything that doesn't glorify God, so that you may truly step into what God has for you!

Listen to Life

We as people are engrossed in day-to-day living—getting the kids to school on time, fixing the air conditioner in the car, preparing power points for today's presentation at work, all while communing with the lord, oh and don't forget to call home and tell your spouse how much you love and appreciate them; pick up the kids from school, get them home and fed, make sure their homework is not just done but done properly, and by the way I hope you didn't forget the milk for the baby! So very busy! Being a father of five and a husband of one, I thoroughly understand what it is to be busy. You can't help it most times, but to properly manage your life and be effective, you have to be still enough to hear what your life is communicating to you.

Your life does communicate to you subliminally, beneath your level of consciousness. Life is speaking to you all the time through the stressful relationships that you have, financial hardships, dead-end jobs, continued education, and trivial pursuits. Maybe life is telling you "you're too busy", or that you need to spend more time with your teenagers or your wife. Perhaps life might be communicating to you that there is nothing wrong with saying no once in a while. Know what's important to you; acknowledge your limitations so that your life doesn't become a constant juggling act. Sooner or later you will drop the ball.

Unfortunately, you cannot afford to negate any of the extremities of your life, but you can consolidate to the greatest extent possible and arrange them in a way that your life will be more efficient. Stop trying to be on top of the world by sunrise. With three children ranging from ages two to thirteen, a spouse that needs support and attention, a God that requires you wholly, and a busy career, do you really think that you need a second master's degree right now?

Listen to life, consolidate things when possible, and rid yourself of sources of unnecessary stress. Maybe your degree can wait until all the children are a little older and more self-governing, when you already own two vehicles out right you don't need another vehicle with all the costs associated with it, and you don't have to attend every function that the people in your social circle attend. Practice saying "no" for a while; that way you can focus on the things that are most important, like God, your family, your marriage, your relationship with your sons and daughters. Boys tend to grow up and marry women who they think are like their mothers, and little girls tend to grow up and marry men who they see are like their fathers.

That being said, I wonder what kind of man or woman you are. More importantly, what kind of man or woman do your children think you are?

Let me save you the trouble of a biased reason as to why you can't listen to life. No, listening to life is not equivalent to ideal circumstances. Prioritizing, which is the sounding thematic of this chapter, has to be done to solidify success. Settling financially so you can achieve moral excellence is an example of proper prioritization. electing not to further your education right now of your children's emotional and psychological development is proper prioritization. Prioritizing properly is to juxtapose things in your life where there is generally a stark contrast.

Based on the contrast between relevance and significance, precedence should be given to those things that are most important and congruent with your life's trajectory. And yes, more often than not, that might suggest that changes need to be made. After all, who wants to approach their sixty-first birthday in the same fashion they did with their twenty-first birthday? change is needed, change can be drastic, change is development, but one thing change is not is cheap! And there may be acute costs that can be associated with change, but they are certainly overshadowed by the chronic effect of perpetual prosperity, which is not to be confused with a guise of success.

Victory Moonlighting as Defeat

As we take a look at the Christos on calvary's cross, there are a few areas of interest I'd like to explore. The death on the cross now becomes the climax of divine consummation. Christ made the final poignant power play, gasping for his last breath; he declared checkmate and hung his lifeless head in what seemed to be defeat.

If we take a few steps back, we will find that Jesus was strategically placed in between two thieves—one of whom was irreverent and disbelieving, and the other contrite and desperate. God was indubitably laying the framework in this picture perfect scene and that which would solidify Jesus as the great intercessor. etymologically, the word "intercede" is comprised of two Latin words, "inter" (between) and "cedere" (go), and therefore contextually implies that Jesus is the "go between." I could spend a whole lot of time proving it to you, but I'd rather leave that open-ended for the purposes of idiosyncratic interpretation. Nonetheless, there was a thief on either side of Jesus that represented two perceptions of a single act. How could you be dying in juxtaposition to the "Jesus Christ" and not reach out?

Life is a play of perception that certainly holds sway over your destiny and, in most cases, your reality. The thief on the cross on the left of Jesus shared the sentiments of the religious aristocrats of the Sanhedrin and said, "If you're really who you say you are, then get us both down from here!" The thief on the right, however, was clearly remorseful for the wrongs he had done and desired a change.

He openly confessed that Jesus was unjustly condemned to die and simply said, "When you come into your kingdom, remember me." each thief had his own take on the death of Christ, which had a profound effect on their destiny, though their contrasting perceptions didn't much affect their realities because they were still thieves condemned to die on the cross. In response to the thief on the right, Jesus said, "Today, you will be with me in paradise!" Indeed, that is a powerful proclamation.

Truthfully, the only perception that mattered through this particular ordeal was Christ's. While perception could not alter reality in either of the aforementioned cases, it certainly gave lucidity to it. Christ still had to die, much like you still have to traverse through whatever it is you must go through. The right perception changes your vantage point for the event of living, and then your perception modifies the interpretation of your reality. Having the proper understanding of your life in Christ sets the stage for the wedding ceremony between your reality and your destiny, and this family is a most holy matrimony. Christ's reality and destiny were inextricably bound together; reality sheds its rigidity when wed to divine destiny. Just like the wedding of a bride and groom, the bride relinquishes her maiden name and receives the last name of her husband. The bride is still who she has always been, but because she has changed her association, her reality has changed. Life is still life, but it has just become a bit more functional and livable in most cases.

The union between reality and destiny is a rocky union, but you must seek God for affirmation because your Lord and your love will compete for your affection. God makes no mistakes and is rather meticulous in all that he does. I always like to say God knows what he is doing, even if we don't. And the good news of the whole matter is that, the Bible states in 1 Corinthians 2: 7-8, "But we speak the wisdom of God in a mystery, even the hidden wisdom, which God ordained before the world unto our glory: Which none of the princes of this world knew: for had they known it, they would not have crucified the Lord of glory." One has to think then: did the enemy really know what he was doing and to whom it was being done?

Now put yourself into the equation and know the enemy may be privy to the fact that you are anointed and have purpose in God, but he is absolutely aloof with regard to the specificity and degree of your anointing and purpose. Apparently, the enemy thought that he had seen the last of Christ on the cross, but victory was moonlighting as defeat. Christ knew why he came and the utmost importance of his mandate. Though he drove the vehicle of reality right on to destiny drive, he knew what the enemy failed to realize (hidden wisdom).

Death was just a speed bump on the road to absolute power, a semicolon joining life to death. Most people are taken aback by the grotesque nature of the cross experience and never move beyond it. We can't close the bible after the crucifixion of Christ; there is life just beyond the cross, and your story doesn't end at the cross experience. Hebrews 12:2

encourages us by saying, "Looking unto Jesus the author and finisher of our faith: who for the joy that was set before him endured the cross, despising the shame, and is sat down at the right hand of the throne of God." That being said, he exercises the editorial liberty afforded to authors to tailor your tale to best suite his desire and give you the expected end that Jeremiah alluded to (Jeremiah 29:1). Have the right perception, see your worst hour, and be poised to meet it head-on with the greatest degree of dignity and grace possible. Know in yourself through affirmation that you are in indeed in the will of God. The opinions of others don't matter, so stay put until God raises you with all power. Victory is just moonlighting as defeat, be thus minded.

Don't Understand, Stand Under

While I was being held in the shadows, fumbling and stumbling my way into destiny, I felt compelled to understand everything all the time. I was never really able to wrap my mind around what exactly God was doing and why. Quite frankly, my thirst for understanding became a constant source of frustration and disappointment. It wasn't until I neared the end of my plight that I was able to understand the mind of God with respect to my life and purpose.

Ecclesiastes 7:8 declares that "Better is the end of a thing than beginning thereof: and the patient in spirit is better than the proud in spirit." More often than not, when you are in the trenches groping for understanding and trying to push your way through the night, you remain void of understanding. It is important to know that God's thoughts toward you are of peace and not of evil that he may give you an expected end. God is fully committed to you; he ensures that you arrive at the predestined place according to the times that he has set for your life. Have you ever tried getting up in the middle of the night to use the restroom, drunken with sleep, and forgetting to turn the light on? Or perhaps stubbed your toe or tripped on a toy left in the middle of the floor by one of your children? understanding would then become the light turned on before we were to venture from our place of rest in the shadows of uncertainty. Turning on the light doesn't alter the lay of the room or the path for you to get safely to the restroom; it does, however, illuminate your way, giving you an awareness of possible stumbling blocks. understanding enables you to see your way clearly.

Though understanding is a necessity, do not become frustrated with your inability to obtain it. When the time is proper, God will hit the light switch and shine his wisdom and purpose on your life. Proverbs 21:16 states, "The man that wandereth out of the way of understanding shall remain in the congregation of the dead." You may then ask: can I really afford to be passive when it comes to understanding the times of my life? Job 14:14 offers us a little assurance by asking us, "If a man die, shall he live again? All the appointed days of my time will I wait, till my change come." The answer is undoubtedly yes. The experience of death is something that all, who wish to maintain a vibrant relationship with the Lord, must undergo. There is certainly a connection between darkness and death. Death in this context is not a literal rendering but a figurative one. God has redeemed you from the hand of the enemy, and for him to be able to live vicariously through you in all power; you must die to sin and be alive in Christ. understanding will come at the appropriate time, so until then you must endure the weight of your cross and stand under it while you still have no concurrent understanding of the cross you're bearing. I know it sounds tough, but God will see you through it.

Save Yourself the Trouble

To be able to bear your cross, you will need the presence of mind, along with all the spiritual fortification you can muster up. cross bearing does not always afford you the luxury of understanding, but through the cross, understanding becomes unmistakably lucid. Do not divide your attention between cross bearing and the pursuit of understanding; trust me when I tell you that that mix is fully capable of driving a perfectly sane man mad. The Bible says that "Mans goings are of the Lord; how can a man then understand his own way? (Proverbs 20:24) The heavens are high above the earth, so too are God's ways are higher than our ways and his thoughts compared to ours.

understanding the ways of God independent from revelation, or insight disclosed by God, is virtually impossible! I'll throw you a bone in the form of a query, do you think that the book of Revelation is the last book in the Bible just because no one knew where it fit into the cannon of scripture? I believe the book of Revelation is strategically placed as the last book of the Bible to explain the purpose and life of Christ, and that communicates subliminally to you that as you approach the end of something, God will reveal to you not only the revelation of the situation but also himself in ways unimaginable. We as believers have such a hard time in our walk due to our innate inability to see the end of a thing, bearing in mind that the end of a thing is better than the beginning. But really, you just have to be able to go through the exercising of your faith to see the end of a thing. It's only then you will find without question that the end will always take you back to the beginning and make you understand with clarity all the things in your life. It is funny to think that in the third chapter of the book of Genesis, God is saying, "Go," but in Revelation 22, he is saying, "come!" In the beginning, God was driving us out, and in the end he wants to bring us in.

Stay Put

So many times in my own experience I wanted to leave the ministry that God had placed me in. If you have read my first book, *I'm Telling It All,* then you'll understand why. There were times that I was mad at the entire ministry, harbored great disdain for my colleagues, was without understanding, frankly hated the church folks, and was wrapped up in addiction—all while sitting in the pulpit. I just didn't want to be bothered with any of it. On a few occasions, I even tried to go to other churches, but I always found myself back at The House of Deliverance, frustrated that I could not understand because I thought there was a clear distinction between walking away from people and walking away from God.

"God, I'm leaving a person or people, and not you." This was my temperament (pretty good rationale, if you ask me). But as in some seasons, you can't do one without the other; it's rudimentary to understand that God uses people and circumstances to transform you. But merely knowing that does not mitigate the difficulty of being transformed. God shapes and molds us abstractly, and we must not overlook what God is doing on the account of whom or what he is using. If we over-accentuate the issue of who God is using, then we will fail to realize just what God is doing. I find that no one is willing to suffer for Christ anymore. I came up on the rough side of the spiritual mountain where it was so easy to quit because of the complexities of the climb. That's why scriptures instruct us to stand (Eph 6:13). You can't always choose the path of least resistance. A mature and satisfying relationship with the Father is expensive. A common thought in the world is, if it didn't cost much, it's not worth much, and in most cases that stands to be true.

I get so sick to my stomach when I think of the vast number of safe weak-kneed saints in Christendom, who hide behind education, money, and careers, and erroneously misconstrue their cumulative material with God's blessing. Most of whom have untried faith, aren't students of the Bible, have a mediocre prayer life, and attend church only when it is at their convenience. "Ride or die" is an urban colloquialism that implies a general sense of loyalty to a specific person or group of people. You can find the Biblical equivalent in Mathew 26:34 where Peter tells Jesus,

"Though I should die with thee, yet will I not deny thee..." Loyalty is a quality that the church has been long bereft of, and in the absence of such qualities, the church of late has had a lackluster performance on the global platform. God has so generously taken the time to learn and know you that he, as a master seamster, may tailor-make your struggles and cut form-fitting circumstances that will one day and accentuate your God-given form if worn appropriately. Much like the young men in Elijah's school of prophets, who deemed their current place of residence far too straight and consequently wanted to leave to find a more accommodating living situation, sons and daughters of the church venture out underdeveloped in search of ideal circumstances. When has real relationship ever been about accommodating your own needs? Real relationship is the perfect model of abandonment of all involved parties.

Do not leave the ministry that God has planted you in. God knew all that you would encounter there and he intended it that way. James 1:4 says "But let patience have her perfect work, that ye be perfect and entire, wanting nothing." Be patient, God will work everything out in his time. everything that I went through was because God was making me. No matter how I perceived things to be, the matter of fact was that I was being made conformable to his purpose. You can certainly tell those who have left the nest prematurely that they're always jaded and carry a huge chip on their shoulder, and that they spend a lifetime trying to prove themselves instead of allowing God to prove himself in them. If you can blossom at home, you will flourish abroad. Prove to God that you can grow where he has planted you. Yes, staying put hurts, is inconvenient, is murky and ambiguous, and even challenging, but it sure sounds just like growth. So stay put and watch God work!

Renewing the Vision

At this stage of our journey, we've dealt with a whole lot of issues. We've addressed our history and destiny, overcoming obstacles, applying some relational tools. We've talked about faith, the lingua-franca of the New Testament in the face of fear, and how to believe beyond our gray areas. We've discussed the power of vision and dreams and the uncanny ability of dreamers to project their expectations beyond their experience. And now, I would like to tell you that it is time to renew the vision. Wipe the mixture of tears, disappointment, and sleep from your eyes and start seeing again.

See Again

There is something refreshing about waking up, other than Folgers in your cup. One of the first things we do when we wake up routinely is to wash our face. It is a small part of our daily grooming ritual that, if left undone, could have a great deal of effect on us and the way people perceive us.

I grab a face towel out of the linen closet and wet it with the coldest water that my faucet from the bathroom sink can spew. I lean in toward the mirror to ensure that I locate all the apparent problem areas. Once the assessment is complete, I begin the delicate process of wiping away all of the evidence of the prior night's sleep. I make sure that there is no dried saliva on my cheeks and no sleep in my eyes; I even give the part behind my ears an altogether thorough cleansing. It's a rather sobering experience. I can now begin my day with my best face forward. could you imagine going to work being socially engaging and with the evidence of a prior night sleep so evident?

It's with the same sense of significance that you should approach the dawning of new days with regard to your spiritual experience, for only then would you be able to indeed behold the beauty of a rising situational sun and bear witness to the breaking of a new day. Your vision should not be skewed by the remnants of yesterday's sleep, nor your face be painted with encrusted saliva. This is your wakeup call, so rise and shine.

The Bible states in Isaiah 60:1, "Arise, shine; for thy light is come, and the glory of the Lord is risen upon thee." It is time to wake up out of sleep. People and life have pronounced the benediction over you when this is simply an intermission. Shake yourself, arise, and shine. Take everything that you have seen and experienced and process it, eat the chicken and leave the bones. Take what you can use and leave what you can't. Sow it all to the spiritual experience and don't take things personally—only small-minded people do that. Your destiny is bigger than an isolated incident, bigger than a few jealous folks, bigger than being misunderstood, bigger than any mistake. Wash your face and see again.

I wonder if you have seen the commercial that Ben Stein does for clear eyes. I can still hear his bland monotone voice in my head going on about dry, itchy, irritated, and red eyes, and the remedy for irritated eyes ends up being Visine. Visine sooths agitated eyes. Whatever you do, you must be able to see clearly. Though the eyes are a very small member of the body, their function in the body is monumental. Lend your imagination to the idea of being blind. Immediately, there is a whole laundry list of things that come to mind that you would no longer be able to do. Sight is an absolute necessity that directly affects your sense of direction, your ability to plan, and your ability to fight. A man cannot fight what he cannot see! Have an awareness of your life; be cognizant of where you are and where you want to go, of potential threats, and of how to safeguard yourself against them. Take responsibility for your life!

Refocus

In the ninth chapter of the book of John, we are introduced to a man who had been blind since birth. While walking on the street, Jesus's disciples asked him, "Master, who did sin, this man's parents or he himself, that this man was born blind?" Jesus replied to his pupils, "No one hath sinned but that the works of him that sent me may be done. As long as

I am in the world I am the light of the world." When he had said so, he spat on the ground and made clay out of it. He then anointed the blind man's eyes and instructed him to go wash.

At this juncture, the man merely had an encounter with Jesus's power and still had not experienced the person of Jesus. His lack of sight was not the summation of his condition, but his lack of relationship was the primary concern of Jesus. We need to understand that there is a direct correlation between your infirmity and the power of Christ, your weakness and his strength. 2 Corinthians 12:9 says "and he said unto me my grace is sufficient for thee: for my strength is made perfect in weakness. Most gladly therefore will I rather glory in my infirmity, that the power of Christ may rest upon me." Jesus had just begun the process that will ultimately result in the man's breakthrough, but the man wouldn't even know Jesus if he were to see him on the street. There is so much here that I'm purposely sidestepping, but feel free to examine it in your personal study. In any event, Jesus sent him to wash while still blind; and now on top of being blind, he'd got this clay drying up on his eyes while stumbling through the city trying to find the pool of Siloam to wash in.

Have you ever stumbled around blindly trying to find the right place? The right place to be free, to be transparent, to be fed, to be nurtured, or to be loved, and still Jesus is nowhere to be found. I find it intriguing that though Jesus knew the man's condition, he did not lead him to the pool himself but simply sent him away, confident that he would be able to get to the proper place on his own. ultimately, the gentleman found the pool; he washed, and the Bible said that he came seeing.

That's what I like about Jesus. From Christ's perspective, the contextual implications seem to scream out, "I'm not going to do more for you than you are willing to do for yourself!" There are things that God will do, and then there are those that God expects us to do to get our breakthrough. Jesus started the work, but the blind man finished the work. Later on in the text about the thirty-fifth verse. we find Jesus looking for the man whom he healed. The gentleman had just jousted with the religious aristocrats of the Sanhedrin and had been ousted over the details of his healing. And then we find Jesus looking for the outcast, and he eventually found him and engaged him in conversation. Isn't it funny that Jesus didn't show up until the man had been broken by religion for relationship? Oddly enough, the man was completely to the fact that he was talking with the man who had just healed him.

In a nutshell, the man who was formerly blind had to make the optical adjustment from religion to relationship, from being blind to seeing, and from begging to working. Prior to his. his focus was commensurate with his inability; it was fastened to everything that he could not do and indirectly negating the possibility of what he could do. After an experience with the person of God and not just the power of God, your inabilities are hidden in an able God; therefore you are afforded the luxury of refocusing. For the man to solidify the blessing of God, his focus had to change to accommodate and complement his new abilities. under religion, the man was blind, void of vision, helpless to defend himself; he begged for bread, and the concepts of God's goodness were, to him, unemployable. Because of relationship, the man changed his occupation, gained sight and awareness of the presence of God, and became a sure testament to the power of God that boggled the minds of the religious leaders of the day. He had a new focus and was able to remember what life was really about. He was finally involved in the business of living.

Sin dulls the spiritual senses clouding the necessary notion of transformation. We must be concerned with our destination and not leave our life to chance. Be proactive! Sin pacifies your flesh while God and our adversary negotiate the details of your life as it pertains to the business of living. Refocus and make whatever concessions you must. Put all things into perspective, see clearly, and, with definition, get busy living or get busy dying.

The Test of Time

Over the years, I have endured some hard things for the gospel's sake. Some mistakes that were made were done out of ignorance and others out of necessity. I always say experience is the tuition to life's academy; some experiences good and others not so good. Romans 8:28 proclaims "And we know that all things work together for good to them who love God, to them who are the called according to his purpose". Sometimes, it seemed that I could never get a break, test after test, setback after setback, disappointment after disappointment. I always remember something I heard Bishop T.D. Jakes (the Senior Pastor of the Dallas mega church, the Potter's House) say that has helped me in my journey; he said, "You'll win if you don't quit." That modern day axiom gave me the insight that God operates on a much larger scale than we do as human beings. It made me understand that hardship was all a part of God's divine strategy, nothing coincidental, and if I could outlast my struggles, then the way of God would be opened to and for me.

The concept of hardship became understandable (I still wasn't crazy about the idea) to me and I knew that on a grand scale that the sufferings of this present time are not worthy to be compared to the glory that shall be revealed in me. I no longer had the time to fuss over every detail of this tedious journey, but I had to focus my attention on conquering the greatest test that all who will live godly in Christ must pass— the test of time. The immediate test of character, integrity, and devotion are not at all trivial. but these are merely midterms preparing you for the finals; and if you get stuck trying to figure out every minor detail of the midterms, you end up dedicating too much time studying today that you fail to prepare for tomorrow.

Water on Rock

While traveling, I always enjoy looking out my window to take in the most magnificent scenery that this country has to offer. The cascading waterfalls amidst the lush landscape of the Colorado mountains are awe-inspiring. The vast expanse of the wayward waves of Seattle are so entrancing. Miles of endless columns of corn paint themselves against the backdrop of the Midwestern sky dimly lit by a boastful bedding sun. One could easily get lost immersed in New York's city streets, becoming immediately insignificant. In every avenue, a row showcasing stalks of industry stretch toward the sky in a race to claim the sun. Oh, and the beaches of Miami, how they scream R&R! The highways that twist and turn through the perfectly carved mountains of Hershey,

Pennsylvania, are nothing less than breathtaking! every rock is uniquely carved, no two boulders the same. If you ever get a chance to examine the mountains, you'll find that most of them are adorned with age-old water rings that tell tales of times past.

Take water and rock, which sit at opposite ends of nature's table; their differences are easily noticeable. One is solid, the other a liquid; one is stationary, the other mobile; one is so soft, the other impenetrable and strong. If someone were to ask you, "If water and rock were two opposing forces in a battle, who would you say would be the victor?" effortlessly, one might easily respond that it would be the rock. The truth of the matter is, if given enough time, water would emerge victorious every time. If a mountain were set in the midst of an ocean over time, the rock would begin to absorb the surrounding water, weakening the strength of the rock slowly but surely. The relentless waves beating on the mass of nature with unrivaled tenacity would cause the rock to break down and erode from the inside out.

I wonder what, if anything at all, is slowly seeping into your spirit that's causing dysfunction and breakdown. It is noteworthy to mention that the enemy exercises a great deal of patience and precision when plotting the demise of the beloved. Whether it is your environment, negativity, faithlessness, hate, jealousy, resentment, bitterness, lust or any other strong hold of the flesh, your poison is not paramount; rather, your plan of action becomes the deciding factor.

There has got to be some preventive measures set in place to safeguard you from the perpetual onslaught of the enemy. You, at this stage of your life, cannot afford to be remiss, as Samson was. Samson's downfall did not happen in a day; it was gradual. His enemy persisted until he became vulnerable and all spiritual fortification had decayed, and he was left to fight alone, eventually losing a battle that was already won.

Do you, at times, find yourself losing a battle that God has already won? Now would be the opportune time to work your faith. Hebrews 10:39 declares "but we are not of those that draw back unto perdition, but of those who believe to the saving of the soul." Set your mind to fight for life. The good news is God will always be your God, and if God is with you, who can be against you?

Not Given to the Swift

Mathew 24:13 states, "But he that shall endure unto the end, the same shall be saved. We must understand it is not all about finishing first, but it is about enduring to the end." In the animation, a race is staged and the only two contestants are the famed Bugs Bunny and a tortoise of no significance. Bugs Bunny permeated confidence, which was his norm as was indicated by his quick-witted humor. His disposition boasted arrogance and prohibited him from taking his competition seriously. In a gesture of poor sportsmanship, Bugs Bunny gave the tortoise a commanding head start. Now, there was nothing that was particularly special about this tortoise. His tone was void of inflection, his cadence was as slow as his movement, just a frumpy old turtle. At the starting line, the turtle was poised for the race and was ready to go; Bugs, on the other hand, was tanning in a lawn chair drinking lemonade, figuring that he already had the race won. clearly, the turtle was no match for the agile bunny, but in cartoon land, things are rarely what they appear to be. The race was steeped in trickery, resulting in a few lead changes that ultimately culminated in the defeat of the favored Bugs Bunny. Bugs's overconfidence would not allow him to properly prepare for the race ahead. The bunny was only good for brief bursts of speed over short distances, but the turtle kept the same pace through the whole race and oftentimes after Bugs was fatigued after one of his bursts of speed. The turtle would pass by the winded bunny on the side of the track, gasping for air. If you don't know how the story ends, the underdog came out on top. As both contestants sat at the finished line, Bugs Bunny had the looks of exhaustion and bewilderment on his face. The turtle, on the other hand, began to lift his shell, revealing the secret to his success, which turned out to be some kind of high-performance motor. He began to laugh and give the TV audience a parting wink.

We must take the business of living very seriously and not allow our ability to survive to provide us with a false sense of security. You must make proper preparations for whatever life hurls at you. After all, God did not intend for us to merely survive, but he desires us to thrive. Do not betray yourself by dismissing the ills of life because you are overconfident in your own abilities. God can do a much better job at managing our affairs than we are even able to imagine.

One other thing that I would like to underscore is the fact that in life, there is no rush. Life is not a race for the finish but rather, a race to the finish. Make no mistake; we as believers are certainly in a race, but we only need to concern ourselves with finishing, not necessarily finishing first. So pace yourself. Those who are in a hurry to finish first often achieve the trappings of success but are never around long enough to enjoy them. How long do you really think you can live while burning the candle at both ends? This is the direct cause of heart attacks and strokes at thirty to forty years of age. Take your time, do it right, develop a steady pace, and maintain it.

Endure Hardness

Much like being in the united States Army, the conditions in the Lord's army are not always ideal; danger is around every corner, but the benefits and the opportunities make it worthwhile. Sometimes, you find yourself under attack and; you may have plenty of rations and your rations may be running low. There is even a chance that you could get caught in spiritual crossfire, or even worse get hit by a little friendly fire. You may become wounded and you might even fall, and, depending on what establishment you frequent, you may not get the right treatment.

The army is certainly not for the faint at heart. can present itself in many forms, but you don't have to outwit it or outsmart it. You simply have to outlast it! Resilience is something that people in general have to develop, not just Christian folks. Hardship is a part of life that we all deal with in some way or fashion; running from it is unrealistic. There is a misleading notion that in life everything is always supposed to be hunky-dory and that my friends could not be further from the truth. I remember, when I was a teenager steeped in drug addiction, my friends and I would often have to go to some of the worst and roughest neighborhoods to get the best "stuff".

You may be going through some of the worst that life has to offer, but it's only so that you will be prepared for the best that heaven has to offer. And there is a popular cliché in Christendom that goes a little something like, "I might not be where I should be, but thank God I'm not where I used to be Immediately, I began to think how meticulously God orchestrated creation, how he was so thoughtful. Hebrews 11:3 states that through faith, we understand that the world was framed by the word of God, so that things which are seen were not made by of things which do appear. That leads me to believe that there is life in his (God's) mouth and according to John 6:63 there is. That particular passage spoke volumes to me with respect to how God has indeed framed my world, which is a considerably lesser feat. You must understand that God is the master builder, and even when we experience things that may seem as mistakes, God is still framing you, and all God has got to do is merely speak a word.

The Bible says in Ecclesiastes 8:4 "Where the word of the king is there is power, and who may say unto him what doest thou?" Only God knows what materials are needed to build you according to heaven's design. "O taste and see that the Lord is good: blessed is the man that trusteth in him" (Psalm 34:8). You have to bury all of your inabilities in the able God; he is not dubbed the "Master Builder" for nothing. God is not simply responding to your circumstances spontaneously, but he is building you according to his perfect will. Oftentimes, constructing us according to God's specified design entails the confrontation of our own imperfections. Jesus tells us in scripture that his thoughts toward us are of peace and not of evil so he could give us an expected end. Do not get stuck on the details in between, it doesn't really matter what path God has chosen for you to get to his ideal "expected end" for your life; the significance is in your arrival.

The Big Picture

Have you ever looked upon a mural at a close proximity? If you have, you would have noticed that all your attention is focused primarily on what is directly in front of you. In doing so, you unintentionally negate the entirety of the piece and ultimately lessen its integrity. Through misunderstanding or partial comprehension, your perception of the art and, perhaps, the artist will be skewed. I used that example to underscore the fact that we sometimes have a skewed perception of God and his workmanship because we do not know or are unable to comprehend the totality of a matter. We have to treat isolated incidents, mishaps, disappointments, and hardships merely as necessary ingredients that without which we would certainly not rise to the expectations of the Father when placed in the fire.

We've all heard the saying,. and that would then bring a question to mind: what exactly it is that you are seeing? Vision—how you see and what you see hold definite sway over what you believe and how you believe. John 7:38

declares "he that believeth on me, as the scriptures hath said, out of his belly shall flow rivers of living water. Sometimes, your greatest struggles are directly caused, not by the inability to believe in God but by the propensity to believe in God improperly. The improper manner with which you sometimes believe in God is built on a faulty perception of him and his work. It would not behoove you to believe in God idiosyncratically, but rather as the scriptures say. Sometimes, you need to take a few steps back to experience a holistic appreciation of God and the work that he is so dedicated to completing in your life.

You cannot be effectively involved in the business of living with a limited vision. Making the tough decisions, pursuing new ventures, making faith moves require you to operate on a grand scale so that you never make mistakes in the moment (like confusing Mr. Right with Mr. Right Now). Think big. You are the chief Operating Officer of your life, and as an influential decision maker, you must be able to see the big picture so that your movements and decisions will be grounded sagaciously and not turn out being hasty or rash.

Carrying More Than Just your Destiny

An Apostle once told me, "What you go through in life oftentimes is for somebody else." Of course, there was a great deal that I had to learn from my struggles, but in the grand scheme of things, I had to go through what I went through so I could be able to reach out to others who are suffering like I was.

Relationship is the key to Christianity. In Hebrews, Paul had placed in juxtaposition the two covenants—the old and the new. The initial covenant was deemed inadequate to deliver and remit sins and purge the conscious. The divine Father knew that to save man, he first had to relate to man, as the blood of lambs and bullocks would no longer cut mustard. Relationship became a heavenly currency.

John 3:16 says, "For God so loved the world, that he gave his only begotten Son, that whosoever believeth in him should not perish, but have ever lasting life." Jesus was the catalyst that God used to further his agenda in fulfilling the first covenant, thus instituting the second one. Jesus, our high priest who was touched with our infirmities, came and walked a mile in my shoes to understand intimately the complexities of living life as a man. God once said, "I am the same, I change not," so he in his perfecting redemptive work currently implores the same strategy that he used with the slain lamb—Jesus Christ. If it's not broken, don't fix it. Much like Jesus, we, who are slain for the sake of others, must be aware that we are carrying more than just our destiny. We are carrying the destiny of countless others as well.

I'm not allocating additional responsibility for others on your part because every man is responsible for his own actions; but If God is really in you, this will happen without effort. A songwriter had also said it in a song, "I once was blind, but now I see." Accordingly, this line tells you that once you are able to see the level of depravity to which you have fallen through, your faith is triggered and you began to reach for the savior. You will then become conscious of the horrific circumstances through which you have come, and the bowels of your compassion will be opened as you strive to heal as much as you can. As God begins to pull you up and out of life's pit, you begin to possess an intimate understanding of your solution and struggles, which become the answers to many who share a portion in that same circumstantial pit.

Again, we turn to Jesus as a template, a man of sorrows acquainted with grief, He stood indubitably victorious over his flesh, and since he beat his, he can beat yours as well. Jesus is the best sacrifice because of his effectiveness. You cannot save without first relating to the individual in need of salvation. The ability to relate to an individual is built on the fulcrum of commonality.

Have you been through what I've been through? Have you ever wrestled with what I've wrestled with? Have you ever felt defeated? Are you familiar with the pressures of life? Have you ever been made a spectacle? Do you know what it is to miss a meal or be forced to have a candlelight dinner? can you tell me what it's like to be homeless, molested, raped, and then not believed in? You'll never be able to save someone to whom you have no relation. On the contrary, those who share the same experiences I just mentioned are valuable to the kingdom not because you have suffered unjustly but because you possess the heavenly currency. There is a natural burning desire in the lives of those who have suffered atrocities to heal everyone whom they can relate with.

From this moment forward, know that your experience is instrumental in affecting change in the lives of others. After all, you are carrying more than just your destiny. Your wife, your posterity, your friends, your church, your community, your country, and the world for that matter, they're all waiting for you. In conclusion, I'd like to make you understand that Christ wasn't merely fulfilling his duty and destiny when he carried the cross. Christ chose to carry what you and I could not, which was the weight and the consequences of a lifetime of sin.

Carrying—More Than Just Your Destiny

Being an author affords you the opportunity to tell a particular story the way you know it needs to be told. You can start and end the story whichever way seems best to you. As an author I am able to exercise editorial liberty to add too or take away from the story making it conformable to the mind's original print. It is with this same awareness that we look at a portion of text out of the book of Hebrews, (12:2) "Looking unto Jesus the author and finisher of our faith…" As a for instance I took a little liberty of my own to modify the punctuation of this sub title which is the same as the previous one. The new placement of the punctuation is what changed the context of the sub title. Isn't it funny how a modification of the slightest degree can completely alter the meaning, flow, and the direction of things!

Again, you find God himself speaking to Abram by way of a dream. In the dream, the Lord was prophesying to him concerning the nation of people he was to father. God told him that his descendants would be afflicted servants, strangers in a foreign land. They would be enslaved for ten generations, but they would come out with great possession. I wondered then how they would get their great possessions from their past into their promise, and I could think of only one thing—by carrying it there. The only way we will ever get the appreciating value of our past into our promise is by carrying it there.

The emphasis is not on the material substance gained, because the earth is the Lord's, and he reserves the right to bless with or without notice. It is never about stuff; God has got plenty of stuff. There was something of value far more tangible than goods that each individual from each tribe of Israel carried, and that was a story. Down through history, stories have been told that shaped the minds of countless generations. God designated them to be carriers not just of tangible goods but more importantly the message of the good news, which was and is intangible. They had become then what we are trying to become now—living, walking, breathing, epistles of God. What really drives this fact home for me is that even before the twelve patriarchs were born and their posterity birthed to be enslaved, God designed them to be carriers. Much like the Apostles, they too had become living, breathing, moving epistles from God himself. everything that God did as stated in the bible from the books of Genesis to Revelation was founded in, resulted from, or birthed through a house designed to carry—the house of Israel.

I'd like to take a brief side bar to address a few things pertinent to the aforementioned that may help you put everything into proper perspective. During the twelfth to fourteenth century, which dawned the birthing of some of the greatest minds to date—John the Scott, Socrates, Plato, all brilliant philosophers.—Philosophers of the Victorian age often got themselves into trouble for one reason or another, some due to political connections or the lack thereof; others because they made themselves enemies of the church, which was powerful in those days. But when, for whatever reason, they were looked upon unfavorably, all their past and present treatise and works were taken out of the study halls, torn from the libraries of institutions for higher learning, and burned in public. This was clearly a slap in the face to those unfortunate thinkers and writers. The graver offense, I believe, was that through this practice they were no longer able to tell their story. consequently, others were given the opportunity to tell stories that were not their own just to suit their fancy. Those books were an accumulation of a lifetime of study, thoughts, and experiences so the coming generations could stand to reach higher dimensions of thought and expression. You may ask what the significance of this digression is, and the answer would be that we are living epistles or letters written by God himself to the world. Because we are of the utmost importance, we cannot allow our works to be destroyed nor our books burned. It is our God-given thoughts, experiences, concepts that will prune the minds of those who will come after us.

What you are carrying in thought, experience, and power are invaluable. You are designed, designated, anointed, and appointed to carry the good news. Right now, you may be thinking that because of the nature of certain circumstances you are wrapped up in the idea that your life is worthless. But it's not! Look at the bigger picture and trust God. God is the source of meaning and worth, and as the author of our lives, he reserves the right to make changes to our story, great or small. If he chooses to change a little punctuation in your life to change its flow, direction, and meaning, he can do it. Whatever you do, keep carrying; don't put your book down until you've heard the whole matter. every wound, every misfortune, bear it. You may have gone through a little hell for another to have a slice of heaven, but it was all part of the plan. You are ordained, anointed, appointed, destined, designated, and designed to carry. Success is just around the corner. I'll see you at the top, God bless you, and I love you.

My Success

After getting married at nineteen, I struggled pathetically wrestling with the skeletons in my own closet and my inability to understand the plan of God for my life. I was challenged in every area of manhood imaginable and could not understand why God would not allow things to run smoothly. Approaching the ten-year mark of my marriage, God really began to minister to me through these concepts that affected me profoundly, altering my life's trajectory.

There was a point when I was working ten to twelve hours a day on a construction site, I would run to trade school and then across town to bible study. I was a mad man. I was making plenty of money, but I was falling apart at the seams, my relationship with the Lord was becoming cold and robotic, as was the relationship with my wife. I, much like many other young men I knew at the time, was just trying to make something of myself. I felt God leading me to move by faith, and ultimately I came to the conclusion that for me less was more.

Over the next few months, God and I began to consolidate things in my life, freeing up more of my time for meaningful pursuits, like seeking God. As a leader, it is a must that you make time to invest in a real relationship with your Lord, who leads you so that you might lead your family. It is impossible to maintain order in your own home while you yourself are out of order. As a husband, protector, and provider, you must set the tone in your home, such as modeling what you want modeled. When I started making the necessary changes in my personal life, things around me just began to change; there was no real effort involved either. In the plainest of terms, if you want to see change, be changed!

Still wrestling with worldly ambition against the will of God, I enrolled in business school and was doing just fine maintaining a 4.0 GPA through my first year. At the time, my wife and I were expecting our fourth child as our oldest two were. The particular ministry that I was a part of had really begun to travel extensively, and it was just proving to be too much for me to be able to manage and still be relevant in my home, at the church, and so on. Besides all that, I had an affinity for internet pornography that I could not quit, and attending the online university put me directly in harm's way. So again I had to make the hard decisions, which resulted in my frustration and withdrawal from college. Things got worse as the stage was set for me to face myself head-on. It was a nasty battle; I had to be real with myself despite the glaring gaze of opinionated religious folks. I had to learn how to listen to what my life was saying to me, believe beyond my gray areas so I could perfect wall- and bridge-building. I learned how to wash my face so I would be able to have the power of vision. I gained thick skin as is needed in any aspect of ministry. I took what I could use and left what I could not to make me better and not bitter. In short, it worked for me. I'm not telling you to quit school or to leave your job, but I am telling you to work these God-given principals as needed so that you may have good success, as God intended.

About The Author

Alonzo Rutherford is a native of Las Vegas, Nevada, by way of Omaha, Nebraska. He is the husband of one wife and father of five beautiful children, Asa, Deborah, Alonzo III, Kristel, Aria Rutherford. He's enjoyed a decade of marriage to the lovely Scharlene Rutherford. A minister at the gospel of Jesus Christ and an innovative entrepreneur, he is impassioned with spreading the good news and changing lives.

Printed by Libri Plureos GmbH in Hamburg, Germany

9 798893 951530